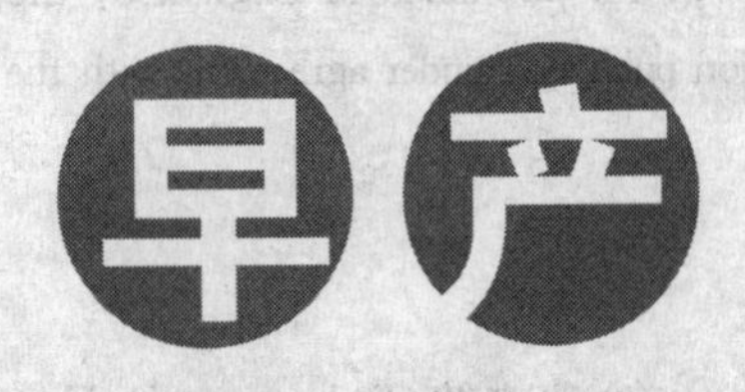

原因、结局和预防

Preterm Birth

Causes, Consequences, and Prevention

原　著　Richard E. Behrman　Adrienne Stith Butler

主　译　张运平　刘晓红

译　者（按姓氏拼音排序）

白　符　付　蒙　高素红　黄千峰　蒋红清
李凤秋　李　颖　李　智　刘　慧　刘晓红
吕晓杰　孟　然　戚　红　钱年凤　任　苗
沈会平　宋　波　宋慧颖　谭春英　田　石
王佳楣　王邵敏　王燕春　王永萍　习艳霞
徐丽梅　徐　艳　杨　静　杨文兰　宜小如
于　洁　张　帆　张会军　张邵勤　张小燕
张运平　赵　温　朱丽业

人民卫生出版社

This is a translation of Preterm Birth: Causes, Consequences, and Prevention by Richard E. Behrman, Adrienne Stith Bulter, Editors, Committee on Understanding Premature Birth and Assuring Healthy Outcomes©2007. First published in English by the National Academies Press. All rights reserved. This edition published under agreement with the National Academy of Sciences.

图书在版编目（CIP）数据

早产——原因、结局和预防/（美）理查德（Behrman, R. E.）等著；张运平等主译. —北京：人民卫生出版社，2011.7

ISBN 978-7-117-14246-5

Ⅰ.①早… Ⅱ.①理…②张… Ⅲ.①早产-研究 Ⅳ.①R714.21

中国版本图书馆 CIP 数据核字(2011)第 058644 号

图字：01-2010-2027

早产——原因、结局和预防

主　　译： 张运平　刘晓红
出版发行： 人民卫生出版社（中继线 010-59780011）
地　　址： 北京市朝阳区潘家园南里 19 号
邮　　编： 100021
E - mail： pmph @ pmph.com
购书热线： 010-67605754　010-65264830
010-59787586　010-59787592
印　　刷： 北京铭成印刷有限公司
经　　销： 新华书店
开　　本： 787×1092　1/16　**印张：**31
字　　数： 774 千字
版　　次： 2011 年 7 月第 1 版　2011 年 7 月第 1 版第 1 次印刷
标准书号： ISBN 978-7-117-14246-5/R・14247
定　　价： 89.00 元

美国国家科学院

国家科学、工程和医学顾问

美国国家科学院是一家私立、非营利性、自我管理的由杰出学者组成的社会团体，从事科学和工程研究，致力于促进科学和技术发展以及为大众谋福利。1863年国会授予它特殊权威性，该学院的一项任务是要在科学和技术方面向联邦政府提供建议。Ralph J. Cicerone 博士是国家科学院院长。

美国国家工程院成立于1964年，是国家科学院特许的，一个由杰出工程师组成的类似组织。实行自主管理和选择成员。和国家科学院一样，有义务向联邦政府提供忠告建议。美国国家工程院还发起工程计划，其目的是满足国家需要，鼓励教育和研究，并奖励有卓越成就的工程师。Wm. A. Wulf 博士是国家工程院院长。

医学研究院是由国家科学院于1970年建立的。由相应杰出的专业性成员组成。确保与公共卫生有关的政策研究与落实，受国家科学院的领导，该研究院主要从事医疗保健、科研和教育研究，有义务向联邦政府提供建议。Harvey V. Fineberg 博士是医学研究院主席。

国家研究理事会是由美国国家科学院于1916年组建，在科学和技术上有广泛的社会联系的学院组成，其宗旨是增进知识和给联邦政府建议。运作按照学院制定的基本政策进行，理事会已成为国家科学院和国家工程学院为政府部门、公众、科学和工程团体提供服务的主要运营机构。理事会由学术委员会和医学委员会双方共同管理。Ralph J. Cicerone 博士和 Wm. A. Wulf 博士分别担任国家研究理事会的主席和副主席。

www. national-academies. org

认识早产和确保健康结局委员会

RICHARD E. BEHRMAN (*Chair*), Executive Chair, Pediatric Education Steering Committee, Federation of Pediatric Organizations, Inc., Menlo Park, CA

ELI Y. ADASHI, Dean of Medicine and Biological Sciences, Brown University, Providence, RI

MARILEE C. ALLEN, Professor of Pediatrics, The John Hopkins Hospital, Baltimore, MD

RITA LOCH CARUSO, Professor, Environmental Health Sciences, Associate Research Scientist, School of Public Health, University of Michigan, Ann Arbor

JENNIFER CULHANE, Associate Professor, Department of Obstetrics & Gynecology, Drexel University College of Medicine, Philadelphia, PA

CHRISTINE DUNKEL SCHETTER, Professor, Department of Psychology, Health and Social Psychology, University of California, Los Angeles

MICHEAL G. GRAVETT, Professor and Vice-Chairman, Department of Obstetrics and Gynecology, University of Washington School of Medicine, Seattle

JAY D. IAMS, Professor and Vice-Chairman, Department of Obstetrics and Gynecology, Ohio State University College of Medicine, Columbus

MICHAEL C. LU, Assistant Professor, Department of Community Health Sciences, School of Public Health, Deparment of Obstetrics and Gynecology, School of Medicine, University of California, Los Angeles

MARIE C. MCCORMICK, Professor, Department of Society, Human Development and Health, School of Public Health, Harvard University, Boston, MA

LAURA E. RILEY, Director, Labor and Delivery, Director, Infectious Disease, Massachusetts General Hospital, Boston

JEANNETTE A. ROGOWSKI, University Professor, Department of Health Systems and Policy, School of Public Health, University of Medicine and Dentistry of New Jersey, New Brunswick

SAROJ SAIGAL, Professor of Pediatrics, Director, Neonatal Follow-up Program, Senior Scientist, CIHR, McMaster University, Hamilton, Ontario, Canada

DAVID A. SAVITZ, Professor, Department of Community and Preventive Medicine, Mount Sinai School of Medicine, New York

HYAGRIV N. SIMHAN, Assistant Professor, Divisions of Maternal-Fetal Medicine and Reproductive Infectious Diseases and Immunology, University of Pittsburgh, Magee-Women's Hospital, Pittsburgh, PA

NORMAN J. WAITZMAN, Associate Professor, Deparment of Economics, University of Utah, Salt Lake City
XIAOBIN WANG, Director and Mary Ann and J. Milburn Smith Research Professor, Children's Memorial Hospital and Children's Memorial Research Center, Chicago, IL

Health Sciences Policy Board Liaison

GAIL H. CASSELL, Vice President, Scientific Affairs, Distinguished Lilly Research Scholar for Infectious Diseases, Eli Lilly and Company, Indianapolis, IN

IOM Project Staff

ADRIENNE STITH BUTLER, Study Director
EILEEN J. SANTA, Research Associate
THELMA L. COX, Senior Program Assistant

Copy Editor

MICHAEL HAYES

健康科学政策理事会

医学会成员

审 核

本书已经以草案的形式审核，审核是由持不同观点和技术专长的专家，按照审核委员会所提供的程序进行了审核。独立审核的目的是提供公正的建议和批评意见，有助于该机构在其发表报告时听取各方面的意见，并确保该报告在客观性、证据及研究管理的效果上符合制度标准。该草案的审查意见和手稿一直保密，保护公正的审议过程。感谢为本书提供审查意见的专家，分别是：

GLEN AYLWARD, Southern Illinois University School of Medicine
PAULA A. BRAVEMAN, University of California, San Francisco School of Medicine
CHRISTOS COUTIFARIS, University of Pennsylvania Medical Center
JANET CURRIE, Columbia University
M. SEAN ESPLIN, University of Utah Health Sciences Center
NEIL FINER, University of California, San Diego
THOMAS J. GARITE, Professor Emeritus, University of California, Irvine
LAURA GLYNN, University of California, Irvine
JOHN GODDEERIS, Michigan State University
MAUREEN HACK, Case Western Reserve University
HOWARD HU, Harvard School of Public Health
KATHY S. KATZ, Georgetown University Hospital
CHARLES LOCKWOOD, Yale University School of Medicine
JEROME F. STRAUSS, Virginia Commonwealth University School of Medicine
MICHELLE A. WILLIAMS, University of Washington School of Public Health and Community Medicine

虽然上述审核专家提出了许多建设性的审评意见和建议，没有要求他们得出结论或建议，在出版前也没有看到最后草案的报告。这份审核报告是由国家研究理事会指定的NANCY E. ADLER(南希·阿德勒)通阅审查。每一部分独立审核，按照体制程序认真考虑所有的审查意见，形成某些决策。本书的内容由创作委员会及所属机构负责。

中文版序言

早产是人们既熟悉而又陌生的问题。熟悉是因为每年我国大约有 1 000 000 名早产儿出生，2008 年北京大学遗传中心与北京市海淀区妇幼保健院抽查了 14 个省、直辖市前 3 年 178 181 例活产，调查发现早产发病率为 5.85％，而美国 2004 年早产发生率为 12.5％；陌生是因为早产是一个十分复杂的问题，是生物、心理、社会等综合因素的结果，但我们了解甚少。随着诊疗水平的不断提高，早产儿的发病率和死亡率有了很大降低，但在我国仍然是新生儿死亡的主要原因。美国 75％的新生儿死亡是早产儿，即便存活也有很多的近、远期并发症，且花费昂贵，2005 年美国用于早产的医疗费用至少为 262 亿美元，早产给家庭带来难以想象的情感付出和经济支出。以往我们大多关注早产及早产儿的处理，由于原因不清，故早产的发生率不但没有降低，反而逐年增高。本书对早产的原因、结局及预防进行了详细的探讨，旨在使政策决策者、学术研究者、资助机构和组织、医务人员更多了解早产相关问题，多部门之间共同努力，才能使早产的预防、诊断、治疗成为可能，以提高母婴健康水平。

由于时间紧迫、水平有限，书中翻译不当之处敬请各位同行批评指正。

张运平

2011 年 5 月

英文版前言

早产及其结局仍然是美国乃至全世界主要的健康问题。尽管早产显著影响婴儿死亡率，使许多幸存者残疾，国家在社会和经济方面付出了巨大代价，然而，公众和研究界对其关注相对很少。这一卫生问题涉及方面多而且复杂，但了解又甚少。生物、心理和社会因素相互联系，共同作用导致早产。社会经济地位低下不是一个独立作用因素，并不能以此解释非裔美国人比拉美裔白人早产率高的原因。

目前产前保健主要是诊断和管理先兆子痫、产妇感染、糖尿病和其他主要疾病、出生缺陷和宫内胎儿生长受限。随着我们对早产认识和理解的增加，产前保健将为妇女提供卫生保健的基础设施，使预防、诊断和治疗早产成为可能。

这一公共卫生问题的性质和委员会的管理，需要一个全面的评估以及对大量报告的深入分析。委员会建议，读者首先温习基本观点、建议及摘要，然后阅读每一章前的摘要，再读每一章节。

Richard E. Behrman, M. D.
Chair
Committee on Understanding Premature Birth
and Assuring Healthy Outcomes

致 谢

在委员会的研究进程和本书中许多个人和组织都作出了重要贡献。委员会希望感谢所有这些人，但限于篇幅，难以一一列举。

首先，委员会要感谢本书的主办方。资助委员会工作的基金是由国家科学院、国家儿童健康和人类发展研究院、疾病控制和预防中心、卫生资源和服务管理局、环境保护局、美国国家卫生研究院妇女健康研究办公室、出生缺陷基金会、宝威基金会、美国妇产科学会、美国生殖医学会，以及母-婴医学学会提供的。委员会感谢担任这一项目的官员，发起这一行动的Donald Mattison，Scott Grosse和Samuel Posner。委员会感谢提供支持和指导的个人，分别是Ann Koontz，Marina Weiss，Nancy Green，Lisa Potetz，Enriqueta Bond，Nancy Sung，Ralph Hale，Nicole Owens，Lanelle Bembenek Wiggins，Vivian Pinn，Loretta Finnegan，Robert Rebar，以及Richard Depp。特别要感谢Eli Adashi和Gloria Sarto，他们为启动这项活动做了大量基础性工作。

委员会发现：在认识早产原因和健康结局问题上，许多个人和组织的观点是非常有价值的。不计其数的个人和组织慷慨地提供信息和援助，委员会在此谨表感谢。

委员会还非常感谢诸位协助委员会工作的个人，他们有的提供数据和支持研究，有的协助编写材料草稿。委员会要感谢Brent James和山际卫生服务公司(IHC)为撰写“早产的社会成本”提供的费用估计。特别感谢Pascal Briot，Russell Staheli和Erick Henry完成大部分数据分析，以此生成医疗保健费用。C. Jason Wang of the RAND担任顾问，协助委员会在“早产对公共政策的影响”一章的筹备工作，马萨诸塞总医院的James Perrin和美国哥伦比亚大学的麦尔曼公共卫生学院Wendy Chavkin和Blair Johnson也担任委员会顾问，为早产政策提供意见。牛津大学的Stavros Petrou被任命为顾问，提供早产的经济结局的信息。斯坦福大学的Ciaran Phibbs、麻省理工公共卫生系的Wanda Barfield、佛蒙特大学的Charles Mercier、疾病控制和预防中心的Martin、美国国立卫生研究院的Mona Rowe、美国妇产科学会的Albert Strunk，Bernice Rose，Nonda Wilson，Donna Kovacheva、世界卫生组织Mario Merialdi和肯塔基大学的Vipul Mankad提供了信息、报告和资料。委员会感谢作出贡献的每个人。

最后，委员会还要感谢所有为委员会检索提供大量证据资料的论文作者，其中包括哈佛医学院的John A. F. Zupancic，费城儿童医院和宾夕法尼亚大学医学院的Gerri R. Baer和Robert M. Nelson，以及南佛罗里达大学的Greg R. Alexander。

目　录

概述 …… 1

第 1 章　引言 …… 16

第一部分　测量 …… 31

第 2 章　胎儿和婴儿成熟度测量 …… 32

第一部分之建议 …… 48

第二部分　早产的原因 …… 49

第 3 章　行为和心理对早产的影响 …… 50

第 4 章　社会人口和社区因素在早产中的作用 …… 70

第 5 章　与早产有关的内科疾病和妊娠期健康状况 …… 83

第 6 章　早产的生物学途径 …… 96

第 7 章　早产的基因-环境的交互作用 …… 118

第 8 章　环境毒物对早产的影响 …… 133

第二部分之建议 …… 148

第三部分　早产的诊断和治疗 …… 151

第 9 章　自发性早产的诊断和治疗 …… 152

第三部分之建议 …… 183

第四部分　早产的结局 …… 185

第 10 章　早产儿死亡率和急性并发症 …… 186

第 11 章　早产儿的神经发育、健康和家庭结局 …… 205

第 12 章　早产的社会成本 …… 238

第四部分之建议 …… 256

第五部分　研究与政策 …… 257

第 13 章　早产和早产儿结局临床研究的障碍 …… 258

第 14 章　早产对公共政策的影响 …… 270

第五部分之建议 …… 280

第 15 章　早产调查议程的研究 …… 282

参考文献 …………………………………………………………………… 290
附录 ……………………………………………………………………………… 387
A 资料来源和方法 ……………………………………………………………… 387
B 早产的决定因素、预后和地域差别 ………………………………………… 391
C 早产相关伦理学问题综述…………………………………………………… 419
D 关于早产相关医疗费用的系统综述………………………………………… 446
E 资助早产研究的基金项目…………………………………………………… 472
索引 ……………………………………………………………………………… 476

概　述

摘　要

2004年，美国的早产率为12.5%，即出生不足37周。早产率在过去的十年里稳步上升。早产率具有明显的种族、民族和社会经济状况差异，且持续存在，令人困惑。早产发生率最高的是非拉美、非洲裔美国人，最低的是亚洲和太平洋岛国的居民。2003年，非洲裔美国妇女早产发生率为17.8%，亚洲和太平洋岛国妇女早产发生率为10.5%。白人妇女早产发生率为11.5%。从2001～2003年，早产增长最显著的是非拉美裔白色人种、美国印第安人和拉美裔人群。[1]

早产儿死亡率明显高于足月儿，而且面临着多种健康和发育问题。并发症包括急性呼吸、消化、免疫、中枢神经系统、听力和视力问题，以及远期的运动、认知能力、视觉、听力、行为、社会情感、健康和生长发育问题。早产儿给家庭带来难以想象的情感付出和经济支出，也给公共服务带来诸多问题，如健康保险、教育和其他社会支持系统。2005年，美国用于早产的社会经费至少为262亿美元。发病率和死亡率最高的是那些极小胎龄出生的婴儿，近足月的早产儿占早产的绝大多数，即便是这些早产儿也会比足月儿经历更多的并发症。

早产面临一系列复杂问题，受许多因素的影响，可能原因包括：个人行为、心理社会因素、社区特征、环境暴露、医疗条件、不孕症治疗、生物因素和遗传。这些因素常常同时发生作用，尤其常见于那些社会经济地位处于劣势的群体或少数民族和种族群体。

目前诊断和治疗早产的方法、依据并不充分，对怎样预防早产知之甚少。治疗的焦点在于抑制宫缩，但并不能减少早产的发生率，只是推迟分娩时间。应用甾体激素和将孕妇及其胎儿转送到有条件的医院接受治疗，这些干预措施可减少围生儿发病率和死亡率。尽管围生期和新生儿期的治疗明显提高了早产儿的生存率，但这些婴儿仍然要面临许多急性和慢性疾病。因此预测和预防早产的干预措施和治疗手段是非常重要的。

参阅那些评估早产原因和结局的文献，包括诊治有早产风险因素的妇女和早产儿治疗，委员会提出早产问题研究议程，有助于确定研究方向。优先研究的领域包括：①建立多学科研究中心；②加强三个领域的研究，包括用取得的数据定义早产问题、临床及卫生服务调查研究、病因和发病机制研究；③研究和制定公共政策。委员会希望通过他们的努力确

---

[1] 译者注：拉美裔(Hispanic；又译为西班牙裔，简称西裔、西语裔)，又称拉丁裔(Latino)。指移居到美国或加拿大的拉丁美洲讲西班牙语或葡萄牙语的人。美国人称拉美裔人为“西班牙裔”(Hispanic)，实际他们和西班牙人不同，是欧洲人和当地印第安人的混血人种。本书译稿将原文的 Hispanic 均译为拉美裔。

立一个工作框架，有利于改善早产儿及其家庭的结局。

在美国，预防早产属于公共卫生问题，但与其他卫生问题不同的是，早产发生率在过去的10年里增加了。2004年的早产率是12.5%，也就是说婴儿在37周前就出生了(CDC，2005a)。自1981年起，早产率增长超过30%，(当时是9.4%)(CDC，2005a)。早产儿的出生会引发明显的健康问题，家庭和社会要付出更多的情感和经费开支。围生保健和新生儿保健的发展提高了早产儿的生存率，但这些存活的早产儿将比足月儿面临更多的残疾、健康和发育问题。那些胎龄<32周的早产儿有较高的发病率和病死率，但在32～36周出生的早产儿占大多数，他们也会经历较多的健康和发育问题。到目前为止，没有单一的或系列的检测和评价方法用来预测早产，预防早产仍集中于对有症状的早产患者的治疗上。

研究目标

持续存在的、令人困惑的早产问题促使医学研究所(Institute of Medicine，IOM)组建委员会，即认识早产和确保健康结局委员会(Committee on Understanding Premature Birth and Assuring Healthy Outcomes)，重点评价目前有关早产原因和结局的科研情况。

医学会早产委员会将确定和解决与早产有关的健康和经济结果。委员会目标是：①描述与早产原因相关的临床科研现状；②公布早产的巨大花费，包括为孩子及家庭的所有开支，涵盖经济、医药、社会、心理和教育等方面；③建立一个行动框架，确立优先研究领域，包括研究方向和政策制定。为实现这些目标，将研究：

● 审核和分析各种可能导致早产率上升的原因，包括倾向于推迟早产儿出生的措施和种族、族群差异。

● 评估与早产相关的经济花费和其他社会负担。

● 提出研究空白/需求，以及优先明确生物和环境因素如何影响早产的机制。

● 探索公共卫生政策以及其他相关政策可能的改变，这些政策可能从更多的研究中受益。

为评估研究空白和需要，委员会召开会议阐明早产临床研究的障碍，将寻求：

● 识别临床研究的主要障碍，包括妇产科领域对妇产科感兴趣的医生数量减少并且影响到科研；对参加研究的医师的技术能力要求越来越高；以及在研究孕妇方面存在伦理和法律方面的问题(如安全性和知情同意)。

● 提供排除障碍的策略，包括研究医师专业选择妇产科学系，为研究提供资金的组织和专业机构。

通过上述过程，委员会总结出研究早产的四条经验和不足。第一，早产是各种状况的复杂表达。第二，如何防止早产，我们知之甚少。大量研究投入用于治疗早产儿，提高他们的生存率。然而，在预防早产发生的领域没有取得显著成效。第三，早产率在不同种族和社会经济状况群体存在差异且难以解释。第四，近足月早产儿或晚期早产儿(32～36孕周)也存在较多的健康问题和发育问题，不能忽视。

本部分概述代表委员会的建议。下面，这些观点将在每一章正文之前以短篇形式陈述。为了充分了解和评价每一条建议，建议读者通篇阅读本书。

解决问题

委员会审议工作开始时，三个主题反复出现，有助于组织委员会的思路和解决问题的方法。第一个主题，需要一个明确的术语，文献中描述孕期、胎儿发育和成熟的特征性术语并不统一，交替出现，不能很好地解释早产的原因和结局及评价治疗效果。委员会使用早产术语，根据妊娠时限长短评估。本篇报告所包含的内容首次出现在文献中，用胎龄、早产和小于胎龄儿作为结局。缺乏的信息根据需要引入了低出生体重和其他相关结局，委员会认可用低出生体重评估早产的价值。

第二个主题，委员会致力于发现美国不同人群早产率不同的原因，早产率的差异在美国长期存在，令人困惑。按种群、种族、社会经济状况进行分类的某一些特定亚群，有更大风险和更多早产可能。最显著的人群是非洲裔美国妇女。2003 年，亚太岛国少数民族妇女的早产率是 10.5%，非拉美裔白人妇女是 11.5%，拉美裔妇女是 11.9%，美国印第安人/阿拉斯加妇女是 13.5%，非拉美非洲裔美国妇女是 17.8%(CDC，2005i)。尽管在过去的十年中，非洲裔美国妇女早产率逐渐下降，但总的来说，这些妇女的早产率明显高于其他人群。2001～2003 年，早产率增加最显著的是非西班牙裔白人、美国印第安人和拉美裔族群。虽然在美国各种族中，拉美裔和亚太岛国妇女的早产率最低，但他们并非基因一致的人群，并且在亚群中早产率存在显著不同。

第三个主题，提醒致力于该研究的委员会，早产问题是非常复杂的，应当认真评估。早产不是一个能用一种方案就可以解决和治疗的疾病。更确切地说，委员会认为早产是一系列问题，伴随着一连串因素相互作用、相互影响的结果。早产的复杂性使解决方案变得困难，可能没有解决问题的金钥匙。委员会认为早产原因不一致，可能是多种多样的，不同的人群可能会有不同的原因。个体行为和社会心理因素、周围的社会环境特征、环境暴露、医疗条件、不孕症治疗、生物因素和基因遗传都可能发挥不同程度的作用。这些因素中又有许多因素是共同发生作用的，尤其是社会经济水平低下的妇女。

通过审核，委员会提出调查早产问题的研究议程。该议程有助于着力抓好研究重点并指导研究。这些建议经过了归纳和优先排序，而在全书中出现顺序不同；但其序号固定。

优先研究的领域分组如下：

Ⅰ. 建立多学科研究中心

Ⅱ. 研究的前沿领域

- 用更新的数据较好地定义早产问题

建议包括加强资料的监管和收集，增加描述性资料，便于更好地确定早产的性质和范围。

1. 改进国家数据库。
2. 研究早产儿的经济影响。

- 进行临床和卫生服务的研究和调研

提高早产妇女和早产儿的临床诊疗水平，提升保健系统的能力，更好地为他们提供优质服务。

1. 改进对有早产风险孕妇的诊治方法。

2. 研究早产儿近期和远期结局。

3. 研究不孕症治疗并制订指南，以减少多胎妊娠的发生。

4. 提高对有早产风险孕妇和早产儿的监护质量。

5. 调查医疗保障体系对早产的影响。

● 进行早产病因和流行病学调查

研究早产的病因和在人群中的分布。

1. 调查早产的病因。

2. 与早产相关的多因素研究，包括社会心理、行为和环境危险因素。

3. 不同种族和社会经济条件下早产发生率差异的研究。

Ⅲ. 研究和制定公共政策

最后一组建议涉及理解早产对于各种公共项目的影响，以及如何用政策降低早产率。

第Ⅱ组分类没有优先排序，因为委员认为这些应当同时进行。不过，该类别下的建议有优先顺序。为了分析和改进早产相关政策，需要从前面的建议得到信息，因此政策性的建议列在最后。

早产研究议程表

Ⅰ. 建立多学科研究中心

由于早产涉及多方面因素的相互作用，包括生物、心理、社会和环境因素，因此有必要采用多学科联合研究的手段探索早产的病因、病理、诊断和治疗。除了面对科研和临床的挑战外，也应阐明其他方面重要的阻碍因素。尽管其中的某些障碍对于所有临床学科中的专家是常见的，但另一些对妇产科专家却是独一无二的。最重要的是在各种类型的调查中需要科学家的审核和参与，而这些调查对阐明早产是必需的。总体来说，培训临床调查员和支持临床调查研究处于长期匮乏状态（IOM，1994；Nathan 和 Wilson，2003；NIH，1997；NRC，2000，2004）。阻碍早产研究取得进展的主要问题是缺乏有经验的临床专家作为妇产科专家参与研究，其他阻碍包括职业选择的问题和年轻医生的培训（Gariti 等，2005）；参与临床研究的困难，尤其是妊娠期用药的研究；研究资金相对较少；还会引发一系列问题，如伦理和责任义务；该领域中需要的科研合作等（参见第 13 章）。

建议Ⅴ-1：美国国立卫生研究所和私人基金会应当建立多学科综合研究中心。其目标将致力于研究早产的病因、妇女及早产儿的健康结局。

与美国国立卫生研究所的目标相一致，研究应当包括以下内容：

● 需要关于临床、基础、行为和社会科学的基础、转化型以及临床研究。该研究应当包括，但又不仅限于以下内容：早产的病理机制；与早产有关的心理、行为、社会、社会人口学及环境暴露有害因素；不同种族、人种的早产发生率差异；早产风险的识别和治疗；为早产儿提供卫生保健服务的质量；卫生服务研究。

● 为了更好地认识和改善早产患者及其早产儿的结局，需要稳定持久的知识型领导。

● 研究培训计划应当作为这些中心不可缺少的部分。培养发展基础和临床研究的人员，包括促进奖励基金，这一点至关重要。

● 如同癌症和心血管疾病的研究计划一样，资助机构应当提供充足和持久的基金，以便这些研究中心调查研究早产的复杂症状。

Ⅱ．优先研究的领域

用更新的数据较好的定义早产问题。

1. 改进国家数据库

“不成熟”的概念包含在子宫外生活的生物学方面的不成熟。成熟是各方面发育和生长的渐进性全过程。早产儿器官系统不成熟，经常需要额外的照顾以维持生命。因此，成熟的程度是死亡率和发病率（早产儿近期和远期并发症）的主要决定因素。

准确定义早产对于比较和解释各种不同的研究是非常必要的，可以评估早产的病因和机制、预防早产的治疗措施、早产儿的健康和神经发育结局、用于治疗早产儿的策略的有效性。早期定义早产依赖于出生体重。用体重作为评价早产的指标带来的主要问题是胎儿的生长发育不是同步的，可能会漏掉一些早产儿。在任何胎龄，都存在出生体重分布范围，也就是说一些婴儿出生体重与胎龄相符，在标准范围内，一些相对较轻，另一些相对较重(Battaglia 和 Lubchenco，1967)。这些生长指标分类影响婴儿的发病率和病死率。许多早产儿为大于胎龄儿，虽然与足月儿体重相当，但是他们的发病率和病死率却是不同的。很少有研究根据胎龄进行分类调查。

胎龄资料不准确是研究早产面临的主要问题。有几种方法可以确定胎龄。早期B超(20周之前)比其他产前或出生后的胎龄估计手段更准确(Alexander 等，1992；Chervenak 等，1998；Nyberg 等，2004)，尽管它在评估胎龄方面有其准确性，但是常规应用超声评估胎龄受到一些因素的限制。那些有较高早产风险的妇女是否进行产前检查不确定(如年轻、贫穷、流动人口)，是否进行产前检查有种族差异。另外，在美国常规使用产前超声检查还没有国家标准。尽管与过去相比更多的美国孕妇接受了超声检查(在2002年为68%，而在1989年为48%)，但是许多检查做得太晚了，或者超声检查评估胎龄的准确性和可靠性并不充分(Martin 等，2003)。尽管推荐产科在产前较早使用超声，但是对研究者来讲，超声检查最好在12周以内，因为这有利于较早研究孕期对胎儿生长有影响的因素。

尽管评价胎龄的准确性受到更多的关注，但是也需要有更多的手段评价胎儿和婴儿的成熟度。当胎龄未知或不易确定时，成熟度的评价就更加重要。代替胎儿和婴儿成熟度，准确测量胎龄对于研究早产病因、机制、结局和临床治疗是非常重要的。

国家卫生统计中心为国家公共卫生数据库提供统一的报告标准，包括活产数、新生儿和婴儿死亡数。虽然出生证上只登记出生日期、居民身份和国籍，但是它包含着很有价值的公共卫生信息，并且是唯一的有关出生体重和胎龄资料的国家性资源。州立及国家有关出生和死亡人口数据库资料常用于描绘胎龄的分布情况、胎龄相关的体重分布、胎龄-出生体重相关的新生儿死亡率分布。胎龄还用于计算人口统计数据的指标，监测母亲和孩子的健康状况，也是公共卫生干预措施和监测干预效果的指标。

建议Ⅰ-1：提高围生期资料收集的质量。国家疾病预防控制中心(the Centers for Disease Control and Prevention，CDC)健康统计中心应号召医生按统一标准收集、记录、报告围生期资料。

应包括以下主要内容：

● 在生命记录中应评价胎龄的准确性。生命记录中应当阐明妊娠早期超声确定的胎龄(20 周前)。

● 相应胎龄的出生体重应该作为评估胎儿生长发育的一项指标。

● 围生儿死亡率和发病率应当根据胎龄、出生体重及相应胎龄的出生体重报告。

● 应建立和执行能够反映早产不同病因的分类和编码方案。

● 生命记录应陈述是否曾接受不孕症治疗(含体外授精和促排卵)。委员会确保这些原始数据的私密性和敏感性。

建议Ⅰ-2:鼓励行早孕期超声检查核对胎龄。早孕期超声检查能比较准确推算胎龄和促进学科发展，专业协会应鼓励使用超声在早孕期(20 周以前)核对胎龄，同时要制订超声检查的标准规范，建议对超声医生进行专业培训，从而提高超声检查报告的质量及准确性。

建议Ⅰ-3:制订成熟度指标。基金机构应鼓励科学家研究制订更为可靠、准确的用于围生期(出生前和出生后)判断成熟度的预测指标。

2. 研究早产儿的经济影响

到目前为止，研究早产儿的医疗花费几乎全部集中于住院监护，并且主要集中于婴儿首次住院的花费上(见附录 D 中 John Zupancic 的述评)。几项研究中提供了低出生体重儿的住院费用(Rogowski,1999),有一部分是根据胎龄提供早产儿花费(Phibbs 和 Schmitt,2006),另一部分是包含胎龄和低出生体重的开支(Gilbert 等,2003;Schmitt 等,2006)。这篇文献引发了对早产儿重症监护高消费的重视，但是对早产儿出院后的医疗花费或早期干预、特殊教育以及间接花费包括丧失生育功能等却知之甚少。评估终生花费的工作已展开，解决那些与早产和低出生体重相关的危重情况及残疾，例如特殊的出生缺陷(Waitzman 等,1996)、脑瘫(CDC,2004c;Honeycutt 等,2003;Waitzman 等,1996)、智力受限、听力丧失和视力缺陷(CDC,2004c;Honeycutt 等,2003)。

根据委员会提供的最新调查结果,2005 年全美与早产相关的社会经济负担最少是 262 亿，折合为每例早产儿 5.16 万美元。几乎 2/3 的花费用于医学治疗。医疗服务单位负担的费用是 169 亿美元(每例 3.32 美元),其中超过 85%的花销用于婴儿期，母亲分娩费用为 19 亿美元(每例 3800 美元)。早期干预措施花费估计为 6.11 亿美元(每例 1200 美元)。特殊教育费用，即与早产相关的发病率最高的四种残疾，包括脑瘫、智力受限、听力丧失和视力缺陷，合计为 11 亿美元(每例 11 200 美元),与这些缺陷相关的失去家庭及生殖能力的支出为 50.7 亿美元(每例 11 200 美元)。

建议Ⅳ-2:调查早产的经济结局。调查者应当调查早产带来的经济后果差异，为准确评价防治早产的政策打下基础。

研究应当包括：

● 评估与早产相关的长期花费，包括用于教育、社会、生殖和医疗等的花费，并评估各种花费所占的比重。

● 建立多变量模型，以解释经济负担大范围波动的原因，甚至可以将胎龄作为变量。

● 持续进行，以利于建立持续的评估手段。

● 建立基础的、节约经济的开支评估政策，提供干预措施，目的是减少经济负担。

进行临床和卫生服务研究调查

1. 改进对有早产风险孕妇的诊治方法

在过去的 30 年里,早产儿治疗的重点是降低早产儿的发病率和病死率。然而,到目前为止,主要的和次要的干预手段并没有减少早产的发生率。目前产前治疗集中于治疗各种风险因素而不是早产本身。在产前记录中强调出生缺陷、胎儿生长受限、产前子痫、妊娠期糖尿病、某些特定感染和过期妊娠的并发症(参见第 9 章)。有史以来,在产前检查中早产都没有引起重视。认为早产绝大多数源于社会因素而不是医学或产科原因(Main 等,1985;Taylor,1985),或者认为早产是病理过程合适的结局,有利于母亲和婴儿。

非洲裔美国妇女 37 周前分娩的发生率是其他种族的 2 倍。32 周前分娩的发生率是白人妇女的 3 倍。在所有不同宗教种群中最大的早产风险因素是多胎妊娠、早产史和阴道出血。

试图通过不同的手段对不同风险因素进行干预,均未获得成功。目前诊治早产的依据不够充分,这源于对早产的结局理解不完全以及未能把握早产临床症状之前的迹象。准确判断早产确有困难,因为早产妇女的症状(Iams 等,1994)和体征(Moore 等,1994)也经常出现在正常妇女身上(Berghella 等,1997;Jackson 等,1992)。同时,人工检查宫颈情况对发现早产并不非常可靠。治疗的方法主要集中于抑制宫缩,这种治疗手段没有减少早产的发生率,但能够推迟分娩,将母亲、胎儿转送到合适的医院。有两种干预措施可以降低围生儿死亡率和发病率(Berghella 等,1997;Jackson 等,1992)。

预防早产的目标也服务于降低围生儿死亡率和发病率。这一目标很重要,因为有早产史的妇女继续妊娠在某些情况下可能增加母亲、胎儿或两者的健康风险。

建议Ⅲ-1:改进对有早产高危因素的孕妇进行诊断和治疗的方法。研究人员应当找出一些改进对早产高危孕妇进行诊断和治疗的方法。

尤其是:

- 产前检查的内容应该包括对孕妇进行早产高危因素的评估。
- 在孕前、早孕和中孕阶段都应该对有早产高危因素的孕妇进行识别。
- 对已知的早产高危因素(如早产史、种族、短宫颈、生物化学和生物物理标记物)和一些新的标记物(如基因标记物)都要进行评估,以便形成个体化的综合危险因素评估。
- 需要更精确的方法以便:
    - 诊断早产。
    - 对新生儿的健康状况进行评价,以便区分是否需要终止妊娠。
    - 终止妊娠。
- 衡量早产围生保健的成功应当以围生期发病率、死亡率,早产发生率、低体重儿出生数量,新生儿发病率和死亡率为依据。

2. 研究早产儿近期及远期结局

尽管早产儿的死亡率、与孕龄相关的死亡率在过去的三四十年里已显著改善,早产儿仍然要面临许多并发症。这些并发症常常是源于不成熟的器官系统还没有准备好适应子宫外的生活。出生胎龄的减小,极大增加了早产儿的并发症和严重新生儿疾病,反映在各器官的脆弱和不成熟上,包括大脑、肺、免疫系统、肾、皮肤、眼和消化系统。总之,早产儿越不成熟,所需的生命支持程度就越高。早产儿的结局也受子宫外环境的影响,包括新生儿重症监护室(neonatal intensive care unit,NICU)、家庭和社区。

对早产儿来说,最早被关注的是新生儿神经发育性缺陷的风险增高,包括脑瘫、智力发育迟缓、视力障碍和听力缺失。更多的神经系统功能上的不良表现为语言混乱、学习能力受限、注意力高度不集中、细微神经控制不良或者共济失调、行为问题、社会情感障碍等。文献表明,神经发育障碍波动范围广泛(Allen,2002;Aylward,2005)。这些波动是由于方法学不同所致;例如,样本选择标准缺乏一致性,方法和随访时间、随访率、测量手段、诊断标准不同等。结局的变异如此频繁也反映了不同人群及临床过程的不同。死亡率和神经发育障碍率,中度早产儿(胎龄在33~36周)高于足月儿(尽管低于更早的新生儿)。那些接近足月出生的早产儿发育也是滞后的(在高难度行为活动、良好的操作技能、数学、语言、读、写等方面有更多的记忆困难)(Hediger等,2002;Huddy等,2001)。

早产儿不良健康状况最常见的是在他出生后的前几年再入院的风险增加(Hack等,1993;McCormick等,1980),并且住院时间偏长(Cavalier等,1996;McCormick等,1980)。导致健康状况不良的原因是反应性气道疾患或哮喘、反复耳部感染,及新生儿可能遇到的主要问题,比如斜视(McGauhey等,1991)。

早产儿家庭护理也面临长期的多个层面的挑战。尽管一些研究显示积极的结果(Macey等,1987;Saigal等,2000a;Singer等,1999),例如在朋友和家庭范围内的积极互动,但是关于这方面的有限研究显示早产的影响多是负面的(Macey等,1987;McCormick等,1986;Taylor等,2001;Veddovi等,2001)。如母亲抑郁或心理压力,进一步讲,由于社会人口因素不同以及孩子健康状况不同,早产的影响差异很大(Eisengart等,2003;McCormick等,1986;Rivers等,1987;Saigal等,2000a)。

早期的干预项目显示是有效的,至少在短期内有效,可以提高一些早产儿的认知能力,同时在家庭功能(Berlin等,1998;Majnemer和Snider,2005;McCormick等,1998;Ramey和Ramey,1999;Ramey等,1992)方面有重要的提升。尽管早期干预的远期影响并没有结论,但一些远期随访研究显示早期干预持续有益(McCormick等,2006)。

建议Ⅳ-1:制定报告新生儿结局的指南。美国国立卫生院、美国商务部、教育部、其他基金机构和调查员应制订准则,以便确定和报告早产儿结局,更好地反映他们整个生命期的健康、神经发育、心理、教育、社会和情感的结果,并研究确定可以用来优化这些结局的方法。

具体来说:

● 报告各种结局,除了按出生体重分类外,还应当按照胎龄进行分类,较好的方法是测量胎儿和新生儿的成熟度。

● 产科和新生儿科应加强合作,建立指南,采用更加统一的方法评估和报告各种结局。包括评估胎龄、测量工具、随访的最短期限。测量手段应当覆盖广泛的结局,应当包括生活质量并阐明早产儿及其家庭在他们青少年期和成年期出现的各种结局。

● 如果监测到早产是引起成年后疾病的原因,远期结局的研究应当介入到青少年期及成年期,这样才能确定早产儿的结局。

● 研究应当筛选出新生儿期能较好地预测神经发育受损、功能结局和其他远期结局的指标,这些预测指标可以给父母咨询提供更好的参考,提高母儿干预措施的安全性。提供促进婴儿发育更直接、更快速的反馈,便于制订综合随访计划和早期干预措施。

● 预防和治疗导致孕妇早产的疾病,预防和治疗新生儿器官受损,这两种不同目标是早产随访和研究的出发点，不但要报告新生儿分娩胎龄和任何新生儿的发病率，而且应当包括儿科和认知结局。特殊的结局也应当记载，以解答调研中的问题。

- 研究应查明和评估产后干预措施，改善早产儿的结局。

3. 研究不孕症的治疗并制定指南，以减少多胎妊娠的发生

不孕症治疗在过去的20年里急剧增加，与推迟生育倾向有关。2002年3.3万美国妇女使用辅助生殖技术(assisted reproductive technology，ARTs)妊娠并分娩，比1996年增加2倍(Meis等，1998)。其中50%以上为35岁及35岁以上的妇女。这些年来，这一技术带来的意想不到的后果是多胎妊娠和早产的增加，成为关注的焦点。有证据显示，不孕症和辅助生育的潜在因素(长时间才可怀孕)与早产(Henriksen等，1997；Joffe和Li，1994)有关联。与助孕技术相关的早产可能与其他大多数原因造成的早产的发病机制不同。

ARTs涉及卵子和精子在实验室处理过程，包括体外授精(invitro fertilization，IVF)过程。1996年起，联邦政府要求所有进行辅助生殖技术的诊所都要向CDC报告助孕结局(Meis等，1998)。尽管要求使用辅助生殖技术必须上报，而其他类似的生殖技术并没有要求报告。CDC定义的辅助生殖技术并不包括只处理精子的生殖技术(例如宫内或人工授精)或只对妇女进行药物刺激排卵而不进行卵子移植的辅助生殖技术。这一技术使用的频率和新生儿出生数量是未知的。这是当前的研究空白。

多胎妊娠在辅助生殖领域比自然受孕的发生率更多。增加多胎妊娠风险的主要原因是卵子移植的数量。国家数据显示，美国绝大多数的辅助生殖技术移植的受精卵不止一个，随母亲年龄增加，移植的受精卵就更多(CDC，2001)。辅助生殖技术数量的增加与多胎妊娠的增加有直接关系。在美国2002年通过ARTs诞生的45 751个婴儿中，53%是多胎妊娠。多胎妊娠的主要原因是ARTs，特别是IVF。次要原因是促排卵作用(超促排卵宫内受精和常规排卵)，这一技术带来的多胎妊娠同样值得关注。这些治疗造成的多胎妊娠的风险没有被很好地阐述，因为这方面的数据没有要求上报。

关于ARTs与促排卵治疗值得关注的是多胎妊娠导致的早产风险。通过ARTs分娩的婴儿中，14.5%的单胎，61.7%的双胎和97.2%的多胎在37孕周前分娩(CDC，2005a)。最近的荟萃数据分析结果显示IVF(McGovern等，2004)的单胎早产和新生儿1周内死亡的风险是正常自然受孕者的2倍(McGovern等，2004)。这类早产的病因仍然不清，是未来研究的重要领域。

1999年美国生殖医学会制定指南，推荐限制受精卵移植的数量。指南于2004年再次修订。指南颁布后，1996～2002年三胎妊娠率从7%显著下降至3.8%(Barbieri，2005)。尽管已成功地减少三胎以上的多胎妊娠的发生率，但是与欧洲国家相比，美国在减少多胎妊娠方面的努力还不够(Anderson等，2005)。

建议Ⅱ-4：调查由于不孕症治疗造成早产的原因和结局。国立卫生院和其他机构，例如CDC和卫生保健研究和质量研究机构，应当为研究者提供支持，要研究不孕治疗的机制，如辅助生殖技术和促排卵治疗会增加早产的危险。还应当研究接受不孕治疗妇女的结局以及早产母亲及其新生儿的结局。

具体来说，这个领域的研究应当达到如下目的：

- 对临床研究进行全面登记，重点是胎龄及出生体重，医源性早产还是自发性早产，新生儿结局和围生儿死亡率及发病率。这些登记要区别开多胎妊娠和单胎妊娠，并将多胎妊娠的多个新生婴儿联系起来。

● 进行基础的生物学研究，明确与生殖技术相关的早产发病机制，以及不孕不育可能导致早产的根本原因。

● 调查早产儿结局以及所有母亲接受不孕症治疗分娩的新生儿结局。

● 了解人口变化对生育治疗的应用和结局的影响。

● 评价各种不孕症治疗带来的短期和长期经济成本。

● 研究改善不孕症治疗结局的方法，包括识别高质量配子和受精卵，进行优化以期达到单受精卵移植成功，改善对卵巢的刺激，使单一卵泡发育成熟。

建议Ⅱ-5：减少多胎妊娠的研究指南。美国妇产科医师协会、美国生殖医学会和国立及州立公共卫生机构应当制定工作指南，减少多胎妊娠的数量。重点是进行单卵移植、限制超促排卵药物的使用和其他治疗不孕症的非辅助生殖技术。除了各中心及私人诊所必须向CDC报告辅助生殖情况外，超促排卵治疗的使用也应当按规定上报。

4. 提高对有早产风险的孕妇及早产儿的监护质量

除了产前检查的内容，对生殖全过程的了解知之甚少，对于早产儿来说，高质量的NICU寥寥无几。了解产前检查及分娩的质量对减少早产率有潜在影响，目前缺乏与围生期相关的质量评估体系。一些报告系统，例如国立质量保证中心(健康计划会员数据与信息系统)仅包含少数几个与分娩时间、产前检查内容和出生结局有关的基本数据。

总之，在不同的NICU，各种结局的差异很大，不能用患者组合或其他显而易见的医院特色来解释，例如患者的数量和监护水平。近期研究表明，NICU良好的组织和治疗机构在提高患者结局方面有很大帮助(Pollack等，1993)。更多研究显示，将患者送至最好医院接受高质量监护的时机的把握能力需要提高。

建议Ⅴ-2：建立质量议程。调查者、专业协会、国家机关和基金机构应当制定一项质量议程。利用当前的技术最大限度改善早产儿结局。

这些议程应当涵盖以下内容：

● 对为早产妇女和早产儿治疗的医务人员的医疗过程进行全程质量评价。

● 证实早产儿干预措施的有效性，明确为提高质量将干预措施用于实际工作中的效果。

● 分析不同机构中早产儿的不同结局。

5. 调查医疗保障体系对早产的影响

决策者自1980年以来，将工作重点放在扩大产前检查的能力上，努力从整体水平改善出生结局，包括降低早产率。成绩的取得主要通过在州立水平的医疗机构增加对孕妇的医疗补贴，佛罗里达州扩大医疗补助的一项研究显示，增加医疗保险与接受早期产前检查有直接联系(Long和Marquis，1998)。

另一方面，各个州可以通过医疗补贴以外的扩大保险计划(Schlesinger和Kornesbusch，1990)，即母子健康捐助基金对未参加保险的孕妇提供产前检查。产前检查覆盖率通过开展国家儿童健康保险项目明显增加了[Title XXI，Social Security Act，Pub. I，No. 74-271(49 Stat 620)(1935)]。

对扩大的医疗保险进行评估发现，增加妊娠妇女的医疗保险水平并没有减少早产的发生率或改善母婴结局。增加医疗保险并没有降低早产率的原因之一可能是目前的产前检查重点集中在各种危险因素上而非早产本身(参见第9章)。因此，产前检查提供的框架应当增加各种干预手段，期望将来在减少早产中起重要作用。

长期以来，一直认为卫生保健服务系统在出生结局中起关键性作用。20世纪70年代，出生缺陷基金会提出在美国实行区域化围生期保健管理的实用指南(围生期健康委员会,1976)。制定该指南的根据是区域化新生儿保健与改善新生儿存活率和所有结局有密切关系。据初步设想,区域化围生期保健根据患者(母亲和婴儿)的临床情况不同,包括三级保健。一级中心提供基本或常规的产科及新生儿保健;二级中心有能力为中度危险的患者提供围生期保健;三级中心为高危患者提供最专业化的救治。除了医疗等级不同外,区域化的围生期保健还包括区域内医院之间的合作。

研究显示,区域化增加伴随着新生儿存活率的提高(McCormick 等,1985)。然而近 5 年,由于管理型医疗保健环境逐渐兴起,其报销制度导致医院之间的竞争逐渐取代对围生期保健区域化的重视。为了争取管理保健合约,同时为了吸引产科患者,比较小的社区医院即使产科数量增加不足,或对新生儿的综合治疗能力不够,也聘用新生儿专家,并建立新的 NICU。

随访研究显示,区域化围生期管理功能出现逆转,医院之间的竞争增加了,三级医疗保健水平淡化(Cooke 等,1988)。1990～1994 年,自我设定的二级医疗机构的数量比 1982～1986 年增加,一级医疗机构相应减少(Yeast 等,1998),其结果是二级医疗机构极低出生体重的早期新生儿死亡率是三级医疗机构的 2 倍。

最近循证医学证据表明,私立诊所开始有选择地向高质量医院输送患者,循证最广泛的转诊意味着高危患者在医院接受最好的治疗,获得最好的妊娠结局。低出生体重儿转诊的标准是那些出生体重低于 1500g、妊娠不足 32 周,或者可以治疗的重大出生缺陷,转到每天有 15 个以上接诊能力的有 NICU 的医疗机构。有证据表明,虽然患者的数量和 NICU 护理水平对早产儿结局有显著统计学意义,但研究显示在各医院间极低出生体重儿的病死率差别很小(Rogowski 等,2004a)。总之,在各 NICU 中早产儿结局差异很大,不能用患者混杂或其他可观察到的医院特征来解释,如患者数量和救治水平。需要对高质量医疗机构进行定位研究,使患者可以到最好的医院医治。为了竞争而改善监护条件,为了维持并吸引产科患者,规模小一些的社区医院聘用了新生儿专家,建立了新生儿 NICU,甚至在较少产科患者增长和缺乏对产科患者诊治能力的情况下提供综合的新生儿服务。

建议Ⅴ-3:研究了解卫生保健服务系统对早产的影响。国立卫生院、卫生保健研究与质量署及一些私人基金会应当进行卫生保健服务系统组织和支持的效果研究,包括与早产相关机构的评估、机构的质量、花费、与生殖健康和青少年时期相关的保健结局。

进行早产病因和流行病学调查

1. 调查早产的病因

早产的原因是多因素的,并且随着胎龄的变化而变化。生物学途径包括全身性感染和宫腔感染(占极早早产的大多数)、母亲压力、胎儿压力和蜕膜出血相关的子宫胎盘血栓和宫内血管病变、子宫过度膨大、宫颈机能不全,这些病理因素中的任意一种都可能对基因-环境的相互作用产生影响。过去,产科专家和流行病学家出于统计目的,倾向于将所有发生在 20～37 周之间的早产合并研究。这就妨碍了把早产作为共同终点来研究的机会,并形成了大量经验主义的、统一的、不成功的治疗方案。每一例早产的病理原因可能都有其独特性,然而所有的早产的治疗都是抑制宫缩。

用相关的动物模型进行早产研究越来越受关注,了解早产机制和早产儿后遗症,制订合理有效的治疗和预防策略。源于动物模型最令人信服的数据是感染和炎症引起的早产

[Gravett 等,1994;Vadillo-Ortega 等,2002;见 Elovitz 和 Mrinalini(2004) 的综述]积极的抗生素、免疫调节剂治疗是有效的(Gravett 等,2003)。

直到最近,早产遗传易感性和基因-环境相互作用方面的研究还是空白。有些证据表明,遗传易感性和基因-环境之间的相互作用与早产有关。然而到目前为止,早产相关的基因与环境相互作用方面的出版物很少(Genc 等,2004;Macones 等,2004;Nukui 等,2004;Wang 等,2000,2002)。现有文献提供的证据表明,家族或亲代可影响低出生体重和早产(Bakketeig 等,1979;Carr-Hill 和 Hall,1985;Khoury 和 Cohen,1987;Porter 等,1997;Varner 和 Esplin,2005)。最近随着人类遗传学和分子生物学方面的进展,基因在疾病中作用的研究从间接的家族病史评估转为直接的个体基因型定位研究,家族史和既往史仍然是评估早产风险的有力工具。了解这些因素及其相互作用可能有助于诊断、预防和治疗高危妇女的早产,迅速扩大的研究领域需要建立跨学科合作的新模式,详见建议Ⅴ-1。

对于环境污染物接触引起早产的潜在风险目前了解甚少。环境污染物增加早产风险的研究很少,在有限的污染物研究中,获得的信息也是很有限的。缺乏了解对于设计公共卫生预防战略是个很大的缺陷。与早产关系最密切的污染物是铅[见 Andrews 等(1994)的综述]和环境中的烟草(Ahlborg 和 Bodin,1991;Ahluwalia 等,1997;Jaakkola 等,2001),大量证据表明,孕妇接触这些污染物增加早产的危险。此外,大量流行病学研究发现,早产与空气污染物暴露有显著关系,尤其是二氧化硫和颗粒物,接触这些空气污染物可能会增加女性的早产风险(Liu 等,2003;Mohorovic,2004;Xu 等,1995)。

建议Ⅱ-1:支持早产的病因研究。资助机构应承诺,持续、有力支持早产的病因研究,填补相关知识空白。

得到支持的领域应包括:

- 有关分娩的生理和病理机制的研究应贯穿整个孕期及孕前期。
- 应该对炎症及其调控在着床和分娩中的作用加以研究。具体来说,应当解决细菌和病毒感染以及宿主对病原体的特殊反应引起的被动的免疫和炎症途径。
- 早产应定义为一个多种病理生理途径的综合征,准确地反映了早产表型异质性的根本病因。
- 应该对人类胚胎植入、胎盘形成、分娩和早产的动物模型、体外模拟系统和计算机模型加以研究。
- 应该对早产的简单遗传和更复杂的表观遗传原因加以研究。
- 应当重视基因与环境的相互作用和环境因素,包括物质和社会环境。
- 应该对生物指标和机制及接触生物标志物、环境污染物加以研究。

2. 与早产相关的多因素研究,包括社会心理、行为、社会人口、环境危险因素

早产的行为决定因素越来越受重视,行为改变可直接减少早产频率。对不同的行为因素进行大量观察性研究,包括烟草、酒精和非法药物使用、营养、身体和性活动、职业和阴道冲洗。虽然每一个具体行为之间的因果关系还面临挑战,但有两个关键问题贯穿其中。首先,由于内在固有的复杂性,衡量其中的许多行为的准确性是一个挑战,个人不能完全记得过去的行为,或耻辱行为,妊娠妇女面临的挑战就更大。行为因素非常容易混淆,因此,与早产有因果关系的行为因素往往被相关的行为因素掩盖,如社会经济条件或其他行为。与影响早产行为的其他研究项目结合在一起,包括机制研究、随机试验、观察性研究,在可行的情况下进行这样的研究可以获得很多相关的信息。

可卡因增加早产的危险(Holzman 和 Paneth,1994),闲暇时间进行体育锻炼可以降低早产的发生(Evenson 等,2002)。膳食成分对早产的发生有一定影响,多方面研究认为增加铁剂(Villar 等,1998)、长链脂肪酸(Olsen 等,2000)、叶酸(Rolschau 等,1999;Savitz 和 Pastore,1999)和维生素 C(Siega-Riz 等,2003)是有益的。尽管这些食物成分公认对预防早产具有影响,但还需要进一步评价。

近年来,越来越多的学者研究社会心理因素和早产的关系。社会心理因素如压力、生活事件(例如离婚、生病、受伤或失去工作)、焦虑、抑郁和种族歧视是不同的因素。有证据表明,一些因素如重大生活事件(Lederman 等,2004;Misra 等,2001;Stein 等,2000)、慢性和灾难性压力(Lederman 等,2004;Misra 等,2001;Stein 等,2000)、产妇焦虑(Rini 等,1999)、种族歧视(Collins 等,2004)和妊娠意愿(Orr 等,2000)都将增加早产的机会。虽占小部分,但越来越多的证据表明,妊娠期间遭遇家庭或个人暴力,对妊娠结局有不利影响(Amaro 等,1990;Coker 等,2004;Parker 等,1994a;Rich-Edwards 等,2001;Shumway 等,1999)。至于压力及其调解过程的影响程度有多大,目前还不清楚。

周边环境直接或间接影响健康。其中包括社区的社会环境(例如社区凝聚力、犯罪、社会经济成分和住宅稳定性)、服务环境(例如提供高质量的医疗服务、食品杂货店、娱乐设施)和物理特征(例如接触有毒物质、噪音和空气污染、住房质量)。研究证明,社区水平的经济劣势和妊娠结局密切相关(Collins 和 David,1990,1997;Elo 等,2001;O'Campo 等,1997;Roberts,1997)。这些研究用出生体重而不是胎龄会受到很大限制。低出生体重在不同种族和族裔仍然存在差异,即使在个人和社区条件相同的情况下非洲裔美籍母亲早产风险明显高于白人母亲(Roberts,1997)。与出生体重和低出生体重风险相关的一些独特的社区特征,包括社区经济贫困和犯罪(Elo 等,2001)、不利的社区条件可以削弱产前保健的保护性作用(O'Campo 等,1997)。

建议Ⅱ-2:多种危险因素的研究,促成与早产有关的相互作用模型的建立。公立和私人资金机构应支持研究人员进行与早产相关的多种危险因素研究,而不是独立的个别危险因素研究。这些研究将构建一个与早产有关的多因素相互作用的复杂模型,有利于发现更具体、更完善的针对危险因素的干预措施。

具体而言这些研究包括:

- 制定强有力的致病途径理论模型,社会心理因素包括压力、社会支持及其他弹性因素,以此为基础不断进行早产观察研究。这些工作框架应包括可能的生物学机制。综合研究应包括社会心理、行为、医学和生物数据。
- 充分研究各种风险,如就业特征和工作环境,包括与工作有关的压力;孕期家庭或个人暴力影响;种族歧视和个人资源,如乐观、掌握和控制,以及计划妊娠。这些研究还应包括接触环境毒物等的潜在作用。
- 强调文化措施的有效性,不同种族和民族群体经历的压力各不相同。压力测量还应包括如焦虑的具体情况。
- 加强社区因素对早产风险的研究,包括新的多层次模型,提供更多的研究人员进行这些数据和信息的研究,机构间达成协议,资源共享,支持发展社区建设。
- 首要的发展战略是预防早产,轻度影响的作用因素较多,因此要采取多因素的干预措施。
- 制订普遍适用的方案,收集数据和样品,应考虑进行高危人群研究,提高研究的效力。

3. 不同种族和社会经济条件下早产发生率差异的研究

如上文所述,早产率存在种族和民族差异。早产率差别最大的是非洲裔美籍妇女和亚洲妇女,同样可以理解亚洲各亚群之间的区别。早产率与出生地和居住期限有关。2003年国外出生的非裔美国人早产率为13.9%,但美国本土出生的非裔美国人早产率为18.2%(CDC,2005)。目前还不清楚为什么同一种族后裔具有共同的祖先,在国外出生和在美国本土出生早产率却大不相同,甚至居住期限似乎也影响早产率。加利福尼亚的一项研究发现,在美国居住5年以上的墨西哥移民比居住少于5年的新墨西哥移民更有可能发生早产(Guendelman和English,1995)。

大量研究包括不同的社会经济地位(SES)、孕妇高危行为、产前保健、孕妇感染、压力、遗传,有关调查结果表明,社会经济地位的差距导致非洲裔美国人和白人妇女之间早产率存在很大差异(Collins和David,1997;McGrady等,1992;Schoendorf等,1992;Shiono等,1997),研究表明社会经济地位不同,早产率也不同,不仅在美国(Parker等,1994a),在其他国家这种情况也很普遍,如加拿大(Wilkins等,1991)、瑞典(Koupilova等,1998)、芬兰(Olsen等,1995b)、苏格兰(Sanjose等,1991)、西班牙(Rodriguez等,1995),这些国家和地区的贫困程度较低,已普遍获得高质量的产前检查和其他医疗服务。此外,社会经济差距与其他因素有协同作用,如产妇营养(Hendler等,2005)、产妇用药(Kramer等,2000)、产妇就业(Mozuekewich等,2000)、产前检查(CDC,2005i)和产妇的感染。不可思议的是,产前检查并没有减少早产的风险(Alexander和Kotelchuck,2001;Lu和Halfon,2003),社会经济差距在早产中的作用也不太可能得以调解,细菌性阴道病在社会经济地位低下的妇女中较为常见(Hillier等,1995;Meis等,1995),但是临床筛查试验和治疗的结果相矛盾(Carey等,2000;McDonald等,2005)。社会经济地位低下的妇女经历更多压力性生活事件和更多的慢性刺激(Lu等,2005;Peacock等,1995),这些都与早产有关。

美国黑人和白人妇女在其他行为与社会之间的差异也是导致早产率差异的潜在原因。非洲裔美国黑人妇女吸烟的比较少(Beck等,2002;Lu等,2005),毒品和酒精消费并不比白人妇女高(Serdula等,1991)。产前检查在预防早产中的作用尚未得到最后证实(Alexander和Kotelchuck,2001;Lu和Halfon,2003;CDC,2005i),非洲裔美国妇女比白人妇女更容易经历感染,包括细菌性阴道病和性传播感染(Fiscella,1995;Meis等,2000)。然而造成美国黑人妇女感染易感性增加的原因在很大程度上仍然是未知的,治疗取得效果甚微或没有益处(Carey等,2000;King,2002;McDonald等,2005)。在日常生活中,美国黑人妇女可能会比白人妇女遇到更多的压力,因此产妇心理压力过大可能是非裔美国黑人和白人妇女早产率差异的一个主要原因(James,1993;Krieger,2002;Lu和Chen,2004)。虽然妇女的基因构成在早产发病中发挥的作用毋庸置疑,但潜在的种族遗传差别还不明了(Cox等,2001;Hassan等,2003;Hoffman等,2002;Varner和Esplin,2005)。

建议Ⅱ-3:将研究扩展到民族-种族差异和社会经济差异对早产率影响的原因和防治方法上。美国国立卫生学院和其他基金管理机构,当前应致力于早产率在民族与种族和社会经济差异的原因和防治方法的研究。这项研究议程要努力将重点放在寻求非洲籍美国婴儿高早产率的原因方面,还要鼓励对其他民族-种族子群体间差异性进行研究。这项研究应该是一个整体方案,能够考虑到早产发生的多种因素之间不同的相互作用,包括种族主义在内,在多层次和整个生命过程中均发挥作用。

Ⅲ. 研究发布公共政策

由于早产主要集中在社会经济地位低下的人群中，早产的费用对公共卫生项目造成很大的负担，其中许多对象是低收入群体和其他弱势群体。如上所述，接受 ARTs 的孕妇可能无法代表所有孕妇(另外有证据表明接受 ARTs 的孕妇处于社会经济地位有利的背景)，因此在将由 ARTs 得出的结果进行归纳时，应考虑到这些情况。

早产的费用不仅仅是实际出生婴儿的医疗费用，许多终生治疗的早产儿需要大量费用。因此早产造成的后果跨度范围大，需要广泛的服务和社会支持，这些可能包括早期干预项目、特殊教育、收入支持(包括所提供的补充保障收入计划和临时援助贫困家庭)、美国社会安全法案第五项"母婴保健项目"、寄养和少年司法制度。除了公共医疗补助制度提供的医疗保险，早产巨大的公共负担是鲜为人知的，由于缺乏资料，用于早产的相关费用不可能用于其他服务和项目。

第二个方面的公共政策是：减少早产儿出生率和改善幼儿的健康结局。公共政策有可能通过医疗融资、组织关怀、改善服务质量和其他社会政策降低早产率，改善儿童和家庭结局。因此需要制定更好的卫生保健措施，努力改进质量和指导公共政策。然而有效的公共政策需要更好地了解早产的决定性因素。

建议Ⅴ-4：研究公共项目与政策对早产的影响。国立卫生研究院、医疗服务和公共医疗补助中心以及私人基金会，应当研究和(或)支持研究社会项目和政策对早产发生和早产儿健康的作用。

建议Ⅴ-5：进行与公共政策发布内容有关的研究。为了制定能够减少早产发生并确保新生儿健康的有效公共政策，需要公共和私人基金机构、国家机构、捐助人、专业协会和研究人员努力实施既往建议。在制定能够成功解决早产问题的政策之前，重要的是进行以下方面的研究：早产的定义、临床调查和病理机制以及流行病学调查。

结　束　语

虽然极大改善了新生儿早产治疗率和生存率，但在预防和治疗早产方面收效甚微，目前的挑战依然是确定干预措施，防止早产，降低早产母亲和新生儿的发病率和死亡率，并降低远期残障率，为早产儿提供全面和最有效的帮助。本报告的建议旨在协助决策者、学术研究者、资助机构和组织、第三方付款人，以及优先研究领域的医护专业人员，并让公众了解早产问题。最终目标是通过委员会的努力，改善儿童及其家庭的预后。

第1章

引　言

孕周是新生儿后续健康和生存最重要的预测指标之一。2004年有50多万新生儿，或者说12.5%的新生儿出生时妊娠不足37周(CDC，2005a)。据本报告最新估计，2005年美国由于早产引起的社会经济负担超过262亿美元(保守估计)。

在过去的20年里，早产比例一直稳步上升，其中大部分发生在妊娠32～36周。过去认为低出生体重是早产的标志，然而目前医学研究所(Institute of Medicine，IOM)认为，低出生体重不是一个好的替代指标，而且特别关注对早产的分析。

与足月妊娠(妊娠37～41周)相比，早产儿有较高的死亡和伤残风险。大约75%的围生期死亡发生于早产儿(Slattery和Morrison，2002)，在孕32周前出生的早产儿中，近1/5存活不到1岁，而妊娠32～36周出生的早产儿约1%存活<1岁，足月分娩的新生儿存活<1年的比例仅为0.3%。妊娠<32周出生的婴儿死亡率(infant mortality rate，IMR)达180.9‰，是妊娠37～41周出生婴儿死亡率的近70倍(Mathews等，2002)。

随着围生医学发展和新生儿诊疗技术的进步，早产儿存活率明显提高，包括那些在妊娠23周出生的早产儿。然而，存活的早产儿发病率较高，神经系统发育异常的程度可以从重大残疾，如脑瘫、智力低下、感觉障碍，到更为精细的障碍性疾病，包括语言和学习困难、注意缺陷多动障碍、行为和社会情感的困难。早产儿发生生长发育和健康问题的风险也增高，如哮喘或气道反应性疾病(见第11章的综述)。

虽然在早产儿治疗方面取得了重大进步，提高了存活率，但是了解和预防早产的发生却收效甚微，各种复杂因素都参与了早产的发生，需要采用多学科方法针对其病因、病理生理、诊断和治疗进行研究。然而，很难让所有学科的科学家都参与到这些研究中来，最关键的障碍是要为学术中心的临床研究员提供收入，而且有些研究员本身肩负着其他职责，使其不能从事研究工作。这就需要开发新的领域，给予充分的时间进行这项重要的研究。

研究人员和临床医师所面临的挑战是采取干预措施预防早产的发生；一旦发生早产，降低产妇和(或)新生儿的发病率和死亡率；而且尽可能采取全面、经济、有效的措施减少儿童远期的致残率。

委员会的成立背景和职责

持续存在和令人不安的早产问题促使IOM召开会议，评估早产发生的原因和深远的影响。2001年10月IOM召开主题为"环境健康科学、研究和医学"的圆桌会议，集中研究环境因素对早产的影响。2003年，出版了本次研讨会议的摘要——环境危害在早产中的作用(IOM，

2003)。会议成员担心早产的研究进度不如预期快,认为如果有议程可供研究者遵循,且这种研究议程有助于集中和指导多学科参与早产的研究,那么就可以取得较好进展。

在主办方的协助下,成立了认识早产和确保健康结局委员会(Committee on Understanding Premature Birth and Assuring Healthy Outcomes),主办方包括国立儿童健康与人类发展协会(the National Institute of Child Health and Human Development)、国家疾病预防控制中心(the Centers for Disease Control and Prevention)、国立卫生院研究妇女健康研究办公室(the National Institutes of Health Office of Research on Women's Health)、卫生资源和服务管理局(the Health Resources and Services Administration)、环境保护局(the Environmental Protection Agency)、出生缺陷基金会(the March of Dimes)、宝威基金(the Burroughs Wellcome Fund)、美国妇产科医师学院(the American College of Obstetricians and Gynecologists)、美国生殖医学会(the American Society for Reproductive Medicine)、母婴医学协会(the Society for Maternal-Fetal Medicine)。具体来说,出席委员会的17个成员的职责如下:

医学委员会将确定和处理有关早产的健康和经济问题。总体目标是:①描述与早产原因相关的科学和临床研究现状;②关注儿童及其家庭多方面的费用,如经济、医疗、社会、心理和教育费用;③建立一个行动框架,解决一系列优先需要解决的问题,包括将来的研究和政策议程。为实现这些目标,研究将:

- 回顾和评价使早产发生增多的各种因素,其中可能包含晚育趋势、种族、民族差异。
- 评估与早产有关的经济费用和其他社会负担。
- 填补研究空白/需求,优先研究生物和环境因素影响早产的发病机制。
- 探索公共健康政策和其他政策中各种可能的变化,使更多的研究受益。

为了填补研究空白和需要,委员会将再次召开会议,解决早产临床研究的障碍。委员会将举办研讨会以期达到以下目的:

- 识别临床研究的主要障碍,其中可能包括希望从事妇产科领域的住院医师人数的减少,及其对临床研究人员产生的影响;在学术能力范围内提高医疗事故保险金,为临床医师提供医疗保护和研究的时间;与对孕妇人群进行研究有关的伦理和法律问题(例如考虑安全问题和知情同意)。
- 提供消除障碍的策略,包括住院医师的专业选择、妇产科部门、为研究提供资助的机构和组织、专业团体机构。

通过21个月的研究,委员会召开了6次会议,并主持召开了3次研讨会(研究方法见附录A)。

之前有关早产和低出生体重儿的研究报告

除了研讨会纪要——环境危害在早产中的作用,IOM公开发表了一些关于早产、低出生体重和其他婴儿结局的研究报告。“预防低出生体重”(Preventing Low Birthweight)(IOM,1985)强调了低出生体重问题的重大意义,回顾了早产的危险因素及病因,比较了各州低出生体重发生情况的趋势及全国的趋势。报告还描述了预防低出生体重、减少经济费用的方法并指出了研究的需求。“母亲和婴儿的产前保健”(Prenatal Care:Reaching Mothers,Reaching Infants)(IOM,1988)考查了30个产前保健项目,对那些没有进行产前保健的母亲进行调查分析，并提出建议，改善国家的孕产妇管理系统和增加对产前保健项目的利用。两份近期的报告——“降低出生缺陷：迎接发展中国家的挑战”（Reducing Birth Defects：Meeting the Challenges in the Developing World）（IOM，2003）和“改善出生结局：迎接发展中国家的挑战”（Improving Birth Outcomes：Meeting the Challenges in the Developing World）（IOM，2003）提到了发展中国家特有的问题。

IOM的两份报告中特别明确委员会的职责——解决研究中的障碍。“医疗责任和分娩中的产科护理”（Medical Professional Liability and the Delivery of Obstetrical Care）（IOM，1989）和“加强妇科/产科部门的学术研究”（Strengthening Research in Academic OB/GYN Departments）（IOM，1992）。第一份报告阐述医疗责任、分娩中的产科保健、民事司法和保险制度、医疗责任问题及其对母婴卫生保健的综合效应。第二份报告阐述妇产科各部门在学术部门开展相关研究的义务，这种研究旨在促进妇女健康，改善妊娠结局。

解决早产问题的研究和其他活动也在进行，并且得到各种联邦机构和私人基金的支持（见第13章综述）。在解决早产问题上，出生缺陷基金会作出了巨大贡献。2003年1月，该基金会发起了早产儿项目，以提高对早产问题的认识，减少早产儿的出生率。该项目包括资助研究、为早产儿家庭提供支持、获得保险和卫生保健、帮助资助商了解如何降低早产的危险、教育妇女如何降低早产的风险以及如何识别早产的症状。出生缺陷基金会最近发表了一份关于早产的研究议程（Green等，2005）。主要包含六项研究课题，涉及流行病学研究、基因及基因与环境相互作用、种族歧视、炎症因子的作用、早产的压力应激以及临床试验研究。

其他报告还突出知识差距和确定优先研究的项目。2004年美国国立儿童健康与人类发展协会和美国儿科学会召开了一次研讨会，重点是新生儿领域的研究，出版了研讨会纪要（Raju等，2005），确定了神经学、心肺功能研究、胎儿和新生儿营养、胃肠功能研究、围生期流行病学和新生儿药理学学科研究等。同样由美国国立儿童健康和人类发展协会、国立神经疾病和卒中学会、疾病预防和控制中心发起的研讨会重点是对高危新生儿进行随访研究，该研讨会也出版了研讨提要（Vohr，2004），并建议对这一群体进行长期随访研究，对纳入随机对照试验的人群进行长期干预效果的监测。其面临的挑战是建立多中心监测网络，包括规范的学习材料、提高随访率、确定研究人群和登记纳入研究的时间、符合经济成本-效益比和适宜的对照组。

本书提出新的行动方向和组织结构，有助于在早产各层面的基础上进行集中研究和政策管理，全面评估知识地位、进行有关早产的病因研究以及早产的近期和远期后果评价。为了完成目标，委员会在本书中没有详尽评论早产的各种病因或新生儿和儿童的结局。而且本书的目标是总结和综合文献，找出差距，提议制定研究日程填补研究空白。委员会的建议是根据科学证据和专家判断提出的。

本书调查结果和建议是为了帮助决策者、学术研究人员、资助机构和组织、第三方支付人，以及医学专业人员确定优先研究内容，让公众了解早产问题，最终目标是要改善早产儿及其家庭的结局。

重复出现的主题

在开始审议时，委员会注意到三个主题反复出现，这些议题成为主题，帮助委员会思考和解决早产问题。第一个主题，需要明确术语。早产儿各有不同，早产儿病因不同，出生后有各种并发症且结局也不相同，用各种不同的术语描述妊娠时间、胎儿生长发育及成熟，在文献中这些术语使用不一致并且互换使用，术语不统一难以解释早产发生的原因和后果，难以评价早产儿的治疗效果。早在审议之时，委员会决定使用术语"早产"，根据孕龄来评估婴儿(第2章提供了文献中使用术语的讨论和确定胎龄的各种方法)，虽然低出生体重常常是早产的结果而不是早产，委员会认为低出生体重不是好的结局指标。但是他们认为在这一领域使用低出生体重确定早产是有优势的，便于进行研究。委员会也承认评估胎龄的各种方法存在局限性(第2章)，文献中先后使用胎龄、早产和小于胎龄作为妊娠结局，没有使用低出生体重和与之相关的结果。

委员会还讨论了区分自发性早产(自然发生的早产或胎膜早破早产)和医源性早产的必要性(因为高危妊娠并发症采取的医学干预措施)。尽管不同类型的早产其病因和始发因素各有不同，仍一直存在将早产作为各种并发症的共同结局混杂在一起进行研究的倾向。委员会通过回顾分析区别自发性和医源性早产。

第二个主题，委员会要实现的目标是寻找令人困惑的长期存在的美国人口不同亚群之间早产发生率差异的证据。在特定的民族和种族、社会经济处于劣势地位的亚群中早产风险大，发生的比例高。这一长期趋势有若干解释，包括种族基因差异、吸烟、吸毒、工作和体力活动、孕妇行为、压力、种族歧视、产前保健和感染。委员会审查这些建议，建议采用综合方法来了解种族、民族和社会经济条件的差异在早产中的作用。差异的领域也需要研究和讨论。

第三个主题，委员会强调最复杂的问题是评估。早产不是一种疾病，可能是一种解决方案或治疗方法。委员会认为早产是一系列问题，包括一系列相互影响、相互关联的重叠因素；其原因是多方面的，不同群体各不相同，个人心理和行为因素、社区特征、环境暴露、医疗条件、辅助生殖技术(assisted reproductive technology，ARTs)、生物因素和遗传都在不同程度的发挥作用。许多因素共同作用，特别是在那些社会经济处于不利地位或少数民族人口，难以区别每一种潜在因素对早产的影响程度，其复杂性使得问题的解决变得异常困难，并且没有捷径。

自发性早产的复杂性引起委员会的重视，认为早产是由多种原因共同作用的结果。委员会对这一问题从不同角度分析，提出健康新干线：呼吁将重点放在"从多种方法到不同的健康结局"(NRC，2001，P2)。强调更全面理解疾病的病因，这些方法应该包括从分子水平到细胞水平，从社会心理到社会水平获得信息。此外报告指出"种族、民族和社会不平等机制，如果没有综合分析其特征则很难完全理解"(P2)。

理解影响寿命的多种决定性因素，要考虑围生保健的结局，Misra及其同事(2003)提出了一种构想，改编自Evans和Stoddart(1990)的健康模型包含末端因素(如遗传、体格和社会环境)(可影响个体的体质)和近端因素(包括生物医学和行为反应)(可直接影响个体的健康)。这些危险因素包括妇女从孕前、两次妊娠中间到妊娠的生命过程。Lu和Halfon(2003)还通过类似的综合生命周期的观点重新审查种族和民族差异。这些观点指导委员会审查早产的原因，不仅包括个别人口学特征、社会心理和行为因素，而且包括广泛的社会因素、医疗条件、妊娠条件、生物学途径、基因与环境的相互作用以及环境毒物。

早产问题

2004年美国早产儿出生比例占全部活产儿的12.5%，成为美国社会公共健康一个问题，有三个主要的原因。第一，与其他众多健康问题不同(Mattison，2001)，早产发生率在过去十年中显著增加；第二，早产儿给社会和家庭带来了巨大的感情和经济花费；第三，美国早产发生率存在明显的种族差异，这种差异在非洲裔妇女和亚裔妇女中尤为突出。很显然，预防早产对于改善妊娠结局是至关重要的。

前言概述了这些问题。首先，早产的主要发展趋势，不同孕龄早产的比例，地理位置、孕妇年龄、由辅助生殖技术导致的早产；第二，简要说明早产的巨大花费，结局包括健康出生的早产儿、出生早产儿的日常活动、对家庭的影响，以及经济开支，将在后面各节的报告中进行详细讨论；最后介绍早产率的差异。如上所述，这个问题作为一个广泛的主题，指导委员会实现目标，整个报告中将讨论这些差异可能的解释。

早产趋势

正如许多报告所表述的，自1990年以来早产儿出生比例稳步上升(图1-1)，但是请注意，早产率的变化与孕龄测量方法的改变有关(见第2章的讨论)。早在20世纪90年代中期，早产的出生比例稳定在11%左右，2000年早产率为11.6%，与1999年的11.8%相比有轻微下降，2004年早产率上升到1990年以来的最高水平，从10.6%上升至12.5%，自1981年以来(当时的比例是9.4%)，这一比例增加了30%以上(CDC，2005a)。

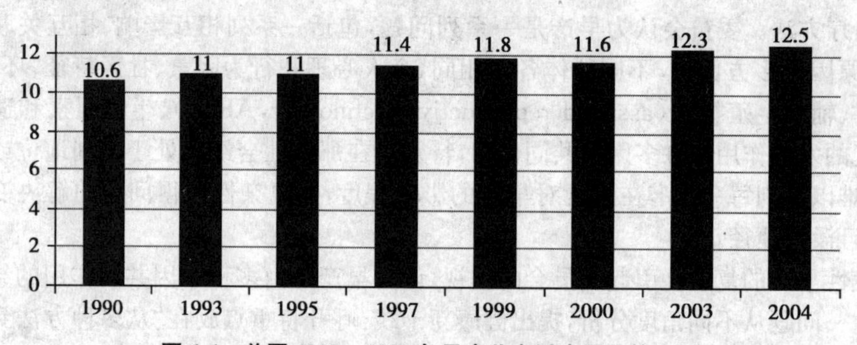

图1-1　美国1990～2004年早产儿占活产婴儿的比例

引自：CDC(2001，2002a，2004a，2005a)

胎龄

由早产程度决定的早产率的变化已经存在一段时间了。虽然那些妊娠32周之前出生的婴儿发病率和死亡率最高，但妊娠32～36周出生的早产儿数量最多。图1-2显示1990～2000年，妊娠32～36周出生的早产儿比例最高，1990年和2002年，这些孕周出生的单胎早产儿比例升高了7%(CDC，2005a)，与此相反，在同一时期妊娠32周之前出生的早产儿比例从1.69%下降至1.57%(见附录B进一步讨论孕龄分布和种族、民族趋势)。

早产死亡率

总的婴儿死亡率从1990年的9.1‰活产下降至2000年的6.9‰活产，这一稳定下降趋

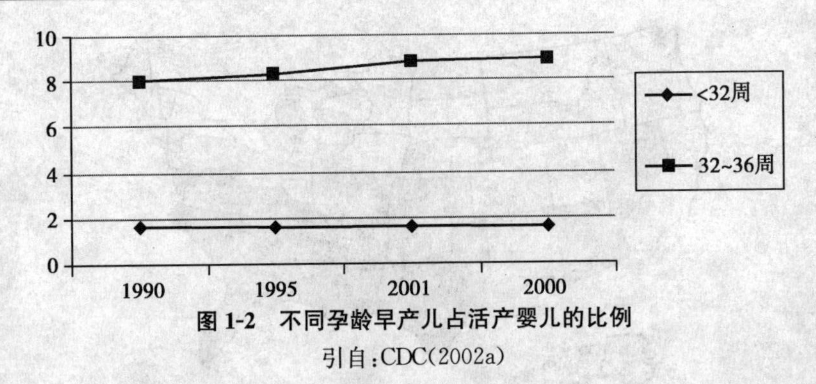

图 1-2　不同孕龄早产儿占活产婴儿的比例

引自:CDC(2002a)

势在 2002 年被打破,2002 年婴儿总死亡率为 7.1‰,比 2001 年的 6.8‰有所增加,这是自 1958 年以来首次升高(CDC,2003a,2005e)。分析评估死亡率变化的原因是由于与孕龄相关的死亡率的改变,结果显示,2001～2002 年婴儿死亡率上升 61%的原因是由于孕龄分布的改变所致。39%是由于与孕龄相关的死亡率的改变引起的(CDC,2005c,d)。

2002 年,妊娠<37 周的婴儿死亡率为 37.9‰,而妊娠 37～41 周的足月婴儿死亡率为 2.5‰。图 1-3 显示 1999～2002 年由孕龄引起的婴儿死亡率。2002 年 12.1%的婴儿出生孕周<37 周,占所有婴儿死亡的 64%,2%的婴儿出生孕周<32 周,占所有婴儿死亡的 53.7%(参阅附录 B 的数据,反映与孕龄相关的死亡率和死亡率的地域差异)。

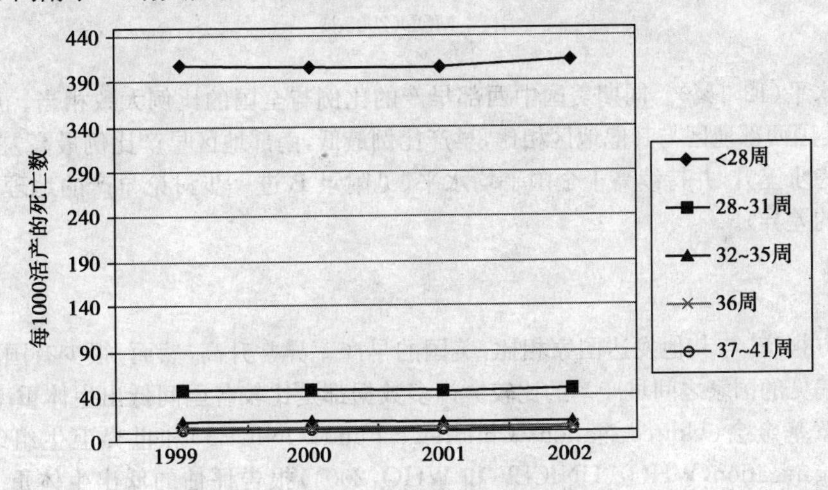

图 1-3　1999～2002 年美国不同孕龄的婴儿死亡率

引自:CDC(2005c)

地理差异

不同国家的不同地区早产的比例差异很大(图 1-4),这种差异可能与国家人口统计学特征有关,如产妇年龄分布情况、多胎妊娠,以及种族和民族差异(CDC,2005b)。2003 年,东北部国家早产率最低(特别是新英格兰),其次是西部、中西部和南部地区。值得注意的是,处于国家西部的地区,许多州的早产比例低于全国平均水平,内华达州是 13%。在南部各州,佐治亚州和弗吉尼亚州的早产比例最低,分别是 12.6%和 11.8%。

这四个主要地理位置的情况表明,整个 20 世纪 90 年代东北部地区早产儿出生比例增加,1999～2000 年有小幅下降(MOD,2005a,b,c,d)。从 1996～2002 年,这一比例仍低于

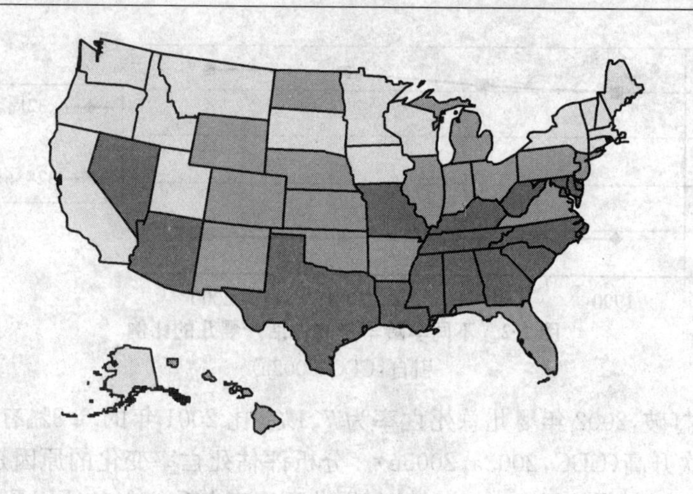

活产百分比

>13.0(16)

11.5~13.0(18)

<11.5(17)

图 1-4 2003 年美国各州早产出生比例

引自:MOD(2005d)

全国平均水平(12.1%)。同期美国中西部早产的比例与全国的比例大致相当。从 1996～2002 年,美国西部地区与其他地区相比,早产比例最低,南部地区早产比例最高,在此期间,这一比例稳步上升,并持续高于全国平均水平(见附录 B 进一步讨论早产的地理和社会人口学方面的差异)。

国际比较

据多方报道,与其他发达国家相比,美国的早产率异常升高,然而,很少有国际性报告提供不带偏见的国家之间早产率的比较。许多数据都是比较各国间低出生体重率。例如,联合国儿童基金会(United Nations Children's Fund,UNICEF)和世界卫生组织(World Health Organization,WHO)(UNICEF 和 WHO,2004)报告评估的低出生体重儿的发病率。不过,这些报告强调国际间的对比和趋势必须谨慎解释,通常不允许猜测决定性因素,可根据早产发生率观察其差异。表 1-1 显示在选定的发达国家和发展中国家低出生体重儿的发生率。

表 1-1 联合国儿童基金会和世界卫生组织评估的低出生体重发生率

国家	年	低出生体重儿(%)	低出生体重(1000s)数	出生未称重(%)
澳大利亚	2000	7	16	NA
加拿大	2000	6	19	NA
中国	1998～1999	6	1146	NA
古巴	2001	6	8	NA
丹麦	2001	5	3	NA

续表

国家	年	低出生体重儿(%)	低出生体重(1000s)数	出生未称重(%)
芬兰	2001	4	3	NA
法国	1998	7	51	NA
德国	1999	7	49	NA
危地马拉	1999	13	53	22
印度	1999	30		NA
爱尔兰	1999	6	78 373	71
日本	2000	8	93	NA
马来西亚	1998	10	53	NA
墨西哥	1999	9	212	NA
挪威	2000	5	3	NA
俄罗斯联邦	2001	6	79	NA
南非	1998	15	155	32
西班牙	1997	6	23	NA
苏丹	1999	31	335	NA
瑞典	1999	4	4	NA
瑞士	1999	6	4	NA
英国	2000	8	52	NA
美国	2002	8	323	NA

注:NA=没有可用的

引自:UNICEF 和 WHO(2004)

跨国比较这些数据要当心(UNICEF 和 WHO,2004)。首先,发达国家的数据资料大部分是通过基础服务和国家出生登记系统所得,而发展中国家的数据资料来源于全国人口普查或其他报告系统。虽然试图充分调整这些数据,但大多数发展中国家的婴儿出生时不称体重。在发达国家,用于报告出生的定义是不同的(例如限制登记出生和出生体重),数据也没有根据如孕妇年龄、种族、社会经济条件及卫生保健等因素进行调整。

一份来自加拿大围生期监控系统的报告表明,1996 年早产率为 7.1%,与其相比,澳大利亚早产率为 6.9%,美国早产率为 11.0%(McLaughlin 等,1999)。由于不同国家对活产和死胎的定义存在本质区别影响早产率,早产率在国际交流上存在问题。这些差异源于不同的重要记录报告、法律和程序。在不同国家,实际监测孕龄的标准往往不明确(见第 2 章讨论的测量问题),可能不知道采取什么方法估计孕龄有代表性;例如,超声或孕妇末次月经的第一天。一些国家依靠定期调查,而不是建立早产的重要记录。除了测量问题,还有如上所述的人口统计和健康方面的差异,因此,欧洲国家和美国在早产率存在显著差异,其中可能有潜在的误差。目前,美国各州早产率存在双倍甚至更大的差别,其原因不明。确定各国之间类似或更大差异的基本因素是一项艰巨的任务。

分娩方式

所有孕龄的婴儿都有提前娩出的趋势，临床操作的增加，如引产和剖宫产的增加使所有孕龄较早分娩(CDC，2005i；MacDorman 等，2005)。2003 年剖宫产率为 27.5%，1996 年剖宫产率为 20.7%，2002 年剖宫产率为 26.1%。从 1996～2003 年，虽然所有胎龄总的剖宫产率增加，但增加最明显的是妊娠 32～36 周早产儿和足月儿(妊娠 37～41 周)，在 2003 年，妊娠<32 周剖宫产率为 49.5%，妊娠 32～36 周剖宫产率为 37.3%。

剖宫产率的增加与孕妇年龄增加相一致。2003 年，25～29 岁妇女剖宫产率为 26.4%，而 35～39 岁的高龄妇女，剖宫产率为 36.8%。这可能与高龄妇女多胎妊娠、生物因素或医患关系有关(Ecker 等，2001；CDC，2005i)。一些研究结果表明，孕妇发病率相对较低(例如和麻醉有关的并发症、感染)(Bloom 等，2005；Lynch 等，2003)，而其他方面的研究表明孕妇发病率有更高的风险，如产后再入院、感染、与麻醉有关的并发症(Koroukian，2004；Hager 等，2004；Liu 等，2005；Lumley，2003)。

孕妇年龄

20 世纪末，人口结构发生了巨大变化，妇女教育水平提高和就业率增加，包括就业的已婚妇女和有年幼孩子的母亲。美国劳工部(Department of Labor，DOL，2005)报告说，2003 年一半以上的已婚妇女和超过半数有幼小孩子的母亲在工作，受过高等教育的女性最有可能工作。目前，妇女从事民用劳动力的比例从 1980 年的 54%变为目前的 56%(DOL，2004)。育龄妇女推迟到 30 多岁后生育，并有增加的趋势，2003 年，年龄在 30～34 岁的妇女经历了自 20 世纪 70 年代中期以来的生育高峰，60 年代末期，40～44 岁的妇女生育率最高(CDC，2005a)。1990～2003 年，尽管年龄为 35～39 岁的妇女人数增加只有 7%(CDC，2004a，2005a)(图 1-5)，但是这一年龄段(35～39 岁)妇女的生育率却上升了 47%，2003 年，25～29 岁妇女生育率略有增加。与此相反，在过去的十年中，青少年(15～19 岁)和年龄在 20～24 岁的女性生育率有所减少。目前美国青少年年龄组生育率最低(CDC，2005a)。

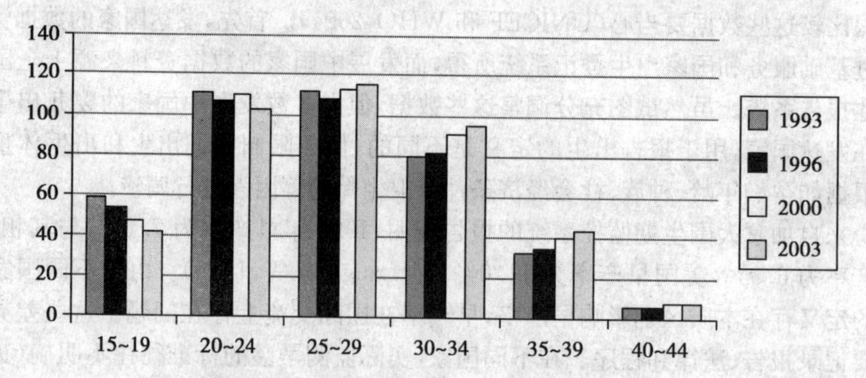

图 1-5　1993～2003 年母亲不同年龄组的生育率(表示的是每组中 1000 个妇女的活产数)

引自：CDC(2005a)

35 岁及 35 岁以上妇女的早产率增加(见图 4-1 讨论，或见附录 B)。虽然青少年早产率也增加，但如上所述，青少年这一年龄组在过去的十年中生育率降低。高龄产妇更可能有潜在疾病，如糖尿病和高血压。从出生证提供的资料显示，20 世纪 90 年代初期以来，随着产妇平均年龄的增加，早产发生率增加(CDC，2003c)。这些慢性健康问题与不良出生结局有关，如生长受限、先兆子痫和胎盘早剥，可导致早产分娩的增加。

辅助生殖技术、多胎、早产

在过去的20年里，多胎妊娠的发生率一直稳步上升(图1-6)，从1980～2003年，双胞胎的比率从18.9‰攀升至31.5‰。三胞胎或三胎以上的比率从37/10万增加至187.4/10万，多胎早产的发生率可能比单胎高。多胎早产发生率增加的主要原因是辅助生殖技术(体外授精、在实验室进行卵子和精子受精的其他过程)(NCCDPHP，2005)，常用于高龄妇女(见第5章的讨论)。2002年，大约有1%的婴儿是通过辅助生殖技术出生的(NCCDPHP，2005)。虽然使用辅助生殖技术必须向疾病预防和控制中心报告，但并不是说其他生殖治疗不属于辅助生殖技术。这些治疗方法包括那些仅对精子的处理(即宫腔内人工授精，也称为人工授精)或妇女通过药物刺激卵子生成，而不是取卵。后一程序是用来改善生殖能力的，但并不能准确了解使用这一技术的频率和出生人数。

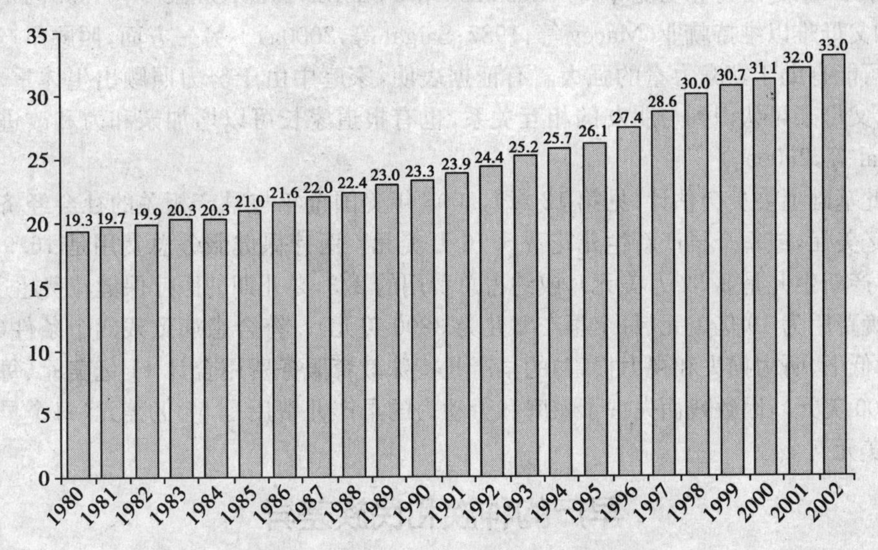

图1-6　1980～2002年每1000名活产婴儿中多胎的数量

引自：CDC(2003c)

高龄妇女(35～40岁)通过辅助生殖技术妊娠的比例最高(图1-7)。辅助生殖技术导致低出生体重儿出生，增加早产的风险，有趣的是，通过辅助生殖技术的单胎妊娠比自然受孕的单胎妊娠早产发生风险增加。多胎的发生也与晚育有关，高龄孕妇可能比年轻孕妇更易自然受孕多胎，其原因尚不明确。

早产的费用

除了本章开始描述的有关早产的健康问题，早产伴随着更广泛的情感付出、财务支出和家庭损失。出生和住院的早产儿都与产妇压力(Eisengart等，2003；Singer等，2003)、抑郁症状(Davis等，2003)有关，远期结局更明显。有证据表明，低出生体重的学龄儿童，其家庭面临更大的压力，包括很难胜任父母承担的养育责任，父母与孩子之间相处特别困难(Taylor等，2001)，家庭作为一个单元更有可能仅有这一个孩子(Cronin等，1995；Saigal

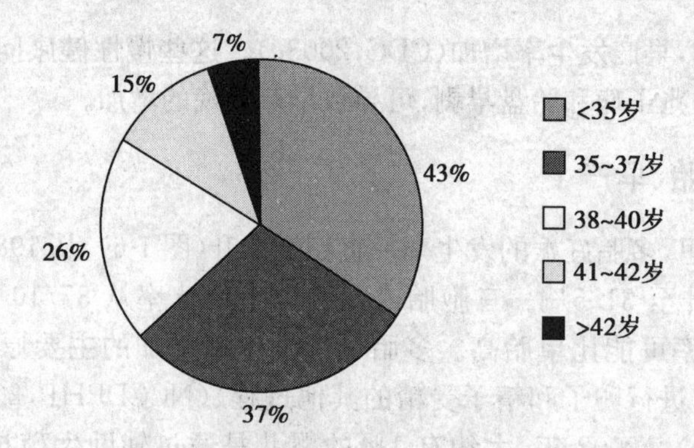

图 1-7 2002 年不同母亲年龄通过辅助生殖技术活产婴儿的百分比

引自:NCCDPHP(2005 年)

等,2000a),财政负担限制家庭的社会生活(Cronin 等,1995;McCormick 等,1986),家庭支出的高水平(家庭压力和功能障碍)(Beckman 和 Pokorni,1988;Singer 等,1999;Taylor 等,2001)和父母难以维持就业(Macey 等,1987;Saigal 等,2000a)。另一方面,照顾早产出生的孩子也可能有助于家庭力量的强大。有证据表明,家庭中由于努力照顾出生体重<1000g 的孩子,父母亲可认识到与朋友的相互关系,也有报道家长可以增加亲和力和改进婚姻关系(Saigal 等,2000a。)

在此基础上委员会估计(见第 12 章),2005 年美国全年与早产相关的社会经济负担超过 262 亿美元,或每个早产新生儿花费 5.16 万美元。医疗保健服务总费用是 16.9 亿美元(每个早产新生儿是 3.32 万美元),或约占总费用的 2/3,婴儿期的医疗保健花费超过 85%。产妇分娩费用为 19 亿美元(每个早产婴儿为 3800 美元)。符合患病致残四个条件(脑性瘫痪、智力低下、听力损失和视力损害)的早产儿特殊教育服务费用合计 11 亿美元(每个早产儿为 2200 美元),因致残而失去了家庭和劳动力的早产儿费用是 57 亿美元(每个早产儿为 11 200 美元)。

早产的种族和民族差异

美国种族、族群之间早产和其他出生结局比例的差距持续存在,令人担忧。因为没有简单的方法定义这些群体或分组,种族和族群的分类困难并有争议。然而,重要的是收集种族和族群的资料,评估美国不同群体人口的健康状况和健康结局。美国管理和预算办公室提供了一套种族和民族分类系统,研究美国不同群体的社会人口学特征、健康和经济特征(EOP,1995)。该系统包括五个种族(美洲印第安人或阿拉斯加土著、亚洲人、黑人或非裔美国人、夏威夷土著和其他太平洋岛民、白人)和两个类别的族群(拉美裔又称拉丁裔和非拉美裔)(EPO,1995)。在产妇自我报告的基础上对新生儿及死胎进行分类(CDC,2005d)。这部分数据从全国卫生统计中心获得,本节中的讨论采用此分类系统。

试图纠正和解释早产比例显著的种族差别应当优先研究群体卫生保健。早产最突出的差异存在于非拉美裔白人和黑人妇女之间以及亚裔或太平洋岛妇女和黑人妇女之间(图 1-8)。早产率最高的是非拉美裔黑人,最低的是亚洲人和太平洋岛民,2001~2003 年早产率上升最显著的分别为非拉美裔白人、印第安人和拉美裔群体。总之,美国早产率上升,主要是由于非拉美裔白人数量增加。

非拉美裔白人妇女早产率从 1990 年的 8.5%上升至 2003 年的 11.3%。在亚洲和太平

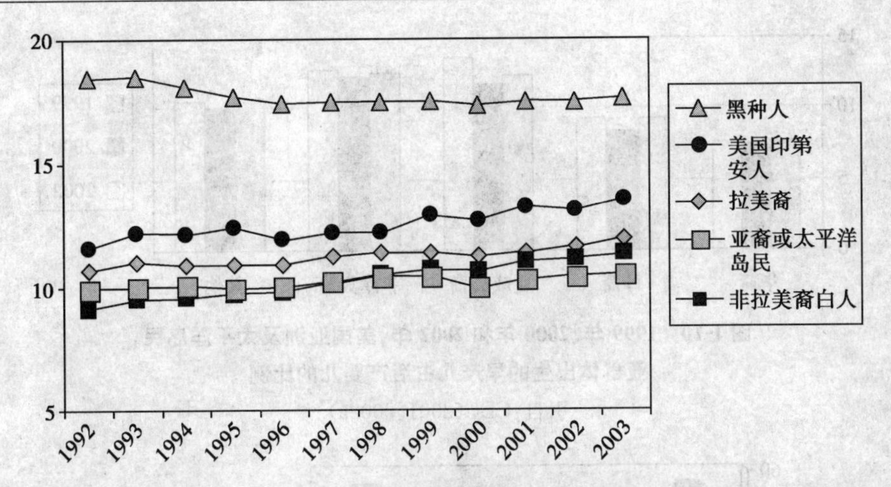

图 1-8 1992～2003 年不同种族和民族早产儿占活产婴儿的比例

引自:CDC(2004a)

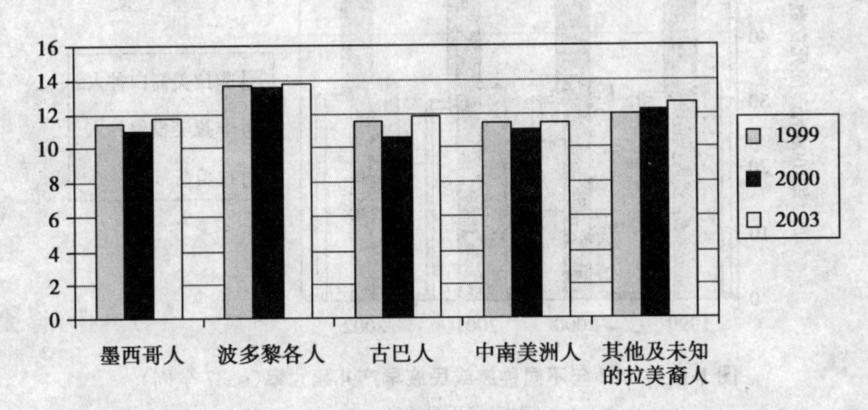

图 1-9 1999 年、2000 年和 2003 年拉美裔分组早产儿占活产婴儿的比例

引自:CDC(2001a,2002a)

洋岛妇女中早产率比较稳定(10%左右)。黑人妇女早产率从 1990 年的 18.9%下降至 2003 年的 17.8%,总之,这些妇女的早产率仍持续较高。

在少数民族的不同民族和种群中,虽然拉美裔和亚裔太平洋岛妇女的早产率最低,但这些都不是单一的群体。早产率的差异存在于这一群体的亚群中。虽然 2003 年美国拉美裔的早产率为 11.9%,拉美裔亚群的早产率从 11.4%上升到 13.8%(图 1-9),与其他拉美裔亚群相比,波多黎各妇女早产率最高,中美洲和南美洲妇女早产出生百分比最低。

2002 年,美国亚洲裔及太平洋岛妇女早产率从 8.3%上升至 12.2%(图 1-10),美国的夏威夷亚群(11.7%)和菲律宾亚群(12.2%)的早产率最高,高于亚洲和太平洋诸岛(10.6%)。1999～2002 年华裔妇女早产率最低。

早产儿的死亡率也存在显著差异(图 1-11)(另见附录 B,黑人和白人孕周相关的死亡率另行讨论)。非拉美裔黑人婴儿的死亡率明显高于非拉美裔白人和拉美裔婴儿。2002 年,小于 37 孕周的黑人婴儿死亡率为 57.3‰,而白人婴儿死亡率为 33.2‰,拉美裔婴儿死亡率为 30.7‰。

许多人认为,家庭社会经济条件的差异可以解释不同种族之间早产风险的差别,特别

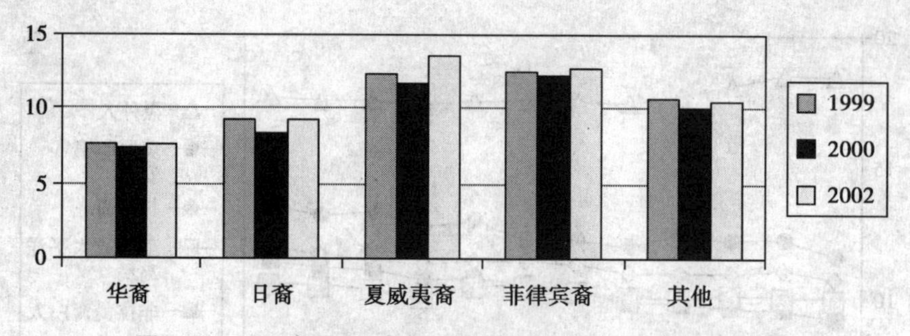

图 1-10 1999 年、2000 年和 2002 年，美国亚洲及太平洋岛民亚群体出生的早产儿占活产婴儿的比例

引自：CDC(2001,2002a)

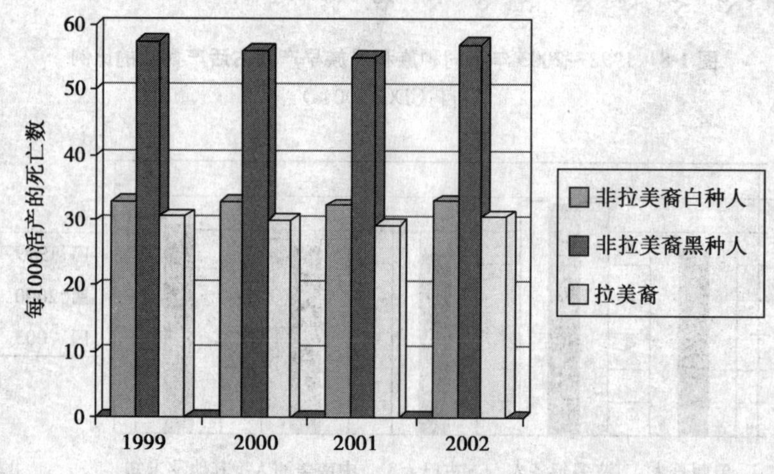

图 1-11 2002 年不同种族或民族早产儿死亡率(<37 孕周)

引自：CDC(2005c)

是非洲裔、白人和非西班牙裔妇女。但是有证据表明，家庭经济一致的情况下，美国非洲裔黑人妇女和白人妇女的早产率仍然不同，婴儿出生体重和死亡率也不同(Collins 和 Hawkes，1997；McGrady 等，1992；Schoendorf 等，1992；Shiono 等，1997)。调查者还注意到，即使在社会经济条件相同的情况下，收入和其他相关的差异仍然存在(Schoendorf 等，1992)(见第 4 章，充分讨论与早产有关的社会人口因素)。

本书的内容和结构

本书的目的是科学评估早产发生的原因，解决早产儿及其家庭的健康和经济费用，建立一个行动框架，优先解决一系列问题，包括未来的政策和研究议程。本书分为五个部分(表 1-2)，第一部分：审核并讨论早产儿的定义和术语(第 2 章)；第二部分：审核调查早产的主要原因分类：行为与社会心理因素、社会人口学特征和社区因素、医疗和妊娠条件、生物学途径、基因与环境相互作用、环境毒物(第 3～8 章)；第三部分：评估自发性早产的诊断和治疗(第 9 章)；第四部分：探讨早产的结局，包括健康、发育、社会、心理、教育和经济后果(第 10～12 章)；第五部分：探讨研究和议定政策措施，确定委员会提出的有关早产的研究日程(第 13～15 章)，每一部分结尾提出建议。表 1-3 描述了委员会的职责。

表 1-2　本书的结构安排

内容	章
Ⅰ. 测量方法	2
Ⅱ. 原因	3～8
Ⅲ. 诊断和治疗	9
Ⅳ. 结局	10～12
Ⅴ. 研究和政策	13～15

表 1-3　委员会的职责和相应的章节

委员会职责	章
审核和评价早产率增加的各种因素	3～8
评估与早产有关的经济花费和其他社会负担	10,12
通过影响早产的生物和环境因素,填补研究空白/需要和优先机制	15
探讨公共卫生政策和其他政策可能的变化,可能使更多的研究受益	14
认识临床研究的主要障碍,包括 ● 从事妇产科领域的人数减少,结果会对临床研究人员产生影响 ● 在学院规划的能力范围内提高医疗事故保险金,为临床医师从事研究提供时间保证 ● 研究与孕妇有关的伦理和法律问题	13
为消除障碍提供政策支持,包括目标人群的职业选择、妇产科学系、学术团体和基金提供商	13

第一部分

测　　量

第2章

胎儿和婴儿成熟度测量

摘　要

早产儿具有显著的异质性。虽然新生儿死亡率和发病率与孕期、胎儿生长、胎儿或婴儿身体和神经系统的成熟有关，但他们有本质的区别，受内部和外部条件的影响。为进一步理解早产的病因、发病机制及其结局，需要使用精确的早产定义，认识测量方法的局限性，并了解它们之间的关系。需要对早产进行更好的分类，在致病途径、胎盘表现、基因标记物和环境风险的基础上将早产分成亚类，还要认识到任何婴儿个体都具有特殊的多种危险因素和风险。通过胎龄分类确定结局，但与孕龄相关的出生体重是胎儿生长发育的重要指标。鼓励进行胎儿和婴儿成熟度的定量研究。以产前和出生后器官系统成熟的标志预测发病率和功能结局比出生体重或胎龄更有效，应当明确和进一步研究。

准确定义早产对于比较和解释各种复杂的早产问题是非常重要的。这些措施包括：①研究早产的病因和发病机制；②预防早产的安全性和策略性研究；③健康和神经发育结果的研究；④早产儿药物和治疗战略的安全性和有效性研究；⑤早产率的区域差异和国际比较。

早产的概念，包括在子宫以外的发育不成熟。成熟是全面发展或生长的过程，人类胚胎和胎儿在子宫内发育，直到器官系统能够适应宫外的生活环境才称为成熟。足月新生儿有基本需要(温暖、母乳)，他们不但有能力持续呼吸、饿了就哭、吸吮乳头、消化母乳，而且有能力完成复杂的生理功能，包括气体交换、血压控制、糖代谢和体液调节。早产儿器官系统不成熟，往往需要更多的生命支持。新生儿重症监护可以满足这些需求，因此成熟度是决定早产儿死亡率和发病率的主要因素(近期和远期并发症)。出生太早，早产儿比足月新生儿更容易受到器官损伤、死亡、慢性疾病和神经发育残疾的影响(见第10章和第11章)。由于没有很好的直接测量成熟度的方法，用胎龄作为衡量成熟度的代表。

早产儿不是一个确定的疾病或综合征，也没有一个具体的原因或固定的结局。最先发生的早产，如自发性早产或胎膜早破早产，是许多环境因素和遗传因素累积作用的结果。事实上由于妊娠并发症危及母亲或胎儿的健康而实施的早产是不可避免的，某些原因甚至在孕前就已经存在了。此外，如第11章所述，早产儿结局受多种因素的影响，如器官发育不成熟、新生儿护理以及产后的环境。因此，早产是具有共性的、复杂的情况，是由于母亲和胎儿的基因组、宫内环境条件、母亲的身体及其外部环境等多种因素相互作用的结果。

不成熟是早产儿的主要特征，即使胎龄相同，不成熟的程度也不相同。年龄较大的儿童，可以看作一个生物统一体；相似的胎龄及胎儿大小可能不具有类似的成熟度。就像一个 10 岁的孩子，可能或高或矮，符合或不符合他（她）年龄的成熟；提前 4 个月出生的早产儿，可能或大或小，和妊娠 24 周的胎儿相比，可能发育成熟或不成熟。生物个体在大小和成熟度方面的差异是由于不同的基因型、宫内和宫外环境及其经历决定的。因此早产的复杂性、原因和并发症使其不可能在早产儿分娩时使用明确的成熟度预测结局。

不同的辨别和测量胎龄的方法具有局限性，对于充分理解早产的复杂性是必需的。测量胎儿或婴儿成熟度，准确地计算胎龄对于早产儿的临床护理、病因、发病机制和早产结局的研究是非常必要的。这一章将专门明确定义，描述确定胎龄的方法及其局限性，并证明使用准确定义术语的意义。请读者参阅附录 B，进一步讨论早产的定义和胎龄的测量。

早产的定义

世界卫生组织（WHO）已将早产定义为妊娠<37 周分娩。通常，孕龄按整周计算（妊娠 36 周加 6 天为妊娠 36 周，而不是妊娠 37 周）。这一定义使早产和足月产差别过小，确定自然受孕的时间困难（见下文），因此出生时体重（不是孕龄）最早作为成熟度测量的一项指标。虽然有些婴儿出生太小或出生太早，小婴儿可以是足月儿或早产儿（图 2-1）。

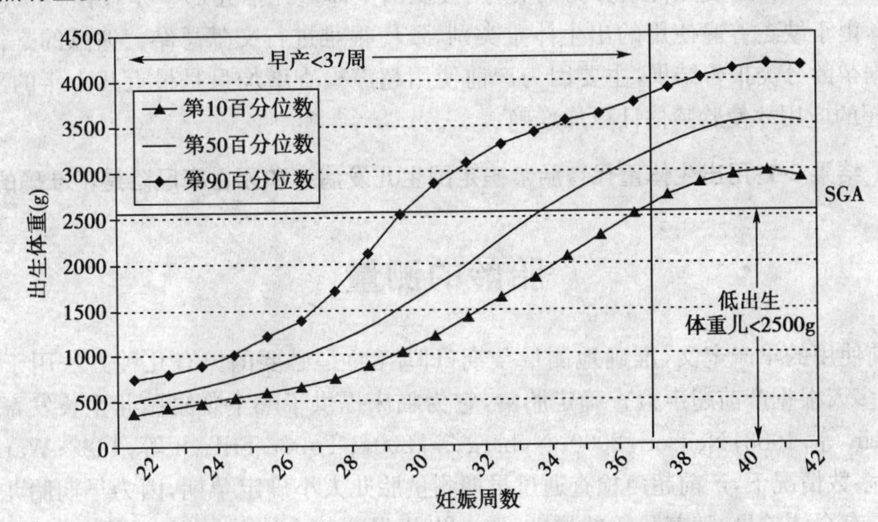

图 2-1 美国 1999～2000 胎儿生长曲线（不同胎龄出生体重百分数）

胎龄通过末次月经计算（母亲末次月经第 1 天）**SGA：小于胎龄儿**

引自：Greg Alexander，2006

虽然人们早就认识到妊娠需持续 9 个月，妊娠<9 个月出生的婴儿或出生较小的婴儿有死亡或伤残的风险，但直到 19 世纪末才开始系统关注早产儿。早期根据出生体重定义早产，出生体重<2300g 或 2500g 就认为是低出生体重儿（low birth weight，LBW）。莫斯科 Foundling 医院的主任医师 Nikolaus 首次将低出生体重作为早产的诊断标准，1888 年被誉为“护理早产儿的引领者”的产科医师 Pierre 也认可这一标准。美国儿科学会于 1935 年采纳这一标准（Cone，1985）。1948 年世界卫生组织将早产定义为出生体重≤2500g（5 磅 8 盎司）。

利用出生体重作为衡量早产的标志，确定了一批处于生长发育期的不同种类的婴儿，但可能漏掉更多的早产儿。20世纪60年代，Battaglia和Lubchenco(1967)通过测量一大批婴儿制定了胎儿生长发育规范。任何胎龄出生的婴儿，体重分布都是这样的，有些婴儿符合胎龄标准(定义为“适于胎龄儿”)，有些则相对较轻(<胎龄的第10个百分点或“小于胎龄儿”)，另外一些相对较重(>胎龄的第10个百分点或“大于胎龄儿”)。Battaglia和Lubchenco(1967)认为，这些包含胎龄的分类揭示了婴儿不同的死亡率和发病率。因此许多早产儿是大于胎龄儿，但是出生体重正常，这些早产儿的死亡率和发病率与足月正常体重儿不同。此外在任何孕龄，生长发育欠佳的婴儿(小于胎龄儿)比同孕龄体重较重的婴儿预后差(Battaglia和Lubchenco，1983)。此后，一系列新生儿生长曲线把小于正常出生体重的10%作为小于胎龄儿的诊断标准。

由于测量出生体重的方法更精确，直到如今大多数研究者继续使用出生体重界定婴儿的风险。其中包括出生体重<1500g(3磅5盎司)的极低出生体重(very low birth weight，VLBW)儿，和出生体重<1000g(2磅3盎司)的超低出生体重(extremely low birth weight，ELBW)儿。人们更倾向于使用公制单位，因为1盎司并不足以表示体重的显著性差异。此外，并不是所有的研究者均使用相同的出生体重类别，有些研究者使用的出生体重分类为<2000g、1700g、1250g、800g、750g，或最近使用的600g、500g(第11章)。有些研究者将出生体重<1500g的婴儿再细分为两类，用极低出生体重儿描述那些体重在1000～1499g的婴儿。由于缺乏普遍使用的出生体重类别，致使很难进行文献总结。遗憾的是，很少有研究根据孕龄分类报告结果，主要因为产前使用超声检查增加只是最近几十年的事，由于产前B超的应用才使胎龄估计更加准确。

结果2-1：用出生体重代替胎龄确定围生儿发病率和死亡率风险是不准确的。

胎龄的测量

目前使用的早产定义，准确地测量孕期(即胎龄)是必要的。有几种方法用于确定胎龄，但许多人根据产前超声检查确定胎龄，它为临床提供了一个观察胎儿生长发育的窗口(Goldstein等，1988；Neilson，2000；Nyberg等，2004；Timor-Tritsch等，1988；Warren等，1989)。多数情况下，产前超声检查通过早期测量胎儿大小确定孕期，因为早期胎儿生长发育几乎没有个体差异，随着孕龄的增加，胎儿生长发育的个体差异也在增加，到孕晚期(最后3个月)差异非常显著。具有讽刺意味的是，胎龄实际上经常通过测量胎儿生长来确定，由此产生了胎儿生长曲线，用于监测孕期胎儿生长发育。

利用末次月经日期

除了使用辅助生殖技术(assisted reproductive technologies，ARTs)，如体外授精，妊娠开始的时间是母亲末次月经(last menstrual period，LMP)的第1天。通常产科医师根据母亲末次月经定期测量母亲腹部、检测胎心音和胎动出现的时间，综合分析确定孕周(Rawlings和Moore，1970)。如果母亲月经周期规律(即28～29天)，可以通过良好的产前检查确定妊娠，根据LMP评估孕期是不成问题的(Rossavik和Fishburne，1989)。然而由于LMP和受孕时间(从7天至超过25天)存在广泛的生物个体差异，引起月经周期、排卵、受精卵种植时间的差异，不同母亲月经周期的长短受年龄、体力活动、体重指数

(body mass index,BMI)、营养、哺乳、妊娠间隔时间、吸烟、饮酒和生活压力等因素的影响,从而影响用末次月经评估孕期的准确性(Kato 等,1999;Liu 等,2004;Munster 等,1992;Rowland 等,2002)。

除了月经周期、排卵、受精卵种植的生物学差异,许多其他因素导致用 LMP 准确评估孕龄变得非常困难,如月经不调、孕早期阴道流血、不能辨别的自然流产、口服避孕药和 LMP 记错导致孕期计算错误。社会经济地位低的母亲更可能忘记 LMP、延迟或没有产前检查(Campbell 等,1985;Dubowitz 和 Goldberg,1981;Buekens 等,1984),在一些样本调查中,25%~50%的妇女回忆起末次月经时间有困难(Campbell 等,1985)。用 LMP 或临床估计确定胎龄导致胎龄分布、早产率和过期产率存在明显的差异,涉及的人数众多(Alexander 等,1995;Mustafa 和 David,2001)。在美国大约 20%活产儿的母亲遗忘 LMP 或记得不完全,特别是那些社会经济地位低的妇女,发生早产和胎儿宫内发育迟缓(intrauterine growth restriction,IUGR)的风险最大。不确定 LMP 的实际日期导致对 LMP 的记录上存在数字偏差(例如最常见的 LMP 是在当月 15 日)(Savitz 等,2002a;Waller 等,2000)。

用 LMP 确定胎龄,用 LMP 加 40 周计算预产期(estimated date of confinement,EDC),即为新生儿出生时间(图 2-2),按常规通过 LMP 定义胎龄已使用多年。通过辅助生殖技术妊娠的妇女,其预产期根据取卵时间确定(相当于排卵时间,为真正概念上的妊娠时间),但孕龄采用惯例定义(因此比真正意义上的孕龄多了 2 周,真正的受孕时间大约是每个自然周期的排卵时间),即按照惯例武断地确定为卵子受精前的大约 2 周,尽管令人不解,但是仍继续沿用胎龄这一术语。

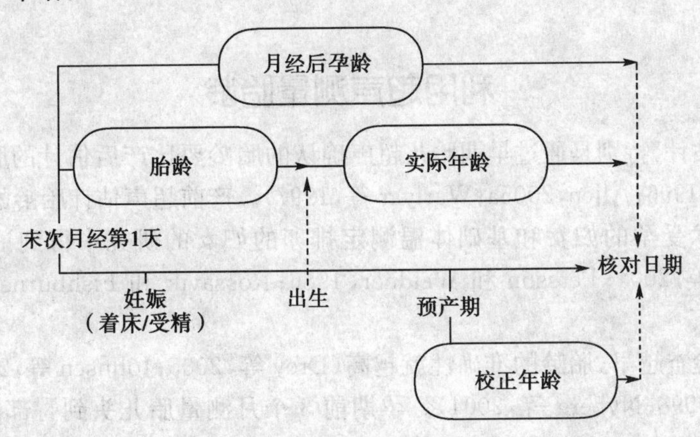

图 2-2　围生期的年龄术语

引自:CFN(2004,第 1363 页)(由 Pediatrics 授权,114 卷,1363 页,©2004 by the AAP.)

新生儿学专家和儿科医生沿用这一武断的历史性常规,即产科孕周确定的胎龄。新生儿学专家希望多数早产儿可在产房和新生儿重症监护病房进行复苏和支持治疗。实足年龄是婴儿从出生时刻算起的年龄,无论婴儿是早产或是足月。停经后的胎龄意味着(但并不保证)一个特定的成熟度/不成熟度,是婴儿的实足年龄(从出生)加上婴儿出生时的胎龄(表 2-1)。为了新生儿从重症监护病房出院后的访视,儿科医生需要计算婴儿的实足年龄(从出生)和根据早产的程度校正的早产儿年龄(校正年龄,通过婴儿的出生日期或预产期计算)。

表 2-1 测定胎龄的方法

分类	时间	方法	类型
产前	整个妊娠期	末次月经期	母亲的忆述
产前	整个妊娠期	产科临床估计*	产妇测试
产科超声	妊娠早期	检测妊娠囊，头臀长	胎儿大小
产科超声	妊娠中晚期	双顶径、股骨长度、腹围和胸围	胎儿大小
产后	出生(第1天)	人体测量:体重、身高、头围、足长	婴儿大小
产后	出生7天内 3～4天到出生后40周	外部的生理特性	婴儿测试
产后	PMA	神经评定:Amiel-Tison	婴儿测试
产后	出生至4或5天	结合:Dubowitz、Ballard、新Ballard评分和其他**	婴儿测试
产后	出生后的任何时间	消失的瞳孔膜(前血管胶囊镜头)	婴儿眼睛测试

注:PMA=停经后的胎龄

□,包括早孕症状、宫高、首次发现胎儿心跳时间、胎动时间(孕产妇检测胎动)

□*,已经提出其他组合,但不被看好,使用率较低(见 Allen,2005a 的参考资料)

妊娠<26周,出生后12小时内使用新的 Ballard 评分最准确(见 Allen,2005a 的参考资料)

引自:Allen(2005). 经 Mental Retardation 和 Developmental Disabilities 授权,11卷,23页,©2005 by Wiley-Liss,Inc.

利用超声测量胎龄

产前胎龄估计,特别是通过早期胎儿超声确认的胎龄要比产后估计的胎龄可靠(Alexander 和 Allen,1996;Allen,2005a;Wariyar 等,1997)。产前超声估计胎龄的准确性在对通过辅助生殖技术受孕的妇女和基础体温测定排卵的妇女的研究中得到证实(Kalish 等,2004;Nyberg 等,2004;Persson 和 Weldner,1986;Rossavik 和 Fishburne,1989;Saltvedt 等,2004)。

孕期超声检查越早,胎龄的准确性就越高(Drey 等,2005;Johnsen 等,2005;Kalish 等,2004;Neilson,1998;Nyberg 等,2004)。孕期前3个月测量胎儿头到臀部的长度(即头臀长)可使胎龄准确到2～5天(Hadlock 等,1992;Kalish 等,2004;Wisser 等,2003)。到妊娠14周,可测量胎儿四肢和其他部位(例如双顶径、头围、腹围、胸围、股骨和足长)(Hadlock 等,1987;Nyberg 等,2004)。妊娠14～18周,测量胎儿双顶径估计胎龄,误差在9天内(Wariyar 等,1997);测量头围估计胎龄,误差在4天(Chervenak 等,1998)。孕4～6个月使用超声等多种测量方法可提高孕龄估计的准确性(Chervenak 等,1998;Hadlock 等,1987;Johnsen 等,2005)。

由于胎儿生长的个体差异和病理改变越来越多,妊娠的后3个月,特别是接近孕足月,超声测量胎儿估计胎龄缺乏准确性(Alexander 等,1999;Altman 和 Chitty,1994;Lubchenco 等,1963;Nyberg 等,2004)。到妊娠的后3个月,胎儿生长发育受许多环境因素的影响,包括子宫胎盘发育不全、产妇使用药物或毒素和先天性感染。不同种族、民族和性别在出生体重上的差异,在妊娠晚期最为突出(Alexander 等,1999)。多胎妊娠,由于宫内拥挤和对营养的竞争往往导致胎儿宫内发育迟缓，与单胎妊娠相比，双胎妊娠早在28～30周，胎儿宫内生长出现差异，显著性差异出现在妊娠35周(Alexander等，1998；Min等，2000)，对于多胎妊娠，胎儿宫内生长的差异会进一步加大(例如三胞胎和四胞胎)(Alexander等，1998；Luke，1996)。

妊娠20周前，超声检查比其他任何产前或产后估计胎龄的方法更准确[95%置信区间为±(3～5)天](Alexander等，1992；Chervenak等，1998；Nyberg等，2004；Wisser和Dirscheld，1994)。超声检查和末次月经估计胎龄的比较研究发现，通过超声确定预产期1～2周内出生的婴儿比通过末次月经确定的多(Mongelli和Gardosi，1996；Savitz等，2002b；Yang等，2002c)。这些研究表明，婴儿出生时平均胎龄通过产前超声评估比通过末次月经评估大约少1周。使用超声估计胎龄会使较少的婴儿被认为是过期儿，使被认为是早产儿的数目略有增加。

尽管超声估计胎龄的准确性有限，但常规仍使用产前超声检查评估孕期医疗保健。早期产前超声检查需要及早产前护理，在美国只有84%的孕妇在妊娠前3个月接受产前检查，3.5%的孕妇直到妊娠后3个月才接受产前检查，甚至没有产前检查(CDC，2004d)。产前检查对高危孕妇(即年轻、贫穷和移民妇女)来说是非常重要的，产前检查存在种族差异(6.0%非西班牙裔黑人母亲和5.3%西班牙裔母亲没有或延期产前检查，而非西班牙裔白人母亲仅有2.1%没有或延期产前检查)(Goldenberg，1992；CDC，2004d)。美国没有常规使用产前超声检查的国家标准，与过去相比，在美国虽然有更多的孕妇接受超声检查(2002，68%比1989，48%)，许多人可能妊娠期进行超声检查的时间太晚或因超声的质量影响孕龄评估的准确性和可靠性(CDC，2004d)。

在不确定受孕日期时，孕早期广泛使用产前超声检查，提高了产科医生确定胎龄的准确性(Neilson，1998)。如上所述，虽然超声在妊娠头3个月是最准确的(Kalish等，2004；Salvedt等，2004)，除非临床需要在妊娠早期应用超声进行监测，美国妇产科学院实践指南中注释，在妊娠16～20周单用超声检查也可以筛查胎儿发育异常(ACOG，2004)，其后的九项常规试验分析与选择性使用产前超声检查比较的荟萃分析显示，常规超声检查可更早的监测多胎妊娠，降低过期妊娠引产率，增加先天性畸形儿终止率(Neilson，1998)。围生期死亡率没有差别，但必须有更大样本量的研究才能发现差异。

虽然可能难以证明有其他好处，但毫无疑问，更好地确定妊娠日期在临床上为母婴都能带来益处。可以帮助产科医师作出重要决定，包括分娩时机和方式、宫内治疗、抑制宫缩或对预测有早产风险者应用类固醇激素促进胎儿肺成熟。准确测定胎龄对于超未成熟儿尤为重要，例如，对于低孕龄生存能力差的胎儿决定是否努力延长孕周推迟早产分娩(即妊娠22～24周)，一旦胎儿足月，可以避免晚期早产(或接近足月)(更准确地估计胎龄可减少早产儿的并发症)(见第10章和第11章)。

孕早期、孕中期常规进行产前超声检查花费大量的医疗费用(估计在美国每年为10亿美元，似乎孕晚期常规超声检查没有益处)，它能更好评估胎龄，更早发现多胎妊娠，在孕晚期之前检测胎儿畸形(Neilson，1998；Bricker和Neilson，2000)。没有任何证据表明，产前超声检查对母亲或胎儿有危害。然而从更准确的胎龄数据，包括有关如何估计胎龄的研究和国家数据库(包括出生证数据资料)都证明产前超声检查对于早产儿有益。

结果2-2：建立妊娠早期可靠的超声估计胎龄的方法，有利于多胎妊娠的研究与实践、早产诊断、保胎、激素监测、选择分娩时机、确定分娩方式、选择分娩医院，以及确定是否需要在产房复苏、胎儿生长发育是否良好。

胎儿和婴儿成熟度的测量

虽然更多研究关注产科估计胎龄的准确性，但同样需要更好的方法评估胎儿和婴儿的成熟度，当胎龄不清楚或不确定时，成熟度评估显得尤为重要。对大多数早产儿来说，胎儿生存、并发症、后遗症和神经发育结局的重要决定因素是出生时的成熟度（虽然婴儿的基因型和后天环境因素也很重要），早产儿急性并发症的数量、发生频率和远期健康及其神经发育结局使得胎儿成熟度监测势在必行。

结果 2-3：胎龄和出生体重作为新生儿成熟度水平的指标都不充分。

生物物理评分

产科医生需要准确估计胎儿成熟度以决定早产儿摆脱不利的宫内环境的最佳分娩时机。监测胎心、胎动、对刺激的反应，确定胎儿是否健康。生物物理评分是一项综合许多方法的监测措施，常用于高危妊娠的监测（Manning，1995）。早产的死亡率和发病率与恶劣的宫内条件、母体健康状况的恶化有关（在某种程度上可能会导致胎儿死亡），准确评估胎儿成熟度有利于计划分娩和产后管理。

测胎肺成熟度

20 世纪 70 年代，产科医师通过分析胎儿羊水的化学成分测定胎肺成熟度（Gluck 和 Kulovich，1973a；Gluck，1971；Gluck 等，1974；Philip 和 Spellacy，2004；Spellacy 和 Buhi，1972）。呼吸窘迫综合征与胎肺不成熟有关，由于稳定肺泡的肺表面活性物质部分缺乏所致（第 10 章）。通过胎儿呼吸运动，肺表面活性物质扩散到羊水中。Gluck（1971）、Gluck 和 Kulovich（1973a）在孕期通过羊膜腔穿刺（即用针头穿入羊膜腔抽取羊水）测定羊水中卵磷脂和鞘磷脂比值（即 L/S 比值），L/S 比值低（<2）表示胎肺不成熟，胎儿娩出后发生呼吸窘迫综合征的可能性大（respiratory distress syndrome，RDS）（如果是过期妊娠，胎儿羊水 L/S 比值可达到 7）。通过羊水测定胎肺成熟度的其他方法包括羊水振荡实验、计算薄层厚度，测定磷脂酰甘油、饱和卵磷脂、荧光或肺磷脂（Torday 和 Rehan，2003；Wijnberger 等，2001）。

生理情况测定

早产儿并发症的数量、类型和严重程度与新生儿成熟度和生理稳定性呈正相关。及早监测胎儿成熟度或生理稳定性将有助于医务工作者监测其他并发症，并尽早采取预防或治疗措施。几项急性疾病严重程度的监测措施（例如新生儿急性生理学评分和婴儿临床风险指数）与早产儿死亡率和发病率相关，但这些都不是估计胎龄的方法（Gagliardi 等，2004；Richardson 等，1993，1999b）。急性疾病严重程度的评分系统可以用于新生儿重症监护室的监测，提高监测治疗质量，并深入了解不同新生儿重症监护室中并发症的原因和结局（Richardson 等，1999a）。

出生后成熟度评估

在 20 世纪六七十年代，由于许多新生儿错误或不准确的胎龄资料，激发研究者进行生后胎龄评估方法的研究，这些方法主要聚焦婴儿的成熟度（Allen，2005a；Philip 等，2003）。Farr 等（1966）描述早产儿和足月儿的外在生理特征，Hittner 等（1977，1981）提出在孕 27～34 周中瞳孔膜在 2 周时间阶梯式消失的系统评估方法（如早产儿晶体前血管网），法国研究者开发了测量胎儿神经成熟度的方法，即通过观察颈部、躯干、四肢屈曲度和姿势的变化进行综合评估（Amiel-Tison，1968；Amiel-Tison 等，2002；Philip 等，2003；Saint-Anne Dargassies，1977）。临床上出现许多测量出生后婴儿成熟度的方法，通过测量外部特征或神经肌肉张力，或两种方法同时测量，进行早产儿和足月儿评估对比（Allen，2005a；Ballard 等，1979，1991；Dubowitz 等，1970；Parkin 等，1976）。

这些生后胎龄评估的方法并不能准确测定胎龄（如出生时胎龄），尤其是极端妊娠（早产、过期产）和胎儿有很严重疾病的情形（Alexander 等，1990；Sanders 等，1991；Shukla 等，1987；Spinnato 等，1984）。出生后测量应用最多的方法是新 Ballard 评分（Alexander 等，1990；Sanders 等，1991；Shukla 等，1987；Spinnato 等，1984）和 Dubowitz 胎龄评估（Dubowitz 等，1970）。出生体重不足 1500g 的早产儿孕龄高估 1～2 周的比例占 40%～75%（Sanders 等，1991；Shukla 等，1987；Spinnato 等，1984），随着孕龄的增加，评估的准确性下降（Alexander 等，1990；Sanders 等，1991），甚至在 LMP、社会人口学特征、妊娠并发症和分娩方式一致的情况下，高估孕龄在黑人早产婴儿比白人婴儿更普遍（Alexander 等，1992）。

尽管一些产后孕龄估测的方法广泛应用于估计出生时孕龄，但妊娠头 3 个月和中期 3 个月超声检查仍为判断孕周较准确的方法（Alexander 等，1990，1992；Mitchell，1979；Wariyar 等，1997）。对照研究发现（Wariyar 等，1997），孕 20 周前超声检查最为准确（95% CI=±9 天，而产后评估 95% CI=±17 天）。对于<30 周出生的早产儿，20 周之前的超声检查判断孕周与 20 周之后相比更具准确性（95% CI 分别为±9 天和±15 天），新 Ballard 评分的 95% CI 为±24 天，Dubowitz 胎龄评估的 95% CI 为±34 天。

利用出生后生理特征和神经肌肉紧张度情况来评估出生时孕周较困难，这就突出了出生时成熟度和孕周差异性的存在（Allen，2005a）。“孕周”的概念代表一段时间，即妊娠的持续时间，孕周的评估包括胎儿或新生儿的大小，或新生儿成熟度的评估。胎儿成熟度对于新生儿发病率和死亡率影响很大，且在足月分娩正常启动的“信号机制”中起重要作用，因此掌握胎龄的定义及判断对于了解早产的发生机制是非常必要的。

测定功能成熟度

在早产儿大脑结构和功能发育方面，研究者开始关注神经成熟情况发生的变化。这些改变可通过详细的神经学检查发现，包括神经图像（尤其是头部超声）、脑电图（electroencephalography，EEG）、振幅整合脑电图（amplitude-integrated EEG，a-EEG）、视网膜电描记法及刺激后听觉、视觉、触觉神经生理学检测（Allen，2005a；Amiel-Tison 和 Gosselin，2001；Burdjalov 等，2003；Finnstrom，1972；Henderson-Smart 等，1985；Kesson 等，1985；Klimach 和 Cooke，1988；Leaf 等，1995；Miller 等，1983；Olischar 等，2004a，b）。产前超声检查正常的胎儿的脑皮质发育情况有助于发现胎儿大脑畸形（Perri 等，2005）。

任意胎龄或“停经后日龄”的变化，及对特定仪器设备和专业性的需求，限制了出生时胎龄估计的应用。然而目前研究关注运用临床和神经生理检测方法检测神经发育成熟度情况（如振幅整合脑电图，综合神经发育情况检测），这就可以评估 NICU 中高危早产儿中枢神经系统的发育情况和完整性（Allen，2005a；Amiel-Tison 和 Grenier，1986；Burdjalov

等,2003;Olischar 等,2004a,b)。对胎儿和新生儿神经成熟度进行良好检测,可发现潜在畸形情况;为更有效与父母交流和利用社会有限资源发挥重要作用,预测神经系统发育情况的预后;评估各种产前和 NICU 干预措施对中枢神经系统(central nervous system,CNS)发育的作用;可以对 CNS 损伤、神经保护因素及 CNS 损伤后恢复机制的各种原因进行深入探讨。

早产儿群体的异质性

胎儿宫内生长受限、小于胎龄儿、胎儿成熟度

胎儿宫内生长受限(intrauterine growth restriction,IUGR),也称为胎儿生长受限,和早产一样,是一种复杂、多因素情况的结果,且许多病因和致病机制未知。胎儿个子小的原因可能是由于家族因素(父母个子小)或染色体异常、同质异形综合征或先天性感染。排除其他原因的 IUGR,子宫胎盘功能不全和胎儿营养缺乏涵盖了过去认为因胎盘供养不足、气体交换障碍或其他营养缺乏导致的生长发育不良。生长发育率下降的胎儿(如 IUGR)很可能在小于相应孕龄体重时分娩(出生体重<相应孕龄体重的第 10 百分位数)。宫内营养不足导致身体发育情况差,但相对而言,大脑发育相对好一些,这是保护大脑发育的适应性反应(Warshaw,1985)。

如何诊断适龄胎儿发育情况和采用何种标准一直存在争议。标准是已公开发表的体重曲线之一,标识出与孕龄相当的活产胎儿出生体重,小于胎龄儿的定义是出生体重<孕龄体重的第 10 位百分数(Alexander 等,1999;Kramer 等,2001b;Lubchenco 等,1963;Usher和 Mclean,1969)。更严格的小于胎龄儿的定义应用较少,其定义为出生体重低于平均体重 2 个或 2 个以上的标准差。由于地域和人种的差异,孕龄相关的出生体重曲线不尽相同,例如,美国科罗拉多州的胎儿出生体重较低,原因是其海拔较高(Alexander 等,1999;Kramer 等,2001b;Lubchenco 等,1963)。由于出生体重分布具有显著差异,Kramer 等(2001b)报道不同性别的出生体重百分位数,Alexander 等(1999)报道了不同种族、西班牙血统和不同性别的孕龄出生体重百分位数。但对小于胎龄儿的诊断是否与种族、性别、人种有关,仍未达成共识。判断小于胎龄儿的方法是与相应胎龄出生儿体重进行对比,进而得出结论,通过测量新生儿身长和头围可鉴别胎儿生长受限。

用产前超声数据计算的胎儿体重资料与相同人群孕龄相关的出生体重分布曲线相比(Bernstein 等,1994),孕龄相关的体重分布曲线差异性较大。超声预测胎儿体重较为有效,95% CI 为个体估计±15%,非系统误差,大样本研究发现超声预测人群胎儿平均体重较为准确(Hadlock 等,1984)。曲线对比发现,作为一个群体,早产孕周越小,与在子宫内继续妊娠和接近足月者相比,出生时体重越小。从<36 周的任意孕周出生体重数据资料,到产前超声估测相应胎龄体重的应用,小于胎龄儿的诊断增加了 10%~25%。这种方法没有广泛应用,但是这些资料使超声诊断小于胎龄儿的可信度提高(Bernstein,2003),且这些资料表明早产和 IUGR 之间有部分重叠。

除了对大脑发育的保护,一些资料表明,胎儿要适应宫内不利条件需要做些调整,例如加速肺部和脑部成熟(Amiel-Tison 等,2004a,b)。许多关于羊水化学分析的研究表明,IUGR的早产或妊娠并发症引起的早产,如慢性胎盘早剥、胎膜早破、胎盘梗死、重度先兆子

痫、慢性高血压或羊膜炎者，其 L/S 值较相应孕周高，表明这些胎儿肺部成熟度较高(Gluck 和 Kulovich,1973b;Gould 等,1977)。Amiel-Tison(1980)和 Amiel-Tison 等(2004a,b)研究表明，IUGR 新生儿、高血压孕妇分娩新生儿、多胎妊娠新生儿的神经成熟度发育较快。有人发现，小于胎龄儿和慢性高血压母亲的新生儿，其 Ballard 和 Dubowitz 评分较预期高；一些学者表明，糖尿病母亲的新生儿其评分较预期值低(Ballard 等,1979;Dubowitz 和 Dubowitz,1985;Spinnato 等,1984)。33～34 周以后出生的 IUGR 早产儿和多胎妊娠新生儿，并发症较预期要少(Allen,2005b;Ley 等,1997)。34 周之前出生的 IUGR 早产儿与相同孕龄的早产儿相比，发病率和死亡率明显升高(Garite 等,2004;Tyson 等,1995)。

在宫内不良条件下生长的胎儿，通过电生理检测其听力和视觉神经成熟情况，发现胎儿的神经成熟度较快。随着中枢神经系统的成熟，神经传导时间降低且传导冲动更为有效。研究者发现，小于孕龄的早产儿、母亲患有高血压或应激状态后的胎儿以及多普勒显示大脑血流不足的胎儿神经传导较快(Henderson-Smart 等,1985;Pettigrew 等,1985;Scherjon 等,1992,1993)。Amiel-Tison Pettigrew(1991)和 Amiel-Tison 等(2004a)回顾研究推论，神经系统发育的加速并不是“全或无”的现象，而是不同程度的“渐进反应”(Amiel-Tison 等,2004a,p. 20)。

面对宫内不良环境，胎儿加速成熟是以生理为代价的。Scherjon 等(2000)通过超声多普勒检查发现，大脑血流降低和神经系统加速成熟的胎儿与未加速的胎儿相比，成长到 5 岁时，平均智商较低(87：90)且认知功能障碍发生率较高(54%：20%)。这些资料来自于 IUGR 新生儿适应机制的纵向研究，提示在宫内不利环境中存活下来的婴儿一生需要付出很多代价。

对 IUGR 及其适应机制长期研究发现，和成人一样，对胎儿大脑发育和健康、功能方面并未很好掌握，需要进一步深入研究。宫内不良环境超过适应机制，将导致器官损伤和死亡。产科医生面临的挑战是在器官损伤和失代偿之前，要娩出这些新生儿，必须仔细权衡早产和 IUGR 加重的风险。

濒临存活极限的围生儿死亡率

虽然 WHO 将早产上限定义为 36 周零 6 天，但下限是由胎儿器官发育程度决定的，随着高危产科和新生儿重症监护的发展。新生儿死亡率、与胎龄相关的最低存活极限的新生儿死亡率大幅度下降(Alexander 等,1999;Allen 等,2000;Appendix B)。目前认为已经达到生理极限，但随着新技术的出现，生存极限也会进一步改变(Hack 和 Fanaroff,1999)。

生存能力处在生命下限的早产儿的存活和并发症研究的前提条件是判断胎龄的准确性。在这些研究中，对于不同调查样本人群，并无超声确定受孕时间。处于生存极限时，每一孕周都与早产儿的存活率和并发症密切相关(Allen 等,1993;Wood 等,2000)。然而，在这些研究中，有多少临床资料因胎龄判断不准确而丢失？有多少 22～23 周分娩的新生儿被错误分类，而其真实孕周为 24 周或 25 周？提高判断胎龄的准确性，对于研究处于生存极限的早产儿的存活和预后有利，可得出可靠结论，亦应加强医生与新生儿父母的交流能力。

对于处在存活极限的新生儿，分娩时积极的心肺复苏因不同区域而有差异，这与父母是否参与医疗决定有关(Hakansson 等,2004;Haumont,2005;Ho 和 Saigal,2005;Lorenz 和 Paneth,2000;Partridge 等,2005;附录 C)。22～25 周出生的新生儿，如果未予心肺复苏和密切观察就会死亡。许多研究并未报道心肺复苏后活婴比例。目前人们关注处于存活极限的早产儿存活至成年的情况，及他们患有的残疾或慢性疾病、疼痛，这些都是父母和卫生服务提供者为之困惑而不知道如何处理的。大部分未成熟新生儿出生后即死亡，而另一焦点为，即使新生儿重症监护快速发展，也仅仅是延长几天或数周时间，但最终仍会死亡。即使有散在的报道显示在最小孕周（孕 21 周或 22 周）或最小出生体重（<400g）出生后也有存活，一些学者按照 50%会成活的胎龄和出生体重来定义生存极限的下限（Alexander 等，1999；Allen 等 2000）。

探讨生存能力处于生命最低极限婴儿的存活和管理问题，需要特别关注死亡率和结局是如何计算的。例如，临床资料应包括新生儿分娩时需要心肺复苏的比例，哪些需要得到重症监护，先天性畸形儿的比例，尤其应报道致死性畸形。仍需关注存活早产儿的实足年龄，新生儿死亡率的传统定义排除了生存超过 28 天但死于 NICU 的患儿。同样，活着从 NICU 出院，后来死亡的新生儿可能会漏掉，第一年晚些时候死亡的新生儿应记录在婴儿死亡率范围内。

当回顾处于存活边缘的新生儿的死亡率情况时，用于计算死亡率的分母极其重要（Allen 等，1993；Evans 和 Levene，2001）。许多三级医院的 NICU 报道，计算与出生体重相关的死亡率和特定孕龄死亡率时，用进入 NICU 的新生儿数作为相应分母。然而，许多孕 22～25 周分娩的新生儿，出生后短时间内死亡，且未进入 NICU，还有大部分<23 周分娩的新生儿或出生体重<500g 的新生儿为死产（分别为 60%～89%，68%～77%）（Sauve 等，1998；Wood 等，2000）。

虽然有区分死胎和活产的指南（表 2-2），但临床特点并非人们想象的那么明显。死胎为胎儿分娩前已经死亡，除外引产终止妊娠者，临床医生必须从短暂的瞬间或心脏短暂收缩、喘息或四肢抽动中识别生命迹象（例如心跳、脐带搏动、自主肌肉活动）。这对于孕 21～24 周出生的新生儿较困难。过去有多少新生儿被归为活产而非死胎仍是未知，如何进行分类存在地域上的差别，卫生保健工作者的认识也存在个体差异。对出生后仍有短暂心脏搏动或喘息的极不成熟新生儿进行积极的心肺复苏，可以使新生儿分类发生转变，由死胎变为新生儿死亡。这种新生儿分类的改变，对于早产率的影响不大（因孕 26 周后出生的新生儿占绝大多数），但对提高美国新生儿死亡率却有实质上的“帮助”。围生期死亡率（>20 周的新生儿死亡数目/1000 总出生数）的应用有益于超未成熟儿预后的处理，即使它包括死产和出生后立即死亡的新生儿。

表 2-2 自然流产、胎儿死亡、死胎和活产的定义

自然流产	除外药物和机械方式排空子宫的流产
死胎或死产	无论妊娠时间长短，在完全娩出前死亡或作为妊娠产物排出，这种死亡是指与母体分离后，胎儿不能呼吸或无任何生命迹象，如心跳、脐动脉搏动、肌肉自主收缩。胎儿在妊娠 20 周及以后死亡称胎儿死亡，孕 28 周后死亡称晚期胎儿死亡
活产	用于记录在任何时候新生儿出生的术语，新生儿出生后即有自主呼吸，或具有任何生命体征如心跳、明确的肌肉自主运动。其中心跳不是短暂的心脏收缩，且呼吸亦不是指短暂的喘息

引自：CDC（2004e），Cunningham 等（2005）

对于处在存活能力极限的新生儿，存活率及其治疗存在显著的地域差异，且评估胎龄的方法也不尽相同，为新生儿活产率和死亡率的研究造成困难（Costeloe 等，2000；Lorenz

等,2001;Sanders 等,1998;Tyson 等,1996)。对于处于存活极限的新生儿,胎龄的准确估计很有必要,且对分娩和分娩后的相应处理决定具有指导意义,包括分娩的时间和方式,是否在分娩前使用甾体类激素,分娩时是否积极进行心肺复苏。对于处理方法和预后的讨论,应该关注何时可能会存活,而对于生存力极限的操作定义,存活的可能性或无主要残疾的概率是重要的(例如 50%)。胎儿和新生儿的成熟度检测有助于临床护理工作,提高预测短期和长期预后的准确性,帮助家庭和卫生保健人员制订诊治方案。

早产上限分娩的晚期早产儿或近足月新生儿

在妊娠期的任何时候,准确计算妊娠时间和胎儿成熟度,为医生和家庭提供了更好的决策信息。这对于高危妊娠尤为重要,有助于帮助医生和家庭作出决定,如近足月妊娠有早产威胁时如何处理、分娩时间和分娩方式的选择。准确的胎龄和成熟度信息便于为近足月早产者提供更好的产前咨询,如存活儿率、并发症、远期健康状况和神经发育结局。

关于新生儿的分类尚无一致认同的标准定义,是否包括孕 32 周、33 周或 34~36 周的新生儿,各个研究不尽相同(Amiel-Tison 等,2002),这些新生儿被称作近足月新生儿、晚期早产儿、大早产儿,但是晚期早产儿强调的是未足月。

大部分早产儿在 33~36 周分娩(表 2-3)(附件 B)。从 1995~2000 年,8.9%的美国新生儿是在 33~36 周出生,但<33 周分娩的仅占 3%。34%的双胎妊娠于 32~35 周分娩,31%的双胎妊娠于 36~37 周分娩,于 37 周以后分娩的仅占 24%(Min 等,2000)。许多近足月早产儿体重正常,且大多数在婴儿室接受常规护理(Amiel-Tison 等,2004a;Wang ML 等,2004)。

表 2-3　1985~1988 年和 1995~2000 年美国不同胎龄类型的出生情况比例

胎龄	胎龄的类型	1985~1988	1995~2000
≤28 周	极早早产	0.66	0.88
≤32 周	早期早产	1.9	2.2
33~36 周	中度早产	7.7	8.9
<37 周	早产	9.7	11.2
42⁺ 周	过期产	11.9	7.0

引自:Alexander(2006 附录 B)

虽然晚期早产儿的预后比不足 32 周或 33 周分娩的早产儿好,但仍然容易受早产并发症的困扰。与足月儿相比,更容易经受冷刺激、低血糖症、呼吸窘迫综合征、黄疸、败血症,且晚期早产儿在不同医院治疗方案和临床资源的应用也不尽相同(Amiel-Tison 等,2002;Laptook 和 Jackson,2006;Lewis 等,1996;McCormick 等,2006;Wang ML 等,2004)。临床上关于早产预后的长期追踪资料有限,一项关于脑瘫的回顾性研究报道表明,16%~20%的脑瘫儿大多在 32~36 周出生(Hanberg 等,1996;MacGillivray 和 Campbell,1995)。

准确估计胎龄和胎儿成熟度有助于临床诊治工作。应意识到晚期早产儿较足月儿具有高死亡率和发病率,医生和家庭成员应认真权衡提前分娩对健康的影响、经济情况及早产的经济学成本。

对公共卫生与研究工作的意义

妊娠持续时间与胎儿、婴儿大小和成熟度密切相关，但如何去估测仍是问题所在，评估这些因素之间的内在联系，为更好地探究早产的因素奠定了基础。例如，人们已经意识到不同种族的健康水平差异，但是这些差异的原因却是未知的。关于大样本人群的出生情况、健康问题及死亡情况的公共卫生资料可以用于探究其原因；但是必须认识到，随着时间的推移，这些变量的概念会有所变化。

种族差异

尽管对种族和族群亚型分类意见不统一，但早产率、不同孕周的出生体重分布、新生儿和婴儿死亡率、胎龄别和出生体重别新生儿死亡率（见附录 B）等指标的种族和族群差异是一致的。2003 年美国亚洲和太平洋岛屿人群早产率为 10.5%，白人为 11.3%，非裔黑人为 17.8%（第 1 章）。1997 年，白人、西班牙裔、非裔黑人不足 28 孕周的早产儿出生率分别为 0.35%、0.45%、1.39%（Alexander 等，2003）。胎龄相关的出生体重在民族、种族和性别上也有差异，以上因素对近足月早产儿的影响最显著（Alexander 等，1999）。非裔黑人孕 40 周新生儿出生体重明显低于相同胎龄的白人、西班牙裔、美国本土人。

经过数十年的发展，尽管美国新生儿和婴儿死亡率仍存在种族差异，但差异呈逐年显著性降低（Alexander 等，2003）。非裔美籍足月新生儿与白人相比，死亡率较高；婴儿越小，越是早产，非裔美籍早产儿与白人及西班牙人早产儿相比存活优势大（Alexander 等，1999，2003；Allen 等，2000；Demissie 等，2001）。在过去几十年中，胎龄别新生儿死亡率显著降低，且差距逐渐缩小，但仍存在更不成熟和个体更小的早产儿（Allen 等，2000；Hamvas 等，1996，Appendix B）。引用药物学专家 50%致死剂量（LD50）的概念，即 50%的早产儿死亡和 50%的早产儿存活，南卡罗来纳州白人早产儿的 50%点值，从 1975～1979 年的孕 26.8 周降至 1990～1994 年的孕 24.5 周（Allen 等，2000）。对于非裔美国人新生儿，有 50%存活可能性的孕周从 25.2 周降至 23.9 周。在这两个时期，白人和非裔美籍早产儿存活情况的差异减小，从相差 1.6 周降到相差 0.5 周。

不同种族的早产率和死亡率的显著差异已经持续存在许多年了，这些差异的原因复杂且难以理解。许多学者认为，产科和新生儿重症监护的进展（如肺表面活性物质、产前甾体类激素的应用）不同程度地提高了白人早产儿（每个孕周中的 RDS 高风险者）的存活率（Hamvas 等，1996）。性别差异，即男性早产儿具有较高死亡率和肺部疾病发病率，但发病机制不清楚（Stevenson 等，2005）。有研究显示，在少数民族较多的医院，新生儿死亡率较高（Morales 等，2005）。报道显示的早产高危因素和种族和族群差异提示，早产的病因可能发挥作用（Ananth 等，2005；Reagan 和 Salasberry，2005）。从 1989～2000 年，有早产史的白人早产发病率增加了 3%，而非裔美国人降低了 27%（Ananth 等，2005）。对于这两种人群，治疗性早产都增加了，但早产率不同，白人和非裔美国人早产率分别为 55%和 32%。胎膜早破早产率下降，分别为 23%和 37%。新生儿死亡率的降低，对于白人早产儿，与医疗上有指征的早产的增多有关，但对于黑人早产儿，与胎膜早破早产率的降低有关。一个重要的问题是大的社会背景如何影响早产的种族差异（见第 4 章）。

所有这些问题都需要考虑的是评估胎龄的方法可能起到复杂（和干扰）的作用。产后评估胎龄的方法，如 Ballard 和 Dubowitz 胎龄评估方法，往往过高估计早产儿的胎龄，且对于不同种族高估范围也不一致。在产妇的社会经济地位、妊娠并发症、分娩方式一致的情况下，每个胎龄段的非裔美籍早产儿的产后孕龄评估平均值都较高（Alexander 等，1992）。用 Ballard 胎龄评估方法常常高估非裔美国人的孕周，无论胎龄是由 LMP 推算的，还是由超声计算的（一部分婴儿可以获得这些资料）。在这项研究中，早产率改变的情况受孕周是由 LMP 还是 Ballard 评分推算的影响，且这种变化受种族的影响。既然 Ballard 评分是根据新生儿生理和神经学特点判断胎龄，这些及其他相关资料令人怀疑非裔美籍新生儿是否比白人新生儿成熟得快。

美国许多出生证明没有用 LMP 推测的胎龄资料，为了弥补这一缺陷，1989 年美国的新生儿出生医学证明上增加了临床估计胎龄的项目，目的是要再次核实 LMP 推算胎龄的情况。很有可能出生后估测胎龄的内容也添加在出生证明上，但发展趋势仍是未知的。因此，利用这些临床胎龄评估获得的任何资料都很难解释，尤其是想从报道的历史资料中区分真正的种族和民族差异（如利用出生后胎龄评估）。这个问题对采用临床胎龄评估来评估胎龄分布的差异、不同胎龄的出生体重、胎龄别死亡率资料都有不同程度的影响。与转而仅仅依赖出生体重资料相比，这个问题促使对所有孕妇使用早期超声确定或验证胎龄或预产期。对于不同种族及民族来说，超声检查进行的越早，胎龄估计的有效性越高。

公共卫生数据库

发达国家建立复杂的公共卫生体系，收集出生和死亡资料及与公众健康相关的其他资料。在美国，每个州负责统计重要疾病事件，而不是由政府负责。国家重要统计系统为多种机构合作的共同体，包括国家和地区代表、CDC 及国家卫生统计中心（NCHS）（Martin 和 Hoyert，2002）。NCHS 制订标准，统一报告活产和活胎、新生儿和婴儿死亡数据，按照合作协议将这些数据上报国家公共卫生数据库。出生证明上有出生日期、公民身份、新生儿国籍，且包含重要的公共卫生信息资料，也是国家有关出生体重和胎龄资料的唯一来源。已经利用大规模的州和国家人口出生和死亡数据库资料绘制出胎龄分布曲线、不同孕龄的出生体重、胎龄别和出生体重别新生儿死亡率曲线。

出生体重和胎龄及其他出生和死亡证明资料存在系统和随机错误分类，这在人口数据库中是持续存在的问题，尽管已经开发了程序以清除或减少不真实的资料。多种围生期资料都一致表明，胎龄别出生体重呈双峰分布，主要是由于对体重正常的足月新生儿的胎龄偶然的编码错误导致（David，1980；Platt，2002）。研究发现，当产科医生估计的胎龄记录到新生儿的医学记录中时频繁出现错误，其中 15%的病例，胎龄误差至少 1 周（Wariyar 等，1997）。有些是系统错误，如胎龄按孕妇住院时间计算，且缺乏高质量的产前资料。相似的错误也出现在最初的出生和死亡证明中，这些都依赖于记录者的培训情况和经验，以及对细节的关注水平。

胎龄为监测某一人群母儿健康状况的重要统计学参数。这些指标参数包括早产（＜37 周）、早期早产（＜32 周）、低出生体重（出生＜2500g）或极低体重（出生＜1500g）以及小于胎龄儿的比例。首次产前保健时，胎龄为记录何时进行产前保健的重要因素。所有这方面的信息可用于国家卫生干预和监督。

如何估计胎龄，对于胎儿和新生儿健康指标和时间地区对比差异有重要意义。从 1939 年开始，出生证明上就记录妊娠持续时间（开始用月来表示），1968 年开始用 LMP 记录。

1989 年开始增加临床资料推测胎龄，但出生证明上未标明所采用的方法。应用出生情况估计胎龄的临床医生所占比例未知。产后过高估计胎龄的情况在不同胎龄及种族范围内有所不同（Alexander 等，1990，1992；Sanders 等，1991；Shukla 等，1987；Spinnato 等，1984）。正如本章开始部分的讨论，生后评估胎龄的另一个问题是，主要根据成熟情况进行判断，但妊娠 30 周后，IUGR 和复杂妊娠（高危）者表现出胎儿加速成熟（Amiel-Tison 等，2004a，b）。

2003 年，NCHS 建议产科应用最佳估计胎龄的方法代替临床估计，即“由所有围生期因素和评估方法决定，如超声检查，而不是新生儿体检”（CDC，2004b，p. 172）。国家应在未来几年里推广这种方法。研究人员和机构每当应用胎龄来分析趋势变化及进行国与国的比较，此时需要考虑到超声方法的改变。

幸运的是，从应用 LMP 到超声资料估计胎龄，这种改变对早产率的影响较小，对超过 41 周的过期产率影响较大。研究表明，过期产率已经降低，但早产率也少量增加（Goldenberg 等，1989；Kramer 等，1988；Savitz 等，2005；Yang 等，2002c）。超声检查的时间很重要，有一些根据 LMP 推算胎龄为足月产，但超声检查核对胎龄后划分为早产，妊娠早期超声检查比妊娠晚期超声检查能发现更多这样的情况。多胎妊娠孕妇和身材矮小的孕妇、糖尿病和 BMI 大的孕妇、染色体异常胎儿，LMP 法与早孕期超声评估法相比胎龄的差异较大（≥7 天）（Morin 等，2005）。因此，随着超声的普遍应用，用超声检查评估胎龄，早产率可能会有升高趋势。

研究人员依据大量数据进行研究时，尤其是应用这些资料时，需要注意胎龄计算的差异、用法。一直以来，不同国家之间胎龄估测存在一定差异、干扰或使研究变得复杂，例如，一项研究依据 LMP 估算完整的孕周，如果输入的记录是月和年的，要计算胎龄，但是仍有 4%～5%的病例需要依据临床情况重新核对孕周，修改出生证明上错误的资料（白人为 2%，非裔美国人为 2.7%，西班牙人为 3.6%）（Alexander 等，2003）。将来随着产科估算孕周准确性的逐渐提高，早孕期超声检查普及率的升高，上述情况肯定有所转变。

阐明死亡率

美国生命统计报告系统比较分散，各个州之间进行早产率、胎儿死亡率、新生儿死亡率的比较非常困难（Martin 和 Hoyert，2002）。除了出生证明上胎龄不统一外，美国各州对胎儿死亡报告的要求也各不相同。不同地区还存在不同程度的胎儿死亡数据漏报或上报信息不完整。目前人们逐渐关注生存能力处于最低极限的新生儿的成活情况，胎儿死亡和活产的定义更不容忽视。如何定义生存和死亡，及分娩过程中如何诊治极度不成熟且病情危重的胎儿意义重大，对生命信息统计造成影响，包括早产率、新生儿和婴儿死亡率上升，死胎率下降。

与新生儿和婴儿死亡相比，目前人们对死胎的关注较少。约 16%妊娠以死胎告终（Martin 和 Hoyert，2002；Ventura 等，2001）。死胎大致包括自然流产、流产和死产。大多数死胎（>90%）发生在妊娠的前 20 周；5%发生在妊娠 20～27 周；2%发生在孕晚期，即妊娠 27 周以后。妊娠 27 周以后死胎率显著下降。各州对必须上报的死胎资料有不同要求；一些要求孕周（≥16 周、≥20 周，或≥5 个月），一些要求出生体重（≥350g、≥400g、≥500g），还有一些要求同时上报孕周和出生体重。初次产前保健的资料丢失情况不同，妊娠 20～27 周死胎记录缺失率为 17%，妊娠 27 周以后死胎资料缺失率为 11%，活产资料缺失率为 2.8%。

在美国，由于活产和死胎分类和报告的改变，有可能出现死胎率逐渐下降，而早产率和婴儿死亡率逐渐增加的现象（Martin 和 Hoyert，2002）。胎儿窘迫时，及时的产科干预，产房内迅速有效的心肺复苏，及重症监护措施的及早开通将挽救一些宫内濒临死亡的胎儿。然而，许多婴儿在出生后不久（数天或数周）还是死亡了。这些努力对新生儿死亡率产生较大影响（CDC，2004f；MacDorman 等，2005）。

如果将处于生存极限的出生时存活但数天后死亡的新生儿归为新生儿死亡，则新生儿死亡率会有少量增加，但并不应视为警戒。这会引起人们对相关问题的讨论，包括相对成本（情感和经济）及怎样应用有限的医疗卫生资源，但这并不意味着削弱儿童保健问题。同样，对高危孕妇进行密切的产前检查，便于及早发现不良的宫内环境超出其适应能力的胎儿。避免了胎儿死亡的有指征的医疗早产，即使增加了早产率，也并不意味着新生儿健康状况的恶化。

考虑用围生儿死亡率作为儿童健康的一项指标，围生儿死亡率包括胎儿死亡率和新生儿死亡率，但上述两种情况不应发生改变。然而，将围生儿死亡率作为儿童健康的指标，需要重视围生期资料，尤其是死胎数据的收集和报告。

重视有关死亡原因资料的质量，将有助于对早产机制，及胎儿和新生儿早期死亡有深入了解。这就要求临床医生探究胎儿或新生儿早期死亡的原因。Pertersson 等（2004）发现，11.5%死胎归类为难以解释的细小病毒感染、巨细胞病毒感染或肠道病毒感染，其他的原因包括血栓形成倾向（如因子Ⅴ）、胎儿向母体输血、绒毛膜羊膜炎（包括脐带和胎盘的病理检查）、子宫畸形、脐带或胎盘畸形、毒素或药物接触、母亲疾病（例如糖尿病、伴有或不伴先兆子痫的高血压、甲状腺疾病、自身免疫性疾病）（Gardosi 等，2005）。由于死胎的重要原因为 IUGR（43%），因此应鼓励研究 IUGR 的发病机制、诊断标准及 IUGR 对胎儿器官系统的影响。

早产的病因和机制、胎儿及新生儿死亡率、早产的并发症、健康结局，及神经系统发育畸形情况都需要研究，家庭和社会对这些新生儿付出了高昂的代价，因此不能忽视这方面的研究。

结　论

慎重使用相关的术语，关注其定义的内涵，对于了解早产的原因和预后是非常重要的。管理和研究大规模的公共卫生资料，要注意到资料收集的局限性和差异性。应致力于提高国家生命资料报告的质量，尤其是新生儿胎龄和早产率。收集资料和报告程序统一，便于进行州与州之间的对比，甚至进行国家间的比较。

早孕期由超声判断胎龄对临床处理产生多方面影响，包括分娩、保胎、甾体类激素的应用、分娩时间和分娩方式的选择、宫内转诊、产房心肺复苏、胎儿发育情况的评估。因此，应鼓励在孕 20 周之前进行超声检查核实胎龄。出台操作标准，对超声医师进行规范化培训，以提高产前超声检查的质量和可信性。

第一部分

测 量

建 议

建议Ⅰ-1:提高围生期资料收集的质量。国家 CDC 健康统计中心应号召并按统一标准去收集、记录、报告围生期资料。

应包括以下主要内容:

● 在生命记录中应评价胎龄的准确性。生命记录中应当阐明妊娠早期超声确定的胎龄(20 周前)。

● 相应胎龄的出生体重应该作为评估胎儿生长发育的一项指标。

● 围生儿死亡率和发病率,应当根据胎龄、出生体重及相应胎龄的出生体重报告。

● 应建立和执行能够反映早产不同病因的分类和编码方案。

● 生命记录应陈述是否曾接受不孕症治疗(含体外授精和促排卵)。委员会确保这些原始数据的私密性和敏感性。

建议Ⅰ-2:鼓励行早孕期超声检查核对胎龄。早孕期超声检查能比较准确推算胎龄和促进学科发展,专业人士应当鼓励公众孕期及早进行 B 超检查(20 周以前)核实胎龄,同时要制订超声检查的标准规范,建议对超声医生进行专业培训,从而提高超声检查报告的质量及准确性。

建议Ⅰ-3:制订成熟度指标。基金机构应鼓励科学家研究制订更为可靠、准确的用于围生期(出生前和出生后)判断成熟度的预测指标。

第二部分

早产的原因

第 3 章

行为和心理对早产的影响

摘　要

虽然未证实个人行为对早产有重要影响，但有直接证据表明健康的生活方式对妊娠结局产生积极影响。如闲暇时间进行体育锻炼的孕妇、未吸食可卡因和健康饮食的孕妇，早产的发病风险降低。大量观察研究发现，具有良好的生活方式和保健意识的妇女早产的患病风险得到有效遏制。尽管到目前为止缺乏影响早产的核心行为方式，仍需努力探究发现降低早产的行为方式。近些年，有关社会心理因素对早产影响的研究发展迅速，大量证据表明：社会心理因素不能笼统归类，更像是一个危险因素，应归为特殊的方法学危险因素。有证据表明，一些社会心理因素是导致早产的致病因素，包括重大生活事件、慢性和灾难性应激、母亲焦虑、个人种族主义、缺少支持。

本章主要阐述被认为与早产（出生孕周＜37 周）相关的个人因素，包括每一种因素的证据，重点强调最新、最权威的研究资料和结果。本章涉及的行为因素包括吸烟、饮酒、违禁药品使用、营养状况（孕前体重、孕期增重、饮食搭配、鱼类和鱼油的摄取）、性行为、身体状况、职业、阴道冲洗情况。本章涉及的社会心理因素包括应激（生活事件和慢性、灾难性应激）、情感反应和情感状态（焦虑和抑郁）、种族歧视、社会援助、个人资源、妊娠意愿。基于个人因素水平，了解和预防早产的建议在本章最后阐述。

行为因素对早产的影响

行为因素对早产的影响已经阐明，如一些文献资料所述，行为方式可以直接影响早产的频率。大量观察研究发现一些与健康有关的行为，如吸烟、饮酒、营养、体力活动（Berkowitz 和 Papiernik，1993；Savitz 和 Pastore，1999）对早产有影响。尽管每个行为因素都为区分疾病的因果关系带来挑战，通常将它们分为两类。首先，很难准确评估这些行为因素，由于遗传因素的复杂性，个人不能完全回忆过去的行为情况（例如饮食、体力活动），或不良行为（例如酗酒和吸毒）。这些对于孕妇尤为重要。当妊娠结局发生时，人们会评估这些相关行为因素，如果孕妇不能作出准确回忆，就会歪曲事实，同时由于随机误差的存在，会削弱相关性。其次，关于这些行为的结论，妇女将它们看得相当复杂且可疑，许多早产的真正致病因素被社会经济条件或其他行为因素歪曲。例如，孕期吸烟在社会经济条件低下的妇女中比较多见（Cnattingius，2004），因此，区分吸烟对不同社会经济条件下妇女的影响具有挑战性。而且,不良健康行为的发生具有群集性,营养不良的妇女,常常伴有其他潜在有害行为,例如缺乏运动,反之亦然。

对于这些行为因素,无论研究设计得如何严谨、其他暴露因素(很难精确测量且完全控制)的控制如何细致,观察性研究也有其内在的局限性。尽管如此,与其他研究相比,包括机制研究和随机试验研究,行为因素对早产影响的观察性研究如果具有可行性,则可以提供很多信息。下文包括吸烟、饮酒、吸毒、营养情况、就业、体力活动、性行为及孕前和孕期阴道冲洗。

吸　烟

吸烟为妊娠不良结局中最常见且可避免的致病因素。吸烟与胎盘早剥、低出生体重、新生儿死亡密切相关(Cnattingius,2004);吸烟与早产相关性不大,结果并不完全一致。吸烟对妊娠结局的影响取决于是否发生于孕晚期,但对于在早孕期或孕前已经戒烟者影响不大。

有许多关于早产和吸烟的研究(Berkowitz 和 Papiernik,1993;Savitz 和 Pastore,1999),大多数研究发现吸烟和早产具有中度相关性。最新研究结果与以往相似(Cnattingius 等,1999;Hellerstedt 等,1997;Lang 等,1996;Sacitz 等,2001;Wen 等,1990;Wisborg 等,1996)。但有些研究表明吸烟与早产有较强的相关性(Nordentoft 等,1996),也有些研究表明两者根本不具有相关性(Goldenberg 等,1998)。但是研究结果的差异是有限的,纵观所有研究,每日吸烟10～20支者早产发病的相对危险度(RR)为1.2～1.5;而每日吸烟20支或20支以上者RR值为1.5～2.0,结果相对一致。

一些研究发现,吸烟对早产的亚型或某些类型妇女有显著影响。例如,一些研究(Berkowitz 等,1998;Harger 等,1990)发现,对于胎膜早破早产或医源性早产,吸烟对前者影响较大。医源性早产的主要原因为妊娠期高血压,而此病在吸烟者中比较少见(Engl 等,2002;Newman MG 等,2001),吸烟对于不同早产亚型的不同影响有待于人们去发现。一些研究发现,吸烟对非裔美国人的影响比对美国白人较大或较小(Lubs,1973;McDonald等,1992),提示种族与吸烟的交互作用,在高龄产妇中也是如此(Cnattingius 等,1993;Savitz 和 Pastore,1999;Wen 等,1990)。

饮　酒

孕期大量饮酒对胎儿发育有明显不良影响(AAP,1993;Spohr 等,1993)。例如,每天饮酒平均>1次的孕妇,早产危险度显著增加(Albertsen 等,2003;Kesmodeletal,2000;Larroque,1992;Lundsberg 等,1997;Parazzini 等,2003)。饮酒自我报告信息的准确性不可靠,不同研究之间关于"大量饮酒"的定义具有差异,目前研究资料对中度饮酒和早产之间的联系提供证据(Savitz 和 Pastore,1999)。然而,一些研究报道,少量饮酒对早产具有相反的影响,这可能是由于具有较高社会经济条件的妇女少量饮酒率较高(Albertsen 等,2004;Kesmodel 等,2000)。一项大规模关于预测早产的研究表明,饮酒能显著降低医源性早产者的早产率(Meis 等,1998)。关于饮酒的研究受限于自我报告资料的质量,和缺乏与流行病学相关的生物学标记物。证据表明,饮酒量不同,对早产的影响也不同,该影响在早产的不同亚型中也存在差异。因此饮酒对早产的影响仍是未解之谜。

吸 毒

大麻和可卡因是研究最多的可能引发早产的药物。几乎没有证据提示大麻对早产有影响(Shiono 等,1995)。精神药品或毒品燃烧产物均对人体有害,但是鉴于吸毒所致燃烧产物的作用较小,对仅吸入其燃烧产物而言,吸大麻并不可能使患病风险显著增加。

可卡因是人们广泛研究的对象,大量文献提示吸食可卡因与早产之间存在关联(Holzman 和 Paneth,1994)。可卡因吸食者早产的危险度比非吸食者增加近 2 倍。即使人们已经发现可卡因诱发早产的机制包括血管收缩,且在理论上讲两者是有联系的,但两者是否具有因果关系尚无定论。首先,吸食可卡因的孕妇常常伴有与早产相关的其他不良生活方式,例如感染或营养状况低下。其次,根据吸食可卡因的方式,可将吸食者分为 2 类,即潜在吸毒者和可卡因吸食者。当高度怀疑有吸毒史时,其发生早产的危险度显著升高,有些研究表明应用敏感的方法可发现可卡因吸食者,进行更加系统的评估,发现吸毒与早产的相关性降低,在某些情况下,两者无相关性(Kline 等,1997;Savitz 和 Pastore,1999;Savitz 等,2002a)。虽然有许多理由去劝说孕妇在孕期不要吸食可卡因,但事实上人们并未完全搞清楚可卡因诱发早产的致病机制。

营养情况

孕前体重

孕期体重并不是行为方式,但在某种程度上与饮食和营养状况相关。有证据表明,孕前低体重与早产高度相关(Kramer 等,1995;Savitz 和 Pastore,1999;Siega-Riz 等,1996),尽管文献资料并非一致(Berkowitz 和 Papiernik,1993)。一般而言,孕前低体重与早产相关性不显著,危险度为 1.5。在早产预测研究中,孕前低体重指数与早产密切相关,危险度超过 2.5(Goldenberg 等,1998),而肥胖孕妇自发性早产的危险显著降低(Hendler 等,2005)。最新的荟萃分析研究发现,孕前低体重指数与早产的相关性很小或几乎没有相关性(Honest 等,2005),与以往观点相反。

孕期体重增加情况

尤其对于那些未超重或体重正常的妇女来讲(Savitz 和 Pastore,1999),孕期体重增幅小,则早产的危险度增加(Berkowitz 和 Papiernik,1993;Carmichael 和 Abrams,1997),孕期增重少,早产的相对危险度为 1.5～2.5。研究表明,将新生儿体重从孕妇的总体重中去除,调整后发现孕期体重增加和早产的相关性降低(Berkowitz 和 Papiernik,1993;Kramer 等,1995)。关于体重增加和早产之间的关系,及低体重增长与早产之间的相互关系,是否存在一些共有的病因学机制仍是未知。孕期体重增加反映了孕期的情况(孕龄增加伴随体重增加),是按照相应孕周体重增加情况计算的。孕期体重增加不仅增加热量摄取和脂肪沉积,也伴随体液增加。

饮食结构

截止到 20 世纪 70 年代,大量研究表明,孕期增加热量摄取并不能降低早产的发病率。摄取微量营养素是否具有保护作用仍未确定。首先,饮食反映个人喜好和生活方式,将不同种类微量营养素的作用从整个饮食结构中孤立起来分析困难较大。其次，饮食方面的社会经济情况与行为之间的关系比较复杂。最后，准确估算饮食状况并非易事，且孕期情况变化较大，评估饮食组成及其与早产之间的关系也非常困难。发达国家和发展中国家随机研究资料表明，补充营养并不能防止早产的发生(Berkowitz 和 Papiernik，1993)。补充蛋白质也不能降低早产的发生，反而增加早产风险(Berkowitz 和 Papiernik，1993；Rush 等，1980)，复合维生素的摄取也是如此(Villar 等，1998)。

相对有限的研究表明：特殊微量元素，例如长链脂肪酸的摄入，可能影响早产的发生。孕妇体内有限的铁含量反映了机体贫血的情况，至于哪些结果真正反映铁摄入仍是未知；许多研究表明，缺铁性贫血与早产密切相关，但在测量铁离子水平之后却发现缺铁不可能是早产的真正原因(Berkowitz 和 Papiernik，1993；Klebanoff 等，1989)，且铁缺乏仅仅反映母体血容量的增加而不是摄入铁的降低。血清铁蛋白增加是炎症和感染时的反应，并不一定表现为铁摄入增加，血清铁蛋白水平并不能作为饮食情况的特异指标。有许多随机对照研究表明补充铁可以降低早产的发病率(Villar 等，1998)。

大多数研究发现，叶酸与出生缺陷相关，但有些研究表明增加叶酸摄入可以增加早产发病风险。有多种途径表明叶酸水平可能影响早产的发生(Scholl 和 Johnson，2000)。经验证明两者之间的关系有冲突，一些研究表明血清叶酸水平的升高可降低早产率(Savitz 和 Pastore，1999；Scholl 等，1996；Siega-Riz 等，2004)，而另有证据报道两者毫不相关(Czeizel 等，1994；Savitz 和 Pastore，1999；Shaw 等，2004)。一项大规模随机对照研究表明，增加血清叶酸水平在降低早产率方面可起的作用微乎其微(Rolschau 等，1999)。

个别临床观察发现体内维生素 C 水平和早产之间的关系，维生素 C 的低水平引起胎膜早破，进而导致早产(Siega-Riz 等，2003)。补充钙剂可能降低早产的发生(Siega-Riz 等，2003)。

锌

研究发现，补锌可以促进胎儿生长发育。美国一项有关低收入人群的研究，Goldenberg (1995 年)及其同事探索补锌与出生体重之间的关系，发现体重指数低的孕妇补锌后新生儿出生体重明显高于体重指数低而未补锌者。但体重指数较高的孕妇补锌，新生儿出生体重却无差别。关于检测早产的研究证据有冲突(Castillo-Duán 和 Weisstaub，2003；Caulfied 等，1998；Merialdi 等，2003；Villar 等，2003a，b)。研究方法的局限性阻碍这一领域的发展，仍需将来研究解决。

鱼和鱼油

许多研究提出假设，摄取某些鱼类体内大量长链脂肪酸可能延长孕周、促进胎儿生长发育(Olsen，1993)。这些假设的前提为前列腺素水平与分娩、胎儿生长发育的时机相关。研究者将法罗群岛和丹麦人群进行对比研究，两者的主要差别为前者摄取大量的鱼类和鲸鱼。法罗群岛人群孕龄较长，新生儿平均出生体重比丹麦人群多 100g，体重增加 100g 的新生儿生长发育情况占优势。丹麦妇女红细胞中 n-3 脂肪酸可延长孕龄，而法罗群岛妇女则不是如此(Olsen，1986)。一项关于鱼类摄取和胎儿发育的研究(Olsen 等，1990)发现，孕妇食用鱼类并未延长孕龄，但如果研究对象限定为非吸烟者，则两者有相关性。研究 965 名丹麦孕妇，根据她们摄入 n-3 脂肪酸水平分析得出，n-3 脂肪酸水平与孕周、出生体重、身高无相关性(Olsen 等,1995a)。对法罗群岛孕妇研究发现,血中脂肪酸含量可以作为预测孕周和出生体重的灵敏指标(Gr 和 jean 等,2001)。血清内 20 碳五烯酸水平可延长孕周,但会降低出生体重。丹麦妇女摄取海产品与妊娠结局之间关系的研究结果表明,海产品摄入量低可以增加早产风险,但并不准确(OR=3.6;95% CI=1.2~11.2)。

一随机对照研究证实鱼油摄取可延长孕周(Olsen 等,1992)。研究对象为 533 名丹麦孕妇,将其分为 3 组,分别食用鱼油、橄榄油、安慰剂。这三组人群分娩时孕周分布不同,食用鱼油组孕周较长,食用橄榄油组孕周最短,而食用安慰剂组孕周介于两者之间。将三组结果对比得出结论,食用鱼油组比食用橄榄油组分娩孕龄多 4 天,新生儿出生体重多 107g,孕龄明显延长,但生长发育程度未明显增加。

一项包括全欧洲 19 个中心的多中心试验研究,以高危妊娠(定义为某些并发症或不良妊娠史)或双胎妊娠(Olsen 等,2000)妇女作为研究对象。在每个中心选择相同数量的孕妇,分别给予鱼油和橄榄油。发现鱼油可以预防复发性早产(OR=0.54,95% CI=0.30~0.98),而且通过该试验,多个中心发现鱼油可延长孕周。

虽然随机试验表明,妊娠期服用鱼油有可能受益,总体来讲,文献报道没有一致的结论认为海鲜消费有益和影响胎儿生长发育,不论是延长孕周或是产生积极影响,都限于特定的人群。这仍然是一个热门话题,需要进一步的观察性研究和随机试验。

就　业

孕期就业作为一种可能增加早产风险的因素在某些特定时期受到关注(Saurel-Cubizolles 和 Kaminski,1986)。把有偿就业作为一种"暴露"的研究,其挑战是"工作"的含义有很多,而且有偿就业的特点在不同地理环境、不同时期和不同的社会经济群体中有很大变化。工作被定义为体力劳动需求的一种来源,这在发达国家相当少见,但在世界许多地区非常普遍,或者由于它对孕妇的要求,被认为是心理应激的来源。与此相反,工作同时也是一个良好社会经济状况的源泉和指标,也就是说,获得并维持一份工作的能力,就业妇女获得的保险益处,和源于某种工作类型的心理满足感。

最新研究表明,就业本身并没有增加早产风险,但工作时间长、体能要求高或其他压力的环境可能会增加早产的风险(见下文"体力活动"部分)。欧洲 16 国的大型研究(Saurel-Cubizolles 等,2004)发现,就业不增加早产风险;但是那些每周工作超过 42 小时的妇女,每天站立超过 6 小时的妇女和工作满意度低的妇女早产风险增高,相对危险度为 1.3。然而,一项关于泰国妇女的研究发现,小于胎龄儿而不是早产儿,风险的增加与母亲体能要求很高的工作条件有关,(Tuntiseranee 等,1998)。

更具体的实例,胎膜早破早产,作为一个职业疲劳可能的后果被研究,从五个维度定义职业疲劳,包括姿势、机械化工作、体力消耗、精神压力和环境压力(Newman RB 等,2001)。虽然这些维度不同,每个维度都可以看作是与工作有关的压力,事实上,报告的疲劳来源数量和胎膜早破早产的风险存在线性关系,对于存在 4~5 个疲劳来源的妇女,相对危险度为 2.0。

鉴于这些结果及其他结果,关于就业相关的体力活动与心理压力方面的后续研究为研究早产潜在的可改变的原因提供了机会,但是有偿就业对早产的影响可能不会对识别早产可改变的因素有帮助,或者促进对早产原因更加全面的理解。就业的影响与在所研究地域中所处社会经济条件、就业对经济收入和获取医疗保健服务的影响,以及工作的特殊性质高度相关。不考虑这些因素而研究有偿就业对早产的影响是不可能的。

体力活动

证据表明，一般来说，从业者与失业者相比早产的风险较低(Saurel-Cubizolles 和 Kaminski，1986；Savitz 和 Pastore，1999；Savitz 等，1990)。然而，大量报道阐述了在女性从业者中，那些需要消耗体力的工作可能增加早产风险[Mamelle 等，1984；Berkowitz 和 Papiernik(1993)的综述，Saurel Cubizolles 等(1991)的综述]，但是很难把工作场所中体力损耗的影响从就业的其他方面孤立出来。关键问题是，从业妇女在工作中的体力活动是否与早产风险的增加有关，而且证据不一(Berkowitz 和 Papiernik，1993；Savitz 和 Pastore，1999；Shaw，2003)。大量研究表明，站立、举重和其他体力消耗，如工作时间长和倒班工作，与早产中度相关，但是程度不一致(Berkowitz 和 Papiernik，1993；Savitz 和 Pastore，1999；Shaw，2003)。在体力劳动需求的候选指标中，按照对关联的一致经验的支持，没有一项是最重要的或最明显的与早产有因果关系的指标。评估质量有限、定义不统一，以及易受混杂因素的影响，可能歪曲了关联的结果。然而，尽管大量研究评估体力活动与早产的关联是否存在，至今没有依据可以断言体力活动与早产风险的增加有关。

近年来，休闲运动与早产的关系逐渐受到关注。最初关注的是体力活动对胎儿生长发育和妊娠孕周的不良影响(Dye 和 Oldenettel，1996)。近来关注焦点已转向体力活动对早产潜在的保护作用上(Sternfeld，1997)。有证据表明，在妊娠期间坚持锻炼的时间越长，就越有利于减少早产的风险(Ahlborg 等，1990；Fortier 等，1995；Xu 等，1994)。虽然剧烈活动导致的生理效应会使人担心增加早产的风险，但是相关作用机制包括糖代谢及血管效应可能与早产风险的降低相一致。

性行为

孕期性行为具有潜在不良影响，特别是性交，由于精液潜在的作用可以直接影响发动宫缩，改变阴道菌群，或通过其他假设的途径导致早产。对这个问题的关注与研究始于20世纪80年代，研究证据均表明，孕期仍然保持性行为与早产无关(Klebanoff 等，1984；Mills 等，1981)。也有人认为性交引起某些感染，即阴道毛滴虫和人型支原体，可能增加早产的危险(Read 和 Klebanoff，1993)，但近期的研究报告显示，性活动不仅不增加早产的风险，反而显著减少早产的风险(Sayle 等，2003)。这是选择孕期保持性行为的理由，如拥有一个可以提供社会支持的伴侣，没有性生活的禁忌证，主观幸福感的激发使其继续保持性行为。

孕前和孕期阴道冲洗

大量间接证据表明，阴道冲洗可能会增加早产的危险。阴道冲洗是一个比较常见的行为习惯，非裔美国妇女进行阴道冲洗比白人妇女更常见，与非裔美国妇女细菌性阴道病和早产的流行增加相一致(Bruce 等，2000)。此外，冲洗改变阴道菌群，使阴道病原体很容易到达上生殖道，引起炎症，可能导致早产。这一假说至今未能得到证实。

妇女在妊娠期间很少进行阴道冲洗，因此分析的重点应放在孕前冲洗上。Bruce 等(2002)报告，经调整混杂因素后，孕前任何时间冲洗与早产无明显相关性，OR 值为 0.7～1.1。然而在自诉孕期的确进行阴道冲洗的一少部分妇女中，早产的 OR 值为 1.9(95% CI 为 1.0～3.7)。另一项研究(Fiscella 等，2002)显示，孕前频繁和长时间的阴道冲洗与早产风险的增加有关。鉴于冲洗行为的种族差异和高度认为阴道冲洗影响生殖道与早产有关，因此有必要继续开展对阴道冲洗影响的评估。

社会心理因素及早产

1985年，医学研究所(IOM)发表了一份有关低出生体重的报告，认为压力因素是一个大有前景的研究方向(IOM,1985)。此后大量结果相继出版，如该研究领域的大量综述、部分述评以及评论(Istvan,1986;Kramer 等,2001a;Lederman,1986;Lobel,1994;Paarlberg等,1995;Savitz 和 Pastore,1999)。但现有的综述已经过时，因为2000年后已有大量论文问世。这反映了科学研究的高水平以及公共卫生对社会心理因素与早产这一主题的关注，尤其是压力与早产的研究。本部分总结了有关压力(包括种族歧视，作为一种应激源)、社会支持和妊娠意愿的科学发现，及它们与早产的关系。

压 力

压力是指机体负担过重或超过适应能力引起的心理和生理改变(Cohen 和 Syme,1985)。该定义包括环境刺激和多个层次的应答(认知、情感、免疫、内分泌、心血管等)。这一定义的宽泛使卫生保健研究人员感到迷茫，而且导致关于压力和早产的文献中相关概念和测量问题出现混乱。把“压力”作为核心概念进行重新定义(Lazarus 和 Folkman,1984)，包括这些可识别的要点，已经为使压力与一般健康状况(Cohen,1995)和出生结局的理论更加完善和研究更加具体(Lobel,1994)开辟了道路。因此，研究机构可以更具体地进行分主题研究，即环境刺激的影响、情绪和认知反应的影响、生物应激反应，如丘脑-垂体轴(HPA 轴)和心血管、免疫应答的作用。此外，理论分析已经将这些不同的方面组合到一个假定的作用途径中(从应激源的存在到早产的发生)(Hogue 和 Bremner,2005;Holzman 等,2001;Livingston 等,2003;Lockwood,1999;Rich-Edwards 等,2005;Schulkin,1999;Wadhwa,2001)。

在过去十年中，关于压力与早产的实证研究在多个方面都飞速成熟起来。第一，观察性研究的设计从以回顾性研究为主变为以前瞻性研究为主，压力测量也从分娩后测量转为分娩前评估。第二，通常样本量比较大，检验效果的把握度更大。第三，压力这一概念的含义和测量标准都得到了加强。第四，多数研究人员数据分析时开始关注早产与婴儿出生体重的关系，不是只关注这些研究成果中的某一项指标而不掌控其他指标，如有时被称为“并发症”的其他结局。最后，研究对压力-早产关联的混杂因素采取了更好的控制方法。因此，限制以往有关压力与早产研究(Hoffman 和 Hatch,1996;Lobel,1994)的方法学问题在目前的研究中正在得以改进。然而，目前还没有可以提供更强因果联系证据的实验性研究结果。旨在减少压力的孕期干预囊括多方面的处理，包括戒烟、提供支持、产前教育和其他减压方法(IOM,2000)。迄今为止，产前干预试验没有采用最先进的方法，将减轻压力的效果从其他社会心理因素中分离出来；而且没有一个实验验证在减轻压力的过程中到底哪些因素真正的减轻了压力，哪些没有，或者为什么(West 和 Aiken,1997)。

虽然缺乏有关压力和早产的干预试验，或其结果不是结论性的，少数设计更加严谨的有关压力(环境需求)与早产的观察性研究正在实施。另有一批可接受的研究已经评估了情绪、情感或认知上与压力相关的状态与早产的关系。此外，许多值得关注的动物和人体实验研究结果已经出版,涉及压力或情绪以及与早产相关的多种假设因素,这些因素包括细菌性阴道病(Culhane 等,2001)、细胞因子(Coussons-Read 等,2005)、促肾上腺皮质激素释放激素(Hobel 等,1998;Lockwood,1999;Mancuso 等,2004)、皮质醇(Obel 等,2005)、血压(McCubbin 等,1996;Stancil 等,2000)、子宫动脉阻力(Teixeira 等,1999)和妊娠期高血压疾病(Landsbergis 和 Hatch,1996),本书在其他部分有详细阐述(见第6章)。最后,最新的一小部分研究已经把产前压力或情绪与大范围的发育结局联系在一起,而且已经回顾了这方面的动物实验及人类实验(Huizink 等,2004;Schneider 等,2002)。研究结果将产前压力与多种结局联系在一起,包括胎儿神经行为指数[DiPietro 等,2002;Wadhwa 等,1996;同样见 DiPietro (2005)的综述]、胎儿大脑发育(Graham 等,1999;Hansen 等,2000;Lou 等,1994)、婴儿性格和相关的预后(Huizink 等,2002,2003),甚至一些幼儿(Laplante 等,2004)和学龄儿童(Rodriguez 和 Bohlin,2005;Van Den Bergh 和 Marcoen,2004;Van Den Bergh 等,2005)的结局。有关胎儿期压力对成年健康结局的影响同样也受到学者的关注(Barker,1998;Huizink,2005;Nathanielz,1999)。

总之,所有这些研究加强了有关母亲和胎儿环境压力的暴露和产妇的情绪状态通过生物学介质与早产或低出生体重之间的联系,以及更进一步的与整个生命周期中发育状况的因果联系的理论假设。然而,迄今为止没有强有力的把社会心理因素与母儿结局联系起来的复杂多样的途径。尽管如此,从最近的将小范围的应激源或情绪作为早产危险因素的研究可以得出初步结论。在了解孕期压力在何处、何时及如何影响生命周期中任何时间点的发育结局之前,需要更多、更深入和严格的科学调查(见第6章)。现在需要对该领域高度关注、客观、严谨的研究,并对出生前刺激对远期健康结局的影响作出严谨的结论。

Savitz 和 Pastore(1999)总结了20种方法学上可接受的研究之后认为,可以通过一组研究得出的结论由于方法学的局限而受到限制,包括回顾性研究设计、特殊群体的抽样、样本量小、使用不同的压力定义、使用弱的测量,并且往往在孕晚期进行。然而,结果的类型是多种多样的。回顾的20项社会心理学研究中,11项评估了生活事件并检验了这些生活事件与早产或胎龄的关系。在这11项研究中,5项报告了有显著性意义的结果(Berkowitz 和 Kasl,1983;Hedegaard 等,1996;Mutale 等,1991;Newton 和 Hunt,1984;Newton 等,1979),6项没有差异(Honnor 等,1994;Lobel 等,1992;1990;Stein 等,1987;Wadhwa 等,1993)。11项研究评估了早产与孕期焦虑、抑郁,或情绪低落的关系,其中6项有显著性影响(Copper 等,1996;Hedegaard 等,1993;Lobel 等,1992;,Orr 和 Miller,1995;Steer 等,1992;Wadhwa 等,1993),5项没有(MacDonald 等,1992;Molfese 等,1987;Pagel 等,1990;Perkin 等,1993;Stein 等,2000)。总之,压力检测及其与早产或孕周结局关系的研究大约一半是有统计学意义的。

两项早期研究因其前瞻性设计及大样本脱颖而出。Hedegaard 等(1996)发现,在5873名丹麦妇女中,孕16～30周经历一件或更多压力事件与早产风险有关(OR=1.76)。美国一项有近2600名孕妇参与的多中心研究,Copper 等(1996)报告在排除了种族、年龄、婚姻状况、保险、教育和使用物质等影响因素后,孕妇在孕26周进行紧张、焦虑和不安程度的二维压力测试,预测了早产的发生。Savitz 和 Pastore(1999)总结说"社会心理压力是(早产)预防策略中较有希望的目标"(第93页)。这一结论部分取决于这些更有说服力的观察性研究结果,部分取决于综述中包括的干预的特殊标准,如压力的可变性。

1999年以后发表的论文在方法学上仍然有些参差不齐,但是总体来说,自1996年或

1997 年后，有关压力与早产的研究在使用的假设和概念、测量方法、样本量和数据分析等方面有大幅度改善。有些研究的研究方法相当新颖。医学会现有电子数据库发现新发表的有关压力及其对早产或出生体重影响的报告超过 24 个。包含低出生体重资料的数据库与包含早产资料的数据库在低出生体重原因的机制方面可能不同，但是应注意到，这两个结局有大量重叠部分。在 27 份已出版的报告中，21 份的方法学合格，代表了 19 个独立数据库的资料[2]。许多研究评估了压力的多个方面，如重大生活事件、焦虑和抑郁。17 项研究(来自 16 个独立的数据库)以早产和胎龄作为结局评定压力变量的影响，仅 2 项没有阳性发现。压力对低出生体重影响的 4 项研究也发现两者有密切联系[3]。总之，从最后回顾的结果类型看，进行压力与早产、胎龄的研究，采用的研究方法越严密，取得的结果就越具权威性，尽管这些影响的确切性质和强度尚不明确。这促使委员会进而转向研究压力的具体形式，尤其在更具确定性的研究中，以获取暴露类型的线索。

生活事件

生活事件是指个体经历的重大事件，如离婚、家庭成员的死亡、患病、受伤或失业(Cohen 等，1995)。8 项研究评估了生活事件而且测试是否孕期发生一定数量的生活事件或者这些生活事件的严重性或其影响可以预示早产。其中 3 项研究没有获得有显著性意义的结果，包括一项大型的前瞻性研究(Goldenberg 等，1996)，一项小样本的前瞻性研究(Lobel 等，2000)和一项大样本回顾性资料分析(Lu 和 Chen，2004)。其他 5 项研究报告一些生活事件与早产有显著相关性。Nordentoft 等(1996)进行了一项大样本前瞻性研究(控制产妇年龄，将共同生活情况和受教育程度纳入考核指标)，评估了 2432 名丹麦妇女在孕 20 周时出现的生活事件，发现严重的生活事件预示早产的发生(调整后 OR＝1.14)，但不能预测宫内生长受限。同样，Dole 及其同事(2003)发现美国北卡罗来纳州 1962 名孕妇中，经历消极生活事件的妇女早产风险增加(RR＝1.8)。Whitehead 等通过评估产后 2～6 个月的生活事件分析一项关于美国(妊娠风险评估监测系统)70 840 名妇女的大型研究的两个队列。一项队列研究(1994 和 1995)显示初产妇经历 2 次以上的生活事件，另一项队列研究表明，对于经产妇经历 5 次以上生活事件就容易引起早产。两项队列研究结果无交叉的原因尚不清楚[同样可见 Lu 和 Chen(2004)的研究结果，基于同一项研究的第三个队列]。

上述研究结果与另外两项对于非裔美籍妇女的研究结果相吻合。其中一项研究从大型数据库中(Parker Dominguez 等，2005)选取 179 名孕妇进行前瞻性分析，发现产前经历的重大生活事件次数与胎龄有关。另一项为病例对照研究，研究对象仍为非裔美籍妇女(Collins 等，1998)，孕期发生 3 次及 3 次以上重大生活事件将明显增加低出生体重儿的风险(OR＝3.1)[所有病例同时也是早产；同样可参见 Sable 和 Wilkenson(2000)]。Zambrana(1999)对妊娠中期的墨西哥裔或有墨西哥血统、非裔美国孕妇进行研究，发现生活事件与孕周存在单因素相关。然而，最强烈的效应是，在多元模型中，生活事件与其他压力因素同时混在一个潜在的因素中。

尽管各个证据不完全一致，但是有一致的证据表明重大生活事件与早产有关。不同研

---

[2] 在一些数据库中，同一数据库中不同出版物讲述的内容不同。

[3] 其他 6 项研究的方法学不如 21 项，其中 3 项研究的结果提示压力对早产、胎龄或出生体重产生重要的影响。

究之间，重大生活事件的次数越多或影响越大，对早产的预测一致性越大[4]。总之，未来的研究方向应集中在用严重性描述生活事件，而且关注那些有重大负面影响的生活事件。

慢性和灾难性刺激的暴露

另一系列研究针对常见的慢性压力，如被监禁(Hollander，2005)、孕期无家可归(Stein等，2000)，或孕期遭受严重刺激(Glynn等，2001；Lederman等，2004)。例如Lederman(2004)等人研究了2001年9月11日世界贸易中心遭受恐怖袭击事件对孕妇的影响，所选人群为纽约市300名不吸烟的妊娠妇女。在恐怖事件发生时处于妊娠早期的孕妇所分娩婴儿的胎龄明显较小。工作地点距离世贸大楼2英里(1英里＝1.6km)以内的妇女，孕周也有所缩短。Glynn等人的研究也得出类似结果：研究40名孕期经历大地震的孕早期、孕中期、孕晚期，或产后妇女。研究发现，地震对处于孕期不同阶段的孕妇的孕周产生不同影响，地震发生时处于妊娠期的时间越晚，则最终所经历的孕期越长。妊娠期最长的是地震时已经分娩的(和没有暴露的)孕妇，妊娠期最短的是处于孕早期的妇女。尽管调查样本数量较少，且不能排除其他解释，但是这些结果是有吸引力的，尤其是与Lederman等人的研究结果相似，显示孕期突发的重大环境刺激的时间可能会影响分娩的时间。尽管这些研究方法学上的优势不同，但他们均避免了生活事件的不同，因为研究中所有调查对象经历了同样的刺激[5]。

关于慢性形式的暴露，Steiny研究了237位无家可归的妇女，在78个避难所或救济处进行了访谈。无家可归的严重程度，尤其孕妇生命中无家可归的时间长短，预测了早产和低出生体重(研究时互相控制)。分析控制了许多其他变量，如药物滥用、创伤、沮丧、前次分娩并发症、种族差别、收入及各种医疗危险因素。无家可归的程度是慢性压力或刺激的一个客观指标，而且不仅仅是感受到的压力或贫困的指标。但是正如作者所述，难免受到营养不足或忽视健康的混杂因素的影响。尽管如此，这是慢性压力对早产和低出生体重可能影响的独特发现。

Misra等回顾性研究了739名低收入的非裔美籍非拉美妇女的孕期慢性压力刺激，在其产后进行了访谈。多因素分析表明，控制了许多生物医学和其他社会心理因素后，慢性压力预示早产的发生(调整后的OR值为1.86)。慢性压力测评包括12个维度，如经历、家庭、工作、健康和其他形式的持续性压力刺激。

总之，尽管研究结论尚未确定，但慢性和灾难性刺激暴露的研究提示压力与早产的关联。这些研究为类实验研究设计取代关联性设计提供了机会，而且这些类实验研究可能增加推断的强度(Cook和Campbell，1979；Shaddish等，2002)，同时，也可能论证急性和慢性压力暴露的作用理论及其对早产的影响。

情绪反应和情感表达

焦虑

关于早产和低出生体重社会心理危险因素的早期研究，主要关注孕妇的焦虑(Gorsuch和Key，1974)。这些年来其他的研究关注于一般的情绪低落的作用。许多原因导致很难判

[4] 特殊的一项是Goldenberg等于1996年进行的研究，结果显示孕期低频率的积极/良性生活事件与早产有弱相关。

[5] 见早期Kuvacic(1996年)等关于移居国外对早产影响的研究，以及Levi等(1989年)关于切尔诺贝利核灾难对早产的影响的研究。

断抑郁或焦虑是否是早产的危险因素。原因之一是这两种情绪状态经常同时存在，尽管临床上是可以区分的，然而产科研究所用的调查问卷很难将两者区分开。因此，许多研究调查一般的情绪低落时采用一般健康问卷（Hedegaard 等，1993，1996；Perkin 等，1993）或霍普金斯症状调查表（Paarlberg 等，1996），一般的情绪低落并不像焦虑或抑郁那样是明确的危险因素，可以区分出其潜在的影响。

近期研究表明，焦虑有可能是早产的潜在重要危险因素。现有 12 项研究，把压力的情绪因素作为早产的预测因子。11 项为前瞻性设计，其中 9 项研究检验了焦虑与胎龄或早产的关系。2 项研究表明焦虑状态对妊娠没有影响（Lobel 等，2000；Peacock 等，1995）；1 项研究结果显示，一般焦虑与胎儿宫内生长受限有关（但与早产无关），但仅限于白色人种（Goldenberg 等，1996a）；1 项研究显示，对于有早产史的妇女，一般焦虑也与早产有关（Dayan 等，2002）。

另有 4 项研究一致发现与孕期有关的焦虑与孕周或早产有关。Rini 等（1999）的研究控制了社会人口学、医疗、行为危险因素，显示 230 名孕 28～30 周西班牙裔白种人孕妇的产前焦虑（包括状态焦虑和孕期焦虑）与胎龄有关。Dole 在随后一个更大规模前瞻性调查研究中再次证实了这些结论。此研究有 1962 名孕妇参与，在调整了吸烟和饮酒因素后，在孕 24～29 周，妊娠相关的焦虑预测早产的发生（RR＝2.1）。控制了医疗并发症后，与医源性引产的孕妇相比，这种效应对自发性早产的孕妇更加明显，而且比上述生活事件的影响更加强烈。

Mancuso 等（2004）对 282 名孕妇进行妊娠行为研究（behavior in pregnancy study，BIPS），在她们妊娠期间进行 2 次测试（分别在妊娠 18～24 周、28～30 周进行），其中妊娠 28～30 周（而不是 18～24 周时）由妊娠引起的焦虑明显的影响妊娠期。此外，Mancuso 等（2004）发现促肾上腺皮质激素释放激素可以调节妊娠焦虑[见 Hobel 等（1999）]。Roesch（2004）对其进行多因素分析，试图了解在妊娠期产生的三种压力的指标中（状态焦虑、妊娠焦虑，以及知觉压力），哪种对孕周的预测作用最强。他们发现，当三种指标都进入模型后，只有妊娠焦虑是妊娠期的显著预测因子。在 BIPS 中，采用标准量表评测知觉压力的其他研究在此方面结论不一（Lobel 等，1992，2000；Sable 和 Wilkenson，2000；Zambrana 等，1999）。

综合以上所有研究发现，这些结果都一致提示焦虑是一个影响妊娠的潜在风险因子。尽管这些研究对普通的焦虑存在一定程度的混淆，但是对妊娠焦虑的研究都显示，妊娠焦虑预测出生孕周或早产孕周。妊娠期间生理上对情绪变化最为敏感的时期还不清楚，但有人认为是在 24～30 周（Rini 等，1999）。这些研究中的一部分考虑到了可能的混杂因素——对现有医疗风险情况的焦虑，并且采取了一定程度的控制，结果显示这些效果并不完全由对现有医疗风险的焦虑造成。也就是说，高危妊娠可能会引起焦虑，但由于一般的妊娠风险而引起的焦虑并不能成为妊娠的危险因素。简言之，由于对个人医疗风险状况的认知所导致的焦虑本身并不能作为危险因素。建议对焦虑及其对早产发生作用的时间和机制进行进一步的研究。

抑郁

回顾了 10 项关于抑郁和早产或低出生体重的研究，均为前瞻性设计。其中 4 项研究表明两者无明显相关性（Dole 等，2003；Goldenberg 等，1996a；Lobel 等，2000；Misra 等，2001；

Peacock 等,1995),3 项研究显示母亲产前的抑郁状态影响胎儿的生长发育(Hoffman 和 Hatch,2000)以及出生体重(Paarlberg 等,1999)。2 项研究报告了抑郁和早产的关联(Dayan 等,2002;Jesse 等,2003;Orr 等,2002)。1 项研究发现只有对于那些妊娠前体重指数偏低(BMI<19)的孕妇(Dayan 等,2002),两者才具有相关性。另外的一项仅针对非裔美籍妇女(Orr 等,2002)的大规模研究使用标准的抑郁测量方法,对于处于抑郁状态的前 10 百分位的妇女,引起自发性早产的调整 OR 值为 1.96。

总之,近期关于抑郁的前瞻性研究没有提示抑郁是早产明显的危险因素。这和过去的研究(Copper 等,1996;Perkin 等,1993)结果一致,少数除外。例如非裔美籍孕妇抑郁好像值得进一步的调查研究。关于抑郁对出生体重、胎儿发育的影响,目前还没有达成一致,但有一些迹象表明抑郁可能是影响婴儿生长发育、低出生体重的危险因素,需要进一步的研究来明确。同时需要阐明情绪如何通过健康行为因素,如饮食和营养、物质摄取、睡眠和静止对低出生体重产生影响。孕期抑郁或焦虑的妇女不可能与正常孕妇一样那么周到地照顾自己。焦虑与抑郁相比,可能与不同的行为并发症有关,这方面的研究同时也必须说明常见的混杂因素,这是进一步研究的潜在主题。

其他形式的压力暴露

有关日常压力对早产影响的研究目前还较少,且没有显著性意义的结果(Paarlberg 等,1996;Wadhwa 等,1993)。可能是这些测量方法没有捕捉到足以影响早产的高水平的压力暴露。尽管日常压力可能和其他压力暴露,如和主要生活事件一起,或与焦虑或抑郁起交互作用,共同作为早产的危险因素,但是好像不太可能达到预测的目的。

其他两类研究认为,压力的作用与早产有关。其中一类是关于职业或工作压力对早产的影响(Woo,1997),这方面的研究与本章节前面提到的体力活动和就业相关,但有明显区别。无论孕妇是否有工作,她们每天都会有不同程度的体力活动和疲劳,但只有那些职业女性可能承受职业压力。Savitz 和 Pastore(1999)着重强调以往关于职业压力与早产的研究一致显示,职业压力或体力疲劳与早产有显著相关(Brandt 和 Nielsen,1992;Brett 等,1997;Henriksen 等,1994;Homer 等,1990)。在一项相关的研究中,Pritchard 和 Teo(1994)对 393 名瑞典妇女的家庭压力进行评估,发现疲劳是早产的显著性预测因子。

这方面比较复杂,因为人们有时把它归结为孕期就业本身是否危险或者妇女的工作性质是否是早产的相关危险因素。问题的关键在于与工作有关的情况,包括工作类型、每天或每周的工作时间、孕期工作时间、工作环境、身心的疲劳程度(感知和情感方面)。当把这些问题量化,可能会发现一些就业妇女有风险,而其他没有风险。这是另一项值得探讨的主题。

另一个与压力相关的领域是家庭暴力。尽管这方面的研究较少,但越来越多的研究表明孕期遭受家庭暴力或个人暴力会对妊娠结局造成不良影响(Amaro 等,1990;Coker 等,2004;Parker 等,1994a;Rich-Edwards 等,2001;Shumway 等,1999)。孕妇对压力的承受能力,目前尚不清楚。此外,大部分的研究都将家庭暴力,或个人暴力归为慢性压力刺激,并发现暴力影响出生体重,而不是早产。

压力、情绪与早产相关的作用机制

孕妇的压力刺激可引起体内儿茶酚胺和皮质(甾)醇分泌增多,这两种物质可以激活胎盘促肾上腺皮质激素释放激素,因此诱发一系列生物学变化,导致早产的发动(见第 6 章)。

压力也可以改变机体的免疫功能，导致对羊膜腔内感染或炎症的易感性增强（Wadhwa 等，2001）。此外，作为一种处理压力的方式（Whitehead 等，2003），压力也可能导致高危行为。越来越多的证据表明感染在早产，尤其是早期早产发病机制中的重要作用（见第 6 章），尽管研究者最近关注细菌性阴道病，几种其他感染，包括无症状菌尿、性传播感染、牙周炎症等也已经受到关注。

研究区分压力和情绪以及情感因素影响早产的不同途径是非常有必要的。以往的研究为可能的调查途径提供了线索。例如，母亲的焦虑会经由 HPA 途径与早产有联系，而抑郁则与不健康的行为及胎儿生长结局有关。尤其需要对不同情绪状态，如焦虑和抑郁以及它们对妊娠结局，如自发性早产、自发性胎膜早破早产以及胎儿生长受限的作用强度和持续时间进行更进一步的理论分析（见第 6 章，从压力到早产发生路径的更详细的综述和讨论）。

更具体地说，焦虑在早产发生机制中的作用研究得还很不充分（Kurki 等，2000；McCool等，1994），一种观点认为，单一事件，也就是短期内的剧烈情绪，如当世界贸易中心被袭时在纽约市，当受卡特里娜飓风袭击时在新奥尔良，或者洛杉矶北岭大地震时在洛杉矶，会导致早产的发生。第二种可能是，临床诊断或者亚临床焦虑症的长期慢性焦虑状态使妇女处于早产的危险中；第三种可能是，综合前两种可能，使人高度紧张的急性重大事件或一系列事件综合作用产生焦虑的累积，从而引起早产。

限定于研究焦虑的作用及其生物学影响可能比早期那些对一般性压力及其对早产影响的宽泛研究更有成效。以前那种研究对确认早产潜在的新的危险因素起到了很好的作用，但是，为了对压力与早产之间的关系进行更深入的了解，需要更多更加科学和精细的孕期情感经历及影响。例如，最新的一项研究表明，生理的压力反应（例如内分泌和心血管反应）缩短妊娠时间（de Weerth 和 Buitelaar，2005；Glynn 等，2001，2004；Matthews 和 Rodin，1992；Schulte 等，1990），有力地证明了社会心理因素作为危险因素和干扰目标的双重作用。

文化、种族、民族和压力

一项同时研究孕期一般压力和情绪状态的研究明确指出，情感经历和情绪反应至少与文化背景部分相关（Mesquita 和 Frijda，1992），也就是说，不同文化背景的人对情感表达的理解和接受能力不同，比如忧虑和悲伤。在美国某些群体中，对焦虑的表达和接受比其他群体更容易，其他人群可能会对焦虑不以为然、不理解或者视而不见。对“压力”这个词的翻译也可能不尽相同，比如西班牙语中，有与“焦虑”或者“应激性神经症”相对应的词，却没有专门针对“压力”的解释。因此，当运用西班牙编制的标准量表而用英语表达来评价研究压力这一危险因素时，可能会也可能不会评价与这些量表表达相同的现象，这是研究者们需要面临的一项特殊的挑战。

非裔美籍妇女的早产率和婴儿死亡率在美国是最高的，她们有独特的压力经历，然而对与压力、情感或妊娠相关的非裔美籍文化因素的研究却很少。Parker Dominguez 及其同事（2005）发现，在 179 个妊娠的非裔美籍妇女中，焦虑和所谓的压力与胎龄或低出生体重均无显著相关性。相反，当控制了多元线性回归分析中的胎龄时，妇女对两件最严重的主要生活事件的强迫性痛苦回忆或沉思的程度与低出生体重有关。强迫性痛苦回忆被认为是受创伤的症状，包括认知和情感因素（而且经常是创伤后应激障碍的症状）。

低收入非裔美籍妇女经历更多的创伤，而且对这一群体或其他群体来说，这些创伤与抑郁或焦虑相比，是更重要的早产危险因素。一般来说，研究者必须说明，压力的同一方面在所有种族和民族群体中可能不会通过同样的方式使妇女处于早产的风险。对某一种族、民族和文化群体深入研究，包括文化相关的压力测评可能会回答，对该群体来说，压力是否是早产的危险因素。答案可能比之前想象的更为复杂。焦虑可能是拉美人和白种人较强的危险因素，而抑郁、创伤后应激障碍或种族压力可能是非裔美籍妇女个体更主要的危险因素。这一可能性有助于解释为什么对于压力与妊娠结局关系的研究无法得到明确的结论，以及为何对来自国外同质性群体的研究，比如丹麦，其结果更为确定。此外，这些可能性也提示对不同的民族和种族群体要使用不同的干预措施（Norbeck 和 Anderson，1989）。

种族歧视

在美国，减少婴儿死亡、低出生体重和早产方面的种族差异的迫切需求使对非裔美籍妇女妊娠的研究有了新的理论和研究方向（Hogue 和 Vasquez，2002；Rich-Edwards，2001；Rowley，1994，2001；Rowley 等，1993）。具体来说，注意力正在转向种族歧视对一般健康结局（Krieger，2000）及妊娠结局的影响（Collins 等，2000，2004）。种族歧视是指以种族为出发点的人与人之间和制度上的区别对待（Krieger，2000）。几个科研小组已经建立了关于种族歧视的自我报告式测评方法，而且这些方法已经用于一些妊娠妇女的病例对照研究和前瞻性研究。Collins 及其同事（2000）发表了这方面的第一份研究报告，研究居住在芝加哥的低收入的非裔美籍妇女，她们分娩了低出生体重儿（$n=25$），且所有的孩子都是早产儿，对照组是正常体重儿（$n=60$）。他们使用了 Krieger 为 CARDIA 研究制定的测量方法（Krieger，1990；Krieger 和 Sidney，1996），调查受试者在工作、学习、获得医疗服务、在商店和餐馆接受服务过程中以及在寻找住宿时受种族歧视的经历。分娩低出生体重儿的母亲报告的在妊娠期间所经历的歧视是分娩正常体重儿母亲的 2 倍。在调整了社会经济条件、社会支持水平、吸烟、饮酒和吸毒等因素之后，其 OR 值为 3.2。

继 Collins 等（2000）的研究之后，又有四项研究问世，其中两项为病例对照研究（Collins 等，2004；Rosenberg，1965），另两项为前瞻性研究（Dole，2003；Mustillo 等，2004）。Mustillo（2004）等用 CARDIA 数据包研究种族歧视，为一大样本 10 年队列研究资料，研究对象为非裔美籍妇女、白种男人和女人。样本包括 352 名非裔美籍妇女和白人妇女，均在妊娠≥20 周时分娩了活婴。在研究第 7 年时用 Krieger 方法评估歧视，在研究的第 10 年通过自我报告评估干预性妊娠的低出生体重。有几项结果非常有意义。首先，种族歧视是早产的危险因素（OR=2.54），与预期结果一致；调整受歧视经历后，危险评估值降低了，表明种族歧视可能会影响早产率的民族-种族差异。吸烟、饮酒、抑郁以及孕期体重增加不会影响该效应。其次，在一生中遭受过歧视的妇女比没有受到过歧视的妇女分娩低出生体重儿的几率要高出近 5 倍，如果将早产加入模型，相关性就会降低，说明歧视对体重的影响是种族歧视对早产的影响的结果。因此，一生中的种族歧视经历解释了不同民族和种族在早产率和低出生体重上的差异。

Collins 及其同事（2004）进行了一项病例对照研究，同时考虑了平时经历的种族歧视以及孕期的种族歧视经历，对象为 104 名生活在芝加哥的分娩了低出生体重早产儿的非裔美籍妇女，对照组是 208 个分娩正常出生体重儿的妇女。一生中 3 个或 3 个以上时期经历种族歧视与极低出生体重相关（OR=3.2；调整年龄、教育和吸烟等因素后，OR=2.6）。结果与产前种族歧视没有相关性。作者进行了组间两两比较，结果表明，检测到的效应不能归因于回忆偏倚。另外,危险最大的是那些受过大学教育的非裔美籍妇女。Collins 及其同事(2004)总结说"非裔妇女在人生中长期遭受的种族歧视不断累积,构成了导致早产的一个独立危险因素"(2132 页)。歧视影响健康和可能影响产前过程的一个显而易见的途径是通过影响心血管功能实现的(Krieger,1990;Krieger 和 Sidney,1996)[关于妊娠结局的种族和民族差异、种族歧视的定义和评价标准、种族歧视作为压力的概念和结果的全面综述,详见 Giscombe 和 Lobel 的文献(2005)]。

以下是未来研究要解决的关键问题:种族歧视是早产还是胎儿生长受限的危险因素,还是两者的危险因素?如果是,通过什么途径?种族歧视是否与其他因素,比如社会地位、年龄、医疗风险因素,或者其他压力,或情感因素共同作用而导致危险发生?如果种族歧视是潜在的危险因素,是否可以通过有效、实用又经济的方法来减轻其对于母婴的影响?

总之,关于种族歧视和早产关系的研究文献认为,种族歧视可能是贯穿非裔美籍妇女一生的主要压力,这一压力有助于解释早产和低出生体重的民族和种族差异。但是,还需要更进一步的研究来验证和深入现有研究。研究者面临的一项挑战是评估种族歧视经历的困难。许多因素会导致低估受歧视的经历。这个挑战需要研究者在将来进行更加细致的研究。

社会支持

社会支持一词囊括了社会整合、社会网络和社会支持(House 等,1988)。对后者(社会支持本身)的研究主要是将其作为一种观念,即如果孕妇需要,其他人要为其提供特殊的资源(Sarason 等,1987)。另外,社会支持指一系列与其他人在情感、工具援助或关于环境或个人的信息的相互配合或交流(House 等,1981)。工具援助包括任务协助和材料援助。情感关怀包括友爱、表达情感的机会、移情作用和谅解。信息包括建设性的信息反馈、认可、建议及指导。为了本书的目的,所有这些概念(社会综合、网络特性、所谓的可及的支持和实际得到的支持)及其相关测量标准都是相关的。

早产的小样本观察性研究中,社会支持采用多种不同的定义和测量标准,大多数研究中都没有统一。毫不奇怪,干预研究已经关注于孕期实际提供的支持。援助可能来自专业人士、辅助专业人士、其他妊娠妇女、家庭成员、朋友或其伴侣。过去大部分干预研究主要是由专业人员和辅助专业人士通过电话访问、家庭访视以及产前检查提供。相反,观察性研究主要倾向于家庭和伴侣的支持。值得注意的是,不同群体的妇女所获得的支持来源因其人种-种族、文化和人口统计学背景不同而不同(Dunkel-Schetter,1998)。一些群体中,孩子的父亲可能是最重要的支持来源,而对于另一些群体,妊娠妇女的母亲或家庭成员可能是她们最大的支持来源(Sagrestano 等,1999)。

观察性研究

早期的观察性研究关注于产前社会支持直接或者通过缓解压力而减少不良结局发生率的可能性[见 Brooks-Gunn(1991)、Dunkel-Schetter(1998)和 Oakley(1988)的综述]。但是,早期对社会心理因素和分娩结局的研究倾向于将不同的因素放在一起,比如压力和社会支持(Nuckolls 等,1972),或者将不同的结局,比如早产和低出生体重归为同一类并发症(Boycel 等,1985,1986;Norbeck 和 Tilden,1983)。

另一类观察研究对这些问题作出了矫正，尽管在某些民族和种族群体中发现了一些关联（Berkowitz 和 Kasl，1983；Norbeck 和 Anderson，1989），但是不能明确社会支持与孕龄或早产有直接的联系（Molfese 等，1987；Pagel 等，1990；Reeb 等，1987）。随后，又有一批样本量更大、研究设计得到改进（前瞻性）、测量方式更精确、分析更为仔细控制的研究。这些研究的结果高度一致：几乎每一项研究都发现社会支持变量和出生体重或胎儿发育显著相关（Buka 等，2003；Collins 等，1993；Feldman 等，2000；Mutale 等，1991；Pryor 等，2003；Turner 等，1990）。但是那些研究社会支持因素与早产关系的研究没有发现类似的相关性依据（Dole 等，2003；Feldman，2000；Misra，2001）。

因此，二十多年观察性研究结果并没有证实这一假说，即社会支持与早产之间存在相关关系，但是这些研究的确为产前母亲的社会支持与婴儿体重之间存在直接相关关系提供了一致的证据。其影响程度在已有的研究中是很难判定的。

干预研究

为妊娠母亲提供良好的社会支持可以减少不良妊娠结局，这一理论假设引发了大量对照干预研究并在20世纪80年代后期和90年代出版（Heins 等，1990；Oakley 等，1990；Olds 等，1986；Rothberg Lits，1991；Spencer 等，1989）。一些研究结合了社会支持与其他因素，比如营养或吸烟阻断干预。多数干预研究的目的是全面降低包括低出生体重和早产的不良妊娠结局。有大量关于这些干预研究的综述（Blondel，1998；Elbourne 和 Oakley，1991；Elbourne 等，1989；Olds 和 Kitzman，1993）。1999年，Goldenberg 和 Rouse 得出结论为："基本上没有证据可以证明通过系统的提供社会心理支持可以显著降低早产的发生"（Goldenberg 和 Rouse，1999，p. 114）。

近期的一项 Cochrane 综述，使用荟萃分析技术系统评价了16项研究，共包括13 651位妇女（Hodnett 和 Fredericks，2003）。该研究采用实验组和对照组的随机化设计，实验组在孕早期或孕中期如果有早产或胎儿生长受限的危险，就对这些妇女提供额外支持。干预措施包括标准项目和个性化项目，由助产士、护士或社会工作者在家庭访视过程中多次开展；或是通过规律的产前检查提供；或通过电话联系。荟萃分析显示，所有这些干预与早产率（11项实验）或低出生体重率（13项实验）的降低无关。作者得出结论：提供额外的支持不能降低过早分娩或分娩一个比预期要小的婴儿的可能性（Hodnett 和 Fredericks，2003）。这一结论与近期的另一研究结果相吻合（Lu 等，2005），这一研究发现，在12项提供社会心理支持的随机对照实验中，只有一项研究对减少低出生体重有效（Norbeck 等，1996）。然而，一些随机对照实验显示，社会心理支持影响了其他一系列结局，比如焦虑、关怀满意度、风险意识与知识、感知控制，及母亲对健康促进活动的参与等（Klerman 等，2001）。

干预实验不能证明社会支持对早产或低出生体重的影响令专家们迷惑不解，在某些方面也成为引发争论的导火索。尽管研究设计可以改良，但是大量实验结果的高度一致，而且其中至少有一部分研究是非常严格的，这就倾向于反驳了一种可能性，即因为实验设计上存在的纰漏或是方法学出现问题而导致社会支持的效果没有发挥作用的说法。然而，由 Hodnett 和 Fredericks（2003）提出的一种更为准确的可能性是，判断妊娠妇女存在早产和低出生体重等危险因素的方法是那样的不精确，以至于这些试验中的许多妇女并非真正高危。

识别孕妇有早产危险的能力可以提高；随着对早产病因学了解的不断深入，高危预测指标更加可靠，确定可以从特定种类的支持性干预中获益的孕妇的亚群可能更加准确。Lu 等(2005)同意这种看法，指出，大部分实验缺乏行之有效的危险因素筛查流程；12 项实验中只有 2 项回顾了，甚至评估了对照组危险因素筛查流程的有效性。而且，有些研究中，危险因素不像预期的那样，为对照组提供预想的结局。如果研究者不能准确筛选具有危险因素的人群，那么实验也就不能得出预期的结论。

另外，处理措施一定要与危险因素相匹配(Lu 等，2005；Olds 和 Kitzman，1993)。例如，Norbeck 等(1996)选择没有得到足够社会支持的孕妇作为干预对象，然后为实验组的孕妇提供社会支持，于是低出生体重儿的数量就下降了。因此，由于危险筛选和干预措施不匹配的局限，某些支持性干预措施对至少某一特定群体的孕妇，是否可以降低早产，这种研究还没有得到充分验证。

另一个受关注的问题是支持性干预实验缺乏坚实的理论基础。比如，在 Lu 等(2005)的综述中，12 项研究中只有 5 项有以干预为基础的预测模型。与这一问题有关的事实是，尽管做了大量的实验研究，但是低水平的社会支持与早产之间关系的因果机制还未明确。研究表明，社会支持与不同的人口统计学因素、更好的健康行为、更优越的产前保健以及更坚定的妊娠意愿有关，这些因素可能为联系社会支持和胎儿生长的途径提供信息。

有趣的是，关于社会支持与健康的关系有大量理论研究，但是却没有应用到关于妊娠的研究上(Cohen，1988；Cohen 和 Syme，1985；Taylor，2006)。而且，关于社会支持干预的研究和理论也很少用于其他医疗情况(Cohen，2000)，如癌症(Helgeson 和 Cohen，1996)。在其他群体卫生保健需求调查中总结出的如何去判定、评估、管理和评价支持资源，可能会为解决孕妇支持问题提供新思路。

最终，Hodnett 和 Frederichs(2003)提出的可能性是，无论社会支持有多少，或多么有效，似乎都不会很有效地改善妊娠结局，尤其对于那些长期遭受社会不公待遇的高危妇女来说。对于早产的妇女，这种可能性必须要考虑到，因为观察研究和随机对照实验都没有为进一步研究提供任何实证基础，而且缺乏貌似真实的理论机制。

个人资源

不断涌现的有关个人资源的文献表明，人们对多水平研究的关注可以更好地理解早产。“个人资源”一词指人们在看待自身和这个世界时的个体差异，比如自尊、控制感、感知控制和乐观主义等。这些被定义为相对稳定的个人特征，通常可以保护个体的健康并且作为个人的应对资源(Lachman 和 Weaver，1998；Thoits，1995)。个人资源还可以与社会支持和其他价值观、信仰以及个性特征等功能相似的因素一起被更广泛地定义为心理弹性资源。到目前为止，关于个人资源和早产的研究已经显示出了一些有意思的结果，Edwards(1994)等人的一份前瞻性调查中，研究对象是 533 名妊娠＜26 周的非裔美籍初产妇，自尊评估量表中有两个特殊条目可以预测胎龄和早产，一个条目预测婴儿头围。Jesse 等(2003)用同样的自尊评估量表预示了 120 名妊娠 16～28 周的孕妇，早产风险很小(RR＝0.865)，但是当其他变量的影响去除后，效果变得明显。Rini 等(1999)使用与 Jesse 等(2003)同样的量表，将自信和乐观的标准结合成一个更宽泛的个人资源因素，报道了 200 名中期妊娠接受评价的孕妇，自尊项可以预测体重，但是不能预测胎龄。这些研究的结果在去除出生体重的影响后，在自尊是否影响早产方面是矛盾的。另外，文献中也很少提及这些影响发生的机制。可能是自尊心强的妇女在妊娠期间会更好地照顾自己，而这样会有利于胎儿发育,而且利于对早产和宫内生长受限危险因素的管理服务的利用。然而,这些路径仍需充分地阐明和验证。

另一个相关的研究对自信进行了评价,自信是一种对自身所处环境的自我效能感(Copper 等,1996),而气质性乐观是指对未来生活的积极预测(Lobel 等,2000)。一般来说,那些研究并没有发现两者与早产之间的关系(同样见 Rini 等 1999 年的研究)。然而,Misra 等(2001)报道说,控制源是早产的一个独立预测因子(未调整的 OR=2.22,控制生物医学因素后的调整 OR=1.75)。那些认识到自身因素可以影响孩子健康的妇女早产率较低。

总之,为数不多的关于自尊、控制感、乐观主义和感知控制的研究能否预测早产,结果不一致。可能这些因素与胎儿发育、低出生体重相关,或者这些因素与某些特殊群体,比如社会经济地位较低的孕妇相关性更强。需要对早产的假设途径作出发展,作为未来研究这些因素的基础。另外,也建议进行这些因素与社会因素相结合[比如与民族和种族、社会阶层及近邻因素(见第 4 章)]的研究。

妊娠的意愿和早产

"非意愿"一词是指那些不期望或是不合时宜的妊娠(如父母还不想妊娠)。意愿可以通过标准的调查问卷由孕妇自我报告的方式来测量,可以区分孕妇现在想要孩子,还是现在不想而将来想要(不合时宜),或者根本不想要(无意愿)。这些问题是在妊娠后,而且还有许多研究是在分娩后回答的,这可能会引起回顾性偏倚。

据估计大约 60%的妊娠是非意愿的,其中有一半以活产为结局(IOM,1995)。非意愿妊娠的妇女可能更少进行孕早期的产前保健(Bitto 等,1997;IOM,1995;Koster 等,1998;Pagnini 和 Reichman,2000),同时更有可能饮酒或吸烟(IOM,1995)。她们同时好像更易经历较大的心理社会压力,产生抑郁症状(Orr 和 Miller,1997)。尽管非意愿妊娠发生在社会人口学特征的各个阶层,但更容易发生在青春期少女、未婚女性和 40 岁以上的妇女身上(Bitto 等,1997;IOM,1995)。母亲不想妊娠而生出的孩子(与计划妊娠和不合时宜妊娠相比),低出生体重、出生第一年夭折、受虐待和在儿童早期发育最佳时期得不到充分资源的风险更高(IOM,1995)。不想妊娠而分娩的父母也受到额外的影响。例如,一项来自妊娠风险评估监测系统(Pregnancy Risk Assessment Monitoring System)数据库的资料,包括美国 14 个州的 39 348 名分娩了活产婴儿的妇女,研究发现,非意愿妊娠妇女遭受身体虐待的风险要高出 2.5 倍。

据估计,非意愿妊娠分娩低出生体重儿的几率要增加 1.2~1.8 倍(IOM,1995)。但到 1995 年为止,关于妊娠意愿与早产的研究只有三项,其中两项未发表。在这些初步研究结果的基础上,IOM(1995)指出,非意愿妊娠导致低出生体重风险增加,这一现象似乎与早产有关,而不是生长发育受限。随后,至少有一项深入的研究,该研究从马里兰州巴尔的摩的 4 所围生诊所征募 922 名低收入非裔美籍孕妇为研究对象(Orr 等,2000)。在调整了临床和行为因素对早产的影响之后,非意愿妊娠妇女发生早产的可能性是计划妊娠妇女的 1.82 倍。

因此,尽管有关妊娠意愿与早产关系的研究很少,但仅有的研究提示,非意愿妊娠的妇女更容易发生早产,因而她们的婴儿发生低出生体重的风险也高。通过多种方法了解非意愿妊娠引发早产的途径,将有助于阐明至少部分群体中妇女早产的病因。无法测量的社会经济学因素可能与非意愿妊娠相混淆，需要在未来的研究中仔细控制。另外，如果这一领域的研究还要继续的话，明确非意愿的考评标准，确保其可靠和有效就变得至关重要。通过计划生育和其他机制降低非意愿妊娠可以间接降低早产率和相应的危险（IOM，1995）。妊娠结局的差异，包括早产，也能通过对计划妊娠的关注而降低（Hogue 和 Vasquez，2002）。

小结以及未来研究的展望

在考虑到的行为因素以及社会心理因素中，具有最一致的证据提示对早产风险有不良影响的是吸毒。对膳食成分也进行了一定程度的研究，增加铁剂、长链脂肪酸、叶酸和维生素 C 摄入的潜在益处的证据不统一。尽管这些膳食成分都没有充分验证可以预防早产的发生，但是都有必要进一步的评估。闲暇时适当的体力活动可以降低早产危险，但其中的因果关系还不是很清楚。工作本身不能成为影响早产的因素，这种联系的逻辑性研究似乎还无法进行。尽管阴道冲洗可能是导致早产的因素，考虑到生殖道感染和这些感染在非裔美籍妇女和白人妇女中流行情况的差异，阴道冲洗对早产影响的证据迄今还尚显欠缺。

妊娠期发生许多有重大影响的生活事件或经历较严重的生活事件与早产相关的证据相当一致。关于遭受慢性压力和灾难性压力刺激的研究寥寥无几，尽管这一领域还需要进行更多的研究，但这样的暴露都与早产有关。过去的研究结果也都一致认为母亲焦虑，特别是对妊娠本身的焦虑是早产的危险因素。相反，近期对抑郁的前瞻性研究并没有发现抑郁是引起早产的危险因素；这些研究表明，孕妇抑郁可能会影响出生体重和胎儿发育。不断涌现的有关种族主义和早产关系的研究表明，种族歧视作为一种贯穿非裔美籍妇女一生的精神压力，有助于解释早产率和低出生体重在不同种族-民族之间的差异。

20 多年来对自然发生的社会支持的观察性研究结果并没有证实孕妇的社会支持与早产的假设联系。但是，这些研究都的确相当一致地证实了社会支持与婴儿出生体重之间存在直接关系。同样，在有对照的干预研究中，为妊娠妇女提供额外的社会支持并没有减低孕妇发生早产的可能，尽管的确好像对妇女的健康保健和社会心理调整有其他益处。关于母体自尊、控制感和乐观主义与早产关系的研究较少，仅有的研究几乎没有提供其与早产关系的证据，尽管感知控制可能是一个危险因素。最后，妊娠意愿与早产之间关系的初步研究表明，非意愿妊娠的妇女更容易发生早产。

上述对于与早产病因学有关的行为和社会心理因素的综述和讨论，为研究者提出了未来研究方向的一些建议：

● 目前，许多关于出生结局的研究不以早产作为研究结局。相反，经常用低出生体重来代替。正如本书的前文所述（见第 2 章），早产和胎儿生长受限都会引起低出生体重，两种情况有一定的重叠，但是又有不同的决定因素和发生途径。今后的研究中需要特别界定早产和小于胎龄儿两个概念，作为妊娠结局，不能用低出生体重代替早产。另外，还要关注分娩是否是自然发动。

● 行为危险因素和早产关系的研究应该研究众多生活方式因素，而不单单是个人行为，以阐明早产发生的可能的病因学机制。

● 压力和早产的研究应该集中在特殊因素上，比如焦虑以及由焦虑状态到早产的假设途径。迫切需要对可识别的情绪状态的强度和持续时间以及它们对妊娠结局，如自发性早产、自发性胎膜早破早产以及胎儿生长受限等的影响进行更多理论分析。

● 对压力和早产关系的进一步研究应该考虑那些特殊的民族和种族群体承受压力的特殊形式，通过有效的度量标准确定某一特殊群体的最恰当的危险因素。

● 对种族歧视和早产之间关系的研究需要随访以保证可重复性，进一步的阐明这一特殊压力及其产生危险的机制。

● 将来最具前景的研究课题是日常生活和工作的特点，以及家庭和工作中的活动，包括孕期身体疲劳、职业压力，以及孕期家庭暴力的影响。

● 对妊娠意愿的研究是希望确定它是否是早产的危险因素而不是其他妊娠结局，如宫内生长受限，以及导致这一结果的途径。

● 对个人资源如自尊、掌控感、自控等的进一步研究可证明这些因素是否是导致早产的重要理论基础，需要建立一个关于压力、社会支持和其他的社会心理状态导致早产的途径的理论模型，作为正在进行的观察性研究的基础。通过使用多种方法，将模型用于社会心理状态与生物学及行为状态间关系的研究。

● 需要建立一个更为综合的方法研究个体因素对早产的影响，这就需要将孕妇生活史纵向联系，找出导致早产的个人弱点，又要将孕妇社会心理过程以及行为与早产相关的多元、复杂的决定因素相联系（Misra 等，2003）。

第 4 章

社会人口和社区因素在早产中的作用

摘 要

许多孕妇的社会人口学特征与逐渐增加的早产风险有关，孕妇妊娠年龄过小、年龄超过 35 岁、单身母亲及婚外同居（除了那些普遍选择同居而非婚姻的国家）都与逐渐增加的早产风险相关。正如前面章节所述，在早产发生率方面存在显著的组内与组间差异，可能的原因包括社会经济状况、母亲的行为方式、压力、感染和在基因方面的种族差异。但这些因素不能完全解释早产率的差异。除了民族和种族的差异，也有大量文献证明社会经济状况的差异是独立因素。对于营养状况、吸烟、成瘾性物质的使用或滥用、工作和体力活动、产前保健、感染、心理因素和多次妊娠都有所研究，但不能充分解释这些差异。调查邻里背景可能是解释早产差异的一个有希望的措施，因为一定的居住模式使对不良邻里状况的暴露不同。尽管证据显示，调整后的个体水平属性，邻里状况对低出生体重是独立的、显著的风险因素，但对于社区环境和早产之间的关系仍缺乏了解。进一步对早产的社会影响进行研究可能有助于解释美国不同地区人口早产率的差异。

上一章节已经阐述了个体水平的健康行为及社会心理特征与早产风险之间的关系。事实上，研究尚未提示与早产风险之间存在一致的强关联的个体水平的危险因素。然而，有关种族和民族早产率差异方面的文献提示，个体的其他特征可能与早产有关，应当考虑这种个体的特征。例如，美国黑人妇女不同程度的受许多个体因素影响，而这些个体因素可能与早产有关，如未婚、低收入和文化水平不高、孕前保健条件等都比白人差。因此，考虑与早产有关的社会人口学特征是非常重要的。这些个体水平的因素不是独立存在的，他们都共同存在于同一个社会环境中，而社会环境对早产也有影响，本章就这两个方面进行阐述。第一部分阐述社会人口特征，例如母亲年龄、婚姻状态、是否同居、民族与种族及社会经济条件等。第二部分则论述邻里关系和潜在的发病机制，即邻里关系与生殖结局之间可能的联系。

社会人口因素

孕妇的大量社会人口学特征与逐渐增加的早产风险相关，本章评估孕妇的年龄、婚姻状态和同居、民族和种族，以及社会经济状况与早产的关系。同样也探讨早产的民族-种族和社会经济学差异。

孕妇年龄

多项研究(Amini 等,1996;Branum 和 Schoendorf,2005;Fraser 等,1995;Hediger 等,1997;Satin 等,1994;Scholl 等,1992,1994)显示孕妇年龄过小是早产的重要的危险因素。Hediger 等(1997)的研究发现,青少年(末次月经的年龄＜16 岁),尤其是那些月经初潮 2 年内妊娠的女性,其早产风险比 18～29 岁妊娠的女性高 2 倍。2005 年,Branum 和 Schoendorf 利用美国的出生率数据库研究发现,与年龄在 21～24 岁的成年人相比,青少年(年龄在 16 岁及 16 岁以下)发生早期早产(孕周＜33 周)的风险要高出近 2 倍。随着少女妈妈年龄的增长,早产的风险逐步下降。目前尚不清楚青少年孕妇早产风险的增加是否应归结于身体发育不成熟,还是与较差的社会经济条件有关的其他危险因素的暴露增加有关(Branum 和 Schoendorf,2005;Mitchell 和 Bracken,1990;Olausson 等,2001;Scholl 等,1992)。

孕妇达到或超过 35 岁发生早产的危险也增大(Astolfi 和 Zonta,2002;Cnattingius 等,1992)。Astolfi 和 Zonta(2002)对意大利妇女的抽样调查研究显示,控制文化程度、产次、胎儿性别后,年龄在 35 岁及 35 岁以上的孕妇,其早产风险比 35 岁以下的孕妇增加 64%。35 岁以上妇女分娩第一胎早产风险更大。高龄产妇早产风险增加的原因尚不清楚。美国 1998～2000 年国家卫生统计中心(National Center for Health Statistics,NCHS)提供的出生队列汇总数据显示,孕妇年龄与早产之间关系类似一个 U 形曲线(图 4-1)。

如图 4-1 所示,孕妇年龄与早产风险存在种族或民族差异。可以看出,非裔美籍妇女早产率开始上升的年龄(27～29 岁)＜非裔美籍白人妇女(33～35 岁)。而且,随着年龄的增加,黑人妇女早产率上升幅度比白人妇女高。Geronimus(1996)将这种早产风险随年龄增加而增加的差异归因为“风化作用”。根据这一假说,在健康方面的社会不公平的效应连同年龄,共同导致了非裔美籍妇女与白人妇女中青年时期在健康状况上的差距越来越大,影响其生育结局。然而支持风化作用假说的证据还不充分,因为绝大多数研究采用横断面资料,不能完全控制队列的潜在影响。关于孕妇年龄和种族差异对早产的交互影响还需要进一步的研究证实。

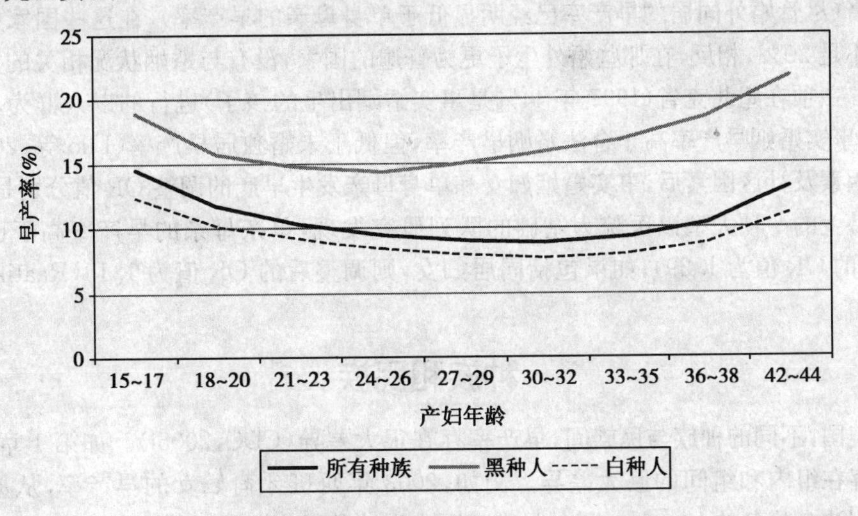

图 4-1　1998～2000 年美国出生队列研究中不同种族产妇年龄与早产的关系

引自:NCHS(未公布的数据)

婚姻状况和同居

未婚妇女妊娠具有较高的早产风险(Blondel 和 Zuber,1998;Holt 等,1997;Luo 等,2004;Olsen 等,1995;Peacock 等,1995;Raatikainen 等,2005;Wen 等,1990;Zeitlin 等,2002)。通过美国卫生统计中心(NCHS)1998～2000 年出生队列数据库资料计算出了未婚妊娠妇女和已婚妊娠妇女的早产率,如表 4-1 所示,在所有的种族-民族和年龄组,未婚妊娠妇女的早产率都高于已婚妇女。

表 4-1 不同婚姻年龄和种族下已婚与未婚妇女早产率(%)的差异

年龄(岁)	非西班牙裔黑人妇女		非西班牙裔白人妇女		亚太妇女		美国印第安妇女		西班牙妇女	
	已婚	未婚	已婚	未婚	已婚	未婚	已婚	未婚	已婚	未婚
<20	13.7	17.6	10.4	11.5	12.4	14.3	10.3	12.8	10.6	12.7
20～34	13.7	16.7	7.9	10.8	8.3	11.9	10.2	12.0	9.1	11.0
≥35	16.2	22.9	8.6	14.0	9.9	14.0	13.4	16.0	11.5	14.2

引自:1998～2000 年美国出生队列 NCHC 资料

目前尚不清楚未婚妊娠妇女早产发生率高的原因,但常常归因于她们缺乏相关的社会支持和社会经济来源(Raatikainen 等,2005;Waldron 等,1996)。但婚姻状况的保护性效果,在各种族-民族和各年龄段都不相同,如表 4-1 所示,婚姻状况的保护作用在年龄较大的妇女(35 岁及 35 岁以上)和非西班牙籍黑人妇女组中更为突出。

婚外出生的婴儿大约 40%是发生在同居者(CDC,2000)。近几十年来,美国同居率明显上升。几项研究已经证实婚外同居与早产之间的联系(Blondel 和 Zuber,1988,Manderbacka 等,1992)。一项在欧洲 16 国进行的病例对照研究发现,婚外同居者的早产率明显高于已婚者(尽管婚外同居的早产率已经明显低于单身母亲的早产率),在这些国家婚外同居出生率不足 20%,相反,在那些婚外生子更为普遍的国家,没有与婚姻状况相关的更高的早产风险。一项在魁北克省(1997 年 44%是事实婚姻出生的孩子)进行的以人群为基础的调查发现,事实婚姻早产率高于合法婚姻早产率,但低于未婚独居早产率(Luo 等,2004)。控制个人因素及社区因素后,事实婚姻妇女和单身母亲发生早产的调整 OR 值分别是 1.14 和 1.41。芬兰的一项大型以医院为基础的队列研究发现,单亲母亲的早产率高于已婚母亲(调整后的 OR 值为 1.29),如果包括同居妇女,则调整后的 OR 值为 1.15(Raatikainenet,等,2005)。

种族和民族

在美国,不同的种族与民族间,早产率存在很大差异(CDC,2005i)。如第 1 章所述,早产风险存在组内和组间的巨大差异。例如,2003 年西班牙裔妇女的早产率,从墨西哥的 11.7%到波多黎各的 13.8%。另外早产率因出生地及居住期限不同而有差异,2003 年国外出生的黑人,早产率为 13.9%,而美国本土出生的黑人,早产率为 18.2%(CDC,2005i)。甚至居住期限也对早产率有一定的影响,加利福尼亚的一项研究显示:在美国居住 5 年以上的墨西哥移民比居住少于或等于5年的移民早产的风险更高(Guendelman 和 English,1995)。总之,早产的种族和民族差异的潜在原因还有待进一步研究,关于对出生的影响的调查更为缺乏。

尽管确切原因尚不清楚,这些种族-民族差异已经存在了几十年。已经提出了许多解释,包括社会经济状况,孕妇行为、压力、感染以及基因的种族差异(Lu 和 Halfon 综述,2003)。

传统观念把种族作为反映社会经济状况的指标,有些人认为,社会经济因素(由受教育程度、家庭收入,或职业地位等衡量)可解释不同种族间早产率的差异。一般来讲,非洲裔美籍妇女比非西班牙裔白人妇女社会经济地位低下(Oliver 和 Shapiro,1995),而且,潦倒的社会经济地位与早产风险的增加有关。然而许多研究显示:美国黑人与白人妇女的(可测量的)社会经济条件调整后,其早产率(McGrady 等,1992)、出生体重(Collins 和 Hawkes,1997;Shiono 等,1997)和新生儿死亡率的差异仍持续存在(Schoendorf 等,1992),而且如表4-2所示,社会经济条件不能为不同的种族-民族组提供同样的保护。

表 4-2 不同种族和教育程度的孕产妇的早产率(%)差异(1998～2000 年)

教育程度*	非西班牙裔黑人	非西班牙裔白人	亚太群岛岛民	美洲印第安人	西班牙裔
<8 年	19.6	11.0	11.5	14.8	10.7
8～12 年	16.8	9.9	10.5	11.8	10.4
13～15 年	14.5	8.3	9.1	9.9	9.3
≥16 年	12.8	7.0	7.5	9.4	8.4

注:*,教育程度特指在学校受教育的年数

引自:NCHS 美国出生队列研究数据(1998～2000)

例如,尽管在每个种族内部,早产风险随着文化程度增高呈下降趋势,接受教育16年以上的美国黑人妇女,其早产风险仍然明显高于学校教育不足9年的非西班牙裔白人妇女。尽管残差可能是由于分类误差、测量误差、整合偏倚或者一些无法衡量的社会经济状况(Kaufman 等,1997),但这些研究提示,社会经济方面的差异不能完全解释早产率的种族差异。

另一种普遍接受的解释是,早产率的种族差异与孕妇的高危行为有关,例如吸烟、吸毒。但有几项研究表明,通过自查报告了解到,孕期吸烟,白人妇女比美国黑人妇女更普遍(Beck 等,2002;Lu 等,2005),同样报道,孕期酗酒和吸毒的美国黑人妇女也不比白人妇女多(Serdula 等,1991)。尽管那些研究可能没有把所有的危险因素(例如冲洗)、种族与行为间的相互作用都考虑进去,但也有一些研究得出结论,即孕期行为危险因素的种族差异对妊娠结局,如早产或低出生体重的种族差异的作用似乎不大(Goldenberg 等,1996a)。

同样,美国黑人妇女拖延产检或产前保健利用不充分已成为包括早产在内的不良出生结局的一个重要危险因素。近20年来,希望通过增加投入和加强产前保健改善围生儿结局,缩小差距,国家已出台相应政策(IOM,1985);然而通过产前保健预防早产的效果尚未得到证实(Alexander 和 Kotelchuck,2001)。最近的综述总结道,如今提供的规范的产前检查服务,对预期降低早产率帮助不大(Lu 和 Halfon,2003),在过去的十年,无论是美国黑人还是白人,显著增加早孕检查和足够的产检并没有显著降低早产率(CDC,2005i)。通过1998～2000年美国卫生统计中心出生队列数据分析发现,非西班牙裔美国黑人妇女在孕早期即开始产检，或者享受充分的产前保健，其早产率仍然高于美国非西班牙裔白人女性(表4-3)。

表4-3 不同种族间不同时间开始产前检查的早产率(%)(1998～2000年)

开始产检时期	非西班牙裔黑人	非西班牙裔白人	亚太群岛岛民	美洲印第安人	西班牙人
前3个月	19.6	11.0	11.5	14.8	10.7
4～6个月	16.8	9.9	10.5	11.8	10.4
7～9个月	14.5	8.3	9.1	9.9	9.3
没有产前检查	12.8	7.0	7.5	9.4	8.4

引自：1998～2000年美国NCHS出生队列数据

在过去10年，发现2个风险因素即压力和感染，有可能解释早产率的种族差异。正如第3章所述，越来越多的研究表明，孕妇的心理压力与早产风险的增加有关。比如在日常生活中，美国黑人妇女可能比白人妇女遭遇更多的压力，因此曾认为，孕妇经受的压力可能是导致美国黑人妇女与白人妇女早产率差异的原因(James，1993)。例如，Lu和Chen(2004)报道，在孕前或妊娠期间，美国黑人妇女可能比白人妇女更多经历压力性生活事件(比如失业、分居或者离婚等)。如第3章所述，美国黑人妇女更容易遭受种族歧视，可以被认为是压力的另一种来源(Krieger，2000)。

黑人妇女较白人妇女更容易被感染，包括细菌性阴道病和性传播感染性疾病(Fiscella，1995；Meis等，2000)。感染与早产有关，所以感染可能是引起早产率种族差异的重要因素(Fiscella，1995)。然而美国黑人妇女在妊娠期感染的易感性增加，其原因目前还不是很清楚，孕期抗生素治疗感染的效果(除外无症状性菌尿)不大或根本没有作用(Carey等，2000；McDonald等，2005)(见第9章)。

基因差异常用来解释许多出生结局，包括早产的种族差异，尽管妇女的基因构成在早产发生机制中无疑会起着重要作用，但基因对于种族早产率差异的潜在作用目前还不清楚。第一，目前尚不清楚哪一种基因对早产率的种族差异有作用，例如，白细胞介素-6(IL-6)、γ干扰素(IFN-γ)和肿瘤坏死因子-α(TNF-α)在早产的发病机制中都发挥一定的作用。尽管几项以人群为基础的研究提示黑人比白人更可能携带引起高水平表达IL-6的基因型(Cox等，2001；Hassan等，2003；Hoffmann等，2002)，但IFN-γ和TNF-α的研究结果不太一致。有些研究发现，在个体基因型分布中，高水平表达上述两种炎性细胞因子的基因型，黑人比白人要低(Cox等，2001；Hassan等，2003；Hoffmann等，2002)。第二，对于基因如何与环境相互作用引起早产的种族差异，目前还不清楚。遗传学家认为最常见、复杂的疾病和条件的原因，包括早产，是由基因和环境之间错综复杂的交互作用构成的(Macones等，2004；Wang等，2002)。迄今为止，只有少数早产方面的研究揭示了种族差异下基因与环境间的相互作用(见第7章)。第三，为什么具有相同种族血统特征，祖先有着相同基因的在国外出生和在美国本土出生的女性，会存在早产率的差异。遗传基因对于早产率的种族差异的影响将在第7章详细阐述。

总之，在美国早产率存在着明显的种族差异。不同种族在社会经济条件、孕妇行为(包括进行产前检查)、压力、感染以及基因等方面都不能完全解释这种差异。更多的研究或许需要用综合的方法(Lu和Halfon，2003；Misra等，2003；NRC，2001)才可能解决这一持续存在的问题。正如在序言里阐述的那样，早产率的最大差异存在于非洲裔和亚太群岛妇女之间。通过理解这些不同和亚洲亚群间的差异可以得到一些知识。尽管黑人妇女的早产率高得惊人,但近几年已经有所下降,相反其他种族的早产率有轻微的升高。研究这些趋势或差异可能有助于揭示种族和民族差异。

社会经济状况

社会经济状况引起早产率的差异也已经有案可稽(Kramer 等,2000),不仅在美国(Parker 等,1994a),而且在其他一些国家,例如加拿大(Wllkins 等,1991)、瑞典(Koupilova 等,1998)、芬兰(Olsen 等,1995b)、苏格兰(Sanjose 等,1991)、西班牙(Rodriguez 等,1995),这些国家的贫困率普遍低于世界其他地方,妇女较为普遍地得到高质量的产前检查及其他医疗服务。尽管不同社会经济状况下早产率的差异与不同种族及民族起源的早产率几乎完全并行(因而有混淆),也存在明显例外,例如,尽管处于相对劣势的经济状况,墨西哥裔美国人却与非西班牙裔美国白人有着相似的早产率(表 4-2)(CDC,2005i)。

社会经济状况引起的早产率差异目前还不清楚,研究较少。目前提示若干因素,包括孕妇营养、吸烟、吸毒、工作和体力活动、产前保健、泌尿生殖道感染、性传播疾病、心理因素以及多胎妊娠等。这些与早产相关的因素在第 3 章和第 5 章进行讨论。Kramer 和他的同事们(2000)把这些因素作为不同社会经济状况下早产率差异的潜在调节因子进行综述,简要概括如下:

孕妇孕前及孕期的营养状况可能对早产有一定的影响(WHO,2005)。孕期体重指数(body mass index,BMI)低的妇女,其早产的风险会增加。然而在美国,社会经济条件差的妇女,其体重指数较高(Flegal 等,1988),因此美国妇女孕期的体重指数不能解释早产率的种族差异。最近有证据表明,孕前肥胖与医源性早产的风险增加有关,但是与自发性早产风险的降低有关(Hendler 等,2005);母亲肥胖对不同经济条件下早产率的差异的影响还不清楚。社会经济状况不良的妇女,孕期体重增加较少(Taffel,1980);然而,由于孕期增重与早产弱相关,所以孕期增重少不太可能是不同社会经济状况早产率差异的一个重要影响因素。(Carmichael 和 Abrams,1997)。社会经济状况不佳的妇女,孕期营养获取也普遍不足;然而,由于现有的证据不足以说明宏观和微观营养摄入与早产之间的关系(Villar 等,2003a,b),他们解释不同社会经济状况下早产率的差异的作用仍不明了。

在美国社会经济状况处于劣势的妇女,吸烟较为普遍和严重。因为孕期吸烟的不利影响已经获得社会公众普遍的认可,不同社会阶层的妇女吸烟都占一定比例。鉴于社会经济条件差的孕妇吸烟率高及其与早产的关联,吸烟似乎能解释一些早产率的社会经济差异(Kramer 等,2000)。

尽管可卡因的使用在社会经济状况不佳的妇女中更为普遍,并且与早产相关,但是在病因学上可卡因对早产的影响不大,因此不可能是一个重要的中间因子。然而,在美国贫穷的旧城区,可卡因的应用可能很高,在这些人群中,可卡因影响早产的作用就变得较为重要。在美国,经济状况处于劣势的妇女,大麻、毒品的使用和酗酒也更普遍,尽管这些因素对孕期的独立影响尚不明确(Kramer 等,2000)。

对体能要求较高的工作、需要长时间站立的工作、轮班制及夜班工作,或者容易疲劳的工作均可以增加早产的风险(Mozuekewich 等,2000);并且社会经济状况不佳的妇女所从事的工作也多属于这些类型。然而,这些类型的工作导致早产的病因还不清楚,在家庭中进行体力劳动(Pritchard 和 Teo,1994)及失业或无业对人的压力(Lu 等,2005)对早产的影响更不清楚。

在社会经济状况不佳的妇女中，其产前检查率也比较低(CDC，2005i)，然而，既然对产前检查是否降低早产率这一作用持严重的怀疑态度(Alexander 和 Kotelchuck，2001；Lu 和 Halfon，2003)，产前检查似乎也不是不同社会经济条件下早产率差异的中间因子。

在社会经济状况不佳的妇女中，细菌性阴道病更为常见(Hillier 等，1995；Meis 等，1995)。鉴于感染与早产的关系，细菌性阴道病可能是不同社会经济状况早产率差异的一个重要中间因子。然而，细菌性阴道病的临床筛查和治疗却产生了互相矛盾的结果(Carey 等，2000；McDonald 等，2005)(见第 9 章节)。泌尿生殖道沙眼衣原体感染在自发性早产中的作用还存在争议，关于沙眼衣原体感染及其他性传播疾病的研究产生了互相矛盾的结果(Andrews 等，2006)。

社会经济状况不佳的妇女会经历更多的压力性生活事件和更多的慢性应激刺激(Lu 等，2005；Peacock 等，1995)。贫穷与破旧、拥挤的住房条件、没有生活伴侣、不满意的婚姻关系、家庭暴力、紧张的工作条件等与早产密切相关。社会经济状况不佳的妇女中，非意愿妊娠也非常普遍。她们应对这些不良影响时也缺乏社会支持。因此，社会心理因素可能成为不同社会经济状况早产率差异的重要媒介，但它们与早产之间的病因学联系尚需进一步明确。

尽管不同社会经济状况下多胎妊娠尚未进行很好的研究，Kramer 及其同事推测：多胎妊娠多发生于社会经济状况良好的妇女中，由于不孕而接受治疗产生，由多胎妊娠所致的早产，将会逐渐缩小社会经济状况差异所致的早产率(Kramer 等，2000)。

社会人口学因素小结

孕妇大量的社会人口学特征与较高的早产率有关。特别是孕妇年龄(<16 岁或≥35 岁)、婚姻状况(未婚或同居)、民族或种族(非洲裔或印第安裔)及社会经济状况(低收入或文化程度)已经被认为是早产的危险因素。这些社会人口学特征中的大多数与行为危险因素相互作用，如吸烟和体力活动，及社会心理过程，如压力、歧视及社会支持(见第 3 章)。

结果 4-1：早产的社会人口学研究应关注不同民族和种族以及社会经济条件的差异，因为在美国不同民族-种族和社会经济条件下，早产发生率存在显著差异。这种差异的原因尚不明了。

社 区 因 素

一般而言，早产的风险已经趋于个体化，也就是说，强调了那些个体化的特征增加了早产的可能性，而不是环境和社会因素影响整个人群的早产率(Goldenberg 等，1998)。但是，正如在第 3 章和本章前半部分对社会人口因素讨论的那样，并非所有的观察性研究都提示个体特征与早产风险的强关联，也不能用这些个体水平的特征解释早产率在民族-种族方面存在的差异。

一些学者认为，分散的某个危险因素的研究已经使围生风险评估从相当狭窄、静止的视角进行(Konte 等，1988；Main 和 Gabbe，1987)。在实践中，个体的危险因素趋向于协同，出现动态的交互作用或者互相增强的过程，这种过程可能反映复杂的生物学机制(Casey 和

McDonald,1988;Challis,1994,Olson 等,1995;Petraglia 等,1996;Romero 等,1994)。这种复杂的进程可能提示单个的危险因素在一定程度上是无意义的。此外,当不同的个体风险因子对不同人群有不同的预测能力时(Geronimus,1996;James,1993;Kleinman 和 Kessel,1987),分析性问题也会出现,使包括多个种族人群的研究很难对混杂因素作出有意义的调整,导致效应估计出现潜在的偏倚(Kaufman 等,1997)。

由于可识别的危险因素不能充分解释种族和社会阶层差异引起早产率的差异,出现了几种理论并存的现象。其中一种理论即不良的社会背景,如邻里状况,可能单独对健康造成影响,或与其他个体水平的危险因素交互作用导致早产风险增加。在这种背景下,一些研究人员转而关注决定生殖健康的社会因素,呼吁采取新方法,而不只是传统的医疗风险评估模型和个体水平的消除贫困范例,以包括对社会背景的研究(Holzman 等,1998;Krieger 等,1993;Link 和 Phelan,1995;Rowley 等,1993;Susser 和 Susser,1996)。

不良的社区条件

不良的社区条件通过直接和间接的途径影响健康结局,越来越受到关注(Robert,1999)。本节将展示支持社区条件作用的证据。一个重要的提示是目前为止,此类研究将出生体重作为研究指标。将来的一个主要任务就是核对胎龄。社区环境可能是探索解释早产率在非裔美籍妇女和白人妇女间差异的最富有成果和最显著的途径,因为居住模式有明显区分,造成不同民族-种族之间不利的社区环境的暴露不同。严重的贫困和相关的不良社区环境(包括缺乏商品和服务,卫生保健设施和娱乐设施;恶劣的居住质量;高犯罪率),这种居住地的特点在非裔美籍妇女比白人妇女更为常见(Massey 和 Denton,1993;Wilson,1987)。贫困地区的居民,不仅在人身伤害方面遭遇较多风险,并且还要面对更高水平的日常生活压力。

已经有社区的社会环境、服务环境以及物理特征影响居民健康的假说(Konte 等,1988)。社会环境指社区的凝聚力或离散力、规范标准、公众参与、犯罪、社会经济组成、居民的稳定性及相关特征。这些特征通过社区支持的可及性、应对策略的调整、慢性应激等途径影响健康结局(Casey 等,1988;Challis,1994;Geronimus,1996;Olson 等,1995;Petraglia 等,1996;Romero 等,1994)。

服务环境反映商品和服务的可及性,例如高质量的医疗服务、杂货铺、娱乐设施、警察及消防措施。提供这类服务在很大程度上受居民政治组织程度的影响,政治组织程度影响居民对公共服务的需求和招募私人服务提供者到他们的社区。较差的公共和私人服务使居民更容易受到有意或无意的伤害,不能得到高品质的医疗服务、健康的食品,及娱乐的机会,犯罪率增加(Holzman 等,1998;James,1993;Kleinman 和 Kesse,1987;Konte 等,1988;Mercer 等,1996),可能直接和间接影响个体的健康。有关食物商店分布的一项研究发现,贫困地区及非裔美籍人聚集区与相对富裕的白人聚集区相比,超市的数量明显减少(少 3~4 倍)(Kramer,1987a)。

最后,物质环境、住房条件及公众场所的质量也会对健康产生直接影响(Main 等,1987;Olson 等,1995)。影响物质环境质量的因素包括毒物、噪音和空气污染,孕妇都有可能暴露在这些因素中。

上述三个层面不利的社区条件,常常聚集构成社会经济劣势地位。大量研究证实,在社区层面不良的社会经济状况与出生结局显著相关(Cramer,1995;Kaufman 等,1997;

Krieger etlal,1993)。Collins 和 David(1990)在 1982～1983 年记录了芝加哥伊利诺伊州在人口普查中处于中等家庭收入水平的社区的低出生体重率的变化,结果显示,在单因素分析中,高危黑人妇女和白人妇女(根据年龄、文化程度和婚姻状况进行风险评估)中,低出生体重儿的风险在较贫穷社区比富裕社区有更加相似的发生率。无论她们生活在何处,低危的白人妇女中低出生体重儿的发生率明显低于低危的非裔美籍妇女。对芝加哥中等收入社区的一项关于暴力犯罪与低出生体重关联的研究发现,胎儿宫内发育迟缓与暴力犯罪的水平密切相关(Collins 和 David,1997),这项研究将中等收入社区定义为人口普查中家庭收入少于 1 万美元的社区。

将 1990 年芝加哥的出生记录数据与当年普查数据相结合,普查数据包括在社区层面衡量的社会经济状况、居民的稳定性、社区的种族构成以及选择住房的特点,Roberts(1997)建立了包含个体水平及社区水平特征的低出生体重多因素 Logistic 回归模型。结果显示,控制出生证明上能体现的个体特征后,生活在经济状况处于劣势的社区的妇女比生活在良好的社区环境中的妇女分娩低出生体重儿的几率高。同时发现了几个与预期不同的结果,例如:在个体水平决定因素和社区水平经济状况一致的情况下,社区中非裔美籍居民的百分比及住房拥挤家庭的比例与低出生体重成反比。分娩低出生体重儿的种族差异仍然很大,然而,即使在个体水平和社区水平的因素相同的情况下,非裔美籍妇女分娩低出生体重儿的几率也大概是白人妇女的两倍(Roberts,1997,表 2)

巢式数据模型常用于具有多个共性特点的个体,如同一个家庭、社区、城市或乡镇以及国家。巢式数据另一个经典的例子来自于学生的教育,在同一教室、学校、社区等。以教育为例,我们假定在某一个班的学生具有共同的特征,如同样的老师与教育环境,因此他们不是独立的。换句话说,在同一个班级的学生比一个大样本人群中随机挑选的学生更有共性。鉴于许多统计学方法要求观察对象的独立性,巢式数据面临挑战。直到最近,巢式数据必须在分析前先做分类或汇总,只对同一个层面的数据进行评估(如学生,或教室或学校而不是学生和教室和学校)。然而,目前可以用分层线性模型或多层次模型进行巢式数据的分析,多层面模型可以同时评估巢式数据与感兴趣的结局之间的联系。

O'Campo(1997)等是第一批科学家,在马里兰州的巴尔的摩,使用一个多层面框架重现 1985～1989 年的数据资料,用多层面模型研究产妇特征与社区状况对低出生体重方面的影响。控制个体水平特征,包括产妇年龄、教育程度、是否进行产前检查、是否有健康保险覆盖等,作者发现生活在人均收入低于 8000 美元的普查区的妇女,分娩低出生体重儿的风险明显高于生活在高收入普查区的妇女,同时还发现,低出生体重在社区水平和个体水平风险因素方面有明显的交互作用。例如,产前检查的保护性作用,在居民失业率高的社区被显著削弱了。文化程度低的孕妇分娩低出生体重儿的风险在犯罪率高的区域明显增加。至于这些效应是否有种族差异,或者社区或个体水平的因素是否可以解释低出生体重的种族差异,没有进行研究。

Pearl 及其同事(2001)对社会经济状态(socioeconomic status,SES)对出生体重的影响进行了多水平分析。个人水平的 SES 用孕妇受教育程度、妊娠期医疗保险,及家庭收入来衡量。社区水平的 SES 是以个体为样本纳入普查社区,选择贫困情况、失业率、受教育程度等作为特定的 SES 指标,将拉美裔和亚裔妇女细分为在美国本土还是在国外出生。结果显示,社区 SES 不影响白人妇女和美国本土出生的拉美裔妇女的婴儿出生体重,但是与黑人妇女及亚裔妇女的婴儿出生体重降低有关。此外,国外出生的居住在失业率高和贫穷社区的拉美裔妇女，分娩婴儿的出生体重较高，分娩低出生体重婴儿的风险较小。这些结果显示，个体因素和社区因素及其与民族和出生的交互作用都很重要。

Elo及其同事(2001)分析了宾夕法尼亚州费城的婴儿出生与死亡记录，使用固定效应及随机效应模型，研究个体因素与社区因素对出生体重(以克为单位)的影响，以及低出生体重的风险。研究人员同时验证他们的结果在大的社区水平是否敏感，即街区、普查社区或者大的社区；通过固定效应模型，研究发现，出生体重及低出生体重风险的种族差异，大约有1/3可以用社区背景和居住在同一社区中的妇女的共有特征来解释。在妇女的个体特征与出身相同的情况下，差异会进一步缩小。当把社区定义为街区时，种族差异会更小，而且当把社区定义为较大的集合体时，种族差异会有一定程度的缩小。社区背景解释了出生体重的种族差异的一部分，显示出在出生结局模型中加入社区特征的重要性。在所研究的社区水平的特征中(包括收入、贫困程度、文化程度、职业、健康状况、家庭结构、迁移、住房、犯罪及无家可归)，社区经济匮乏和犯罪等社区指标与出生体重和低出生体重风险的关联最一致。

围生保健研究证明，社区水平的社会经济状况的差异对主要妊娠结局有中等影响，且各研究显示的效应一致(Geronimus，1996；James，1993；Kleinman 和 Kessel，1987)。低出生体重与一系列社区水平的社会经济条件有关，包括贫穷(Cramer，1995；Geronimus，1992；Kaufman 等，1997)、失业(Geronimus，1992)、教育与收入(Geronimus，1992；Kaufman 等，1997；Krieger 等，1993)以及租金的中位数(Kaufman 等，1997)。除单因素相关外，代表社会经济条件处于劣势的社区指标也与低出生体重有关。例如：Buka 及其同事(2003)以生活在贫困线(根据1990年的普查数据)以下的社区居民所占百分比、接受公众援助、失业建立对社区经济条件差的评判标准，发现这与出生体重密切相关。Krieger 及其同事(2003)用多项指标评估社区水平对低出生体重和儿童铅中毒的影响，经济欠发达地区和街区对低出生体重的影响最大(OR>2.0)。尽管研究一致证实社区经济匮乏对不良出生结局的影响，但由于评价社区水平差的指标的评价标准不统一，这些研究结果难于解释和比较。

尽管大多数研究证明社区背景与健康结局间有一定联系，无论对成人还是婴儿，都需要进一步更全面具体的研究来证实和验证这些联系。未来的工作需要：①重点是如何更好地界定社区，比如社区是否应按照管理或是政治区域划分或其他的社区边界划分方法；②考虑理论基础的不同聚集水平的背景变量，如在街区或更小范围内的犯罪以及在大社区或者更大聚集水平的服务可及性；③整合足够的个体水平的信息，以保证社区变量不受个体水平差异的干扰；④检测各水平间的交互作用；⑤开发各种分析技术，模拟空间对健康结局的影响。另外，如上所述，许多研究用出生体重作为结局，小于胎龄儿是其混杂因素(见第2章)。也应该使用胎龄研究早产，早产和低出生体重可能有不同的中介因子、调节因素以及途径。用早产作为一个独立的研究结局可能不会揭示出效果，应将胎龄作为一个连续变量来研究。

无论社区水平的特征如何测量，多水平研究帮助人们关注社会结构对健康的作用，特别是持续性的健康差异问题。然而，正如最近 Oakes(2004)对文献的综述，很少有研究进行因果关系推断或者认识到社区影响不是真正独立的影响因素。Oakes 提议将来的多水平研究要利用社会实验设计更好地了解潜在的因果链，并利用研究结果设计干预措施，以更有效的降低风险，改善公众健康。具体来说，Oakes 建议，研究社区条件对健康影响的独立作用的益处只有通过社区水平的随机对照试验的设计、实施和严密的评估才能实现。例如，Oakes 提出的干预措施包括通过大众媒体的公共健康信息传播改变规范，改变当地的政策，增加绿色空间或清洁现有的公园、修葺人行道，或建立社区治安方案。然而，Oakes 提醒说，这些干预措施代价是非常昂贵的，很难评价由于长期潜伏的危险因素暴露和疾病之间的联系，最重要的是，由于现有理论在社区条件与健康关联的局限性，这样的干预措施很难设计。鉴于健康和社会状况之间的复杂关系，这种方法用于围生期流行病学领域，可能是很有成效的。

社区因素与个体特征间的相互作用

社区特征可能通过影响个体经济能力和健康行为间接影响生育结局。例如社区机构可能约束或促进入学、培训以及就业机会，因此，通过妇女获得的社会经条件影响生育结局(Anderson 等，1996；Konte 等，1988)。因此，妇女的社会经济状况造成出生结局的差异，可能部分源于社区影响个体的生活机遇。

此外，社区的社会特征，可能通过共享的文化习俗与价值观影响与生育结局相关的健康行为。例如，个人水平的吸烟情况(Cubbin 等，2000；Diez-Roux 等，1997)、饮酒和饮食习惯(Macintyre 等，2002；Shepard，1994；Taylor 和 Repetti，1997；Yen 和 kaplan，1999；Yen 和 Syme，1999)都可能与妊娠结局有关，在个体特征一致的情况下，区域水平的差异同样影响妊娠结局。除了健康行为方式，不利条件如较高的犯罪率、住房无保障，甚至噪音污染，都可以作为急性或慢性的压力源，通过应激生理产生影响，因此可以将其作为社区与生殖健康影响的潜在干预机制。例如，Geronimus(1996)认为，长期处于社会经济劣势环境，包括居住在社会经济状况差的社区，对妇女的生殖健康有害，并且是非裔美籍妇女出生结局更差的原因之一(O'Campo 等，1997)。

最后，社区环境和个体特征可能相互作用，个人特征在特定的社区可能发挥更大作用，或者社区环境在妇女社会经济状况、种族或其他个体特征作为分层依据的社区更为明确。例如，最近在芝加哥的一项研究发现，高水平的社区支持仅与白人婴儿的出生体重呈正相关，非裔美籍婴儿的出生体重和社区不良条件呈负相关(Buka 等，2003)。调整妇女特征及其他社区因素后，依然有显著相关(Casey 和 McDonald，1988)。O'Campo 及其同事(1997)发现，及早进行产前检查对生活在巴尔的摩状况不良的社区的妇女不能产生相同的益处，也就提示产前检查在不良环境中并不能消除与不良出生结局相关的各种风险(Holzman 等，1998；Kaufman 等，1997)。证据还表明，产前检查对早产不起任何作用(见第 9 章)。

在多水平模型中效应的修饰也常常发生，这种类型的效应修饰可能最难以构思和验证，因为这意味着社区水平因素对个体水平效应的跨水平影响。这就意味着，例如，吸烟对个体早产风险的影响将与个体居住的社区属性有关，这种效应的修饰不能用其他个体水平的心理或社会暴露来解释。在一项有关社区特征和儿童虐待的研究中，芝加哥社区人类发展项目发现，社区的社会网络与西班牙裔相互作用，影响家庭躯体虐待的数量(Molnar 等，2003)，作者解释这一结果时指出：在某些人群中，社区干预可能是降低儿童虐待率最有效的方法。这样的结果提示，仅进行一个层面的研究(无论仅在个体层面还是仅在生态学层面)可能低估社会环境的影响，并丢失采取干预措施减少任意因素相关风险的机会。

生物学机制

急性和慢性压力刺激是社区环境可能影响出生结局的假设途径之一。在个体水平，越来越多的经验证据基于方法学严谨的对不同种族、社会经济状况和文化背景下的妊娠妇女的研究，证实了母亲孕期经历高强度的心理或社会压力会显著增加早产的风险(RR 为 1.5～

2.0),即使在调整生物医学、社会人口学特征和行为危险因素后(Pearl 等,2001;Rauh 和 Culhane,2001)。另外,不良的社区环境,例如犯罪、无家可归和税收违法活动,都与泌尿生殖道感染风险密切相关,而泌尿生殖道感染是导致早产的原因之一(Collins 和 David,1997;Roberts,1997),在妊娠期,甚至个体水平的危险因素被调整后也不例外(Elo 等,2001)。

个体水平和社区水平的压力都可通过生理途径影响早产(见第6章讨论)。可能通过直接的神经内分泌和神经内分泌-免疫相互作用来实现,提示压力暴露可能对健康相关行为产生影响。越来越多的证据表明个体水平的压力暴露会使人恼怒("激怒"),不难想象危险和衰败的社区环境可能存在相似的影响,因此,社区可能通过直接的生理功能失调影响健康结局。

社区背景模型的方法学问题

将社会环境引入累积风险模型取决于在合适的影响范围内有效的衡量社会环境的各个组成部分的能力。最简单的形式,多水平研究主要包括在个体水平和社区水平的评估,通过使用标准的管理单位来定义社区(比如卫生领域、邮政编码、普查区域或街区)。例如,贫穷或不合标准的住房条件可能在个体层面(个人收入、无家可归的次数)及社区层面(普查区的人均收入、特困人口数量、危房的比例等)衡量。

统计分析技术的发展促进了多水平效应模型的建立,对区域信息系统逐渐增加的兴趣使分析社区和区域水平的变量变得更为可行(Bellinger,2004;Diez-Roux,1999;Kawachi,2000;Link 和 Phelan,1995)。近期出版的综述性文章回顾了发达国家1998年以前有关当地社会经济学特征对多种个体健康结局的影响,尽管在研究设计上存在差异,用社区水平代替区域水平,可能存在测量误差(Diez-Roux 等,2003),在调整个体水平的社会经济状况后,发现25项研究中除2项外,都提示至少社会环境的一个方面与一种健康结局存在显著的统计学差异。尽管与个体或者生态水平相比,在环境健康科学方面多水平的研究依然比较少,但这些研究的结果体现了住宅条件对健康的潜在重要性。

多水平分析可以同时评估个体和群体层面的暴露对个体出生结局的作用(Cassel,1976)。这些研究可解决当地区域特征是否可发生个体暴露无法产生的可测量的对出生结局的影响,或者总体措施和结局之间的表面关联是否可以简单体现居民的个体特征,例如,某些指定社区的平均收入水平对结局的影响是否超过个体收入的影响(Von Korff 等,1992)?如果个体和社区水平的因素都影响出生结局,那么排除一方或另一方风险因素的模型可能很难详细说明,并可导致对个体与社区水平的因素的影响的误解。

在生态水平,不同社区特征高度相关,使得不同社区特征影响的估计存在许多问题。避开这个问题的一个办法是制定相关的社区结构指标,但这种指标可能掩盖了社区不同特征的作用。比如,如果部分化学效应是由社区质量指标与神经行为之间的联系产生的,则可能低估了感兴趣的化学暴露及神经行为结局的联系。Bellinger(2004)建议,对复杂的社会结构使用不同的标准,控制不反映暴露机会的那些社区特征。

尽管这一领域已取得进展,但微观和宏观水平的社会现象的定义及区别问题依然存在。Link 和 Phelan(1995)提出了疾病的"根本的社会原因"的概念,解释资源(如知识、权力、金钱、声望及社会关系)如何通过多种(经常转换)危险因素影响疾病结局。这一概念意味着卫生方面的不平等是社会持续不平等,不注意干预个体级别的暴露,其中有许多可以随着时间而改变。迄今为止,很少研究可以成功区分微观和宏观因素,特别是在统计分析方面(Diez-Roux,1999)。所谓的混合模式和多层次方法被用于流行病学研究,但需进一步完善。事实上，很明显，把影响划分为2个甚至3个"层次"有些粗糙，因为不同层次间更高水平的定义及界限往往并不清楚。

结论

美国普遍的高早产率和持续存在的种族隔阂是如今最重要的公共卫生问题之一。尽管有多年的观察性研究和临床研究，但妇女存在风险的暴露因素并没有得到很好的理解。早产风险的大量的组内和组间变量都与社会经济条件、出身、文化渗透或者孕妇的其他特征相关。尽管未来的研究应该继续关注导致非裔美籍妇女早产率高的因素，但是从在非裔美籍妇女和白人妇女差异之外的那些种族差异，或者某一民族或种族内的差异中也可以汲取很多经验。社会经济状况的一般测评指标（如收入或受教育程度）和其他潜在指标不能完全解释巨大的组间差异，例如，美国黑人家庭家庭收入的中位数大约是白人家庭的64%，但黑人家庭净收入的中位数仅为白人家庭的12%（Mishel 和 Bernstein，2003）。

同样，一系列生活压力事件不能充分反映压力的多个来源，包括急性和慢性应激源、压力评估和压力的环境（包括社会和文化）背景。例如，种族歧视对黑人妇女存在不同程度的影响而且与早产相关，但在压力与早产的研究中往往没有研究。因此，在研究这些差异时，需要考虑更好的测量方法（包括"暴露"，如社会经济状况和种族，以及潜在的"中间因子"，如压力）。

一些移民尽管处于社会不利条件但是具有良好的出生结局，而随着在美国居住时间的延长，早产风险增加，这种矛盾的原因一部分可归结为随文化渗透融合，逐渐丧失了保护性因素。这就意味着关于早产率差异的研究需要更多的关注保护性因素（包括的因素如个人资源、社会支持和精神支持）。

目前关于差异原因的研究，最常见的是孤立单一危险因素对早产的作用，而没有考虑多种保护性因素和危险因素的共同作用及潜在交互作用（如年龄和种族，或文化程度和种族），在多个层面和整个生命过程中都可能导致早产率的差异。因此需要更加综合的方法研究早产率的种族和社会经济差异（Lu 和 Halfon，2003；Misra 等，2003）。未来关于差异的研究应该关注孕妇的既往史与早产可能性的纵向研究，以及个体生物学和行为以及早产的多水平的、多种决定因素的横向研究。

尽管有些个体水平的危险因素与早产中度相关，但个体水平的特征不能充分解释美国早产率高或早产率的种族差异。社区条件会对疾病易感性产生深远的影响，这一论点是长期存在的（Cassel，1976），社区不良环境是否会独立于个体的危险因素，对胎儿结局产生有害的影响，这些个体水平因素的预测能力是否与社区水平的条件无关，只是最近才得以检验。许多报道显示，在个体因素一致的情况下，社区条件实际上是一个独立的危险因素，与分娩低出生体重儿明显相关。由于黑人妇女比白人更多的居住在不良的社区环境下，且全部妇女经受压力刺激，也需要检验胎龄与不良的社区环境的关系。

探索社会对健康结局的重要作用可能对理解种族差异有帮助，为降低早产率提供新的治疗方法，拓宽生物医学途径，此外，需要认识到社会因素其实是类似疾病和综合征的根本原因，如早产（Link 和 Phelen，1995），这是非常重要的。

结果4-2：除了个体水平的早产危险因素，不利的社区条件，如贫穷和犯罪是早产的危险因素。这些资料提示，干预措施需要从仅关注个体因素，扩展到同时关注社会结构因素对早产产生的风险。

第5章

与早产有关的内科疾病及妊娠期健康状况

摘　要

很多母体自身的疾病与医源性或自发性早产风险的增加有关，如慢性高血压、孕前糖尿病和系统性红斑狼疮。母体的疾病会改变或限制胎盘对胎儿的氧气及营养物质的输送，可能导致胎儿生长受限。另外，这些疾病还会增加孕期子痫前期的可能性，因而增加医源性早产的风险。因此，母体的急性疾病很有可能导致早产。早产的其他危险因素有体重过轻、肥胖。家族早产史及妊娠的间隔时间短也是早产高风险的指征。美国妇女采用辅助生殖技术使受孕的人数在上升，而辅助生殖技术的应用与多胎妊娠和早产高风险有关。这些导致早产的风险因素使我们的注意力集中到了研究它们的成因以及预防方面。

母体的很多疾病、健康状况和治疗情况都与医源性或自发性早产有关。自发性早产是提前分娩或胎膜早破的自然结果。而医源性早产则相反，它是有严重的妊娠并发症时，通过医疗干预发动的早产。本章将讨论几种疾病和健康状况，如孕前体重过轻、肥胖、自发性早产家族史、妊娠间隔时间短等，以及它们和早产之间的关系。本章也讨论了不孕的治疗及其导致多胎妊娠的风险，而这将增加孕妇早产的风险。

疾病与健康状况

医源性早产与自发性早产有很多共同的危险因素。通过对2900多名孕妇的队列调查，Meis和同事们(1998)发现很多疾病都与继发性早产之间存在关联：苗勒管异常(OR 7.02；95% CI 1.69～29.15)、孕24周前出现尿蛋白(OR 5.85；95% CI 2.66～12.89)、慢性高血压病史(OR 4.06；95% CI 2.29～7.55)、医源性早产病史(OR 2.79；95% CI 1.45～5.40)、肺部疾病史(OR 2.52；95% CI 1.32～4.80)；曾经有过自发性早产经历(OR 2.45；95% CI 1.55～3.89)、30岁以上的孕妇(OR 2.42；95% CI 1.57～3.74)、非裔美国人(OR 1.56；95% CI 1.02～2.40)；孕期依然工作的孕妇(OR 1.49；95% CI 1.02～2.19)。鉴于医源性早产与自发性早产既有明显不同的危险因素，又可能有些病因是重合的，所以在早产的研究中，既应综合考虑，又要分别对待(Savitz等，2005)。

许多母体的状况与医源性早产风险的增加有关(表5-1)。母体的很多疾病，如慢性高血压、孕前糖尿病和系统性红斑狼疮，可以改变或限制胎盘对胎儿的氧气及营养物质的输送，这就可能导致胎儿生长受限。这些疾病还会增加子痫前期的风险，也就是增加医源性早产的风险。增加子痫前期风险的机制目前还不明确。母体的急性状况也有可能导致早产，如严重的外伤和碰撞都是急性诱因，它们会让胎儿持续不安，或胎盘早剥，最终导致早产。有一些母体疾病的进展需要终止妊娠保护母亲健康和生命，而导致医源性早产，如母亲功能性的或器质性的心脏病就属于这种情况。胎儿自身的状况，如血红细胞的同种异体免疫，或是双胎输血，为了避免死胎，需要终止妊娠而导致早产。

表 5-1　可能引发母亲早产问题的疾病举例

慢性高血压
系统性红斑狼疮
阻塞性肺疾病
甲状腺功能亢进
孕前糖尿病
母体心脏病
哮喘
妊娠期糖尿病
孕前肾功能紊乱
妊娠期高血压疾病

有一些证据提示出生缺陷与早产之间的关联。2001 年，Rasmussen 和他的同事们查阅了 25 万多名出生于 1989～1995 年的已知胎龄的婴儿资料，这些婴儿出生于亚特兰大、佐治亚及大城市区域。不足 37 周的早产婴儿，出现各种先天缺陷的几率是足月（即 37～41 周）分娩婴儿的 2 倍（RR 2.42；95% CI 2.30～2.56）。有先天缺陷的婴儿早产的几率为 21.5%，而无先天缺陷的婴儿早产的几率则为 9.3%。通过更细的孕周分组（如分成 20～28 周组，29～32 周组，33～34 周组和 35～36 周组），分析先天缺陷与早产之间的关系。同足月生产的婴儿相比，在妊娠 29～32 周时早产的风险最高（RR 3.37；95% CI 3.04～3.73）。用孕妇的年龄、种族和胎儿的性别分层分析，也得出了相似的结论。但这些数据并没有特别指出自发性或医源性早产的比例。不过，笔者指出除非发现出生缺陷，不太可能在 29～32 周终止妊娠，除了不期望胎儿存活。另一项调查选择出生于 1995～2001 年有先天脊柱裂的 2761 名婴儿，其中有近 22%是早产儿，而且占因脊柱裂而死亡的婴儿的一半多（Bol，2006）。

据提交给“犹他州预防出生缺陷网络”委员会的一份研究报告显示：1999～2004 年间在犹他州分娩的有出生缺陷且出生时为活体的婴儿中大约 20%是早产，这与 Rasmussen 等（2001）和 Bol 等（2006）的报道是一致的。或许某些出生缺陷疾病增加了早产的风险，或者是某些与早产有关的社会人口学因素同时与一些出生缺陷有关，抑或是这两种状况共有其他的孕母危险因素或疾病（Rasmussen 等，2001），需要进一步地研究了解其中的联系。

低体重与自发性早产

母体孕前低体重和低体重指数（body mass index，BMI）都与早产密切相关。控制混杂因素后（早产史、曾经低体重、持续性地站立工作＞2 小时、胎盘早剥、尿道感染、压力评分＞5），Moutquin（2003）提出 BMI＜20 的女性出现自发性流产的几率几乎是体重较重女性的 4 倍（OR 3.96；95% CI 2.61～7.09）。事实上，孕前低体重与自发性早产的关系同样存在于北美的高加索人(Moutquin,2003)、黑人(Johnson 等,1994)和乡镇的拉丁人(iega-Riz 1994,1996)中。

低 BMI 也会改变较低的孕期体重增长对早产的风险(Schieve 等,2000)。与体重正常(BMI 19.8～26.0)且孕期体重增长充足(每周 500～1500g)的女性相比,体重低(BMI<19.8)且孕期体重增长不足(每周<500g)的女性孕 37 周前出现自发性早产的几率增加 6 倍,体重正常而孕期体重增长不佳的女性发生自发性早产的几率增加 3 倍。

Hauth 等,1995 年通过对细菌性阴道病的随机治疗试验研究高危孕妇的早产率,包括那些低体重者。有自发性早产史或孕前体重低于 50kg(N=624)的孕妇被随机分为接受甲硝唑治疗组、抗生素治疗组或安慰剂组。在 258 名细菌性阴道病患者中,治疗组比体重少于 50kg 的女性(N=81)早产发生率低。安慰剂组早产的发生率是 33%,抗生素组早产的发生率则为 14%(P=0.04)。这个结果与一些调查者的结论相悖,那些调查均显示:细菌性阴道病的治疗对一般的产科人群无效(Carey 等,2000)。

肥胖和自发性早产

Sebire 与其同事(2001)的研究,70%以上的研究对象为白人女性,调查发现:相对 BMI ≤30 的女性来说,BMI≥30 的女性在孕 32 周内分娩的几率在下降(OR 0.73;95% CI 0.65～0.82)。这些调查也没有区分自发性早产与继发性早产。

最近的国家儿童健康与人类发展研究所(National Institute of Child Health and Human Development)MFM 网络早产预测研究分析报告,65%的调查对象为非裔美籍人,Hendler 和他的同事们(2005)发现:与 BMI<30 的女性相比,BMI≥30(OR 0.57;95% CI 0.39～0.83)的女性在妊娠 37 周内发生自发性早产的几率降低。

尽管肥胖对于人类健康和疾病的许多方面都是有害的,但是在患有慢性肾脏疾病的人群中,BMI 高却与充血性心力衰竭和心血管粥样硬化的患者有更好的结局有关(Beddhu,2004;Kalantar-Zadeh 等,2004)。对于这些流行病学上的反常,一种假说认为:这可能是与肥胖有关的全身炎症改变的结果(Beddhu,2004;Kalantar-Zadeh 等,2004)。

家族史和自发性早产

有些资料支持这样一个假设,即自发性早产也受家族早产史的影响。首先,关于双胞胎的两项研究显示:在有家族早产史的女性中,有遗传易感性的早产估计占 20%～40%(Blackmore-Prince 等,2000;Fuentes-Afflick 和 Hessol,2000)。另有资料支持遗传因素影响早产风险:①影响早产的首位风险因素是孕妇有早产史(James 等,1999;Klerman 等,1998;Shults 等,1999);②种族与早产之间有关联性,即使调整社会经济条件后,这种关联依然存在(Ekwo 和 Moawad,1998);③孕妇本身就是早产儿(Basso 等,1998)或者其姐妹发生了早产(Kallan,1997),那么她们自己发生早产的风险便会增加。

妊娠间隔缩短与早产

妊娠间隔是指前次妊娠结束到下一次妊娠周期开始之间的时间。大量的研究发现:妊娠间隔短与不良围生儿结局,如早产、低出生体重和死胎,存在单因素相关(Adams 等,1997;Al-Jasmi 等,2002;Basso 等,1998;Blackmore-Prince 等,2000;Brody 和 Bracken,1987;Conde-Agudelo 等,2005;Dafopoulos 等,2002;Ekwo 和 Moawad,1998;Erickson 和 Bjerkedal,1978;Ferraz 等,1988;Fuentes-Afflick 和 Hessol,2000;Hsieh 等,2005;Kallan,

1992,1997;Klebanoff,1988;Lang 等,1990;Miller,1994;Rawlings 等,1995;Shults 等,1999;Smith 等,2003;Zhu 和 Le,2003;Zhu 等,2001)。但是,这些已经发表的报告没有区分自发性早产与医源性早产。在不同的研究中,妊娠间隔时间短的定义有很大不同,最常见的看法是妊娠间隔≤6 个月。

种族与地理因素的影响

妊娠间隔短与早产、低出生体重与小于胎龄儿的关系对非裔美国妇女及白人妇女妊娠同等重要(James 等,1999;Kallan,1992,1997;Zhu 等,2001)。大多数研究发现妊娠间隔短的非裔美籍妇女比白人妇女多(James 等,1999;Kallan,1992,1997;Zhu 等,2001),但其他研究者却没有发现如此高的发生率(Kallan,1992;Klerman 等,1998)。国际性的研究指出妊娠间隔短与希腊农村地区、菲律宾、阿联酋及拉丁美洲等地区的早产有关。(Blackmore-Prince 等,2000;Conde-Agudelo 等,2005;Lang 等,1990;Zhu 等,2001)。

妊娠间隔短的影响程度

妊娠间隔不足 6 个月导致早产的风险的增加估计为 30%～60%。(Kallan,1997),一份报告指出,当上一次妊娠为早产而不是足月产时,妊娠间隔短的影响最大。

干预的作用

Klebanoff(1988)指出,对有早产高危因素的孕妇,妊娠间隔短首先是一个标志,而且间隔时间短可能不会对低出生体重产生主要影响。其他一些学者也支持这样一个观点:妊娠间隔短可以作为其他危险因素的标志,而不是早产的独立影响因素(Brody 和 Braken,1987;Erickson 和 Bjerkedal,1978)。这种观念可以延伸到妊娠间隔时间短对低出生体重的影响。在一项巴西的研究中,妊娠间隔时间短对低出生体重的影响被解释为由于妊娠间隔时间短的妇女低体重的发生率较高(Ferraz 等,1988)。通过对一组低危不良妊娠结局孕妇进行调查,Adams 等(1997)发现延长妊娠间隔不能相应的降低妊娠不良结局的发生率。Smith 等(2003)指出妊娠间隔不足 6 个月对在 24～32 周和 33～36 周早产的归因危险度百分比分别为 6%和 4%。Blackmore-Prince 等(2000)对大量非裔美籍妇女的研究指出,平均妊娠间隔为 15 个月(范围为 1～207 个月),其中有 19 人(4%)妊娠间隔少于 3 个月。在经过对孕龄、吸烟状况的校正,妊娠间隔为 3 个月或高于 3 个月的产妇新生儿的平均体重为 3106g,比那些妊娠间隔少于 3 个月产妇的新生儿要重 215g。

不孕不育症的治疗与早产

对不孕不育症的治疗让成千上万的有生育困难的夫妇能够实现他们拥有属于自己的孩子的愿望。2002 年,美国有 730 万女性,或说是 15～44 岁美国女性的 12%是受孕困难者或很难足月分娩。这些女性中有近 210 万,或说是所有 15～44 岁美国女性的 7%均为不孕。“不孕”是这样划定的:在夫妇双方均不使用避孕措施(CDC,2002b)的情况下,连续 12 个月以上依然没有妊娠。其中 2%的女性在之前的一年内都曾接受过与治疗不孕相关的医学预约,据报道,更有 10%的女性曾接受过不孕治疗。

在过去的 20 年中,对不孕不育的治疗已显著增多,而且与推迟生育有关(见第 1 章)。在 2002 年,有 33 000 名女性通过不孕不育的治疗而成功生育了孩子,这个数字是 1996 年的2倍(Meis等,1998),这其中有多于50%的女性年龄都在35岁或35岁以上。近几年来,这些技术导致的预料之外的影响,多胎和早产风险的增加,已经成为关注的焦点。也有证据表明:不孕不育的治疗和早产也是造成不孕或难孕(很长时间才能受孕)的潜在生物原因(Basso和Baird,2003;Henriksen等,1997;Joffe和Li,1994)。Henriksen和他的同事们(1997)在丹麦对两组,近13 000例分娩结局进行研究分析,分析中排除了患有慢性疾病、多胎妊娠和计划外妊娠的女性。在两组被研究者中,需要7～12个月才能受孕的女性出现早产的风险比6个月以内便可受孕的女性高(调整的风险为1.3倍,95% CI 0.8～2.1)。第一组中需要12个月甚至更长时间才能受孕的女性,校正危险度为1.6(95% CI 1.1～2.2),在第二组为1.7(95% CI 1.1～2.6)。

这部分为我们介绍了:不孕不育的治疗方法,包括辅助生殖技术(assisted reproductive technologies,ARTs)和促排卵术;运用这些技术的趋势和随后的妊娠、母亲和孩子的结局以及目前关于应用此项技术的法规。

ARTs相关的种类和成功率

疾病预防与控制中心(CDC)定义辅助生殖技术为:精子和卵子在实验室中结合的过程,包括体外授精(in vitro fertilization,IVF)以及相关的过程,如卵母细胞浆单精子注射术(intracytoplasmic sperm injection,ICSI)、配子输卵管内移植(gamete intrafallopian transfer,GIFT)或受精卵输卵管内移植(zygote intrafallopian transfer,ZIFT)(表5-2)。从1996年起,联邦政府便发布命令,所有涉及运用辅助生殖技术的机构均需向疾病预防与控制中心报告结果(Meis等,1998)。

表5-2 疾病预防与控制中心划定的涉及辅助生殖技术的各种过程

方法	步骤(过程)
体外授精	提取女性卵子,在实验室中使卵子受精,再将受精后的胚胎植入女性子宫;包括卵母细胞浆单精子注射术,这种注射术是将一个精子直接注射到卵胞浆内
配子输卵管内移植	通过腹部切开手术,运用腹腔镜引导未受精的精子和卵子进入输卵管
受精卵输卵管内移植	在实验室内使卵子受孕,再运用腹腔镜引导受精卵进入输卵管

引自:CDC(2003d)

辅助生殖技术可以用受试女性本人的卵子(非捐赠卵子),或是其他女性的卵子(捐赠卵子)。有些卵子是新产生的(新鲜的卵子),也有些是之前产生的,再经过冷冻、解冻之后的卵子(冷冻的卵子)。图5-1描述了美国2003年涉及辅助生殖技术的各种过程的应用频率,这其中大部分的过程(约占3/4辅助生殖周期)所用的都是新鲜的非捐赠卵子,在这些应用了新鲜的非捐赠卵子的过程中,约有44%采用了传统的IVF技术,另56%则联合应用了IVF和ICSI技术。ICSI技术的应用逐渐引起了人们的担忧(参见下文关于母亲和婴儿的风险部分)。一小部分过程使用了GIFT和ZIFT,或是各种技术的综合应用(图5-2)。

在过去的几年中,ARTs的使用率急剧增加(图5-3)。1996～2003年,应用ARTs的数量增加了近一倍,从64 681例增加到122 872例。通过成功应用ARTs而出生的活婴数量则增加了2倍多,从14 507例增加到35 785例。因为单次分娩产生的婴儿数增加,所以实际出生的婴儿数量要比分娩的次数多。在2003年,通过ARTs而出生的婴儿数量为48 756例,而在1996年,仅为20 840例。

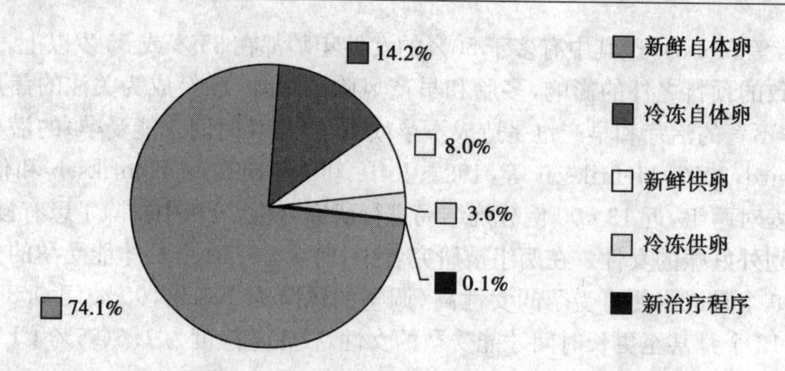

图 5-1 2003 年美国应用的人工助孕技术过程的类别

引自:CDC(2005f)

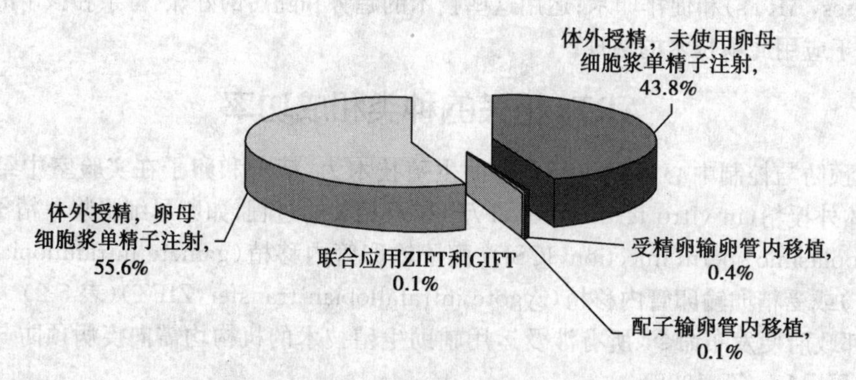

图 5-2 用新鲜的非捐赠卵子或胚胎的 ARTs 种类

引自:CDC(2005f)

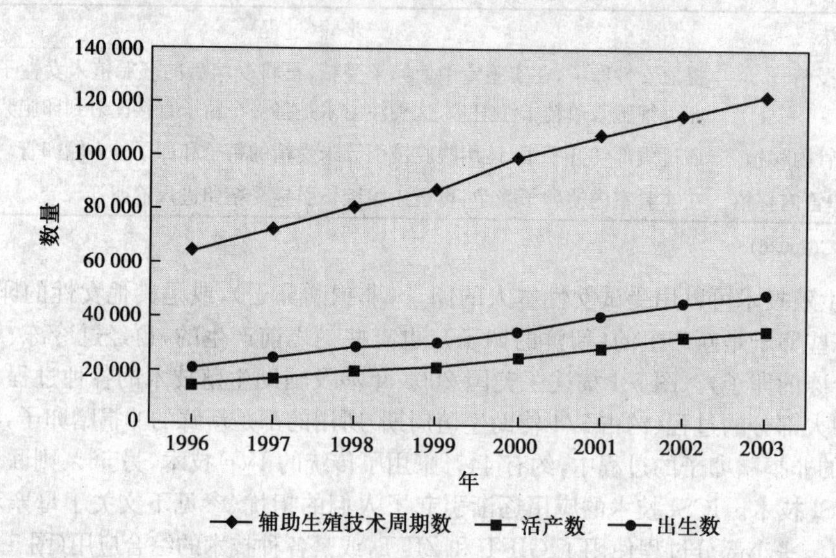

图 5-3 1996～2003 年应用 ARTs 的次数、活产数和应用 ARTs 而诞生的婴儿数

引自:CDC(2005f)

尽管应用 ARTs 是必须上报的,但是对于其他并未归入 ARTs 范畴的助孕技术,情况就不同了。CDC 对 ARTs 的定义并不包括只对精子进行处理的治疗过程(例如子宫内授精,也就是人们所知的人工授精技术)或是服用促排卵药物,不管是否想取出卵子。大量排

卵，不管是否使用宫内授精，都是用来提高生育能力的，但是这种技术的应用频率以及因应用此技术而出生的婴儿数量还是未知的，这是目前的一个空白。

不孕治疗的差异

正如第 4 章所讨论的，多胎妊娠的社会经济学差异并未得到透彻的研究（Kramer 等，2000）。有关不孕、助孕方法的应用及应用结局的文章都把焦点放在了白种人和社会经济条件比较好的人群身上。当人们对不同种族的少数民族中存在的生育问题还知之甚少时，最近一系列来自“不孕的健康差异”工作组的报道关注了少数民族中存在的不孕问题（Berkowitz 和 Davis，2006）。该工作组的发起者有国家儿童健康与人类发展研究所（National Institute of Child Health and Human Development）、行为与社会科学研究办公室（Office of Behavioral and Social Sciences Research）、国立卫生院女性健康研究办公室（Office of Research on Women's Health of the National Institutes of Health），以及保健研究与质量代表处（Agency for Healthcare Research and Quality）。

为了了解在不孕、生育力减弱或者不孕的治疗方面，不同种族、不同社会经济条件是否会存在差异，Bitler 和 Schmidt（2006）分析研究了来源于“家庭成长的国家普查”（National Survey of Family Growth）的数据，作者报告说：与非西班牙裔白人女性相比，西班牙裔、非西班牙裔黑人和其他种族的非西班牙裔女性出现不孕的情况更为普遍。而且结果还显示，这些差异与接受教育程度有关。与接受过 4 年大学教育的女性相比，未受过高等教育的女性出现不孕或生育能力减弱的可能性更大。尽管少数民族和社会经济地位低下的女性出现生育问题的几率也很高，但是这些女性中接受不孕治疗的还是比较少。而且州一级别的生育保险（目前有 15 个州在实行）也无法改善这种情况。在军队的医疗保健系统中，通过对接受了辅助生殖技术女性的研究表明：非裔美籍妇女与白人女性，活产率在临床上存在差异，自发性流产率存在统计学差异（Feinberg 等，2006），作者猜测这可能与非裔美籍妇女子宫平滑肌瘤（子宫良性肿瘤）发病率高有关。其他一些研究也表明，非裔美籍妇女拖延寻求治疗时间（Jain，2006），阿拉伯裔和拉丁女性在寻求保健服务时存在经济障碍（Becker 等，2006）。

Becker 与他的同事也表明，生活在美国的拉丁裔女性比生活在其他地区的拉丁裔女性更有可能寻求保健服务。不孕、不孕的治疗及包括多胎妊娠和早产在内的治疗结局，需要进一步的研究。

多胎妊娠的风险

辅助生殖技术

相对于自然受孕，因为植入了多个受精胚胎而且出现同卵双生的可能性更高，所以通过辅助生殖技术，多胎妊娠的情况更为常见。与自然受孕相比，通过 IVF 植入一个受精卵而产生同卵双胞胎的可能性好像在增加。尽管如此，出现同卵双胞胎的可能性还是相对较低的，植入一个受精胚胎只有 1%～2%的机会（Adashi 等，2004）。这样看来，植入的受精胚胎的数量是辅助生殖技术使多胎的可能性增加的主要原因。最近的研究显示：对于 36 岁以下的女性，与传统的、植入一个处于细胞分裂阶段的受精胚胎（受精 3 天）方法相比，运用 IVF、在胚胎处于囊胚期阶段（受精 5 天）将其植入母体的方法，受孕和分娩的成功率更高。这其中的两例多胎，均出现在运用传统方法、植入细胞分裂状态胚胎的一组中(Papanikolaou 等,2006)。

全国性数据表明,在美国,大多数辅助生殖周期需要植入一个以上胚胎,随着母亲年龄增大需要植入更多的胚胎。2003 年,对于 35 岁以下的准孕妇,平均每次辅助生育周期中所植入的非捐赠的新鲜卵子数目为 2.6 个(CDC,2003d)。而对于年龄分别在 35～37 岁、38～40 岁,以及 41～42 岁的女性而言,平均所植入的受精胚胎数则为 2.9、3.1 和 3.5。随着包括 ARTs 在内的医疗手段的不断发展,所植入的胚胎数目与胎儿的成功出生之间的关系变得不那么明晰了,除了对于 40 岁以上的孕妇,植入 2 个或者更多的胚胎似乎不能提高活产率。有证据表明:对于 35 岁以下的女性,植入多于两个受精胚胎与受孕儿率的增加之间没有关系(Filicori 等,2005)。不过,为 40 岁以上的女性植入多于 2 个受精胚胎却是有益的,因为那样既可以成功妊娠,出现多胎的可能性又小(Filicori 等,2005)。

不断增长的多胎妊娠的数量与辅助生殖的使用增多之间有直接关系。2002 年,在美国通过辅助生殖技术而出生的 45 751 名婴儿中,有 53%都是多胎。尽管只有 1%的婴儿是通过辅助生殖技术得到的,但是这些婴儿占所有单胎婴儿的 0.5%,却占多胎中的 17%。16%的双胞胎和 44%的多胎都是通过辅助生殖技术受孕产生的(CDC,2005g)。

促 排 卵

对于产生多胎的原因,人们大都把关注的焦点放在了 ARTs 的作用上,尤其是 IVF。但很少有人去关注超促排卵(过度排卵或宫内授精和常规促排卵)的作用,但对于多胎妊娠的产生,促排卵的作用同等重要。产生多胎的风险,仅次于不孕的治疗,如注射激素以促进排卵,这并没有很好地加以记录,因为并没有授权要收集这种方法使用频率的数据。但是,有限的资料数据说明:与 IVF 和 ICSI 相比,也许促排卵这种方法产生多胎的风险要更高,尤其在周期中没有监测发育中的卵泡(Adashi 等,2004)。

2000 年,由促排卵产生的双胞胎占到 21%,而 IVF 产生的双胞胎只有 12%(图 5-4)(Reynolds 等,2003)。40%的多胎都与促排卵有关(图 5-5)。42%的多胎是 IVF 的产物,而只有 18%是自然受孕产生的。

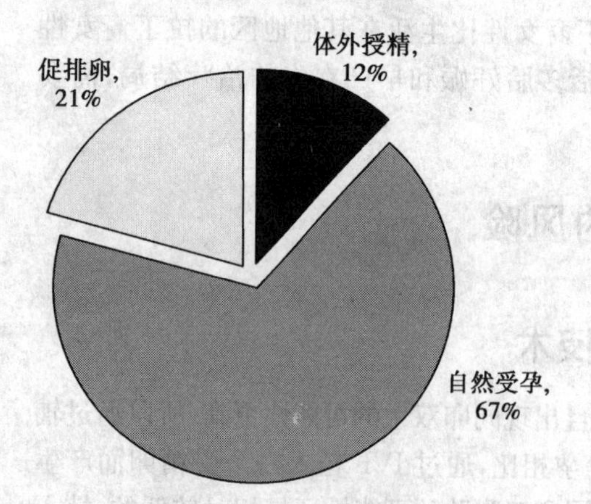

图 5-4 IVF 与促排卵对产生双胞胎的作用,2000 年

引自:Reynolds 等(2003). 摘自 American Journal of Obstetrics and Gynecology,190 卷,887 页,© 2004 年,Elsevier 授权

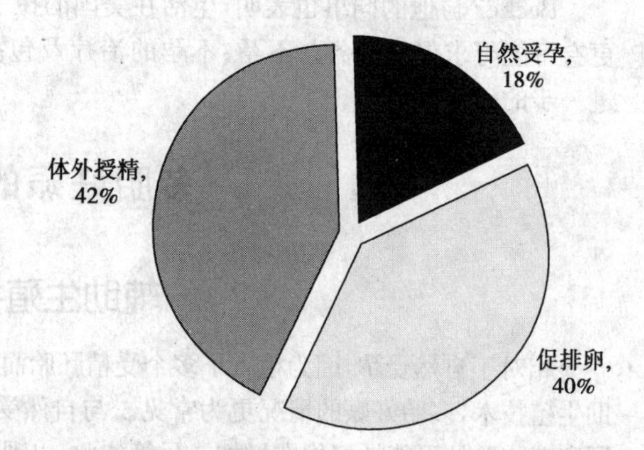

图 5-5 IVF 与促排卵对产生多胎的作用,2000 年

引自:Reynolds 等(2003). 摘自 American Journal of Obstetrics and Gynecology,190 卷,887 页,© 2004 年,Elsevier 授权

结果 5-1:目前尚不清楚超促排卵的使用情况(不管是否采用人工授精)。而且没有适合的系统机制来收集这些数据。

ARTs 与早产

最初对于 ARTs 和促排卵的担忧,是与多胎妊娠有关的早产风险。对于双胞胎,分娩的平均孕龄大约为 35 周,58%是早产(在孕 37 周前分娩),而且有超过 12%的双胞胎是不足 32 周便分娩的(CDC,2003d)(图 5-6)。对于多胎,早产的风险就更高了。三胞胎、四胞胎、五胞胎甚至更多胎的妊娠,分娩的平均孕龄分别为 32.2 周、29.9 周和 28.5 周。90%以上的三胞胎不足 37 周即分娩,而且约 36%不足 32 周。

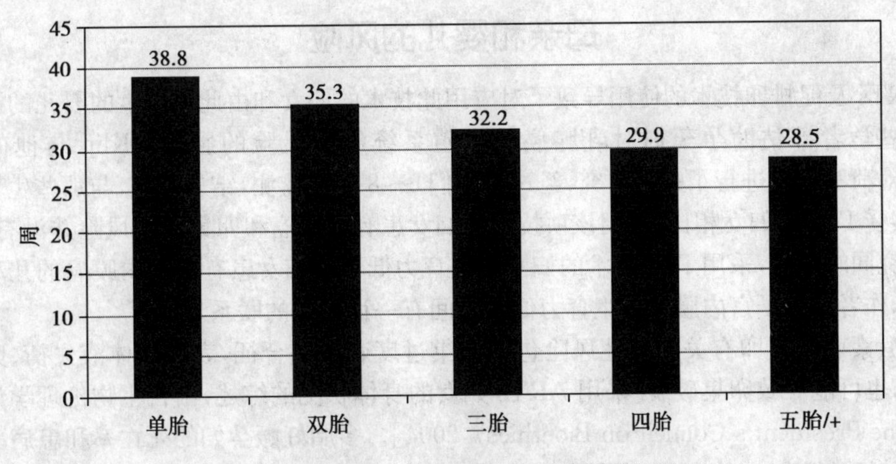

图 5-6 美国 2002 年不同婴儿数量的平均孕周

引自:CDC(2003d)。

通过 ARTs 受孕而分娩的婴儿中,14.5%的单胎、61.7%的双胞胎以及 97.2%的更多胎的妊娠都在孕 37 周前分娩(CDC,2005f)。

通过 ARTs 受孕的单胎婴儿与早产

采用 IVF 受孕而分娩的单胎婴儿出现早产和出生 1 周内夭折的几率是未采用 IVF 而分娩的婴儿的两倍,且出现低出生体重的几率为 2.7 倍(Hampton,2004)。在一个对12 283 名通过 IVF 受孕而分娩的单胎婴儿和 190 万自然受孕分娩的单胎婴儿的荟萃分析发现,通过 IVF 受孕而分娩的单胎婴儿出现早产的风险增加 2 倍(Hampton,2004)。同样,McGovern 和他的同事们 2004 年的一个荟萃分析的结果表明,通过 IVF(植入受精胚胎)和 GIFT 技术受孕而分娩的单胎婴儿出现早产的风险是正常受孕分娩婴儿的两倍。这种类型的早产的病因还不清楚。最近有证据显示,可能是辅助生殖过程中胎盘的形成出现了问题所致。一项对于孕早期和孕中期风险评估的实验研究探讨了对于单胎婴儿,ARTs 的应用与染色体异常、胎儿畸形或不良妊娠结局之间的关联(Shevell 等,2005)。有近 95%的父母没有使用任何辅助生殖技术,3.4%采用了促排卵技术,1.5%则接受了 IVF。结果表明:与未采用辅助生殖技术的父母相比,采用了促排卵技术的母亲出现胎盘早剥(OR 2.4;95% CI 1.3~4.2)和孕 24 周前流产(OR 2.1;95% CI 1.3~3.6)的风险增加;接受了试管授精技术的女性,更有可能发生先兆子痫(OR 2.7;95% CI 1.7~4.4)、胎盘早剥(OR 2.4;95% CI

1.1～5.2)、前置胎盘(OR 6.0;95% CI 3.4～10.7)和剖宫产(OR 2.3;95% CI 1.8～2.9)。排除社会人口统计学和健康因素的影响后,ARTs 与胎儿生长受限、非整倍性或胎儿畸形之间没有关联。

结果 5-2:不孕症的治疗无论对多胎妊娠还是对单胎妊娠而言,都是造成早产的重要原因。

结果 5-3:不孕、生育力低下和生育治疗增加早产风险(对于单胎妊娠尤其如此)**,其机制目前还未知。考虑到早产的种族和社会经济原因,早产的发生机制可能存在巨大差异。**

母亲和婴儿的风险

ARTs 及促排卵技术的使用导致了对应用此技术的妇女和由此而出生的婴儿的潜在危险。某些学者评估助孕药剂对乳腺癌和生殖系统癌症风险的影响。Klip 与他的同事(2000)对荷兰妇女进行了一项研究,经过对她们 5～8 年的监测,结果发现,与那些生育力低下、未接受 IVF 的妇女相比,采用该项技术的妇女患有乳腺癌和卵巢癌的风险并没有增加。此项研究同时发现,采用 IVF 技术的妇女和生育力低下的妇女患有子宫内膜癌的几率都没有增加,作者认为子宫内膜癌与生育力低下之间有一种潜在的联系。

与激素刺激排卵有关的其他风险包括卵巢过度刺激综合征,表现为体液失衡、卵巢扩张障碍,也可能导致卵巢破裂[采用 ARTs 妇女的身体状况的综述,出自生物伦理学最高委员会(The President's Council on Bioethics),2004]。多胎妊娠孕妇的死亡率和患病率要高于单胎妊娠的孕妇。多胎妊娠的孕妇更容易患有高血压、贫血、子痫前期和妊娠期糖尿病,而且更可能需要剖宫产(Sebire 等,2001;Wen 等,2004)。

对使用 ARTs 发生的非预知的影响的讨论的核心是通过采用这些技术而妊娠的婴儿的健康状况。尽管缺乏对该类婴儿大规模长期的随访研究资料,但近来一些事实表明,某些由于基因突变所引起的先天缺陷还是与 ARTs 有一定关系,如 Beckwith-Wiedemann 综合征、视网膜母细胞瘤和 Angelman 综合征(Jacob 和 Moley,2005;Niemitz 和 Feinberg,2004)。但是这种情形现在已经非常少见了。人们开始担忧卵胞浆内单精子注射,这种技术可以破坏卵子抵抗精子的自然属性,从而可以使本来没有能力使卵子受精的精子具有使卵子受精的能力。然而这些风险被认为很小,更大的风险来自于应用该技术而导致的多胎妊娠。

降低多胎妊娠的几率

全国范围内,双胞胎的存活率呈持续上升的态势(图 5-7),但三胞胎的存活率 1998 年以后则处于平稳状态(图 5-8)。1996～2003 年,ARTs 出生的产儿中,通过每次使用非捐赠者的卵子及胚胎的方式出生的双胞胎比率几乎没有发生变化(由 31.4%降至 31%)。而在这期间,三胞胎出生的百分比由 7%降至 3.2%(CDC,2005)。尽管有如此趋势,美国多胎出生的数量问题依旧是个难题和关注焦点。

目前对 ARTs 实施监管有两个层面:一个是政府层面(联邦和州政府),另一个是非政府层面,而且两者都提供了这些技术的指导。为了详细了解 ARTs 相关政策的目标、范围、要求、机制和效能,读者可以参阅"生殖与责任:新生物技术的应用规范"(Reproduction and

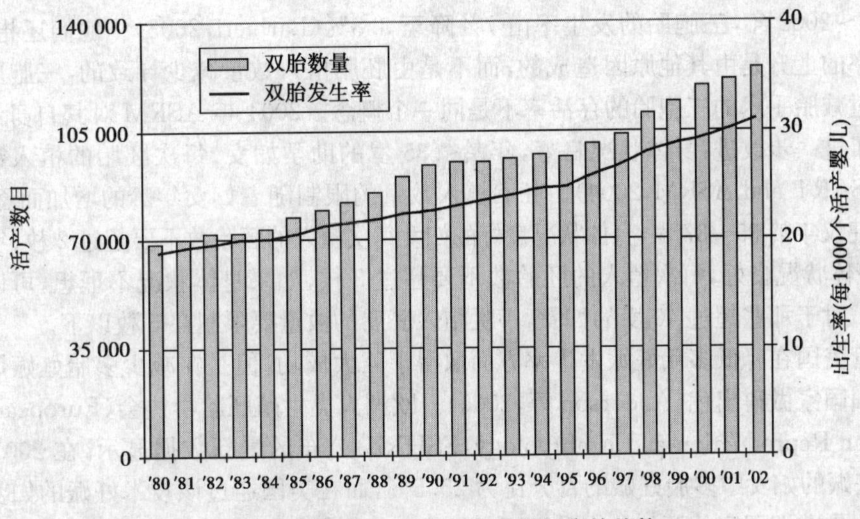

图 5-7 美国 1980～2002 年双胎活产的趋势

引自:CDC(1999a,2002a,2003b)

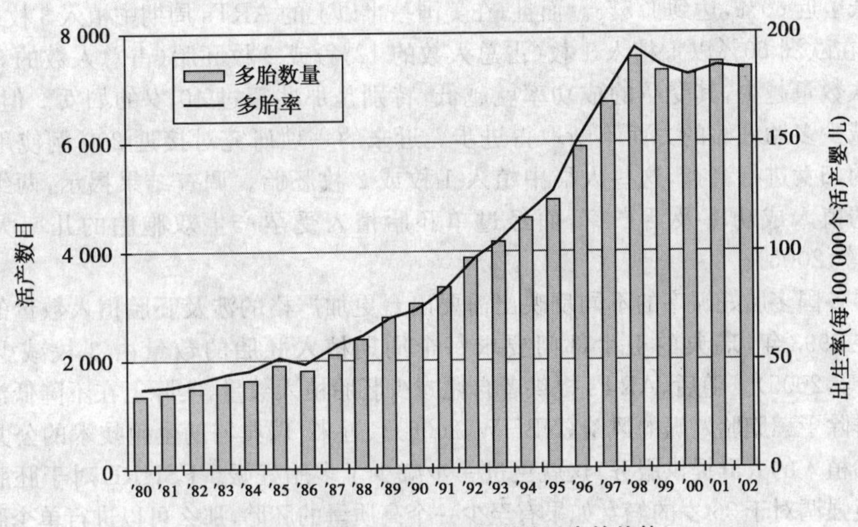

图 5-8 美国 1980～2002 年多胎活产的趋势

引自:CDC(1999a,2002a,2003b)

Responsibility:The Regulation of New Biotechnologies)(生物伦理学最高委员会,2004)。1992 年美国联邦政府颁布的临床生育成功率和许可法案(Fertility Clinic Success Rate and Certification Act)向人们提供了全美生育诊所成功率的可靠信息。这些信息由辅助生殖技术协会(Society for Assisted Reproductive Technology,SART)发布,由疾病控制中心出版。这项法案还提出胚胎实验室建设的国家标准。在大多数州,政府正在评估 ARTs 服务的获取,以决定是否将其列入医疗保险范围或在医疗保险中占有的比例。其他州政府注重于预防 ARTs 的滥用,同时规范受精卵及胚胎的捐赠。

非官方的 ARTs 运用指导由美国生殖医学协会(American Society for Reproductive Medicine,ASRM)和 SART 联合打造,在 1999 年,ASRM 发布了人工助孕规范:在低温储藏胚胎充足的情况下,每位准备接受人工助孕的妇女在其首轮的 IVF 周期中植入胚胎的数量不得超过两枚(Barbieri,2005)。科学详细的统计数据为这一成功的规范提供了有力佐证,1996～2002 年,三胞胎的发生率由 7%降至 3.8%(Barbieri,2005)。他们还指出,三胞胎死亡率的上升是由其他原因造成的,而不是由胚胎植入数量减少导致的,三胞胎的存活率与经过减胎手术的三胞胎的存活率不是同一个概念。2004 年 ASRM 对其自身制订的规则进行了进一步改进:身体状况良好,年龄<35 岁的助孕妇女,每次胚胎的植入数为 1 枚(PC of SART and ASRM,2004)。胚胎植入数量的限制随着妇女年龄的增加而逐渐放宽,ASRM 建议年龄 35～37 岁,身体状况良好的妇女每次植入的胚胎数不要超过 2 枚;年龄 38～40 岁,身体状况良好,每次植入的胚胎数不要超过 3 枚,如果身体状况不理想,可以再行植入 1 枚。对于那些超过 40 岁的妇女,一次植入胚胎的数量要限制在 5 枚以下。

尽管美国在降低多胎妊娠发生率方面取得了巨大成功,但是在减少多胎妊娠风险方面没有欧洲国家做得出色(Anderson 等,2005)。欧洲人类生殖胚胎学协会(European Society of Human Reproduction and Embryology,ESHRE)公布的最新数据显示,在 2001 年通过 ARTs 妊娠的妇女中多胎妊娠的百分比为 25.5%,而在美国通过该技术妊娠的妇女多胎妊娠百分比是欧洲国家的两倍。在欧洲通过 ARTs 而妊娠,24%为双胞胎,仅有 1.5%为三胞胎或多胎。在 2001 年底,美国的多胎出生率降低了一半,达到 3.8%,但是欧洲国家将这一指标降低了近 60%,达到 1.5%。而且,在美国一半以上的 ARTs 周期中植入 3 枚或更多的胚胎;而在欧洲 60%以上植入 1 枚(占总人数的 12%)或 2 枚胚胎(占总人数的 51.7%)。胚胎植入数量越少,其受孕的成功率就越低,特别是那些超过 40 岁的妇女。但是,人们如今在减少多胎妊娠的方面不断取得进步。近来的一项研究对接近 200 例使用 IVF 技术受孕的妇女进行调查,这些人群中植入 1 枚或 2 枚胚胎。调查结果揭示,两组人群具有相似的植入成功率及活产率,而经过单胚胎植入受孕产生双胞胎的几率大幅下降(Criniti 等,2005)。

世界各国多胎妊娠率的不同反映出需要出台更加严格的涉及胚胎植入数量的行业规范。早在 1993 年,瑞典的卫生部门要求每个周期植入胚胎的数量由 3 枚减少到 2 枚(Källén 等,2005)。随后,ARTs 提供者自愿减少胚胎植入数量,实际上在不降低活产率的基础上排除了三胞胎妊娠的风险(NBHW,2006)。近来,瑞典辅助生殖技术的公共基金只向单胚胎植入的人群提供服务,这就更进一步减少了多胎妊娠。ESHRE 对于胚胎植入数量的规范强调对于 36 岁的妇女如果有至少一个高质量的胚胎,那么可以进行单个胚胎的选择性植入。但是,对于高质量胚胎缺乏科学的定义和客观的评价方法。这些将影响植入哪个胚胎及植入多少个胚胎。

近来发表的一项随机对照试验的结果再次有力支持了单胚胎植入(single-embryo transfer,SET)。该试验对两次单胚胎植入和单次双胚胎植入(double-embryo transfer,DET)进行了比较(Lukassen 等,2005)。两次单胚胎植入与单次双胚胎获得活产儿的效果相同,而且产后 6 周内的花费成本也是一样的。调查者预估,如果包括照顾有残疾的存活早产儿终生的费用,SET 将会为每个活产儿节省 7000 英镑的费用。调查者还指出,在 ARTs 规范最严格的国家,财政支持 SET 的使用(Ombelet 等,2005;Papanikolau 等,2006;Thurin 等,2004)。

减少多胎妊娠的挑战也是一个敏感和私人的问题。患者的权利及自主权,提供者的自主权以及公共道德都是必须考虑的问题(Adashi 等,2004)。患者可能不太清楚多胎妊娠的风险或者可能接受期望受孕的风险。促排卵不需要正式的操作规范指导,也不要求对其操作进行高级的培训和认证。使用 IVF 技术的从业者必须权衡单胎妊娠成功的目标与无法预测任意植入胚胎是否可以成活的利弊。而大部分受孕者都没有参与多胎妊娠风险的讨论。尽管一些受孕者承担促排卵的费用，大部分都不愿进行IVF，但是IVF的结局比促排卵更容易预测，而且产生多胎妊娠的几率更小。这可能因为受孕者没有被透彻地告知多胎出生后的费用。

为了减少使用IVF技术而出生的多胎数量，2003年比利时政府同意补偿对42岁妇女进行的首批6个IVF试验的实验室费用。同时，根据妇女的年龄，对胚胎的植入数量进行限制(Gordts等，2005；Ombelet等，2005)。例如，对于36岁以下的妇女，第一轮和第二轮IVF只能植入1枚胚胎(如果有高质量胚胎可用)，后续植入量每次最多不能超过2枚。资料显示，此项政策出台后，单胚胎植入的百分比得到提高，而且对整体妊娠率没有影响。双胎妊娠的比率从19%降到3%(Gordts等，2005)。

美国的许多专业机构都应该重视对植入胚胎数量的严格规定，而不仅仅是ASRM。类似的最佳实践指南应适用于其他运用ARTs的不孕症，如促排卵。类似的规则应该要求在有太多胚泡发育的情形下实行严格的超声波引导，放弃在这一周期进行受孕。政策决策者应该授权对该过程的信息进行更加系统的收集，而且还应该考虑通过药物治疗的方式来刺激卵子产生。专业机构和监督部门应该重新定义成功的标志，以单胎活产为标志(而不是妊娠率)。同时要努力再次告知ARTs的消费者多胎妊娠与早产的风险。其他关于辅助生殖适应证的条文还需要进一步探讨。

获取生殖健康保健和生殖技术对于ARTs可能会是一把双刃剑。有明确法律条文保障不孕治疗的州，包括ARTs，采用ARTs的比率最高(马萨诸塞州、新泽西州、马里兰州、哥伦比亚州、罗得岛州)(CDC，2002b)。在马萨诸塞州，多胎出生率的上升与政府涉及治疗不孕的保险直接相关(CDC，1999a)。瑞典、比利时则使用了相反的方式——社会保险只覆盖辅助生殖技术中的单胚胎植入术，这样就使那些不孕的夫妻摆脱了接受尽可能多胚胎的植入所带来的经济负担。

第6章

早产的生物学途径

摘　要

由于流行病学和统计学的需要，通常将早产视为单一疾病。但是这种传统的方法首先假定致病原因相同，治疗方法也相同。这种方法在早产的防治中效果有限。目前认为，造成早产的原因是多方面的，而且不同孕周早产的原因也不相同。早产常见的病因主要包括焦虑、全身感染或者孕妇生殖道感染、胎盘缺血、血管病变及子宫张力过大。不同原因导致早产的起因和过程可能存在差别，但最终表现相同，都会造成子宫收缩和分娩。选择合适的动物模型可以再现最后导致早产以及新生儿不成熟后遗症的短暂过程，尤其是宫内感染所致的早产。通过动物模型解释早产的相关问题，再现早产的病理生理过程，将为早产的有效防治提供依据。

分娩机制

分　娩

正常分娩过程分为四个阶段[见 Challis(2000)和 Challis 等(2000)的综述]。在妊娠的大部分时期内，子宫都处于相对静止的状态，这相当于分娩的0期(静息期)，1期(活化期)出现子宫牵张以及胎儿下丘脑-垂体-肾上腺素系统(hypothalamic-pituitary-adrenal，HPA)的激活。2期(宫缩期)指活化的子宫受到各种物质的刺激，如促肾上腺皮质激素释放激素(corticotropin-releasing hormone，CRH)、缩宫素以及前列腺素。上述过程均可以促进子宫收缩、宫颈成熟以及蜕膜及胎膜活化，最终导致分娩(Romero 等，2004a)。3期(复旧期)指产后子宫恢复期。下面对这些过程分别加以描述，概括为图6-1。

0期：静息期

妊娠过程中大部分时间内子宫保持相对松弛的状态，各种物质抑制子宫平滑肌活动，如黄体酮、前列环素(prostacyclin，PGI2)、一氧化氮、松弛素以及甲状旁腺激素相关的肽类。这些物质作用机制不同，但是其共同的机制都是可以增加细胞内环化核苷酸的水平[环化腺嘌呤单核苷酸(cyclic adenosine monophosphate，cAMP)或者环化鸟嘌呤单核苷酸]，反过来又可以抑制细胞内钙离子的释放，也可以降低肌球蛋白轻链激酶(myosin light-chain kinase，MLCK)的活性，钙离子和 MLCK 对于子宫收缩是最重要的。钙离子可以激活钙调

图 6-1　分娩的不同阶段

受精卵着床后，95%的孕期处于 0 期，即子宫静息状态，这一时期包括黄体酮在内的各种生物物质抑制子宫收缩。1 期，子宫肌层处于活化状态，其特征是相关收缩蛋白及缩宫素、前列腺素的受体表达增加，胎盘雌激素合成增加。子宫肌层活化信号受胎儿 HPA 轴调节，同时，内源性的胎盘分泌的肾上腺皮质激素释放激素对 HPA 轴起到向上调节作用。2 期，即子宫肌层刺激期，这是一个渐进的过程，首先是子宫肌层活化，然后子宫肌层收缩，子宫颈成熟以及蜕膜和胎膜活化。与 1 期类似，这一过程也是由胎儿 HPA 活化启动的。3 期，即恢复期，包括胎盘剥离和子宫收缩，母体分娩的缩宫素起主要作用

蛋白，从而诱导 MLCK 结构发生改变，MLCK 使肌球蛋白磷酸化，促进肌动蛋白和肌球蛋白连接，最终发生子宫收缩。

在静息期偶然出现子宫收缩，频率低，强度弱，而且协调性差，这种宫缩多指动物的挛缩或者 Braxton-Hicks 收缩，收缩的不协调性主要是因为妊娠期子宫肌肉缺乏缝隙连接(Garfield，1988)。缝隙连接使细胞与细胞连接(其相关蛋白为连接蛋白)，临产后，这些缝隙连接大量增加，从而使子宫肌层细胞电连接增强，并且使强度大的子宫收缩同步化。

1 期：活化期

1 期子宫肌层活化的特点是子宫收缩相关蛋白(contraction-associated proteins，CAPs)的表达增加，包括连接蛋白 43(CX-43，子宫肌层连接的主要蛋白)、缩宫素和激活的前列腺素受体(Lye 等，1998)。通常情况下，子宫肌层活化的信号可以来自胎儿生长引起的子宫张力，也可以来自胎儿成熟所致的 HPA 轴的活化，或者两者兼而有之。

动物模型显示子宫张力可以增加子宫肌层 CAP 以及缩宫素受体基因的表达，但是这种作用受到内分泌的很大影响。黄体酮可以阻止张力诱导的 CX-43 表达增加，但是胎儿足月后，黄体酮水平下降(见后文)，子宫张力随着 CX-43 水平增加而发生变化。

胎儿 HPA 轴也是子宫肌层活化的信号(Liggins 和 Thorburn，1994)。目前认为，一旦胎儿成熟(机制不明)，胎儿下丘脑和(或)胎盘(见后文)分泌的 CRH 增加，同时可以刺激胎儿垂体促肾上腺皮质激素(adrenocorticotropic hormone，ACTH)的表达以及胎儿肾上腺分泌肾上腺皮质激素和雄激素，在胎盘作用下，胎儿雄激素可以芳香化转化为雌激素。最后，开始的生物级联反应导致分娩的发生，分娩 2 期的主要特征就是子宫收缩、宫颈成熟以及底蜕膜和胎膜活化。

2 期：宫缩期

分娩 2 期包括一个渐进的过程，最终导致以子宫收缩、宫颈成熟以及底蜕膜和胎膜活化为特征的整个分娩过程。这些过程的特征是胎儿 HPA 活化、功能性黄体酮降低、母亲和胎

儿雌激素水平增加以及前列腺素增加。这一级联反应以胎盘分泌 CRH 开始，最终以子宫肌层功能性黄体酮降低结束。黄体酮水平降低可以使激素受体表达增加，并促进雌激素的活性。雌激素活性增加促进雌激素依赖的 c-AMP 合成，如 CX-43、缩宫素受体以及前列腺素，最后促进子宫收缩。

CRH 和"胎盘钟" CRH 在胎儿成熟以及人类分娩中起到非常重要的作用[McLean 等，1999；Smith R 等综述(2002)]。CRH 是主要由下丘脑分泌的神经肽类，人类胎盘和胎膜也可以分泌并释放入母体和胎儿体内，在妊娠过程中分泌量呈指数量增加。CRH 增加的水平与孕周有关(Hobel 等，1999；Leung 等，1999；McLean 和 Smith，1999)。与足月妊娠分娩的妇女相比，早产妇女早在妊娠 16 周时母体内就有较高的 CRH 水平，而且以较快的速度升高。因此一些研究者认为，胎盘分泌的 CRH 起到"胎盘钟"的作用，决定着妊娠时间的长短(McLean 和 Smith，1999)。

糖皮质激素对于胎盘 CRH 合成具有刺激作用，相应地，糖皮质激素可以抑制下丘脑 CRH 的合成。胎盘 CRH 可以促进胎儿皮质激素和硫酸脱氢表雄酮(dehydroepiandrosterone sulfate，DHEA-S)的合成，这一正反馈链逐渐放大，最终促进胎儿 CRH 活化和分娩的过程。胎盘 CRH 可以通过增加绒毛膜和羊膜前列腺素 H_2 合成酶(prostaglandin H_2 synthase，PGHS)的表达促进前列腺素的产生，这是促进分娩的另一正反馈机制。在子宫静息期，胎盘 CRH 是子宫肌层松弛素而不是分娩的启动子。妊娠大部分时间内，子宫肌层表达 CRH 1 型受体，将 Gsα 调节蛋白与腺苷酸环化酶及 cAMP 连接，在受到刺激时可以使子宫保持松弛状态。但在妊娠结束时，CRH 受体的一种切酶共价体表达，而 Gsα 表达降低，使子宫表现为收缩状态[Challis 等综述(2000)]。

功能性黄体酮撤退 妊娠大部分时间内，子宫在黄体酮作用下处于静息状态，作用机制为：在子宫肌层抑制 CAP 基因的表达和缝隙连接的合成；抑制胎盘 CRH 的分泌；抑制雌激素的活性(见下文)；上调(如一氧化氮)促进子宫松弛的调节系统；抑制细胞因子和前列腺素的表达。多数哺乳动物中，妊娠结束时母体黄体酮水平下降而雌激素水平上升。而在人类中，直到胎盘娩出前，在整个孕期中雌孕激素水平都处于上升的状态。最近的研究表明，人类以及非人类的灵长类可能发生功能性黄体酮减少，黄体酮受体(progesterone receptor，PR)的亚型水平发生变化(Smith R 等，2002)。在人类女性中，PR-B 受体亚型首先表现为黄体酮反应基因的激活物，而 PR-A 受体亚型主要作用是 PR-B 和其他受体的抑制物。足月妊娠的子宫肌层，分娩发动与 PR-A 表达高于 PR-B 有关。由于 PR-A 可以抑制黄体酮的活性，PR-A 表达高于 PR-B 可以抑制子宫肌层对于黄体酮的反应，最后导致功能性黄体酮撤退以及分娩的发生。

雌激素 由于缺乏 17-羟化酶，人类的胎盘不能像其他种属一样将孕激素转化为雌激素。胎盘中雌激素的合成主要依赖于胎儿肾上腺中雄激素的前体。母体循环中约 50%的雌酮和雌二醇来自于胎儿雄激素(即 DHEA-S)胎盘芳香化产物。胎盘 CRH 可以直接或者间接刺激胎儿肾上腺胎儿带分泌 DHEA-S(通过胎儿 ACTH 的分泌)，从而为胎盘合成雌激素提供前体。

雌激素可以促进雌激素依赖的 CAPs 的表达，如 CX-43(连接蛋白 43)、缩宫素受体、前列腺素受体、环氧化酶受体[cyclooxygenase-2(COX-2)，可以促进前列腺素合成)]及 MLCK(刺激子宫收缩和分娩)(Challis，2000)。

前列腺素 大量研究表明，前列腺素在启动子宫收缩中具有重要的作用，前列腺素通过特定的受体发挥作用(Challis 等,2000)。PGE2 通过与 EP1 和 EP3 结合诱导子宫收缩,其机制为增强钙离子流动性,同时降低细胞内 cAMP 抑制物的水平。前列腺素也可以促进宫颈和底蜕膜内基质金属蛋白酶(matrix metalloproteinases,MMPs)的合成,促进宫颈成熟和底蜕膜和胎膜活化。PGF2α 可以与 EP 受体结合,促进胎膜的收缩。在子宫下段,PGE2 与 EP2 和 EP4 结合,诱导 cAMP 合成,保持子宫肌层松弛。

前列腺素在 PGHS 作用下由花生四烯酸转化而成,在 PGDH 作用下,前列腺素分解成为无活性的结构。皮质醇、CRH 和雌激素可以刺激 PGHS 的活性,可的松和 CRH 还可以抑制 PGDH 的表达。胎儿 HPA 活化后,胎儿体内类固醇激素水平增加可以提高前列腺素的水平。同样道理,前炎症细胞因子,如 IL-1 与肿瘤坏死因子 α(tumor necrosis factor alpha,TNF-α),可以上调 PGHS 的表达,并可以下调 PGDH 的表达,在感染时促进前列腺素合成,导致早产的发生。

总之,胎儿 HPA 的活化启动上述过程,促进胎盘和胎儿类固醇激素的合成,导致一系列渐进性的生理过程,最终导致分娩的发生,包括宫颈成熟、子宫收缩以及底蜕膜和胎膜活化。

宫颈成熟　宫颈成熟在临产前出现,这是个缓慢的过程,历经数周的时间。宫颈成熟的特点是胶原的总量减少,胶原溶解性以及胶原溶解活性增加,从而导致宫颈细胞外基质重塑(Romero 等,2004a)。前列腺素、雌激素、黄体酮以及炎症细胞因子(如 IL-8)影响细胞外基质的代谢。前列腺素可以刺激胶原溶解活性,并促进不稳定的蛋白氨基多糖亚型合成。雌激素在体外可以促进胶原降解,17-β 雌二醇静脉给药可以促进宫颈成熟。黄体酮在体外可以抑制雌激素诱导的胶原降解,并可以下调宫颈内 IL-8 的合成。除了这些激素外,一氧化氮在某些情况下可能在宫颈成熟过程中起到一定的作用,一氧化氮在炎症部位蓄积,浓度较高时起到炎症介质的作用。一氧化氮供体(如硝普钠)具有诱导宫颈成熟的作用,而一氧化氮抑制物可以抑制宫颈成熟。

子宫收缩　子宫收缩是肌动蛋白和肌球蛋白偶联的结果,而两者的偶联依赖于 MLCK 作用下的肌球蛋白磷酸化。细胞内钙离子升高后,钙离子-钙调蛋白可以激活 MLCK,在缩宫素和前列腺素等多种宫缩剂的作用下,钙离子的浓度升高。缝隙连接及相关蛋白(如连接蛋白)的合成促进细胞与细胞间的连接,使分娩过程中子宫平滑肌出现强度大的协调收缩(Lye 等,1998)。这些物质的合成主要依赖于雌激素及其活性,同样,妊娠足月后黄体酮功能性撤退也起到同样的作用。

底蜕膜和胎膜活化　底蜕膜和胎膜的活化是一个复杂的解剖学和生化过程,导致胎膜从子宫下段底蜕膜剥离,最后胎膜破裂。胎膜和底蜕膜活化的具体机制不清,但细胞外基质降解酶可能起到一定作用,如 MMP-1、间质胶原酶、MMP-8(中性胶原酶)、MMP-9(明胶酶 B)、中性弹性蛋白酶及胞质素等。这些酶可以降解细胞外基质蛋白(如胶原和纤维素),导致膜变得薄弱,最终发生破裂。一些基质金属蛋白酶,如 MMP-9,在羊水中起到促进凋亡的作用。

3期　复旧期

3 期开始于第三产程,包括胎盘剥离和子宫收缩。胎盘剥离开始于底蜕膜基底部的分离。子宫收缩对于预防胎盘娩出后大量静脉窦开放导致的出血是非常重要的,子宫收缩主要受催产素的影响。

分娩过程小结

女性的分娩包括一系列渐进过程，这一过程由 HPA 活化和胎盘 CRH 表达增加引发，导致黄体酮功能性减退、雌激素活化，反过来又会促进 CAP、缩宫素以及前列腺素的活化和表达。这些过程最后都会导致同样的结果，如宫颈的成熟、子宫收缩以及底蜕膜和胎膜活化，在 2 期，还会使母体缩宫素水平升高。据悉，早产和足月分娩都要经过上述相同的过程，而且早产的起因尤其是妊娠 32 周后的早产与足月分娩的生理准备过程也是相同的(后面会详细描述)。妊娠不足 32 周时，可能需要更多的病理性刺激因素来发动分娩。足月自然分娩与早产最基本的不同点是前者是各个过程的生理活化的结果，而早产是分娩过程中某一个或者几个部分被病理因素激活的结果。但是仍需要进一步地研究探讨如下几个基本问题：

- 着床异常在早产的发病机制中起到怎样的作用？
- 保持子宫静息状态的细胞、内分泌以及旁分泌机制是什么？
- 子宫由静息状态转化为活化和宫缩状态的机制是什么？
- 不同种族间妊娠时间存在差异的基础是什么？是否存在生理的原因？这种差异是否可以用环境和社会的因素来解释？

自发性早产分娩过程

直到最近，产科医生和流行病学家才不再出于统计学需要倾向于将发生于妊娠 22～37 周的早产统一研究，传统的早产试验研究首先假定病理机制是单一的，治疗方法也是相同的。

目前已经明确早产的原因是多因素的，随孕周的不同而不同，包括全身性的因素、宫腔内感染(大部分较早期早产的早产病因)、焦虑、子宫胎盘栓塞、与胎儿窘迫相关的子宫内血管病变及底蜕膜出血、子宫张力过大及宫颈机能不全。每个过程都会受到遗传环境因素相互作用的影响，将在第 7 章详述(表 6-1 和图 6-2)。而这些过程以及相关影响因素对于辅助生殖技术(assisted reproductive technologys, ARTs)患者来说有所不同。ARTs 患者发生早产的原因是多方面的，而且机制不清，仅仅明确子宫张力过大是造成多胎妊娠早产的原因。关于不孕症和不孕症治疗对于早产的影响读者可参考第 5 章。虽然有力的证据表明病因和发动因素存在差别，早产和足月分娩在细胞和分子的活化过程具有相同的途径，除内分泌、旁分泌和免疫系统外，包括胎儿 HPA 轴的激活(通过成熟、感染或者缺血)，后面将对此进行总结。下面阐述早产分娩常见的过程。

表 6-1 自发性早产常见的病因和途径

母亲-胎儿 HPA 活化	焦虑	母亲-胎儿 HPA 活化
感染和炎症	子宫内	炎症细胞因子和前列腺素级联反应
	下生殖道	基质金属蛋白酶
	全身性	
底蜕膜出血	血栓形成倾向	凝血酶
	胎盘早剥	
	自身抗体综合征	基质金属蛋白酶
病理性子宫张力过大	多胎妊娠 羊水过多	缝隙连接蛋白、前列腺素及缩宫素受体表达

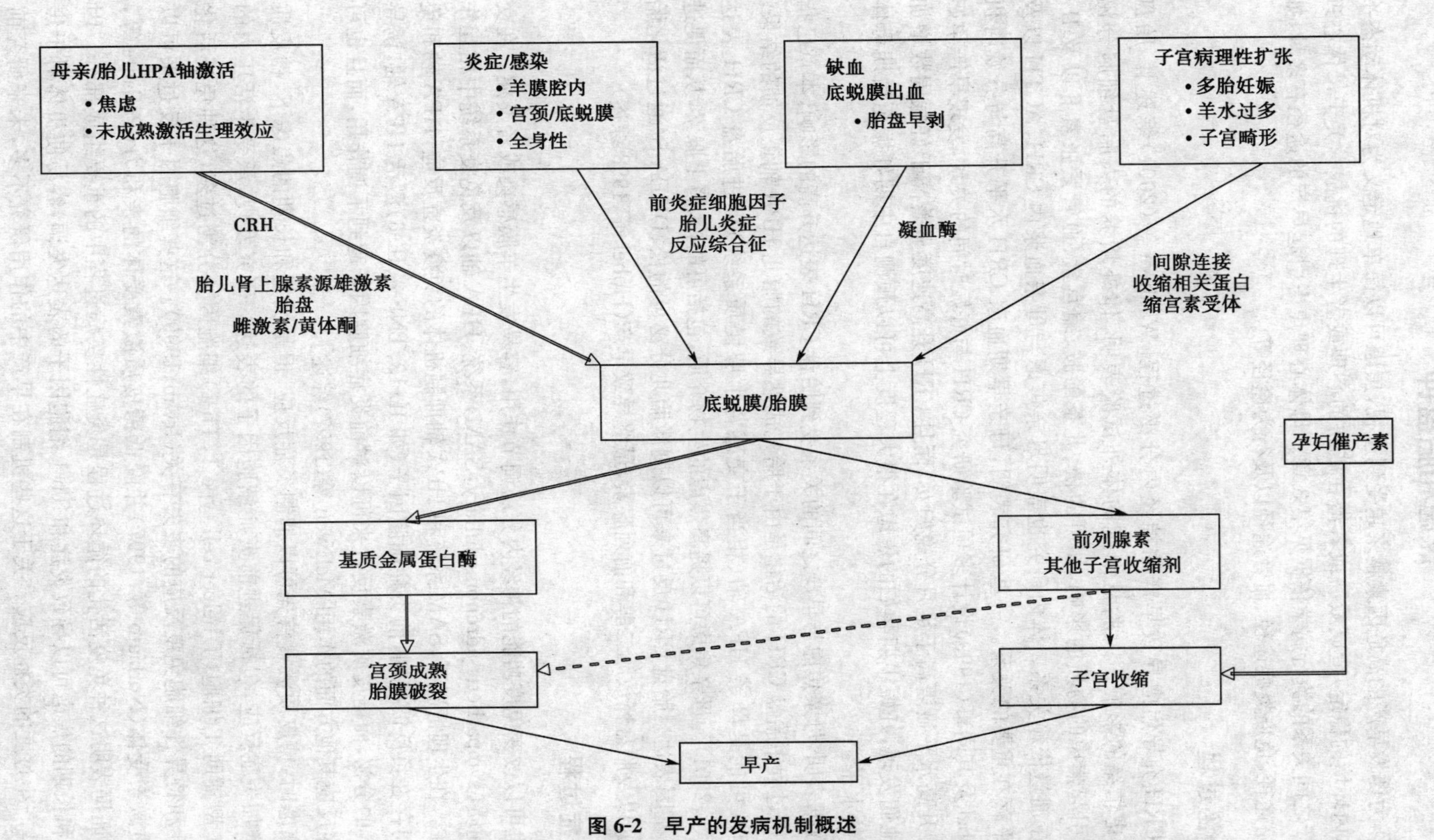

图 6-2　早产的发病机制概述

尽管早产病因很多，有很多独特的上游调节启动子，却缺乏导致早产的下游效应子。其中包括前列腺素或其他子宫收缩剂、MMPs 和催产素。这表明，无论是抑制某一既定途径的上游启动子，还是阻断下游效应子，都可以作为预防早产的干预措施

焦虑和胎盘钟

焦虑作为诱发早产的高危因素越来越受到重视,焦虑可以简单地定义为对机体动态平衡(即机体内环境的稳定)造成威胁或者潜在威胁的心理或者生理的挑战。关于母体心理焦虑与早产之间关系的流行病学依据见第3章。母体心理焦虑引起早产的途径有多种,如神经内分泌途径、免疫炎症途径、血管途径以及行为途径等。

神经内分泌过程

胎盘CRH介导焦虑导致早产的神经内分泌过程[Wadhwa等(2001)综述]。胎盘CRH受焦虑情绪的影响。人胎盘细胞的体外试验表明,体外培养的人胎盘细胞分泌CRH受到引起焦虑的物质的影响,如可的松、儿茶酚胺、缩宫素、血管紧张素Ⅱ以及IL-1,并且存在剂量依赖关系。体内研究也表明母亲焦虑与母亲血浆内CRH、ACTH以及可的松水平存在重要的关系。一些研究表明,母亲早期血浆CRH水平升高与分娩时机有关。Hobel及其同事(1999)设计多项试验研究CRH与妊娠时间的关系,发现早产孕妇体内CRH升高水平显著高于足月分娩妇女,而且CRH升高速度显著高于妊娠周数增加的速度。他们发现,妊娠中期孕妇的焦虑在很大程度上可以预测自中期妊娠至后期母体CRH升高的水平。

这些数据表明,母亲焦虑与早产之间的关系受到胎盘CRH表达升高的影响,本章已指出,足月分娩过程中胎盘CRH的活化是由于胎儿成熟导致的胎儿HPA轴正反馈的结果。早产分娩时,可能是母亲HPA轴(相当于交感肾上腺髓质系统)促进胎盘CRH表达(Wadhwa等,2001)。母亲焦虑可以提高焦虑的生物介质,包括可的松、肾上腺素,从而促进胎盘CRH基因表达。胎盘CRH反过来可以刺激胎儿分泌可的松、DHEA-S(通过活化胎儿HPA轴)以及胎盘释放雌二醇和前列腺素,最终导致早产(Hobel等,1998综述)。

免疫和炎症过程

焦虑也可以改变免疫功能的神经内分泌调节作用,容易发生羊膜感染或者炎症。在交感肾上腺髓质(sympathetic adrenomedullary,SAM)系统、HPA轴以及免疫系统中相互作用广泛存在。在生理情况下,SAM系统和HPA轴抑制机体的免疫炎症反应,HPA轴和免疫系统之间存在负反馈机制,前炎症细胞因子(如IL-1β、TNF-α、IL-6)激活HPA轴,诱导糖皮质激素的分泌,而糖皮质激素反过来可以对前炎症细胞因子起到下调作用,而且也可以抑制炎症反应其他方面的作用[McEwen等(1997)综述]。

突发焦虑时,糖皮质激素首先可以抑制炎症反应,但是反复和长期的焦虑下,糖皮质激素可以增加炎症反应,包括促进前炎症细胞因子的表达。研究发现,承受生活压力的人炎症和1型辅助T细胞(T-helper cell type 1,Th-1)细胞因子分泌过多,这种免疫活化与非特异性和特异性细胞免疫反应的丧失有关(Irwin,1999)。这些细胞因子反过来可以下调糖皮质激素受体(Norbiato等,1997)并降低糖皮质激素受体的亲和力(Pariante等,1999)。有证据表明这种免疫活化的循环过程是炎症性疾病过程中的重要组成部分。因此,反复的和长期的焦虑可以导致炎症和Th-1细胞因子的表达失调,容易使机体对于焦虑或者感染产生过度的炎症反应。关于这些机制在早产中的作用研究不多,未来研究前景广阔。

行为过程

焦虑可能诱使孕妇作出危险行为以应对焦虑，这些行为过程可能是由变化了的神经生化系统介导的。动物实验中，CRH和相关的神经肽类在面对负面刺激时，对行为和心理活化、避免刺激以及危险识别反应起到重要的作用(Heinrichs和Koob，2004)。对于可卡因上瘾者CRH也可能在一些神经内分泌功能和行为中起作用(Sarnyai，1998)。以猕猴为对象的动物实验中，发现行为的高敏性与CRH依赖的HPA轴的脉冲式活性密切相关。快速摄入可卡因使实验鼠的下丘脑和下丘脑外边缘叶的CRH浓度发生变化，并存在剂量依赖和时间依赖关系。戒食可卡因可以诱发焦虑样反应，并且改变下丘脑、扁桃体和大脑前叶基底部的CRH浓度(Sarnyai，1998)。

除了动物研究积累的数据外，在人类的研究中，关于焦虑是否可以增加母体的危险行为并没有确切的结论。大部分关于母亲焦虑和分娩结局的流行病学研究将危险行为作为混杂因素，但是一些临床研究则发现危险行为在母亲的心理焦虑和低出生体重儿的关系中具有比较重要的作用(见第三章)。最近的一项大规模人群研究(Whitehead等，2003)发现，母亲生活中焦虑事件的发生与妊娠期吸烟以及产前检查开始晚显著相关，但是焦虑事件的发生与早产的发生无相关性。

子宫张力过大

在多胎妊娠、羊水过多以及巨大儿中，子宫张力过大与早产的发生密切相关。关于子宫张力过大引发早产的机制目前不是很清楚。子宫张力可以诱导缝隙连接蛋白如CX-43和CX-26的表达(Ou等，1997)，其他收缩相关蛋白的表达也增加，如缩宫素受体。在体外试验中，平滑肌的张力还可以增加PGHS-2和PGE的表达(Sooranna等，2004)。牵拉子宫下段的肌肉可以增加IL-8的水平以及胶原酶的含量，反过来也促进宫颈成熟(Loudon等，2004；Maradny，1996)。子宫拉伸引起平滑肌PGHS-2和IL-8的表达增加，可能与丝裂原活化蛋白激酶(mitogen-activated protein kinase，MAPK)系统的活性有关(Sooranna等，2005)。子宫平滑肌的活化可能存在机械性和内分泌信号的相互作用，体内试验表明，去势大鼠子宫对于机械性牵拉反应为CX-43表达增加，摄入黄体酮可以阻断该反应(Ou等，1998)。妊娠中期小鼠子宫的伸展对于平滑肌CX-43表达无影响，可能是由于此时的黄体酮处于较高的水平，分娩开始后黄体酮撤退使子宫伸展诱导的CX-43表达增多(Wathes和Porter，1982)。

子宫伸展对于介导平滑肌舒张的G蛋白的表达作用还不清楚，还缺乏关于人体子宫张力过大的研究。最近一项对于未临产进行择期剖宫产的单胎妊娠和多胎妊娠的研究表明，两组子宫平滑肌G蛋白、GGE2受体、CX-43以及CX-26表达无差异(Lyall等，2002)。另外，机械性牵拉在体外并不影响G蛋白的表达水平，G蛋白的表达也不受类固醇激素的影响。这些结果表明，人类子宫伸展促进子宫收缩的机制很复杂，可能存在其他因素，或者未发生早产的多胎妊娠可能存在相对于子宫伸展的代偿机制，从而抑制了CAP异常表达。

子宫胎盘血栓形成和底蜕膜出血

胎盘血管病变通常与早产以及未足月胎膜早破有关(preterm premature rupture of

membranes,PPROM)(PROM 指胎膜早破,在妊娠不同孕周时临产前出现,“未足月胎膜早破”如此描述显得有些繁琐,简称为 PPROM)。有报道认为胎盘血管病变在早产者中发生率为 34%,而在 PPROM 者中为 35%,无并发症的足月分娩组发生率为 12%(Arias 等,1993)。这些病变的特征可能是螺旋动脉未发生有效的生理变化,或者出现动脉硬化,或者是母亲或者胎儿动脉血栓形成。血管病变导致早产的原因可能与子宫胎盘缺血有关,虽然确切的病理生理机制不清楚,但是凝血酶可能具有重要的作用。

除了在凝血过程中具有重要的作用,凝血酶对于血管、间质以及子宫平滑肌的收缩活性具有多功能的蛋白酶的作用。凝血酶可以活化一组特殊的受体,包括蛋白酶活化受体 1、蛋白酶活化受体 3 以及蛋白酶活化受体 4(Bohm 等,1998;Grand 等,1996)。这些跨膜受体是十七螺旋 G 蛋白偶联超家族的成员,与凝血酶相互作用后构象发生改变,使 G 蛋白偶联并使磷脂酶 C 活化(Bohm 等,1998;Grand 等,1996)。磷脂酶活化后启动生化反应,导致细胞内钙离子由胞浆内的内质网释放出来。细胞内钙外流的同时细胞外钙内流,使胞浆内发生钙离子急剧变化,促进钙调蛋白、MLCK 肌动蛋白和肌球蛋白活化,最后导致不同分娩时期内子宫收缩变化(Phillippe 和 Chien,1998)。在这些细胞内信号传导过程中凝血酶作为传统的子宫张力激动剂发挥作用。

体外试验发现,凝血酶可以增加子宫纵行平滑肌基本张力以及分娩过程中的子宫收缩力,并且存在剂量依赖关系(Elovitz 等,2000)。最近,应用凝血酶、全血以及凝血酶抑制物进行的体内试验证实了体外试验的结果(Elovitz 等,2000)。凝血酶和全血都可以增加平滑肌收缩力并存在剂量依赖关系。但是加入凝血酶抑制剂肝素后,子宫收缩力大大降低。临床观察到妊娠早中期出血继发的早产和胎盘早剥患者子宫张力增大,这些体内和体外试验为发病机制提供了一些可能的解释。

凝血酶还可能与 PPROM 有关。MMPs 可以破坏胎膜和绒毛膜的细胞外基质,导致 PPROM,下面将对此进行讨论。收集无并发症的足月妊娠底蜕膜和胎膜细胞进行体外试验,凝血酶可以显著增加 MMP-1、MMP-3、MMP-9 的水平(MacKenzie 等,2004;Rosen 等,2002;Stephenson 等,2005)。凝血酶还可以增加底蜕膜中的化学趋化细胞因子 IL-8 的含量,这是募集中性粒细胞所必需的(Lockwood 等,2005)。以外出血为主的胎盘早剥,是底蜕膜出血的例子,与富含蛋白酶和基质金属蛋白酶的中性粒细胞浸润到底蜕膜有关(Lockwood 等,2005)。这也是出现底蜕膜出血的 PROM 患者可能的发病机制。总之,这些研究表明,子宫内凝血酶增加和 PPROM 有关。

但是,体外试验的这些结果在人类中很难证实,主要是由于很难直接测量凝血酶的水平。而凝血酶-抗凝血酶复合物Ⅲ(thrombin-antithrombin Ⅲ,TAT)的水平通常是通过测量凝血酶的活性间接获得的。孕妇体内 TAT 的水平在整个孕期不断增加,TAT 水平一直增加到分娩时,并且在胎盘娩出后达到高峰。一项前瞻性研究表明,住院 3 周内发生早产的妇女体内 TAT 水平显著高于对照组(Elovitz 等,2001)。以 TAT 值作为预测早产的指标,曲线分析结果显示,当 TAT 值>8.0ng/ml 时,发生早产的敏感性为 50%,特异性为 91%,阳性预测值为 80%,阴性预测值为 71%。这些结果为大部分特发性早产或者 PPROM 是亚临床底蜕膜出血这样的假设提供了依据。亚临床蜕膜出血因产生少量凝血酶而显著增加子宫活性。认识到凝血酶在子宫收缩和胎膜降解中发挥重要作用,有助于解释阴道出血、胎盘后血肿和早产之间的关系。

一项巢式病例对照研究以发生早产的中期妊娠和晚期妊娠妇女为研究对象,发现母亲血浆中TAT水平升高与PPROM存在联系(Rosen等,2001)。在妊娠中晚期,发生PPROM的妇女血浆中TAT水平显著高于未发生PPROM的足月分娩妇女。

感染与炎症

生殖道感染与早产的关系密切(Andrews等,2000;Goldenberg等,2000)。常见的是下生殖道细菌感染,病毒感染对于早产的影响不大。与早产关系密切的感染包括宫腔内感染、下生殖道感染、母亲全身感染、无症状性菌尿以及母亲牙周炎。

宫腔内感染是早产的重要病因,但也是可以预防的。大约50%的孕周<28周的早产原因是感染,新生儿发病率和死亡率很高。妊娠<30周的早产患者绒毛膜羊膜微生物感染的发生率是73%,而未临产的医源性早产的感染发生率仅为16%(Hauth等,1998)。绒毛膜羊膜炎与妊娠周数呈负相关,20~40周早产者中,发生率为60%~90%;早产者中绒毛膜羊膜微生物感染率为60%(Hillier等,1988)。另外,大部分已经证实羊水中有微生物感染的早产患者对于常规的抑制宫缩治疗不敏感,很快发生早产(证实存在羊水感染者早产率为62%,而羊水中无感染者早产率仅为13%)(Romero等,1991)。这些结果表明:与感染有关的早产的发生机制与特发性早产的发生机制不同。

大量研究结果显示,促炎细胞因子-前列腺素级联反应在与感染相关的早产中起到重要的作用(Romero等,2005)。这些炎症介质由巨噬细胞、底蜕膜细胞以及胎膜细胞产生,以对抗细菌和细菌产物。选择性的细胞因子的作用基于如下研究结果(见Gravett和Novy对于该文献的述略,1997):在羊膜感染和早产的羊水中,细胞因子和前列腺素水平升高;在体外,细菌产物刺激人底蜕膜产生前炎症细胞因子;妊娠鼠或者非人类的灵长类摄入IL-1可以诱发早产,应用IL-1受体激动剂蛋白可以预防早产。

宫内感染还可以通过活化胎儿HPA轴促进早产的发生。研究发现,在宫内感染的妇女以及非人类的灵长类实验动物中(Gravett等;Yoon等,1998),胎儿体内可的松和胎儿肾上腺雄激素的水平升高(Gravett等,1996)。

Gravett等(1994)证实,宫内感染B族链球菌的非人类灵长类动物羊水内促炎细胞因子水平(IL-1β、TNF-α、IL-6和IL-8)、前列腺素及MMPs序贯增加,24~48小时后发生子宫收缩导致早产。这一模型显示了感染、炎症以及分娩在某一短暂时间内存在联系。在补充试验中,Hirsch和Wang(2005)证实IL-6既不能导致上述级联反应引起早产,也不是上述过程的必要条件,但是IL-1β却足以造成上述反应。因此,动物模型已证实我们充分了解了感染诱发早产的机制,以下将进行讨论。

以上研究表明,与感染相关的早产是临近分娩发生的急性事件。但最近有证据提示,孕中期羊水感染解脲脲原体可能会在数周后导致早产(Greber等,2003;Gray等,1992)。此外,孕中期羊水中促炎因子IL-6水平升高与孕32~34周的早产相关(Wenstrom等,1996)。

虽然有力的证据已经表明宫内感染与早产间的联系,但是大量证据也显示下生殖道感染,特别是细菌性阴道病也是导致早产的病因。已知细菌性阴道病与早产或分娩、羊水感染、绒毛膜羊膜炎以及产后子宫内膜炎有关。各地的大量研究已经证实了这些联系(Kimberlin和Andrews,1998),基于病例对照研究以及队列研究的结果一致认为:细菌性阴道病妇女早产的发生率增加2倍(Kimberlin和Andrews,1998);在30%胎膜完整的早产孕妇和亚临床羊水感染患者的羊水中发现细菌性阴道病相关微生物(Martius和Eschenbach,

1990)；自明显的羊水感染患者的羊水中、组织绒毛膜羊膜炎或早产患者的绒毛膜中屡次发现细菌性阴道病相关微生物(Hillier 等,1988)。

尽管这些研究中对于感染引起的早产风险估计比较保守(细菌性阴道病患者发生早产的风险是无感染者的 2 倍),由于妊娠期细菌性阴道病的发生率比较高(20%),发生早产的风险还是比较大的。大约 6%伴随低出生体重儿的早产与细菌性阴道病有关(Hillier 等,1995)。

因此,细菌性阴道病是引起早产的重要原因,也是可以预防的。但是应用抗生素治疗妊娠期细菌性阴道病的临床试验结果却很复杂(详见第 9 章的评论)。一些研究认为,对于早产的高危人群采用抗生素治疗细菌性阴道病可以降低早产或者流产的发生率,但是另外一些研究并未得出上述结果(Hauth 等,1995；McDonald 等,1997b；Morales 等,1994；Ugwumadu等,2003)。但是最近对于采用抗生素治疗妊娠期细菌性阴道病的荟萃研究表明,治疗并未降低早产和妊娠期患病率,其中一部分原因可能是由于这些数据的不均一性(McDonald,2005 等；Varma 和 Gupta,2006)(关于这些治疗研究的分析详见第 9 章)。

早产的发生与母亲全身性感染有关(主要是由于母亲疾病的严重性),最近发现也与母亲牙周病有关。牙周病是厌氧菌感染口腔引发的疾病,累及大约 50%的人群,也包括妊娠妇女。牙周病与多种不良妊娠结局有关,包括早产、子痫前期及流产(Boggess 等,2003；Jeffcoat 等,2001a,b；Offenbacher 等,1996)。最近的 25 个回顾性研究中,18 个研究发现牙周疾病与不良妊娠结局有关,发生早产和低出生体重儿的 OR 值为 1.1～20(Xiong 等,2005)。另外,三项临床研究发现,治疗牙周病可以使早产的风险降低 50%。

牙周疾病与早产之间联系的机制尚不清楚。以兔子为研究对象的动物实验表明,引起牙周炎的口腔病原体可以进入母体的体循环,可从羊水中找到病原体或者从胎盘中提取病原体 DNA(Boggess 等,2005a)。而且与牙周炎相关的革兰阴性厌氧菌可以转化为脂多糖内毒素,进而增加炎症介质前体的水平,包括细胞因子和前列腺素。

关于感染导致早产的理论,令人不解的是,大部分患生殖道感染、全身性感染或者是牙周疾病的孕妇并未发生早产。因此,可能是宿主对于炎症病原体的反应在早产中起到重要的作用,细胞因子(及一些 Toll 样受体)具有遗传多样性。可能是遗传因素决定一个人在炎症发生时是否会出现早产(关于遗传环境相互作用的概念将在第 7 章详细讨论)。

着床异常

通常认为早产是由于在分娩发动的时间附近发生某些情况所致。而与早产相关的 CRH 水平升高早在妊娠中期就已经出现,这表明引发早产的某些情况出现的比人们预期要早(Hobel 等,1999；Leung 等,1999；McLean 和 Smith,1999；McLean 等,1999)。越来越多的证据表明在妊娠晚些时候才显现的并发症包括早产,可能是在胎盘发育早期就发生了某些异常的结果,早在囊胚在子宫着床时就开始了。

着床大概在受精后 6～7 天开始,包括三部分:定位、黏附,侵入[(见 Norwitz 等(2001)的述略]。成功着床是有备的子宫与活化的囊胚之间协调的相互作用的结果。卵巢雌激素和黄体酮通过一些局部表达的生长因子、细胞因子、转化因子、血管活化介质,使子宫为着床做好准备,而子宫源性儿茶酚雌激素和胚胎绒毛膜促性腺激素也参与着床的过程(Cameo 等,2004)。但是这些数据中的大部分均来源于动物实验,尚不能确切说明人类着床中何种因素起主要作用。一旦开始着床,就出现包括黏附分子和其他蛋白的短暂的黏附期,接着出现较长时间内滋养细胞侵入子宫。调节滋养细胞侵入的分子机制还不清楚,可能包括多种生长因子和细胞因子,如白血病抑制因子、肝素结合表皮生长因子、IL-1及受体、血管内皮细胞生长因子等(Dey等,2004;Kayisli等,2004;Norwitz等,2001)。IL-1可能在着床中发挥重要的作用。如IL-1可以诱导COX-2和MMP-9的表达,后两者在着床和蜕膜化中具有重要的作用(Fazleabas等,2004)。另外,IL-1α也可以刺激子宫产生IL-10,IL-10是在维持妊娠中发挥重要作用的一种Th-2型细胞因子,在某种程度上是通过抑制Th-1型细胞因子的合成并在子宫胎盘交界处抑制自然杀伤细胞和其他炎症细胞的活性起作用的(Kelly等,2001;Vigano等,2003)。但是关于人类的资料还不足,在此领域还需进一步研究。

关于着床中的问题与早产之间的直接因果联系在动物实验或者人类的研究中都没有确定的结果;尽管如此,间接地证据显示在以后的研究中这可能是重要领域。非妊娠期子宫内膜常常被微生物局灶占据(Arechavaleta-Velasco等,2002;Romero等,2004b),并且亚临床内膜感染或者炎症可能通过抗滋养细胞的免疫反应,导致凋亡,阻碍滋养细胞侵入、蜕膜和子宫血管的重建以及早期胚胎的生长,从而可能影响着床或者胎盘形成(Romero等,2004b)。这就为着床时的子宫内膜炎症促成之后的早产增加了可能性。并且正常妊娠的特征是前炎症Th-1反应向抗炎Th-2反应转化(Marzi等)。子宫内膜发生微生物侵入的妇女可能在子宫内膜中始终存在前炎症反应(Th1偏移),但是这一假设未经证实。这也相应使得妇女容易发生胚胎受损、着床失败,以及自然流产或者早产。值得注意的是,子痫前期作为医源性早产常见的妊娠并发症,也表现为滋养细胞侵入以及螺旋动脉重塑不足,而且滋养细胞凋亡增加。但目前尚无直接证据表明子痫前期与围着床期子宫内膜感染或者炎症有关。最近一项研究表明,绵羊在受孕前出现中度低营养水平(也称热量限制)并持续30天就会导致早产(Bloomfield等,2003)。整个孕期这些母绵羊的ACTH保持较高的水平,并且大约一半很早就出现可的松水平升高。这就提示一种可能:受孕前后的低营养水平使得胎盘钟被设定,导致胎儿HPA轴加速成熟,最终发生早产。

早产途径小结

早产有很多可能的途径(图6-2)。过去,由于统计需要,产科医生和流行病学家习惯于将发生于22～37周的早产综合起来研究。这使得将早产作为共同终点来研究颇为艰难,并且造成对于早产的治疗千篇一律,多是根据经验进行,而且往往不成功。现在已经知道早产的原因多种多样,而且不同孕周原因不同。每一次早产的启动过程都有自己的特点。但早产宫缩的下游效应子都是相同的。例如,不管早产的原因是焦虑还是感染,胎儿HPA的活化都参与其中。同样,不管早产的原因是否为感染、子宫张力过大,或PPROM,其中都有MMPs在起作用。最后,不论引起早产的情况如何,子宫收缩都是由前列腺素介导的。认识到早产是多种原因的共同结果,学者可以据此向前寻找不同的原因,并且接着进行相同的下游干预措施,为降低早产的风险提供依据。

关于早产的过程尚有如下重要的领域:

- 需要对于人类的着床和胎盘形成进行进一步探讨。
- 需要改进诊断措施以区分引起早产的诸多途径。
- 进一步认识早产的发生是多因素的,是多种独立因素造成的最终结果。
- 针对引起早产的不同病因以及最终的效应物给予相应的合理干预。

结果6-1:早产起因复杂,导致了相同的生物学过程,最终出现相对不多的几种临床表现(如早产、胎膜早破和宫颈机能不全)。

胎膜早破

不管发生早产的原因和途径如何，早产前常常会出现早产胎膜早破（preterm premature rupture of membrane，PPROM）。40%早产患者出现 PPROM（Shubert 等，1992）。因此了解导致 PPROM 的过程对于更好地理解早产生物学基础很重要。PPROM 与宫内感染、吸烟、胎盘早剥、前次 PPROM 史、多胎妊娠、既往宫颈手术史或裂伤史、B 超提示的宫颈缩短、遗传性的连接组织异常以及维生素 C 缺乏有关（Asrat，2001；Asrat 等，1991；Barbaras，1966；Major 等，1995；Odibo 等，2002；Sadler 等，2004；Spinello 等，1994；Wideman 等，1964）。

PPROM 的潜在机制

胎膜（羊膜和绒毛膜）毗连母体蜕膜，其胶原基底膜含有Ⅱ型和Ⅳ型胶原。基底膜之下为包含Ⅰ型、Ⅲ型、Ⅴ型和Ⅵ型胶原的纤维层。因此，胶原保证了胎膜的结构强度。胎膜破裂的过程类似创伤愈合过程中胶原受到降解（Malak 和 Bell，1994）。MMPs 只是降解胶原酶类中的一族，在组织重建中起到重要作用。MMP-1 和 MMP-8 是降解Ⅰ型、Ⅱ型和Ⅲ型胶原的胶原酶。MMP-2 和 MMP-9 是降解Ⅳ型和Ⅴ型胶原的明胶酶。

MMPs 的活性在多个水平被调节，但主要由 MMPs 的组织抑制剂（tissue inhibitors of MMPs，TIMPs）调节。在金属蛋白酶的激活因子和抑制因子之间的平衡控制了金属蛋白酶的活性。MMP-9 与 TIMP-1 之间的比例增加与胎膜的张力降低有关。Menon 和 Fortunato（2004）就 MMPs 在 PPROM 中的作用进行了综述，并概括出一个假说，即宿主的炎症反应不适当地激活了细胞外基质（extracellular matrix，ECM）里的 MMPs。在羊膜和绒毛膜中可检测到 MMP-1、MMP-2、MMP-3、MMP-8、MMP-9 和 MMP-14 的信使 RNA；PPROM 患者的羊水中其水平升高（Mennon 和 Fortunato，2004）。PPROM 患者的羊水中 MMP-9 的含量增加，其在早产患者中也稍有增加（Fortunato 等，2000a）。足月妊娠的宫颈表层可发现 MMP-9 的前体水平升高。MMP-2 和 MMP-9 降解Ⅳ型胶原，在 ECM 的基底膜可发现这种情况。

流行病学、组织学以及微生物学研究表明，感染或者炎症可以导致胎膜 MMPs 的合成[Menon 和 Fortunato 的综述（2004）]。体外研究表明，当羊膜绒毛膜暴露于细菌产物时，MMPs 水平升高，TIMPs 水平降低（Fortunato 等，1999）。在体外几种细菌可以产生胶原酶并降低胎膜弹性而使胎膜容易发生破裂（MacGregor 等，1987）。感染与羊膜腔内 MMPs 水平升高和 TIMPs 水平降低有关，宫内感染的妇女羊膜腔内 MMPs 水平升高（Fortunato 等，1999）。体外研究发现，胎膜暴露于脂多糖时，MMP-2 水平升高（Fortunato 等，2000b）。

感染导致 PPROM 的机制是多因素的。细菌可以直接分泌降解胶原的蛋白酶（MacGregor 等，1987）。一些细菌可以分泌磷脂酶 A2，后者增加前列腺素前体——花生四烯酸的水平（Bejar 等，1981）。PGE2 减少胎膜中胶原的合成，前列腺素增加成纤维细胞中 MMP-1 和 MMP-3 的水平。促炎细胞因子如 IL-1 和 TNF-α 也可以增加体外培养细胞中 MMPs 水平并降低 TIMPs 水平（So，1993）。对于非人类的灵长类动物，宫内感染 B 组链球菌刺激促炎细胞因子和 MMP-9 的合成（Vadillo-Ortega 等，2002）。免疫细胞产物活性氧（Reactive oxygen species，ROS）也可以增加 MMPs 水平，从而导致 PPROM（Woods，2001）。临床许多 PPROM 的高危因素，如吸烟、阴道出血、吸食可卡因以及羊膜感染，也可能通过多种机制降低ROS水平。超氧化物暴露可以增加MMP-9的活性并可以刺激PGE2前体花生四烯酸的释放。

未合并感染的PPROM患者羊水中MMPs水平也可能升高。体外研究的数据表明，凝血酶和凝血酶受体激动肽14也可以增加MMP-9水平(Stephenson等，2005)。凝血酶增加体外培养的羊膜绒毛膜中MMP-9水平。凝血酶还增加MMP-3水平，黄体酮可以降低体外培养的蜕膜细胞中凝血酶的作用(MacKenzie等，2004)。多胎妊娠或者羊水过多胎膜的牵拉作用可以通过增加PGE2、IL-8和MMP-1的活性导致PPROM(Maradny等，1996)。

胶原水平降低导致胎膜破裂的机制还不清楚。胎膜破裂可能由细胞凋亡或者细胞外基质的降解之后的程序性细胞死亡调节。胎膜早破患者胎膜破裂部位有更多的凋亡细胞聚集(Leppert等，1996)。在PPROM患者中，胎膜MMP-2基因活化与凋亡的增加水平一致(Fortunato等，2000a)。MMP-2基因启动子有转录因子结合位点，可以与细胞内凋亡调节因子P53蛋白结合(Bian和Sun，1997)。胎膜中多种参与FAS-caspase凋亡过程的成分的表达均处于较高水平。PPROM妇女凋亡前体蛋白，如P53、Bax和caspase的表达增加，而早产患者胎膜中抗凋亡蛋白Bcl-2表达水平增加。研究发现，PPROM患者中FAS和TNF-α介导的凋亡过程上调，而在无胎膜早破的早产者中未出现同样的结果(Menon和Fortunato的综述，2004)。

早产儿和新生儿后遗症的动物模型

虽然大多数动物自发性早产率不高，但是，运用相关的动物模型来研究早产和早产新生儿后遗症的发病机制并探讨合理且有效的治疗和预防措施仍颇有意义。但是选择合适的动物模型，必须要考虑的是不同的动物与人类在许多方面存在差异，如妊娠时间、胎儿数量、胎盘类型、分娩的激素调节机制以及胚胎器官成熟的时机等(图6-3和表6-2)。例如，较

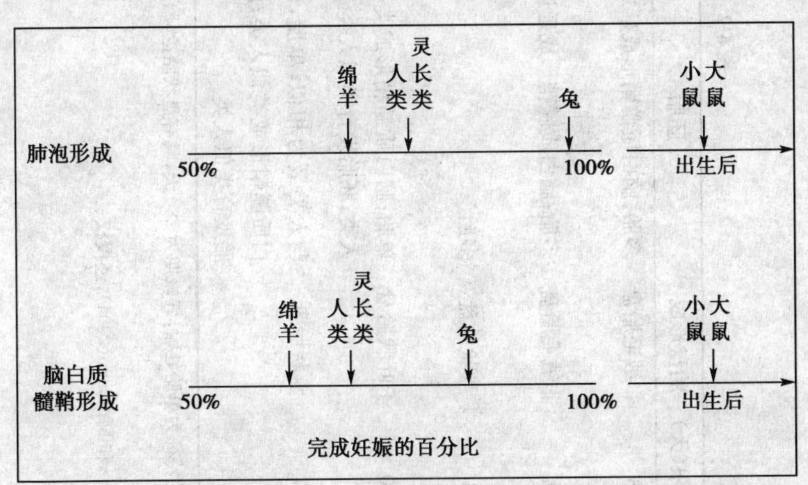

图6-3 与新生儿发病率相关的不同物种的胚胎发育的关键成熟步骤的胎龄比较

垂直箭头提示何时开始肺泡发育或原代少突胶质祖细胞发育(少突胶质细胞担负着髓鞘形成的重要作用)。该流程表明关系到新生儿发病率和死亡率的两个重要器官：肺和大脑的发育成熟情况，其中绵羊和非人灵长类与人类发育类似。而兔和老鼠仅在近足月或出生后，器官成熟次序与人类相同，因此它们在确定早产原因和结局的关系上的作用很有限

表 6-2　研究分娩的动物模型生殖特征

种类	妊娠时限(天)	胎盘形成	胚胎	生殖生物	优点	缺点
小鼠	18	非绒毛胎盘	多胎;脑白质髓鞘形成延迟	黄体是体内黄体酮的来源;分娩前黄体酮撤退	价廉、易得;遗传可操作性(可敲除变体)	黄体酮依赖、脑发育延迟、妊娠期短
大鼠	21	非绒毛胎盘	多胎;脑白质髓鞘形成延迟	黄体是体内黄体酮的来源;分娩前黄体酮撤退	价廉、易得	黄体酮依赖、脑发育延迟、妊娠期短
兔	31	盘状胎盘	多胎	黄体是体内黄体酮的来源;黄体酮撤退先于分娩	可经宫颈接种感染刺激物	价格中等、黄体酮依赖
绵羊	150	子叶状胎盘	单胎;脑白质髓鞘形成类似人类;胚胎发育类似人类	分娩前肾上腺皮质激素升高	通过仪器持续获取子宫内环境和子宫收缩	昂贵、皮质激素和黄体酮依赖
非人灵长类	167	盘状胎盘	与人类最为相似;单胎;脑白质髓鞘形成类似人类;胚胎发育类似人类	胎儿 HPA 激活	与人类最为相似;通过仪器持续获取子宫内环境和子宫收缩	昂贵、来源缺乏

注:参照:人类分娩的特征为单胎妊娠,妊娠期为 280 天,具有盘状胎盘,胎儿 HPA 激活,即可能受胎盘 CRH 影响,在分娩前发生;胚胎脑白质形成于妊娠期的 70%部分,没有全身的黄体酮撤退

引自并改编于:Elovitz 和 Mrinalini(2004),经授权

低等的哺乳动物，如小鼠、兔子、大鼠等，妊娠时间短，为多胎妊娠，胚胎脑成熟延迟。绵羊是另外一种常用的动物模型，与人类妊娠类似，妊娠时间较长，且为单胎妊娠，但是胎盘类型与人类不同，分娩的发动是由于可的松水平突然升高，这点与人类不同。在这些动物中，分娩前出现全身性黄体酮水平减退，而在人类中没有这种现象[参见 Challis 等的著作(2000)和 Elovitz 与 Mrinalini(2004)的综述]。最后，着床和胎盘形成也存在种属的差异。在这一领域亟须进一步研究。最近关于灵长类动物的研究表明其生殖生理与人类相似，最适合研究早产，但是费用和动物来源问题限制了这种动物模型的应用(Elovitz 和 Mrinalini，2004)。

尽管小鼠的生理机制与人类存在差别，但是在早产的研究中小鼠仍起到重要的作用。小鼠方便易得，价格低廉，而且可以改变小鼠的基因(如可以建立基因敲除模型)，这使得小鼠模型受到普遍欢迎。但是，小鼠的妊娠时间短(19～20天)，胎鼠成熟延迟，特别是中枢神经系统成熟延迟，这限制了普遍应用小鼠模型模拟对于人类的研究。

运用适当的动物模型可以了解很多关于人类早产的机制。但是，对于早产和新生儿后遗症的很多重要的问题进行提问和解答，不同种属都存在着各自的利与弊，必须对此加以仔细考虑。

早产的动物模型

自发性早产在大多数动物中并不常见，这限制了对于由特定药物和环境因素引起的早产的研究。摄入 RU-486(一种孕激素拮抗剂)可以引起啮齿类动物早产，而在非人类的灵长类动物中未出现早产(Dudley 等，1996；Garfield 等，1987；Haluska 等，1994)。摄入可的松(Grigsby 等，2000)或者母亲饥饿(限制蛋白质和热量摄入)(Kumarasamy 等，2005)也可以引起绵羊早产。

大部分动物模型的有意义的数据来源于感染和炎症在早产中的作用研究。非人类的灵长类动物的研究显示在早产 24～48 小时前，实验性的造成羊膜腔内感染后，相继出现促炎细胞因子、前列腺素和 MMPs 水平升高(Gravett 等，1994；Vadillo-Ortega 等，2002)。同时研究也发现抗生素联合免疫调节剂治疗可以明显延长妊娠孕周，而单用抗生素不能达到相同的效果(Gravett 等，2003)。

大鼠、小鼠、兔子、绵羊以及非灵长类动物都曾用来研究感染导致的早产。无论何种刺激物(如脂多糖、活的微生物或者细胞因子)、何种给药途径，所有这些模型均证实炎症反应和促炎细胞因子在感染诱发早产中的作用[参见 Elovitz 和 Mrinalini(2004)的综述]。

炎症系统非常复杂，也就是说，很多促炎细胞因子可以对于其他促炎细胞因子起到上调的作用。因此，单个细胞因子在早产中的作用很难确定。然而，最近 Hirsch 和 Wang (2005)研究发现，转基因的基因敲除小鼠发生感染诱导的早产时，起到关键作用的是 IL-1α 而不是 IL-6。这一重要发现提示了动物模型对于探讨早产机制的作用，而且指明了寻找有效干预措施的方向。

新生儿后遗症的动物模型

脑室周围白质病变(periventricular white matter disease，PWMD)和新生儿肺部疾病是早产，特别是出现感染和炎症情况下最重要的两种新生儿后遗症(Dammann 等，2005)。采用动物模型研究不成熟大脑在这些新生儿不良结局中的作用很有意义。

脑室周围白质软化和脑白质病变

相当一部分早产儿出现PWMD,并且与不良妊娠结局有关,包括动作、感知、视力、行为以及认知功能异常(参见第10章对PWMD的进一步讨论)。早产儿中PWMD的发生率为3%～20%,决定于诊断的方法和不成熟的程度(Blumenthal,2004)。大约10%极低出生体重儿最后发展为脑瘫,其中约90%的原因是PWMD(Blumenthal,2004;Hack 和 Taylor,2000;Wood等,2000)。

PWMD包括不同程度的大脑损伤,由局灶性的囊性坏死灶(脑室周围白质软化)到大面积的分散的白质病变。局灶的病变发生于白质的深部,并以所有细胞成分[轴突、少突胶质细胞(oligodendrocytes,OLs)以及星状细胞]的坏死为特征,后来出现囊肿形成。另一方面,分散的病变以更加广泛的,特别是针对少突胶质前体细胞(OL precursors,pre-OLs)的损伤为主,后来出现髓质生成障碍。

未成熟的大脑出现PWMD的发病机制已经进行了广泛的体内和体外研究(Back 和 Rivkees,2004;Hagberg等,2002;Inder等,2004)。与大脑血管成熟相关的因子之间复杂的相互作用显示不成熟的大脑白质对于损伤很敏感。重要的相关因素包括未发育完善的血管系统、受损的大脑血管的调节功能,还有对于氧化应激和损伤很敏感的少突胶质细胞前体(Back 和 Rivkees,2004)。

发育不完善的血管系统

大脑的血液供应主要是由长和短的深穿支动脉组成,未成熟脑中,这些动脉都未充分发育。大脑血液供应减少可以导致脑白质中"分水岭"区域缺血。长深穿支供血量减少引起严重的缺血,造成深部的脑白质局灶性损伤,而短深穿支供血量减少引起中度缺血,造成长深穿支和短深穿支末端之间的边缘区域(皮质下区域)发生散在的pre-OLs的特异性损伤。

关于低灌注量在PWMD中的作用,已经有不少实验采用不同的动物模型进行研究。这些模型采用一过性的或者永久的单侧或双侧颈动脉结扎方法,结合缺血-缺氧、脐带阻塞或者失血性低血压的方法进行。但是大多数模型中白质和灰质都受到影响。有两个模型PWMD的分布和形态与人类早产儿脑的情况最相似,其中一个是行双侧颈动脉结扎术的新生犬模型(Yoshioka等,1994),另一个模型是采用出血性低血压的绵羊胎儿模型(Matsuda等,1999)。

对于这些解剖学因素的生理联系,观察的结果是早产儿脑白质的血流量远远低于足月儿及成人(Altman等,1988;Greisen,1986)。这说明早产儿脑白质的血流量安全范围极小。但是缺乏直接实验证据证实人类脑室周围白质对于低血压和缺血性损伤有选择性敏感性。

脑血管调节功能的损伤

研究表明,相当一部分机械通气的早产儿(达53%)存在大脑血管调节功能障碍(Tsuji等,2000)。这些早产儿的脑循环处于负压状态,因此,当血压下降时,脑血流量也随之下降。再者,安全范围很小,因此白质分水岭区可出现缺血。而在儿童或者成人中,在完善的脑血管调节系统正常的情况下,尽管血压上下变动,在很大范围内可通过血管代偿性扩张和收缩使脑血流量维持稳定(Volpe,2001)。

应用早产的羔羊模型的研究显示，在脑血管自动调节系统成熟过程的早期阶段，维持脑血流量稳定的血压范围非常小(Papile 等，1985；Szymonowicz 等，1990)。这表明即使早产的新生儿脑血管的自动调节系统已经形成，对于血压下降也非常敏感。

临床研究显示 PWMD 与可能造成大脑缺血的新生儿病情有关，进一步证实大脑血流量和 PWMD 的关系，如严重的低血压、明显的低碳酸血症、左心发育不全综合征、伴脑血管舒张期反流的动脉导管未闭以及需要体外膜肺氧合的严重疾病。

Pre-OLs 的易损性

人类妊娠 32 周前，90%的 OLs 处于发育早期，被称为少突胶质前体细胞(pre-OLs)(Back 等，2001)。体内和体外试验得出诸多证据，支持 pre-OLs 靶性凋亡在 PWMD 的发病中具有重要的作用。Pre-OLs 对于损伤和死亡异常敏感，其机制复杂。

以大鼠、兔子以及绵羊为动物模型的研究均取得直接或者间接的证据，显示发育中的大脑在缺血缺氧后，氧自由基的水平升高(Bagenholm 等，1997，1998；Hasegawa 等，1993；Rosenberg 等，1989)。再灌注初期，自由基产生量最多。由于试验动物模型不同，自由基的类型有所差别，但是主要包括超氧阴离子和过氧化氢。以缺氧缺血的新生啮齿类动物为模型的体内和体外试验表明，pre-OLs 对于自由基的攻击高度敏感，而成熟的 OLs 却可以耐受(Back 等，2002)。通过对缺氧缺血的新生猪为动物模型的研究显示，自由基攻击造成 pre-OLs 死亡，其机制是细胞凋亡(Yue 等，1997)。体外研究已证实这一结果，并在人类早产儿的尸检研究中得出相同结论(Back 等，1998；Gilles 等，1983)。

除了对于氧自由基更加敏感外，pre-OLs 易于聚集自由基，而成熟的 OLs 则不然。动物模型(大鼠、小鼠和羔羊模型)的研究以及为数不多的人类早产儿的尸检结果发现，抗氧化能力的发育和反应性均延迟，对于谷胱甘肽过氧化物酶和过氧化氢酶来说尤其如此(Juurlink，1997；Volpe，2001)。这些酶参与过氧化氢的解毒反应。当过氧化氢聚集且铁离子(Fe^{2+})存在时，会发生 Fenton 反应，产生有毒性的羟基自由基。

啮齿类动物 PWMD 模型中有谷氨酸参与(Deng 等，2004；Follett 等，2000；Liu 等，2002)。早产儿大脑缺氧缺血导致凝固性坏死，引起轴突破坏。轴突受到破坏后，谷氨酸进入细胞外间隙中。另外，随着大脑能量供应方式的变化，星形细胞和神经元摄入谷氨酸减少。谷氨酸其他来源包括星形细胞和 OLs 中谷氨酸转运体功能的逆转，还包括细胞因子对于星形细胞的作用，同时还有其他因素的作用。

谷氨酸通过受体参与可以造成 pre-OLs 的破坏，也有无受体参与机制(Volpe，2001)。体外培养以及啮齿类动物模型的研究显示，α-氨基-3-羟基-5-甲基-4-异噁唑丙酸盐(α-amino-3-hydroxy-5-methyl-4-isoxazole propionate，AMPA)和谷氨酸受体 kainite 亚类活化可以导致 pre-OLs 死亡(Follett 等，2000；Gan 等，1997)。这仅发生于发育过程中的 OLs，而非成熟的 OLs。根据对未成熟鼠模型的研究，Follet 及其同事(2000a，b)指出，使用受体拮抗剂可以阻止这类损伤，如二羟基喹酮(6-nitro-7-sulfamoylbenzo(f)quinoxaline-2，3-dione)或抗痉挛药物托吡酯(topiramate)。

无受体参与时，谷氨酸引起 pre-OLs 中谷氨酰胺缺失，导致自由基形成，进而细胞死亡。这一过程通过活化谷氨酸-胱氨酸交换转运体实现，其中谷氨酸的摄入导致胱氨酸外流，细胞内胱氨酸缺失，并影响谷胱甘肽的合成(Oka 等，1993)。

母亲或胎儿感染、炎症与大脑白质病变

最近,宫内感染在脑室周围白质软化以及脑瘫发病机制中的作用逐渐成为研究热点(Dammann 和 Leviton,1998;Grether 和 Nelson,1997;Leviton,1993)。越来越多的证据表明,母亲生殖道感染,特别是宫内和羊膜腔内感染,可能导致脑室周围白质病变和脑瘫,而这种病因是可以预防的。宫内感染与脑瘫之间存在联系,这可在人类临床观察和动物试验研究中找到证据。Bejar 等(1988)发现当羊水呈脓样时,与羊水无脓样改变相比,早产儿发生大脑白质病变的风险增加 9.4 倍。同样,Grether 和 Nelson(1997)发现大脑白质病变与母亲产时发热或者绒毛膜羊膜炎有关。最近,一项运用随机效应模型总结 30 个研究结果的荟萃分析表明,临床绒毛膜羊膜炎与早产儿发生脑瘫[相对危险度(relative risk,RR)为 1.9;95%可信区间(confidence interval,CI)为 1.4~2.5]和脑室周围白质软化(RR 3.0;95% CI 2.2~4.0)存在相关性(Wu 和 Colford,2000)。足月儿中临床绒毛膜羊膜炎与脑瘫也存在显著的联系(RR 4.7;95% CI 1.3~16.2)。临床研究报道,发生脑室周围白质软化或者脑瘫的新生儿羊水中促炎因子的浓度增加,包括 IL-6、IL-1 以及 TNF-α,脐带血血浆中 IL-6 浓度增加(Nelson 等,1998;Yoon 等,1996,1997a);还有报道死于脑室周围白质软化的新生儿大脑病变部位 IL-6 和 TNF-α 表达增加(Yoon 等,1997b)。

以实验性宫内感染的妊娠兔子作为动物模型,试验结果表明,白质病变的特征是核破碎、组织疏松、结构异常和大脑皮质细胞凋亡增加(Yoon 等,1997c)。猫科动物模型中,大肠杆菌内毒素引起脑白质损伤的实验表明,每日经腹膜腔注入内毒素可以造成新出生小猫端脑白质损伤(Gilles 等,1976)。这些动物研究的不足之处在于缺乏关于内毒素全身性副反应的监测,如低血糖、酸中毒以及低血压。后来应用仔兔(Ando 等,1988)和新生犬(Young 等,1983)的动物实验结果表明,在一过性急性动脉低血压的情况下,脑白质的损伤发生于内毒素暴露的 1~3 天内。因此,由于内毒素或者感染造成的脑白质损伤的病理机制复杂,而全身性血管病变可能是原因之一。

新生儿肺疾病

早产儿常见两种肺损伤:一是急性肺损伤(呼吸窘迫综合征,respiratory distress syndrome,RDS),另一种是慢性或者进展性肺损伤(支气管肺发育不良,bronchopulmonary dysplasia,BPD)(参见第 10 章讨论)。各种因素相互作用可以加重发生这些损伤的风险,包括发育不完善(未成熟)、机械性通气、氧化应激以及炎症(Zoban 和 Cerny,2003)。

新生儿 RDS 是由于肺表面活性物质缺乏引起的急性肺部疾患,在美国新生儿死亡常见原因中居第六位,大部分见于早产儿,妊娠 27 周前早产儿超过 80%发生 RDS(Bancalari,2002;Lemons 等,2001)。其发生率和严重性与新生儿出生孕周和体重有关。近年来尽管 RDS 结局有所改善,其并发症的发生率和严重性仍显著影响新生儿患病率。并发症包括气胸、脑室内出血、慢性肺部疾病(chronic lung disease,BPD),甚至是导致死亡的呼吸衰竭。

BPD,即新生儿慢性肺部疾病,也是导致早产儿呼吸疾病的另一个重要原因。BPD 通常根据妊娠 36 周(按照母亲末次月经时间计算)的氧气需要量确诊,特征是小气道损伤、肺泡管扩张以及肺泡化减少。BPD 的发生率与出生体重直接相关,新生儿体重为 1241~1500g 时发生率为 7%,1001~1240g 时为 15%,751~1000g 时为 34%,501~750g 时为 52%(Lemons 等,2001)。

肺的正常发育过程

组织学上胎肺的发育过程可以分为:假腺期、小管期、囊状期和肺泡期(Cardoso 和 Williams,2000;Zeltner 和 Burri,1987)。假腺期发生于妊娠 7~17 周,小管期发生于妊娠 16~24 周,囊状期和肺泡期发生于妊娠 24~40 周。囊状期和肺泡期在妊娠 32 周开始发生重叠,此时肺泡分隔期为肺泡化过程的开始。微血管的形成与肺泡化同时进行,并且持续到足月分娩后的数月。肺泡化和血管化是肺发育最后关键的时期。肺泡数量、肺容积和肺表面积的增加为气体交换建立了解剖学基础,从而也形成了新生儿存活力的基础。

Ⅱ型肺泡细胞在妊娠约 34 周时开始分泌肺表面活性物质。在妊娠 37 周时分泌量正常,胎肺成熟。肺表面活性物质是一种复杂的脂蛋白,结构复杂,由 6 种磷脂和 4 种脱辅基蛋白质组成(Jobe 和 Ikegami,2001)。从功能上讲,二棕榈酰磷脂酰胆碱,即卵磷脂,是主要的磷脂。肺表面活性物质在Ⅱ型肺泡细胞内质网的高尔基复合体上合成,然后通过胞吐作用进行分泌,最后在肺泡内气-液交界处单层排列。肺表面活性物质可以降低液体表面的表面张力,因此降低肺泡扩张的压力。肺表面活性物质缺乏可以导致表面张力增加,肺泡扩张困难。接着出现肺泡衰竭,导致肺不张,肺顺应性下降。在肺发育过程中任何意外都可能导致新生儿短期或者长期肺功能不良,下文将详细论述。

肺表面活性物质缺乏

肺表面活性物质缺乏是导致 RDS 的主要原因,在动物(绵羊)和人类中都证实了这一点。对于早产家兔的研究发现,肺表面活性物质缺乏时,压力超过 24cm H_2O 才能使肺内积聚足够的气体(Jobe,1993)。应用肺表面活性物质进行治疗可以使开启压力大幅下降,达到 15cm H_2O。开启压力的降低可以使更多的肺泡开放,因此使充气更加均衡,发生过度扩张的风险降低。

新生儿肺表面活性物质降低 RDS 引起的死亡,因此降低总的新生儿死亡率(Soll 和 Morley,2001)。另外,应用肺表面活性物质进行治疗,可以降低新生儿出生后最初几天内气胸的发生率、氧以及通气的需求。虽然新生儿肺表面活性物质治疗对于降低 RDS 的发生率有显著的效果,但是对于 BPD 未见疗效。据推测,应用肺表面活性物质治愈的 RDS 新生儿,可能是那些更有可能发展为 BPD 的患儿,尚需进一步研究验证这一假设。

肺泡化破坏

最近病理学分析发现,死于 BPD 的极低出生体重儿表现为肺泡发育停滞,而且肺泡数目少,体积较大(Thibeault 等,2000)。很多早产儿接受治疗护理后,正常的肺泡化过程受到破坏,这些因素包括缺氧、高氧、机械通气、营养缺乏、糖皮质激素以及炎症介质。

低氧和高氧可以破坏分隔,因此减低气体交换的表面积。小鼠暴露于高浓度氧时,肺泡化遭到严重的破坏(Randell 等,1989;Thibeault 等,1990)。某些发育异常甚至可以到痊愈后仍持续存在,如肺间隔减少、终末间隙增加以及表面积减少。

机械通气也可以影响肺泡和血管的发育,在狒狒和绵羊早产研究中可以得到证实(Jobe 和 Bancalari,2001)。Coalson 等(1999)对于早产狒狒进行研究发现,应用 100%氧气进行机械通气可以大大降低肺泡的数量。采用肺表面活性物质以及通气治疗,但并未应用大量氧气供应,结果发现也可以对分隔造成破坏。

应用糖皮质激素进行治疗可以导致肺泡化的停滞，多种动物模型中均观察到这一现象，如啮齿类动物、猴子和绵羊等。在早产大鼠和小鼠的实验中，糖皮质激素可以造成永久性的肺泡和血管发育异常(Massaro 和 Massaro，2000)。在小囊期应用糖皮质激素，早产猴子会发生间质、气体容量和肺泡数量减少(Johnson 等，1978)。糖皮质激素使早产绵羊肺泡数目减少，但是体积增大(Ikegami 等，1996，1997；Willet 等，2001)。

母亲接受糖皮质激素的治疗，对于猴子胎儿的肺发育产生近期和长期的影响(Johnson 等，1978，1981)。早产的猴子应用糖皮质激素导致间质变薄，肺气体容积大大增加。但是足月猴子应用糖皮质激素治疗后，肺泡数量、表面积以及肺气体容积反而降低。这些结果表明，糖皮质激素在肺成熟早期可以增加肺气体容积，而在之后的肺泡化和肺发育中则产生负面影响(Johnson 等，1981)。

机械通气和肺损伤

弥散性肺不张和肺顺应性的下降导致肺泡通气不足，造成通气-灌注失衡，最终加重缺氧，需要积极机械通气。早产动物模型的研究发现(主要是狒狒和羔羊)，机械通气对于肺损伤的进展有重要影响(Albertine 等，1999；Coalson 等，1999；Yoder 等，2000)。通气因素可以加重肺损伤，如高潮气量、通气前未应用肺表面活性物质、终末气道压力不足等。

高潮气量可以造成肺泡和气道局部过度扩张(即容积损伤)。对于患 RDS 的新生儿来说，仅仅需要一小部分肺被调动起来通气。而对这一小部分肺进行机械通气的话，其潮气量尽管相对于体重来说正常，对于 RDS 患儿来说就可能过多，有可能造成结构性破坏，如肺毛细血管内皮、肺泡和气道上皮以及基底膜等的破坏。

这一理论在早产羔羊动物模型中得到验证，在应用肺表面活性物质前，人工通气(每千克体重 35～40ml)仅仅 6 次或者进行机械通气都可以增加肺损伤，并降低肺表面活性物质治疗的反应(Bjorklund 等，1997)。Wada 等(1997)同样应用早产羔羊进行研究，发现辅助通气前应用肺表面活性物质可以降低肺损伤的程度，推测可能是肺表面活性物质促进肺扩张的一致性。

早产肺组织由于缺乏肺表面活性物质，容易发生衰竭(肺不张)。低于正常功能残气量通气过程可以使肺单位周期性开放和关闭，增加肺损伤的机会。这种类型的损伤可以通过呼气末正压(positive end-expiratory pressure，PEEP)通气增加肺容积，并通过高频振荡通气保持高于功能残气量，从而减轻损伤。PEEP 结合高频振荡通气可以改善肺表面活性物质的功能，降低肺损伤，改善大鼠存活率(Chiumello 等，1999)。

氧化应激作用与肺损伤

由于发育以及抗氧化反应延迟，早产肺对于自由基损伤更加敏感(Bracci，1997；Saugstad，1990)。氧气诱导的损伤是由于自由基生成过多引起的，如超氧、过氧化氢和羟自由基。自由基可破坏不成熟的抗氧化系统，导致酶的氧化、蛋白质和 DNA 的合成受到抑制、肺表面活性物质减少以及脂质过氧化，所有这些对肺损伤均有影响。

人和动物模型均发现，ROS 的产生有多种途径，包括缺血再灌注、次黄嘌呤过氧化酶反应、儿茶酚胺代谢、花生四烯酸级联反应以及线粒体代谢等。巨噬细胞的活化也是肺内自由基的来源。对于合并急慢性肺疾病的早产儿来说，支气管肺泡液中巨噬细胞数目和白介素的浓度增加，自由基水平增加，这说明氧中毒和炎症均参与肺损伤过程(Zoban 和 Cerny，

2003)。

感染炎症与肺损伤

越来越多的证据表明,炎症和感染在肺损伤的发展过程中起重要的作用。很多关于早产的动物模型研究可证实炎症在RDS中的作用。炎症和感染也与肺泡破坏有关,小鼠和绵羊的动物模型研究证实了这一观点。绒毛膜羊膜炎的绵羊动物模型研究中,早产分娩前7天给予单一剂量的内毒素或者连续28天羊膜腔内内毒素给药,肺泡数目显著降低(Willet等,2000)。在转基因鼠模型中,产后肺泡化时期,促炎因子过度表达可以破坏肺泡的形成(Jobe,1999)。

早产羔羊的研究发现,肺不张(由于肺表面活性物质缺乏引起)可以启动细胞因子介导的炎症级联反应,促进中性粒细胞聚集到肺部,最后导致内皮细胞损伤,直至发生肺水肿。而中性粒细胞的消耗却可以预防肺水肿的发生(Carlton等,1997;Naik等,2001)。水肿液中蛋白质可以导致肺表面活性物质失活,并使肺表面活性物质缺乏进一步恶化,从而造成肺损伤加重。

机械性通气对于早产肺的炎症反应产生重要的影响。通气可以影响炎症细胞的数目,并可以影响肺内水溶性介质的表达,多个动物实验证实了这个观点。

经盐水肺灌洗制备兔模型发现,损伤性机械性通气可以增加肺内中性粒细胞和化学发光剂(一种中性粒细胞诱导的示踪剂)的聚集,增加支气管肺泡液中炎症介质(血小板活化因子和凝血烷B_2)的水平,还可以通过肺泡的巨噬细胞增加TNF-α的表达水平(Clark等,2001)。

发病机制小结

了解早产相关的病理生理发病机制,对于研究早产和新生儿后遗症合理有效的防治策略很有必要。动物模型对于纵向研究早产的病因和结局有独特价值,可以根据需要控制其实验环境,这无法在人类研究中进行。但是动物模型也存在着很大的局限性,如妊娠时间的长短、分娩时的内分泌因素、多胎、胎儿发育的标志等。实验动物模型的建立,必须注意到它与人类早产中研究重点问题的相似性基础上的特殊性。其中包括:

- 应用非人类的灵长类动物模型描述影响早产的诸多因素之间的短暂或者长期的相互作用。
- 应用基因改变的小鼠模型探讨引起早产的可能因素在早产发生中的作用。
- 绵羊或者非人类的灵长类动物模型可以用来研究早产及早产儿后遗症多种途径之间的相互关系,如脑白质损伤以及支气管肺发育不良。

第 7 章

早产的基因-环境的交互作用

摘 要

直至近些年,才开始研究早产的基因易感性和基因-环境的交互作用。越来越多的证据表明遗传因素与早产的发生有关。这种影响表现在共有的环境因素、遗传因素或两者兼而有之。随着人类遗传学和分子生物学的发展,人类疾病的基因学研究取得很大进展,但该领域的研究数量仍十分有限。这方面的遗传学研究多是相关性研究,样本数量小,并且未使用最新方法进行人口校正。大多数基因组学和蛋白组学研究的先进方法和技术尚未用于早产的研究。表观遗传学(研究 DNA 序列中未表达的基因调控信息如何遗传到下一代)和蛋白组研究(识别在健康或者疾病的条件下生物液、组织和细胞中的蛋白质表达)有望为早产的研究提供良好平台,但至今还没有被充分利用。因而寻求新的分子标记物来预测早产,有很大的研究空间。尽管研究早产基因-环境的交互作用的理由充分,这方面发表的研究却有限。其中一些研究表明,个体基因型与某个特定的环境因素联合作用能影响早产的发生。本书多次提到种族差异与早产的发生有关,但是其机制尚不清楚。为了阐明早产中的环境和遗传因素、基因-基因和基因-环境因素的交互作用,需要利用高通量基因分型的新技术,以及采用敏感生物指标、暴露的综合评估、先进的生物技术和分析方法进行的大规模的以人群为基础的研究。深入了解这些因素以及它们之间的相互作用,能够改进早产的诊断、预防和治疗。

人类基因组序列草图的完成(Lander 等,2001)和基因组功能信息的不断增加,为人类健康和疾病的研究提供了新的机会。同样,在国际人类基因组单体型图计划中,美国国立人类基因组研究所(国际人类基因组单体型计划联盟,2003),研究发现了人类的遗传变异,这将为人们研究常见疾病中的基因变异提供有力工具。若能够结合可靠、经济及高通量的方法,在大样本的人群中进行基因分型,这些信息将尤其有效(Shi,2002)。

同样,人们愈加认识到,环境的改变以及人类的基因易感性与许多慢性疾病的发生有关,它们在一些疾病的逆转过程中起到了关键性的作用(Chakravarti 和 Little,2003)。运用这些先进的方法,探讨非遗传因素和环境暴露与相关疾病的联系,有望拓展流行病学的研究领域(Weaver 等,1998)。

总之,在人类探索基因、环境、基因-基因以及基因-环境的交互作用对于疾病(包括早产)的影响中,这些进展提供了良好的平台。本章的主要内容是回顾近年来遗传学在早产中的研究进展,总结了重要的方法问题,并提出未来研究的重点领域。

遗传与早产

已有研究结果表明，遗传因素与低出生体重及早产的发生有关（Bakketeig 等，1979；Carr-Hill 和 Hall，1985；Khoury 和 Cohen，1987；Porter 等，1997；Varner 和 Esplin，2005）。一项以人群为基础的队列研究显示（数据来自1980～1995年佐治亚州的出生证明和死亡证明），在早产中，尤其在小孕周早产中，遗传因素引起的复发性早产所占比例显著（Adam 等，2000）。根据1988年美国母婴健康调查获得的数据分析来看，在白种人和非洲裔人群中，低出生体重和早产具有明显家族聚集性（Wang 等，1995）。

家族和代系对早产的影响，可能是由于共有的环境因素、遗传因素，或者两者皆有。应用孪生子来研究环境和遗传因素在某个特定疾病发病中的作用是一个很有效的方法，然而极少有关于人类孪生子早产的研究。研究发现，在澳大利亚，17%～27%的早产与遗传有关（Treloar 等，2000），瑞典妇女分娩时的妊娠周数25%～40%与遗传因素有关（Clausson 等，2000）。孪生子研究稀少的原因，部分是研究样本收集困难（例如女性孪生儿及其所生的孪生婴儿）。大量登记在案的孪生子记录，不仅能帮助监测女性孪生儿将来妊娠分娩时发生早产的一致性，也有助于研究男性和代间效应对于早产的作用。

随着人类遗传学和分子生物学的最新进展，疾病相关遗传因素的测定技术有很大发展，从基于家族史的间接测量，发展到直接测定在特定基因位点的个体基因型（基因序列），这在下文有详细叙述。尽管如此，对于评估早产风险来说，家族史和孕妇的既往史仍有重要价值。

基因相关性研究

研究发现，胎儿某些单基因序列改变，使得孕妇容易发生羊水过多，因而增加孕妇的早产风险。这些情况包括：肌强直性营养不良、先天性结缔组织发育不良综合征、Smith-Lemli-Opitz 综合征和神经纤维瘤病。然而与人类的其他复杂疾病相似，如肥胖、高血压、糖尿病和哮喘等，早产亦是一种性状复杂的疾病，且具备以下特征：不遵循孟德尔遗传传递规律，多基因参与，基因-基因、基因-环境的相互作用。因此早产基因学研究面对巨大挑战。能够帮助识别特定疾病的相关基因技术包括：定位克隆、定位候选基因的识别、全基因组关联分析和功能性候选基因分析。定位克隆需要延长谱系和同代双胞胎。这种识别方法对于遵循孟德尔遗传学的疾病是有效的，但是研究更加复杂的疾病和情况则不太合适。定位候选基因的识别需要连锁信息，这对于早产遗传学研究来说难以实现。全基因组关联分析需要检测10万个以上的单核苷酸多态性（single-nucleotide polymorphism，SNPs），即DNA序列中的单个碱基的替换变化，且这项技术花费昂贵。功能性候选基因技术可行且常用，即精心选择与早产主要病理机制相关的候选基因。下文是早产的相关基因学研究总结。

从医学和社会学相关方面来说，人类基因组有一项重要特征，即除单卵孪生子外，每个人的基因组都是独特的。个体基因型是由父母亲的基因组合而成。另外，人类基因组还会发生自然突变。通常，两个无亲缘关系的人的DNA序列有数百万个碱基的不同。任何基因发生实质改变都可导致疾病的发生。已发现有1000种基因突变与人类疾病相关。约90%的DNA序列变异位于SNPs（Brookes，1999）。人类基因组包含约1000万个SNPs。另一方面，单倍体型，代表较长的核苷酸序列（平均由25 000个核苷酸组成，是DNA和基因的基础结构），如同变异体一样，可遗传至后代。因此，对于探讨复杂疾病和综合征的遗传因素来说，有必要分析SNPs及单倍体型。

目前该领域有两个研究机构，它们主要利用SNPs分析探索某些疾病和综合征的相关致病基因。SNP国际联合会为非营利机构，主要致力于研究人类基因组中均匀分布的30万个以上的SNPs，并且这些信息对公众开放，且没有知识产权限制。然而，SNP国际联合会最终超越预期，发现了大量的单核苷酸多态性（总计150万个）。美国国家环境卫生科学研究所于1998年开展了环境基因组计划（Environmental Genome Project，EGP），这项计划用来研究环境因素诱发疾病中的相关基因多态性（Olden和Wilson，2000）。除了要识别相关基因的多态性外，EGP还旨在发现这些多态性的功能，并为基因-环境的交互作用提供流行病学证据。

单个或者少量候选基因的研究

迄今为止，在早产基因学研究中，大部分已经发表的文献仅仅在一个特定样本中检测了单个或者少数几个基因。上生殖道的感染和炎症与自发性早产相关，这已比较明确（Goldenberg和Andrews，1996），因此，自发性早产与有感染-炎症病史的早产之间的关联性，以及早产患者体液中炎症因子水平升高，这些情况使得早产的研究集中于母亲和胎儿体内的炎症因子基因的SNPs（Varner和Esplin，2005）。已研究的基因多态性包括：肿瘤坏死因子-α（TNF-α）的308核苷酸位点（Dizon-Townson等，1997；Robert等，2002）、白介素-1β（IL-1β）的3953、3954核苷酸位点（Gencet等，2002）和白介素-6的174核苷酸位点（Jamie等，2005；Simhan等，2003）；但是这些基因多态性和早产相关性研究结果的可重复性差。

另外一些研究探讨了SNPs在早产中的作用。Toll样受体，是先天免疫的重要成分，它与自发性早产关系密切（Lorenz等，2002）。关于非裔美国人基质金属蛋白酶（matrix metalloproteinases，MMPs）的基因多态性和早产胎膜早破（preterm premature rupture of membranes，PPROM）的关联研究已有进行。MMPs介导间质胶原的分解。研究发现，突变的胎儿MMP-1基因型与PPROM相关（Fujimoto等，2002）。在MMP-8的主要转录起始位点，已发现三个SNPs，分别位于－799位点（C→T）、－381位点（A→G）、＋17位点（C→G），其中C、T、A、G代表胞嘧啶、胸腺嘧啶、腺嘌呤、鸟嘌呤；研究发现MMP-8基因的SNP单倍体型功能与PPROM相关（Wang H等，2004）。MMP-8是一种酶，这种酶能够降解胶原纤维并且可以增加胎膜的强度；MMP-8由白细胞和绒毛膜滋养层细胞表达。研究发现，在非裔美国人中，MMP-9启动子活性与CA重复数目相关，其中存在细胞宿主依赖性差异，胎儿携带MMP-9启动子区的14种CA重复序列的等位基因与PPROM相关（Ferrand等，2002）。最后，Ozkur等的研究（2002）发现，β-肾上腺素能受体的主要亚型——β_2-肾上腺素能受体的突变可以间歇性放松子宫肌肉（Liu等，1998），这个突变位于第27密码子上，是一个由谷氨酸到谷氨酰胺的突变，它与早产发生相关。

多个候选基因研究

研究者普遍认为，对于研究复杂疾病的病因来说，“单基因、单风险”分析方法作用有限。如前所述，大家逐渐认识到，早产是一种多病因所致的综合征。因此，由于早产的“异质性”（或称多样性），为深入了解基因对于早产的影响，有必要进行大规模候选基因的研究。然而从已发表的文献来看，这类研究开展不多。有学者进行了一项前瞻性巢式病例对照研究，这项研究探讨了细胞因子的6个炎症基因的多态性与自发性早产及早产儿的相关性，其中包括 IL-1α、IL-1β、IL-2、IL-6、TNF-α 和淋巴毒素 α(lymphotoxin alpha，LTA)(Engel 等，2005)。研究发现，两种 TNF-α 和 LTA-α 基因的单倍体型与早产风险增加相关(AGG 单倍体型 OR 1.5，95% CI 0.8～2.6；GAC 单倍体型 OR 1.6，95% CI 0.9～2.9)。研究还发现，携带 GAG 单倍体型的个体，其早产风险较低(OR 0.6，95% CI 0.3～1.0)。TNF-α、LTA 的变异体，即 TNF-α(-488)A 和 LTA(IVS1～82)C 组成 AGG 和 GAC 单倍体型，也分别与自发性早产风险增加相关。

Hao 等学者(2004)进行了一项大规模的病例对照研究，该研究选取 300 例早产孕妇作为病例组和 458 例足月分娩孕妇作为对照组，进行了 426 个单核苷酸多态性与早产的相关研究。最终的单倍体型分析中包括 25 个候选基因，该研究发现，凝血因子-5(Factor V，F5)基因单倍体型与早产显著相关，经过多重检验的 Bonferroni 校正后仍有显著意义($P=0.025$)。该研究还进行了种族特异性分析，分析指出 F5 单体基因型与早产发病风险的关联与种族无关。

目前，探索早产的相关基因多限于候选基因的研究。尽管难以涵盖所有候选基因，本书仍列出了影响早产的潜在候选基因，见表 7-1。另外，应用 SNP 基因芯片技术和高通量基因分型技术，有望在全部基因组中进行早产的相关基因研究。基因芯片技术是指将数千个基因序列置于显微镜载玻片上，通过将待测基因序列与原有序列杂交来测定待测基因的基因型。近来，又发明了一种可以置入 500 000 个单核苷酸多态性信息的芯片。这样，早产相关致病基因的研究将不局限于已知的或者可疑的候选基因。尽管这些技术花费高昂，但是它们提供了系统性识别早产相关基因的方法。

表 7-1 早产的潜在候选基因

基因序号和途径	基因名称	基因	染色体定位
炎性途径			
1	集落刺激因子 1	CSF1	1p21-p13
2	集落刺激因子 1 受体	CSF1R	5q33-q35
3	集落刺激因子 2	CSF2	5q31.1
4	集落刺激因子 2 受体 α	CSF2RA	Xp22.32 和 Yp11.3
5	集落刺激因子 2 受体 β	CSF2RB	22q13.1
6	集落刺激因子 3	CSF3	17q11.2-q12
7	集落刺激因子 3 受体	CSF3R	1p35-p34.3
8	干扰素-γ 受体 1	IFNGR1	6q23-q24
9	白细胞介素-1α	IL1A	2q14
10	白细胞介素-1 受体 Ⅰ	IL1R1	2q12
11	白细胞介素-1 受体 Ⅱ	IL1R2	2q12-q22
12	白细胞介素-1 受体拮抗剂	IL1RN	2q14.2
13	白细胞介素-1β	IL1b	2q14
14	白细胞介素-2	IL2	4q26-q27
15	白细胞介素-2 受体 α	IL2RA	10p15-p14

续表

基因序号和途径	基因名称	基因	染色体定位
16	白细胞介素-2 受体 β	IL2RB	22q13.1
17	白细胞介素-4	IL4	5q31.1
18	白细胞介素-4 受体	IL4R	16p11.2-12.1
19	白细胞介素-5	IL5	5q31.1
20	白细胞介素-6	IL6	7p21
21	白细胞介素-6 受体	IL6R	1q21
22	白细胞介素-8	IL8	4q13-q21
23	白细胞介素-8 受体 α	IL8RA	2q35
24	白细胞介素-10	IL10	1q31-q32
25	白细胞介素-10 受体 α	IL10RA	11q23
26	白细胞介素-10 受体 β	IL10RB	21q22.11
27	白细胞介素-11	IL11	19q13.3-q13.4
28	白细胞介素-12A	IL12A	3p12-q13.2
29	白细胞介素-13	IL13	5q31
30	白细胞介素-15	IL15	4q31
31	白细胞介素-17	IL17	6p12
32	白细胞介素-18	IL18	11q22.2-q22.3
33	淋巴毒素-α	LTA	6p21.3
34	淋巴毒素-β	LTB	6p21.3
35	一氧化氮合酶 2A	NOS2A	17q11.2-q12
36	一氧化氮合酶 3	NOS3	7q36
37	肿瘤坏死因子-α	TNFA	6p21.3
38	1 型肿瘤坏死因子-α 受体	TNFR1	12p13.2
39	2 型肿瘤坏死因子-α 受体	TNFR2	1p36.3-p36.2
40	肿瘤坏死因子受体超家族成员 6	TNFRSF6	10q24.1
41	1 型肿瘤坏死因子受体脱落氨肽酶调节物	ARTS-1	5q15
42	γ-干扰素	IFNγ	12q14
43	γ-干扰素受体 1	IFNGR1	6q23-q24
44	神经营养因子 3	NT-3	12p13
45	神经营养因子 5	NT-5	19q13.3
46	髓样细胞 1 表达的触发受体	TREM-1	6p21.1
47	迁移抑制因子	MIF	22q11.23
48	前 B 细胞击落增强因子 1	PBEF1	7q22.3

续表

基因序号和途径	基因名称	基因	染色体定位
49	核因子κB	NF-κb	4q24
50	B细胞活化因子	BAF	13q32-34
51	Toll样受体2	TLR2	4q32
52	Toll样受体3	TLR3	4q35
53	Toll样受体4	TLR4	9q32-q33
54	Toll样受体5	TLR5	1q41-q42
55	Toll样受体7	TLR7	Xp22.3
56	Toll样受体8	TLR8	Xp22
57	Toll样受体9	TLR9	3p21.3
58	CC趋化因子受体5	CCR5	3p21
59	T细胞免疫调制蛋白	CDA08	16q12.1
60	单核细胞化学趋化蛋白1	MCP-1	17q11.2-q12
61	单核细胞化学趋化蛋白2	MCP-2	17q11.2
62	巨噬细胞炎性蛋白-1α	MIP-1a	17q11-q21
63	巨噬细胞炎性蛋白-1β	MIP-1b	17q12
64	细胞间黏附分子-1	ICAM-1	19p13.3-p13.2
65	催乳素	PRL	6q22.2-p21.3
66	催乳素受体	PRLR	5q14-p13
67	转化生长因子β1	TGFB1	19q13.1
68	转化生长因子β2	TGFB2	1q41
69	转化生长因子β3	TGFB3	14q24
70	转化生长因子受体-β受体Ⅰ	TGFBR1	9q22
71	转化生长因子受体-β受体Ⅱ	TGFBR2	3p22
72	血小板活化因子	PTAF	
73	血小板活化因子受体	PTAFR	1p35-p34.3
74	鸟嘌呤核苷酸结合蛋白，β多肽3	GNB3	12p13
子宫胎盘途径			
1	凝血因子Ⅱ	F2	11p11-q12
2	凝血因子Ⅴ	F5	1q23
3	蛋白C	PROC	2q13-q14
4	β_2-肾上腺素能受体	Beta2-AR	5q31-q32
5	血管内皮生长因子	VEGF	6p12

续表

基因序号和途径	基因名称	基因	染色体定位
8	血管紧张素原	AGT	1q42-q43
9	载脂蛋白 E	APOE	19q13.2
10	亚甲基四氢叶酸还原酶	MTHFR	1p36.3
11	亚甲基四氢叶酸高半胱氨酸甲基转移酶	MTR	1q43
内分泌途径			
1	促皮质素释放激素结合蛋白	CRHBP	5q11.2-q13.3
2	促皮质素	ACTH	2p23.3
3	促皮质素释放激素	CRH	8q13
4	促皮质素释放激素受体 1	CRHR1	17q12-q22
5	促皮质素释放激素受体 2	CRHR2	7p14.3
6	雌激素受体 1	ESR1	6q25.1
7	雌激素受体 2	ESR2	14q23.2
8	脑衍生神经营养因子	BDNF	11p13
9	多巴胺受体 D2	DRD2	11q23
10	黄体酮受体	PGR	11q22-q23
子宫收缩			
1	前列腺素 E 受体 2	PTGER2	14q22
2	前列腺素 E 受体 3	PTGER3	1p31.2
3	前列腺素 E 合酶	PTGES	9q34.3
4	前列腺素 F 受体	PTGFR	1p31.1
5	环氧化酶 1	COX-1	9q32-q33.3
6	环氧化酶 2(可诱导的)	COX-2	1q25.2-q25.3
7	缩宫素	OXT	20p13
8	缩宫素受体	OXTR	3p25
9	基质金属蛋白酶 1	MMP-1	11q22.3
10	基质金属蛋白酶 2	MMP-2	16q13-q21
11	基质金属蛋白酶 3	MMP-3	11q22.3
12	基质金属蛋白酶 8	MMP-8	11q22.3
13	基质金属蛋白酶 9	MMP-9	20q11.2-q13.1
14	松弛素 1	RLN1	9p24.1
15	松弛素 2	RLN2	9p24.1
16	松弛素 3	RLN3	19p13.2

续表

基因序号和途径	基因名称	基因	染色体定位
代谢途径			
1	谷胱甘肽S转移酶θ	GSTT1	
2	阿片样受体，μ1	OPRM1	6q24-q25
3	N乙酰基转移酶1	NAT1	8p23.1-p21.3
4	N乙酰基转移酶2	NAT2	8p22
5	细胞色素P450，家族1，亚科A，多肽1	CYP1A1	15q22-q24
6	细胞色素P450，家族2，亚科A，多肽6	CYP2A6	19q13.2
7	细胞色素P450，家族2，亚科D，多肽6	CYP2D6	22q13.1
8	细胞色素P450，家族2，亚科E，多肽1	CYP2E1	10q24.3-qter
9	热休克蛋白70	Hsp-70	6p21.3
10	醇脱氢酶1A	ADH1A	4q21-q23
11	醇脱氢酶1B	ADH1B	4q21-q23
12	醇脱氢酶1C	ADH1C	4q21-q23
13	醛脱氢酶	ALDH2	12q24.2

基因-环境的交互作用

基因-环境的流行病学研究的目标在于进一步了解基因与环境因素如何联合影响疾病，更具体来说，是深入了解人类的基因变异(多态性)是如何改变环境有害因素对健康的影响(Kelada等，2003)。研究早产与基因-环境交互作用的相关性有充足的理由。本章及前几章的数据均表明，社会环境因素和遗传因素都可能影响早产。考虑到个体基因变异和不同的环境暴露，通过对基因型的分层分析能够识别暴露于某一特定环境毒物的人群的早产风险(Rothman等，2001)。另外，对于其病理机制的进一步理解可以帮助开发新的药物或干预措施来预防或者治疗早产。然而，迄今为止，关于基因-环境的交互作用与早产相关性的研究报道寥寥无几(Genc等，2004；Macones等，2004；Nukui等，2004；Wang等，2000，2002)。以下列举了两例此类研究。

基因-生殖道感染的交互作用

为探讨生殖道感染与早产的相关性，如细菌性阴道病(bacterial vaginosis，BV)，对375名女性的BV、TNF-α基因型和早产之间的相互关系(Macones等，2004)进行了病例对照研究。研究发现，携带稀有等位基因(TNF-α-2)的母体，其自发性早产的风险增加(OR 2.7；95% CI 1.7～4.5)。BV可改变TNF-α-2等位基因与早产的相关性，即对于携带易发生早产的基因型的孕妇来说，患有BV与未患BV相比，其发生早产的风险增加(OR 6.1；95% CI 1.9～21.0)。因此，这项研究说明，遗传易感性(如携带TNF-α-2等位基因)与环境因素(如BV)的交互作用与自发性早产发病风险的增加有关。

基因-吸烟的交互作用

在美国，孕妇中吸烟者约占13%，而吸烟是公认的早产危险因素。一项以741名美国母亲为基础的调查研究，研究了母体基因型是否可以改变孕妇吸烟与胎儿的出生体重、孕龄和胎儿宫内发育迟缓的关系（Wang等，2002）。研究认为在未考虑基因分型的情况下，吸烟孕妇发生早产的风险是非吸烟孕妇的1.8倍。当以CYP1A1基因型作为分层分析的因素分类时，携带CYP1A1突变基因型的孕妇发生早产的风险更高。同样，当以GSTT1基因型作为分层分析的因素分类时，携带GSTT1突变基因型的孕妇发生早产的风险亦更加升高。更显著的是，同时携带CYP1A1和GSTT1突变基因型的孕妇发生早产的风险最高（OR＞10）。这项研究表明个体基因型能够改变早产与环境因素的相关性。

表观遗传学

DNA不是自由漂浮于细胞质或者细胞核内的；它是由组蛋白形成的复杂复合物，称为染色质（见BOX 7-1）。DNA或组蛋白生物结构的改变使得染色质发生变化，而不影响DNA的单核苷酸序列，这种改变称为表观遗传。表观遗传修饰的两个主要方式是DNA的甲基化和组蛋白的去乙酰化（Haig，2004）。DNA甲基化是通过DNA甲基转移酶来改变DNA的化学性质。甲基化可以直接通过阻止转录因子结合到启动子上，阻止基因的表达。然而，甲基化的一个更普遍的作用在于对甲基结合蛋白的吸引。甲基结合蛋白可以激活组蛋白去乙酰基酶，此酶作用在于改变组蛋白化学性质和染色质的结构。含有乙酰化组蛋白的染色质是开放的，且较易与转录因子结合，因此位于此染色体中的基因具有潜在的活性。组蛋白去乙酰化可以引起染色质的浓缩。当染色质浓缩后，浓缩位点的基因无法表达。如此，基因可能会被“关闭”或者表现为沉默状态（Haig，2004；Henikoff等，2004）。因此研究学者一致认为，DNA或者组蛋白的表观遗传学修饰可以改变基因组内的基因表达。甚至在相同的基因中，不同的表观基因型产生不同的表型。如在单卵双生子中所引起疾病的不一致性有力地证明了此论点（Wong等，2005）。表观遗传学被认为在人类健康和疾病的很多方面都起到了重要作用，如精神神经发育（Abdolmaleky等，2005；Hong等，2005）、癌症（Laird，2005）、心脏疾病（Muskiet，2005）等。机体所处的环境暴露因素（如微量元素）能够影响基因的表观遗传修饰。叶酸、维生素、烟酸和色氨酸能导致基因沉默（Oommen等，2005）。

BOX 7-1

表观遗传学的定义

染色质——由DNA和组蛋白组成

DNA甲基转移酶——对DNA进行甲基化

组蛋白去乙酰化酶——能够改变组蛋白的结构

表观遗传修饰——DNA或组蛋白生物结构的改变使得染色质发生变化，而不影响DNA的单核苷酸序列

表观基因型——基因的表观遗传修饰方式

基因的表观遗传修饰方式被称为表观基因型(Jiang等,2004)。从定义上讲,表观基因型较基因型更具有可塑性,且与其表达的内容有关。相同机体中细胞不同,其表观基因型亦不相同,在环境因素的不同暴露剂量下是可被修饰的(Henikoff等,2004;Jiang等,2004;Wang Y等,2004)。与表观遗传学有关的妊娠疾病的典型例子是绒毛膜癌和葡萄胎(Xue等,2004)。然而,表观遗传学对于整个妊娠期的影响是很微妙的。Van Dijk等人(2005)研究发现,STOX1基因的表观遗传修饰可能对先兆子痫的发生有重要意义。尽管没有关于表观遗传对早产影响的相关研究,但有一点值得注意,表观遗传修饰能改变基因的表达,从而影响其功能的改变,因而可能会影响妊娠时间的长短。

蛋白质组学

尽管基因组学和芯片分析方法有许多优点且取得了一定进展,但它们仍有一定的局限性。人类基因组包含了大约3万个基因,但由于选择性剪接基因的存在,很多信使RNA转录并编码不同的蛋白质。由于密码子偏性的发生,基因与其表达的蛋白质数量之间的关系有限。蛋白质的表达或功能可以在转录-翻译后的途径中被修饰,并且这种改变不能仅仅通过监测核苷酸的序列来预测。蛋白质翻译后修饰(如磷酸化、甲基化和区室化),能显著改变蛋白质功能。由于各种翻译后修饰的存在,预计人类基因组中的3万个基因可以衍生出100万种蛋白质。这对于理解疾病发展的生物学机制、途径和特定疾病的分子标记物的发展有重要意义,因为无论是健康或者疾病状态,蛋白质之间相互作用都介导了细胞与组织之间的信息传导。

蛋白质化学、二维凝胶电泳识别肽片段和质谱分析的近期研究进展开辟了蛋白质组学的新兴领域(McDonald和Yates,2002)。蛋白质组学是指将生物体系中在健康或者疾病状态下特定位点的蛋白质识别出来(包括体液、组织或细胞)。许多蛋白质的表达和浓度取决于机体复杂的调节系统,因此蛋白质组与基因组不同,是高度动态的。蛋白质组的动态特性不仅能帮助人们认识疾病(比如早产)的病理生理过程,而且能帮助人们探索发现疾病诊断的分子标记物,这两点可与基因组学互为补充。

蛋白质组学研究蛋白质的表达与功能。蛋白质组的表达包括在特定条件下生物系统内所有蛋白质的表达和分类。在生理情况或者疾病状态下,蛋白质表达的动态变化导致一些蛋白质的差异表达。因此,表达谱是仅适合于潜在诊断性分子标记物的识别或者在特定条件下(如分娩)生物学变化的描述。功能蛋白质组学定位于体内的蛋白质之间的相互作用。基因组学和蛋白质组学能帮助人们全面的认识蛋白质和信使RNA的转录,可以提高对复杂早产病因学的研究,可以帮助人们发现预测早产的分子标记物(Shankar等,2005)。

到目前为止,蛋白质组学仍未被深入应用到生殖医学领域。至今没有发现有研究报道运用蛋白质组学方法研究早产。然而有几篇文献强调了蛋白质组学对于妊娠相关研究的潜在重要性(Page等,2002;Shankar等,2005);另外一些研究阐明了与早产相关的直接影响因素,其中包括着床(Daikoku等,2005)、先兆子痫(Koy等,2005;Myers等,2004;Sawicki等,2003)、胎膜早破(Vuadens等,2003)、羊膜腔感染(Buhimschi等,2005;Gravett等,2004)。例如,通过羊水的蛋白表达谱发现一些新的生物标记物,包括防御素、钙粒蛋白、胰岛素样生长因子结合蛋白-1的特殊蛋白片段,在羊膜腔感染时可以检测到这些标记物,而羊膜腔感染是早产重要的且可被预防的病因。最近有两篇研究报道指出,运用蛋白质组学的分析方法检测这些肽类来识别与早产相关的亚临床羊膜腔感染，其灵敏性和特异性>90%(Buhimschi 等，2005；Gravett 等，2004)。

蛋白质组学已检测出重度子痫前期孕妇子痫发作前体内的一种特异的蛋白质表达(Koy 等，2005；Myers 等，2004)。为了采取合理有效的干预措施来降低早产的风险，有必要进一步了解子痫前期的早期过程，并不断提高子痫前期和其他妊娠相关疾病早期诊断水平。

目前已创立两大研究机构，有望对妊娠相关的蛋白质组学研究作出巨大贡献。人类蛋白组组织(Human Proteomics Organization，www.hupo.org)于 2001 年组建，该机构致力于人类蛋白质组的研究。近来，美国国家儿童保健和人类发育研究所(National Institute of Child Health and Human Development)创立了早产的基因组和蛋白质组网络。该网络旨在通过强调全基因组和蛋白组的策略并公布这方面的数据，从而加速早产的研究步伐。特别指出的是，该网络的内容包括：①可以基于大规模、高通量的基因组学和蛋白质组学方法来设计和完善假设性、机械性的研究；②可以提供基因和蛋白质组的数据库，并基于网络开放，可供研究团体进行数据挖掘和存储。该网络的创立有望促进深入了解早产的病理生理学研究，发现新的分子靶向和诊断性生物标记物，最终为早产的预防提供更为有效的干预措施。

基因与早产发生率的种族差异

种族和民族差异的显著性在临床、流行病学和分子研究上常常引起人们的争议(Ioannidis 等，2004)。不可否认，不同种族和民族的个体之间存在健康差异，这说明种族与健康或疾病在某些情况下存在关联。然而，这是一种很复杂的关联，人们对此知之甚少。首先有必要指出，目前尚没有统一的人种定义。基本上，人种分类是一种社会的分类，与特定的社会、文化、教育和经济相关。然而，人种分类在不同程度上也与祖先的遗传、基因突变的频率和遗传效应有关(Bamshad，2005)。在多基因调控的复杂疾病中种族差异的存在和重要性具有很大的争议(Cooper 等，2003)。

早产就是表现种族个体差异的一个例子，亚洲或者太平洋岛居民的早产率是 10.5%，而非拉美裔的黑人妇女的早产率为 17.9%，两者有着相当大的差异(CDC，2005i)。在第 4 章曾讨论过，一些研究表明，种族差异可能通过基因的影响导致早产率的不同。然而，这些研究并没有证明这一点。研究基因是否在不同种族中有所不同的最直接的方法是找到早产易感性的变异体，并且评估这些变异体在各个人群中的频率或者效应上的不同。

等位基因频率

早产中存在种族差异性，其基因影响的可能原因在于，易感突变体可能存在于某个人群，而在其他人群中缺如，或者在不同人群中的频率有所变化。这会影响有早产风险个体的数目。一个典型的例子是隐性遗传疾病相关的等位基因频率的不同分布，比如镰状细胞病或者黑矇性痴呆。有一项研究包括 179 名非裔美国妇女和 396 名白人妇女，检测了细胞因子基因中功能性等位基因的变异体(Hassan 等，2003)。研究发现，非裔美国妇女与白人妇女相比更容易携带此变异体，这些变异体可以上调促炎性细胞因子，其 OR 值随所含的等位基因的数量增加而上升。非裔美国妇女携带这些细胞因子突变体(IL-1、IL1A-4845G/G、

IL1A-889T/T、IL1B-3957C/C 和 IL1B-511A/A)的频率是白人妇女的 2.1～4.9 倍。非裔美国妇女中携带促炎性细胞因子 IL6-174G/G 基因型个体的数量是白人妇女的 36.5 倍(95% CI 8.8～151.9)。而下调炎性细胞因子的基因型(IL10-819T/T 和 IL10-1082A/A)的频率,非裔美国妇女与白人妇女相比分别增长了 3.5 倍(95% CI 1.8～6.6)和 2.8 倍(95% CI 1.6～4.9)。除了 γ-干扰素的基因型外,上调炎性细胞因子的基因型更为普遍的存在于非裔美国妇女中(Hassan 等,2003;Ness 等,2004)。

遗传效应

基因对早产种族差异性影响可能存在另一个原因,即不同种族中基因突变体所导致的遗传效应不同。然而,可以用来支持或者反驳这个假设的数据是有限的。某项研究测试了在 697 例不同祖辈人群中 43 种与基因有关联的疾病的遗传效应(Ioannidis 等,2004)。在对照人群(占 58%)中,遗传标记物的频率常常因人种的不同而不同(统计学上有显著差异)。与此相反,遗传效应因人种不同而表现出的明显差异仅占此研究的 14%。这项结果表明,复杂疾病遗传标记物的频率常随种群变化而变化,但是其生物学效应在传统种族民族界限上通常是稳定的。

基因-环境的交互作用

由于社会环境因素对于早产的影响并不是均匀的分布于各个种族中,这些因素与遗传因素之间的相互作用也有可能导致高度不同的临床结果。如前文所讨论的,该领域需要进一步的研究。

总而言之,遗传学是否能够解释大部分早产方面的健康差异,这个问题仍然没有答案。预计由于不断增多的混合种群(是指不同血统的夫妇数量正在增加),种族和民族对于健康风险评估将会成为更不精确的指标。在没有完全否定种族或民族作为与健康有关的可变因素的情况下,研究者应当跨越这些微弱和不完善的联系。我们不仅仅需要理解种族或民族差异可以造成什么样的后果,还要知道存在怎样的健康或者疾病的差异,以及这些差异为何存在。这些信息也许能帮助阐述种族因素在健康或疾病状态时的传导通路和作用机制。另外,在研究混合人种方面,需要利用先进的方法进一步进行遗传流行病学研究(见下文"方法论问题")。

方法论问题

尽管已经检测出多个潜在的可能与早产、未足月的胎膜早破相关的基因标记物,但在不同的种族人群研究中,任何一个都不足以作为早产的原因,并且没有一个单一的标记物能够对于早产、PPROM 的预测有高度灵敏性和特异性。尽管在过去十年,开展了许多基因-环境交互作用的研究,但能够阐述基因与环境之间重要和稳定联系的研究少之又少。在将来早产的分子遗传流行病学研究中,需要详细阐述的关键方法学问题列举如下。

早产表型的定义

尽管人们对早产做了大量的研究,但早产病因学的研究进展却有限。其中一个重要问题是早产表型的定义。现有的定义和评估早产表型的方法对于早产的病因学研究和基因数据的最佳应用是不够的。以前多数研究遵循常规的早产定义(妊娠<37 周)。如此定义

的早产病例包括了异质群组，甚至早产的亚群，如早期早产（妊娠<32 周）、早产和胎膜早破，也构成了异质群组。就这点而言，由于效应的稀释，标准的遗传或流行病学分析方法可能会因此难以检测到致病基因和环境危险因素。

要克服这个困难，可以根据早产潜在的几种发病机制，将早产划分为数个同类亚群。这就需要将详细的临床信息（如妊娠并发症）、胎盘的病理检查和遗传或非遗传标记物的信息整合起来，对早产进行病因学分类。尽管分类增加了研究工作的复杂性及样本数量要求，但有助于减少遗传异质性，并有助于研究与早产发病机制相关的基因与基因-环境的交互作用。同时，对于特定孕妇早产发生的特定致病原因来说，这种方法也提高识别、防治和治疗的可能性，对因不同病因导致早产的孕妇及其胎儿将可以采取针对性的干预措施。

数据分析上的挑战

在分析上，一个单纯的病例对照研究，将基因型和暴露分为两个变数，将传统的 2×2 表格的分析延伸为包括基因型在内的 2×4 表格。这样，暴露和基因型的原始数据以这种方式被列于表中，这样就很容易评估相关单一的致病因素或它们之间的联合效应（Botto 和 Khoury，2001）。另外还可以采用交互作用的回归模型（Neter 等，1996）。然而，急速增长的遗传信息为早产的遗传学研究提供了前所未有的机会和挑战。这就需要有新的统计方法的发展与应用，在下文将会进一步说明。

多基因测定

多基因测定在关于早产的大规模候选基因研究中是不可避免的。传统的研究 SNPs 的方法为一次一个，这常忽略了基因-基因的交互作用以及基因的连锁不平衡。这种方法比较低效，因为多基因检测结果需要通过 Bonferroni 法校正数据以避免Ⅰ型误差。许多学者提出在分子流行病学研究中所遇到的问题的多样性需要有一个新的范例来处理。单体型分析是有优势的，用这种方法可以在一个基因中检测到许多突变体的信息（Nebert，2002）。最近有两个关于早产候选基因的研究应用了单体型分析法。其中一个研究运用 EM（expectation-maximization）演算法和 Bayes 方法来推断出单体型（Engle 等，2005b）。另一个研究采用了 Gibbs 抽样法和期望值最大法来构建单体型形态（Hao 等，2004）。这些研究表明，在早产相关的大规模候选基因研究中，采用基于单体型方法可起到一些作用。

在分析时，这些方法涉及协变量的调整（Annells 等，2004；Engel 等，2005；Hao 等，2004；Schaid 等，2002；Wang H 等，2004）。尽管检测单体型的合并体（特别是有少量变异单体型的单体型区块）比检测单一单体型的合并体更具有说服力，但这个单体型区块的结构却并不总是非常明显的。资料表明，在某些环境下，单一标记物检测比单体型检测更为有效。单体型误差效应仍不很清楚，主要由于 SNP 区块结构中衍生推断出来的结论的不确定性，以及一些非染色体的相关检验。

种群混杂

遗传研究中可能的混杂因素来源是隐藏的群体遗传结构。这个群体样本可能由几个未完全混杂的遗传明显不同的亚群组成。这些群体在候选基因位点上，如果一个突变等位基因在发生率和数量上存在差异，那么此等位基因与性状的显著联系将仅仅反映了亚群中等位基因效应的混淆。由于暴露率在不同血统亚群中亦有可能不同，暴露、基因-暴露的交互作用效应也可以由于亚群而造成偏差。在一个多元化的群体中，如美国，混合所致的偏倚与普通突变体相比可能相对较小(Wacholder 等，2000)。考虑到人群混居的可能效应，基于以家庭为基础的相关检验得以发展，这类检验从根本上消除了由群体分层(Schaid 和 Sommer，1993；Spielman 等，1993)和基因-环境的交互作用(Schaid，1999；Umbach，2000)所带来的潜在的偏倚。

除了运用传统的种族因素作为分层分析因素的方法外，研究混合人群还有许多不同的研究方法，包括人群间排列的关联分析(Hao 等，2004)、基因关联研究中运用基因标记物来推断和控制混合人群的方法(Reiner 等，2005)，以及在病例和对照中进行混合匹配的方法(Tasi 等，2006)。

母亲和胎儿基因的作用

孩子自父母各获得一半等位基因。在妊娠期间所患的疾病可能受母亲基因型和胎儿的遗传基因型的共同影响。了解这两种独立而又不可分割的且相互作用的基因型，对于理解疾病的病因学是重要的。理解这些基因的作用也可以使再现危险率咨询成为可能。然而，考虑到母亲和子代基因型的相关性，运用普通的病例对照或队列设计研究方法很难发现这两个互有关系的危险因素的重要性(Umbach，2000)。

两步传递不平衡检验是第一个基于家庭的检验，主要用于区分母亲和子代的遗传效应(Mitchell，1997)。然而，当子代的基因型与所患疾病有关联时，需要从患儿及其母亲、父亲和外祖母获得数据，进行母源遗传效应的偏倚检验。另外一种可选择的基于祖父母的遗传传递改良方法提供了母亲及其子代遗传效应的无偏倚检验，但是这除了需要第一种方法所需的信息外，还需获得祖父母的基因型信息(Mitchell 和 Weinberg，2005)。

样本量和效能

在基因-环境的交互作用研究中，很难获得合适的样本量和效能估计，并且目前没有现成的方法来获得。为了研究复杂的基因-环境交互作用所做的努力往往因为难以获得足够的样本而大打折扣。两个主要的因素是人群中的多态性和修饰效应，这两者之间存在一个权衡的关系。一方面，普通突变体很少表现出一个强的效能，另一方面，由于这些突变体更加普遍，有更多的统计效能被运用到这些突变体的研究方法中。再次，即使人群外显率适中，常见突变体的人群归因危险度会比较大。

目前对基因多态性及其效应的研究有两种方法：分析法和模拟法。分析法需要有基因分布和基因模型的相关知识。目前的方法通常一次分析一种暴露因素和一种遗传标记。难以运用这种方法进行高阶交互作用的研究。相比来说，模拟法可以模拟任意的取样评估效能。这种方法可以处理高阶交互作用的情况，但是计算量太大。

数据处理与整合

由于基因分型技术取得了巨大进展，筛选生物样本获得更多的多态性成为可能，这些基因多态性与毒物暴露所导致的功能改变或疾病或多或少有一定的相关。研究者对于建立一个综合的数据库(关于暴露的新的发现、发病途径、相关基因和它们的多态性及功能)的兴趣与日俱增且正在讨论中。

这些数据库可以指导新的研究设计、数据分析和结果分析(De Roos 等，2004)。美国国立卫生院已投资组建了遗传药理研究网络和知识库(Pharmacogenetics Research Network and Knowledge Base,PharmGKB)(http://www.pharmgkb.org and http://www.nigms.nih.gov/funding/pharmacogenetics.html)。PharmGKB将会成为一个拥有高质量基因组、分子和细胞表型、临床表型信息的国家资源(Klein 等,2001)。

结果的报道和可重复性

阴性结果应该有发表的平台,进行荟萃分析时收集无偏倚的结果将会有相当大的价值(Romero 等,2002)。在基因-疾病的相关研究上,人们对于研究结果缺乏可重复性存有相当大的顾虑。"遗传连锁或关联的文献不能通过科学的详细审查","结果的可重复性是证实这些效应存在的关键"(Vogler 和 Kozlowski,2002)。

尽管如此,在遗传-流行病学研究的标准定义方面还有不少进步。在人类基因组流行病学研究成果的基础上,用来报道和评估基因型的研究和基因-疾病关联研究的清单被列举出来(Little 等,2002)。这个清单关注于研究主题的选择、基因型分析的有效性、人群的分层分析和统计学方面的资料。这个清单将被用于早产的基因和流行病学研究的数据整合(Little 等,2002)。为确保这些指南的精确性并且适合于早产的基因学研究,需不断进行评估。

结 论

多年来,早产病因学的研究主要致力于人口学、社会行为和环境危险因素。直到最近,才开始研究早产的遗传易感性和基因-环境的交互作用。分子遗传-流行病学为研究早产相关基因和环境因素的作用、生物学机制及其相互作用,提供了很有前景的方法。在高通量基因分型新技术、成对的以人群为基础的大规模的研究中,需要使用敏感生物标记物、全面的暴露评估、先进的生物技术和分析策略来阐明早产中复杂的多个基因-环境的交互作用。理解这些因素及其相互作用,有助于在早产诊断、预防和治疗上获得更大进展。

第8章

环境毒物对早产的影响

摘　要

环境污染物增加早产风险可能性的调查很少，而且，在这些调查过的污染物中，大部分也只有有限的信息。由于普遍缺乏了解，对环境化学污染物对早产的潜在影响知之甚少。可能铅和环境中烟雾除外，有证据显示母亲暴露于这些污染物增加早产的风险。另外，许多流行病学研究发现空气污染与早产之间存在显著相关性，特别是暴露于二氧化硫和一些微粒，可能增加妇女发生早产的风险。迄今研究发现，农业化学物质作为早产的潜在危险因素值得更大关注。其他研究显示，对于暴露于饮用水中硝酸盐和砷进行随访研究是有必要的。此外，尽管早产发生率持续存在着种族-民族差异，并且人们也逐渐认识到环境污染物暴露水平也存在种族-民族差异，但是关于种族、环境化学暴露与早产之间关系的研究还不多。几乎没有研究探讨种族-民族、环境化学污染对早产的交互作用。早产的调研中没有一个考虑孕妇可能暴露的众多污染物。由于潜在的暴露因素众多，需要开展满足公共健康需要的高效率且高效益的研究项目。

已经确认各种环境化学污染物是很多疾病和病理生理反应的危险因素，基于对这些污染物造成的危险的认识，制定了保护公众健康的政策。铅可能是最为大家熟知的毒物，国家已经采取行动，制定政策和计划禁止汽油和涂料使用铅，使孩子免受神经毒害。但是，由于暴露于环境中的污染物而致发生早产的危险却不为人所知。这些知识的缺乏使公共卫生预防政策的制定存在明显不足。

本文着重关注分析环境化学污染物暴露与早产之间关系的流行病学研究。本次文献回顾中，早产定义为妊娠不足37周且新生儿存活的分娩，个别研究应用其他定义。环境化学暴露和低出生体重之间关系的分析与结果本文没有讨论。由于分娩时平均孕周的差异可能与早产有关，也可能无关，主要取决于较小孕周的分布是否受到影响，只有当孕周有助于对早产的理解时，才会将孕周作为连续变量进行讨论。

应用PubMed检索相关资料时，键入早产的多个不同名词（如premature birth、prematurity和preterm delivery）或者“妊娠结局”一词（birth outcomes），加上关于毒物的一般名词（如空气污染物、水污染物和杀虫剂）以及特定污染物[如二噁英、多氯联苯、DDT（双对氯苯基三氯乙烷）]。如果这些研究是校正混杂因素后的结果，则将校正后的统计数据作为最终的结果。如果没有校正潜在的混杂因素，就采用粗优势比（odds ratio，OR）、粗相对危险度（relative risk，RR），或者最相关的统计结果。在某一研究中，如果结果有统计学差异，而且调整的OR或RR值的置信区间不包括1.0,则认为该统计结果有意义。虽然试图做到涵盖尽可能多的研究,但是可能也会漏掉一些。

暴露评价的挑战

采用多种方法对暴露进行评估,并探讨环境化学暴露与早产之间的关系。常用的方法把工作或居住地作为暴露的指标,如工作中接触杀虫剂、接近污染源,或者居住在污染区。在那些研究中,暴露是根据常见的环境媒介污染的水平进行评估的,如饮用水和周围的空气。但是,除了其他的局限性,这些研究常常缺乏关于个体暴露和混杂因素的信息。

多种方法可以用来获得个体暴露水平的信息。也许最常见的方法是通过调查或访谈获取自我报告的暴露信息,但是这种方法可能存在报告偏倚。此外,也可以检测化学暴露物的水平,典型的方法是检测体液或者组织内某种污染物或其代谢产物的水平,如母体血液、脐带血和胎盘。但是,需要根据研究的需要选择用来检测毒物水平的组织或者体液,取决于妊娠期体内毒物的分布以及毒物作用的靶组织或者体液。个体暴露信息有潜在的优势,如控制或校正混杂变量及减小对暴露的错误分类。

评价的时机也可以影响暴露的测量。例如,如果组织内毒物浓度随着妊娠周数变化,那么早产分娩时毒物的浓度与足月分娩不同的原因可能仅仅是由于孕周的不同造成的。同样,如果根据自我报告或者地域-生态学进行评价,结果可能随着暴露评价的时间而变化,如在妊娠最后1个月、整个妊娠期或者妊娠前的一段时间。联合暴露对于环境污染物是很常见的,这就提出了另外一个暴露评估的挑战。例如,香烟烟雾含有上千种化学物质,很多都有毒性。二氧化硫和颗粒是典型的联合空气污染物,而且许多脂溶性的毒物是食物中的联合污染物。在早产的研究中很少涉及联合污染物潜在的影响。

最大的挑战是对累计暴露的评价,一些污染物蓄积于机体内,例如铅蓄积于骨骼内,杀虫剂DDT蓄积于脂肪内。妊娠期代谢改变,使得骨骼和脂肪组织代谢增加,因此毒物从这些组织内释放入血液和体循环。而且蓄积暴露的影响可能对于早产非常重要,但基本上都未进行探讨。然而,蓄积暴露的评价面临许多问题,部分原因是由于个体并不知道暴露的程度。因此,为了探讨蓄积暴露的作用,需要发展评价蓄积暴露的生物标记物(如检测骨骼中铅含量的K-X射线荧光检测法)。

空气污染

最近在环境中空气污染与早产的联系方面作出了意义重大的努力。最近的综述详细回顾了这方面的一系列文献,得出了不同的结论(Maisonet等,2004;Sram等,2005)。Sram等(2005)认为空气污染与早产之间存在联系的结论证据不足,应该进行进一步研究。相反,Maisonet等(2004)报道,空气污染对早产率有明显的作用,然而作用相当有限,由于样本量小而且对于结局、暴露以及混杂因素的测量存在差别,结论也受到局限。2004年Sram和2005年Maisonet等的综述都仅仅包括四个研究结果,但是本文的讨论包括21篇该领域的科研文献。本章对于方法、主要结果以及存在的挑战等的简要总结,比Sram和Maisonet的文章更加全面。此外,一些虽然可能是空气污染成分的暴露因素,有可能更适合其他分类,比如铅,将在本章中作为特定毒物另行讨论。

评估空气污染暴露有多种不同的方法，最常用的方法是应用居住地和空气污染源的接近程度来进行评价，如高速路或者炼油厂。另外一种监测方法是应用固定的空气监测站来估计研究对象暴露于空气污染的程度。后一种方法可以对特定污染物与早产之间的关系进行分析。但是与对妇女个人暴露数据进行暴露评估相比，应用定点空气监测站对暴露进行评估可能弱化空气污染物对于健康的作用。另外，个人居住地与监测站的距离也可能影响与早产联系的统计学结果，进一步显示暴露的不同性质，体现出方法的局限性。与此同时，研究显示社会地位低下的非白人妊娠妇女更可能居住在空气污染较重的地区。由于社会经济地位低下和非裔美国人是早产的高危因素(见第4章)，污染物暴露的地域或者生态学评估就有可能受到社会经济状况及种族的混杂因素的影响。

研究中应用了多种比较方法，很多研究中都对居住于污染严重地区和居住于污染相对轻的地区的妇女进行了比较。一些研究中应用固定的空气监测站数据评估暴露，暴露-反应关系通过分析早产率与该妇女居住区暴露水平的趋势获得。另一种方法是研究不同时间内的污染情况，因为空气污染水平随着短期波动和季节发生显著的变化。此外，空气中某些污染物的浓度彼此之间存在联系。由于这些潜在的混杂因素的影响，监测多种空气污染物暴露的一些研究对污染物之间的相互影响的效应也进行了分析或校正。

二氧化硫和颗粒

关于特定的空气污染物与早产的关系，报道最一致的是二氧化硫和颗粒。与美国有关的是1985～1998年在温哥华、英国的哥伦比亚、加拿大进行的研究，结果发现二氧化硫空气污染与早产存在联系，校正后的OR值为1.09(95% CI 1.01～1.19)，二氧化硫的浓度为5.0ppb(14.3μg/m^3)。研究期间，每日平均二氧化硫浓度为4.9ppb，最高浓度为128.5ppb(超过1小时)。研究发现在捷克共和国和中国北京空气中二氧化硫污染的浓度高于美国，周围空气中二氧化硫浓度与早产之间存在剂量依赖关系，二氧化硫浓度每升高50μg/m^3，校正后的ORs为1.27(95% CI 1.16～1.39)，二氧化硫浓度取自然对数后ORs为1.21(95% CI 1.01～1.45)。在克罗地亚，居住在煤电厂附近的妇女，在发电量大，排放二氧化硫量多的时期内早产率高于发电量少时的早产率(RR=1.76；P=0.026)。

与二氧化硫相似，有报道空气中颗粒与早产之间也存在联系。空气中的颗粒以总悬浮颗粒物以及直径≤10μm的颗粒(可吸入颗粒物，PM10)为主。对加利福尼亚南部妇女的一项研究表明，分娩前PM10暴露6周可以增加阴道分娩早产的风险(校正的RR 1.19，总悬浮颗粒物50μg/m^3；95% CI 1.10～1.4)和剖宫产早产的风险(校正RR 1.35，总悬浮颗粒物50μg/m^3；95% CI 1.06～1.69)。在捷克共和国(校正后的OR 1.18，95% CI 1.05～1.31，总悬浮颗粒物50μg/m^3)和中国北京的妇女(校正后的OR 1.10，95% CI 1.01～1.20，总悬浮颗粒物100μg/m^3)中，可以观察到剂量-反应关系，其暴露的空气中颗粒污染物的浓度高于美国。

相反，在宾夕法尼亚州4个县进行的时间序列研究表明，暴露于二氧化硫或者PM10与早产之间可能存在联系，但是关系不明显(Sagiv等，2005)。同样，在瑞典南部关于二氧化硫、碳氢化合物以及一氧化氮空气污染的医学数据表明，污染水平高于或者低于平均水平的大城市早产率无显著性差异，而且污染水平最高的城区早产率与其他城区也没有显著性差异(Landgren，1996)。

一氧化碳、二氧化氮以及臭氧

早产率与一氧化碳、二氧化氮和臭氧暴露之间的关系还不确定。在温哥华、英国的哥伦比亚以及加拿大(Liu 等,2003)进行的人群研究表明,妊娠最后 1 个月中,一氧化碳暴露与早产有关,一氧化碳浓度每增加 1.0ppm,校正后 OR 值为 1.08(95% CI 1.01～1.15)。相反,一氧化碳污染水平与早产的关系与加利福尼亚南部的一项研究不同:内陆地区分娩前 6 周内一氧化碳暴露与早产发生率增加有关(RR 1.12;95% CI 1.04～1.21),但是沿海地区与早产率的下降有关(RR 0.77;95% CI 0.64～0.91)(Ritz 等,2000)。

关于二氧化氮的研究中也出现了不同的结果。Maroziene 和 Grazuleviciene 等(2002)报道立陶宛妇女早产发生率增加与二氧化氮暴露有关(中度和高度二氧化氮暴露校正后 OR 1.14,95% CI 0.77～1.68;OR 1.68,95% CI 1.15～2.46)。但是其他研究并未得出二氧化氮暴露水平与早产之间存在显著关系。

同样,两项研究中臭氧与早产之间均未发现存在显著的联系(Liu 等,2003;Ritz 等,2000)。

居住地区

一些研究发现,居住在空气污染严重地区的妇女比居住在空气污染轻地区的妇女更容易发生早产。居住在炼油厂(Lin 等,2001;Yang 等,2004a)、石化工业区(Yang 等,2002a,b),以及空气污染来源多的工业区(包括石油、石化、钢铁以及造船厂)(Tsai 等,2003)的妇女发生早产的风险增加,OR 为 1.03～1.41。居住在捷克共和国矿区的妇女早产发生率是低污染区妇女早产发生率的近 2 倍($P<0.01$),尽管按照区域分层后,该研究受吸烟和种族差异混杂因素的影响。居住在高速公路附近也与早产风险有关,OR 值或者 RR 值的范围为 1.08～1.30(Ponce 等,2005;Wilhelm 和 Ritz,2003,2005;Yang 等,2003a)。

妊娠不同时期的暴露

一些研究特别分析了是否孕期的某一阶段暴露于污染空气与早产的关系最强,结果不一致,有的研究报告为孕早期,有的报告为孕晚期。孕早期暴露于二氧化硫(Bobak,2000;Mohorovic,2004)、总悬浮颗粒物(Bobak,2000)以及二氧化氮(Maroziene 和 Grazuleviciene,2000)与早产有关,而不是孕中期或孕晚期。居住于捷克共和国矿区吸烟的妇女,冬天妊娠比夏天妊娠早产发生率高。该研究中冬天意味着富含硫酸、具有遗传毒性的有机化合物以及毒性微量元素的细小颗粒物浓度异常增高(Dejmek 等,1996;Sram 等,1996),故妊娠、暴露与早产之间可能有联系。

相反,其他研究则认为早产与妊娠晚期毒物暴露有关。Liu 等(2003)报道妊娠最后 1 个月暴露于二氧化硫和一氧化碳时早产发生率增加,而不是在妊娠第 1 个月。另外,在洛杉矶,居住在公路附近、妊娠晚期在秋天和冬天(即于交通拥堵相关的空气污染最严重的时期)的妇女,早产率上升最明显(Wilhelm 和 Ritz,2003)。一项研究结果认为妊娠最后 6 周内暴露于空气污染颗粒(PM10)与早产有关,而不是妊娠的最初 1 个月(Ritz 等,2000)。Bobak 等发现妊娠各个时期内发生早产的风险没有差别(二氧化硫的浓度每增加 50$\mu g/m^3$,调整 OR 1.24～1.27)。对二氧化硫和可吸入颗粒物(PM10)暴露进行详细的时间序列分析表明,早产与妊娠最后 6 周以及最后 1 周 PM10 和二氧化硫暴露的水平有关(Sagiv 等,2005)。

关于空气污染结果的意义

应该指出，所有研究中校正后的 OR 值或者 RR 值都相当小(小于 1.68)，很多估计值更小。相对比较低的 OR 值或者 RR 值反映出早产发生风险相对小幅升高，可能反映这种增加的风险的确处于边缘，或者是由于之前讨论的暴露评估的复杂性引起。另外，一些研究分析了多种空气污染物，当关注某一阳性结果时，应在整个研究中进行综合考虑。但是，考虑到发现暴露于空气污染和早产之间存在联系的研究结果的数量，流行病学结果显示空气污染可以增加妇女发生早产的风险。而且一些研究也报道了暴露-反应关系的意义，特别是二氧化硫和微粒(Bobak，2000；Liu 等，2003；Marozien 和 Grazuleviciene，2002；Ritz 等，2000；Sagiv 等，2005；Xu 等，1995)。关于一氧化碳，不同地区报道的结果不一致，而一氧化二氮的研究结果相反。因此就不能得出大气暴露一氧化碳和一氧化二氮是早产危险因素的结论。关于臭氧的两项研究发现暴露于臭氧与早产之间没有显著相关性，提示臭氧可能不是引发早产的危险因素。同样，矛盾的结果也不支持得出暴露于空气污染物与早产风险增加的关键孕周。

最后，Xu 等的分析值得进一步讨论。研究人员发现，暴露于二氧化硫和总悬浮颗粒物使分娩孕周的分布发生改变，所以最小孕周的暴露可以观察到最大的影响。研究者计算出归因危险度为 33.4%(样本中由于空气污染引起早产的比例)。如此高的归因危险度提示，暴露于高浓度的二氧化硫和颗粒物对孕妇构成了重要的公共卫生担忧。虽然 Xu 及其同事(1995)在北京检测的二氧化硫和颗粒物空气污染浓度在美国并没有出现，该研究无疑提出了空气污染对于早产的潜在的可预防的影响。

农业化学品

美国以及全世界范围内广泛应用了大量不同的农业化学品来防治害虫并增加农业产量。人类暴露可能是来自制造、应用或者间接来自环境媒介的污染，如水、空气以及食物。在农业化学品中，杀虫剂与早产的关系被研究的最深入。一些最“臭名昭著”的农药，如杀虫剂 DDT，在环境中持续存在，很难被清除，而且存在于食物链中(被生物放大)，因此增加了人类暴露的可能性。

早产的流行病学研究已经采用多种方法评估农用化学品的暴露，最常用的是检测母血、脐带血或者新生儿血液中污染物质的浓度，其他方法包括居住在农场，对职业暴露的调查评估，以及对母亲暴露的回顾性调查。

在早产的流行病学研究中，DDT 比其他任意一种农药都研究得多。DDT 是在环境中持续存在的杀虫剂，并在食物链中被生物放大，已知可对某些野生动物的生殖系统产生严重的影响。虽然美国在 1972 年已经停止使用 DDT，但是为了控制疟疾，在全世界范围内仍用它来杀死蚊子，由于在环境中很难被生物降解，其残留物在环境中持续存在。DDT 作为工业级异构体得到应用，其中 p，p'-DDT 应用最多。o，p'-DDT 异构体使人感兴趣的是它对于雌激素受体 α 的亲和性。人类对 DDT 的排泄很有限，虽然它可以代谢为稳定的代谢产物(p，p'-DDE)，同样也很少排泄出去。因此，关于 DDT 的研究主要监测 p，p'-DDT、o，p'-DDT、p，p'-DDE，少数情况下也包括其他几种 DDT 的异构体。一篇最近发表的文章对已经发表的关于 DDT 暴露与早产关系的研究进行了比较(Farhang 等，2005)。

两项研究在相似的时间内采用相似的暴露评估方法探讨了 DDT 暴露与早产之间的关系，应用 logistic 回归分析校正了相似的混杂变量。对 DDT 暴露与早产关系的最全面的评估研究(Longnecker 等，2001)包括 2380 例妇女(其中 361 例早产)，这些妇女参与了 1959～1965 年美国围产期合作计划(U.S. Collaborative Perinatal Project)。通过 logistic 回归分析妊娠晚期母体血清 DDE 浓度，Longnecker 等发现随着血清 DDT 浓度的增加，早产的风险也逐渐显著增加($P<0.0001$)，当血清 DDE 为 45～59μg/L 时，校正的 OR 值为 2.5(95% CI 1.5～4.2)，当血清 DDE≥60μg/L 时，校正的 OR 值为 3.1(95% CI 1.8～5.4)。同样的研究未发现妊娠晚期母体血清 DDT 浓度或母体血清 DDT 水平与 DDE 水平之比与早产之间存在显著关联。

与以上结果不同，对 1959～1967 年旧金山海湾地区参与儿童健康与发展研究(Child Health and Development Studies)的 420 名妇女进行研究，通过 logistic 回归分析未发现早产与母体血清 DDE、DDT 或者 DDT/DDE 存在联系。但是该研究存在明显的局限性，如仅包括 33 例早产；仅包括新生儿存活超过 2 年的病例；大部分母体血采集均在产后某一时间，没有限制特定时间；假设产后及妊娠期血清 DDT 和 DDE 浓度可以互相替代，而这一假设未经证实。

其他研究采用病例对照研究的方法，而且样本量很小(4～24 例早产)，研究中均检测早产妇女和足月分娩妇女组织中 DDT 和其他农药的浓度。这些研究中很多作者对于多种持续存在的毒物进行分析并着重于阳性结果。这些结果确实值得关注，但应该考虑到研究的整体背景。

Berkowitz 及其同事(1996)对纽约 1990～1993 年分娩的妇女进行了一项病例对照研究，以潜在的混杂变量(母亲年龄、种族以及妊娠前体质指数)作匹配，分析其他潜在的混杂因素。他们发现，与足月妊娠妇女(20 例)相比，发生早产的 20 例妇女在妊娠早期母体血清中 DDE 水平无明显差别。

三项未控制潜在混杂变量的病例对照研究发现，组织中几种杀虫剂浓度的增加与早产有关。对于勒克瑙、印度以及萨克塞纳等地的妊娠妇女进行的两项研究发现，与足月分娩的妇女相比，早产(第一个研究中早产定义为妊娠 12～32 周，第二个研究未对早产进行具体定义)的妇女血清、胎盘中三种重要的 DDT 异构体(包括 DDE)以及林丹(lindane)、狄氏剂(dieldrin)和六氯苯(hexachlorobenzene)等杀虫剂的浓度升高($P<0.001$)。同样，对于以色列早产妇女进行的研究显示，与足月妊娠妇女相比，分娩时母体血清中林丹、狄氏剂和六氯苯以及包括 DDE 在内的几种 DDT 异构体等杀虫剂的浓度升高($P<0.02$)(Wassermann 等，1982)。

一项对巴西新生儿进行的研究表明，与足月新生儿相比，早产新生儿脐带血中 DDT 和 DDE 浓度升高，而两者母亲体内 DDT 水平无显著性差别(Procianoy 和 Schvartsman，1981)。对西班牙弗利克斯暴露于电化学工厂的高浓度空气污染的妇女分娩的新生儿的研究表明，与足月分娩儿($n=66$)相比，早产儿($n=4$)脐带血中 DDE 浓度升高 3 倍($P<0.05$)(Ribas-Fito 等，2002)，但是杀虫剂 β-六氯环己烷的浓度没有差别。

虽然不会在环境中持续存在，但是由于其应用比较广泛，有机磷杀虫剂是另外一类可能引起人类暴露的杀虫剂。通过在脐带血中应用胆碱酯酶活性抑制剂作为有机磷暴露的生物标记，Eskenazi 等(2004)报道早产风险的增加与有机磷暴露有关(校正后的 OR 2.3；95% CI 1.1～4.8；$P=0.02$)。虽然后来的研究证明母体尿中有机磷杀虫剂的浓度与早产无关，但是尿样是在分娩前收集的，而脐带血是在分娩时收集的。对拉美裔低收入人群，通过母体血液中胆碱酯酶活性检测以及病史回顾进行有机磷杀虫剂暴露的评价，结果发现暴露和非暴露妇女发生早产的风险没有显著性差异（Willis等，1993）。

将在花卉栽培基地工作作为暴露于杀虫剂的标准，并通过自诉获知妊娠结局，Restrepo等（1990）比较哥伦比亚在花卉栽培基地工作前后的人发生早产的风险，结果发现女性在花卉基地工作后发生早产的风险增加（OR 1.86；95% CI 1.59～2.17；$P<0.02$），男性工人的妻子发生早产的风险也增加（OR 2.75；95% CI 2.01～3.76；$P<0.01$）。

美国一项对女性海军的研究根据母亲自诉的回顾性资料评估父亲对杀虫剂的职业暴露，结果表明，父亲暴露于杀虫剂与早产的发生有关，而不是与母亲的暴露有关（Hourani和Hilton，2000）。logistic分析表明，通过饮用水暴露于广泛应用的除草剂（莠去津，atrazine）与早产无显著相关（Villanueval等，2005）。

农作物应用的无机和有机肥料（如粪便）是饮用水硝酸盐污染的潜在来源。对加拿大爱德华王子岛的321例妇女进行的以人群为基础的病例对照研究表明，岛上生活在饮用水中硝酸盐浓度高的区域的妇女比浓度最低区域的妇女更容易发生早产（Bukowski等，2001a）。饮用水中硝酸盐与早产的关联强度与暴露浓度有关，硝酸盐浓度的中位数为3.1mg/L时，校正后的OR值为1.82（95% CI 1.23～2.69），而当硝酸盐浓度的中位数为4.3mg/L和5.5mg/L时，校正后的OR值分别为2.33（95% CI 1.46～3.68）和2.37（95% CI 1.07～4.08）。与之相反的是，486名西非婴儿的研究表明，早产与饮用水中硝酸盐浓度高之间无显著性关系，饮用水中硝酸盐的高低以20mg/L为界限（Super等，1981）。

另一项研究发现与非农民对照组相比，若包括所有37周前分娩者，挪威农民拥有农场与早产风险之间无显著性联系。但是，农民组中极早早产和中期早产（妊娠21～24周）显著增加，单胎妊娠校正后的OR值为1.54（95% CI 1.23～1.93），多胎妊娠校正后的OR值更高，为3.75（95% CI 1.72～8.20）。另外，研究发现早产与谷物种植有显著相关（OR 1.58，95% CI 1.19～2.09），而且发现了与季节和谷物收成质量差存在联系，这就使作者推测模具产生的真菌毒素可能引发中期早产，对多胎妊娠的影响最强。

虽然流行病学结果关于暴露于农业化学品是否增加早产的风险并没有达成共识，但是目前的研究提示，农业化学品作为早产潜在的危险因素需要更大的关注。特别是Longnecker等（2001）的研究为DDT暴露与早产的关系提供了有力的证据，因为该研究样本量大，暴露-反应关系显著，而且校正了混杂因素的影响。虽然DDT暴露可能在世界上其他地区还是很严重，需要指出的是1959～1967年应用妇女血样进行的研究，当时美国DDT暴露水平比现在高得多。其他关于DDT与早产的研究样本量小，缺乏关于研究对象居住地的信息，或者缺乏对混杂因素的考虑。

对早产与组织中高浓度的持续存在的其他有机氯杀虫剂（林丹、艾氏剂、狄氏剂、七氯以及六氯苯）关联的早期研究没有得到继续。关于早产者脐带血中有机磷杀虫剂暴露的生物标记物与早产密切相关的报道（Eskenazi等，2004）还需要进一步随访。考虑到通过污染的饮用水暴露的可能性，亚硝酸盐作为早产的危险因素需要进一步验证。最后，真菌毒素对于早产的影响还不明确（Kristensen等，1997），需要运用个体化的暴露评价措施来进行进一步分析。

多氯联苯

多氯联苯(Polychlorinated biphenyls,PCBs)是工业用化学物质,以同系物混合物的形式被制造与利用,每个同系物的区别在于联苯环上氯化物的数量和类型。某些 PCBs 同系物在环境中持续存在,很少降解,并在食物链中被生物放大,这些特征使人类暴露的机会增加。20 世纪 70 年代末,大多数国家都已经停止了对 PCBs 的生产和商业使用,但是有证据表明直到最近某些国家还在生产 PCBs。

早期的一项研究报道了 17 名早产妇女血液中总 PCBs 浓度比 10 名足月分娩妇女高 3.7 倍($P<0.025$),而且发现五氯和六氯二苯的同系物在早产妇女血液中异常升高(Wassermann 等,1982)。但是,后来的病例对照研究中没有关于研究对象的人口统计学信息。Longnecker 等(2005)对 1959~1965 年收集的 1034 名母血标本进行检测并进行 logistic 回归分析,同时考虑了混杂因素的影响,结果并未发现 PCBs 与早产之间的显著关联。同样,在 1990~1993 年间对于纽约城市 20 例早产妇女和 20 例足月分娩妇女进行了一项病例对照研究,病例组和对照组潜在的混杂因素相匹配(包括母亲的年龄、种族及孕前体重指数),并分析了其他混杂因素的影响,结果发现两组母体血清 PCBs(总 PCBs 或单个同系物)水平没有显著性差别(Berkowitz 等,1996)。此外,对西班牙暴露于严重污染空气的人群进行的研究发现,早产脐带血血清中 PCBs 水平与足月分娩者无显著性差别(Ribas-Fito 等,2002)。

由于 PCBs 在食物链中被生物放大,两项研究探讨了食用北美五大湖中的鱼、PCBs 暴露与早产之间的关系。密歇根州的一项研究发现,与每月食用两顿鲑鱼或鳟鱼餐的妇女相比,那些较少食用五大湖中鱼的妇女妊娠周期缩短(平均减少 4.9 天),而且脐带血中 PCBs 浓度高的新生儿比浓度低的新生儿早出生 8.8 天(Fein 等,1984)。与之相反,后来在威斯康星州绿色海湾(Green Bay)进行的一项研究发现,孕妇报告的食用密歇根湖鱼的情况或孕妇血清 PCBs 水平与任何不良妊娠结局无关(Dar 等,1992)。

一项对在纽约州北部的两个电容器制造厂工作的妇女的研究发现,暴露于高水平的 PCBs 的妇女,妊娠周期显著缩短(平均减少 6.6 天)(Taylor 等,1984)。对电容器制造厂工作的妇女进行随访研究发现,暴露于 PCBs 水平高的妇女的新生儿与暴露水平低的妇女的新生儿出生体重差异的一部分原因可以用出生孕周解释(Taylor 等,1989)。

样本量最大而且最严谨的研究(在考虑混杂因素的影响方面)未能证实 PCBs 暴露与早产之间的联系。由于流行病学调查结果以及世界大多数地区环境介质中 PCBs 污染正在下降的事实,研究结果不支持对于目前居住于美国的妇女,PCBs 暴露是早产重要的危险因素的可能性。

二 噁 英

氯化二噁英是一类混合物,包括 75 个结构类似的同系物,每个同系物的区别在于二苯并对二噁英分子上氯原子的数目或者位置不同。毒性最强、最知名的氯化二噁英是 2,3,7,8 四氯二苯并对二噁英(TCDD),就是通常指的二噁英。虽然 TCDD 以及其他二噁英是由森林大火或者火山所致的有机物不完全燃烧自然产生的,它也是人类无意识的焚化或燃烧产生的副产品，造成环境中大量含氯二噁英的污染。TCDD还是落叶剂“橙剂”的副产品，越南战争期间在东南亚广泛应用。

一些研究探讨了二噁英暴露是否与早产有关，但是结果不一。意大利塞维索(Seveso)发生TCDD工业泄漏事件地点附近，妇女血清TCDD的水平与早产风险的增加没有显著联系(Eskenazi等，2003)。对TCDD污染的俄罗斯Chapvaevsk地区进行的一项癌症和生殖结局的调查研究发现，该地区妇女早产发生率显著高于其他城市，但是该研究中对于早产没有具体定义，而且没有提供统计学对比。

2000年进行的一项定性研究的预实验发现，其丈夫或自己本人通过“橙剂”暴露于TCDD的30名越南妇女发生早产的次数较多(Le和Johansson，2001)。由于TCDD多数情况下通过结合并激活Ah受体发挥其毒性，一项研究检测胎盘中Ah受体的浓度、TCDD与Ah受体的亲和力以及芳香基羟基酶的活性(一种受Ah受体调节的细胞色素P450 CYP1A1酶)，但是早产和足月分娩两组没有显著性差别(Okey等，1997)。

因此，虽然TCDD具有毒性作用，但是流行病学研究结果并未发现母亲暴露于TCDD与早产之间存在联系。所以流行病学报告没有充分的证据证明母亲暴露于TCDD是发生早产的重要危险因素。

氯化消毒的副产物

由于应用氯化物对饮用水进行消毒非常普遍，因此由于氯化消毒产生的副产品对于健康的潜在影响引起广泛关注。主要的产物有三卤甲烷(如氯仿、溴二氯甲烷、二氯溴甲烷)、盐乙酸(如三氯乙酸、二氯乙酸)、3-氯-4(二氯甲基)-5羟基-2(五羟)-呋喃。

关于氯化消毒副产品对于健康影响的研究，暴露评价是一大挑战。特别是三卤甲烷在夏天和秋天升高，那时，树叶和其他来源的有机物在供水表面的渗透增加，因此在氯化消毒时更有利于形成三卤甲烷。而且消毒产物的浓度随着分布系统中部位的不同存在差别，因此一些副产物(如溴二氯甲烷)的水平随着时间不断增加，但是氯化乙酸可能随着时间的流逝而减少。另外，个体行为也会显著影响暴露水平。例如沐浴习惯、妇女饮用自来水或者是瓶装水都可以影响个体的暴露水平。对于依赖地域或者生态暴露评价地区饮用水样本的研究则因不能评价个体暴露差异而受到局限。

Bove等(2002)以及Graves等(2001)详细回顾了2002年前发表的关于氯化消毒副产品与早产或者孕周之间关系的流行病学研究。这里对于这些回顾的结果进行总结，但是最近的一些个体研究对此未进行详细讨论，读者可以从这些综述中详细了解某些研究。

Bove等(2002)回顾性分析了8篇关于早产和饮用水氯化物消毒副产物污染之间关系的研究，Grave等(2001)的研究包括7篇。所有回顾性研究中仅有1篇关于台湾城市的研究(Yang等，2000)发现，氯化消毒饮用水可以显著增加早产的风险(调整后的OR 1.34；95% CI 1.1～1.6)，因此，这两篇综述的结论是氯化消毒产物不太可能与早产有关。

其他研究尚未发现氯化消毒或者氯化消毒副产物与早产风险增加存在联系，包括1982年发表的一项研究(Tuthill等，1982)，在Bove和Graves等的回顾性分析中未包括这项研究以及最近的多项研究(Aggazzotti等，2004；Wright等，2003，2004)。实际上，Wright等(2004)报道母亲暴露于氯化消毒副产物如三卤甲烷、氯仿以及溴化二氯甲烷可以轻度降低早产的风险，但是无明显差异。

只有一项研究认为氯化消毒副产品暴露与早产存在关联，但是该研究中暴露评价方法是基于饮用水中氯化物的检测，而不是检测水中氯化消毒的副产品，因此仅有的一项得出阳性结论的研究因暴露的分类错误而存在局限性。与之不同的是，大多数基于特定的暴露检测方法的研究则认为，氯化消毒副产品暴露与早产无关。因此，总的结果认为研究没有发现早产与消毒副产品暴露存在联系。

环境中的烟雾

环境中的烟雾构成了对周围空气中烟雾的被动暴露，与之对应的是通过吸烟形成的主动暴露。关于主动暴露发生早产的风险见第3章。许多研究探讨了环境中的烟雾与早产的关系。在那些研究中，母亲的自我报告是最常用的暴露评价方法，但是两项研究中应用生物标记物监测暴露水平(母亲血清中尼古丁代谢产物可替宁的浓度以及母亲头发中可替宁的浓度)。每一项研究都发现环境中烟雾暴露与早产风险的增加有关。

对分娩几天后的妇女进行的一项回顾性烟雾暴露的调查研究发现，自诉每天暴露于烟雾达到或者超过7小时可以显著增加早产的风险(OR 1.86，95% CI 1.05～3.45)(Hanke等，1999)。另外一项根据母亲自诉进行的调查研究发现，每天暴露于烟雾≥7小时可以增加不足35周早产的风险(OR 2.4，95% CI 1.0～5.3)，但是不增加37周内早产的风险(Windham等，2000)。后一项研究是前瞻性研究，而且暴露的评价是根据妊娠早期至中期内采访前1周内的烟雾暴露情况。

将母亲自诉的妊娠期间暴露于家庭成员吸烟烟雾的情况作为暴露的指标，Ahluwalia等(1997)报道30岁及30岁以上的妇女发生早产的风险显著增加(OR 1.88，95% CI 1.22～2.88)，但是年轻妇女不增加相应风险。也是基于孕妇自诉的暴露情况，Ahlborg和Bodin(1991)发现暴露于工作场所的烟雾，而不是在家中，与早产风险的增加有关。另一项根据调查问卷进行暴露评价的研究发现，只在工作场所暴露于烟雾使早产的风险增加(校正后的OR 2.35，95% CI 0.50～11.1)，在工作和家中同时暴露更增加早产的风险(校正后的OR 8.89，95% CI 1.05～75.3)，但是仅仅在家中暴露并不增加早产的风险。

两项研究中根据母亲自诉以及检测生物标记物评价对环境中烟雾的暴露水平，Jaakkola等(2001)检测分娩后头发中尼古丁的水平评价烟雾暴露水平，结果发现存在剂量依赖关系，头发中每增加1μg尼古丁，可以使校正后的OR增加1.22(95% CI 1.07～1.39)。后一研究中高暴露组早产的风险是对照组的6倍(校正后的OR 6.12，95% CI 1.31～28.7)(Jaakkola等，2001)。第二个研究中，依据妊娠中期母亲血清中尼古丁代谢产物可替宁的浓度作为环境中烟雾暴露的指标(Kharrazi等，2004)，对2777例分娩病例进行分析，作者发现，暴露水平最高组(可替宁0.236～10ng/ml)比暴露水平最低组(可替宁＜0.236ng/ml)早产的风险增加。

虽然暴露评估和研究设计存在差别，6个研究结果一致认为暴露于环境中的烟雾与早产风险的增加有关。Ahluwalia等(1997)的研究发现环境中烟雾暴露与母亲年龄的交互作用具有特别的意义，值得进一步分析。因暴露于环境中的烟雾引起早产的风险校正后的OR值为1.2～2.4，除了Jaakkola等(2001)报道的6.12～8.89。除Jaakkola等(2001)的研究外，因环境烟雾暴露引起早产的风险与主动吸烟引起的风险相近甚至更高(见第3章)。

现在推测其原因可能是被动吸烟暴露更加连续，时间更加持久，而主动吸烟时间短。毋庸置疑，研究提示，环境中烟雾暴露作为早产的危险因素值得更大关注。总之，已发表的研究提示，暴露于环境中的烟雾是早产的潜在危险因素。

金属及类金属

金属及类金属是存在于自然界的元素，可以形成多种化学基团。本章回顾分析了研究中分析暴露与早产之间关系的金属或者类金属的所有化学形式。另外，一些金属元素组成了所谓微量营养素，这些微量营养素的缺乏与早产风险的增加有关（见第3章）。但是，本章仅讨论环境中这些金属或者类金属的过量暴露。

在这些金属中，铅暴露与早产关系的研究最深入。Andrews等（1994）对1994年之前发表的关于铅暴露与早产之间关系以及其他妊娠结局的流行病学研究进行了全面的回顾。尽管某些研究存在不足与局限性，但Andrews认为可以得出铅暴露对早产具有不良影响的结论，因为：①回顾的所有研究中，与足月妊娠相比，早产妇女体内铅水平升高；②在回顾的大部分研究中，早产的发生率随着铅暴露水平的升高而升高。本章没有包括Andrews所有研究结果，具体内容读者可以参考原文（Andrews，1994）。

与Andrews等（1994）的结果相似，Falcon等（2003）发现18例早产者或者胎膜早破者胎盘平均铅浓度比71例足月分娩妇女显著升高（1.5倍）（Falcon等，2003）。之后对于西班牙妇女的研究未发现早产和足月分娩妇女存在年龄、产次、吸烟习惯或者是居住地点的差异。

Torres-Sanchez等（1999）发现与足月分娩妇女相比，早产妇女脐带中铅平均水平显著升高（$P<0.051$），但是仅对于初产妇而言。但是，Torres-Sanchez等（1999）也应用logistic回归分析法对初产妇和经产妇数据进行分析，将脐带血铅浓度应用四分位分组，并校正各种已知的早产危险因素。将最低的四分位组作为分界线（平均脐带血铅浓度<5.1μg/dl），结果发现3个较高水平的铅暴露，初产妇发生早产的风险显著增加，校正后的OR值为2.6～2.82，而经产妇没有得到同样的结果（Torres-Sanchez等，1999）。与之相反，一个小样本的病例对照研究比较了瑞士和波兰发生早产（$n=17$）以及足月分娩（$n=13$）妇女，发现在分娩时，母亲血液、子宫肌层以及胎盘铅浓度没有显著性差别（Fagher等，1993）。

挪威进行的一项研究，了解孕妇的工作史，发现妊娠期间工作处于铅高暴露水平的妇女发生早产的风险高于处于低暴露水平的妇女（校正后的OR 1.93，95% CI 1.09～3.28）（Irgens，1998）。

以前的许多研究以血铅水平作为评价暴露的方法。但是，全血中铅的水平不能反映铅的生物利用度，由于血液中的铅大部分（95%以上）与红细胞结合，因此不能造成损害（Manton和Cook，1984；Smith D等，2002）。

对饮用水中镉和铅的暴露研究得出了不同的结果。早产分娩时（$n=13$）母亲血液中镉浓度比足月分娩者（$n=11$）显著升高，而在子宫肌层和胎盘中则没有差别（Fagher等，1993）。在中国的镉污染地区进行的一项研究将血镉的中位数浓度作为分界线，结果发现，母血、脐带血或者胎盘中镉高浓度组与低浓度组早产发生率无显著性差别（Zhang等，2004）。

在一项对孟加拉国妇女的研究中，生活在饮用水受到砷污染的山村的妇女组（$n=96$）

早产发生率是饮用水砷浓度低的山村妇女（≤0.02mg/L，$n=96$）的2.5倍，两组年龄、社会经济地位、受教育水平和结婚时年龄无显著性差异（Ahmad等，2001）。另外，饮用砷污染的饮用水超过15年的孟加拉国妇女早产率高于不足15年的妇女（$P<0.02$）（Ahmad等，2001）。与之不同的是，台湾的一项研究发现母亲暴露于砷污染的水源与早产的发生没有显著相关性，两组研究对象分别居住于砷污染区，对照组居住于无砷污染史的地区，两个地区城市化程度相匹配（Yang等，2003b）。

在因偶然原因造成硫酸铝泄漏入饮用水的地区，与邻近社区相比早产数无显著增多（Golding，1991）。但是研究中暴露的妊娠妇女样本量相对较小（88例暴露妇女中4例发生早产）。

毋庸置疑，铅与早产的关系或缩短妊娠周期的研究比其他任何金属或类金属都多。虽然证据不一致，但是有足够的证据表明母亲铅暴露会增加早产的风险。目前的认识水平不足以确定父亲暴露是否也是早产的高危因素。对于其他金属如铝和镉，或者类金属砷与早产的关系因证据有限，目前甚至不能得出暂定的结论。

父亲暴露于环境中的毒物

一些研究探讨了父亲暴露于毒物在早产中的作用，每项研究均包括在工作环境中的暴露。

挪威进行的两项关于职业史的研究探讨父亲的职业暴露与早产的关系。在第一项研究中，父亲在油漆厂工作，因此引起铅和溶剂的职业暴露，与≤37周的早产无关，但是发生16～27周的早期早产的危险性显著增加（OR 8.6，95% CI 2.8～27.3）（Kristensen等，1993）。第二项研究中，父亲处于中度或者低度铅暴露，且无高水平铅暴露时早产的风险轻度降低（校正后的OR 0.89，95% CI 0.86～0.93）（Irgens等，1998）。

由美国国家职业安全与健康研究所（U.S. National Institute for Occupational Safety and Health）组织的一项研究证明：父亲职业暴露于二噁英（TCDD）与早产的发生无关，研究中应用药代动力学模型估计受孕时人血清中TCDD水平（Lawsondeng，2004）。同样，对越南Operation Ranch Hand进行了一项研究，Operation Ranch Hand在越南战争期间负责落叶剂的喷洒，该研究没有发现父亲暴露于TCDD（存在于"橙剂"中）对早产率有影响（Michalek等，1998）。在后一项研究中，分别于1987年或者1992年检测父亲二噁英水平，以外推法估计受孕时二噁英的暴露水平。

总之，对父亲毒物暴露进行评价的研究很少，没有发现因父亲职业暴露于铅或者TCDD使早产风险增加的证据。

环境暴露中的种族差异

正如本书中其他地方详细讨论的，与其他种族相比，非裔美籍妇女早产的发生率更加普遍，并且这种情况持续了很多年。"种族公正"与"环境种族主义"反映了环境污染对于穷困的少数民族的不均衡的负担（Brown，1995；Silbergeld和Patrick，2005）。最近Silbergeld和Patrick（2005）的综述详细讨论了环境污染物暴露的人群不均衡性以及对于分娩结局的影响。虽然后一项研究重点讨论的出生结局不是早产，但是讨论包括与早产有关的环境暴露中存在的种族-民族差别。Silbergeld 和 Patrick(2005)总结为“认为毒物暴露部分解释了在不良妊娠结局风险中观察到的社会经济学差异”(Silbergeld 和 Patrick,2005)。

虽然早产发生率的种族-民族差异持续存在,而且对于环境暴露的种族-民族差异的认识也逐渐增强,但是很少有研究考虑种族-民族、环境化学物质暴露与早产之间的交互作用。Woodruff 等(2003)报道,主要由少数民族组成的社区中空气污染水平增加,校正包括种族-民族等母亲的危险因素后,高水平的空气污染使发生早产的风险轻度增加(OR 1.05,95% CI 0.99~1.12)。

其他可能在种族-民族差异方面影响暴露的不同因素包括行为、文化及社会特征与实践等。一项病例对照研究中(包括 188 例早产和 304 例足月分娩),非裔美国妇女在妊娠前或者妊娠时应用化学直发剂或烫发剂对早产风险没有影响。

需要进一步研究以深入了解考虑到种族-民族因素后环境污染对于早产的影响。由于暴露于环境化学物质可能与种族-民族因素具有协同作用,因此研究妊娠期环境暴露的种族-民族差异,可能为了解种族-民族因素对早产率的影响提供新的视角。

生物学机制

目前还缺乏对于污染物造成早产的机制的研究。污染物可能通过不完全的激活分娩生理机制或者活化病理机制而刺激分娩的过程,最终导致早产的发生。因此,污染物引起早产的生物机制可能包括破坏调节分娩的内分泌系统、活化刺激子宫收缩的细胞信号通路以及活化炎症通路等(见第 6 章关于早产的机制讨论)。另外,有毒物质可能是揭开以前未知的分娩过程之谜的工具,正如对神经系统的作用。

在暴露于 DDT 异构体和 PCBs 的大鼠子宫研究中,研究了直接刺激子宫收缩频率的机制。这些研究表明通过 DDT 异构体和商用 PCBs 混合物(Aroclor 1254)进行子宫收缩刺激,包括通过子宫平滑肌细胞中电压敏感的钙离子通道的活化来增加细胞内钙离子的含量(Bae 等,1999b;Juberg 和 Loch-Caruso,1992;Juberg 等,1995)。另外,通过 PCBs 混合物刺激子宫收缩依赖于不需要钙离子的磷脂酶 A2 的活化以及花生四烯酸的释放(Bae 等,1999a)。一种 PCBs 物质(PCB50)可以通过活化在妊娠晚期分化并表达的不依赖钙离子的内膜磷脂酶 A2 来刺激大鼠子宫收缩(Brant 等,2006a)。此外,Brant 及其同事指出:PCB50 活化磷脂酶 A2 由 P38 分裂活化蛋白激酶(mitogen activated protein kinase,MAPK)介导(Brant 和 Caruso,2005),但是子宫平滑肌细胞内钙离子增加、花生四烯酸释放、前列腺素释放以及子宫收缩频率增加是分娩的特征,大鼠细胞和组织的这些反应(在体外试验中可以进行检测的)是否与人类的早产有关尚未可知。

最近的研究指出一些有毒物质可能刺激细胞内的炎症反应。Xu 等(2005)发现邻苯二甲酸盐及其代谢物增加大鼠胎盘滋养细胞中过氧化物酶体增殖活化受体(peroxisome proliferator-activated receptors,PPARs)的表达。Latini 及其同事提出通过 PPAR 诱导的炎症反应可能是邻苯二甲酸盐导致孕周缩短的机制(Latini 等,2003,2005)。Brant 及其同事报道多溴二苯乙醚可以刺激人类的胎膜分泌炎症细胞因子的前体(Brant 等,2006b)。尽管宫腔内的感染可能与早产有关(见第 6 章),但是有毒物质诱导的炎症是否是妇女发生早产的机制还有待研究。显然,需要加强对有毒物质对于早产和正常分娩的影响的理解。

结 论

关于环境污染物增加早产风险可能性的调查很少，而且，在这些调查过的污染物中，大部分也只有有限的信息。由于普遍缺乏了解，有关环境化学污染物对早产的潜在影响知之甚少。可能铅和环境中烟雾除外，有证据显示母亲暴露于这些污染物增加早产的风险。另外，许多流行病学研究发现空气污染与早产之间存在显著相关性，特别是暴露于二氧化硫和一些微粒，可能增加妇女发生早产的风险。

迄今为止的研究显示暴露于农用化学物质作为早产的高危因素值得更多关注。特别是 Longnecker 等(2001)研究发现，有充分的证据显示 DDT 暴露与早产之间存在联系，但是需要指出的是研究中暴露水平高于美国目前暴露水平。其他研究发现，应该对饮用水中硝酸盐和砷的暴露者进行随访研究。

虽然这里提到的某些污染物值得进一步研究，但是需要指出的是妇女暴露的大多数污染物在早产的研究中可能从未作为观察指标。如果未来的研究仅限于某些已经有所了解的污染物，则目光短浅。但是由于潜在暴露因素众多，需要制定策略，进行有效且高效的研究，以满足公众健康的需要。这样的策略应该基于有毒物质的病理生理机制或者化学结构的激活来调查相关的毒物。其他策略可能应该着重于已识别的最常见的污染物，例如国家健康与营养调查(National Health and Nutrition Examination Survey，NHANES)或者有毒物质排放清单(Toxics Release Inventory)数据库名单上列出的污染物。例如，我们从 NHANES 研究中了解到邻苯二甲酸盐在女性尿液中出现，并且在生育年龄的妇女中水平较高(Silva 等，2004)。包括蛋白质组、基因组以及代谢组的研究路线的新策略可能需要改进。

目前的研究提出了重要的问题。例如，妊娠期何时是污染暴露的关键时期？这个问题是最近对观察空气污染的调查中提出的，还没有明确的答案，对于其他污染物的研究也没有提过。可能关键时期部分取决于环境污染物通过何种途径启动其作用。由于污染物的化学结构和生物活性千差万别，整个妊娠期可能没有单一固定的评价所有的环境污染物暴露的最佳时间。而且，也不存在可以启动多种机制的某一个关键暴露期。对于一些污染物，关键暴露期可能在妊娠前，或者在分娩前或者分娩后，或者在青春期。因此，暴露评价的方法学需要对于所研究的污染物引起早产的机制进行了解。

另外一个重要的问题与暴露评价的方法有关。所谓生态学暴露评价，依赖于某地区污染物水平的检测，由于不能解释暴露异质性以及个体混杂因素而受到制约。通过调查或者访谈进行暴露评价的方法学容易出现多种偏倚，可能准确性会受到影响。但是应用生物或者化学标记物进行的个体暴露评价对早产相关调查也提出了挑战，这些挑战中最主要的是合适的检测技术及液体或组织标本的选择。例如，一些研究应用某种检测技术得出相关的结论而用其他技术未能得出同样结果，或者通过检测某种组织或者体液中毒物的浓度得出相关的结论而通过其他方法未得出相同的结论。另外，如果组织或者体液样本中某种污染物的浓度因妊娠期的生理变化而随着不同孕周发生改变，分娩时样本的浓度可能仅仅反映孕周不同而不是暴露水平的差异。

对于环境污染物暴露与早产之间关系的生物学偏倚的理解，使其进展存在局限性，其中的部分原因可能是当前实验室动物模型存在明显的局限性(见第 6 章)。另外，研究中很少探讨污染物引起早产的机制。由于污染物增加早产的风险可能是通过不完全的激活分娩的生理机制或者是激活早产的病理机制来实现的，因此需要考虑毒物的作用机制。因此污染物可能通过生物机制诱发早产，包括内分泌系统的破坏、激活子宫肌肉收缩的细胞传导途径、活化炎症反应途径等，很显然需要加强对于有毒物质改变正常分娩和早产机制的理解。

理解环境污染物暴露对于早产的潜在影响历来都是一个复杂的问题。但是，不能由于其复杂性引起的挑战而忽视任务的重要性。总体上来说，妇女暴露于环境污染物中是不可避免的、无意的，而且可能还有一大批妇女暴露于特殊的污染物中，由此引起的风险对于整个人群早产的发生具有重要影响。因此公共卫生在调节这样的暴露中具有重要的作用。但是保护孕妇和她们未出生孩子的行动不能建立在这样空洞的信息基础之上。

正如本章讨论的，有必要增加并且改善该领域相关基础知识的研究，制定有效的公共卫生预防策略，最大程度地减少因环境暴露造成的早产风险。

结果 8-1：有限的数据表明，一些环境污染物，如铅和烟雾，以及空气污染，可能增加早产的风险；但是大多数环境污染物还没有进行研究。此外，环境毒物暴露与其他行为、心理以及社会人口因素之间的相互作用尚未进行探讨。

第二部分

早产的原因

建　议

委员会发现:迄今为止,公共卫生和临床干预的失败在很大程度上应归咎于对早产的复杂病因了解的局限性。

建议Ⅱ-1:支持早产的病因研究。资助机构应承诺,持续、有力支持早产的病因研究,填补相关知识空白。

需要支持的领域应包括:

- 贯穿整个孕期及孕前期,有关分娩的生理和病理机制研究。
- 炎症及其调控在着床和分娩中的作用应该加以研究。具体来说,细菌和病毒感染以及宿主对病原体的特殊反应引起的被动的免疫和炎症途径应当加以解决。
- 早产应定义为一种多种病理生理途径的综合征,早产的表型准确地反映了早产潜在病因的异质性。
- 应该对人类胚胎植入、胎盘形成、分娩和早产的动物模型、体外模拟系统和计算机模型加以研究。
- 应该对早产的简单遗传和更复杂的表观遗传原因加以研究。
- 基因与环境的相互作用和环境因素应当受到重视,包括物质和社会环境。
- 应该对生物指标和机制及接触生物标志物、环境污染物加以研究。

委员会发现:影响早产发生的社会心理的、行为的和社会人口的危险因素有并发的倾向性;这些因素之间有力的、复杂的潜在交互作用已经得到研究。当单独研究这些因素时,它们中的任何一个和早产都只有微弱的、不连贯的联系。委员会认识到,随着寻找到的潜在交互作用的病因的增加,要保证统计学上显示出明显差异所需的样本量也需要足够大。

建议Ⅱ-2:多种危险因素的研究。促成与早产有关的相互作用模型的建立。公立和私人资金机构应支持研究人员进行与早产相关的多种危险因素研究,而不是独立的个别危险因素研究。这些研究将构建一个与早产有关的多因素相互作用的复杂模型,有利于发现更具体、更完善的针对危险因素的干预措施。

具体而言这些研究包括:

- 制定强有力的致病途径理论模型,以社会心理因素(包括压力、社会支持及其他弹性因素)为基础不断进行早产观察研究。这些工作框架应包括可能的生物学机制。综合研究应包括社会心理、行为、医学和生物数据。

● 充分研究各种风险，如就业特征和工作环境，包括与工作有关的压力；孕期家庭或个人暴力影响；种族歧视和个人资源，如乐观、掌握和控制，以及计划妊娠。这些研究还应包括接触环境毒物等的潜在作用。

● 强调文化措施的有效性，不同种族和民族群体经历的压力各不相同。压力测量还应包括如焦虑的具体情况。

● 加强社区因素对早产风险的研究，包括新的多层次模型，提供更多的研究人员进行这些数据和信息的研究，机构间达成协议，资源共享，支持发展社区建设。

● 首要的发展战略是预防早产，轻度影响的作用因素多，因此要采取多因素的干预措施。

● 制订普遍适用的方案，收集数据和样品，应考虑进行高危人群研究，提高研究的效力。

建议Ⅱ-3：将研究扩展到民族-种族间差异和社会经济的差异对早产率影响的原因和防治方法上。美国国立卫生院和其他基金管理机构当前应致力于早产率在民族与种族和社会经济差异的原因和防治方法上的研究。这项研究议程要将努力重点放在寻求非裔美国婴儿高早产率的原因方面，还要鼓励对其他民族-种族子群体间差异性进行研究。这项研究应该是一个整体方案，能够考虑到早产发生的多种因素之间不同的相互作用，包括种族主义在内在多层次和整个生命过程中均发挥作用。

建议Ⅱ-4：调查由于不孕症治疗造成的早产原因和结局。国立卫生院和其他机构，例如CDC和卫生保健研究和质量研究机构，应当对研究者提供支持，要研究不孕症治疗的机制，如辅助生殖技术和促排卵治疗会增加早产的危险。还应当研究接受不孕症治疗的妇女的结局以及早产母亲及其新生儿的结局。

具体来说，这个领域的研究应当达到如下目的：

● 对临床研究进行全面登记，重点是胎龄及出生体重，医源性早产还是自发性早产，新生儿结局和围生儿死亡率及发病率。这些登记要区别开多胎妊娠和单胎妊娠，并将多胎妊娠的多个新生婴儿联系起来。

● 进行基础生物学研究，明确与生殖技术相关的早产的发病机制，以及不孕不育可能导致早产的根本原因。

● 了解人口变化对生育治疗的应用和结局的影响。

● 调查早产儿结局以及所有母亲接受不孕症治疗分娩的新生儿结局。

● 评价各种不孕症治疗带来的短期和长期经济成本。

● 研究改善不孕症治疗结局的方法，包括识别高质量配子和受精卵，进行优化以期达到单受精卵移植成功，改善对卵巢的刺激，使单一卵泡发育成熟。

建议Ⅱ-5：减少多胎妊娠的研究指南。美国妇产科医师协会、美国生殖医学会和国立及州立公共卫生机构应当制定工作指南减少多胎妊娠的数量。重点放在进行单卵移植、限制超促排卵药物的使用和其他治疗不孕症的非辅助生殖技术上。除了各中心及私人诊所必须向CDC报告辅助生殖情况外，超促排卵治疗的使用也应当按规定上报。

早产的诊断和治疗

第 9 章

自发性早产的诊断和治疗

摘　要

目前对早产的诊断和治疗还没有足够的文献资料，不仅因为缺少设计良好的和有足够说服力的临床试验，还因为对早产发生的顺序和时机不完全了解，这些都先于早产的临床证据。直到现在，还没有一项单独的试验或检测措施能准确的预测出早产。防治早产的重点是放在对有早产症状妇女的治疗上。治疗效果主要集中在抑制早产妇女的宫缩。这种方法没有降低早产的发生率，但是却可以延后分娩时间，能够在分娩前使用类固醇激素，并把母亲和婴儿转诊到合适的医院，这是两种经常被用来降低围生期死亡率及发病率的干预方式。在历史上，早产预防重点并不是在产前保健上，因为人们认为，大多数的早产是由于社会原因而非医疗或产科因素，或是有益于母亲及婴儿的病理学过程的适时结局，或是两者的共同作用。因为威胁胎儿或母亲健康状况的情况的出现，可能会发生早产或胎膜早破，能不能适时的阻止早产是影响临床决策的重要问题。早产治疗的最终目的是消除或降低围生期死亡率和发病率。因此，尽管有很多干预措施用来阻止早产、延长孕周，但是，早产事件仍然是全世界新生儿健康的主要威胁。尽管现在的产科和新生儿护理措施已经很大的提高了新生儿生存率和早期成活率，但是仍迫切需要能预防早产的有效对策。因为基础研究不断的揭示出和分娩有关的内分泌系统和免疫系统的复杂性，研究者们就要继续寻求在生物学上可行的防治早产的新的治疗方法，发展协助早产早期准确诊断的标志物或多种标志物。

近 75％的围生期死亡率和约 50％的远期神经病学发病率发生在早产婴儿中。从广义上说，根据是否存在威胁孕妇或胎儿的因素，早产可以划分为两种类型：自发性早产和医源性早产（Meis 等，1987，1995，1998）。自发性早产源于妊娠 37 周前的早发性宫缩或胎膜早破，在发达国家占很大的比例。由直接威胁孕妇或胎儿生命的因素，如子痫前期、胎盘前置、胎儿生长受限等造成的早产称为医源性早产，占早产率的 25％～30％（Meis 等，1987，1995，1998）。尽管把早产分为医源性和自发性两种类型，在分析时可以分为哪些是可以预防的，哪些可能是有益的，但是，人们逐渐认识到这种划分可能会低估造成早发性宫缩的致病因素的作用，如血管因素或胎儿窘迫等。有研究表明，没有明显孕妇疾病的自发性早产出现宫内生长迟缓现象的几率比预期要高（Bukowski 等，2001b；Gardosi，2005）。图 9-1 显示了早产的胎儿体重和正常出生的胎儿体重的负偏态分布。因此，必须努力采取措施预防早产，并从根本上评估它们对围生期死亡率和发病率产生的影响。

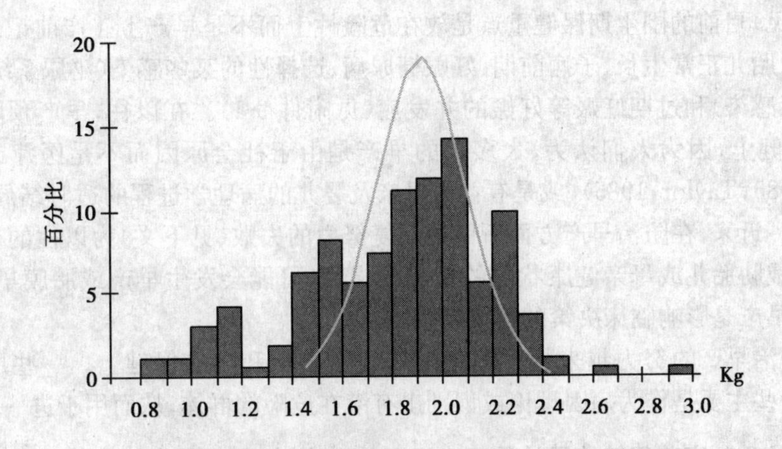

图 9-1　妊娠 32 周时超声与出生标准体重的比较

引自：Gardosi 等.(2005). 摘自 Early Human Deveolpment，81 卷，45 页，© 2004 年，Elsevier 授权

对早产儿和母亲的保健可分为：一级预防（对人群的预防和降低风险）、二级预防（对风险增高的个体的识别和治疗）、三级预防（在早产症状出现后，旨在降低围生期死亡率和发病率的治疗）。过去 30 年间，产科和新生儿三级保健方面已经取得了很大的进步，降低了早产儿的发病率和死亡率。然而，实施至今的一级及二级预防并没有减少自发性早产率。这章内容讲述并评析二级和三级预防的成功经验。尽管这些描述很清楚，但是对于早产发生的危险因素的合理防治应用仍然有很多障碍。很多危险因素被识别和消除，但并没有影响到早产的发生率和发病率。对一些可能会促进或阻碍预防效果的协同因素，包括外源的和内源的，均不明确。因为临床上有明显症状的早发性宫缩通常发生在分娩开始的几周或几个月前，有效防治的最佳时间不是很清楚。图 9-2 显示了它们之间的相互作用。

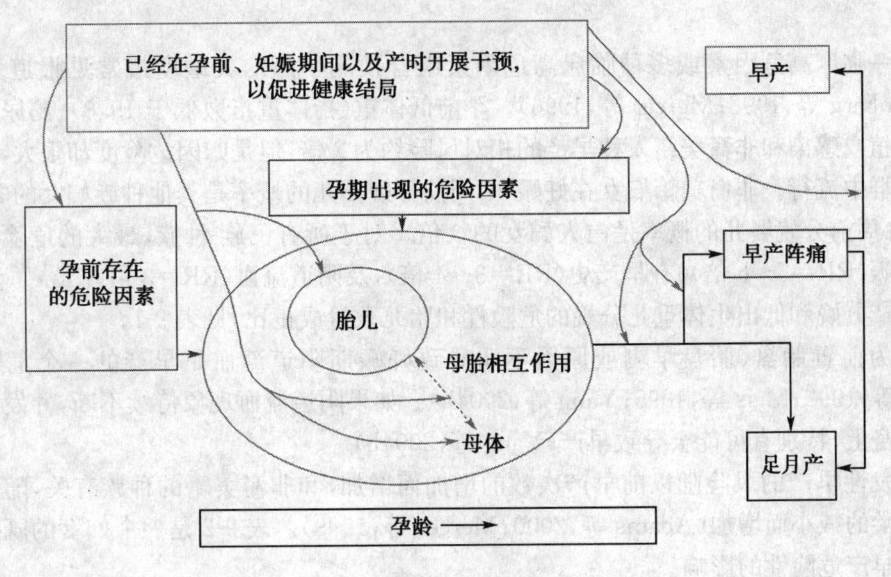

图 9-2　对早产的干预

显而易见，目前的围生期保健重点是放在危险性上而不是早产上。产前记录重点强调了出生缺陷、胎儿正常生长、子痫前期、妊娠糖尿病、选择性的某些感染(泌尿系统、B族链球菌、风疹病毒感染)和过期妊娠等妊娠的并发症(见附件9-1)。在以往，早产预防重点并不是在产前保健上，因为人们认为，大多数的早产是由于社会原因而不是医疗或产科因素(Main等，1985；Taylor，1985)，或是有益于母亲及婴儿的病理学过程的适时结局，或是两者的共同作用。近来，在防治早产方面所做的反复努力的失败(见下文)为以往的观点提供了支持。因为威胁胎儿或母亲健康状况的情况的出现，可能会发生早产或胎膜早破，能不能适时的阻止早产是影响临床决策的重要问题。

因此，防治早产的努力越来越多地集中在妊娠早期和孕前保健上。一些风险可以防治，而另外一些主要是作为病因理论或识别出有潜在危险的群体，从而用于进一步的研究。

结果9-1：产前保健的目的是解决妊娠并发症，如子痫前期。目前尚无法明确识别或治疗早产的合适随访时间和适当的产前保健内容。

早产风险的预测和评估

对自发性早产的风险预测的理论动机有三个方面。第一，通过描述早产的预测因素，可以更好地理解导致自发性早产分娩的原因和生物路径。第二，利用自发性早产预测因子可以检测出存在高度风险的妇女人群，她们是最需要接受检查和干预治疗的。对自发性早产预测的第三类动机是第二类的必然结果：通过检查存在低风险早产的妇女，从而避免不必要的、昂贵的、有时甚至是危险的干预治疗。直到现在还没有一项单独的试验或试验结果有一个最理想的敏感值或预测值。这章内容总结了可以作为早产预测因子的临床试验、生物物理试验和生物化学试验。

临 床 预 测

单一临床高危因素或多种临床高危因素组合预测早产的灵敏度最常见报道为25%(Goldenberg等，1998；Mercer等，1996)。孕前低体重(指体重指数低于19.8)、泌尿生殖道细菌定植或感染和非裔美籍人种早产的相对风险约为2倍，但是归因危险度却很大，因为它们在人群中流行。非裔美籍妇女在妊娠37周前分娩婴儿的概率是其他种族妇女的2倍，在妊娠32周前分娩婴儿的概率是白人妇女的3倍。对于所有民族-种族，最大的危险因素是多胎妊娠(RR＝5～6倍)、有早产史(RR＝3～4倍)，及阴道流血(RR＝3倍)。

早产分娩和低出生体重儿分娩的危险性和胎儿数量成正比，见表9-1。

因为前置胎盘、胎盘早剥或原因不明导致妊娠期阴道流血是早产的一个危险因素(Ekwo等，1992；Meis等，1995；Yang等，2004b)。如果阴道流血现象持续不断，并发生在白人妇女身上，特别有可能会导致早产(Yang等，2004b)。

复发性早产的风险随以前早产次数的增加而增加，和非裔美籍的种族有关，随着以前早产孕龄的减小而增加(Adams等，2000；Mercer等，1999)。表9-2是一个妇女的既往产科病史对早产危险性的影响。

表 9-1　不同胎儿数量发生早产和低出生体重的风险

出生情况	双胞胎	三胞胎	四胞胎	五胞胎
<32 周	12%	36%	60%	78%
<37 周	58%	92%	97%	91%
平均孕龄	35 周	32 周	30 周	28 周
<1.5kg	10%	34%	61%	84%
<2.5kg	55%	94%	99%	94%

婴儿数量	早产或低体重婴儿风险率(%)			
	妊娠<32 周	妊娠<37 周	出生体重<1.5kg	出生体重<2.5kg
三胞胎	36	92	34(32 周)	94(32 周)
四胞胎	60	97	61(30 周)	99(30 周)
五胞胎	78	91	84(28 周)	94(28 周)

注:圆括号中的时间是平均妊娠时间

引自:CDC(2002c)

表 9-2 中的数据描述的是挪威某一同质人群的现象。从美国得到的数据显示出同样的现象,非裔美籍妇女的早产率明显增高,有两次或更多次早产分娩的非裔美籍妇女其早产率可达 50%或更高(Adams 等,2000;Mercer 等,1996)。报道的其他危险因素包括:使用辅助生殖技术、营养不良、牙周病、没有或缺乏产前保健、年龄<18 岁或>35 岁、繁重的工作以及高度的个人压力、贫血、吸烟、宫颈损伤或发育异常以及子宫畸形等(Meis 等,1995;Mercer 等,1996)。如在第 5 章中谈到的,辅助生殖技术的使用带来了更多的妊娠,同时也与早产率的上升有关,不仅是因为多胎妊娠,利用辅助生殖技术的单胎妊娠其早产风险亦增加了 2 倍(Jackson 等,2004;Schieve 等,2004;Van Voorhis,2006)。

表 9-2　不同产科病史发生早产的风险率

第一次分娩结局	第二次分娩结局	妇女人数	下次妊娠的早产发生率	
			百分比	相对风险
正常		25 817	4.4	1
早产		1860	17.2	3.9
正常	正常	24 689	2.6	0.6
早产	正常	1540	5.7	1.3
正常	早产	1128	11.1	2.5
早产	早产	320	28.4	6.5

引自:Bakketeig 和 Hoffman(1981)

生物物理预测

子宫收缩

人们已经研究通过母体自我感觉(Mercer 等,1996)和电子监测(Iams 等,2002;Main 等,1993;Nageotte 等,1988)发现子宫收缩来预测早产。我们通常检测到的子宫收缩值是每小时 4 次。初产妇(RR 2.41;95% CI 1.47~3.94;$P<0.001$)和经产妇(RR 1.62;95% CI 1.20~2.18;$P=0.002$)自我报告子宫收缩频率增加均与妊娠 35 周前的早产有关(Mercer 等,1996)。在一项对 306 名妇女的研究中,用电子设备检测她们的子宫收缩频率,在妊娠 22~37 周内每天 2 个小时或更长,至少每周 2 次,妊娠 35 周前分娩的妇女的子宫收缩频率比 35 周后分娩的要高得多(表 9-3)(Iams 等,2002)。随着孕龄的增长,子宫收缩也会大大增加,而且在下午 4 点和早晨 4 点之间会更频繁。尽管子宫收缩频率从统计学上有显著差异,但在临床上,对于妊娠第 24 周或第 28 周内的早产,它并不是一个有效的预测途径。对于早产风险的预测,在妊娠期第 24 周和第 28 周每小时 4 次或更多次数的宫缩阈值的早产风险预测敏感度分别为 8.6%和 28%,阳性预测值分别为 25%和 23%(Iams 等,2002)。

早产症状的临床研究(Hueston,1998;Macones 等,1999b)证实将子宫收缩频率作为检测急性早产临产的指标并不合适。

表 9-3 对 306 名有早产危险的妇女在妊娠 35 周前(妊娠 22~24 周和 27~28 周)**进行的自发性早产预测**

妊娠期时间和测试	灵敏度(%)	特异度(%)	预测值(%)	
			阳性	阴性
22~24 周				
UC≥4/h	6.7	92.3	25	84.7
子宫颈扩张指数≥4	32	91.4	42.1	87.4
CL≤25mm	40.8	89.5	42.6	88.8
纤维连接蛋白≥50ng/ml	18	95.3	42.9	85.6
27~28 周				
C≥4/h	28.1	88.7	23.1	91.1
子宫颈扩张指数≥4	46.4	77.9	18.8	92.9
CL≤25mm	53.6	82.2	25	94.1
纤维连接蛋白≥50ng/ml	21.4	94.5	30	91.6

注:UC,子宫收缩;CL,宫颈长度

引自:Iams 等(2002)

宫颈检查

人工检查 人工检查确定的宫颈扩张、子宫颈管消失、软硬度、位置以及与胎先露的关系和早产风险的增加有相关性(Copper 等,1990;Iams 等,1996;Mercer 等,1996;Newman 等,1997)。然而,尽管将这些方面组合成综合评分系统[例如 Bishop 评分(Bishop,1964)或宫颈评分法(Newman,1997)],敏感度依然很低。妊娠35周前出生的相对风险在妊娠24周增加:宫颈评分为5.3分(95% CI 3.4~8.5)(被定义为以厘米为单位的宫颈长度减去以厘米为单位的宫颈扩张),Bishop评分为3.5分(95% CI 2.4~5.0)。然而,用于预测早产风险的两个评分系统在一般的妊娠人群中的敏感度都很低,分别为13.4%和27.6%(Iams等,1996;Newman等,1997)。

超声检测　经阴道超声测量的宫颈长度的缩短也和早产风险增加有关。宫颈长度低于第10个百分位数(25mm)比宫颈长度高于第75个百分位数(40mm)的妇女,妊娠35周前的早产相对风险要高6倍。但是在美国进行的两项研究都表明,妊娠35周前的绝对风险和敏感度都是40%(Iams等,1996,2002)。一项对于低风险妇女的子宫长度的研究发现,在妊娠期18~22周时,当子宫颈长度<29mm时,早产发生率上升了8倍,但是敏感度和阳性预测值都很低,分别为19%和6%(Taipale和Hiilesmaa,1998)。最后,当妊娠20周前测量的宫颈长度为25mm或低于25mm时,对于34周前的早产预测的概率比为+6.3(95% CI 3.3~12.0),这表示子宫长度<25mm的妇女的早产风险率比那些子宫长度>25mm的妇女高6.3倍(Honest等,2003)。

生物学预测

生物标记可通过母体血液或尿液、宫颈阴道液体分泌物或羊水获得。研究的最多的是母体血液和阴道分泌物。表9-4总结了根据无症状性妇女的生物标记在识别早产风险方面所作的巨大努力(Vogel等,2005)。

血清生物标记物

在产前保健期间,要多次抽取母体血清。针对不同条件下的血清生物标记进行筛选,如开放性神经管缺陷和非整倍体仍然是常规产前保健的一部分(Canick等,2003;Cheschier,2003)。已采用自发性早产的血清生物标记以辨别早产的各种发生机制,如Romero和他的同事(1994)、Lockwood和Kuczynski(2001)以及在第6章中所描述的一样,包括:①激活母体或胎儿的下丘脑-垂体-肾上腺轴(如促肾上腺皮质激素释放激素);②上生殖道感染导致的发炎(如防御素和肿瘤坏死因子-α);蜕膜出血或局部缺血(如凝血酶-抗凝血酶Ⅲ复合物)。没有提到病理性子宫过度膨胀的血清生物标记。

下生殖道标记

细菌性阴道病(bacterial vaginosis,BV)是母体阴道菌群失调的另一种说法,原来占绝大多数的乳酸杆菌很大部分被革兰阴性厌氧细菌类取代,如阴道加德纳菌、拟杆菌、普雷沃菌、动弯杆菌、支原体等。孕期发生BV后自发性早产的风险增加2倍(Hillier等,1995;Meis等,1995)。据报道,当发生于妊娠前半期时,BV与早产的关联更强(Hay等,1994)。但是,最近在12 397名妇女中进行的一项关于BV检测孕龄和妊娠结局相关性的分析中发现,早产中BV阳性患者比阴性的患者OR值为1.1~1.6,而且不因BV被检测出时的孕龄不同而不同(Klebanoff等,2005,p470)。尽管关于BV与早产的报告结果一致,但BV试验识别早产风险的临床用途却很低,原因是两者的关联强度不足,BV在一些人群中的高度流行以及用于检测BV所采用的试验的准确性的差异度很大(Honest等,2004)。

对于无症状性妇女的宫颈阴道分泌物的试验进行早产的预测,包括胎儿纤维连接蛋白

(Goldenberg 等，1996b，c，1998)、白细胞介素-6 和白细胞介素-8(Goepfert 等，2001；Kurkinen-Raty 等，2001)、肿瘤坏死因子-α 以及金属蛋白酶(Vogel 等，2005)。关于胎儿纤维连接蛋白的生物化学试验是得出有效数据最多的一个，正因为这样，胎儿纤维连接蛋白是美国采用的唯一一个标记。

表 9-4 选用的生物标记物对无症状妇女早产的预测能力

生物标记	对象数量	标记的取材	取样孕龄(周)	终止[孕龄(周)]	似然比(LR+)	灵敏度(%)	假阳性率(%)	参考
多次妊娠(≥2)	177	S/P，C，V+C	24	<32	24	59	2	58
解脲脲原体	254	羊水	<17	<37	10	88	9	9
松弛素	176	S/P	<24	<34	6.8	27	4	64
宫颈长度	荟萃分析	子宫颈	<24	<34	6.3			29
碱性磷酸酶	1868	S/P	<20	<37	4.6	14	3	69
促肾上腺皮质素释放激素	860	S/P	<30	<37	3	39	13	40
粒细胞集落刺激因子	388	S/P	24	<32	3.3	49	15	16
白细胞介素-6	250	V+C	24	<32	3.3	20	6	15
白细胞介素-6	580	羊水	<20	<34	2.8	14	5	14
胎儿纤维连接蛋白	荟萃分析	V+C	>20	<37	2.9			22
甲胎蛋白	254	S/P	24	<35	2.6	35	13	58
衣原体	380	子宫	24	<37	2.5	16	6	10
铁蛋白	100	S/P	34	<37	2.2	75	33	70
C反应蛋白	484	S/P	<21	<37	1.8	26	15	75
细菌性阴道病	荟萃分析	V+C	<24	<37	1.6			8
铁蛋白	364	V+C	<25	<37	1.4	35	25	71

注：LR+，似然比；SENS，敏感度；FP，假阳性率；CRH，促肾上腺皮质素释放激素；G-CSF，粒细胞集落刺激因子；U，子宫颈；V，阴道分泌液；C，宫颈分泌液；S/P，血清/血浆；GA，孕龄

由 Vogel 等(2005)在论文中引用。引自：Vogel 等(2005)

胎儿纤维连接蛋白

胎儿纤维连接蛋白是胎儿侧起点处的糖蛋白，一般存在于子宫内的蜕膜-绒毛膜连接面，但是在孕 21～37 周的期间，有 3%～4%的孕妇的宫颈阴道分泌物中含有此物(Goldenberg 等，1996c；Lockwood 等，1991)。对妊娠 24 周的无症状妇女的胎儿纤维连接蛋白进行检测进而得到其在孕 35 周前自发性早产的预测敏感度是 20%～30%(Goldenberg 等，1996c；Iams 等，2002)。对胎儿纤维连接蛋白的检测预测妊娠 28 周前的早期早产的敏感度

为63%（Goldenberg等，1996c）。测定胎儿纤维连接蛋白对预测2周内分娩发动的风险比预测某个特定的妊娠孕周前的分娩发动风险的作用好（Goldenberg等，1997）。

标记物的综合利用

由于自发性早产原因的病理生理具有不均一性，临床使用的任何一项单一的用来检测早产的生物标记都是有限的。运用多种标记物，通过综合自发性和医源性早产的风险预测因素，可以增加预测的灵敏度（Goldenberg等，2001）。通过综合选用标记物，如同时利用妇女的妊娠史和宫颈长度，还可以增加阳性预测值（不考虑敏感度）；比如，超声检测宫颈长度<25mm时，所有有过早产经历的非裔美籍妇女都可能会再次发生早产（Yost等，2004）。

根据从美国国家儿童健康和人类发展研究所（National Institute of Maternal-Fetal Medicine Units，NICHD）母胎医学小组（Maternal-Fetal Medicine Units，MFMU）的早产预测研究网络收集的数据，Goldenberg和他的同事（1998）试图寻求一种对早产测试的多项标记物的试验。他们对从10个参与中心招募的2929名单胎妊娠妇女进行了一组巢式病例对照研究（Goldenberg等，2001）。在这些试验中妇女要经历一系列的包括血清、宫颈、阴道、超声和历史性标记物或危险因素在内的评估。与妊娠32周内的自发性早产相关的血清标记物为α-甲胎蛋白、碱性磷酸酶、粒细胞-巨噬细胞集落刺激因子和防御素。唯一和妊娠35周内的自发性早产相关的血清标记物为α-甲胎蛋白和碱性磷酸酶。重要的是，生物标记物的重合度很小，这就为自发性早产有很多不同的发病机制这个观点提供了支持。标记物的组合使用提高了预测能力，当单独使用时，没有一项单一的血清标记物是有用的；但是，当一个妇女的任何一项标记物，如碱性磷酸酶、母体血清甲胎蛋白、粒细胞集落刺激因子为阳性时，这三项试验综合显示，对于妊娠<32周的自发性早产的预测的敏感性为81%，特异性为78%；而对于<35周的自发性早产的预测的敏感性为60%，特异性为73%。因为这是一项巢式病例对照研究，真阳性和阴性预测值是不确定的。

尽管用多项标记的方法可以提高灵敏度，但是直到现在，尚无预测模式可证实其常规临床应用的有效性，特别是对筛检试验为阳性结果的妇女缺少有效的干预治疗。一项有效的预测模式的形成可以对靶向治疗进行评估，如孕激素的补充（如下面所描述的）。对仅有单一标记的妇女进行的直接干预，如细菌性阴道病（BV）的阳性试验（Carey等，2000）、胎儿纤维连接蛋白（Andrews等，2003）或者较短的宫颈长度（Rust等，2001；To等，2004），都没有成功。这个领域以后的研究方向应致力于对不同的人群进行多种标志物的发展及证实。开发新的早产标记物的研究是非常重要的，蛋白生物学和代谢物组学技术的应用及更复杂的模式技术的应用，如神经网络和人工智能，有可能促进这项研究的发展。

结果9-2：当前通过使用人口统计的、行为的和生物的危险因素来检测有早产危险的妇女的方法灵敏度很低。尽管随着临床症状的逐渐出现，灵敏度会增加，但是，随着分娩过程的进展，干预的有效性会随之降低。

预防策略

通过使用干预方法来防治早产，目标是控制前面章节中提到的每一个危险因素，但是大部分都没有成功（表9-5）。

表 9-5 对预防早产进行药物干预研究的总结

研究的危险因素或人群	RCT 中采用的干预	结果	参考文献
营养不良	营养补充，维生素 C 和维生素 E	没有好处，维生素 C-CPEP试验，数据不充分	Rumbold 和 Crowther，2005
有过早产历史和细菌性阴道病	孕期应用抗生素	混合结果，但大部分为阴性结果	McDonald 等，1994；Carey 等，2000；Hauth 等，1995；Carey，2000；Lamont 等，2003；Guise 等，2001；Okun 等，2005
有早产历史	宫颈环扎术	混合结果，但大部分为阴性结果	Berghella 等，2005；see also Odibo 等，2003；Harger，2002；Owen 等，2003；Bachmann 等，2003；Belej-Rak 等，2003；Drakeley 等，2003
阳性危险数值	宣教和宫缩的自我监测	没有益处	早产防治合作组，1993；Mueller-Heubach 和 Guzick，1989
有过早产历史(单胞胎)	孕激素栓剂和肌内注射 17-羟孕酮己酸酯	早产率降低 33%	Da Fonseca 等，2003；Meis 等，2003；see also meta-analyses by Dodd 等，2005；Sanchez-Ramos 等，1999
有过早产历史和宫缩(单胞胎)	护士护理和(或)宫缩监测	没有益处	CHUMS，1995；Dyson 等，1998
各种微生物的阴道拭子培养物阳性	妊娠期间应用抗生素	没有益处；如果 VIP 培养阳性时为混合结果	Brocklehurst 等，2000；Gibbs 等，1992；Carey 和 Klebanoff，2003；Riggs 和 Klebanoff，2004；Klebanoff 等，2005
胎儿纤维连接蛋白阳性	在妊娠 24～27 周，甲硝唑和红霉素	没有益处；在使用抗生素组的人群中一些抗生素有增加早产的危险	Andrews 等，2003
有过早产经历，胎儿纤维连接蛋白阳性	在妊娠 24～27 周，甲硝唑	甲硝唑组早产率增高	Shennan 等，2006
宫颈较短，没有早产经历	环扎法(通常在手术时使用抗生素)	混合结果，大部分为阴性结果	Rust 等，2001；Berghella 等，2005
宫颈较短，有早产经历	环扎法(通常在手术时使用抗生素)	混合结果	Berghella 等，2005
有早产经历	在下次妊娠前使用抗生素	没有益处	Andrews 等，2006
此次妊娠的早发性宫缩	护士护理或宫缩监测	没有益处	Berkman 等，2003；Iams 等，1990；Iams 等，1990；Brown 等，1999；Nagey 等，1993

续表

研究的危险因素或人群	RCT中采用的干预	结果	参考文献
此次妊娠的早发性宫缩	抗分娩药(口服或皮下注射)	没有益处	Berkman等,2003;Sanchez-Ramos等,1999
有早产危险的单胎和双胞胎	预防性卧床休息	研究不充分没有益处	Sosa等,2004;Goldenberg等,1994
双胞胎	预防性抗分娩药	没有益处	Marivate等,1977
双胞胎和宫缩增加	护士护理或宫缩监测	没有益处	Dyson等,1998

注:RCT,临床随机对照试验;PTD,早产分娩

大部分的干预是以传统医疗模式为基础的,即鉴别和纠正早产的每个潜在原因或危险因素,希望根据该因子对早产率的影响来降低早产率。因此,干预试验主要致力于早发性宫缩的早期鉴别,包括对患者进行宣教、药物抑制宫缩、对阴道微生物的抗菌治疗、采用环扎术改善子宫颈功能不良、减轻母体压力、改善营养、增加产前保健和减少体育运动等。一些接受试验的妇女存在危险因素,但是没有考虑既往孕产史(如对阴道微生物培养阳性的妇女应用抗生素),而另外一些试验则只限在有过早产经历的妇女中间进行[如欧洲环扎术试验或最近的孕激素补充研究(Da Fonseca等,2003;Meis等,2003)]。尽管在消除单一的危险因素方面取得了成功,比如,针对阴道微生物的抗生素治疗或抗分娩化合物(宫缩抑制剂)抑制宫缩,成功消除某一个危险因素但并没有降低早产发生率。事实上,整体早产率仍在继续上升。

将来对病因学和防治早产的方法的研究必须承认这些研究成果的意义,对早产作为一个症状有了更透彻的了解,多重生理机制同时发挥作用从而造成了早产的发生。现在在心血管疾病和肿瘤疾病控制方面经常采用的综合治疗模式可能将取代在过去20年的研究中一直占主导地位的单因素方法。下面总结的防治措施的研究成果进一步支持了这一建议。

药物干预

早产的早期检测

在宫颈发生明显变化之前,人们根据早产的早期诊断,通过尽早使用抗分娩药来更有效地停止分娩过程。早期的试验是通过对早产的风险评估和对存在早产危险的妇女进行宣教来进行的,试验结果是有用的(Herron等,1982)。但是在不同人群中进行同样干预方法的大样本试验却没有发现益处(早产防治协作组1993;Mueller-Heubach和Guzick,1989)。通过在家采用对宫缩的电子监控和每天护理的结合,这种方法被推广使用,但是在对存在早产危险的妇女进行的大样本随机对照试验显示,这些干预方法对抗分娩药的有效性、早产率和新生儿结局没有任何影响(CHUMS,1995a,b;Dyson等,1998;Hueston等,1995)。规模最大的一次试验(Dyson等,1998)有2422名妇女参加,她们都存在较高的早产风险率,其中包括844名双胎妊娠。在这项试验中,分为三组,参与者要接受:①宣教和每周一次的护理;②每天的护理;③每天的护理和每天的宫缩电子监控。后两组的参与者得到更频繁的治疗,但是对于早产率或抗分娩药物的有效性没有任何影响。

预防早产的抗生素

用四环素来治疗泌尿系统感染的妇女的早产率有所降低，这一偶然发现（Elder 等，1971）被一个文献资料收录在内，总结了这种干预方法的成功和失败案例（表 9-6）。

表 9-6 应用抗生素预防早产的随机试验

参考文献	准入条件	抗生素	结局
Elder 等，1971	菌尿	口服四环素	↓LBW
Romero 等，1989	菌尿	荟萃分析	↓LBW
Smaill，2001	菌尿	荟萃分析	↓LBW
Eschenbach 等，1991	解脲支原体感染	口服红霉素片	无效果
Klebanoff 等，1995	B 组链球菌	口服红霉素片	无效果
Hauth 等，1995	有过早产历史或母体体重<50kg	口服甲硝唑和红霉素	若 BV 为阴性，没有效果；若 BV 为阳性，则↓PTD
Joesoef 等，1995	BV	阴道用克林霉素	无效果
McDonald 等，1997	BV	口服甲硝唑	如无 Hx PTD，则无效果，如有 Hx PTD 则有效
Gichangi 等，1997	不良孕产史[a]	头孢他美酯	↓LBW
Vermeulen 和 Bruinse，1999	有过早产历史	在妊娠 26～32 周阴道用 2%克林霉素与安慰剂	没有益处；在克林霉素组更高的早产率和感染率
Carey 等，2000	BV	口服甲硝唑	在 Asx 妇女或 Hx PTD 中没有益处
Klebanoff 等，2001	阴道滴虫	口服甲硝唑	↑PTD
Rosenstein，2000	BV	阴道用克林霉素	PTD 无差异
Kurkinen-Raty 等，2001	孕 12 周患有 BV	阴道用 2%克林霉素	PTD 无差异
Kekki 等，2001	孕 10～17 周患有 BV	在妊娠 10～17 周，阴道用 2%克林霉素与安慰剂	PTD 无差异
Ugwumadu 等，2003	BV	口服克林霉素	PTD
Lamont 等，2003	BV	阴道用克林霉素	PTD 无差异
Andrews 等，2003	纤维连接蛋白阳性	口服甲硝唑＋红霉素	无效果
Kiss，2004	BV 者行革兰染色，阴道滴虫，酵母菌	对检测出的微生物进行治疗	PTD
Shennan 等，2006	孕 24～27 周，有 PTB 的临床危险和 fFN 阳性	甲硝唑	甲硝唑组研究终止，因为其在<37 周早产出生数目增加 2 倍

注：↓LBW，减少低出生体重儿；PTD，早产率；↓PTD，降低早产率；↑PTD，增加早产率；fFN，胎儿纤维连接蛋白；a，非洲人群

甲硝唑联合红霉素治疗（Hauth 等，1995）和单独甲硝唑治疗（McDonald 等，1997）可以降低有早产史的患有细菌性阴道病妇女的早产率。但是，在对 1900 名患有无症状细菌性阴

道病的妇女进行的以安慰剂对照的试验研究中发现，甲硝唑治疗对她们的早产率并没有影响(Carey 等，2000)。对这些研究的分析发现治疗并没有改善任何一个组的早产结局，这些分析包括早产史、种族/民族、开始治疗时的孕龄、细菌性阴道病的根治以及妊娠前的体重等。对患有细菌性阴道病的妇女口服($n=485$)(Ugwumadu 等，2003)或在阴道($n=409$)(Lamont 等，2003)使用克林霉素的试验显示早产率下降，特别是在妊娠早期就进行治疗。但是另外两项在阴道内使用克林霉素的研究并没有降低早产率。其中一项研究发现，尽管根治了妇女的细菌性阴道病，但对早产率却没有任何影响($n=601$)(Joesoef 等，1995)。另一项研究发现，接受克林霉素治疗的妇女与安慰剂组相比，孕 34 周前的早产率有所上升(9%：1.4%)(Vermeulen 和 Bruinse，1999)。

针对 7 项关于妊娠期间细菌性阴道病筛检和抗生素治疗的随机临床试验的回顾性研究表明，对于早产低风险的妇女或未指明的“高风险的”妇女来说，没有任何益处(Guise 等，2001；Okun 等，2005)。美国妇产科医生协会(American College of Obstetricians and Gynecologists，ACOG)实践公告(ACOG，2001)特别指出：“还没有数据支持把筛查细菌性阴道病作为识别和预防早产的策略。”McDonald 和他的同事(2005)在最近的科克伦评论(Cochrane Review)上发表评论说，“抗生素治疗方法可以根除妊娠期间的细菌性阴道病……但是少有证据证明，对所有无症状细菌性阴道病的妊娠妇女进行筛检和治疗能预防早产及其影响。对于有过早产经历的妇女，建议治疗细菌性阴道病，能降低胎膜早破和低出生体重儿的风险。”尽管抗生素能成功根除和早产有关的生殖道微生物感染，但它在降低早产率方面的失败确实是一个迫切需要研究的课题，这需要对感染和炎症的宿主反应和环境对感染和炎症的影响进行深入的研究。

应用抗生素治疗来降低早产率的研究结果令人失望，这促使了对有过早产历史的妇女进行孕前使用抗生素治疗的研究，依据的理论是，在妊娠后条件致病菌侵袭生殖道上部会造成宫腔发炎(Andrews 和 Goldenberg，2003)。在对有过早产经历的妊娠期妇女每隔 3 个月进行的甲硝唑和阿奇霉素或安慰剂治疗的研究中，Andrews 等(正在出版中)发现，接受抗生素治疗的妇女的早产率没有下降。重要的是，报告中包含的数据表明，使用抗生素实际上会增加早产发生的可能性。这项研究结果和国家儿童健康与人类发展所(NICHD)网上公布的一项对感染了阴道毛滴虫病的妇女进行甲硝唑治疗的试验结果很相似(Klebanoff 等，2001)。尽管这两项研究得出的数据是初步的，但它们都反对在临床上单独使用抗生素来防治早产，直到有进一步的研究来解释说明这个发现。因此，采取调查以发现可以用来预防感染相关的早产是合理的，而且的确很迫切。

尽管有早产史的妇女经常发生生殖道感染，但是大部分患有细菌性阴道病的妇女并没有早产，而且大部分的早产并没有感染现象。因此，对感染的，或有早产经历的，或两者都有的妇女进行使用抗生素的研究可能包括很多抗生素对她们没有潜在益处的妇女(Romero 等，2003)。因此，进一步的研究重点应放在对抗生素疗法可能有效的 BV(+)妇女群体的识别上。和早产相关的生殖道感染的机制不断更新，因此需要制订更加成熟的干预方案。

生殖道以外的感染也和早产有关，最常见的是泌尿系统感染和腹腔内感染，例如肾盂肾炎和阑尾炎(Romero 等，1989)。推测的发病机制是邻近生殖器官的炎症，但是当感染发生在较远的器官时，特别是慢性感染，也与自发性早产的风险增加有关。最近文献资料提供了母体牙周病和早产(Goepfert 等，2004；Jeffcoat 等，2001a，b；Offenbacher 等，2001)、晚期流产(在妊娠 12 周和 24 周内流产)和死产关系(Moore 等，2004)的信息。在混杂因素被控制后这种联系依然存在，这表明这种效果可能受慢性炎症引发的全身性细胞因子的调节。(Boggess 等，2005b)。

有趣的是，牙周炎的特点是宿主的菌群失调，因此，和细菌性阴道病相似。一项对妊娠妇女牙周病筛查和治疗以降低早产发生率的研究，观察(Jeffcoat 等，2003)了 366 名妇女，从孕 21～25 周，随机分为三组：常规牙齿护理＋安慰剂药物治疗；全口洁治和根面平整(对牙斑进行的全面的物理治疗)＋甲硝唑(每天 3 次，每次 250mg，共 1 周)；或全口洁治和根面平整＋安慰剂药物治疗。三个组的早产率(孕 35 周前)分别为 4.9%、3.3%、0.8%。尽管良好的牙齿护理对所有孕妇来说很重要，但是还没有足够的证据证明牙齿护理能降低早产发生率(Khader 和 Ta'ani，2005)。因此，牙周炎和系统性感染的其他原因，以及它们和早产的关系是很有前景的研究领域，成为跨学科研究值得关注的地方。

其他预防用药

抗分娩预防药

研究表明，对于使用抗分娩药物来预防早产没有明显的益处(Berkman 等，2003；King 等，1988；Sanchez-Ramos 等，1999)。在协调的子宫活动后的分娩过程进行得很顺利(Challis 等，2000)，这可以解释为什么在随机试验中采用宫缩抑制剂不能防治早产。

黄体酮

Keirse(1990)调查研究发现，补充黄体酮可能降低高危妇女的早产发病率。2003 年发表的两项以安慰剂作对照的随机试验，每周肌内注射 17α-羟黄体酮已酸酯 250mg(Meis 等，2003)，或者每天阴道放置黄体酮(Da Fonseca 等，2003)降低复发性早产的发病率约 1/3。这些资料与早期的补充黄体酮合并起来进行荟萃分析(Dodd 等，2005；Sanchez-Ramos 等，2005)，复发性早产的风险降低了 40%～55%[在 Dodd 等的试验中(2005)，RR 0.58，95% CI 0.48～0.70；在 Sanchez-Ramos 等的研究中(2005)，RR 0.45，95% CI 0.25～0.80]。不像针对某一特定的发病风险，如感染的治疗方法，补充黄体酮治疗在仅有早产史的孕妇降低早产发病率是有效的。表明有三种可能性：①黄体酮抑制了各种早产原因的共同发病途径；②黄体酮在几种不同的途径上发挥作用；③黄体酮在某种占主导的途径或原因上非常有效。

尽管黄体酮补充是非常有前景的，但是在应用上的几个问题仍然无法解释：

1. 黄体酮是如何起作用的？最初的原理认为黄体酮的预防作用是因为它是子宫松弛剂，但是一些研究(Elovitz 和 Mrinalini，2005；Kelly，1994；Ragusa 等，2004；Szekeres-Bartho，2002)认为它是通过一种炎症应答反应发挥作用。最佳的剂量、间隔时间、持续治疗时间目前还不清楚。目前急需搞清黄体酮的药代动力学、药效学和遗传药物学。

2. 补充黄体酮是安全的吗？对人类的研究几乎没有证据表明黄体酮有致畸风险(Meis，2005)，但是理论上仍然认为它有可能发动分娩，这种分娩启动源于子宫内的风险。

3. 谁应该补充黄体酮？资料表明黄体酮仅仅对于有早产史的，孕 18～36 周的孕妇有效。有证据表明黄体酮对于孕 34 周前的、有早产史的孕妇是最有益的(Spong 等，2005)。

2005 年 Petrini 等人报道在美国有早产史的妇女中应用 17P，在降低早产发病率上有很小但是显著的作用(12.1%～11.8%,$P<0.001$)。

没有研究把17α-羟黄体酮己酸酯用在其他高危因素中,例如多胎妊娠、短宫颈、胎儿纤连蛋白阳性、宫颈功能不全或者宫颈环扎术病史或现在妊娠中有早产发动者。

手术干预方法

对早产高危妇女行宫颈环扎术

由于认识到一些早期的早产是由于宫颈功能不全而产生不同的临床表现,因此对于有类似情况的妇女进行宫颈环扎术。一项随机试验研究对有早产史的妇女行宫颈环扎术可以使之前有多次早期早产的妇女在孕33周前几乎没有发生早产,但是,对接受宫颈环扎术妇女的总体早产率并没有产生作用。

在20世纪90年代早期的宫颈B超研究中,有很强的证据表明中孕期短宫颈使早产风险增加,(如上所述),但是这一关联的依据仍然没有完全弄清楚。有证据表明(Godlenberg等,1998;Iams等,1995)在中孕期,宫颈的长度在第十百分位以下可能代表在短期内宫颈内在功能生物连续性的结束,或者是生化(炎症)或生物作用(拉伸或者收缩)的结果。有可能所有的这些因素作用在每个个体上表现的程度不同,但是迄今为止,对于宫颈的物理或生化的影响大小,没有满意的考查方法,因此,没有办法选择恰当的治疗。

关于宫颈环扎术应用的文献包括有早产史且有超声关于宫颈功能不全的证据的妇女的试验(Althuisius等,2001;Berghella等,2004)以及仅有超声证据的试验(To等,2004;Rust等,2001)。证明宫颈环扎术有益的最强有力的证据来自于对既往有早产史和此次妊娠宫颈短的孕妇的研究。从这四个试验中得出的资料由最初的作者重新分析(Berghella等,2005)。当对这四个试验中单胎妊娠的妇女的资料进行综合分析时,有早产史且目前妊娠有短宫颈(<2cm)的妇女经过宫颈环扎术,妊娠35周前早产的风险明显降低(RR 0.63;95% CI 0.48～0.85)。但是,宫颈环扎术对于短宫颈但无早产史的妇女无改善(RR 0.84;95% CI 0.60～1.17)。

有证据表明,宫颈功能缺陷可能由于短宫颈的原因不同而变化。Berghella等(2005)的荟萃分析发现,宫颈环扎术不能降低双胎妊娠的早产发生率,在双胎妊娠中子宫的伸展是重要因素。在双胎妊娠中,因为短宫颈而进行宫颈环扎术与早产发病率的上升有关(RR 2.15;95% CI 1.15～4.01)。近期的研究发现宫颈内部感染与短宫颈孕妇所做的宫颈环扎术的成功或失败有关。Sakai等在2006年对因短宫颈接受宫颈环扎术的妇女的研究中发现,如果宫颈分泌物中炎症相关因子白介素-8水平低,那么手术将降低早产发病率,反之,如果白介素-8水平高,手术将增加早产发病率。进一步研究需要确定合适的手术人选。

非医疗干预

非医疗干预,例如社会支持、减轻压力、改善产前保健和减少体力活动都能降低早产发病率,如第3章所述。最近的一项高危孕妇参与的由医学基金赞助的围生项目调查了低出生体重的发生率(Ricketts等,2005)。结果显示,戒烟妇女的低出生体重的发生率是8.5%,而孕期未戒烟的妇女是13.7%。孕期体重增加正常的孕妇低出生体重发生率是6.7%,而体重增长不足的孕妇是17.2%。最后,去除所有高危因素的孕妇低出生体重的发生率是7.0%，而未去除高危因素的孕妇是13.2%。参加至少10次产前检查的妇女比参加产检次数少的孕妇更有可能消除她们的风险。

尽管许多非医疗的努力到今天为止取得了有限的成功，但是将来有关非医疗的努力降低早产发病率的研究仍然有相当大的机会。行为的改变正在广泛开展，但是还没有发现有效的证据。多数非医疗干预的研究都针对有高危因素的妇女，根据种族、社会经济情况或内科和产科病史决定(例如早产史和多胎妊娠)。将来关于非医疗干预用于特定高危孕妇以降低早产率的研究是有必要的。例如，对压力大的妇女的社会干预和对宫颈短的妇女限制运动的研究。

结果9-3：对预防早产的干预策略的研究以早产作为唯一的结局变量。没有足够大的样本量对发病率、死亡率和新生儿发病率进行充分的调查。

早产的诊断和治疗

早产发动的诊断和治疗方法基于不充分的文献，这些文献不仅包括设计优良和强有力的临床试验的再三引用，还包括不明确的在早产发动前各种事件的时间和顺序，例如逐渐发展的宫颈扩张和胎膜早破。由于从亚临床的早产开始到完全的早产发动(子宫收缩导致的宫颈改变)经常是渐进的，因此早产诊断的标准缺乏精确性。所以，早产的诊断经常是过度的，导致有频繁宫缩但未临产的妇女在文献中经常被记录使用宫缩抑制剂(Kinge等，1988)。因此，接受早产预防或治疗的孕妇可能治愈，也可能根本不需要治疗。我们只有从治疗无效的病例中才能获知真实结果。

因此，预防或者阻止早产的有用的研究依靠更为精确的早产诊断方法的发展。目前的不确定性可由两组临床医师的分歧反映出来：一些人认为任何做法都没用，而另一些人称通过各种不同的干预取得了巨大成功。真理可能介于两者之间，但是只有出现其他用于提高早产诊断精确性的资源时，真相才能显现。

早产的诊断

妊娠18～20周以后，当腹部或者盆腔症状出现，必须考虑到早产的诊断。这些症状例如盆腔压迫感、阴道分泌物增加、背部疼痛和月经样痉挛感觉都预示分娩将要来临并且持续时间比严重性更能说明早产的发动。宫缩可能疼或不疼，由宫颈的阻力决定。宫缩对一个紧闭的、无缺陷的宫颈可能表现为疼痛，但是在宫缩之前就有宫颈缺陷时，压力或紧缩感可能是唯一的症状，这是经常发生的(Olah和Gee，1992)。早产的传统分类是，持续的子宫收缩与宫颈扩张或消失相协同，或两者同时出现，当宫缩频率每小时6次或更多，宫颈扩张3cm或更多，宫颈消失80%或更多和破膜、出血发生时，早产诊断是相当精确的(Hueston，1998；Macones等，1999a)。当宫缩频率和宫颈变化的阈值降低时，早产的假阳性诊断是经常出现的(上升40%)(King等，1988)，但是诊断的灵敏度没有必然的上升(Peaceman等，1997)。

早期早产的精确诊断是困难的，因为早产的症状(Iams等，1994)和体征(Moore等，1994)通常在健康的无早产发生的妇女身上也有表现，并且早期(宫颈扩张<3cm和消失80%)宫颈指诊的检查没有很高的可重复性(Berghella等，1997；Jackson等，1992)。对于宫

颈扩张<2cm 或消失<80%或两者同时存在的妇女的诊断具有挑战性。在一项确定真正发生早产的妇女的临床试验中，Guinn 等(1997)随机分配了 179 名有早期宫缩和微小宫颈扩张的孕妇接受静脉补液，没有干预只是观察，或单次皮下注射特布他林 0.25mg(一种宫缩抑制剂)。静脉补液没有减少早产宫缩。尽管在特布他林治疗后宫缩有暂时的消失，但随后又出现，这类妇女更多地发现进入早产；宫缩停止并且没有复发，这类孕妇被送回家。作者总结单次皮下注射特布他林是一种确定实际早产发生有效的方法。

其他增强早产诊断精确性的方法包括经阴道超声测量宫颈长度和测量宫颈阴道分泌物中的胎儿纤维连接蛋白(ACOG，2003；Leitich 等，1999a，b)。上述两种检测方法都能通过降低早产诊断假阳性率的可能性而提高诊断的精确性。但是，经腹 B 超对于宫颈长度的测量有很低的重复性(Mason 和 Maresh，1990)，并且没有经过阴道 B 超确认的结果不应该使用。但是，如果检测无误，阴道内测量宫颈长度 3cm 或更多表明早产不可能在有症状妇女中发生(Iams，2003)。类似的，在妊娠 34 周前有症状的妇女，如果胎儿纤连蛋白检测阴性和宫颈扩张<3cm，并且如果结果回报很迅速，临床医生也愿意根据阴性的实验结果不采取最初的治疗，这些都能降低早产的假阳性诊断率(Chien 等，1997；Leitich 等，1999b)。当胎儿纤连蛋白试验阳性并且 B 超测定宫颈长度<3cm，综合使用这两种检测方法能识别存在高危早产因素的人群(表 9-7)。

表 9-7　根据宫颈长度(30mm)和阴道胎儿纤连蛋白的结果确定自发性早产的频率

宫颈长度<30mm	胎儿纤连蛋白	48 小时内分娩	7 天内分娩	14 天内分娩	≤32 周分娩	≤35 周分娩
否	否	2.2% (2/93)	2.2% (2/93)	3.2% (3/93)	0 (0/47)	1.1% (1.93)
否	是	0 (0/14)	7.1% (1/14)	14.3% (2/14)	0 (0/5)	21.4% (3/14)
是	否	7.1% (5/70)	11.4% (8/70)	12.9% (9/70)	6.5% (2/31)	17.1% (12/70)
是	是	26.3% (10/38)	44.7% (17/38)	52.6% (20/38)	38.9% (7/18)	47.4% (18/38)
结局的流行率		7.9% (17/215)	13.0% (28/215)	15.8% (34/215)	8.9% (9/101)	15.8% (34/215)

引自：Gomez 等(2005)．摘自《美国妇产科杂志》，192 卷，354 页，© 2005，经 Elsevier 授权

尽管在频繁宫缩的妇女中早产被过度诊断是很常见的，并且导致了不必要的治疗，但是临床上测定胎儿纤维连接蛋白和测量宫颈长度的 B 超检查还没有广泛应用。

在治疗前精确诊断的障碍包括缺乏对专业人士及公众进行关于分娩过程和早产儿风险的宣传教育(Massett 等，2003)，对医务工作者而非医生进行合适的医疗检查方法的培训不充分(窥器下检查宫颈，经阴道宫颈 B 超检查)，不知道没有治疗可能早产的孕妇可以导致法律诉讼的医疗法律。研究和教育项目应该关注这些问题，并且一旦分娩发动可识别在何时阻止最合适。

结果 9-4：目前关于高危早产的诊断和治疗方法的证据不足。

围生期干预需要告知的信息

妇产科医生接受的教育是保护母亲的安全是他们首要的任务，但是如果对胎儿是有好处的，孕妇和家庭愿意孕妇接受一定程度的风险（见附录C中对伦理学问题的讨论）。如果妊娠合并出血、高血压和感染，阻止早产的决定可能都会增加母亲和胎儿的风险。没有妊娠合并症的早产风险相对较低；但是胎儿宫内窘迫或受压可能会有助于早产的发动，并且监测胎儿健康状况的方法是不完善的。用来阻止宫缩的宫缩抑制剂对母儿有严重的副作用，尤其如果使用剂量增加、周期延长或者联合应用时。关于是否阻止早产、是否把宫内胎儿和母亲转诊到另一家医院，或者产前是否使用糖皮质激素的决定都是基于现有的信息和观念。信息的质量必然因产前的儿科护理的普及和当地进步技术的使用而不同。根据胎儿孕周所预期的早产儿的发病率和死亡率的观点是产科和围生护理的基础。

可以看到改善早产儿围生预后的报道，并且孕妇和家庭明显愿意选择早产分娩和新生儿护理而不是继续维持带有很多不确定性的妊娠。早产儿的发病率和死亡率在第10章中进行讨论。图9-3是一个中心的最近资料列举如何改善32周早产儿的预后，这可能导致允许早产分娩的决定而不是着手应用那些仅能延长几天时间的药物治疗（Mercer，2003）。

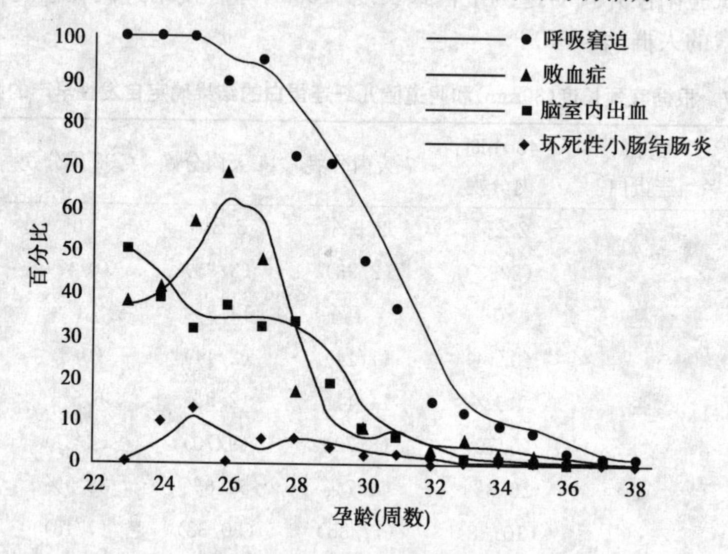

图9-3 围生死亡率和孕周

引自：Mercer（2003）。摘自 Obstetrics & Gynecology，101卷，180页，

© 2003年，美国妇产科医师协会授权

结果9-5：预防早产的最终目的是改善围生期发病率和死亡率。这个目的之所以重要，是因为在某些情况下早产孕妇继续妊娠可能增加母亲和（或）胎儿的健康风险。

尽管产科医生和儿科医生、护士对新生儿的期望可能会影响在产前保健中所做的决定（Bottoms等，1997），这些实践者的评价也不是一定精确。Morse等（2000）发现，产科和儿科护理提供者对新生儿存活和没有残疾的存活率的估计要低于实际的存活率，暗示需要提高分娩前和分娩后的信息（图9-4、图9-5）。最后，医疗-法律环境可能也应该考虑在内；但是，它对于决策过程的影响程度还不清楚。

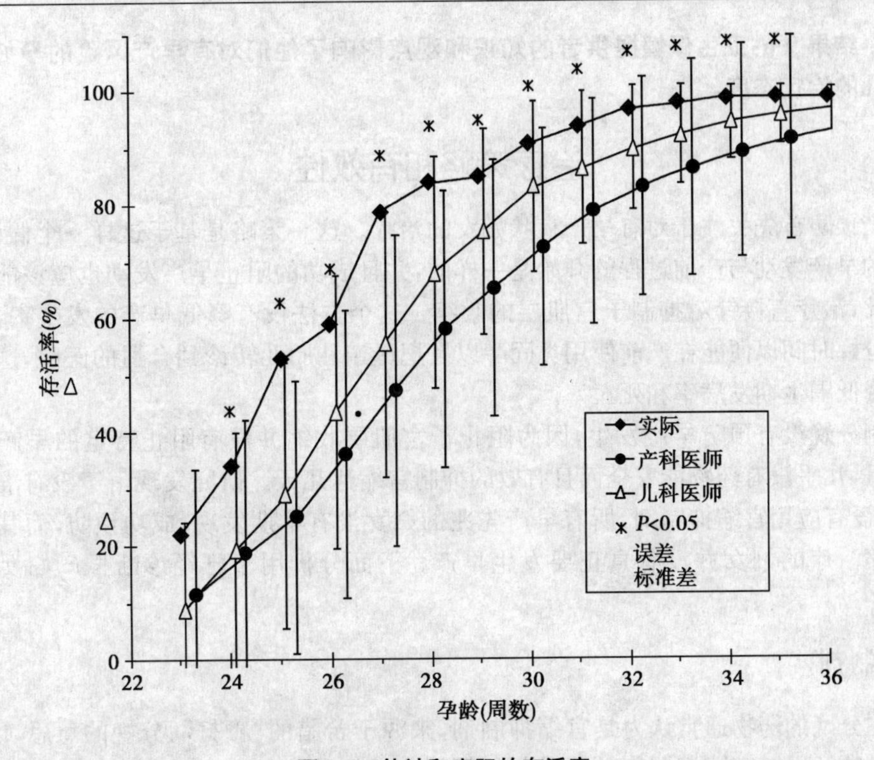

图 9-4　估计和实际的存活率

引自：Morse 等(2000)。摘自 Pediatrics，105 卷，1047 页，© 2000 年，美国儿科学会授权

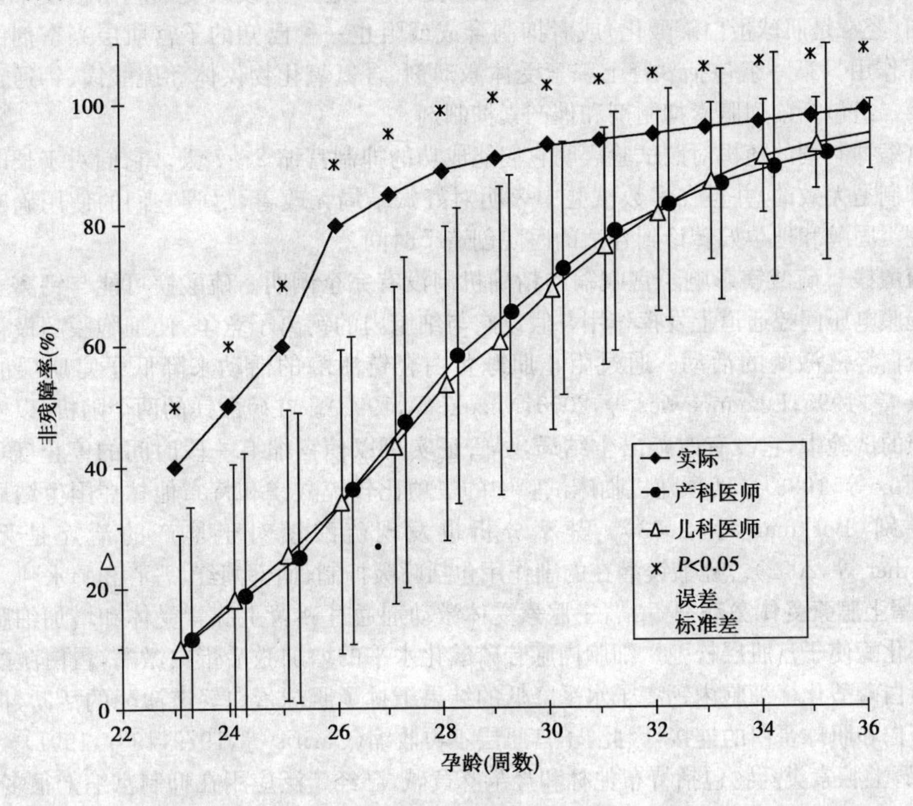

图 9-5　估计与实际的非残障率

引自：Morse 等(2000)。摘自 Pediatrics，105 卷，1047 页，© 2000 年，美国儿科学会授权

结果 9-6:卫生保健提供者的知识和观点影响了他们对有早产风险的孕妇和胎儿的治疗态度。

治疗策略和有效性

早产预防首先关注于对有早产症状妇女的治疗。这一策略是基于这样一个假设:临床上明显的早产发动与产前过程的开始是一样的,并且成功的阻止早产发动也应该能预防早产。因此,治疗直接针对抑制子宫肌层的收缩。这个方法没有降低早产的发生率,但是能够延长分娩时间以便能在产前使用类固醇以及把母亲和胎儿转诊到合适的医院,这两种手段都能降低围生期发病率和死亡率。

抑制分娩没有预防早产发生,因为阻止子宫肌层收缩并没有阻止特定的早产启动因子。而且,几乎没有药物能安全而且有效的抑制宫缩达几天。研究发现由于没有准确的诊断早产,没有应用宫缩抑制剂,所有早产先兆的妇女没有早期发现、成功预防,而其他应用早产宫缩治疗的妇女并没有真正要发生早产。下面分析用于已经诊断早产妇女的治疗策略。

宫缩抑制剂

抑制分娩的药物通常认为是宫缩抑制剂,来源于希腊的“鞭打”、分娩的意思,以及“松解”、放松的意思。宫缩抑制剂的目的是抑制子宫肌层的收缩。今天使用的宫缩抑制剂通过两条主要途径之一抑制子宫收缩。这些药物或者通过产生或改变细胞内信使来影响收缩蛋白(经常是肌球蛋白磷酸化)或者抑制合成或阻止一种已知的子宫肌层兴奋剂的活动而发挥作用。第一组包括β肾上腺素受体激动剂、含氮氧化物供体和硫酸镁、钙通道阻滞剂。第二组包括前列腺素抑制剂和催产素抑制剂。

宫缩抑制剂的随机对照试验表明它们能成功的抑制宫缩2～7天。它们对于长时间的宫缩抑制是无效的,并且在多数试验中表明对妊娠结局无改善,尽管它们的使用确实为产前使用类固醇和把孕妇转诊到合适的医院创造了时间。

硫酸镁 硫酸镁影响子宫收缩的精确机制没有完全阐明。硫酸镁可能与钙离子竞争在细胞膜电压门控通道上发挥作用。假设它与细胞内的钙离子竞争,使细胞膜超极化抑制肌球蛋白轻链激酶的活动。通过阻止肌球蛋白轻链激酶的活动来降低子宫肌层的收缩(Cunze等,1995;Lemancewicz等,2000;Mizuki等,1993)。在硫酸镁的两个随机、以安慰剂为对照的试验中,它没有改善出生结局,尽管证实可以使宫缩有一段时间的停止(Cox等,1990;Fox等,1993)。四项随机临床试验中的三项比较硫酸镁和特布他林在围生结局方面没有差别(Berkman等,2003)。荟萃分析也发现硫酸镁对于早产的治疗是无效的(Crowther等,2002)。硫酸镁潜在的副作用包括呼吸抑制、面部潮红、恶心和肺水肿。

β肾上腺素受体激动剂 β肾上腺素受体激动剂通过β_2肾上腺素受体和增加细胞内腺苷酸环化酶使子宫肌层松弛。细胞内腺苷磷酸化水平的增加激活蛋白激酶,蛋白激酶使细胞内蛋白磷酸化。细胞内钙离子水平降低的结果干扰了肌球蛋白轻链激酶的活动,抑制了肌动蛋白和肌球蛋白的连接,因此,子宫肌层不再收缩(Caritis等,1979,1987,1991)。

β肾上腺素类药物包括特布他林和羟苄麻黄碱,已经广泛应用在抑制宫缩上很多年了。在美国应用最普遍的是特布他林(在美国用于治疗哮喘);但是,其他的诸如沙丁氨醇、酚间羟异丙肾上腺素、己双肾上腺素、间羟异丙肾上腺素、布酚宁和柳丁胺醇在其他国家也在应用。利托君盐酸化合物是唯一的由美国食品和药物管理局(Food and Drug Administration,FDA)批准用于产前宫缩抑制的药物,但是由于频发的母体副作用而没有广泛应用。它不再在美国市场上出现。特布他林由于临床医生对它较熟悉而应用更普遍,并且当皮下注射时它作用迅速(3~5分钟)。发表的论文经常使用皮下注射,剂量为0.25mg,每3~6小时1次。

当对可疑早产的妇女进行急性和维持性治疗时,β肾上腺素受体激动剂由于有限的作用和心血管、代谢系统的副作用而使应用受到限制。Cochrane数据库对1332名妇女在11个随机安慰剂对照的试验中β肾上腺素受体激动剂的数据进行分析。资料表明,治疗组不太可能在48小时内分娩(RR 0.63;95% CI 0.53~0.75),而不是7天内(Anotayanonth等,2004)。尽管48小时的拖延允许有足够的时间把宫内的胎儿转诊到适当的医院和用类固醇治疗,但是围生期死亡率和新生儿死亡率、围生期发病率并没有降低。由于副作用的出现,需要改变或停止治疗是经常的。之前的回顾也发现了相似的结果(Berkman等,2003,Gyetvai等,1999)。

长期和持续应用β肾上腺素受体激动剂类药物已经用于抑制宫缩、预防早产,但是延长β肾上腺素的暴露时间后,对于肾上腺素受体的快速免疫或者脱敏就发生了,所以需要增加剂量以维持相应效果。动物试验表明低水平的β肾上腺素波动使子宫肌安静时间延长(Casper和Lye,1986),有记录表明应用持续维持低剂量的特布他林引起的副作用比口服组少(Lam等,2001;Perry等,1995)。尽管这些药物抑制宫缩,但是在随机安慰剂对照试验中,它们没有降低早产率或者围生期发病率(Guinn等,1998;Wenstrom等,1997),并且ACOG不推荐使用β受体激动剂(ACOG,2001)。一项2002年的Cochrane评价中也总结出目前的证据不支持使用特布他林以延长妊娠(Nanda等,2002)。

钙通道阻滞剂 钙通道阻滞剂阻止钙离子通过细胞膜流入细胞内。它们也抑制肌浆网细胞内钙离子的释放,而且增加了细胞内钙离子的释放。细胞内游离钙离子水平的降低导致了钙依赖性肌球蛋白轻链激酶磷酸化,结果是子宫肌放松。一项研究比较了最常用的钙通道阻滞剂硝苯地平和硫酸镁,但是,结果显示在延长孕周或者改善围生结局方面两者无差别(Floyd等,1995)。理论上,联合应用硫酸镁和钙通道阻滞剂会引起呼吸抑制和高血压,所以最好避免联合使用。

八项随机临床试验和一项非随机试验比较了钙通道阻滞剂和β肾上腺素受体激动剂。在两项试验中,用硝苯地平治疗组的妇女在治疗和分娩之间有较长的间隔并且她们的新生儿在分娩时的平均孕周较大(Jannet等,1997;Papatsonis等,1997),但是另外五项试验显示围生结局无差别(Berkman等,2003)。硝苯地平的副作用包括寒战、头痛、脸红和水肿。

环氧合酶抑制剂 环氧合酶(COX,前列腺素合成酶)是花生四烯酸转化成前列腺素过程中重要的酶,它在产前是很重要的。前列腺素促进子宫肌层缝隙连接的形成,并且通过增加经细胞膜的钙流入和内质网的钙流出增加了细胞内钙离子的量(Challis等,2002)。COX以两种形式存在,COX-1和COX-2。COX-1在妊娠组织里表达,而COX-2是可诱导的形式。COX-2在早产发动的子宫肌层里的水平急剧升高。COX抑制剂通过抑制COX或抑制COX-2来降低前列腺素的合成,不同的药物有所不同。这些抑制剂包括吲哚美辛、舒林酸和布洛芬。

第一个关于吲哚美辛随机安慰剂对照试验包括30名有早产症状的妇女。接受吲哚美辛治疗的15人中的1人,安慰剂组15人中的9人在24小时后产程发动(Niebyl等,1980)。

尽管COX抑制剂对母体的副作用多局限于中孕期，但是胎儿的不良反应包括羊水过少和动脉导管提早关闭。在32周前使用时间限制在24～48小时能避免以上情况（Moise等，1988）。

催产素受体拮抗剂 在正常产程中，催产素通过磷脂酰肌醇转化为三磷酸肌醇而引发宫缩，这一过程与肌浆网中的一种蛋白结合使钙进入细胞浆。催产素受体拮抗剂与催产素在子宫肌层和蜕膜中竞争受体，阻止细胞内游离钙离子水平的增加（Goodwin等，1996；Phaneuf等，1994）。阿托西班（atosiban）是一种选择性催产素-抗利尿激素受体阻滞剂，能够抑制自发性和催产素引起的宫缩，但是不能阻止前列腺素导致的宫缩。因为催产素受体大部分存在于子宫和乳房细胞，所以对母体的副作用很小（Romero等，2000）。催产素受体经过胎盘，但是对胎儿心血管状态和酸碱平衡没有影响。

在安慰剂对照试验中，当对所有妇女进行评估（孕20～33周，6天，$n=531$）时，阿托西班治疗后妊娠持续时间无差异（治疗组是26天，安慰剂组是21天，$P=0.6$），但是，在孕28周或更晚期（$n=424$）（Romero等，2000）接受治疗的孕妇中，阿托西班比安慰剂治疗明显延长妊娠至48小时和7天。在随机试验中（$n=733$），阿托西班与静脉注射β肾上腺素受体激动剂比较（Moutquin等，2001），在48小时和7天内的分娩率两者无差别，但是接受阿托西班治疗的妇女的副作用较少或者不太严重。

尽管有以上结果，FDA没有允许使用阿托西班，因为在<28周妊娠中有相反结局的报道。这些结局是与药物有关，还是与大量28周前使用阿托西班治疗的孕妇数量有关尚不清楚。在欧洲，临床上可以使用阿托西班治疗，它是许多国家应用最广泛的宫缩抑制剂（2005年12月16日，荷兰阿姆斯特丹自由大学H. P. van Geijn和D. Papatsonis的个人通信）。

NO供体 NO在各种细胞中产生并且对于正常平滑肌状态的维持是很重要的。NO是在L-精氨酸（一种必需氨基酸）到L-瓜氨酸的氧化过程中产生的，然后从来源细胞中释放。这个反应是由一氧化氮合成酶来催化的。NO和附近细胞内的可溶性鸟苷酰环化酶之间的相互作用代表了广泛信号转导机制，即细胞外各种NO形成刺激物使靶细胞中合成两倍的环鸟苷酸腺苷（cGMP）。平滑肌细胞里cGMP的增加刺激肌球蛋白轻链激酶，导致平滑肌的松弛（Yallampalli等，1998）。NO供体，例如硝酸甘油阻止自发的和催产素-前列腺素引起的在活体外的宫缩，并且有效抑制妊娠猴子和人类的术后子宫收缩。一项随机试验比较静脉注射硝酸甘油和硫酸镁，发现硫酸镁治疗更能成功地延后分娩至少12小时（El-Sayed等，1999）。两项其他的随机试验比较经皮硝酸甘油给药和安慰剂或者利托君发现在延长妊娠48小时上没有差别（Lees等，1999；Smith等，1999）。因此现在没有足够的证据推荐使用NO供体来抑制早产。

宫缩抑制剂总结 早产治疗的最终目的是消除或者降低围生期发病率和死亡率。没有足够样本量的宫缩抑制剂有效性的试验来评估这些结局。代替新生儿发病率或者间接的结局是妊娠时间的延长、早产的频数和分娩孕周。几乎没有进行以安慰剂为对照的试验。β肾上腺素受体激动剂、吲哚美辛和阿托西班已经证明在延长有限的妊娠时间上比安慰剂有优势。宫缩抑制剂其他的有效性的发现没有足够的说服力，并且这种发现包括两种活性剂的比较，包括早产低风险的妇女，并且没有足够的把握证明这两种活性剂间有明显的统计学差异。荟萃分析提到了样本量的问题，但是没有克服研究设计不良、选择标准和应用中间型结果的问题。延长分娩前的时间以允许转诊到最恰当的医院和产前类固醇的使用是有证据支持的，并且这也是短期应用宫缩抑制剂最强烈的争论所在。

抗生素和早产

大量证据支持亚临床感染和早产有关。这种联系的机制还不清楚。在1986～2001年间，14个随机对照试验中评估抗生素治疗早产和胎膜完整的孕妇的益处，仅有两项研究显示抗生素治疗后妊娠延长和早产率下降。在对七个试验的荟萃分析中，包括了795名接受广谱抗生素或安慰剂治疗的孕妇，结果显示接受抗生素治疗的孕妇妊娠时间没有改变(Egarter等，1996)。尽管一些新生儿结局的发生率，例如肺炎和坏死性小肠结肠炎是下降的，但是新生儿死亡的风险是上升的(OR 3.25；95% CI 0.93～1.38)。抗生素治疗对于新生儿败血症或者脑室内出血是无效的。

至今最大的随机调查中6295名自发性早产的妇女接受：①红霉素；②阿莫西林-克拉维酸复合物；③红霉素和阿莫西林-克拉维酸复合物；④安慰剂(Kenyon等，2001a)。没有一项抗生素的治疗与妊娠时间的延长或围生结局的改善有关。应用抗生素的孕妇，其感染降低了。

尽管各种感染与早产有关，但是在早产妇女中应用广谱抗生素没有改善妊娠结局。多数学者的解释是早产应用抗生素的时间是在出现临床症状后，这就太晚了，不能对妊娠结局产生影响，而在急性新生儿和母体的感染是不同的。

早产胎膜早破的抗生素治疗

尽管抗生素在治疗胎膜完整孕妇上是不成功的，但是抗生素治疗对于发生早产胎膜早破的妇女是推荐使用的(PROM指的是胎膜早破，意思是在任何孕周分娩发动之前胎膜破裂；因此，尽管“preterm PROM”表面是多余的，但事实上不是，这里缩写为PPROM)。来源于安慰剂对照试验的证据显示抗生素治疗能降低PPROM分娩胎儿的死亡率并且延长破膜到分娩的时间间隔。一项研究(Mercer等，1997)比较了氨苄西林加红霉素和安慰剂，结果显示，抗生素治疗组较安慰剂组孕妇新生儿结局(死亡、呼吸窘迫综合征、败血症、严重的脑室内出血和严重的坏死性小肠结肠炎的风险)得到改善。另外一项对4826名PPROM孕妇的研究显示，使用红霉素与延长妊娠和改善新生儿结局有关(Kenyon等，2001b)。试验显示应用阿莫西林-克拉维酸复合物组孕妇的新生儿的坏死性小肠结肠炎的发生率有明显增加。

一项包括6000多名妇女的14项随机临床试验的荟萃分析发现，广谱抗生素治疗能延长感染潜伏期，使新生儿感染、血培养阳性、需要表面活性剂和氧疗的数量和出院前异常超声的数量得到明显降低。尽管新生儿死亡率降低了，但并没有统计学意义。抗生素治疗也发现与母体感染和绒毛膜羊膜炎的显著降低有关(Kenyon等，2004)。

产前使用类固醇

降低新生儿发病率和死亡率的研究结果强烈支持的一个干预手段就是对于有早产风险的孕妇使用糖皮质激素。1994年国际健康大会(National Institutes of Health Consensus Conference)推荐在孕34周前发生早产的孕妇和32周前发生PPROM的孕妇使用糖皮质激素，单次剂量的倍他米松(12mg，2次，肌内注射，间隔24小时)或者地塞米松(6mg，4次，间隔12小时)。研究表明，孕妇产前使用糖皮质激素倍他米松或者地塞米松能降低早产新生儿的死亡、呼吸窘迫综合征、脑室内出血、坏死性小肠结肠炎和动脉导管未闭的风险

(Crowley,1999)。产前使用糖皮质激素降低早产儿的其他发病率,包括小肠结肠炎、动脉导管未闭及支气管肺部发育不良。

倍他米松和地塞米松在降低围生期发病率上作用是相同的,但是倍他米松的应用更有优势。在一项对24～31周分娩的胎儿的研究中发现,在361名应用倍他米松的新生儿中,4.4%发生脑室周围白质软化,应用地塞米松的发生率是11%,产前没有应用糖皮质激素的357例中发生率是8.4%(Baud等,1999)。

关于糖皮质激素对胎儿的其他影响已经报道。胎儿呼吸和肢体活动暂时性降低在使用两种药物以后都有可能出现,但是倍他米松更常见,典型出现是在第二次使用后,持续48～72小时(Mulder等,1997;Rotmensch等,1999;Senat等;1998)。胎儿皮质醇水平暂时性抑制已经报道,但是胎儿对于糖皮质激素的刺激反应未受损害(Teramo等,1980;Terrone等,1997,1999)。产前应用糖皮质激素不会影响胎儿白细胞计数(Zachman等,1988)。尽管有报道母体反复使用类固醇会产生肾上腺抑制,但是肾上腺抑制没有产生临床上的后果(Wapner等,2005)。

有关破膜孕妇使用糖皮质激素是否会增加新生儿感染已经有文献报道,两者之间无关(Harding等,2001;Lewis等,1996)。Harding等在2001年做了一项关于类固醇治疗PPROM的荟萃分析,没有发现其能增加母亲感染(RR 0.86;95% CI 0.61～1.2)或者新生儿感染(RR 1.05;95% CI 0.66～1.68)。

在单次使用糖皮质激素后对胎儿的益处的持续时间还不清楚。这点是很难研究的,因为临床试验中治疗和分娩之间的间隔时间长短是变化的,并且一些影响是暂时的,而其他是持续的。第一次使用和分娩间隔超过48小时对于新生儿的益处是最容易观察到的,但是某些益处在48小时内也很明显。一项大样本多中心的试验发现,在最初使用的18天后才观察到有益(Gamsu等,1989)。

反复使用的糖皮质激素治疗越来越多,使人们把目光关注到长时间暴露在类固醇激素中对胎儿生长和神经系统功能影响的动物和人类研究。动物试验表明,在一些生物物种中,可能导致胎儿生长停滞和大脑、神经系统功能降低,以及胎儿生长停滞的情况(Aghajafari等,2002;Cotterrell等,1972;Huang等,1999;Jobe等,1998;Quinlivan等,2000;Stewart等,1997)。

人类研究也发现多次使用糖皮质激素限制胎儿生长。一项来自意大利的研究发现低于第十百分位的低出生体重儿的数量增加了两倍,并且使用糖皮质激素三次以上的胎儿头围减小(French等,1999)。其他研究中也报道了头围的减小(Abbasi等,2000)。这些报道使得NICHD在2000年8月的会议上回顾这些重复使用糖皮质激素的报道。小组重申了24～34周在7天内有早产风险的孕妇单次使用糖皮质激素的安全性和有效性(地塞米松12mg,2次,肌内注射,间隔24小时或者4次,间隔12小时)。小组指出了建议重复使用类固醇的益处,但是鉴于缺乏适宜的临床研究,小组建议为“重复使用糖皮质激素……不应作为常规使用,但在随机对照试验中是应该保留的”(NIH,2001,p.146)。

五项前瞻性随机临床研究在人群中进行产前重复糖皮质激素的使用。其中三项(Guinn等,2001;Mer-cer等,2001a,b;Wapner,2003)已经有文章或文摘报道,另外两项(澳大利亚和加拿大试验)正在进行或尚未见报道。Guinn及其同事(2001)记录了502名妇女接受一系列的类固醇治疗,倍他米松,每周1次或者没有其他治疗。2组多种疾病的综合发病率(定义为重症呼吸窘迫综合征、支气管肺部发育不良、严重的脑室内出血、室周白细胞浸润、败血症、坏死性小肠结肠炎或死亡)没有差异(分别是22.5%和28%，$P=0.16$)。如果反复多次治疗的胎儿在24～27周分娩，重症呼吸窘迫综合征的发生率(分别是15.3%和24.1%，$P=0.01$)和综合发病率(分别是96.4%和77.4%，$P=0.03$)有降低。

另一项研究比较了孕妇从34周妊娠起每周使用倍他米松紧急治疗的效果(Mercer等，2001a,b)。仅有37%的孕妇接受紧急皮质醇治疗，提示在预测急性早产方面的困难。在每周治疗组中>75%的孕妇在早产的一周内接受皮质激素治疗($P=0.001$)(Mercer等，2001a)。NICHD MFMU组约研究中(Wapner，2003)随机抽取了495名孕妇，对其中492名孕妇(591名胎儿)进行分析，并且252名孕妇接受了多次类固醇治疗。在达到预期样本量之前，由于进度缓慢，这项试验被独立数据和安全监测委员会(independent data and safety monitoring board)停止。这项调查发现，接受多次治疗和安慰剂治疗的新生儿在主要(综合)结局上无差别(分别是7.7%和9.2%；$P=0.67$)。在接受多次类固醇治疗中可以看到主要的结局以及与肺功能有关的次要结局改善的趋势：使用表面活性剂(分别是12.5%和18.4%；$P=0.02$)、机械通气(分别是15.5%和23.5%；$P=0.005$)和低血压的治疗(分别是5.7%和11.2%；$P=0.02$)。在32周前分娩的新生儿中接受多次糖皮质激素治疗的包括主要结局的综合发病率[6]较低(分别是21.3%和38.5%；$P=0.083$)。多次接受治疗在降低出生体重方面不明显(治疗组是2194g，安慰剂组是2289g，$P=0.09$)。在接受4次或更多类固醇治疗组的新生儿在出生体重上有明显降低(治疗组是2396g，安慰剂组是2561g，$P=0.01$)(Wapner，2003)。

降低新生儿发病率的其他治疗

呼吸窘迫　已经研究了在出生前或出生后降低新生儿呼吸窘迫综合征发生率的几种不同方法。表面活性剂是一种有效的辅助治疗，独立或协同类固醇激素降低呼吸窘迫综合征相关的发病率(St. John和Carlo，2003)。一项对产前使用促甲状腺释放激素(TRH)降低肺部疾病的研究包括超过4600名妇女，与单独使用糖皮质激素比较，TRH治疗没有改善任何新生儿结局，而且实际上，在一些试验中，增加了不良妊娠结局的风险(Crowther等，2004)。

神经系统发病率　产前使用苯巴比妥、维生素K和硫酸镁作为降低或预防新生儿神经系统疾病的方法已经在研究。当单独使用苯巴比妥(Shankaran等，1997)或者与维生素K联合使用(Thorp等，1995)时并不降低脑室内出血。在看到产前孕妇硫酸镁治疗降低未成熟婴儿的脑室内出血、脑瘫和围生期死亡率的报道后，也对产妇、孕妇的硫酸镁治疗进行了研究(Grether等，1998，2000；Mittendorf等，1997；Nelson和Grether，1995；Paneth等，1997；Schendel等，1996)。一项随机安慰剂对照试验中，1062名30周前分娩的孕妇接受了硫酸镁治疗，发现硫酸镁治疗组的胎儿在总的运动功能失调方面得到改善，并且在生后2年脑性麻痹的发生率降低(Crowther等，2003)。这项研究没有报道对于新生儿有明显的副作用。NICHD和国际神经障碍和卒中协会(National Institute of Neurological Disorders and Stroke)发起的母胎医学工作组(Maternal-Fetal Medicine Units，MFMU)网络BEAM试验研究(关于产前使用硫酸镁效果的随机临床试验，Randomized Clinical Trial of the Benefi-

---

[6] 定义为死产、新生儿死亡、严重呼吸窘迫综合征、Ⅱ级、Ⅲ级或Ⅳ级脑室内出血、脑室周围白质软化或慢性肺部疾病(Wapner，2003)

cial Effects of Antenatal Magnesium Sulfate,BEAM)已经对入组情况做了总结,并且将在2007年报道新生儿在2岁时的情况。

孕妇转诊

许多国家认识到对早产儿,尤其是在32周前出生的胎儿进行集中护理的优势,已经采纳了区域围生保健系统。护理健康产妇和新生儿的医院和婴儿中心归为Ⅰ级。护理大多数有合并症的孕妇和婴儿的较大医院划分为Ⅱ级,这些医院有新生儿重症监护的人员和装备,护理出生体重在1250～1500g的大部分新生儿。第Ⅲ级中心通常为病情最重的和体重最轻的新生儿和有妊娠合并症需要特殊护理的孕妇提供服务。这些方法的使用与早产儿结局改善相关(Towers等,2000;Yeast等,1998)(详细讨论见第10章和第14章)。

未来的展望

尽管有几种抑制早产和延长妊娠时间的方法,但是早产的频发仍然是全世界范围内影响新生儿健康的主要障碍。尽管目前产科和新生儿科的策略已经提高了新生儿生存率,而且可存活的阈值降低,但是仍迫切需要有效的预防早产的策略。随着基础的和转化型研究不断持续的揭示更多复杂早产内分泌学和免疫学的因素,研究者必须继续进行生物学上可行的新的治疗方法的研究,以预防早产,并发现新的标志物或者多种标志物,在早产的早期阶段准确诊断。

附 9-1
（样本）

姓名 ________________________________
　　姓氏　　　　　　　　教名　　　　　　中间名

编号 ____________　　分娩医院 ____________

新生儿的医生 ____________　　介绍人 ____________

预产期 ____________　　初级人员/组织 ____________

出生日期 月日年	年龄	种族	母亲状况	住址		
职业			教育程度(最高学历)	邮政编码	电话　(家庭)	(办公室)
语言				保险公司/医疗补助		
丈夫/家庭伴侣			电话	政策		
婴儿生父			电话	急诊联络	电话	

孕次	足月	早产	人工流产	自然流产	异位妊娠	多胎妊娠	存活

月经史

末次月经 □准确　□模糊(月份)　月经按月来潮 □是 □否　月经周期 ______ 天　初潮 ______ 岁
□未知　□正常量/经期　前次月经 ______ 日期　□服避孕药 □是 □否　hCG+ ___/___/___
□最后 ______

既往孕产史(前6次)

年月日	孕周	总产程	出生体重	性别	分娩方式	麻醉	分娩地点	是否早产	按语/并发症

病史

	O阴性 +阳性	详细阳性结果		O阴性 +阳性	详细阳性结果
1.糖尿病			17.D(Rh)血型		
2.高血压			18.肺(结核、哮喘)		
3.心脏病			19.季节性过敏(包括日期和治疗)		
4.自身免疫性疾病			20.药物/乳胶过敏/反应		
5.肾脏疾病			21.乳腺		
6.神经疾病/癫痫			22.妇科手术		
7.精神疾病			23.手术/住院(年份、原因)		
8.抑郁症/产后抑郁			24.麻醉并发症		
9.肝炎/肝脏疾病			25.子宫颈细胞学检查异常史		
10.静脉曲张/静脉炎			26.子宫异常/疾病		
11.甲状腺功能障碍			27.不孕		
12.外伤/暴力			28.相关家族史		
13.输血史			29.其他		

	孕前每日量	孕期每日量	使用年数
14.吸烟			
15.饮酒			
16.非法/娱乐性毒品			

按语 ________________________________

停经后症状

基因筛查/畸形咨询 包括患者、婴儿生父或双方家族中的任何人	是	否		是	否
1.患者年龄≥35岁			12.Huntington 舞蹈病		
2.地中海贫血(意大利、希腊、地中海或亚洲背景)：MCV<80			13.智力障碍/自闭症		
			如果是，是否已检测易脆X染色体？		
3.神经管缺陷(脊髓脊膜膨出，脊柱裂，或无脑畸形)			14.其他遗传性基因病或染色体病		
4.先天性心脏病			15.母亲代谢紊乱(如1型糖尿病，苯丙酮尿症)		
5.21-三体综合征			16.患者或婴儿生父曾生育过其他未包括在上述内容的生育缺陷婴儿		
6.神经节苷脂沉积病(如犹太人、卡津、法裔加拿大人)					
7.脑白质海绵状变性			17.习惯性流产或死胎		
8.镰状细胞病或特质(非裔)			18.停经后使用药物/毒品/酒精		
9.血友病					
10.肌营养不良			如果是，制剂和强度/剂量		
11.囊性纤维病变			19.其他		

按语 ____

感染性疾病史	是	否		是	否
1.与结核患者密切接触			4.性传播疾病、淋病、衣原体感染、HPV、梅毒病史		
2.患者或伴侣患有生殖器疱疹史					
3.停经期间出现皮疹或病毒性疾病			5.其他(按语)		

按语 ____

访问者签名 ______________

首次体格检查						
日期 ____/____/____ 身高 ______ 血压 ______						
1.头眼耳鼻喉	□正常	□异常	12.外阴	□ 正常	□ 尖锐湿疣	□ 病变
2.眼底	□正常	□异常	13.阴道	□ 正常	□ 炎症	□ 流液
3.牙齿	□正常	□异常	14.宫颈	□ 正常	□ 炎症	□ 病变
4.甲状腺	□正常	□异常	15.子宫大小	______周		□ 子宫肌瘤
5.乳腺	□正常	□异常	16.附件	□ 正常	□ 包块	
6.肺	□正常	□异常	17.直肠	□ 正常	□ 异常	
7.心脏	□正常	□异常	18.骶耻内径	□ 达标	□ 否	______厘米
8.腹部	□正常	□异常	19.棘	□ 正常	□ 突出	□ 钝
9.四肢	□正常	□异常	20.骶骨	□ 凹	□ 直	□ 前翘
10.皮肤	□正常	□异常	21.耻骨弓	□ 正常	□ 宽	□ 窄
11.淋巴结	□正常	□异常	22.妇科盆腔类型	□ 是	□ 否	

按语(异常数目和解释) ____

检查者 ______________

ACOG产前记录(表B)

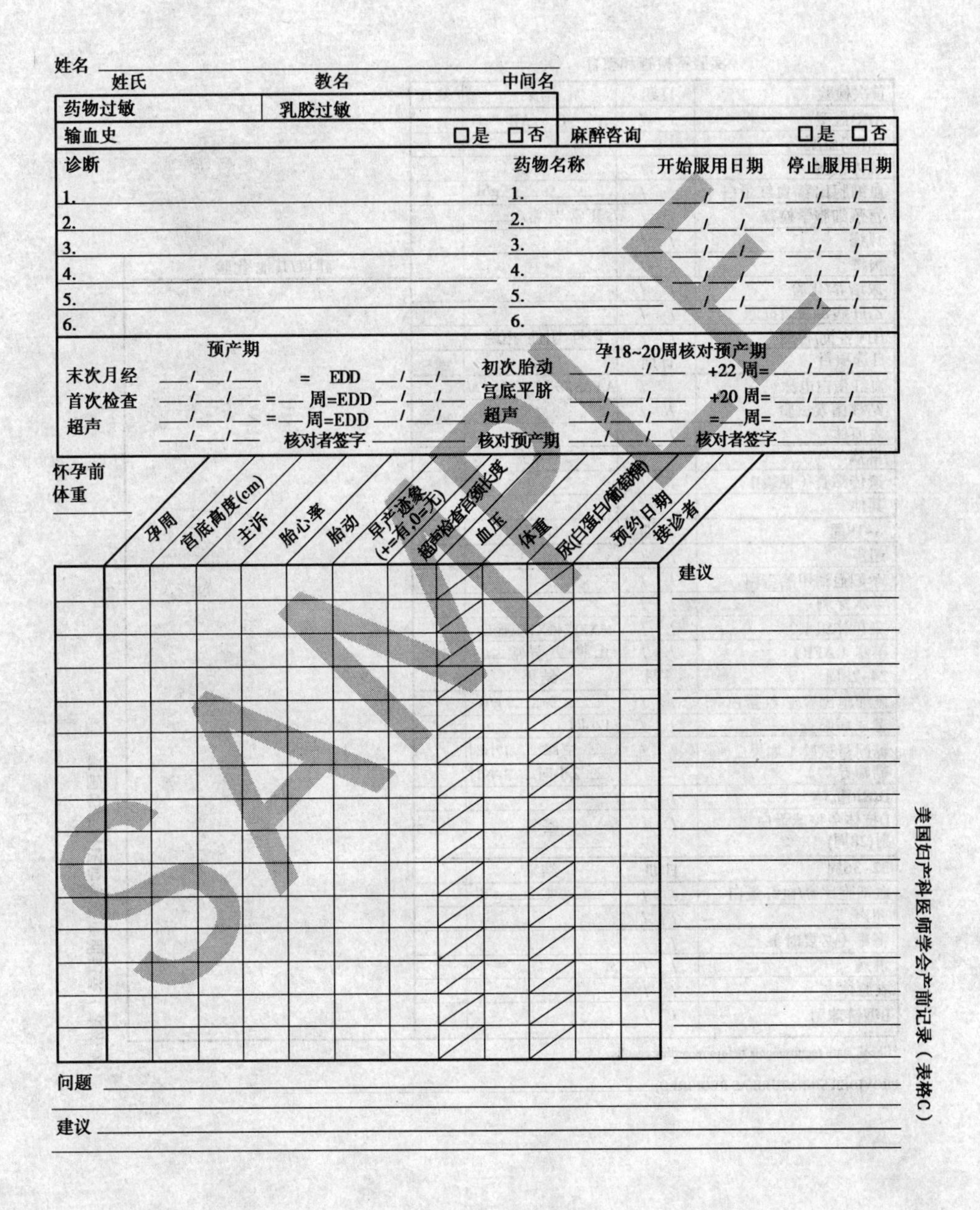
姓名
姓氏　教名　中间名
药物过敏　乳胶过敏
输血史 □是 □否　麻醉咨询 □是 □否
诊断　药物名称　开始服用日期　停止服用日期
1.　1.
2.　2.
3.　3.
4.　4.
5.　5.
6.　6.
预产期
末次月经 ___/___/___ = EDD ___/___/___
首次检查 ___/___/___ = ___周=EDD ___/___/___
超声 ___/___/___ = ___周=EDD ___/___/___
___/___/___ 核对者签字 ________
孕18~20周核对预产期
初次胎动 ___/___/___ +22 周= ___/___/___
宫底平脐 ___/___/___ +20 周= ___/___/___
超声 ___/___/___ = ___周= ___/___/___
核对预产期 ___/___/___ 核对者签字 ________
怀孕前体重

孕周	宫底高度(cm)	主诉	胎心率	胎动	早产迹象(+=有,0=无)	超声检查宫颈长度	血压	体重	尿(白蛋白/葡萄糖)	预约日期	接诊者

建议

问题

建议

美国妇产科医师学会产前记录（表格C）

实验室检查和教育

首次检验	日期	结果	复查
ABO血型	/ /	A B AB O	
D(Rh)血型	/ /		
抗体检测	/ /		
血细胞比容/血红蛋白	/ /	____%____g/d	
宫颈细胞学检查	/ /	正常/异常/____	
风疹	/ /		
梅毒	/ /		
尿培养/化验	/ /		
乙肝病毒表面抗原	/ /		
HIV咨询/检测	/ /	阳性 阴性 拒绝	
自选项目	**日期**	**结果**	
血红蛋白电泳	/ /	AA AS SS AC SC AF ↑A_2	
结核菌素试验	/ /		
衣原体	/ /		
淋病	/ /		
遗传筛查（见表B）	/ /		
其他			
8~18周	**日期**	**结果**	
超声	/ /		
孕妇血清甲胎蛋白	/ /		
羊水穿刺	/ /		
染色体组型	/ /	46.XX或46.XY/其他____	
羊水（AFP）	/ /	正常____ 异常____	
24~28周	**日期**	**结果**	
血细胞比容/血红蛋白	/ /	____%____g/d	
糖尿病筛查	/ /	1小时________	
糖耐量试验（如果糖筛异常）	/ /	____空腹 ____1小时 ____2小时____3小时	
D(Rh)抗体	/ /		
D抗体免疫球蛋白注射(28周)	/ /	签名 ________	
32~36周	**日期**	**结果**	
血细胞比容/血红蛋白	/ /	____%____g/dl	
超声	/ /		
梅毒（必要时）	/ /		
淋病	/ /		
衣原体	/ /		
B型链球菌	/ /		

建议/其他 化验

*Check state requirements before recording results.

PROVIDER SIGNATURE(AS REQUIRED) ________________________

美国妇产科医师学会产前记录（表格D）

姓名 ______________________________________
姓氏　　　　教名　　　　中间名

计划/教育
(咨询口)—根据讨论阶段和日期

孕早期	已完成	尚需讨论
□ HIV和其他常规产前检查		
□ 通过产前病史识别的风险因素		
□ 产前保健课程		
□ 营养和体重增加的咨询		
□ 弓形虫病的预防(猫/生肉)		
□ 性生活		
□ 锻炼		
□ 娱乐/工作负担		
□ 旅行		
□ 烟草(咨询、建议、评估、帮助和安排)		
□ 酒精		
□ 非法的/娱乐性毒品		
□ 用药情况(包括补充剂、维生素、药草或非处方药)		
□ 超声适应证		
□ 家庭暴力		
□ 使用安全带		
□ 孕妇学校/医院		
孕中期		
□ 早产的迹象和征兆		
□ 异常实验室化验值		
□ 流感疫苗		
□ 选择一个儿科医生		
□ 产后计划生育/输卵管绝育		
孕晚期		
□ 麻醉/镇痛计划		
□ 胎儿监护		
□ 分娩征兆		
□ 剖宫产后自然分娩咨询		
□ 妊娠期高血压疾病的迹象和症状		
□ 产后咨询		
□ 包皮环切术		
□ 母乳喂养或奶粉		
□ 产后抑郁		
□ 新生儿汽车座椅		
□ 休假		
需求		

输卵管绝育同意书登记　　日期 __/__/__　　签名 ______

病历和检查如适用则送往医院　　日期 __/__/__　　签名 ______

美国妇产科医师学会产前记录(表E)

　AA198　12345/76543

姓名 ____
姓氏　　　　　　　　　　教名　　　　　　　　中间名

编号 ____

预产期 ____________________

其他就诊记录

孕前体重 ________

	孕周	宫底高度(cm)	主诉	胎心率	胎儿运动	早产迹象(+=有，0=无)	超声检查宫颈长度	血压	体重	尿(白蛋白/葡萄糖)	预约时间	接诊者

建议

进展记录

接诊者签名(必要时) ______________________________

美国妇产科医师学会产前记录(表F)

第三部分

早产的诊断和治疗

建　　议

建议Ⅲ-1：改进对有早产高危因素的孕妇进行诊断和治疗的方法。研究人员应当找出一些方法来改进对早产高危孕妇进行诊断和治疗的方法。

尤其是：

- 产前检查的内容应该包括对孕妇进行早产高危因素的评估。
- 在孕前、早孕和中孕阶段都应该对有早产高危因素的孕妇进行识别。
- 对已知的早产高危因素（如早产史、种族、短宫颈、生物化学和生物物理标记）和一些新的标记物（如基因标记物）都要进行评估，以便形成个体化的综合危险因素评估。
- 需更精确的方法以便：
  - 诊断早产
  - 对新生儿的健康状况进行评价，以便区分是否需终止妊娠；
  - 终止妊娠。
- 衡量早产围生保健的成功应当以围生期发病率、死亡率，以及早产发生率、低出生体重儿的数量，或者新生儿发病率和死亡率为依据。

第四部分

早产的结局

第 10 章

早产儿死亡率和急性并发症

摘　要

尽管在过去三四十年，早产儿的死亡率和与孕周相关的死亡率有了明显下降，但是早产儿依然可出现许多并发症，包括新生儿呼吸窘迫综合征、慢性肺部疾患、心血管病、听力和视力损害和神经系统病变。越接近生存边界的新生儿，其并发症的发生率越高，死亡率也越高。很少有研究报告特定孕周分娩的新生儿的发病率和死亡率，这种情况制约了对早产发生前的咨询，也影响针对早产所做的一些重要决定，如时间安排和分娩方式的选择。尽管在早产儿的治疗方面取得了一定的进展，但是对于 NICU 所应用的大部分治疗方法和措施，其效率和安全性并没有得到充分的评估。早产儿神经损害的高发病率期待更强的神经保护措施和产后干预的出现，以支持早产儿分娩后神经系统的进一步发育和成熟。

早产的重要性在于早产儿的不成熟性和其在生存和发育过程中出现的一系列并发症的影响。许多针对早产儿的临床研究都把研究范围局限在新生儿发病率和死亡率上。影响胎儿发育的因素和导致早产的因素可导致新生儿并发症的发生并干扰其正常发育，但是对其影响的程度却知之甚少。这一章从任何意义上讲都不是对早产儿并发症的罗列，本章讨论的是这些并发症是如何反映出早产儿的不成熟性；以及它们（并发症）对新生儿的生存、器官成熟和健康造成的影响；还包括多种预防和减轻这些影响的措施的效力。就像第 2 章所指出的，孕周的资料比出生体重的资料更重要，这是由于孕周的资料在有关早产的决定和产前咨询方面有更高的价值。

早产儿并发症的发生是由于其未成熟器官尚未做好在宫外环境中支持生命的准备。新生儿急性疾患的危险性随妊娠周数的增加而下降，这反映了脑、肺、免疫系统、肾脏、皮肤、眼睛和消化系统的脆弱和不成熟。通常成熟性越差的新生儿需要的生命支持也越多。在怎样处理处于生存边界的新生儿的问题上存在争议（参见第 2 章“濒临存活极限早产儿的死亡率”）。新生儿学家们称他们对于这类新生儿的处理是偏保守的，有些人则认为对于孕周如此小的新生儿的治疗只能是试验性的。关于从伦理角度对生存边界的婴儿所下的决定可参见附录 C。

新生儿各器官系统对宫外环境的适应能力及外界所能给予的生命支持都对新生儿的短期和长期神经发育、健康状况有重要影响（参见第 11 章）。此外，对新生儿造成影响的因素还包括：早产的病因、母亲和家庭的危险因素、宫外环境，包括新生儿重症监护室（NICU）、家庭和社区环境。

死 亡 率

早产儿和足月儿相比，在新生儿期(生后28天内)、婴儿期(生后1年内)更容易死亡，孕周越小，出生体重越低，死亡率越高(Alexander 等，1999；Allen 等，2000；Lemons 等，2001；CDC，2005i)(参见第9章表9-2和表9-3及附录B)。在美国婴儿死亡的主要原因是早产、低出生体重和出生缺陷；早产和低出生体重是导致婴儿死亡的首要原因(Alexander 等，2003；CDC，2005i；Petrini 等，2002)。在过去的几十年间，新生儿和婴儿死亡率及孕周相关婴儿死亡率均有显著下降，这归功于产科及新生儿重症监护的发展，特别是早产儿和小于胎龄儿(Allen 等，2000；Alexander 和 Slay，2002)。然而，在美国婴儿死亡率却有所上升，由2002年的6.8～7.0/1000活产升至2003年的12.3/1000活产(CDC，2005i)(参见第1章"早产的种族和民族差异")。

国内和国际比较

婴儿死亡率在不同地理区域、不同种族、民族之间存在很大差异(Alexander 等，1999；Allen 等，2000；Carmichael 和 Iyasu，1998；Joseph 等，1998)(参照第1章和第2章以及附录B)。2001年，美国的婴儿死亡率在37个发达国家中排第28位。尽管我们谈到了早产发病率的增加及其在不同种族、民族之间存在差异，但是方法学上的一些因素却可能导致这种差异的出现。例如：由于要尽力对处于生存底限的早产儿进行复苏，这部分新生儿被划入活产儿范围内(而不是死产)，这就提高了婴儿死亡率，原因在于许多妊娠不满24周的早产儿在产后很快死亡(Alexander 等，2003；CDC，2005i，MacDorman 等，2005)。由于缺乏相似的方法对孕周、活产、死胎进行记录，因此也缺少不同国家间早产率的比较。

2000年，非裔美国人的婴儿死亡率为14.1/1000活产，是全国平均水平6.9/1000活产的两倍多(NCHS，2003)。在不同的种族和民族间，高质量新生儿重症监护室的转入率存在差异(Alexander 等，2003；Morales 等，2005；Wise，2003)。非裔美国人中早产的发生率是拉丁裔或白种人婴儿的两倍多。尽管非裔早产儿的生存能力要强于白种人早产儿，但是这种差距并不大，而非裔美国人的早产率越高、足月儿死亡率越高对其和白种人婴儿死亡率的差异的作用越大(Allen 等，2000)(见附录B)。

区域化和 NICU 对死亡率的影响

在20世纪70年代，把早产儿转入新生儿重症监护室(neonatal intensive care unit，NICU)是至关重要的一步。1973年，Schlesinger 首先报告了不同医院间新生儿生存率的差异。新的医疗机构往往缺乏训练有素的医生和护士，缺乏能为重症新生儿提供支持的措施。这就促进了地方 NICU 的发展，包括：既定的构造和功能、对产科人员的正式安排、重症新生儿转送系统。社区最初参与将重症新生儿由社区医院转至区域医疗中心，进一步要做的是对社区医院进行培训，使其学会如何稳定患急性病的新生儿的病情。

区域化治疗的争议在于按地理分区转运新产儿对其生存率有无改善。在没有 NICU 的医院中出生的低体重儿和在有中级或高级 NICU 医院中出生的低体重儿相比，前者有更高的死亡率。然而对于从院外转入 NICU 的新生儿，其死亡率仅有少许改善(Cifuentes 等，2002)。如果能早期识别出高危孕妇，在分娩前指定其到Ⅲ级围生中心就诊，那么其分娩的新生儿会比出生后再转运的新生儿有更好的结局(Doyle 等,2004a;Kollée 等,1988;Levy 等,1981)。

目前,区域化服务的概念已扩展到涵盖产前的一整套系统,包括相关咨询、对孕妇和新生儿的安置和转诊(McCormick 等,1985)。

现在已经出现了对围生诊疗水平进行分级的标准(根据医疗资源、分娩量及地域内的需要将其分为Ⅰ级、Ⅱ级、Ⅲ级)。在Ⅲ级围生中心中,小于 1000g 的低体重儿所占的比重在增加,使得这些新生儿的生存状况得到改善,他们和在没有围生中心的医院分娩的新生儿的生存差距在扩大(Saigal 等,1989)。除了具备安全性和专业性,发展高度综合的纵向服务网络从本质上也是高效的,因为它摒弃了机构的分散和诊疗过程的冗长。

但是,这种区域性的综合围生中心建立起来有一定难度。在佐治亚州特定的围生中心,同样是分娩体重<1500g 的新生儿,来自城市的孕妇要多于来自郊区的孕妇(她们的居住地距围生中心较远)(Samuelson 等,2002)。其他一些因素则和孕妇未能接受亚专业服务有关,如产前服务内容(包括风险评估、对分娩前症状和体征的宣教、联络和转运程序)、预测分娩的延迟、对孕妇进行急诊转诊、在分娩前转运孕妇的意愿。Samuelson 等人在 2002 年指出,如果 90%在院外亚专业照料下分娩的新生儿能够及时转到指定医院分娩的话,小于 1500g 的低体重新生儿的死亡率可以下降 16%~23%(假设死亡率的差异是由于诊疗水平的不同造成的)。由于卫生保健水平的发展提高了早产儿的存活率,所以,接受区域中心的亚专业保健对于决定婴儿死亡率起着越来越重要的作用。

早产并发症

早产儿发育的不成熟性对其各器官系统产生广泛影响。这部分将描述早产儿的短期并发症,这些并发症的发生和胎儿发育及在围生期、新生儿期的器官脆弱、系统受损有关。对早产儿而言,许多并发症可影响其一生的健康、生长和发育。就像在第 6 章中提到的,在早产分娩过程中,各种机制存在复杂的相互作用,包括炎症和细胞损伤,这和早产儿以下并发症的病理发生有关:慢性肺部疾患、坏死性小肠结肠炎、早产儿视网膜病变(retinopathy of prematurity,ROP)、脑白质损伤。尽管一些随机对照试验证明了一些针对新生儿的治疗措施是安全和有效的,但是,在标准 NICU 中使用的多数治疗和干预措施并没有经过充分的研究。为了早产儿的健康和神经发育,对早产并发症的诊断和治疗方法在广泛应用到临床以前,需要经过更长期、更严密的研究。

肺和呼吸系统

肺的首要功能是进行气体交换(如吸入氧气,呼出二氧化碳)。胎儿早在妊娠 10 周时出现呼吸运动,吸入、呼出羊水,这对于刺激肺部发育是必需的。胎儿的呼吸运动是不规律的,且在妊娠 30 周时仅有 30%~40%可见。由于缺乏呼吸运动或羊水少可致肺部不发育(如肺发育不良),这将不适宜宫外生活。大约在妊娠 30~32 周,肺部产生表面活性物质,这是一种像肥皂一样的物质,用来保持气囊(肺泡)开放。妊娠 28~30 周出生的新生儿缺乏肺泡,他们用终末支气管和初级气囊呼吸。出生以后,呼吸的类型渐渐变为规律的、连续的呼吸,但是由于呼吸调节中枢不成熟,新生儿可出现短暂的不呼吸(呼吸暂停)(见第 6 章关于正常肺部发育和呼吸窘迫综合征的讨论)。

呼吸窘迫综合征

每年约24 000名新生儿，80%在妊娠27周前分娩的新生儿将出现呼吸窘迫综合征(respiratory distress syndrome，RDS)。RDS常伴有表面活性物质的缺乏，其发生率随孕周的减少而增加。在相同的孕周，白人新生儿RDS的发生率要高于非洲裔新生儿(Hulsey等，1993)。尽管呼吸窘迫在妊娠33～36周和足月新生儿中不常见，但其表现严重，死亡率达5%(Clark等，2004；Lewis等，1996)。对有早产风险的孕妇在产前应用糖皮质激素可以减少RDS的发生率，减轻其严重程度，降低死亡率(NIH，1994)(参见第9章)。患RDS的新生儿在出生后不久即出现呼吸频速、呻吟、发绀、呼吸费力或呼吸音减弱，需要增加工作量。由于疲劳、呼吸暂停、缺氧或肺泡损伤可使肺不张，需要高压通气，进而导致呼吸衰竭。

RDS是一种急症，需呼吸支持(包括给氧、正压通气、应用表面活性物质)，其病情一般在2～4天好转，7～14天痊愈。对于早期早产儿，选择哪种呼吸支持方法才能维持其恰当的血氧、血二氧化碳水平依然具有争议(Collins等，2001；Phelps，2000；Saugstad，2005；Thome和Carlo，2002；Tin，2002；Tin和Wariyar，2002；Woodgate和Davies，2001)。自气管内插管使用外源性表面活性物质可以改善肺部换气，降低死亡率(大约降低40%)、缺氧(降低30%～65%)和慢性肺部疾患的发生，但是对神经发育和长期肺部功能无影响(Courtney等，1995；Dunn等，1988；Gappa等，1999；Ho和Saigal，2005；Morley，1991；Soll，2002a，b，c；Steven等，2002；Ware等，1990)。少数几项随机对照研究指出高频通气或吸入一氧化氮可改善病情严重的早产儿的肺部损伤、提高其生存率(Bhutta和Hendrson-Smart，2002；Henderson-smart和Osborn，2002；Mestan等，2005；Van Meurs等，2005)。

并不是所有早产儿出现的急性呼吸系统疾患都称为RDS。由于先天性肺炎和RDS很难鉴别，所以新生儿一旦出现呼吸窘迫，通常都会使用抗生素来治疗。有些新生儿在将宫内胎儿循环转变为生后循环模式过程中出现问题，宫内气体交换通过胎盘完成。当他们出生时伴随呼吸，他们的循环模式应当将血送到肺脏。如果存在肺内液体潴留，新生儿也可出现呼吸窘迫，但是随着液体的吸收，这种状况会得到改善。

支气管肺发育不良和慢性肺部疾患

早产儿慢性肺部疾患(chronic lung disease，CLD)(有时随RDS发生)也称作支气管肺发育不良(bronchopulmonary dysplasia，BPD)。BPD/CLD是一种慢性疾患，由肺部炎症、损伤、气道和肺泡瘢痕造成。它和儿童期的生长、健康、神经发育问题相伴随(见第11章)。正压通气、高氧浓度、感染和其他炎症都可造成肺部损伤，但是BPD/CLD发病的最基本原因在于肺的不成熟性。特别是妊娠28～30周出生的早产儿，其肺部组织异常脆弱，受到损伤后出现气体存留、塌陷或充满黏液及其他液体，由此阻碍肺的生长和发育。

对于BPD/CLD的定义有许多，其基础都是婴儿需要呼吸支持，最常见的定义是在停经36周出生的婴儿[妊娠周数(gestational age)+停经周数(chronological age)]，需要氧气支持。其发生率随出生时孕周的变化而变化：对2002年出生的婴儿的研究表明，妊娠29周前出生的新生儿，其BPD/CLD的发生率为28%，而妊娠29～32周出生的新生儿，其发生率为5%(Smith等，2005)。用相同的定义，不同中心的BPD/CLD的发生率差异很大：出生体重<1500g的新生儿，BPD的发生率从3%～43%不等(Lee等，2000；Lemons等，2001)。

由于对液体敏感，且代谢需求增加，BPD患儿往往存在液体和营养方面的问题，反应性的气道造成呼吸费力(喘息),容易出现感染,尤其是肺部感染(Vaucher,2002)。对 BPD/CLD 的标准治疗方案仅有少数研究报告,包括利尿剂和支气管扩张剂的应用(Walsh 等,2006)。据报道,肌注维生素 A 可中度降低 BPD/CLD 的发生率、提高生存率(Darlow 和 Graham,2002)。

早产儿 BPD/CLD 治疗上最有争议的问题在于出生后皮质醇激素(特别是地塞米松)的系统应用,这类药物可促进肺的成熟,但却阻碍其进一步发育(见第 6 章)。19 世纪 80 年代的两项研究报告指出长期应用相对高剂量的皮质激素可缩短早产儿的氧疗和机械通气的时间(Avery 等,1985;Mammel 等,1983)。已发表了 40 多篇关于产后系统应用皮质激素的随机对照研究的文献,其中多数报告使用激素可改善气体交换、缩短机械通气时间、减低 BPD/CLD 的发生率;但是其副作用包括:血糖问题、高血压、生长受限等(Bhutta 和 Ohlsson,1998;Halliday,1999;Halliday 和 Ehrenkranz,2001a,b,c)。

在皮质激素广泛应用到治疗 BPD/CLD 数年之后,随访研究报告脑瘫和认知障碍的发生率在随机分为激素治疗组的婴儿中比随机分为安慰剂组的婴儿中高,而且,系统评价得出相似的结论(Barrington 等,2001a,b;Bhutta 和 Ohlsson,1998;Halliday,2004;Kamlin 和 Davis,2004;O'Shea 等,1999;Shinwell 等,2000;Yeh 等,1998)。由于副作用(包括胃肠道穿孔),两项大样本低剂量氢化可的松预防 BPD/CLD 的研究被迫终止(Stark 等,2001;Watterberg 等,1999)。一篇综述计算得出:每 100 个出生 96 小时内给予类固醇激素的新生儿中,9 名可避免 BPD/LD 的发生,同时将有 6 名出现消化道出血,6 名出现脑瘫。

尽管研究表明吸入类固醇激素无明显益处,但是这一方法仍在被广泛使用(Shah 等,2004)。

可的松是否可用于治疗严重的 BPD/CLD 患儿(其中许多面临死亡),尤其是小剂量短期应用,仍存在争议(Doyle 等,2005;Jones 等,2005)。对于能在短期内起效(有时是明显的效果),但却增加长期并发症的药物,可用吗?对一种器官(肺)有利,但是对其他器官系统(脑)有害,这是一个两难的抉择。

合并 BPD/CLD 的早产儿在幼儿期出现持续性肺部疾患的可能性大于不合并 BPD/CLD 者。若出现并发感染的喘息(病毒性支气管炎),可能需重新入院,再次使用呼吸机,甚至需使用外源性表面活性物质(Kneyber 等,2005)。早产儿对呼吸道合胞病毒(RSV)特别易感。美国儿科学会(American Academy of Pediatrics)建议对妊娠 29～32 周的新生儿在出生 6 个月内要预防 RSV 感染,妊娠<28 周的新生儿,在出生 12 个月内需预防 RSV 感染(AAP,2006)。BPD/CLD 常在以后的岁月中影响患儿的呼吸功能:在婴儿期患 BPD/CLD 的儿童,更容易受二手烟的伤害,更易患哮喘,可出现持续性生长问题及神经发育不全(Hack 等,2000;Jacob 等,1998;Jones 等,2005;Thomas 等,2003;Vohr 等,2005)。

呼吸暂停

早产的另一个并发症是呼吸暂停,指新生儿的呼吸停止 20 秒或更长时间,有时伴心率下降(心动过缓)。尽管有时新生儿出现阻塞性呼吸暂停(气体在气道内的流动出现阻塞),但是呼吸控制中枢的不成熟性是出现呼吸暂停和心动过缓的主要原因。这些新生儿需要严密监护,但他们通常对刺激反应敏感、迅速(对于阻塞性呼吸暂停则需改变体位)。偶尔需进行正压通气,刺激其重新开始呼吸。对于究竟如何界定病理性的呼吸暂停及需治疗的呼吸暂停,目前还没有统一意见(Finer 等,2006)。

治疗早产儿呼吸暂停有多种方法。其一线药物为甲基嘌呤类，茶碱和咖啡因都有效，但咖啡因毒性更小(Henderson-Smart 和 Steer,2004)。另一种药物多沙普仑有使认知发展迟缓的副作用(Henderson-Smart 和 Steer,2004；Sreenan 等,2001)。前庭兴奋剂在预防和治疗呼吸暂停方面的作用不如甲基嘌呤类(Henderson-Smart 和 Osborn,2002)。没有证据支持治疗胃食管反流可以降低呼吸暂停的发生频率或减轻其严重程度(Finer 等,2006)。对药物治疗无反应的频发呼吸暂停可用鼻腔正压通气或机械通气治疗。

随着早产儿的成熟，呼吸暂停的问题也可随之解决。偶有，有的早产儿在过了预产时间后仍存在呼吸暂停，需要在家中对其进行呼吸监测。在 NICU 中对呼吸暂停早产儿进行治疗的远期效应目前还没得到证实(Finer 等,2006)。急性呼吸道感染(特别是 RSV 感染)可再次诱发呼吸暂停。尽管早产和婴儿猝死综合征有关，但对于猝死的机制知之甚少，可能和不成熟性呼吸暂停有关。

胃肠道系统

胃肠道消化食物、吸收营养，它还有免疫和内分泌功能，接受神经系统的许多指令。自妊娠第 4 周开始形成胃肠道，胃和肠在妊娠 20 周发育完善(Berseth,2005)。在妊娠的最后 15 周，肠管长度增加一倍(足月时可达 275cm)。肠道吸收细胞早在妊娠 9 周时就已出现，其内分泌和免疫功能也出现较早。味蕾在妊娠 7～12 周出现。然而，因为许多具有特殊功能的细胞尚未发育完善，所以早产儿存在营养吸收方面的障碍。

最早出现的协调反射来自对口周的刺激，妊娠 9.5 周时，口周的刺激可诱发胎儿张口，妊娠 11.5 周时可出现头部转动(Hooker,1952；Hooker 和 Hare,1954；Humphrey,1964)。妊娠 10～12 周的胎儿出现吞咽动作，妊娠 20 周出现吸吮动作。出生后，新生儿的胃肠道内出现细菌生长，这有利于对食物的消化。抗生素的使用可以改变这一进程。目前正在研究给予早产儿有益细菌(如益生菌)的安全性和有效性(Bin-Nun 等,2005)。

喂养不耐受是早产的常见并发症。不成熟的胃肠道消化食物困难，而消化食物却是新生儿生长、发育所必需的。极其不成熟的危重儿需进行肠道外营养(静脉)，包括输注氨基酸、葡萄糖、电解质和脂肪。妊娠 34～35 周的早产儿需管饲，因为他们不能协调好吸吮、吞咽和呼吸三种动作。肠道外营养为早产儿的生长发育提供充足的营养，这也使得对患儿其他症状的治疗变得更加复杂。

坏死性小肠结肠炎(necrotizing enterocolistis,NEC)是小肠和结肠的一种急性损伤，它引起肠道内壁炎症，主要影响早产儿。妊娠 33 周内出生的新生儿 3%出现 NEC，出生体重＜1500g 的新生儿 7%出现 NEC(Lee 等,2000；Lemons 等,2001；Smith 等,2005)。它通常在出生 2 周内发生，表现为喂养困难、腹胀、低血压和其他败血症症状。一旦怀疑 NEC，应使用抗生素治疗并使肠道休息(如禁食)。

NEC 的确切病因不详，像其他早产并发症一样，其发生是多因素作用的结果。新生儿的小肠内壁脆弱，应激因素(感染、缺氧、缺血)可对其造成损伤。炎症无论从病因还是结局上讲都是一项重要因素。肠管内壁的损伤可以发展、蔓延至整个肠壁，导致肠穿孔，肠内容物流入腹腔，引起腹膜炎和败血症。寄生于肠道内的革兰阴性菌分泌毒素，导致一系列严重并发症的发生，甚至死亡。一旦出现肠穿孔，需注意维持患儿的血压，手术切除坏死的肠管，保留造口直至肠管愈合。这种损伤也许仅影响一小段肠管，但若病情发展迅速，可以影响大部分肠管。在围术期，婴儿的营养摄入通常严重受限，因而需要更多的血液制品、液体和药物(升压药)来纠正其低血压。

存活者存在严重的短期、长期患病率。因在胃肠道修复前不能喂食,NEC患儿仍需肠道外营养与液体。尽管对许多新生儿而言,建立静脉通道有困难,但是长时间的肠道外营养仍需置入静脉导管,这本身就有一定的危险性,增加并发症发生的机会。长期高营养和缺乏肠道内营养可导致高胆固醇血症,损害肝脏。此外,重症患儿在肠管愈合过程中可出现局部缩窄,可能需要外科手术干预,这就进一步影响了肠道喂养的成功。肠管受损严重的新生儿属危重儿,由于大段肠管被切除,即使愈合后,其吸收能力仍不足。有时损伤很严重,剩余的小肠太短,不能满足生长、发育的需要,甚至不足以维持生命。NEC的远期疾病或健康损害包括:回肠造口术、结肠造口术、再次外科手术、延长肠道外营养时间、肝衰竭、营养不良、吸收不良综合征、发育不良和反复住院。

由于NEC的破坏性,在其急性期不能对新生儿进行喂养。喂养需渐进进行,需仔细监测食物的量和浓度,一旦发现喂养不耐受,需立即终止喂养。这种状况给临床医生增加了一定的压力:平衡静脉补液、肠道外营养带来的并发症与肠道喂养过快导致的并发症。因存在消化困难,最初应给新生儿基本营养配方。少量的食物刺激可促进新生儿肠道产生消化酶,需要用这种消化酶来消化随后喂养的较大容量和浓度的食物。注意喂养配方可提高喂养耐受性,减少NICU中NEC的发病率(Patole和de Klerk,2005)。

胃食管反流(gastroesophageal reflux,GER)在早产和足月儿中常见,可能对生长和健康造成不良影响。它可能表现为吸入性肺炎、喘息或BPD/CLD加重,原因在于反流时气道无法得到保护。使用鼻饲管似可增加反流的可能性。严重的GER导致胃内容物流入肺部,重者危及生命。通常GER需药物治疗,包括H_2受体阻滞剂和蛋白泵抑制剂,这些药物可中和胃酸(这可能增加由胃肠道而来的感染的机会),激肽原复合物可增加胃肠道蠕动。然而,目前还没有建立对这些药物有效性和安全性的评估体系。偶尔情况下,严重的GER病例需手术治疗,特别是那些合并BPD/CLD的新生儿。目前缺乏足够的证据证明用于治疗GER的药物对于预防和治疗呼吸暂停有效(Walsh等,2006)。

皮 肤

皮肤的发育最早,始于妊娠第6周,是胎儿和新生儿与外界环境间的屏障(Cohen和Siegfried,2005)。皮肤在液体平衡、体温调节和预防感染方面有重要作用。在生存底限孕周(妊娠22～25周)出生的新生儿,其皮肤呈胶冻状,受触碰后易出现损伤,通过皮肤可丧失大量液体,对感染缺乏足够的屏障作用。新生儿出生后的最初几天,在皮肤变得强健之前,因其所需液体和电解质量的变化幅度较大,所以较难估计其真正需要量。频繁的医疗操作和静脉通道上大量的渗出可在早产儿身上留下许多瘢痕。处于生存底限的早产儿,去除胸部监测的导联就可能在皮肤上留下瘢痕。目前认为给胎龄<26周的新生儿涂抹防护药膏不但不能阻止感染的发生,反而会增加感染的机会(Conner等,2003)。

感染和免疫系统

胎儿和母体的免疫系统之间存在着复杂的相互作用(Tarusch等,2005)。胎儿的免疫系统进行着精细的调整,以便维持妊娠,减轻母体免疫系统可能出现的排斥反应(如同种异体移植)。此外,胎儿的免疫系统还要为其出生和适应宫外环境做好准备。妊娠20周后,母体的许多抗体可通过胎盘到达胎儿体内并对其起到保护作用,但更多的抗体是在妊娠晚期传递给胎儿的。

如果胎儿和母体免疫系统之间的这种精细而复杂的相互作用出现异常，则可能出现胎儿感染、母体或胎儿死亡或早产。尽管机制不明，但是许多资料表明早产和亚临床感染有关（见第 9 章）。妊娠期的风疹病毒、巨细胞病毒、弓形虫、梅毒、疟原虫和人类免疫缺陷病毒感染可给胎儿和新生儿带来不良结局（Beckerman，2005；Pan 等，2005；Sanchez 和 Ahmed，2005）。另一些母体感染和随之发生的胎儿炎症反应可导致胎儿脑损伤（包括白质损伤、断裂及神经细胞凋亡），继而出现胎儿神经发育受限（Dammann 等，2002；Hagberg 等，2005；Walther 等，2000）。

早产儿的免疫系统尚不成熟，不足以对抗可导致感染的细菌、病毒和其他微生物。这些病原体可导致早产儿发生严重感染，包括肺炎、败血症、脑膜炎和泌尿道感染。在出生体重低于 1000g 的新生儿中，大约 65%在第一次出院时至少存在一种感染（Stoll 等，2004）。早产儿或在出生时自母体感染，或在产后由其不成熟的皮肤、肺、胃肠道获得感染（这些器官往往缺乏发育良好的免疫保护功能）。早产儿没有能力将感染局限于原发灶使其形成脓肿，所以败血症常见（即血源性感染）。患脓毒血症的婴儿通常病情异常危重，感染可扩散至身体的其他部位（结局可能是脑膜炎——一种包绕大脑的膜状物的感染）。除了使用抗生素，败血症患儿还需针对其他受损器官系统进行支持治疗（如针对呼吸和血压的支持治疗）。出生体重＜1000g 的新生儿，出现感染者和无感染者相比，更易出现颅脑生长缓慢，出现更多的认知障碍，脑瘫发生率高（Stoll 等，2004）。

在 NICU 中，6%～7%的婴儿会出现侵入性真菌感染，随着分娩孕周的减小和新生儿出生体重的降低，感染率升高（Hofstetter，2005；Stoll 等，1996）。假丝酵母菌是导致早产儿感染的最常见真菌，在体重＜1000g 的新生儿中，20%可检出此菌（Kaufman 等，2001）。若出现播散性真菌感染，病死率可达 30%。尽早使用药物治疗可预防播散的发生，提高生存率，但副作用常见。予体重＜1000g 的新生儿预防性输注氟康唑可减少真菌繁殖、感染的机会（Kaufman 等，2001）。

免疫系统由许多部分组成，新生儿和成人的免疫系统对病原体引起的感染有截然不同的反应。由机体不成熟所引起的多种并发症，包括 BPD/CLD、NEC、颅内损伤，特别是白质损伤、ROP，都提示炎症的存在。病原体、应激、细胞因子系统、组织损伤、激素产生、减轻炎症反应的多样基因环境间有着复杂的相互作用，其作用的结果决定着早产、存活、健康、脑损伤和神经发育的结局（见第 6 章）。

心血管系统

早产儿可出现多种心血管系统紊乱，从大的形态学异常到血管自主调节功能方面的缺陷（低血压）。在胚胎形成后第 20 天，形成心脏的细胞开始出现分化（Maschoff 和 Baldwin，2005；Schultheiss 等，1995）。最初的心脏跳动出现在妊娠第 4 周，在妊娠第 6 周心脏完全形成。由于气体交换经由胎盘完成，所以胎儿的大部分血液通过动脉导管绕过肺脏。

动脉导管通常在出生后闭合，肺部膨胀，气体进入肺，血液由右心室入肺，又由肺回到左心室，再由左心室到身体其他部位。对于早产儿，动脉导管若未按时闭合，处于开放状态，可导致心力衰竭，使重要脏器血流减少（如肾和胃肠道）。其临床体征有心脏杂音、心前区搏动、洪脉。床旁超声心动图检查可发现动脉导管未闭，而心脏解剖结构正常。动脉导管未闭可以是无症状的，在出生后 1 周内自然闭合，否则，可使早产儿的病情恶化，增加脑室内出血(intraventricular hemorrhage,IVH)、NEC、BPD/CLD及死亡的风险(Shah和Ohlsson,2006)。

在出生体重<1500g的新生儿中,约5%因动脉导管未闭需接受治疗(Lee等,2000)。用药物和手术的方法都可以使其闭合,但两种方法均有严重副作用(Malviya等,2006)。治疗动脉导管未闭最常用的药物是吲哚美辛,它主要的副作用是减少身体下部的血流量(可导致肾排出量减少,胃肠道穿孔)。布洛芬治疗动脉导管未闭有效,副作用少,但此药尚未经过充分研究(Shah和Ohlsson,2006)。对于吲哚美辛用于预防动脉导管未闭和治疗无症状动脉导管未闭的作用,目前还存在争议(Cooke等,2003;Fowlie,2005)。尽管闭合动脉导管受到关注,但还没有证据证明其可减少(BPD/CLD、NEC或神经发育异常的)发病率和死亡率(Fowlie,2005)。

低血压是早产儿的常见症状,但<妊娠26~27周早产儿的正常血压值应为多少,目前尚无统一意见。一般通过输注生理盐水和使用升压药物来维持血压。尽管临床上经常应用生理剂量的氢化可的松治疗早产儿严重低血压,但是尚未建立对其安全性和有效性的评估。

在早产儿中,常见呼吸暂停和心动过缓,这是心血管、呼吸控制不成熟的表现(Veerappan等,2000)。然而,早产儿和某些足月儿在哺乳时也可出现心动过缓,但不伴随其他心血管症状。对其出现的自主神经反射原理尚不十分清楚(心动过缓可能和副交感神经受到刺激有关)。

血液系统

造血指由干细胞生成血细胞的过程。这一过程在受孕第7天就开始了(Juul,2005)。造血干细胞在受孕10天时位于泌尿生殖嵴(aortogonadomesonephron),进而移入肝脏,最终位于骨髓。造血干细胞的数量和功能不断变化,可分化出多种血细胞(如红细胞、白细胞和血小板)。胎儿红细胞内有胎儿血红蛋白,由于其和氧气有高度结合力,对胎儿宫内气体交换非常必要。出生后,胎儿血红蛋白量下降。

胎儿失血、胎儿母体出血、溶血都可导致先天性贫血,但对于早产儿,最常见的血液系统并发症是由于成熟性差造成的贫血。由于出生后6~12周内造血功能受到抑制,这种不成熟性贫血可加重新生儿的生理性贫血,因此贫血症状出现早,症状明显。贫血的原因可以是多方面的,和以下因素有关:频繁采血检查、早产儿红细胞生存时间短、机体对贫血反应欠佳、生长发育需更多红细胞。早产儿常需输注红细胞,危重和极不成熟新生儿则需多次输血。对随机对照试验的荟萃分析表明,使用重组人红细胞生成素和铁剂后,可适当减少红细胞的输入量(Vamvakas和Strauss,2001)。

听觉系统和听力

耳朵在孕6周末开始发育,到孕20周发育完全。对声音的反应可以在孕23周、24周的胎儿或该孕周出生的新生儿观察到,早产儿脑干引发的听觉反应在这么早就能被记录下来(Allen和Capute,1986;Birnholz和Benacerraf,1983;Starr等,1977)。随着孕龄或母亲末次月经年龄增加,波形变化和传导时间减少。

1000个新生儿里就有1~2个忍受着先天的或后天在围生期获得的听力障碍。据报道新生儿包括早产儿听力障碍的流行在以10~50倍的速度增加。而且遗传性听力缺陷,占听力障碍的最大百分比，一些宫内和新生儿期的并发症(感染、未成熟性、窒息、耳毒性药物及高胆红素血症)被证实是新生儿听力障碍的危险因素。新生儿机械通气发生中耳炎的风险增加。孕龄＜25周或26周的新生儿1%～5%发生明显的听力受损，经常需要助听器(Hintz等，2005；Vohr等，2005；Wood等，2000)(见第11章)。

中重度双侧听力受损、扭曲发育的孩子对语言的感知能力可能妨碍他或她尝试发音。如果这种缺陷过了关键的语言发展阶段尚未发现，也就是出生后1～2年内，那么会导致更严重的语言接受和表达能力和语言发育能力障碍。早发现听觉障碍有助于及早纠正(助听器和耳蜗植入物)和及早干预语言发展能力(Gabbard和Schryer，2003；Gravel和O'Gara，2003；Niparko和Blankenhorn，2003)。早发现和早治疗听觉受损能促进功能性语音和语言技能的改善(Yoshinaga-Itano，2000)。

大多数社区正逐渐给所有新生儿做听力筛查(White，2003)。最广泛应用的方法就是筛查新生儿听性脑干反应和耳声发射的能力(Hayes，2003)。两种方法都是发现新生儿对声音的反应。听性脑干反应提供脑干对声音反应的电子记录。耳声发射试验通过对声音感觉反应的耳蜗反射评估耳蜗(内耳)的完整性。这些试验很敏感，但是阳性率低。听力试验未通过的新生儿应该重复一次，然后再归类做确诊性听力试验和医学评价。

据报道巨细胞病毒感染和持续性肺动脉高压与进展性听觉障碍有关。新生儿和表现语言发展滞后的新生儿应该在生后一年内做听力试验的随访。

视觉系统和视力

早产儿的视力系统比足月儿更易明显异常，导致视力下降(Repka，2002)。妊娠后第5周、第6周，视力小泡会长成眼睛的样子(Back，2005)。在最早具有生命活力时(孕22～25周)眼球已完全形成，而覆盖眼球前血管囊的瞳孔薄膜最终在孕27～34周消失。视网膜是眼睛背面的血管层，能把光翻译成电子信息传至大脑，视网膜是胎儿最后血管化的一个器官，血管细胞起始在视神经节附近(视神经从这里进入视网膜)。孕16周，纺锤细胞前体细胞最终弥漫分布在视网膜表面，从中心到末梢；孕27周，血管只是分布在70%的视网膜上，但是到孕36周，大多数视网膜完全血管化，达到鼻侧，到孕40周达到颞侧(Palmer等，1991)。

视力系统功能启动很早，孕23～25周，早产儿可以对明亮的光作出眨眼反应；孕29～30周，早产儿对光反应会收缩视乳头(Allen和Capute 1986；Robinson，1966)；孕32～33周，早产儿开始分化视觉模式(Dubowitz，1979；Dubowitz等，1980；Hack等，1976，1981；Morante等，1982)，视敏度随停经孕周的增加而进行性改善，足月儿看见图形和(大约20/150视敏度)颜色，而且焦距固定在8英寸(更近或更远的事物会变模糊)。

早产儿视网膜病变(ROP)是早产儿最常见的眼睛异常，这是一种新生血管性视网膜异常，其发生率随孕龄和体重的下降而升高。它是多因子疾病，血管性视网膜不成熟是首要的决定性的因素(Madan等，2005)，环境因素包括低氧、高氧、血压变化、败血症及酸中毒，都可能损害未成熟视网膜血管内皮(细胞)。视网膜进入几天到几周的静止期，至停经孕龄33～34周，在视网膜的血管和无血管区域之间形成特殊的嵴样结构的间质细胞，在一些新生儿，这个嵴退化，剩余的视网膜血管化；另外一些新生儿，从嵴出现异常的血管增生，继续进展导致渗出、出血、纤维化，随之出现瘢痕化或视网膜剥离(如视网膜脱离眼底)。其他疾病的发生，表现为在眼睛的后极出现扩张和扭曲的血管，更加导致不良的视力结局。

ROP在孕龄<28周的早产儿，其发生率为16%～84%，体重低于500～700g的早产儿发生率为90%，出生体重低于1000g或1500g的婴儿发生率为42%～47%(CRPCG，1988，1994；Fledelius和Gre-isen，1993；Gibson等，1990；Gilbert等，1996；Lee等，2000；Lefebvre等，1996；Lucey等，2004；Mikkola等，2005；Repka，2002)。幸运的是，需要治疗的严重的ROP较少见，孕龄<26周的早产儿发生率为14%～40%，<28周者为10%，出生体重低于750g的新生儿发生率为16%，出生体重低于1000g或1500g的早产儿发生率为2%～11%(Coats等，2000；Costeloe等，2000；Hintz等，2005；Ho和Saigal，2005；Lee等，2000；Mikkola等，2005；Palmer等，1991)。其中大部分(80%)ROP患儿没有明显的视力减退(CRPCG，1988；O'Connor等，2002)。Repka和同事们(2000)发现90%的ROP在停经后44周时退化。

治疗已经改善了严重ROP(如阈值或合并其他疾病)患儿的视觉效果。冷冻(在较早的研究中)和激光(最近10年)消融末梢异常血管有助于改善至少75%的严重ROP患儿的视觉效果(CRPCG，1988，1994；Repka，2002；Shalev等，2001；Vander等，1997)。对严重的ROP患儿改进治疗和及时治疗可降低视力缺陷和失明的比例，对于出生体重低于1000g或1500g的患儿，视力缺陷和失明的比例能从3%～7%降到1.1%(Doyle等，2005；Hintz等，2005；Tudehope等，1995；Wilson-Costello等，2005)(见第11章)。严重的视觉缺陷或失明在孕龄27～32周的早产儿发生率为0.4%，孕龄<26～27周的早产儿为1%～2%，孕龄24周的早产儿为4%，孕龄<24周的早产儿为8%(Marlow等，2005；Vohr等，2005)。

ROP的及时诊断与治疗对改善视力结局非常必要。眼科的筛查试验需要一个经验丰富的检查人员，在扩张瞳孔后用间接检眼镜和透镜从视网膜到边缘进行仔细检查。修订后的早产儿筛查ROP指南最近已经出版，包括建议哪些新生儿应该接受筛查(出生体重<1500g或孕龄<32周或有其他不稳定临床病程的早产儿)、筛查的时间和频率以及治疗指征(Section on Ophthalmology，AAP，2006)。

尽管视力效果得以改善，ROP仍然是一个主要问题，尤其是极不成熟早产儿。主要的预防方法是预防早产，建议预防血压、血氧和二氧化碳水平的大幅波动及酸中毒(Madan等，2005)。氧对ROP影响很大，但是适宜的血氧水平和氧饱和度水平一直有争议(Saugstad，2005；STOP-ROP，2000；Tin 2002；Tin和Wariyar，2002)。尽管大剂量静脉注射维生素E好像能降低出生体重低于1500g新生儿的严重ROP和失明的发生，但是同时也增加败血症和脑室出血的发生(Brion等，2003)。

早产儿的其他眼科并发症包括屈光异常(尤其是近视)、斜视(如眼睛不聚焦)、弱视(如视皮质减少性的视觉缺损)、视神经萎缩、白内障、皮质性视损伤(Repka，2002)(见11章)。晚期眼科疾病包括闭角型青光眼(如眼压增高)、视网膜脱离、眼球结核(ROP引起的眼睛严重萎缩和组织破坏)。但幸运的是，这些很罕见。极端严重的ROP和早产儿的其他并发症也有关，包括BPD/CLD和IVH。

中枢神经系统

神经成熟是一个动态过程，中枢神经系统(central nervous system，CNS)的形成是基因组内基因编码程序和宫内环境及宫外环境持续相互作用的结果，基因的启动和终止推动了发展的进程，而周围的细胞、温度、营养和未知的环境因素会影响细胞分裂、分化、功能、连接和移动。从受孕的第16天起，含有构成大脑的细胞的神经板形成。从受孕的3～4周神经沟形成继而关闭成为神经管。在神经管的一端，胚胎的脑泡形成并开始分化成前脑、中脑和后脑(依次是前脑、中脑和后脑)(Capone 和 Accardo，1996)。在第6周末，成年人大脑的最基本的细分化已经形成，神经元和神经胶质支持细胞在早孕期分裂活跃。在受孕第2个月和第4个月达到快速增殖的顶峰，神经元移行是神经细胞从发源地到最终的某一大脑指定层目的地的组合运动，发生在受孕第3～5个月之间。

在大脑分化之后胎动很快发生，在受孕8～10周B超就可以探测到，胎儿和新生儿活动和知觉的输入成就了CNS的发育。9～10周胎儿对皮肤刺激产生胎动，表现出原始反射的最早征象(如觅食和抓握)(Hooker，1952；Hooker 和 Hare，1954；Humphrey，1964)。从孕6个月到足月出生后至少3年神经持续分化，神经轴长出，连接到树突形成突触。一个复杂的延伸的神经网络形成了，而且被感觉输入、运动和对环境的反应促进的神经电活动模式所塑造。胎动和反应对四肢和中枢神经系统的正常发展是必不可少的。持续的活动、学习及感觉输入决定了哪些神经环路被加强，而那些未使用的环路被废弃。髓鞘使神经覆盖一层脂质，而且减少传导时间，中枢神经系统某些区域的髓鞘形成开始于孕6个月，贯穿于整个儿童期。

CNS的发育不完全使新生儿的CNS很易受到伤害，特别是早产儿。CNS的损伤可以发生在孕期、宫缩、分娩、宫外环境的过渡或者随后发生的疾病或暴露。许多早产分娩的病因(如感染和母体疾病)都可造成胎儿CNS的损伤。人们对极早早产儿承受产程中宫缩及阴道分娩创伤的能力开始担忧，从而提出剖宫产分娩是否能保护神经元(Grant 和 Glazener，2001)。评价这个问题的试验在招募研究对象时遇到了问题，而且没有充分证据说明能平衡不断升高的母亲发病率的新生儿结局改善。从胎盘支持到宫外生活以及许多血管改变的过渡，早产儿需要克服更多困难。

对早产儿而言，脑室周围的白质和突起的血管生发基质很容易受损害(de Vries 和 Groenendaal，2002；Gleason 和 Back，2005；Madan 和 Good，2005)。它们很难自动调节脑血流(如尽管血压变化也要保持足够的脑血流)，局部缺血、缺氧、炎症都能导致早产儿CNS的损伤，但是这些因素的相对重要性仍有争议。早产儿最常见的CNS损伤标志是IVH、实质内出血(intraparenchymal hemorrhage，IPH，在脑实质里出血)以及白质损伤(包括脑室周围白质软化，periventricular leukomalacia，PVL)。神经成像研究，包括超声、CT、磁共振成像(magnetic resonance imaging，MRI)，提供了看到早产儿脑损伤的方法，超声检查价格低廉且容易操作(如可以在床边进行)，但为了使脑实质更好的成像，MRI的使用在增加。

生发基质损伤，IVH 和 IPH

脑室内出血(Intraventricular haemorrhage，IVH)通常开始于侧脑室生发基质的出血(如室管膜下或生发基质)。在中孕晚期和晚孕早期，室管膜下生发基质移行到皮质，是支持皮质神经元和神经胶质细胞的前体细胞。生发基质高度血管化，毛细血管网丰富和结缔组织相对少，侧脑室内充满血后导致脑室扩张。IVH的发生率和严重程度随着孕周和出生体重的减小而升高。导致IVH的因素包括低血压、高血压、血压波动、脑血流自动调节能力差、凝血障碍、血清高渗透压及氧自由基对脑室内皮的损伤。10%～15%生发基质出血的新生儿会阻碍静脉血回流，进而导致脑梗死(称为脑实质内出血，IPH)(de Vries 和 Groenendaal，2002)。

如果脑脊液回流受阻，颅内压升高，严重的IVH能导致脑室扩张和出血后脑积水。间歇性的脊椎穿刺或脑室穿刺(穿刺吸出脑脊液)能缓解压力,如果新生儿出现症状应该首先进行这个操作,因为研究证实常规穿刺对无症状新生儿没有益处(Whitelaw,2001)。一旦脑室里的血液大部分被清除,可以通过外科手术放置连接脑室腹膜(ventriculoperitoneal,VP)的分流器,将脑脊液引流至腹腔吸收。De Vries 和 Groenendaal(2002)发现 1/3 发生大面积 IVH 的早产儿需要 VP 引流器。利尿剂和链激酶(血栓的克星)都不能减少对分流器的需求,也不能改善结局(利尿剂使用 1 年后发现运动神经损害临界值上升)(Whitelaw,2001;Whitelaw 等,2001)。

室管膜下或生发基质出血或 IVH 而没有脑室扩张的新生儿预后良好;但是 IVH 伴有脑室扩张,出血后脑积水或 IPH 的新生儿在神经发育缺陷方面风险增加(de Vries and Groenendaal,2002)。多达 11%的出生体重低于 1500g 的早产儿有严重的脑室扩张性 IVH 和 IPH(Lee 等,2000;Lemons 等,2001)。早产儿患严重 IVH 伴脑室扩张和出血后脑积水导致神经发育不全的发生率为 20%~75%(de Vries 等,2002;Fernell 等,1994)。尽管早期研究显示 IPH 的早产儿神经发育不全的发生率很高,最近研究显示这与出血位置和面积有关(de Vries 和 Groenendaal,2002;de Vries 等,2002;Guzzetta 等,1986)。一项对 1979~1989 年孕龄<33 周的早产儿研究发现,8 岁时有出现重大残疾的可能性,对于超声正常,生发基质出血,或没有脑室扩张的小面积 IVH 的新生儿为 5%,出现脑室扩张、脑积水或脑萎缩者为 41%(Stewart 和 Pezzani-Goldsmith,1994)。

出生前使用倍他米松(一种肾上腺皮质激素)可以降低早产儿 IVH 的发生,但是许多其他的治疗并不成功(Crowley,1999;NIH,1994)。没有证据支持出生前使用镇静安眠剂和维生素 E 能预防 IVH(Crowther 和 Henderson-Smart,2003;Shankaran 等,2002)。出生后镇静安眠剂也不能明显改善下列疾病的发生率:IVH、严重 IVH、出血后脑室扩张、严重的神经发育不全或死亡;而且有机械通气持续更长时间的趋势(Whitelaw,2001)。对使用泮库溴铵治疗早产儿长期神经肌肉瘫痪和非同步呼吸的五个试验的荟萃分析得出结论:尽管泮库溴铵能降低 IVH 和气胸的发生率,考虑到它的安全性和对肺部和神经系统的远期影响,不建议常规使用(Cools 和 Offringa,2005)。肌内注射维生素 E 能降低早产儿 IVH 的发生率,但是也和败血症发生率增加有关(并且大剂量可能增加 IVH 的风险)(Brion 等,2003)。分娩后数小时或数天内预防性使用吲哚美辛能降低严重 IVH 的发生,特别是早产男婴,但是吲哚美辛导致许多副反应(如肾脏并发症、NEC、肠穿孔),且对神经发育结局没有持续影响(尽管它可能改善男孩的语言能力)(Fowlie 和 Davis,2002;McGuire 和 Fowlie,2002;Ment 等,2004;Schmidt 等,2004)。因早产儿还有其他的并发症,因此,预防早产是最有效的预防 IVH 和 IPH 的方法。

脑白质损伤和室周白质软化

室周白质损伤是 CNS 损伤的标志,也是早产的并发症。它的发病机制是最近广泛研究的内容(Damman 等,2002;Wu 和 Colford,2000)(见第 6 章)。脑白质损伤包括 CNS 损伤的多种类型,从中心囊性坏死性损害(也称为 PVL)到脑室不规则扩张或大脑萎缩(坏死脑组织再吸收结果)及广泛的双侧脑白质损伤。发病因素之间复杂的相互作用使得早产儿的脑白质易于受损害,灰质也可能受损害。因梗阻流向大脑区域的血流减少、低血压或未成熟血管系统、脑血流自动调节能力差、低氧、脆弱的少突细胞(如支持细胞)、刺激性的神经传递素(如谷氨酸盐)和血液携带的有害的炎性物质(如细胞因子和自由基),这些都可以造成脑损伤。一项荟萃分析发现,早产儿临床绒毛膜羊膜炎与PVL及脑瘫之间有明显的关系(Wu和Colford,2000)。

脑白质损伤成像比IVH或IPH更难(de Vries和Groenendaal,2002)。出生后3～4周以及母亲停经34～36周应该重复进行超声检查,以发现脑白质损伤的迹象,它会随时间而演变。第一个迹象应该是脑白质不均匀的密度表现(短暂的反射性回声)或将演变成囊性损伤,囊性损伤可能塌陷,所以超声检查的时机、质量对发现脑白质损伤的意义重大。MRI对发现这种不完整的不均匀的回声反射很有帮助。

患囊性PVL的孩子神经发育残疾的风险很高,而且范围越广,孩子发病风险越高(双侧广泛的囊性PVL风险是100%)(Holling和Leviton,1999;Rogers等,1994;van den Hout等,2000)。这些孩子患脑瘫的风险也高,脑瘫者倾向于广泛PVL、认知障碍、视觉-感觉性问题的视觉障碍。中心或一侧更大囊性PVL的儿童脑瘫的发病率也很高(达74%),但是运动神经损伤倾向为轻度(Pierrat等,2001)。大约10%脑室周围白质软化的孩子发展成脑瘫,通常是轻度的痉挛性双瘫。足月儿或大一些的孩子的MRI研究发现局部的皮质容量减少(尤其是在感知运动区的白质、灰质)与认知或感知运动障碍有关(Inder,2005;Peterson等,2000)。

已经有少量预防白质损伤和改善白质损伤影响的策略的研究。治疗IVH造成脑白质损伤的神经保护性药物的疗效尚不清楚,尤其是IVH的定义正要更改为不仅包括PVL,也包括不规则脑室扩张和脑皮质萎缩。还有一些前沿性的研究,如针对自然发生的不完全发育神经保护性物质(副肾激素、甲状腺素及促红细胞生成素)的研究表明它们与死亡率、BPD/CLD及可能的不良的神经发育结局增加有关(Kok等,2001;Osborn,2000;O'Shea,2002;Scott和Watterberg,1995;Sola等,2005;van Wassenaer等,2002;Watterberg等,1999)。造成早产儿脑损伤的原因、神经保护策略及NICU的干预应该还有许多研究探索的方法,这些能改善早产儿神经发育结局的研究迫在眉睫。

临近足月儿或晚期早产儿的并发症

很多年来,注意力集中在高危产科和极早早产儿、活力低下的新生儿的重症监护上,很少把注意力放在大多数临近足月的新生儿身上(称为晚期早产儿)。尽管许多新生儿接近足月分娩是自发的或由于母胎的情况出现指征,必须认识到这些较大的临近足月的早产儿比足月儿易出现并发症和缺陷。尽管临近足月儿的并发症不像更早的早产儿那样频发,但是比足月儿有更多的围生期和新生儿期的并发症(Allen等,2000;Amiel-Tison等,2002;Wang ML等,2004)。一项研究发现在孕龄34周的早产儿RDS发生率为15%,而在孕龄为35～36周的早产儿发生率为1%(Lewis等,1996)。新英格兰杂志对孕龄35～36周新生儿的研究显示,早产儿比足月儿更多的诊断为败血症(分别是37%和13%)、体温调节失衡(分别是10%和0)、低血糖症(分别是16%和5%)、呼吸窘迫(分别是29%和4%)和黄疸(分别是54%和38%)(Wang ML等,2004)。喂养不好使临近足月儿比足月儿出院延期(分别是76%和29%)、住院花费更高(平均花费临近足月儿比足月儿高$1596,每个早产儿花费的中位数高出$221)。准确识别晚期早产儿,即使他们出生体重正常,可以对与早产相关并发症有更好的管理,预后更好。

准确评估孕龄,更好地衡量胎儿和新生儿的成熟性能给临床决策提供重要信息。卫生保健提供者和家庭应仔细衡量较早分娩与早产的健康、财务和经济花费的利弊关系。

神经发育支持

神经发育护理是在NICU对早产儿和足月患儿的加强护理方法，它促进神经成熟，也提供对急性、慢性病的护理。就像宫内环境影响胎儿发育一样，NICU的环境也影响了早产儿的发育。提供神经发育支持的元素组成包括NICU的设计和照明、护理常规与护理计划、喂养方法、疼痛管理、知觉输入观察、行为和应激的标志，父母亲的护理也包括在内(Aucott等，2002)。尽管一系列的研究已经评价神经发育支持在改善早产儿结局的多方面的疗效，但很少得出明确结论。采用设计良好的随机对照试验已经被证明很困难也很昂贵。神经发育支持是一个重要的领域，需要进一步研究所使用干预方法的疗效及进一步了解NICU对早产儿神经成熟的干预支持(或影响)。

因为医院的运行环境及新生儿暴露在多种医疗过程中NICU带给早产儿大量的刺激(Aucott等，2002；Gilkerson等，1990)。为了使不良刺激最小化并支持神经成熟，NICU因而寻求一种战略，即实施模拟宫内环境和提供更适合的驱动新生儿的机敏性及反应性的刺激(Aucott等，2002；Conde-Agudelo等，2005；Phelps和Watts，2002；Pinelli和Symington，2006；Stevens等，2005；Symington和Pinelli，2006；Vickers等，2004)。例如，注意怎样放置新生儿及操作能影响到他们的姿势及肌肉张力。一些NICU采取更综合的方法来开发护理，包括袋鼠护理法和新生儿个性化发展护理及评估项目(Neonatal Individualized Developmental Care and Assessment Program，NIDCAP)(Conde-Agudelo等，2003；Symington和Pinelli，2006)。

很常见到一些危重新生儿的父母亲承受来自科技的压力，他们在NICU里见到他们的早产儿被包围在NICU仪器里，从而使他们很难接触到新生儿。以家庭为中心的NICU护理不止是一个项目(Malusky，2005)，包括为家人提供舒适的座位、摇椅、私人的和自由的参观时间；鼓励带来家人的照片或录有他们声音的磁带；并在探视时安排洗澡和喂养。

母乳喂养

除了给脆弱的早产儿提供更易消化的牛奶，母乳喂养是最方便的方法，并且确保了妈妈在婴儿康复过程中的首要位置(Kavanaugh等，1997；Meier，2001)。母乳喂养的早产儿发生感染和NEC的风险较低，能更好地吸吮乳头，认知评分较高，慢性胃肠道疾病及过敏的风险也较低(AAP，2006；Mizuno等，2002；Mortensen等，2002)。母乳喂养的妇女产后出血减少，骨骼矿物化加强，卵巢癌、乳腺癌风险减少(AAP，2006)。

感觉输入与NICU的环境

改善新生儿环境的早期努力，主要关注于提供感觉刺激，包括摇动、抚触、握拳、移动以及听觉(如母亲声音的录音或音乐)和视觉刺激，单一或多种同时进行(Aucott等，2002；Barnard和Bee，1983；Mueller，1996)。对这些干预的大多数研究缺陷是样本小，对照不充分，或结果评估缺少指标。很少有研究提到仅对试验组提供干预而不污染对照组的困难。最后，大多数研究没有把背景刺激或新生儿的警觉和对刺激的反应考虑在内。

控制频率、持续时间、刺激强度的能力是学习的一个重要方面。胎儿和早产儿对声音和光的反应早在孕24～26周就开始(Allen和Capute，1986；Johansson等，1992)。早产儿视线转动和识别视觉模式早在孕30～32周就开始(Allen和Capute,1986;Dubowitz等,1980;Hack等,1976,1981)。然而,脆弱的早产儿容易被感觉刺激打击,于是作出闭眼反应,转过头去,甚至生理上出现不稳定(氧饱和度下降)。NICU使用多种不同的刺激,包括明亮的日光灯、噪音、频繁的操作来刺激早产儿(Aucott等,2002;Chang等,2001;Robertson等,1998)。呼吸暂停的新生儿接受触觉刺激以及许多导致不适和疼痛的程序。胎儿在孕24～30周即表现出适应反复刺激的能力,但是需要能量消耗,而且早产儿的反应能力可能不完善。

最近NICU的努力集中于改善环境、常规和设备以减少噪音、亮光。调暗头顶光,遮挡住新生儿的眼睛这些间接方法可以很容易被采纳,完全遮住眼睛或耳朵没有益处,但是按照生理节奏减少声光刺激表明能促进体重增加(Brandon等,2002;Phelps和Watts,2002;Zahr和de Traversay,1995)。协调、集中护理和医生监护避免不必要地惊醒新生儿,但是还要考虑到集中护理对孕30周前出生的新生儿而言,可能压力太大(Holsti等,2005)。

积极的相互作用和刺激可能有益,只要新生儿的反应能被仔细监测(因此是应急措施)。摇篮曲、父母亲的声音、摇动能促进新生儿体重增加和缩短住院天数(Gaebler和Hanzlik,1996;Gatts等,1994;Helders等,1989)。有节奏的前庭刺激可以帮助睡眠,但是没有明显影响体重增加、呼吸暂停频率、喂养或神经发育结局(Darrah等,1994;Osborn和Henderson-Smart,2006a,b;Saigal等,1986;Thoman等,1991)。尽管肌肉运动、知觉刺激可能会减少呼吸暂停发生的频率,但不能防止其发生,而且比药物的效果小。没有营养的吸吮(如在管饲期间提供奶嘴吸吮)与改善喂养和缩短住院时间有关(Pinelli和Symington,2006)。一些数据表明给生理上稳定的早产儿轻柔按摩能促进体重增加和减少住院天数(Vickers等,2004)。许多人认为最好的听力、视觉、肌肉运动、知觉、触觉的刺激干预是和父母亲积极的互动,父母亲能很容易就被教会怎样去识别和监测他们的新生儿的不舒适或感觉输入过量。

疼痛和不适

频发的或慢性的疼痛、应激反应、糖皮质激素水平和早产儿神经发育之间的关系非常复杂(Grunau,2002;Grunau等,2005)。在孕23周胎儿或早产儿对疼痛刺激反应为糖皮质激素和内啡肽水平增加,但是削弱疼痛的神经递质在产后产生(Anand,1998;Fitzgerald等,1999;Franck等,2000)。

早产儿对疼痛敏感性很高,刺激(如触摸)可能就很疼痛。在NICU早产儿经受这些频发的疼痛体验能引发他们神经系统结构和功能的改变,以及随后整个儿童期对疼痛反应的变化(Anand,1998;Anand等,2001;Grunau等,1998,2001)。

新生儿疼痛管理指南已经出版(Anand等,2001),治疗严重急性疼痛最广泛应用的药物是吗啡和芬太尼。监测过程中提供安慰法(奶嘴上抹点蔗糖,使其吸吮)(Stevens和Ohlsson,2000;Stevens等,2004)。然而研究没有一致表明用麻醉剂维持机械通气常规治疗的益处(预先镇痛)(Bellu等,2005;Grunau等,2005)。

放置和触摸

注意到在NICU里早产儿如何放置和触摸可能会影响到他们出院后的姿势和运动能力的发展(Aucott等,2002)。在NICU不注重新生儿放置会有不良结果,对常规护理做小小的修正既不会增加时间，也不会增加花费。

胎儿被紧紧地弯曲容纳在宫腔内(如它们有牢固的边界)而且沐浴在羊水中，减少了重力的影响。因此，模仿在宫内环境下新生儿的体位极度屈曲和臀部内收，避免颈部躯干部仰伸，促进身体的对称性，可以促进正常的神经成熟。

因为危重早产儿生理上不稳定，他们只能接受最底限的操作和刺激，但是要根据护理规定的常规标准重新摆放体位(Aucott 等，2002)。注意他们的体位怎样摆放很容易与常规护理协调，我们注意到早产儿和患儿保持俯卧姿势比仰卧姿势(侧卧)呼吸更舒适，氧合更好，深睡眠时间更多(Grunau 等，2004b；Wells 等，2005)。

被摆放为俯卧姿势的有麻醉剂戒断症状的新生儿很少有阿片戒断症状，而且热量吸收更好(Maichuk 等，1999)。尽管通过重新摆放新生儿的头颈部阻塞性呼吸暂停经常能够有效治疗，但是把新生儿摆放成俯卧姿势对肌肉运动、感觉和前庭刺激不如甲基黄嘌呤类生物碱治疗早产儿呼吸暂停那样有效(Henderson-Smart 和 Osborn，2002；Keene 等，2000，Osborn 和 Henderson-Smart，2006a，b)。

一项对 21 个使用呼吸机插管和仰卧姿势的新生儿的研究资料证明了当他们的头被转到一侧时脑静脉阻塞发生，而解决这个问题的方法是把他们的头部摆放在中线位置(Pellicer 等，2002)。另外一个系列研究显示，更多的主要姿势为仰卧位的早产儿会发生：头骨的不对称、右利手、不对称步态(Konishi 等，1986，1987，1997)。在先前的大量的早产新生儿观察发现，其他神经运动异常受到他们在 NICU 时的姿势的影响(如蛙状腿造成胫骨短以及颈伸肌张力过高造成肩部回缩)(Amiel-Tison 和 Grenier，1986；de Groot 等，1995；Georgieff 和 Bernbaum，1986)。伸展过度和臀部挛缩使手的动作发育、翻滚及坐立更困难。

尽管许多小的 NICU 干预的随机对照试验没有明确表明有益的效果，模仿宫内环境的干预对运动发育也有短暂的积极作用(Blauw-Hospers 和 Hadders-Algra，2005；Goodman 等，1985；Piper 等，1986；Symington 和 Pinelli，2006)。还有几个小型研究发现，稳定的早产儿体重增加更明显，而且每天提供一些可控的身体活动能改善骨量(Moyer-Mileur 等，1995，2000)。允许大一点的新生儿仰卧在坚固的表面(“肚子时间”)，通过加强肌肉抗重力能改善他们控制头部的能力，而且改善他们的平衡技巧和肩部稳定性(但是对认知能力无影响)(Mildred 等，1995；Ratliff-Schaub 等，2001)。

父母亲在探视期间用这种方法，也给他们提供了一个参与孩子护理的机会。护士和父母亲能通过定位器、摇篮或襁褓为早产儿摆姿势、使弯曲的肢体对称、肩部向前、臀部内转，以促进正常的神经发育。在 NICU 给家庭提供这种方法促进了 NICU 向家庭的护理的过渡，也增强了父母亲给新生儿提供神经发育支持的兴趣。

新生儿个体化发育护理和评价项目

Als 设计的一个在 NICU 提供神经发育支持的系统被高度认可(Als，1998)。这个系统通常称为 NIDCAP，引起了很大兴趣并且经常被视为 NICU 发育护理(Ashbaugh 等，1999)。使用这个系统需要 NICU 发展它的发育护理团队，要有细心的受过培训的员工并且获得 NIDCAP 认证，系统性观察新生儿行为，合作护理，仔细监测新生儿生理反应。应该给每一个新生儿设计一个个性化的发育护理计划，努力降低 NICU 不良因素的影响。

尽管一些研究包括随机临床试验显示 NIDCAP 的益处，如对短期内的生长、通气时间、管饲需要、住院天数、认知能力等都有益处，但是许多这样的研究被批评为样本太小且缺乏结果评价指标(Symington 和 Pinelli,2006)。而且,针对报道中的每一个积极作用,其他的研究提供了与其相矛盾的结果。因为 NIDCAP 包括多种干预,很难说明是某一种干预措施的疗效。最近的一篇论文发现 NIDCAP 的一部分新生儿 8 个月时大脑结构和行为有所不同,但是如何评价长期效果需要进一步研究(Als 等,2004)。

花费是很难全面实施 NIDCAP 的一个原因,但是没有研究强调实施 NIDCAP 在经济方面的影响(Symington 和 Pinelli,2006)。尽管大多数报道称 NIDCAP 护理是他们实践中合作的一部分,但是只有 30%拥有一支专业的发育护理团队和有预算的 NICU,对 1999 年出版的护理调查作出回应。Cochorane 评论总结"在实践支持得出清晰的方向之前,需要证据表明发育护理干预对重要的短期和长期的临床结局具有更加一致的效果。个体机构应该把实施和坚持发育护理实践的经济影响考虑在内"(Symington 和 Pinelli,2006)。

袋鼠护理

袋鼠护理通过把裸露的早产儿垂直放在妈妈的两个乳房之间提供皮肤-皮肤护理,允许无限定的母乳喂养。这个早产儿的护理理念起源于哥伦比亚的 Bogota,是一种帮助早产儿进行体温调节、营养和刺激的低花费的方法(Charpak 等,1996)。在出生后进入稳定期后开始袋鼠护理。许多发展中国家的研究包括一些随机对照试验,表明袋鼠护理改善体重增加(每天 3.6g)直到 6 个月,减少医院感染(如医院获得性感染),而且减少 6 个月内的重症和呼吸疾病的发生率(Conde-Agudelo 等,2003)。提供袋鼠护理的妈妈更愿意持续母乳喂养并且对她们的新生儿在 NICU 得到的护理更满意。

结果 10-1:已评估的改善早产儿结局的产后干预措施不多,而这样的干预措施对于较为不成熟的早产儿很有必要。

新生儿并发症发生率的变化

这一章说明的新生儿期的并发症,部分反映了为未成熟器官建立宫外生活的困难性。然而,一些并发症也可能归咎于在 NICU 用于维持生命的干预措施。对 NICU 不同的管理造成并发症发生率的差异提出质疑,最初发起原因为有一篇报道关于支气管肺发育不良或慢性肺疾病的发生率在 8 个 NICU 之间有很大不同(Avery 等,1987)。发生率的变化从一家 NICU 的低至 5%到另一家的接近 40%,而且不能用 NICU 报告的处理 RDS 的方法来解释(有一家除外)。慢性肺疾病发生率最低的地方很少用机械通气,而且允许血气分析超出正常生理范围。然而,对这些变异情况的解释尚不明确,甚至对于某一指定的孕龄,不同新生儿,其并发症的严重程度也不同,并且没有判别严重程度的标准,或选取的病例混乱,并发症发生率较高的单位可能仅仅因为接收的都是较严重的患儿。

20 世纪 90 年代重症监护措施的发展证实了以上的问题。随后开发出两个衡量程度的方法,可以评估生理过程,如氧饱和度、血压下降到正常范围的程度,多数调查者不仅记录了某些不能用入院时婴儿情况严重性来解释的并发症的变异(Aziz 等,2005;Darlow 等,2005;Lee 等,2000;Olsen 等,2002;Synnes 等,2001),而且也记录了新生儿结局总体的变异情况(Sankaran 等,2002)。而且在调整入院时新生儿的严重程度之后,管理的重要不同之处显现出来(Al-Aweel 等,2001;Kahn 等,2003;Lee 等,2000;Richardson 等,1999a;Ringer

等,1998)。尽管多数这样的工作是在孕龄<32周的新生儿身上进行,数据表明,这些变异也同样出现在晚期早产儿并发症的发生率和管理上(Blackwell 等,2005;Eichenwald 等,2001;Lee 等,2000;Richardson 等,2003)。尽管这些变化在存活和发病率方面对晚期早产儿的影响比对早期早产儿的影响要小,但是哪怕是医院之间的细微不同,例如出院时间上的不同(最早孕龄和最晚孕龄之间会相差1周出院),也具有很大的经济利益,因为几乎一半的 NICU 患儿都是这些晚期早产儿。

有一些不同好像与新生儿的临床情况无关,观察到这些不同,利用现有技术努力减少这些不同并且改善结局,就像在儿科学杂志的增刊上回顾的那样,几个小组正在实施质量改进方案,减少不必要的不良反应的发生率(Horbar 等,2003;Ohlinger 等,2003),而且已经得到成功的证据(Chow 等,2003)。

结果 10-2:已有报道说明不同机构间早产儿并发症发生率存在很大差异,而一些结局,如身体发育,报道不多。

结 论

尽管早产儿死亡率和胎龄别死亡率在最近的三四十年里已经得到很大的改善,早产儿对许多早产并发症依然很脆弱。在生存力底限的新生儿死亡率最高,且早产并发症发生率最高。极少数研究报道了孕龄别死亡率和发病率,这限制了父母亲在早产分娩前的咨询及对早产儿的分娩方式的决定。评估胎儿和婴儿成熟度的更好的方法可能提高预测早产许多并发症的能力。

尽管在早产儿治疗方面已取得很多进展,NICU 使用的许多药物和治疗方案的疗效及安全性还没有被充分评价,即使早产儿脑成像已经取得进展,研究还需要提供更好地评价中枢神经系统功能的指标及预测长期神经发育结局的方法。早产儿神经性损伤的高发生率强调了对更好的神经保护方案以及产后促进早产儿在宫外神经成熟和神经发育干预方法的需求。长期健康和神经发育结果应该是被早产儿治疗及干预方案的新试验所关注的。

第11章

早产儿的神经发育、健康和家庭结局

摘 要

虽然高危产科和新生儿护理方面的进步使早产儿的存活情况得以改善，但许多研究已经证明，幸存的早产儿存在大范围的神经发育缺陷，包括脑瘫、智力低下、视力及听力损害和较多的中枢神经系统功能轻微障碍。这些功能障碍包括语言障碍、学习障碍、注意力缺陷多动障碍、轻微的神经运动功能障碍或发育协调障碍、行为问题和社会情感困难。到学龄后，与足月出生儿相比，早产儿的智商和学业成绩可能较低，上学期间会经历更大的困难，而且还需要更多的教育援助。在出生后的几年，早产儿再住院治疗的风险增加，需要更多的门诊保健服务。常因反应性气道疾病或哮喘、反复感染以及发育不良等原因而致健康状况较差。早产儿越小、早产时间越早，其健康问题和神经发育障碍性疾病风险越高。有关早产儿对家庭所产生影响的有限证据表明，随着时间的推移，照顾早产儿所产生的消极和积极影响会发生变化，这些影响可延伸到青春期，并随着时间的推移受不同环境因素的影响，而且家庭生活中的很多方面会受到影响。早产儿神经发育障碍和健康受损情况各异。这并不足为奇，因为早产的病因和并发症很多，而且早产儿的宫内和宫外环境各有不同。由于认识到早产儿在发育和情绪方面的风险增加，数种措施已集中于为其提供生后最初几年的生活服务，以预防随后的发育和健康问题。虽然早期干预已产生了短期影响，尚难证实其会产生更多的长期益处。

关于早产儿的结局特征初看似乎有大量的数据可用，然而，正如本书其他地方所提及的，这类文献大多采用出生体重作为早产的测评标准（见第2章）。众所周知，用出生体重作为研究早产儿结局的选择标准具有偏差性，即包括宫内发育迟缓（intrauterine growth retardation，IUGR）的足月儿，所占比例各异。许多IUGR足月儿（即37～41孕周）出生时是小于胎龄儿。绝大多数出生体重不足1500g的是早产儿，但其中合并IUGR的早产儿容易罹患两者的并发症（Garite等，2004）。近期很多关于早产儿结局的研究报告是通过胎龄分类的，但同本书其他部分一样，当胎龄资料不详时本章还是采用出生体重数据。

结果11-1：多数关于早产结局的研究根据出生体重标准选择研究对象。几乎没有研究根据胎龄来论述早产儿结局。选择出生体重低于2500g作为研究对象的研究，除早产儿外，也包括了小于胎龄儿。

审查这类文献的同时，应谨记：早产没有一个固定不变的结局，相反，早产增大了在足月儿中也可见到的不良结局的危险。然而，早产儿早产时间越早，其不良结局的危险性就越大。因此，这些结局的概率可能为一组，而不是对任何一个婴儿只有一种确定性。虽然与早产相关的不良后果将单独讨论，读者应该知道，个别孩子可能会罹患不止一种疾病。因此，如一个孩子同时具有某种协调困难和某个健康问题，如哮喘，并非少见。事实上，多个轻度的问题比单一的、略严重些的问题可能会产生更多功能性障碍。

相对而言，几乎没有研究早产儿结局的著作提供对照组，而设立对照组的研究也几乎都是选定健康足月儿或出生体重 2500g 以上的婴儿做对照。还有些研究将兄弟姐妹或同学作为对照组。研究的问题决定用什么标准选择对照组，有些人建议将遇到过其他危及生命情况的婴儿或儿童作为对照组，以便更清楚地认识因严重新生儿健康问题而导致的残疾和不良结局。

最后，许多生物和环境因素可能会影响与胎龄和出生体重无关的不良结局的风险。我们讨论了已经确定的独立危险因素，其中包括那些可能改善早产导致的危险。尽管如此，研究人员还没有充分理解所有这些因素，尚不可能准确预测个体早产儿的结局。

本章讲述的早产结局是从一生的角度来看，包括神经发育障碍性疾病的患病率，与健康有关的生活质量和青春期及早期成年期功能结局。本章最后讨论了干预对策，可用于由新生儿重症监护病房出院后的早产儿的发育支持。

神经发育障碍性疾病

关于早产儿健康最早被关注的问题是早产和神经发育障碍性疾病的关系。神经发育障碍性疾病是一组相互关联的、慢性中枢神经系统的功能失调所致的障碍或大脑发育受损。神经发育障碍性疾病的范围主要包括脑瘫(cerebral palcy，CP)和智力低下。感觉缺失包括视觉障碍和听觉障碍。更精细的中枢神经系统功能障碍包括语言障碍、学习障碍、注意缺陷多动障碍(attention deficit-hyperactivity disorder，ADHD)、微小神经运动功能障碍或发育协调障碍、行为问题和社会情感问题。

早期的研究主要集中在认知障碍，以智商(intelligence quotient，IQ)来衡量，并以标准的神经检查检测运动异常。一项里程碑性研究，美国国立神经病学、语言障碍和卒中研究所的围生期合作项目，用 7 年时间监测 3.5 万出生时进入新生儿重症监护室的儿童(即在 20 世纪 50 年代末和 60 年代初)。虽然只有 177 个出生小于 34 孕周的孩子存活，研究证明胎龄越小，认知和运动功能障碍的风险越高。它强调需要对早产儿人群的神经发育进行随访，特别是由于新生儿重症监护和高危产科保健大大减少了年龄别死亡率而不是早产率(见第 1 章、第 2 章和第 10 章)。历史上，新生儿重症监护的历史不仅是一项奇迹，也有很多医疗失误(Allen，2002；Baker，2000；Silverman，1980；Silverman，1998)。在过去，医源性并发症已经促成健康和神经发育的不良结果，但从尝试错误到接近循证医学的转变是累积更多经验的过程，用以治疗早产儿和母亲。虽然新的治疗方法都经过了随机临床试验的评价，但许多目前使用的治疗方法和药物的安全性和有效性还没有得到充分的研究(见第 10 章)。

文献结果表明神经发育障碍性疾病的患病率差异巨大(Allen，2002；Aylward，2002b；Aylward，2002a；Alyward，2005)。差异大部分源于研究方法问题，例如，缺乏统一的样本选择标准、方法和随访时间、随访率、结局测量和诊断标准。结局发生率的差异也反映了人口基数和临床实践的差别。只要有可能，出生于 20 世纪 90 年代到现在早产儿的结局数据均依照胎龄提供。然而，由于评价年代决定了评估的结局，最近的研究报告了在 20 世纪 80 年代早产的青少年的结局。随访时间需要适当滞后，因此必须注意，所报道的青少年和成年结局并不能推广于在当今科技条件下存活的早产儿。围生期和新生儿的危险因素不能可靠地预测这些远期结局。因此，需要进行研究以找出更好地对新生儿神经发育障碍、功能、健康和其他远期的预测。

运 动 障 碍

脑性瘫痪

脑性瘫痪，即脑瘫(cerebral palsy，CP)是一个通用术语，用来描述一组姿势异常和运动障碍的慢性病态。CP 是由于大脑运动区域畸形或者损伤，从而大脑控制运动和姿势的能力遭到破坏。CP 的症状有轻有重，随着时间变化、因人而异，包括平衡、行走和完成精细动作的任务困难(如书写或用剪刀)以及不随意运动。许多脑瘫者也有相关的认知、感觉、交流和情感障碍(NIDS，2005)。

CP 的诊断也可能直到第二年才能确定。约 17%～48%的早产儿在婴儿期即表现出神经运动异常(例如肌张力异常或不对称)(Allen 和 Capute，1989；Khadilkar 等，1993；Pallas Alonso 等，2000；Vohr 等，2005)。其中有些婴儿继续表现显著的运动神经异常和运动延迟，这些意味着 CP，但大多数并非如此。虽然神经运动异常往往消退或不影响功能，短暂的神经运动异常与以后出现学校和行为问题的风险增加有关(Drillien 等，1980；Khadilkar 等，1993；Sommerfelt 等，1996；Vohr 等，2005)。

CP 的严重性取决于 CP 的类型、哪部分肢体受到影响以及功能受限的程度。研究人员逐渐开始区分轻度和中重度(即丧失能力)CP(Doyle 和 Anderson，2005；Grether 等，2000；Vohr 等，2005；Wood 等，2000)。许多关于早产儿结局的纵向研究显示，早产儿在 18～30 月龄与学龄期间运动评估是稳定的(Hack 等，2002；Marlow 等，2005；Wood 等，2000)。

早产儿越小、早产时间越早，其患 CP 的风险越高。在瑞典的第七次 CP 报告中，Hagberg 及合作者(1996)报告说，CP 患病率随着胎龄减少几乎呈阶梯式增加：妊娠超过 36 周，每 1000 名活产出生的儿童中有 1.4 名 CP 患儿，妊娠在 32 周和 36 周之间为 8‰，妊娠在 28 周和 32 周之间为 54‰，妊娠不到 28 周为 80‰。因为他们报告的患病率为每 1000 名活产儿中的 CP 患者，出生后死亡的婴儿包括在分母中。

对于大部分未成熟儿来说，另一种有意义的统计是存活儿中 CP 的发生率。根据 20 世纪 80～90 年代出生的早产幸存儿的数据，CP 发生率随着胎龄减少或出生体重降低而增加(表 11-1)(Colver 等，2000；Cooke，1999；Doyle 等，1995；Doyle 和 Anderson，2005；Elbourne 等，2001；Emsley 等，1998；Finnstrom 等，1998；Grether 等，2000；Hack 等，2000，2005；Hansen 和 Greisen，2004；Hintz 等，2005；Lefebvre 等，1996；Mikkola 等，2005；O'Shea 等，1997；Piecuch 等，1997a，b；Salokorpi 等，2001；Sauve 等，1998；Stanley 等，2000；Tommiska 等，2003；Vohr 等，2000，2005；Wilson-Costello 等，2005；Wood 等，2000)。只有 0.1%～0.2% 的足月儿童患 CP，而在妊娠 27～32 周出生为 11%～12%，在妊娠不到 27 周或 28 周出生为 7%～17%。一项英国关于 1995 年出生的早产儿的综合研究显示，胎龄<26 周的幸存儿在 6 岁时就有 20%诊断为 CP。据为数不多的研究报道：出生体重<500g 的幸存儿中1/4～1/2 患 CP。

还有更多以出生体重分类来报道 CP 结局的研究。在回顾了 1988～2000 年 17 个发表的研究后，Bracewell 和 Marlow(2002)估计，大约有 10%的出生体重<1000g 的早产儿患有 CP。一个早期研究，对 85 项关于出生体重<1500g 婴儿的研究进行荟萃分析，指出大约 7.7%的幸存儿患有 CP(Escobar 等，1991)。有关 18～20 岁人群的研究报道：出生体重<1500g和出生体重<1000g 的儿童 CP 的发病率分别为 5%～7%和 13%(Ericson 和 Kallen，1998；Hack 等，2002；Lefebvre 等，2005；Saigal 等，2006a)。瑞典一项关于 1973～1975 年出生的单胎、出生体重<1500g 的青年男子的研究，估计 CP 的比值比为 55(95%CI 41～75)(Ericson 和 Kallen，1998)。

在过去的几十年里，随着高风险产科和新生儿重症监护的持续改进，一些研究表明 CP 总的发病率小幅升高或降低(Colver，2000；Hagberg，1996；Stanley 和 Watson，1992；Stanley，2000)。然而，特定孕龄或特定出生体重的 CP 发病率的任何改善被婴儿死亡率的大幅降低所抵消。最终结果是，幸存的早产儿多了，但患 CP 的儿童也更多。

许多关于脑瘫儿童的区域性研究发现早产脑瘫儿童的人数总比根据出生率预计的数目多(表 11-1)(Amiel-Tison 等，2002；Colver 等，2000；Cummins 等，1993；Dolk 等，2001；Hagberg 等，1996；MacGillivray 和 Campbell，1995；Petterson 等，1993；Stanley 和 Watson，1992)。虽然<32 周孕龄的早产儿只占 1.4%，他们在脑瘫患儿中却高达 26%，孕 32～36 周出生活产婴儿占 4%，他们在脑瘫儿童中占 16%～37%。尽管早产发生率不足 10%，大约 40%～50%的脑瘫儿童是早产儿。

表 11-1 根据孕龄分类，早产儿童脑瘫发生率

研究	出生年份	年龄(岁)	随访率(%)	研究人数	孕龄(周)	脑瘫率(%)
Hintz 等，2005a	1996～1999	1.8	87	467	<25	21
	1993～1996		77	360	<25	23
Vohr 等，2005a	1997～1998	1.8	84	910	<27	18
			82	512	27～32	11
	1995～1996	1.8	84	716	<27	19
			81	538	27～32	11
	1993～1994	1.8	74	665	<27	20
			70	444	27～32	12
Mikkola 等，2005	1996～1997	5	95	103	<27	19
Tommiska 等，2003	1996～1997	1.5～2	100	5	22～23	20
				18	24	11
				34	25	12
				47	26	11
Wood 等，2000	1995	2.5	92	283	<26	18
Emsley 等，1998	1990～1994	2.2～6.1	100	40	23～25	18
Piecuch 等，1997b	1990～1994	>1	95	18	24	11
				30	25	20
				38	26	11
				94	24～26	13

续表

研究	出生年份	年龄(岁)	随访率(%)	研究人数	孕龄(周)	脑瘫率(%)
Jacobs 等,2000	1990～1994	1.5～2	90	274	23～26	15
Doyle,2001	1991～1992	5	98	221	23～27	11
Finnstrom 等,1998[a]	1990～1992	3	98	362	23～24	14
					25～26	10
					＞26	3
Lefebvre 等,1996	1991～1992	1.5	85	9	24	11
				24	25	25
				40	26	27
				72	27	10
				72	28	17
				217	24～28	17

注:a,出生体重＜1000g

虽然早产儿童易患各种类型的 CP,最常见的是痉挛性双侧瘫痪(Hack,2000)。痉挛的特征是肌张力增强,反射增强,一个或多个关节运动受限。双下肢痉挛,但没有或很少有上肢参与构成痉挛性双侧瘫。虽然大多数痉挛性双侧瘫痪的患儿需要物理治疗和医学干预(例如整形外科、矫正器或注射肉毒杆菌毒素),但是许多患有痉挛性双侧瘫痪的儿童在学龄前只是功能性的。在一项有关孕 26 周出生的儿童的研究发现,在 6 岁时 43%痉挛性双侧瘫痪的儿童不能行走,43%步态异常(Marlow 等,2005)。

瑞典的一项有关早产脑瘫儿童的大型区域性研究报道,66%为痉挛性双侧瘫痪,22%为痉挛性偏瘫,并有 7%为痉挛性四肢瘫(Hagberg 等,1996)。常见的相关缺陷为:智障 39%,癫痫 26%,严重的视力受损 18%,脑积水 23%。痉挛性双侧瘫痪在脑瘫儿童所占的比例随孕龄增加而降低:在妊娠不到 28 周出生的儿童中为 80%,在妊娠 28～31 周之间出生的儿童中为 66%,在妊娠 32～36 周之间出生的儿童中为 58%,在妊娠＞36 周出生的儿童中为 29%。偏瘫儿童所占的比例:在妊娠不到 28 周出生的儿童中为 10%,在妊娠 28～31 周之间出生的儿童中为 16%,在妊娠 32～36 周之间出生的儿童中为 34%,在妊娠 36 周后[7] 出生的儿童中占 44%。

协调和运动功能

具有不协调和运动功能问题的患儿难以尽情参加许多幼儿园和运动场的游戏活动。次级神经运动障碍是指持续的神经运动异常,但只有极轻微的运动功能损伤。次级神经运动障碍的患儿可能有轻微的运动延迟,但至 2 岁时可以行走并有良好的灵活性。他们容易有协调困难、运动功能问题、精细动作不协调或感觉运动整合问题(这在学龄前儿童和学龄儿童可诊断为发育性协调障碍)(Botting,1998;Hadders-Algra,2002;Hall,1955;Khadilkar,1993;Mikkola,2005;Pharoah,1994;Vohr 和 Coll,1985)。在一项对 1996 年和 1997 年之间出生的出生体重＜1000g 的 5 岁儿童的研究发现,51%具有协调问题,18%～20%有异常反射或异常姿势,17%有不寻常的不自主动作(Mikkola,2005)。感觉运动统合

[7] 译者注:疑原文有误,原文为 less than 36 weeks gestation。

失调可以从无法容忍某些材质的食品或衣物(例如,无法容忍块状食物或 T 恤背面的标签)到难以遵照示范(例如如何穿一件衬衫或系鞋带)或不能耐受动作(如摆动)。

早产儿童,即使智力正常,没有合并 CP,与足月儿童相比,在精细动作、视觉运动、视觉感知和视觉空间任务方面也有更多的问题。这些活动包括绘画、用剪刀切割、穿衣、写字、复制图形、知觉绘图、空间处理、手指轻扣和钉板练习。在一项对出生体重<1500g 的 5 岁儿童的研究中,23%有精细动作技能受损,在测试精细运动功能时 71%评分低于平均值 1 个标准差或更多(Goyen 等,1998)。分别有 17%和 11%的儿童视觉运动技能和视觉感知低于平均水平。这些问题在不足妊娠 28 周出生的儿童中最常见。即使是相对成熟的早产儿童也易有这些问题;妊娠 32～36 周出生的学龄儿童中有 1/3 精细动作和书写技巧欠佳(Huddy 等,2001)。

许多有脑瘫面容的儿童,与灵活性和适应性技能困难相比,其大动作、精细动作、感觉运动和视觉感知活动障碍并不严重。然而,随着时间的推移,这些中枢神经系统功能的细微异常,会对孩子的自尊和朋辈关系产生不利的影响,这反过来又促成一个挫折循环,损伤其学习进步和社会关系。早期识别这些细微功能缺陷,可以对期望、教学方法和环境进行调整,以支持这些儿童发展成长,防止不良的继发性后果。

认知损害

认知测试得分和智力发育障碍

智力并非技巧,而是综合多个认知过程,包括视觉和听觉记忆、抽象推理、复杂的语言处理、对句法结构的理解、视觉感知、视觉运动整合和视觉空间处理。多种标准化的智力测验,可用于各年龄层的儿童。在总结各种认知任务的得分后,而得出 IQ,或是年幼的儿童的发展商数(developmental quotient,DQ)(Lichtenberger,2005)。推测能力限制了婴幼儿的认知评估,因为评估婴幼儿依赖于视觉活动和感知能力。随着儿童成熟,能够更多地对语言和抽象的认知过程进行评价,分数也更准确地反映其能力。为了不同的庞大人群,认知性测验已经标准化,IQ 100 分为平均值。

IQ 分数是一个全球性的评分,没有包括细微障碍的信息。IQ 分数不能很好地描述早产儿童出现的认知缺陷的全范围,因此需要进一步的认知分析。许多早产儿童认知能力有很大范围的离散,在一些领域表现优秀,但在其他领域相对薄弱,这导致了在课堂上和在家庭的很多困难。

早产儿的年龄计算,应该从其出生日期(即实足年龄)开始计算,还是从他们的预期日期(即因早产程度而更正的年龄)计算,由于这个问题,DQ 的计算变得复杂。婴儿越小,出生时孕龄越小,这个问题在算法上越重要。例如,一个早产 3 个月的 6 月龄早产儿,其技能水平为 3 月龄的正常水平,如果根据早产程度校正后,其 DQ 是 100 分,为正常,如果用实足年龄,其 DQ 是 50 分,将被视为技能习得迟缓。

在很大程度上,在新生儿重症监护病房的早产儿的神经成熟沿袭宫内发展同一时间线(Allen,2005a;Saint-Anne Dargassies,1977)。从生物学和成熟的角度,少有显著加速神经成熟的环境影响,而且大多数人同意,评价早产儿时应根据早产程度进行充分校正,并且至少在最初 2 岁内都应合并这种校正(Allen,2002;Aylward,2002a)。根据早产程度进行校正与否会影响至 8 岁甚至更长时间内的智商(Rickards,1989)。

智力发育障碍是源于儿童期的残障，特点是智能和适应性行为都明显受限，表现在概念、社交和实际的适应性技能方面(AAMR,2005)。在标准化的智力测验中，一个人的 IQ 评分低于平均值 2 个或 2 个以上标准差，则可认为智力低于平均值或者显著受限(根据测试，一般 IQ 低于 70 分或 75 分)。临界智力指 IQ 在低于平均值 1～2 个标准差之间(IQ 在 70～80 分或 85 分)。

在挪威的一项关于智障儿童的研究中，与足月儿相比，妊娠 32～36 周出生的早产儿智力发育障碍的危险增加 1.4 倍，小于妊娠 32 周出生的早产儿患病危险增加到 6.9 倍(Stromme 和 Hagberg,2000)。与出生体重正常的儿童相比，早产儿童智力发育障碍的风险增加：出生体重 1500～2499g 的儿童增加 2.3 倍，出生体重＜1500g 的儿童增加 12 倍，出生体重＜1000g 的儿童增加 15 倍，出生体重不到 750g 的儿童增加 22 倍(Resnick,1999; Stromme 和 Hagberg,2000)。尽管如此，小于妊娠 32 周出生或出生体重＜1500g 的儿童仅占智障儿童的 4%。

基于 20 世纪 80 年代末和 90 年代早产儿调查数据，早产幸存者其孕龄越低、出生体重越小，智力发育障碍和临界智力的发生风险越高(表 11-2 和表 11-3)。最近的一项大规模不列颠群岛研究，研究对象为 1995 年出生的不足 26 孕周的早产儿，评价其 6 岁情况，据报告，IQ 低于测算平均值 2 个或 2 个以上标准差的为 21%，临界智力为 25%(即 IQ 低于测试平均值 1～2 个标准差)，而足月出生的对照组发生率分别为 0 和 2%(Marlow 等,2005)。

将早产儿的智力表现与已经发表的测验常模比较的研究可能低估早产儿的认知不足。尽管认知测试是在平均 IQ 为 100 分的正常人群基础上进行了标准化，随着时间的推移，正常或者对照人群的平均 IQ 仍有向上移位的倾向。Marlow 等学者(2005)指出，足月儿童对照组的平均认知得分为 106 分。经过再标准化，低于足月对照组平均得分 2 个标准差的妊娠 26 周前出生儿童的比例增加了 21%～41%。

在早产儿结局的研究中，一般将正常出生体重及生长环境类似的足月儿设为对照组。在一项 1989 年的荟萃分析中，4000 名出生体重＜2500g 的儿童，其平均 IQ 低于对照组(1568 名足月儿)5～7 分(Aylward 等,1989)。最近关于出生体重＜1500g 或 1000g 的儿童研究显示，早产儿童平均 IQ 低于足月对照组 10～17 分，或低于 1 个标准差(Breslau 等,1994; Doyle 和 erson,2005; Grunau 等,2002; Halsey 等,1996; Hansen 和 Greisen,2004; Whitfield 等,1997)。

2002 年，一项对 1975～1988 年出生的 5 岁或 5 岁以上儿童的 16 个病例对照研究的荟萃分析指出，1556 名早产儿童的认知得分明显低于 1720 名足月出生儿童的对照组，加权平均值差异为 10.9(95%可信区间为 9.2～12.5)(Bhutta 等,2002)。排除了严重的神经缺陷早产儿进行分析研究后，加权平均值差异为 10.2(95%可信区间为 9.0～11.5)。

许多研究均提出平均认知分数有随着孕龄减少和出生体重降低而减小的趋势(表 11-2 和表 11-3)(Bhutta,2002; Doyle 和 Anderson,2005; Hall,1995; Halsey,1996; McCarton,1997; McCormick,1992; Saigal,2000c; Taylor,2000; Wilson-Costello,2005)。

对个人 DQ 和 IQ 分数时间上的连贯性有一些争议。智力测验产品促成了这一困惑。一个有关出生体重不足 1000g 的婴儿的小样本研究发现，18～20 月龄比 8 月龄婴儿的 Bayley 婴儿发育量表认知分数低，并且这与婴儿的行为特征和家庭收入有关(Lowe 等,2005)。根据需要，Bayley 测试项目对婴儿出生第 1 年偏重视觉运动能力，第 2 年可以评价语言概念。在一项对 200 名出生体重＜1000g 儿童的研究中，Hack 和其同事(2005a)指出，20 月龄时 Bayley 评分和 8 岁时的认知得分之间有显著改善(平均分数分别为 76 分和 88 分)。

表 11-2 早产儿和足月儿的平均智商

研究	出生年份	年龄(岁)	研究人数
Marlow 等,2005	1995	6	241
Caravale 等,2005	1998	3～4	30
Mikkola 等,2005	1996～1997	5	103
		5	172
		2	78
Wilson-Costello 等,2005	1990～1998	1.8	143
			269
		1.8	412
	1982～1989	1.8	51
			160
			211
Doyle 等,2005	1991～1992	8	209
	1985～1987		192
	1979～1980		77
Taylor 等,2000	1982～1986	11	60
			55
Halsey 等,1996	1984～1986	7	54
			30
McCarton 等,1997a	1984～1985	8	561
			313
Hall 等,1995	1984	8	44
			255
Lefebvre 等,2005	1976～1981	18	59
Saigal,2000c	1977～1982	12～16	40
			110
			150
Hack 等,2002	1977～1979	20	242
男			113
女			123

随访率(%)	孕龄(周)	出生体重(g)	平均智商(标准差)	
			早产组	足月对照组
78	<26		82.1(19.2)	105.7(11.8)
65	30～34		110.8(10.4)	121(10.6)
86	<27		94(19)	
85		<1000	96(19)	
91			95(13)	106(10)
91		<750	80.3(20)	
91		750～999	85.3(19)	
91		<1000	86.3(19)	
88		<750	81.4(21)	
88		750～999	87.9(19)	
88		<1000	86.4(20)	
87		<1000	94.9(15.8)	104.9(14.1)
91			94.2(16.9)	
87			96.3(15)	
82		<750	78(17.4)	99.1(18.1)
85		750～1499	89.5(14.4)	
80		<1000	95.4(18.7)	112.4(19.6)
93		1500～2500	109.7(15.1)	
89		<2001	88.3,89.5	干预试验
		2001～2500	96.5,92.1	干预试验
81		<1000	90.4(11.1)	102.5(12.4)
		1000～1499	93.7(13.6)	101.1(12.4)
75		<1000	94(12)	108(14)
89		<750	86(20)	102(13)
		750～999	91(18)	
89		<1000	89(19)	
78		<1500	87	92
			87.6(15.1)	94.7(14.9)
			86.2(13.4)	89.8(14.0)

表 11-3 早产存活儿有无认知障碍的比例

研究	出生年份	年龄(岁)	随访率(%)
Hintz 等,2005	1996～1999	1.8	
			82
	1993～1996		
			74
Vohr 等,2005	1997～1998	1.8	84
			82
	1993～1996		84
			81
	1993～1994		70
			74
Mikkola 等,2005	1996～1997	5	85
			89
Marlow 等,2005a	1995	6	78
Wood 等,2005a	1995	2.5	
			92
Piecuch 等,1997b	1990～1994	0.8～5.5	
			91
Emsley 等,1998	1990～1994	1.5～6.1	100
	1984～1989	3.3～10.5	100
Jacobs 等,2000	1992～1994	1～2	90
	1982～1987		
Msall 等,1993	1983～1986	4	97
Wilson-Costello 等,2005	1990～1998	1.8	
			90
	1982～1998	1.8	
	1982～1989		87
Hack 等,2005	1992～1995	8	84
Hack 等,2000	1992～1994	1.8	92
Doyle 等,2004a	1991～1992	8	93
	1985～1987		97
	1979～1980		98
Piecuch 等,1997a	1989～1991	≥1	88

研究人数	孕龄(周)	出生体重(g)	得分人数百分比		
			低于均值 2 个 SD	低于均值 1～2 个 SD	正常
121	<24		52	26	22
315	24		44	25	31
436	<25		47	24	29
102	<24		38	36	26
239	24		40	28	32
341	<25		40	30	30
910	22～26	<1000	37		
512	27～32	<1000	23		
716	22～26	<1000	39		
538	27～29	<1000	26		
665	22～26	<1000	42		
444	27～29	<1000	30		
102	<28		12		
206		<1000	9		
241	<26		21	25	54
19	<24		27	31	42
69	24		30	40	30
143	25		30	31	39
231	22～25		30	34	36
18	24		39	33	28
30	24		30	23	47
38	26		11	18	71
86	24～26		23		
40	23～25		15		
24	23～25		13		
274	23～26		26		
96	239			27	
149	<28		10		
143		500～749	34	18	49
269		750～999	22	19	60
412		500～999	26	18	56
51		500～749	28	28	45
160		750～999	18	24	59
211		500～999	20	25	56
200		<1000	16	21	63
221		<1000	42	26	32
224		<1000	16.5	25	58.5
206			16	27	57
87			16	33	51

研究	出生年份	年龄(岁)	随访率(%)
Taylor 等,2000	1982～1986	11	82
			85
			80
Saigal 等,2000c	1977～1982	12～16	89
			89
			86

注:SD=标准差

认知障碍儿童(即 IQ 分数低于测试平均值 2 个或 2 个以上标准差)所占比例从 20 月龄的 39%降至 8 岁的 16%。这种差异可能是在不同年龄使用不同的测试方法的一种人为结果。Ment 及其同事(2003)报道,有 45%出生体重<1500g 的儿童,他们在 96 月龄重新测验词汇测试分数比最初的 36 月龄增加 10 分以上。

进一步使对这些差别的解释变复杂的是随着时间增长,IQ 分数上移偏离标准化(Flynn,1999)。IQ 分数随年龄提高,这种情况最常见于没有神经系统损伤或损害并且其母亲受教育程度高的早产儿(Hack 等,2005;Koller 等,1997;Ment 等,2003)。尽管随年龄 IQ 分数提高,但在平均范围内与 IQ 分数稳定的儿童相比,这些早产儿学习方面的困难更多(Hack 等,2005)。

与足月出生的青少年或青年人相比,早产出生的青少年和青年人不断被证实有认知缺陷。对出生体重<1000g、平均年龄为 18 岁的青年人进行测试发现,与足月对照组相比,他们在语言、表演和全面的 IQ 方面分数均较低,分别为:93 分和 106 分,97 分和 109 分,94 分和 108 分($P<0.0001$)(Lefebvre 等,2005)。Hack 及其同事(2002)对出生体重<1500g 现年 20 岁的青年进行评估,发现平均 IQ 为 87 分,而出生体重正常的对照组平均 IQ 为 92 分。只有一半(51%)IQ 分数高于 84 分,而足月出生的成人 67%IQ 分数高于 84 分。Saigal 及其同事(2000c)比较了 12～16 岁出生体重<1000g 者及出生体重正常的对照组,发现即使将智商分数低于 85 分或神经感觉损伤的儿童排除在外,早产儿童平均 IQ 分数也偏低(平均 IQ 分别为 99 分和 104 分,$P<0.001$;总样本,平均 IQ 分数分别为 89 分和 102 分;$P<0.0001$)。

无神经系统损伤的早产儿童不仅认知测试得分平均值较低,而且与足月对照组相比,在特定认知过程方面存在更多问题(Anderson 和 Doyle,2003;Bhutta 等,2002;Breslau 等,1994;Grunau 等,2002;Hack 等,1993;Mikkola 等,2005)。一项对妊娠 30～34 周出生无神经系统损伤的学龄前儿童研究发现,与足月出生的匹配对照组儿童相比,不仅在 Stanford-Bine 智力检测分数较低(分别为 111 分和 121 分;$P<0.001$),而且在视觉感知、视觉运动整合、记忆定位、持续的关注和词汇等方面的测试得分也低(Caravale 等,2005)。

还有很多研究表明,与出生体重正常对照组相比,出生体重<1000g 或 1500g、有正常智商、IQ 分数正常的早产儿童在注意力、执行功能(即组织和规划技能)、记忆、语言、学习障碍、空间技能、精细和粗大运动功能等诸多方面存在更多问题(Anderson 和 Doyle,2003;

续表

研究人数	孕龄(周)	出生体重(g)	得分人数百分比		
			低于均值 2 个 SD	低于均值 1～2 个 SD	正常
136		＜1000	10	16	74
60		＜750	37		
43		750～1499	15		
41		＞2500	6		
40		＜750	22.5	25	52.5
110		750～1000	12	12	76
124		足月	0	8	92

Aylwarda，2002a；Goyen 等，1998；Grunau 等，2005；Hack 和 Taylor，2000；Halsey 等，1993；Mikkola 等，2005；O'Callaghan 等，1996；Ornstein 等，1991；Rose 等，2005；Saigal 等，1991）。

学校学习问题

认知过程困难增加了早产儿童学校学习问题的风险（Aylward，2002a；Grunau 等，2002）。在一项对 153 个不足妊娠 28 周出生的儿童研究发现，只有一半人愿意并能够随同龄儿童进入幼儿园。常见问题有：说话和语言发育延迟、注意力缺陷和学习障碍（Msall 等，1992）。在 8～10 岁出生体重＜800g 或 1000g 的早产儿童中，13%～33%复读一年，15%～47%需要某种特殊的教育支持，2%～20%需特殊教育安置（Buck 等，2000；Gross 等，2001；Whitfield 等，1997）。

在荷兰一项纵向研究中，813 名年龄为 9 岁的不足孕 32 周出生或出生体重＜1500g 的儿童，与荷兰普通人群相比，有更多的与学校有关的问题：学习能力低于年级水平分别为 32%和 14%；接受特殊教育援助的分别为 38%和 6%；进入特殊教育班的分别为 19%和 1%（Hille 等，1994）。在青少年期（14 岁），27%接受特殊教育服务，而同龄人仅有 7%（Walther 等，2000）。

在青年早期，出生体重＜1000g 的早产儿的留级可能性是足月出生儿对照组的 3～5 倍，并且与足月出生对照组相比，需要 3～10 倍以上的特殊教育资源（Klebanov 等，1994；Saigal 等，2000c；Taylor 等，2000）。Saigal 及其同事（2005b）发现，学校学习问题随着出生体重降低而增加，足月对照组为 13%，出生体重在 750～1000g 之间者为 53%，出生体重＜750g者为 72%。出生体重＜1000g 的儿童在 8～10 岁，只有 42%～50%在正常班级上课而没有留级或需要特殊教育，在 18 岁时比例低至 36%（Halsey 等，1996；Klebanov 等，1994；Lefebvre 等，2005；Saigal 等，2000c）。

早产儿在学校遇到的诸多困难说明确实存在学习障碍，随着教育进展学习障碍更加突出。学习障碍作为术语，是指在理解、使用口头或书面语言方面出现一种或多种基本心理过程障碍的综合征。这些障碍表现为学习和使用听、说、读、写、推理或数学技能等方面存在显著困难。诊断学习障碍，需要对学习成绩、认知、语言、视觉运动整合和感知能力的测试进行比较。尽管学习障碍发病率因其定义不同而有差异，然而多数数据提示学习障碍的发生率约为 10%或略少。

大量证据表明，早产儿童比出生体重正常的足月儿童更易患学习障碍。到了上学的年龄，尽管智力正常，出生体重＜1000g 或 800g 的孩子与同龄足月出生的孩子相比，在阅读、写作、拼写或者数学等方面出现问题的风险高3～10倍(Aylward,2002a;Grunau等,2002;Hall等,1995;O'Callaghan等,1996;Ornstein等,1991;Saigal等,2000c)。早产最常见的学业困难是算术和阅读(Anderson和Doyle,2003;Bhutta等,2002;Hack等,1994;Klebanov等,1994;O'Callaghan等,1996;Ornstein等,1991;Saigal等,2000c)。由于在较高年级,功课变得更复杂,效率成为问题,经历学业困难的早产儿童所占的比例随着年龄增长而增加(Aylward,2002a)。Grunau及其同事(2002)详细分析了出生体重<1000g的8～9岁儿童学习障碍的性质,提出儿童的视觉记忆、视觉运动整合和语言智能等方面的问题造成了他们在算术和阅读方面的困难。

和其他神经发育障碍性疾病导致的学习问题一样,学习障碍的患病率随着孕龄和出生体重的减少而增加:足月出生的儿童为7%～18%,出生体重为750g～1499g的儿童为30%～38%,不到妊娠28周出生的儿童为66%,出生体重不到750g的儿童为50%～63%(Avchen等,2001;Aylward,2002a;Breslau,1995;Grunau等,2002;Hack等,1994;Halsey等,1996;Hille等,1994;Pinto-Martin等,2004;Taylor等,2000)。一项将出生体重分为三类(正常、750～1000g、不足750g)、12～16岁人群的研究中,得分低于平均值2个或2个以上标准差的比率,随出生体重的减少而增加,阅读分别为0、12%和23%,拼写分别为2%、18%和38%,算术分别为5%、32%和50%(Saigal等,2000c)。较成熟的早产儿童(孕龄32～35周)的家长指出:29%的儿童在数学方面、19%的儿童在说话方面、21%的儿童在阅读方面、32%的儿童在写作方面出现明显问题(Huddy等,2001)。

在一项对20岁的年轻人的研究中,与出生体重正常的对照组相比,出生体重<1500g者在数学和阅读方面学习成绩偏低(Hack等,2002)。高中毕业的比例偏少(分别为74%和83%)。低出生体重者的平均毕业年龄较大(分别为18.2岁和17.9岁)。与出生体重正常对照组相比,出生体重<1500g者的男性上4年大学比例偏少(分别为16%和44%),但对于女性来说上大学的比例类似(分别为33%和38%)。在加拿大的一项研究中出生体重<1000g的18岁者,56%获得了中学文凭,而对照组86%的足月出生者获得了中学文凭(Lefebvre等,2005)。与之形成对比,最近的一份对23岁的加拿大人的研究报告,出生体重不足1000g者与出生体重正常者相比,在完成高中、高等教育,或者大学教育或已完成教育的总年数方面没有差异(Saigal等,2006a)。

视觉损伤

正如第10章讨论的,早产儿视网膜病变(retinopathy of prematurity,ROP)是一种很普遍的早产并发症,孕龄越小和出生体重越低,患ROP的可能性越大。与足月出生者相比,早产儿视力受损的风险更高(表11-4)。近视是最常见的一种视觉系统后遗症。孕龄越小,ROP越严重,近视发生率越高。出生体重低于1251g或1751g者,有20%～22%患近视,其中4.6%为高度近视(即屈光度≥5)(O'Connor等,2002;Quinn等,1998)。

其他视觉问题包括远视和散光(对于孕龄<29周者,发生率分别为12%和29%)(Hard等,2000)。与足月对照组相比,出生时孕龄<32周的儿童7岁时需佩戴眼镜的比例更高(其比例分别为4%和13%)(Cooke等,2004)。在10～14岁之间,出生体重低于750g的儿童与出生体重为750～1499g的和(或)出生体重正常的儿童相比,其视觉损伤更常见,比例分别为31%、13%和11%,也更需要佩戴眼镜,比例分别为47%、24%和27%(Hack等,2000)。英国一项研究表明,出生时孕龄<26周的6岁儿童中24%佩戴眼镜,而足月对照组的儿童仅为4%(Marlow等,2005)。

表 11-4　早产儿童的感觉损害

研究项目	出生年份	样本量	年龄(岁)	孕龄(周)	出生体重(g)	严重受损的百分比(%)	
						视觉	听觉
Vohr 等,2005	1997～1998	910	1.8	22～26		1	1.8
		512		27～32		0.4	1.8
Hintz 等,2005	1993～1996	355	1.8	<25		2.3	4.3
	1996～1999	467				1.1	2.6
Marlow 等,2005	1995	241	6	<26		2	6
Jacobs 等,2000	1990～1994	470	1～2	23～26		2	4
Lefebvre 等,1996	1987～1992	217	1.5	23～28		0.5	0.5
Wilson-Costello 等,2005	1990～1998	145	1.8		<750	1	10
		272			750～999	1	6
		682			<1000	1	7
Mercier 等,2005	1998～2001	2446	2		<1000	1.4	2.1
Mikkola 等,2005	1996～1997	173	5		<1000	9	4
Hack 等,2005b[a]	1992～1995	200	8		<1000	0	2
Hack 等,2000	1992～1995	221	1.8		<1000	1	9
Hansen 和 Greisen,2004	1994～1995	183	5	<28	<1000	3.3	0
Doyle et al.,2005	1991～1992	224	8		<1000	1.3	1.3

注:a,2%研究对象需借助助听器,14%听力受损

斜视也是一种常见的早产并发症。有研究报道 3%的足月儿患有斜视;出生体重低于1500g,出生体重低于 1750g,孕龄<29 周和 32 周,其比例为 14%～19%;孕龄<26 周的比例为 24%(Bremer 等,1998;Hard 等,2000;Marlow 等,2005,O'Connor 等,2002)。脑室内出血和脑室周围白质软化会增加斜视的风险;ROP 越严重,患斜视的风险也越大(Bremer 等,1998;Hard 等,2000;Hardy 等,1997;Marlow 等,2005;O'Connor 等,2002;O'Keefe 等,2001)。佩戴眼镜或外科手术可用来治疗斜视,或者两者同时进行。Repka 及其同事(1998)的研究报告称,10%的重度 ROP 儿童曾接受斜视外科手术。

斜视的后遗症包括弱视(指对皮质视觉中枢的刺激受到抑制)和双眼失明。一般人群弱视的发生率是 1%～4%,早产但没有视网膜病变的儿童弱视发生率为 2.5%,有视网膜病变的儿童弱视发生率为 12%,视网膜病变严重的儿童弱视发生率为 20%(Cats 和 Tan,1989;Repka 等,1998)。与足月出生对照组相比,出生孕周<32 周的 7 岁儿童,缺乏立体视的比例更高(分别为 16.5%和 3.8%)(Cooke 等,2004)。视神经萎缩和皮质视觉中枢受损也会影响早产儿的视力(Repka,2002)。

尽管包括白内障、闭角型青光眼和视网膜脱落的晚期或严重眼疾并不常见,但是这些眼科疾病一旦出现,就会影响到儿童期、青春期甚至成人以后的功能和生活质量(Kaiser 等,2001;Machemer,1993;Repka,2002)。白内障与 ROP 未治疗和重度 ROP 有关系(Kaiser 等,2001;

Repka 等，1998）。青光眼是一种眼球内压力极度增加所致的急性眼病。ROP 患者异常的新生血管组织可无症状地、进行性折叠、拉伸、撕裂，甚至导致视网膜脱落引起失明（Kaiser 等，2001；Machemer，1993）。虽然大部分视网膜撕裂或脱落发生于重度 ROP 患者，但也有些早产儿仅患有轻度 ROP 病变或无 ROP 病变却患高度近视（Kaiser 等，2001）。手术治疗包括在眼睛周围放置有弹性的带子（即巩膜扣带）以降低牵引力和玻璃体切割术（即用无菌液体替代眼睛玻璃体），能使部分患者的视力得到恢复。严重的视网膜脱落导致视力差，仅有光感或者如果视网膜完全脱落将导致失明。

在早产存活儿中眼科疾病很常见，发现得越早，预后越好。出生体重＜1751g 的早产儿，在 10～12 岁的时候有一半患眼科疾病，而足月对照组 20％有眼科疾病（O'Connor 等，2002）。虽然重度 ROP 患儿患眼科疾病的风险最大，但是与足月对照组相比，没有或只有轻度 ROP 的早产儿更易患眼科疾病。目前尚不清楚这些眼科疾病是否促成了早产幸存者的视觉缺陷（孕龄＜29 周的早产儿在 5～9 岁期间有视觉缺陷的比例为 42％，足月对照组为 14％）（Hard 等，2000，关于认知的部分）。对其中某些儿童来说，即使视觉系统完好无损，他们枕部皮质的视觉处理功能失调也会影响他们对于视觉图案（图画、字母）的感知和理解。

尽管 ROP、眼科疾病和视觉感知缺陷的病因很大程度上并不明了，正确识别这些疾病，使得纠正或改善成为可能，从而改善功能结局。对早产存活儿生存期间定期眼科随访以及对学龄前和学龄儿童评估视觉感知的需要还缺乏足够认识（Hard 等，2000；Kaiser 等，2001；Repka，2002）。

听力障碍

早产儿比一般人群更有可能发生失聪。大量对 20 世纪 90 年代出生的儿童的研究表明，孕 25 周以前出生的儿童有 2％～4％发生严重的听力障碍，出生体重＜1000g 的儿童为 1.5％～3％（Doyle 和 Anderson，2005；Hansen 和 Greisen，2004；Hintz 等，2005；Vohr 等，2005）。据英国一项对 1995 年出生且孕龄＜26 周的 6 岁儿童的研究报道，3％的儿童听觉神经严重受损，不能用助听器矫正，3％的儿童听觉神经受损，能够用助听器矫正，4％的儿童有轻度听力障碍（Marlow 等，2005）。足月出生的对照组儿童，1％有听力障碍，能够用助听器矫正，1％的儿童听力轻度受损。一份来自瑞典的有关 1973～1975 年间出生的出生体重低于 1500g、18～19 岁青少年的研究发现，其中约 7％有听力损伤（Ericson 和 Kallen，1998）。一份来自澳大利亚的对于出生体重低于 1000g 的 14 岁青少年的研究报道，5％的青少年需要助听器（Doyle 和 Casalaz，2001）。当把处于正常听力范围内高于 40dB（含 40dB）的声音无法感知定义为听力损伤时，孕龄＜29 周的儿童中双耳听力损伤的比例为 7.5‰，到 3～10 岁时仍然双耳听力损伤的比例为 1.6‰（第 12 章，表 12-8）。

一些数据表明，早产婴儿处理和辨别声音有困难，这一过程涉及多条神经通路到达大脑皮质。一份对于孕 24～32 周之间出生的具有正常头颅超声诊断的早产儿的研究，通过评价事件相关潜能（神经生理记录）来评估语音模式识别的学习和记忆能力（Therien 等，2004）。与足月对照组不同的是，早产儿不能区分母亲和陌生人的语音，表明他们在辨别简单语音和听力识别记忆方面存在缺陷。因为语言辨别为语音识别所必需，因此这些缺陷将影响他们的语言技能的习得。

听力对言语和语言习得以及尽早发现听力损伤的重要性已得到广泛认同。基于此，美国的多数州正在实施对所有新生儿进行听力筛查的计划(White,2003)。由于早产儿患听力损伤和语言处理障碍的风险更高,故应在出院之前筛查所有早产儿的听力,然后在首次发现语言迟钝或反复发生耳部感染的时候也应进行听力筛查。许多听力受损的婴儿能顺利适应助听器,即使放大声音没有效果,仍有很多措施可被用来进行语言教学(Gabbard 和 Schryer,2003;Gravel 和 O'Gara,2003;Yoshinaga-Itano,2000)。近来有证据表明,在婴儿期及早植入耳蜗最有效。

行为和社交情感的问题

对行为和社交情感问题很难给出临床定义,大多数这方面的资料都来自于对家长和老师的调查。与足月对照组相比,出生体重<1000g、1500g 和 2000g 的早产儿童发生 ADHD 的比率增加 2～6 倍(9%～15%早产儿被诊断为 ADHD,足月对照组的比例是 2%)(Aylward,2002a;Bhutta 等,2002;Breslau,1995;Levy,1994;Pharoah 等,1994;Saigal 等,2001;Stjernqvist 和 Svenningsen,1995;Szatmari 等,1990;Taylor 等,1998)。对注意力和行为障碍的精细描述需要对早产儿及其家庭所面临的问题进行深入研究。在对孕 28 周前出生或体重<1000g 的 8 岁早产儿童的研究发现,与出生体重正常的儿童相比,早产儿童的反应速度、注意力和工作记忆得分明显要低,同时显得过度活跃(Anderson 和 Doyle,2003)。发现出生体重<750g 的中学生非常普遍地出现行动执行功能障碍,包括计划、解决问题、组织、抽象,这些都严重影响了他们的行为举止,制约他们在学校和家里发挥应有的作用(Taylor 等,2000)。

父母和老师均称出生体重低于 1000g 或 1500g 的早产儿童的社交能力和行动力要落后同龄人,但这些与他们的智商得分无关(Anderson 和 Doyle,2003;Breslau 等,1988),对男孩来说更是如此。一项对 1978～1981 年间出生、年龄 8～10 岁儿童的大样本研究表明,与出生体重正常的儿童相比,更多出生体重低于 2500g 的儿童明显存在行为问题,但在低出生体重儿之间却没有太大区别(即出生体重>2500g 的为一组,该比例为 21%;出生体重低于 1000g、1001～1500g、1501～2500g 三组,他们的比例为 27%～29%)(McCormick 等,1992,1996)。特别是那些早产儿,他们更易出现多动和用哭腔说话,这些情况往往被视为运动、行为和学习能力较差。与出生体重正常的对照组相比,不管是家长还是老师,都认为这些不足孕 28 周出生或出生体重低于 1000g 的 8～10 岁的儿童有更多的行为异常症状(尤其是更多的躯体症状和非典型行为),适应能力、社交和领导能力均较差(Anderson 和 Doyle,2003)。

低出生体重或早产与孤独症之间关系的研究结果不很明朗。有些研究表明肯定存在某种联系(Finegan 和 Quarrington,1979;Hultman 等,2002;Indredavik 等,2004;Larsson 等,2005;Wilkerson 等,2002),其他研究则总结出低出生体重或早产儿并没有增加患孤独症的风险(Deykin 和 MacMahon,1980;Mason-Brothers 等,1990;Piven 等,1993;Williams 等,2003)。另一项研究表明围生期和产科的因素相互作用而影响出生结局(Eaton 等,2001)。

早产儿中更普遍存在以下行为障碍,比如害羞、不积极、举止孤僻、不擅长社交(Bhutta 等,2002;Grunau 等,2004;Sommerfelt 等,1996)。一项对早产的 5 岁以上(含 5 岁)儿童的 16 个病例对照研究的荟萃分析显示,其中 13 例(占 81%)研究发现比足月出生对照组存在更多的行为问题(Bhutta 等,2002)。2/3 的研究发现 ADHD 更普遍,69%的研究发现有暴力倾向更普遍(例如行为不良),75%的研究发现自闭症状(例如焦虑、忧郁、恐惧)更普遍。这些儿童中有许多在面对挑战性任务时选择退却。许多非语言障碍的早产儿都缺乏社交能力,从而严重影响他们处理好社会相互关系以及与同龄人之间的关系(Aylward,2002a;Fletcher 等,1992)。在学龄期间,与足月对照组相比,那些孕龄少于 29 周的儿童经常是同龄人言语恐吓的对象(Nadeau 等,2004)。

与足月出生的对照组相比,早产儿长大到青少年和成人表现出冒险行为的可能性较小。最近英国一项对 1980～1983 年出生的年轻人的研究发现,与足月出生的对照组相比,出生体重低于 1500g 的年轻人中饮酒或吸毒的更少,但吸烟或性活动的比例没有差异(Cooke,2004)。在美国,出生体重低于 1500g 的年轻人中饮酒和吸毒的比例低于出生体重正常的对照组,但两组吸烟的比例相似(男性的比例分别是 57%和 59%,女性的比例分别是 40%和 48%)(Hack 等,2002)。在这个样本中,男性更少违法(分别为 37%和 52%),其主要原因是他们吸毒和逃学比例更低。女性到 20 岁时有性行为和生孩子的比例更低(分别为 65%和 78%,13%和 24%)。即便从分析中去除了神经感觉障碍因素的干扰,这些在过失行为方面的差异仍然存在。出生体重低于 1500g 的男性和女性,都少有违法行为。与出生体重正常的对照组相比,女性更容易焦虑、忧郁和半途而废,朋友更少,家庭关系更差(Hack 等,2004)。更早在丹麦进行的一项研究发现,出生体重低于 1500g 的青少年与出生体重正常的对照组相比,其饮酒和吸毒的比例没有区别(Bjerager 等,1995)。

残疾严重程度

许多有关结局方面的研究者意识到了仅从特定神经发育障碍性疾病角度来报告早产个体结局的局限性,据此界定和报道残疾的严重程度也同样有局限性。在澳大利亚,1991 年和 1992 年出生的 8 岁儿童中,出生体重＜1000g 的 9%有重度残疾(即严重脑瘫、失明或智商得分比平均值低 3 个或 3 个以上标准差),出生体重＜750g 的为 12%(Doyle 和 Anderson,2005)。出生体重＜1000g 的有 10%属于中度残疾(即中度 CP、耳聋需要助听器或智商得分比平均值低 2～3 个标准差),出生体重＜750g 的有 15%。出生体重＜1000g 的 25%有轻度残疾(即轻度 CP 或智商得分比平均值低 1～2 个标准差),出生体重＜750g 的有 33%。出生体重＜1000g 的有超过一半(56%)没有残疾,出生体重＜750g 的有 40%没有残疾。

虽然只有小部分早产儿患有多重残疾,他们在灵活性、学业和向独立过渡等方面却面临严重的挑战。孕 28 周之前的学前儿童中有 5%患有多重残疾(Msall 等,1992)。根据《残疾儿童教育法》(P. L. 94-142)对残疾的定义,出生体重正常儿童的家长有 2.5%认为他们的小孩患有多重残疾;而出生体重 1501～2500g 之间的儿童,其家长有 5%认为自己的小孩患有多重残疾;出生体重为 1001～1500g 之间,比例为 12%;出生体重低于 1000g 的婴儿样本中,该比例则高达 14%(Klebanov 等,1994)。在出生体重低于 1000g 的婴儿样本中,孕 32 周以后出生的婴儿有 14%属于重度残疾(Mercier 等,2005)。相比之下,孕 22 周以前出生的婴儿则是 100%属于重度残疾,在孕 22～23 周出生的有 48%,在孕 24～25 周的有 37%,在孕 26～27 周出生的有 25%有重度残疾。

针对早产婴儿存在神经感觉受损和神经发育受损的具体表现,已经进行了很多的研究。这些损伤包括:中重度 CP、比平均值低 2 个标准差以上(含 2 个)的认知损伤、双眼失明、双耳失聪需要扩音设备。20 世纪 90 年代出生的早产儿,神经感觉受损或神经发育受损的比例分别为:孕 27～32 周出生的是 28%,出生体重＜1000g 的是 13%～25%,孕 27 周之前出生的是 45%，孕 24 周出生的是 58%，孕 24 周之前出生的高达 61%；而足月出生的对照组只有 1%（Hansen 和 Greisen，2004；Hintz 等，2005；Saigal 等，2000c；Vohr 等，2005；Wilson-Costello 等，2005）。Hack 和他的同事（2002）报道，出生体重<1500g 的年轻人只有 10%患有严重的神经发育障碍性疾病。

随着孕龄增长，存活儿不合并神经感觉损伤或重大残疾可能性增加。出生体重低于 1000g 和低于 750g 的儿童，高达 56%～77%的早产儿活了下来，并且没有重大残疾（Doyle 和 Anderson，2005；Hack 和 Fanaroff，1999；Hansen 和 Greisen，2004；Piecuch 等，1997a，b；Saigal 等，1990；Wilson-Costello 等，2005）。然而，那些孕 26 周前出生的儿童，6 岁时只有 20%没有残疾，34%有轻度残疾，24%有中度残疾，22%有重度残疾（Marlow 等，2005）。这一结果与 Hintz 及其同事（2005）的报道相似，孕 25 周出生的儿童中有 21%没有任何损伤。

一些研究者用“完好无损的生存”这个术语来计算“正常”存活者数量，与所有活产区分。通常来说，“正常”就意味着无严重脑瘫、智力发育迟缓或严重感官损伤（例如无神经感觉损伤）。死亡率如此高，用完好无损的生存这个概念来界定生存能力最有用。最近两项区域性研究报告了没有重大残疾的生存情况：孕龄<23 周的比例为 0～0.7%，孕 23 周的为 6%～35%，孕 24 周的为 13%～42%，孕 25 周的为 31%～56%（Doyle，2001；Wood 等，2000）。就孕龄<26 周即将分娩而与准父母讨论时，使用无残疾生存这个概念可能有用（见附录 C）。

晚期早产儿和近足月婴儿的残疾

对于中度早产儿，即那些孕 32～36 周之间出生或出生体重介于 1500～2499g 之间的早产儿，他们的死亡率（第 10 章已论述）和神经发育障碍、智力障碍的比例要高于足月出生儿童（虽然他们的比例要低于更早出生的婴儿）。孕 32～36 周出生的儿童只占大约 8%～9%，但是它们却占脑瘫患儿的 16%～20%（Hagberg 等，1996；MacGillivray 和 Campbell，1995）。也有报道称晚期早产儿（或近足月儿）发育迟缓的发生较多（孕 33～36 周出生的早产儿），多动，精细的运动技巧更困难，在数学、语言、阅读、文字书写方面也存在更多的困难（孕 32～35 周出生的早产儿）（Hediger 等，2002；Huddy 等，2001）。

功能性结局

有关早产儿结局的研究者们一直在努力寻找如何全面地概括其研究结果的方法。尽管大多数人致力于认知方面的结局和神经发育障碍性疾病的临床诊断，仍有一些学者采用更实用的方法来描述早产儿的能力。

对蹒跚学步的小孩来说，概括其功能性能力的方法之一就是用与活动相适应的关键事件来描述。Wood 和他的同事（2000）发现，孕 26 周之前出生的早产儿在 30 月龄时，90%会走，97%会坐，96%会自己用小手吃东西，6%会说话。在一项对于出生体重<1000g 的儿童的研究中，分娩后 18 个月的时候，93%会坐，86%会自己吃东西（Vohr 等，2000）。通过来自于美国卫生与营养调查（National Health and Nutrition Examination Survey，NHANES）的发育数据，发现早产儿（孕龄<37 周）发生运动和社交能力发育迟缓的比例更高，包括孕龄在 33～36 周的中度早产儿也有这种现象。根据他们和其他同龄儿童掌握关键技能的比较，比足月妊娠儿每少 1 周，早产儿的发育得分就降低 0.1 分。

有多项研究报道了 5～6 岁早产儿童功能性残疾的问题。一项对 149 名孕龄<28 周的

幼儿园儿童的研究表明,95%会走,能够自我照顾,并且在白天也能自我控制排便(Msall等,1992)。大多数神经发育障碍性疾病的儿童也能够正常活动:87%能走独木桥,84%说话成句,81%能够自己照顾自己。一项对出生体重<1500g 的 5 岁儿童的研究,按照患有严重功能受限(例如活动、自我照顾、社会交往)儿童的比例报道研究结果(Palta 等,2000)。与未患脑瘫的儿童相比,严重功能受限多发生于脑瘫患儿(不能自我照顾分别占 5%和 57%,行动不便分别占 21%和 89%,社会交往困难分别占 8%和 32%)。Marlow 及其同事(2005)报道孕龄<26 周的 6 岁儿童的运动功能发现:6%不会走,6%能独自走,但步态异常,其他的也存在走步和与动手能力有关的功能障碍。

一项对出生体重<1250g 的 5 岁半儿童的研究发现,ROP 越严重,患有严重功能受限的比例也越高:4%没有 ROP,11%未达视网膜病变阈值,26%属于严重的临界视网膜病变(Msall 等,2000)。重度 ROP 和视力差的儿童普遍存在严重功能障碍(不能自我照顾占77%,行动不便占 43%,不能自我控制排便占 50%,社会交往困难占 66%)。那些视力好的早产儿童情况稍好:25%较难自我照顾,5%行动不便,4.5%不能自我控制排便,22%社会交往能力障碍。

Hack 和 Taylor(2000)发现,出生体重介于 750～1499g 的早产儿和足月出生儿的对照组相比,那些出生体重<750g 的婴儿长到 14 岁的时候,普遍存在功能障碍,并且需要借助特殊设备的比例更高。出生体重<750g 的婴儿中只有 3%的比例,出生体重介于 750～1499g(没有对照)之间的婴儿中只有 2%的比例,患有诸如吃饭、穿衣、洗漱、独立上厕所困难之类的严重功能受损。与足月对照组儿童相比,出生体重<750g 的儿童更有可能发生精神或情感发育迟缓、运动受限以及视觉障碍(OR=4.7,5.1 和 3.9)。他们更可能需要接受特殊教育、咨询和在学校得到特别安排(OR=5.0,4.8 和 9.5)。

晚期功能性结局可以从所受最高教育程度和成人过渡期的角度来描述。一项来自于瑞典出生登记处和国家入学注册处的联合资料的研究发现,1973～1975 年之间出生的出生体重<1500g 的 18～19 岁青少年以下发病率更高,CP(OR=55.4)、智力发育迟缓(OR=1.7)、近视(OR=3.3)、严重听力受损(OR=2.5);而且容易更早的脱离学校教育体系(OR=1.6)(Ericson 和 Kallen,1998)。Hack 及其同事(2002)发现,与出生体重正常的对照组相比,那些 1977～1979 年出生的出生体重<1500g 的 20 岁青年,更少有人高中毕业或取得普通同等学历证书(分别为 83%和 74%),读 4 年大学的男性更少(比例分别为 44%和 16%)。即使把患有神经感觉受损的患者从样本中剔除,以上结论仍然成立。

其他一些调查也发现,与出生体重正常的对照组相比,那些出生体重介于 1000～1500g 之间的年轻人,高中毕业的比例更低(Cooke 等,2004;Lefebvre 等,2005)。对英国中学毕业考试成绩(即普通中等教育证书)比较后发现,足月出生的对照组单科分数及总分都要高于那些出生体重<1500g 的毕业生(Pharoah 等,2003)。另一方面,Saigel 及其同事发现 1977～1982 年出生的出生体重低于 1000g 的特权阶层的年轻人,他们的受教育程度或继续接受高等教育的比例与出生体重正常的对照组相比并没有显著区别(Saigal 等,2006a)。

Tideman 及其同事(2001)报道孕 35 周以前出生的 19 岁青少年和足月出生的对照组相比,具有相似的自尊心。1981～1986 年之间出生的出生体重<800g 的 16～19 岁青少年与足月出生的对照组相比,在运动、学习成绩、工作信心和制造浪漫方面更加缺少自信(Grunau 等,2004)。尽管他们觉得没有出生体重正常的同龄人那么有魅力,但这些 1980～1983 年间出生的出生体重低于 1500g 的青年人也参与类似的社交活动,也拥有类似的性经

历(Cooke 等,2004)。虽然大多数早产年轻人终将为人父母,但他们接受高等教育的比例更低,他们就业率也更低。

Saigal 及其同事(2006a)发现出生体重介于 501～1000g 之间与出生体重正常的婴儿,22～25 岁的时候,在以下几方面并没有显著差异:高中毕业的比例、接受教育的程度、就业率、独立生活的比例、结婚或同居的状况,以及为人父母的比例。然而,经过细化分析后,结果显示出生体重极低的更多被调查者大多数既不在学校念书,也没有参加工作;尽管排除那些患有残疾的调查对象,这些差异就消除了。这些研究结果表明,每一个早产儿完全可以成功地过渡到成年期。但有一点要特别指出,这次调查的样本中,参与者绝大部分是白种人,家庭条件相对优越,并普遍接受卫生保健。

小　结

神经发育障碍性疾病以及对早产儿儿童期、青春期和成年早期所产生的实际影响,其范围非常广。同样,早产儿人群中是否都存在神经发育障碍性疾病和神经感觉受损也十分不确定。从早产多重病因学的角度,并考虑到早产儿并发症,他们所接触的子宫内外环境的多变性以及人类基因变异的无限性,这种情况也不足为怪。

结果 11-2:对早产儿的研究结果有巨大差异。之所以有如此大的差别,是因为对研究样本缺少一致的选择标准,缺少统一的研究方法,样本年龄的不一致,包括所采用的测量工具和阈值也不同。

结果 11-3:几乎没有关于早产儿的青春期和成年期的远期研究。新生儿重症监护病房里缺乏监测早产儿中枢神经系统功能性发育的良好指标,另外,还缺少对早产儿神经发育和健康结局的远期预测指标。

影响神经发育结局的因素

有许多因素可以影响早产儿结局,包括出生孕龄、造成脑损伤的并发症、不同医疗机构采取不同的临床治疗方法、家庭的社会经济条件、母亲的心理健康状态。如前所述,过早出生或病情较重的孩子,以后会面临更多的健康和发育问题。早产儿神经发育和健康结局明显不同,其原因在于早产儿病因学的千变万化、宫内环境、并发症、NICU 管理和治疗以及家庭环境的不同。影响早产儿结局的因素有许多,也有许多研究评价人口学、出生前、围生期以及新生儿预测方法,但没能提出一种可用于预测早产儿个体结局的方法。结局预测有助于识别残疾高风险的婴儿,使他们从特别发育支持和社区服务中受益。更深入的研究可以使预测结果更准确,还可以探索器官受损的病因、病理机制以及早产儿的康复。

导致早产的过程以及后续的支持治疗(即新生儿重症监护)都可能对还未发育成熟的新生儿器官系统造成损伤。母体疾病可能影响分娩、胎儿生长、器官发育、早产、婴儿健康和神经系统发育。孕妇与胎儿的炎症及感染越来越受到关注;炎症介质在早产和胎儿脑损伤发病机制中发挥作用,导致脑瘫和认知障碍(Andrews 等,2000;Dammann 等,2002,2005;Goldenberg 等,2005;Gravett 和 Novy,1997;Hagberg 等,2005;Holling 和 Leviton,1999;Wu 和 Colford,2000)(详见第 6 章和第 10 章)。还需进一步研究炎症控制基因组与脑内神经系统的发育及免疫系统之间的关系(Raju 等,2005)。

虽然产前和产时许多因素可能会对早产婴儿造成不利影响，但许多新生儿因素可以视为可靠的预测因子（Allen，2005b）。急性病的严重程度是预测新生儿预后最可靠的因素，例如，支气管肺发育不良/慢性肺病（bronchopulmonary dysplasia/chronic lung disease，BPD/CLD）的可靠观测，重度 ROP，脑受损迹象（Allen，2005b；Doyle，2001；Emsley 等，1998；Hack 等，2000；Hintz 等，2005；Piecuch 等，1997a，b；Schmidt 等，2003；Vohr 等，2005）。支气管肺发育不良/慢性肺病将影响神经系统的发育，其原因可能是由于营养问题而导致的生长缓慢，器官氧气供给不足，或者是出生后类固醇或其他药物使用不当（Bhutta 和 Ohlsson，1998；Halliday 和 Ehrenkranz，2001a，b，c；Kaiser 等，2005；Saugstad，2005；Thomas 等，2003；Tin，2002；Tin 和 Wariyar，2002；Wood 等，2005）。因各种管理策略不同而会影响结局，婴儿接受临床治疗的机构是可能影响结局的因素（Vohr 等，2004）。

神经影像学研究（超声和磁共振）、神经系统发育检查和婴儿活动分析而捕捉到脑损伤迹象是预测早产儿运动和认知障碍的比较可靠的因素。神经影像学研究可预测重症脑室内出血、脑实质出血、脑水肿、脑穿通畸形、脑室周围白质软化和脑白质损伤的其他征象（Doyle，2001；Hack 等，2000；Hintz 等，2005；Ment 等，2003；Piecuch 等，1997a，b；Pinto-Martin 等，1995；Rogers 等，1994；Tudehope 等，1995）。婴儿神经功能检测包括神经系统发育检查和综合运动评估，可以进行单项预测，也可以结合神经影像学检查结果增强预测功能（Allen 和 Capute，1989；Einspieler 和 Prechtl，2005；Gosselin 等，2005；Mercuri 等，2005）。采用神经影像学技术比较早产儿与足月正常儿及儿童的脑部表层（特别是顶叶和运动感觉区）和深处核心结构，发现脑容量减少（Peterson 等，2000；Peterson，2003）。脑容量减少往往伴随着白质损伤和认知障碍。研究大脑与行为之间的本质联系，包括研究大脑结构与功能发育之间的关系，大脑受刺激的典型区域与相应的神经系统发育不良和行为缺陷之间的关系。大脑受损后恢复时如何清楚表达可塑性，可能与神经系统保护策略一样（Peterson，2003；Raju 等，2005），为观察神经系统发育预测预后提供一种途径。

处于发育期的早产儿要受到外部环境的影响，出生后又可能遭受贫困，面对的不利因素将越来越多。众多资料显示，恶劣的社会经济状况对早产儿发育结果带来不利影响（Brooks-Gunn 和 Duncan，1997）。有资料报道，早产儿往往与贫困密切相关（见第 4 章）。贫困不但增加了早产的概率，也将增加早产儿预后不良的风险。贫困将直接影响到分娩后介入治疗方案的设计。即使是出生体重控制不错或早熟，贫困也将使早产儿的发育结局不良，特别是认知方面的发育（McGauhey，1991）。

有资料显示母亲的精神健康状态将影响早产儿的结局。总体来说，如果母亲抑郁不振，孩子生长发育也会受到不良影响（贫困为增加抑郁风险的独立因素）（Downey 和 Coyne，1990；Zuckerman 和 Beardslee，1987）。如前所述，早产儿的母亲更易出现抑郁，这将影响其做母亲的能力（Singer 等，1999，2003）。在孩子早期成长过程中，母亲精神上的痛苦将长期影响孩子的行为举止（Gray 等，2004）。

有证据表明，教育及其他项目可以改善结局，尤其是可以缓解贫困带来的不利影响（Barnett，1995；Devaney 等，1997；Yoshikawa，1995）。第 10 章阐述了在 NICU 可以采取哪些措施，而这些措施有利于孩子的发育。下面将阐述离开 NICU 后影响早产儿发育结果的早期干预方案。关于早产儿健康和神经系统发育结果的研究，应该关注生物医学的、近端和远端环境及行为的影响之间复杂的交互关系。对于特殊的及离散的结局、在可变环境暴露时的年龄、环境影响的抑制剂和缓和剂以及多元模型的使用等情况应加以考虑。

健康与发育

健　康

和本册的大多数参考文献一样，有关出院后早产儿健康的研究都以出生体重这个术语来描述(Doyle 等，2003b)。有很多风险因素会对低体重新生儿和早产儿的健康产生不良影响，其中最大的风险就是幼儿阶段再住院风险的增加。出生体重≤1500g 的婴儿，1 岁内到医院看病的几率是正常出生体重婴儿的 4 倍(McCormick 等，1980)，并且有可能是持续地反复住院治疗(Cavalier 等，1996)。另一项研究发现，出生体重≤2500g 的婴儿，再入院治疗的概率是出生体重＞2500g 的婴儿的 2 倍，并且他们住院的时间更长些(Cavalier 等，1996)。

近来，许多研究关注早产儿再入院治疗风险。虽然这些基于出生体重的研究很难和以前的研究做比较，但结果却暗示早产儿更有可能再入院治疗(Escobar 等，1999；Martens 等，2004)。同是早产儿，出生孕周越小，再入院治疗风险越高(Joffe 等，1999)。与正常出生体重相比，出生体重不足 2500g 的儿童有可能增加门诊治疗(Jackson 等，2001)，治疗费用和非医学支出明显要多(McCormick 等，1991)。此外，由于在不同医疗机构采取的治疗措施不同，再入院治疗的次数也不一样(Escobar 等，2005；Martens 等，2004)。

早产儿和低体重新生儿再入院治疗风险增加，反映了他们受损的健康状况。与正常出生体重儿相比，出生体重不足 1500g 的儿童发病率明显增加(McCormick 等，1992)。对于出生体重低于 2500g 的儿童来讲，社会心理环境也非常重要。与社会心理环境良好的儿童相比，那些处于恶劣社会心理环境的儿童的健康状况更糟糕(McGauhey 等，1991)。此外，与正常出生体重儿相比，出生体重不足 2500g 的儿童，慢性病明显地影响他们的学习成绩、参与学校活动和行为举止(McGauhey 等，1991)。LBW(low birth weight，低出生体重)的影响可延续到青春期。出生体重低于 1500g 的孩子与正常出生体重儿相比，到青春期发生高血压的几率明显增加(Doyle 等，2003a)。

发　育

除了各种急慢性疾病外，早产儿或出生体重低于 2500g 的婴儿还会面临生长迟缓。出生体重＜2500g 的儿童，3 岁前的生长发育模式与正常出生体重儿不一致(Binkin 等，1988；Casey 等，1991)。出生体重＜1500g 的孩子，有很多生长迟缓的档案记录，可能是由于宫内的、新生儿期或后天发育不健全引起(Binkin 等，1988；Casey 等，1991)。针对出生体重＜2500g的青少年的研究表明，其各项生长数据都低于正常出生体重的青少年。Peralta-Carcelen 及其同事(2000)也做过一项类似的研究，出生体重低于 1000g 且神经系统发育正常的青少年，其身高要低于正常出生体重的青少年。

但是，也有些研究表明早产儿存在一个生长追赶期。Hack 及其同事(1984)发现生长追赶期发生在 2～3 岁时。最近一项针对出生体重＜1500g 儿童的研究，记载了他们在 8 岁前会发生追赶性生长，发现小于胎龄儿(small for gestational age SGA)追赶性生长期长高的高度较少(Hack 等，1996)。Ford 等(2000)报道，出生体重＜1500g 的早产儿虽然他们仍低于正常出生体重儿，也存在追赶性生长期。另一项研究也发现，出生体重＜1500g 的18～

19 岁男孩，与正常出生体重的同龄人相比，身高更矮、体重更轻（Ericson 和 Kallen，1998）。Saigal 及其同事（2001）发现那些出生体重<1000g 的孩子，在 8 岁以后的青春期也会出现追赶性生长。

有关早产儿成人初期的最终身高或青春期生长高度的研究最近才有报道。Doyle 及其同事（2004b）发现那些出生体重<1000g 的早产儿，8 岁以前的生长发育明显滞后，但到了 14 岁和 20 岁时，达到身高和体重的平均值。Saigal 及其同事发现，出生体重<1000g 的青少年，虽然他们身高比正常出生体重的青少年普遍要矮，但大多数青少年的身高都处于 2 个标准差的范围之内。此外，Hack 及其同事的研究（2003）记载了性别的差异，出生体重<1500g早产儿与正常出生体重儿相比，童年时代，男孩既矮又轻，而女孩虽然也比同龄女孩要轻，但并没有明显低于同龄女孩（Hack 等，2003）。男孩之间的这种差距一直持续到 20 岁，女孩到了成年初期，其身高和体重不再小于平均值（Hack 等，2003）。因此，对于身高和体重的预测，男女是有差别的。对于女孩，黑色人种和慢性病与体重相关，用母亲身高和出生体重的标准分来预测 20 岁时的身高。对于男孩，身高的预测和女孩一样，再附加两个预测因子，一个是分娩后的住院时间，另一个是是否为 SGA（Hack 等，2003）。

许多研究结果都表明，早产儿到青春期都会经历追赶性生长期。性成熟属于青春期发育的一个重要方面，因此关于早产儿青春期生长发育的研究应当评价性成熟。进一步研究 LBW 存活儿追赶性生长的另一个领域是营养学。Weiler 及其同事（2002）发现，尽管早产儿在成年早期身高受到影响，但其骨密度正常。

健康相关生活质量

世界卫生组织（World Health Organization，WHO）对健康作出了明确的定义，健康是身体、心理和社会适应上的完好状态，而不仅仅是没有疾病和不虚弱。健康相关生活质量（health related quality of life，HRQL）是一个狭义的概念，考虑到患病或受到损伤后的有效影响或后果，同时反映个体的个人价值（Gill 和 Feinstein，1994）。HRQL 测评可以比较病情的严重程度，也可以进行成本效益和单位成本分析。

儿科医生面临的挑战是，儿童不断发育且情况不断变化，其个人价值也随着时间的推移而演变。传统上，对于年幼的子女或患有严重残疾的儿童，父母或监护人是他们的可靠代理人。然而，有证据显示由父母亲行使的监护权很少符合孩子的意愿。父母和孩子之间对躯体功能（肢体健康）的认识比较一致，然而在情感问题和社交功能方面存在很大差异。总体来说，父母通常是拒绝和怀疑，也许是看护责任感影响了他们的反应（Eiser 和 Morse，2001）。健康专家们无法全面客观评判患者的 HRQL，他们的价值观也许与孩子及其家长的不同（Saigal 等，1999）。应进一步深化研究监护人反应的特质如何影响其一致性。众所周知，虽然孩子的看法会不同于父母或健康专家的观点，但如果合理，就应该接受他们的观点。关于是否应该多征求一些人的意见以便取得 HRQL 理想价值，目前存在很大争议（Eiser 和 Morse，2001）。近来，新开发了“普通正常人”和“某些具体疾病”的几个 HRQL 指标，这些指标从孩子的观点出发，测量孩子身体、精神、心理和社会适应能力方面的健康状况。截至目前，关于孩子生活质量（quality of life，QL）的研究非常有限，而对于早产儿 QL 的研究就更少了。本部分将简要介绍几项有关这方面的针对不同年龄段人群的研究报告。

在荷兰，由父母与新生儿专家共同完成的学龄前儿童生活质量调查问卷（TNO-AZL Preschool Quality of Life Questionnaire，TAPQOL）（Fekkes 等，2000）显示，出生孕龄<32

周的 1～4 岁幼儿的 HRQL 明显小于对照组(Theunissen 等,2001)。此次调查还发现,就"什么情况必须治疗"这一观点,新生儿专家和父母对于 HRQL 的理解是有差别的。加拿大英属哥伦比亚大学的一项研究,使用婴幼儿生活质量问卷调查系统(Infant Toddler Quality of Life Questionnaire,ITQOL)(Landgraf 等,1999)和学前儿童健康状态分级系统(Saigal 等,2005a)两种方法,对比发现,与足月分娩的 393 名儿童相比,出生时需要 NICU 治疗的 1140 名儿童在一定范围内健康状况比较差,HRQL 的表现也要差一些。

Saigal 及其同事对 1977～1982 年间出生于加拿大安大略湖,体重<1000g 的早产儿进行了一系列研究。第一项研究(Saigal 等,1994b)选择了 301 名 8 岁小孩,其中 156 名出生体重<1000g,145 名足月儿做对照,由健康专家采用多属性分级系统评定孩子的健康状况,同时可确定功能受限的程度(feeny 等,1992)。以描述大众健康状态而设定的参数为基础(Torrance,1995),应用效用函数公式(utility function formula)HUI2 对这些描述性信息加工就可以得出 HRQL 分值。出生体重<1000g 的孩子在多个属性方面存在功能受限,其 HRQL 分值也明显低于正常组(Saigal 等,1994b)。随后对上述同一人群进行青春期发育研究,第一次采用标准对策方法(当结果不确定时用于确定患者参数的一种方法)。对研究对象的健康状态进行多属性对比,出生体重<1000g 的早产儿,与足月儿相比,青春期功能受限更多,功能受限也更严重。虽然低体重组总体的 HRQL 平均值明显小于正常组,但低体重组内大多数少年的 HRQL 却与正常组相当(71% vs. 73%)。两组的父母也给他们正处于青春期的儿女进行了 HRQL 评估,其分值高于孩子们的自我评分(Saigal 等,2000b)。

为了明确健康专家的参数选择与安大略湖那些 10 多岁的孩子及其父母的参数选择是否存在系统性差异,做了进一步的研究,研究中采用了假定健康描述,并随机选择几个参数(Saigal 等,1999)。轻微残疾参数选择的差异,经公正度修正后取得了一致;但是许多与重度残疾有关的健康状况参数选择仍有差异,父母及少年们的参数选择比健康专家们的更容易让人接受。对于早期早产儿的出生,这些研究结果对作出医疗决定具有临床指导意义。

另外,针对父母观察测量 244 名出生体重<1250g 的 10 岁孩子的 HRQL,有些研究者进行了测评。这些孩子都做过针对早产儿视网膜病的冷冻治疗(CRYO)试验(CRPCG,1988)。利用 HUI2 系统(Feeny 等,1992)综合评估健康功能受限和 HRQL 分值确定 ROP 阈值,正如所料,视力差的小孩 HRQL 分值也低(Quinn 等,2004)。选择了一组早产的青少年,测量与脑超声波畸形程度有关的 HRQL 值(Feingold 等,2002)。出乎意料的是,脑室内大出血的青少年比轻微脑室内出血(即 0～2 级)的青少年综合自我 HRQL 分值要高。

近来有几项研究是报道早产儿成年初期 HRQL 值的。采用电话调查的方式,统计了 85 名 1971～1974 年出生于丹麦且体重<1500g 的丹麦青年的生活质量,并同时应用客观的和主观的测量方法将统计结果与正常出生体重组进行比较(Bjerager 等,1995)。与正常出生体重组相比,虽然存在身体和心理缺陷人群的自我陈述式生活质量得分明显要低,但无残疾受试者的得分基本相同。在丹麦进行的一项后续研究中,选择了 1980～1982 年间出生的出生体重<1500g 的青少年作为研究对象,与对照组相比,他们的主观生活质量得分相近,但客观生活质量得分要低一些(Dinesen 和 Greisen,2001)。Tideman 及其同事(2001)应用视觉模拟评分法研究发现,出生孕周<35 周的 19 岁青少年和正常出生体重者的 HRQL 值相当。应用 SF-36 方法对出生体重<1500g 的英国青少年的生活质量进行队列研究,结果发现他们的情况与正常出生体重者接近(Cooke 2004)。Saigal 及其同事也进行了类似研究,采取自我陈述的方式对一群平均年龄 23 岁的安大略湖青年进行了 HRQL 评

估,发现出生体重<1000g 者与出生体重正常者的 HRQL 平均值基本没区别。

虽然生活质量的测量方法被广泛应用,但是,仍然没有一种定义完整的可以从概念或生长发育的观点准确评定孩子情况的理论框架(Jenney 和 Campbell,1997)。此外,目前大多数可用的生活质量测量方法大多集中于评价与孩子年龄相当的不同方面的功能。虽然功能评估结果提供了相当多有价值的信息,但基本是用来描述整体健康概况而不是对单个主体的准确评估(Gill 和 Feinstein,1994)。然而,单独面谈既耗费时间,花费又极其昂贵,并且给被访谈者带来相当大的心理压力。在采用公用参数选择自我评估健康状况的基础上,Feeny 等(2004)对安大略湖青少年进行队列研究,采用标准统一的直接得分与采用相同参数的 HUI 间接得分进行比较。虽然在整体层面 HUI 得分与测量工具直接得分吻合相当好,但对于个体而言则最好不要替代直接测量参数选择。

最后一点,尽管采用自我报告式评价生活质量的文献不断增加,自我报告式的测量方法仍然受到医疗团体甚至父母的怀疑(Hack,1999;Harrison,2001)。残疾人生活质量必然受到损害的观点受到了相当大的挑战,但是现在流行的看法也似乎被普遍否定。

成人疾病源于胎儿学说

“胎源学”假说认为:在宫内这个发育关键期的营养不良会固定形成或永久改变胎儿新陈代谢,出生以后容易患心血管疾病(cardiovascular disease,CVD)和糖代谢紊乱(Barker 等,1989a)。该假说产生于一项回顾性的研究课题,该研究表明出生体重低于正常体重 5 个以上百分点的男性,患冠心病的风险要高得多。针对其他人群的后续研究验证了这种关系(Barker 等,1993a;Martyn 等,1998),并证明了这一学说也同样适用于女性(Osmond 等,1993;Osmond 等,2000;Rich-Edwards 等,1997)。

据报道,低出生体重是心血管疾病的危险因素,包括血糖代谢障碍、血脂障碍和高血压(Barker 等,1993b;Lithell 等,1996)。荟萃分析发现,出生体重与血压或血脂之间的相关度比起初想象的要弱,同时大量研究也表明它们之间只存在很小的相关性(Huxley 等,2002)。最近的一项荟萃分析结果表明,虽然会经常出现胎儿营养过剩的结果(Coates 等,1983),与 80 802 个出生体重>5.5 磅(1 磅=453.59g)的患者患冠心病的风险相比,6056 个出生体重<5.5 磅的患者的相对危险度为 1.26(95%CI 1.11~1.44)(Raju,1995)。对动物进行的研究也支持这种假说。

尽管对于低出生体重与心血管风险因子和心血管疾病(CVD)标记物之间关系的研究逐渐增多,成年疾病胎源说的大多数研究仍采用回顾性设计方案收集资料(Barker 等,1989a,b,1993a,b,c;Leeson 等,2001),其中许多项目严格挑选研究对象,只选择那些妊娠和围生期没有特殊情况的人。另外,大多数被调查者没有将低出生体重进行区分,是小孕龄还是早熟,并且不监测出生后的生长发育情况。因此,由于没有收集到是否存在暂时生长停滞或后续追赶性生长的有关数据,因此将出生体重和早期发育视为综合身体发育的替代指标。此外,受试者在 50~70 年后通过对儿时的回忆描述当时自己的社会地位(父亲的职业),没有对出生后修正因素进行控制,比如社会经济学因素、生长环境,行为因素,或者幼年早期缺乏社会交往(Joseph 和 Kramer,1996;Paneth,1994;Paneth 和 Susser,1995;Paneth 等,1996)。多数研究的持续率非常低,仅 19%~60%的研究能够进一步随访(Bhargava 等,2004;Cooke,2004;Strauss,2000)。

仅有少数研究设计专门调查胎源说是否适合早产儿而不仅仅是小于胎龄儿。其中

Fewtrell 及其同事(2000)对孕龄和胎儿大小与血糖和胰岛素的关系进行了研究,选择了 385 名出生体重<1850g 的 9~12 岁孩子作为研究对象。不管低出生体重是否由早产或宫内发育受限引起,血糖负荷控制 30 分钟后出现的高血糖肯定与低出生体重有关。最近,Hofman 及其同事(2004a)的研究表明早产儿至 4~10 岁时出现代谢异常,与那些足月小于胎龄儿相似,早产儿无论是否小于胎龄都会发生这种现象。实际上,在降低早产儿和小于胎龄儿的敏感度上似乎不存在相加效应。对同样的被调查者进行后续研究发现胰岛素敏感性降低,这可能是 2 型糖尿病的风险因子(Hofman 等,2004b)。孕龄介于 24~32 周的婴儿也发现类似的下降,这说明在孕晚期的 3 个月存在一个关键窗口期,期间胰岛素活性发生了变化。Hovi 等(2005)的另一项研究,出生体重<1500g 的人,在其成年早期,空腹胰岛素水平比对照组高 34%,空腹血糖均值也高一些(但没进行糖耐量检查)。遗憾的是,这些研究仅仅检查了整个样本的 50%。

某些研究认为评估胰岛素分泌和抵抗时,儿童期体重增长是一个很重要的预测因子(Fewtrell 等,2000)。Singhal 及其同事(2003a)的研究也表明出生体重<1850g,但按照营养配方喂养的早产儿,到青春期时,32-33 裂解胰岛素原(胰岛素抵抗的标记物)水平空腹时也很高。其结果是出生后 2 周内,独立于出生体重、孕龄和其他社会人口学因素之外,饮食对体重增长的影响很大。有学者指出早产儿生命早期相对的营养不良对胰岛素抵抗产生了长期的有利影响。对于血管的结构及上皮功能也有类似的有利影响(Singhal 等,2004)。这些研究引发了更深入的关于早产儿营养管理及怎样才算"最佳"追赶生长的争论。

有研究显示,在出生时为小于胎龄儿但成年后超重的个体中,患 2 型糖尿病的比率较高(Bavdekar 等,1999;Eriksson 等,1999;Newsome 等,2003)。印度最近的一项前瞻性队列研究,1492 名年龄在 26~32 岁的糖耐量受损或糖尿病患者在儿童时期的成长有以下特点:从出生到 2 岁期间表现为低体重指数,随之而来的是脂肪重积聚,以后是持续到成年期的匀速或加速体重指数增长(Bhargava 等,2004)。其他两个针对年轻成人的研究中,体重指数增长最大、均匀以及那些长时间体重超重的人,都显示了血管改变症候的出现——颈动脉内膜中层厚度(common carotid intima-media thickness,CIMT)增加(Eriksson 等,2001;Oren 等,2003)。因此,尽管还没有充分的研究,低出生体重、后续的心血管疾病、代谢因子之间的联系很可能被后天因素修正。

机体的构成,特别是脂肪和瘦体重、骨量成分的分布可能也是成年后患心血管疾病和高血压、糖尿病风险的重要预测因子。8~12 岁的孩子中,与出生时体重正常的孩子相比,出生体重<1850g 的孩子脂肪含量和非脂肪含量比较低(Fewtrell 等,2004)。这些发现可能反映了机体组成的程序设计是通过早期的生长发育和营养完成的。出生体重高与青少年期的无脂体重高相关(Singhal 等,2003b)。有学者提出,低出生体重和较低的无脂体重之间的联系可能是胰岛素敏感性差、代谢活动低下、后来的肥胖症倾向、心血管疾病风险的发生基础(Singhal 等,2003b)。

Uthaya 和他的同事们通过全身磁共振检查发现,早产儿达到其足月龄这段时间,皮下脂肪组织明显减少,同时腹部脂肪会明显增加,提示早产儿可能由于这种脂肪增加导致后天的代谢合并症、肥胖症的风险。一项由 132 名 20 岁青年构成的队列研究中,包括小于胎龄儿、适于胎龄儿和足月儿,研究发现低出生体重和成年后的慢性心脏代谢疾病的联系并不只是由出生时的低体重决定,而是和以后的脂肪聚集有关(全身的或腹部的)(Levitt 等,2005)。

探讨早产与成年后心血管疾病的关系的研究较少。Irving 及其同事(2000)研究了 61 名平均年龄 24 岁的年轻人,由于早产,出生体重不足 2000g,但是在成年后同样有患高血压、不良代谢性疾病(血浆胰岛素、甘油三酯和总胆固醇水平高,高密度度脂蛋白水平低)、高血糖的风险。在早产的研究队列中,小于胎龄儿与适于胎龄儿相比劣势相当。但未进行 CIMT 研究。荷兰一项对 19 岁的早期早产儿的队列研究试图阐明产前和婴儿期生长发育对脂类和 CIMT 的影响(Martin 等,2006)。研究发现,当前的机体构成导致了心血管疾病的风险,而不是由早期的生长发育引起的。两个最近的研究(Doyle 等,2003;Hack 等,2005)也显示,极低出生体重儿在青春期后期及青年期收缩压较高,但是还没有发现宫内生长和高血压之间有必然联系。并非所有的研究都发现早产儿到儿童期或青少年时期出现高血压。早产儿成年后的心血管疾病及代谢疾病的风险是否增加,尚需进一步的远期前瞻性研究。

早产对家庭的影响

照顾抚养早产儿的家庭要长期面对多层次的挑战。这方面有限的研究显示,虽然有一些研究发现了有利的结果(Macey 等,1987;Saigal 等,2000a;Singer 等,1999),但早产的影响多半是负面的(Beckman 和 Pokorni,1988;Cronin 等,1995;Davis 等,2003;Eisengart 等,2003;Lee 等,1991;Macey 等,1987;McCain,1990;McCormick 等,1986;Singer 等,1999;Stjernqvist 和 Svenningsen,1995;Taylor 等,2001;Veddovi 等,2001)。此外,由于社会人口统计风险因素及该儿童的健康状况不同,早产的影响也各不相同(Beckman 和 Pokorni,1988;Cronin 等,1995;Davis 等,2003;Eisengart 等,2003;Lee 等,1991;McCormick 等,1986;Rivers 等,1987;Saigal 等,2000a;Singer 等,1999;Taylor 等,2001;Veddovi 等,2001)。

虽然有对出生时体重<1500g 或<1750g 的婴儿(Eisengart 等,2003;Macey 等,1987;Singer 等,1999)进行的研究,但大多数关于早产儿影响的研究集中在<32 孕周(Davis 等,2003)或<35 孕周的早产儿(Veddovi 等,2001)。还有些研究将早产和低出生体重作为连续变量(Beckman 和 Pokorni,1988)。结局评估集中于母亲产后心理状态方面,结果提示早产儿母亲处于抑郁症的危险中(Davis 等,2003;Singer 等,1999;Veddovi 等,2001)。早产儿和低出生体重儿在出生后 2~3 年的纵向研究提示,除了高风险(定义为支气管肺发育不良)婴儿,母亲的抑郁水平和心理痛苦的程度以及与儿童有关的问题,随着时间的推移会减低(Singer 等,1999)。此外,一些特殊因素可能促成抑郁症状,如婴儿的医疗风险高,较少通过关系网获取婴儿的信息,较多使用逃避心理应对策略,缺乏婴儿发育的知识(Eisengart 等,2003;Veddovi 等,2001)。有些因素可能会缓解这些母亲的抑郁症状,比如教育程度高和来自护理人员的帮助(Davis 等,2003)。

当孩子初学走路时(Lee 等,1991;McCormick 等,1986;Singer 等,1999),或处于学龄期(Cronin 等,1995;Lee 等,1991;McCain,1990;Rivers 等,1987;Taylor 等,2001)、青春期(Saigal 等,2000a),早产儿的家庭照料和护理持续影响早产儿的结局。研究主要集中在出生体重不足 2500g 的儿童(Cronin 等,1995;Lee 等,1991;McCormick 等,1986;Rivers 等,1987;Singer 等,1999;Taylor 等,2001),只有一项研究是针对出生体重不足 1000g 的儿童的(Saigal 等,2000a)。研究结果显示其对家庭的影响是长期的,父母、同胞、经济状况、家庭

功能的正常运作都受到影响(Cronin 等,1995;Saigal 等,2000a;Singer 等,1999;Taylor 等,2001)。而且,疾病越严重的儿童对家庭的影响也越大(Cronin 等,1995;Saigal 等,2000a;Singer 等,1999;Taylor 等,2001)。

在个体水平上,就早产儿对一个家庭的影响而言,早产儿的父母会经历更多的情感苦恼(Saigal 等,2000a;Singer 等,1999;Taylor 等,2001)、紧张和掌控意识缺失(Cronin 等,1995)。一项研究显示,一些和父母压力增高相关的因素可能包括孩子的监管、孩子与同龄人的关系、自尊心、孩子的困难对家庭的日常生活的影响,还有对孩子未来的担心(Taylor 等,2001)。早产儿住院时间的长短也影响着母亲扮演家庭角色的能力(McCain,1990)。

另有研究显示,父母亲在感知问题方面存在着性别差异。母亲认为早产儿的出生对她们的掌控能力、经济、工作产生较大的影响(Cronin 等,1995)。同时在养育孩子的过程中体会到更强烈的满足感(Cronin 等,1995)。当孩子在较小孕龄出生时(Lee 等,1991),母亲也感到了更大的冲击,在妊娠期间经历更多的身体不适症状,比父亲更容易经历应激反应(Stjernqvist,1992)。而父亲感知了更多的不确定性、较少的过度劳累(Cronin 等,1995),在婴儿初期发育过程中影响较大(Lee 等,1991)。

照顾早产儿不仅仅影响到父母个人,同样影响到夫妻、兄弟姐妹以及整个家庭关系(Beckman 和 Pokorni,1988;Cronin 等,1995;Macey 等,1987;McCormick 等,1986;Saigal 等,2000a;Singer 等,1999;Stjernqvist,1992;Taylor 等,2001)。特别是父母的婚姻关系紧张(Macey 等,1987;Stjernqvist,1992),甚至会导致离婚(Saigal 等,2000a),抚养孩子出现困难(Taylor 等,2001)。兄弟姐妹得到的父母的关爱也会因此减少(Saigal 等,2000a)。家庭作为一个整体会受牵连,可能不再要更多的孩子(Cronin 等,1995;Saigal 等,2000a),经济负担加重(Cronin 等,1995;Macey 等,1987;McCormick 等,1986;Rivers 等,1987),家庭社会生活受限(Cronin 等,1995;McCormick 等,1986),不利的家庭结局(家庭关系紧张和不和睦)(Beckman 和 Pokorni,1988;Singer 等,1999;Taylor 等,2001),父母亲维持工作的难度增加(Macey 等,1987;Saigal 等,2000a)。尽管有一项研究发现,新生儿面临较高的医疗风险,对社会经济条件富足的家庭来讲,会有更大影响(Taylor 等,2001),然而对那些低收入和教育程度低的家庭来说,抚养早产儿无疑有很大负担(Cronin 等,1995;McCormick 等,1986;Taylor 等,2001)。

此外,预测家庭紧张的因素因孩子的年龄不同会有区别(Beckman 和 Pokorni,1988)。当早产儿月龄为3个月时,非正式帮助、孩子的数量、家庭的社会经济状况是最重要的因素;早产儿6个月时,出生时的孕龄、家庭环境、护理需求、做家庭护理的父母人数是最重要的;12个月时,人种特征、家庭环境、衡量婴儿发育的指标是最重要的;24个月时,出生体重、非正式的社会支持,气质性情、照顾需求和人种民族是最重要的(Beckman 和 Pokorni,1988)。

家人和父母在照顾因早产受损的孩子时也会有积极的经历并表现出很大弹性。Saigal 和同事(2000a)的一项研究发现父母为了照顾出生体重不足1000g的孩子,会感到来自朋友及家族的积极的相互支持和影响。父母亲也说提升了个人的情感和婚姻的稳定性(Saigal 等,2000a)。Macey 和同事(1987)发现在早产儿12个月时(校正月龄),50%的婴儿母亲感到婚姻更稳固了。其他研究显示这些父母感到他们的孩子是可接受的、被依附的、需要加强看护的(Singer 等,1999),同婴儿时期相比(Rivers 等,1987),他们对孩子有更进一步的理解和欣赏。因此,照顾早产的孩子可能有助于家庭及每个家庭成员的成长。

总之,有限的证据表明,照顾一个早产儿,随着时间的推移,会对家庭有积极和消极的影响,并且这些影响会延伸到青少年时期,会随着时间的改变被环境因素影响,家庭状况的许多领域都受到影响。由于研究是有限的,因此需要更进一步的深入研究。第一,这些研究的普遍性受到局限,因为研究样本中缺少人种和社会经济的多样性,调查更多的是母亲而对父亲缺少调查。研究的样本应该综合考虑各因素。第二,各研究中衡量早产儿对家庭的影响及反映儿童健康状况的方法并不统一。例如,对家庭的影响在经济负担、父母的症状、父母的养育压力等方面。同样的,儿童的健康和功能状态方面,有的研究是通过健康状况的严重程度来评估的,而有的研究则是通过使用经过确认的方法正式评估儿童的功能健康状况。

需要进一步的研究通过完善能详尽描述早产儿及其家庭所面临的健康和功能健康的方法以使这一领域得到发展。最新的关于早产儿功能健康结局的一篇综述中,Donohue(2002)建议应该建立对儿童各发育阶段都敏感的测量方法,而对父母的衡量应该集中在对孩子的抚养特性上。

第三,为数不多的回顾性纵向调查提示早产儿对家庭的影响随着时间推移的变化是未来迫切需要研究的课题。第四个局限是在回顾性的研究中婴儿孕周及出生体重的标准不统一。应该鼓励研究者除了出生体重还可以通过孕周确定早产,因此早产对家庭影响的多样性可以通过孕龄确定。最后,在婴儿期早产儿对家庭影响的研究,除母亲产后抑郁外还应评估其他结局。

新生儿监护病房出院后的干预措施

鉴于对早产儿在发育和情感方面的风险增加的认识,几项干预集中在出生后几年的服务上,以防止随之而来的发育和健康问题出现。基于一些原始的研究,已经为儿童及其家庭建立了以社区为基础的、相互协作的、多学科的早期干预计划。残疾儿童的类型和严重程度是多种多样的,因此所提供的服务的强度和广度也应该是多种多样的。研究表明这些项目在促进儿童个体的认知结果方面是有效的,也能引导家庭功能的重大改进(Berlin 等,1998;Majnemer,1998;McCormick 等,1998;Ramey 等,1992;Ramey 和 Ramey,1999)。然而,在一些研究中,对儿童的长期随访提示了不同的结果,在干预的 3 年中出现了明显的不同结局,而随后又消失了。

婴儿早期及儿童期的干预

几项纵向调查试图明确干预对早产儿或残疾儿的情感、身体、发育结局的影响。婴儿健康和发育项目(Infant Health and Development Program,IHDP)是一个多中心随机对照的美国全国范围内的研究,纳入标准是 1985 年出生、不足 37 周、体重不足 2500g 的早产儿及其家庭。将婴儿及其家庭随机分配到干预组($n=377$)或者随访(follow-up-only,FUO)组($n=608$),根据出生体重分为两组:小于 2000g 组及 2000～2499g 组。前 3 年,两组都进行了医疗、发育、社会状况评估,同时接受了诸如卫生保健方面的服务指导。干预组对婴儿和家庭的教育措施包括:家访(出生第 1 年每周 1 次,以后 2 周 1 次)、12 个月后定期到指定的儿童发育中心指导、家长进行座谈(Ramey 等,1992)。在家庭和中心的教育部分鼓励父母用游戏和活动提高孩子的认知能力、语言和社会交往能力,并为父母提供关于儿童健康、安全、喂养方面的信息。

项目开始后的36个月评估教育结果，干预组的儿童有较高的认知分数（比出生体重在2000～2499g的对照组儿童高14分，比出生体重＜2000g的对照组儿童高7分），与对照组儿童相比，行为问题比较少（Brooks-Gunn等，1992b；McCormick等，1993）。干预组儿童容易接受语言、视觉冲击，空间技能也有进步。即使在出生体重＜1500g和＜1000g的儿童中，经过早期干预，智商分数也较高、行为也更好些。高风险的儿童，其父母文化程度在高中以下或是少数民族，干预效果也是很明显的（Brooks-Gunn，1992a，b）。出生体重在2000～2499g的儿童组中，干预后的效应是长期的。父母受过良好教育的儿童并没有从干预中获益（McCormick等，1998）。干预结果发现，高中以下文化的母亲较少有情感苦恼。提示早期干预应在有不良结局风险的儿童和家庭中进行。

IHDP的队列研究，在5岁、8岁、18岁时再次评估（Brook-Gun，1992a，b；McCarton等，1977；McMcormick等，20006）。出生体重2000～2499g组，虽然智商的差异下降了4分，智商、行为、数学和阅读的成绩是持续有效的，在青春期，干预组有较少的危险行为（例如滥用药物和青少年犯罪）。这些发现与对那些健康状况不佳的儿童长期单一教育干预研究的结果一致（Campbell等，2002；Reynolds等，2001；Belfield等，2006）。而出生体重不足2000g组没有长期明显的效果，引发了关于后来经历的问题，还需要对神经发育缺陷的儿童进行长期帮助和支持。

英国中部的早产儿计划

英国Avon早产儿计划是一项随机对照试验，针对284名出生不足33周、接受了家庭发展教育计划的早产儿父母，进行社会支持干预，或标准的护理（Johnson等，2005）。足月儿作对照组。虽然在干预组中，早产儿2岁时在认知、运动和行为结果方面有差异，但在5岁时差异就不存在了（平均年龄58个月13天）。早产儿比同龄的足月儿认知能力差一些。对社会因素进行校正后深入分析，在各个干预组中或按不同产期划分的亚组中干预的效果并没有明显差别。作者总结发现在2岁时的优势到5岁时已不再明显，质疑了早期干预在维持认知、行为、运动功能方面的效果。

国家早期干预纵向研究

美国早期干预教育纵向研究（National Early Intervention Longitudinal Study，NEILS），是由美国教育部特殊教育项目办公室发起资助的，通过早期干预和小学早期教育，监测追踪3338名以上有残疾或有残疾风险的儿童及其家庭。收集的信息包括儿童及家庭成员的特征、接受的服务、结局等。这一全国范围内有代表性的样本，从出生到31个月大的儿童及其家庭纳入这项研究，在1997年9月～1998年11月首次接受早期干预服务。NEILS在其出版物中，着眼于儿童及其家庭接受的早期干预服务及他们所经历的和取得的效果。由于这项研究也评估接受服务的儿童及家庭的性格变化，因此特别适于早产儿及其家庭。

这项研究采用了三阶段的分层抽样程序来识别和鉴定原始样本。基于接受早期干预的儿童的数量和地区分布两个因素，选择了二十个州。这些州代表了不同的领导机构以及是否对风险儿童实施服务。第二阶段包括郡县的选择，是根据该项目C部分[8]计划中评估

[8] 残疾个人教育和行为计划的C部分评估了到达一个新水平的早期干预的家庭组成。这个规定用残疾婴儿及幼儿的个人家庭服务计划取代了3岁儿童到21岁后的个人教育计划。

的接受服务的儿童数量决定的。每个州选择3～7个县,共93个县。这些儿童从出生时到30个月期间接受了早期干预(1997～1998)。

这项研究的初期结果是有效的。Bailey等人于2004年报道,绝大多数父母认为早期干预对他们的家庭产生了显著影响,59%的家庭认为早期干预所提供的帮助和计划信息对家庭影响非常好,23%的家庭认为比较好。绝大多数家长(96%)相信他们能够帮助孩子学习、成长。然而,当提及照顾孩子、感知孩子的基本需求的能力时,能够强烈感知一致的占64%,简单认同的占32%。

对干预时间内功能状态的独立评估显示,在干预期间,儿童的视力、听力、运动技能没有明显变化。但在服务开始时有交流问题的孩子随着时间推移有了进步(Markowitz,2004)。该评估还显示,96%的家庭认为在和专业人员共同努力的干预过程中,变得更加专业和熟练掌握如何满足孩子需要的技巧。

小 结

虽然早期干预的短期影响已经得到很好的证实,但其对早产儿的长期影响的评价还很模糊。在新生儿重症监护开始前进行的新生儿期、围生期的长期队列研究的结论是:社会因素和家庭环境质量能够弥补围生期和新生儿期遇到的不利因素(Wolke,1998)。最新的研究证据显示,通过家访和儿童发展规划,早期干预促进了社会和环境的进步,这和大量的早产儿,尤其是那些社会经济背景不佳的孩子的认知和行为的追赶性生长紧密相关(Brooks-Gunn等,1994;Olds和Kitzman,1993;Ramey和Ramey,1999)。这表明许多早产儿可能没有持续的中枢神经系统损害。相反,虽然早期干预可能对较小的早产儿的结局有影响,生物学因素仍然是学龄儿童认知和行为结局的最好预测指标。

然而,McCormick(1997)和其他学者已经在争论,研究中使用了比较宽泛的发病率分类,导致各项研究缺乏可比性,在后续的文献中重复出现方法学的缺陷。其他方法学问题包括,由于研究样本纳入标准不严格及队列中样本丢失的数量导致表现样本的特性不充分,没有能够提供足够的能评估样本代表性的信息,使用不恰当的对照组(McCormick,1997)。另外,结局的评估可能太局限。最后,即使是选择的结局,许多研究并没有结合特殊的潜在的病原体或概念模型去识别影响初始状态(如早产和低出生体重)和观察结果的潜在影响因素(McCormick,1997)。

结果11-4:儿童早期教育和其他治疗性研究干预措施能够改善某些早产儿结局;但关键是要确定合适的强度、服务类型、人员和课程,以改善干预效果。

结 论

对早产儿来说,健康和神经发育的结局是多种多样的,为儿童及其家庭提供必须的医疗、神经发育和教育支持需要许多资源。更多的研究报道是以出生体重分类,而不是通过孕周分类,但是在没有更好的测量器官成熟度的方法的情况下,当早产不可避免时,孕周对制订治疗方案和向父母交代病情是很有必要的。由于早产的长期影响,卫生服务人员不应该只着眼于早产本身,而应该重视出生时器官的成熟度、短期及长期的神经发育、功能和健康结局。正如早产的病因学是多因素一样,早产儿的神经发育、功能和健康结局是由基因、宫内环境、产科高危因素和新生儿重症监护条件、家庭环境、有效的社区资源等多因素相互作用决定的。将来有关早产结局的更好预测指标的研究应该着眼于大脑结构和功能发育、脑损伤影响大脑的典型区域及相应的神经发育、行为缺陷、器官修复、可塑性形成之间的关系。理想的结局预测指标应该能够通过提供更多的即时反馈信息来促进婴儿干预、促进家长与孩子的交流和沟通能力、通过提供及时反馈提高母亲和早产儿之间干预试验的安全性、推进系统的随访和早期干预资源的应用。在早产可以避免之前，在探索防止大脑及其他器官损伤的治疗方案以及支持促进婴儿的发育方面，仍有许多工作要做。

第 12 章

早产的社会成本

摘　要

根据本章中的最新评估数字，2005 年美国与早产有关的社会经济负担至少为 262 亿美元，每个早产儿约为 51 600 美元。在总费用中，医疗护理费为 169 亿美元，孕产妇分娩费用为 19 亿美元。从长期花费来看，早期的干预治疗为 6.11 亿美元，早产儿中常见的四种残疾儿童的特殊教育费约需 11 亿美元。最后，据委员会估计，因为残疾丧失家庭及劳动力约需花费 57 亿美元。

虽然美国比以往更加详细的估计早产所需的费用，但是 262 亿美元还是最低限度，除了与四种主要残疾有关的终身医疗费用，不包括早产儿超出儿童期以外的医疗费用。特殊的教育经费和损失的生产力只针对于四种致残的情况，而且不包括护理者的工资。医疗费仅包括孕妇在分娩过程中的费用。为了使政府能够更全面地了解早产对于美国不断增长的经济负担，需要更加全面和准确估计早产费用，以利于制定相应的财政政策。

应当谨慎考虑上述每种类别的开支占总成本的比例，因为精准的评估有利于减少资源应用，例如除了分娩的费用还有照顾的费用。减少早期住院治疗费用要比追求更加精准的理论体系更加受到人们的关注。

本书前几章对早产的原因和后果进行了论述，本章阐述由委员会承担的早产经济影响的最新研究结果，并且呈现一些与此主题相关的文献。有关早产儿更系统的花费可参考附录 D(Zupancic，2006)。在已发表的文献中，早产儿童的医疗费用，尤其是那些初次住院的儿童，与没有住院或婴儿期过后的医疗费用相比，受到了更广泛的重视(Zupancic，2006)。

根据委员会的估计，2005 年全美与早产儿有关的社会经济负担至少为 262 亿美元，平均每个早产儿为 51 600 美元(表 12-1)。评估的依据来自足月胎儿消耗的资源；也就是说，这些花费已经远远超过了他们足月生产的费用。医疗护理的费用占将近 2/3。医疗护理费用约为 169 亿美元(每个早产儿为 33 200 美元)，将近 85%的医疗费用用于婴幼儿时期。产妇分娩的费用约为 19 亿美元(每个新生儿为 3800 美元)。早期干预服务约需 6.11 亿美元(每个早产儿为 1200 美元)。而患病率较高的四种疾病，如脑瘫(cerebral palsy，CP)、精神发育迟滞(mental retardation，MR)、视力障碍(vision impairment，VI)、听力丧失(hearing loss，HL)，这些早产儿的特殊教育费用总计约 11 亿美元(每个早产儿为 2200 美元)。与这些缺陷相关的丧失家庭及劳动市场生产力需要花费57亿美元(每个早产儿为11 200美元)。

表12-1 美国早产估计的费用、总费用和个体费用

费用	医疗护理费用			早期干预费用	特殊教育费用(4DD)	丧失劳动力费用(4DD)	母亲分娩费用	合计
	0~5岁	6岁或更大(4DD)	合计					
合计(百万)	15 887	976	16 863	611	1094	5694	1935	26 197
每例(美元)	31 290	1920	33 210	1203	2150	11 214	3812	51 598

注:所有数据为2005年的。4DD=4种发育残疾

在美国,那些早产儿婴儿期以外的医疗服务的新的费用估算最重要。尽管如此,关于幼儿时期的费用评估只包括与早产有关的四种残疾情况,由于数据有限,可能导致康复和治疗服务以及长期护理费用的评估不准确。更重要的是缺乏针对于不同类别费用的有效证据。例如,残疾护理的花费要超过医疗费用,但是没有足够的证据可供国家作出可靠的估计。由于针对早产的特殊教育费用估计仅包括几种残疾的情况,所以该部分费用的估计也受到限制。这些费用既不包括产妇分娩过程中增加的费用,也不包括母亲的护理费用。

极早早产儿(<28周妊娠)的医疗花费应该受到关注。尽管极早早产儿只占早产儿的6%,但是极早早产儿7岁之前的花费约占早产儿所有花费的1/3。另一方面,由于妊娠28~36周的早产儿所占比例较高,早期早产儿(在妊娠28~31周出生)和中度早产儿(在妊娠32~36周出生)占了早产儿医疗花费的绝大部分。关注治疗费用,可更直接且更具成本效益地将资金用于早产儿的预防和治疗费用上来。

尽管根据胎龄进行分类,估计的费用仍存在很大差异。虽然极早早产儿的高死亡率在一定程度上影响医疗费用的估计,但这不是医疗费用差异较大的主要因素。医疗费用分布的上尾部——在某些情况下指上5%——主要为早产儿较高的平均医疗花费,而且随着他们年龄的增加,所占比例更多。这可能反映了少数存在残疾的早产个体与残疾相关的较高平均花费。今后对早产的社会花费的研究应该设计得可以对变异和花费分布的两端进行更加详细的调查。

这里提供的都是以2005年的美元价值估算的终生花费,与2003年美国的早产出生队列有关,这是美国卫生统计中心(National Center on Health Statistics)可以提供不同孕周费用估计的最后一年。出生1年后的费用比出生当年的费用降低3%,符合当前消费比后续消费高的经济学原理,并与判断疾病花费的方法一致(Gold等,1996)。本章接下来将更加详细地论述估算全国早产费用的方法以及不同类别的花费。也将呈现部分与早产有关的成本-效益的文献。

判断早产儿疾病花费的方法

通常将与疾病有关的社会花费分为直接费用和间接费用。直接费用包括处理这种疾病所用资源的价值,例如,医疗护理、特殊教育和进一步服务的费用。间接费用包括社会资

源丧失的价值，例如，由于高发病率或不成熟导致的死亡率，导致劳动力市场生产力的减少，或家庭生产力水平下降。与参照物或反事实的假设相比，花费是增加的。除非另有说明，本文中早产儿的社会花费都是以足月新生儿（孕周≥37周）作对比。

相关的花费不仅包括受影响的个人，还包括相关的孕产妇、护理人员、家庭花费的费用。孕产妇的花费包括产前检查和分娩的费用。即使坚持到足月分娩，还有妊娠导致孕产妇患病率升高而增加的花费，以及下次妊娠过程中预防疾病的费用。护理费用大概包括进一步护理早产儿的交通费用，以及需要专门的时间照顾早产的婴幼儿。

可靠评估上述所有类别的国家负担费用的信息并不充足。然而评估只包括部分的终生医疗护理费用、特殊教育以及失去家庭和劳动生产力的费用。基于马萨诸塞州早期干预服务的程度和花费，开展了对早期干预服务的全国评估。在家庭开支方面，只包括母亲分娩费用的评估。

与早产有关的从出生到7岁的新的对住院和门诊医疗费用的评估是基于1998～2000年犹他州出生的23 631名新生儿接受的医疗服务，这种医疗服务包括在一个综合医疗服务体系中。这些数据同样也是估算孕产妇分娩费用的依据。与早产相关的四种残疾（CP、MR、VI、HL）患儿，他们5岁以后的终身医疗费用也要提供。特殊教育费用、失去家庭和生产率的损失同样计算在内。所有发表的和未发表的有关早产儿的评估分析均由亚特兰大城市残障发展监督组织（Metropolitan Atlanta Developmental Disability Surveillance Program，MADDSP）提供。

费用评估是根据早产儿群体整年使用或损失的社会资源，而不是根据国家每年早产的流行病学情况。建立这一队列的方法是按照年龄或年龄分组建立一个目前资源使用率完好的综合队列。这种方法获得的花费预算能够更好的提升预测价值。

早产的医疗费用

从出生到幼儿期

目前为止，有关早产儿医疗费用的研究集中于住院患者的护理上，主要是初次住院的婴儿（Zupancic，2006）。某些研究全面提供了超极低出生体重儿（extremly low birth weight）或极低出生体重儿（very low birth weights，VLBWs）（Rogowski，2003）的住院费用的评估（维多利亚婴儿协作研究组，The Victorian Infant Collaborative Study Group，1997），另有研究提供了根据胎龄的评估（Phibbs和Schmitt，2006），还有一些是根据胎龄和出生体重评估的（Gilbert等，2003；Schmitt等，2006）。本文着重阐述早产儿与重症监护有关的高昂的医疗费用。在加利福尼亚州，1996年存活的早产儿中，超过2/3的极早早产儿（胎龄＜28周）以及超过1/3的早期早产儿（胎龄为28～31周）在初次住院治疗时都存在呼吸窘迫综合征，并且需要机械通气治疗。然而，足月新生儿在初次住院治疗时需要机械通气治疗的不足1%（Gilbert等，2003）。辅助检查的费用，包括呼吸护理、实验室检查、放射检查和药物花费，导致低体重儿的重症监护费用较高。附属佛蒙特州牛津网络的一些医院报道，在1997～1998年间极低出生体重儿（VLBWs，体重＜1500g）初次住院花费超过中位数的25%，约为53 316美元（Rogowski，2003）。

有少量研究关注早产儿早期入院以外的医疗护理费用。Intermountain Healthcare

(IHC)健康计划提供了综合数据,包括1998～2000年间的分娩医疗费用以及新生儿的费用,并且通过监测2004年全年的住院和门诊的医疗费用来统计和分析早产儿从出生到7岁的费用,远远超越了美国在这之前的相关研究。做国家财政预算,最好根据多个而不是单一的健康计划。委员会把一些综合数据从附加计划里排除使资源受到约束。但是,正如以下提到的,为了将全国的预算作一个有效的评估,在进行分层抽样调查和调整预算评估已经做了大量的努力。

IHC的总部位于犹他州,是一个大规模、非营利性、综合性强的医疗保健组织。它除了依据其保健计划提供一套全面的医疗保健服务,也同时依据医疗补助和医疗保险为没有IHC的商业保险、自费以及接受慈善援助的患者提供服务。

1998～2000年间,犹他州有139 517个活产儿(NCHS,2004),其中81 931个,即59%的新生儿出生医疗机构属于IHC网络覆盖范围,近1/3的新生儿享受到IHC网络的健康服务计划,38%新生儿拥有其他商业保险,22%获得了医疗补助,7%为自费或通过慈善援助。

结果12-1:早产儿在婴儿期,尤其是新生儿期的医疗费用相当昂贵且相对容易理解。由个人、家庭或社会所承担的用于长期医疗、教育、生产力的费用仍未得到充分理解。

本文呈现的详细费用估计完全是根据IHC健康计划覆盖的队列进行的,因为该队列有详细的服务利用及花费记录。健康计划的23 631名婴儿作为一个出生队列,排除的标准是错误的记录了胎龄(胎龄<22周或者>43周),或者新生儿体重(<450g或>5000g),或者某些内容缺失;其中1902个是早产儿。截至2004年,共随访48个月,最后1个月对所有活产新生儿进行随访,共随访到11 357个孩子(总数的48%)。根据胎龄,在48个月时随访到的数量(百分比)分别为:出生胎龄<28周的36人(40%),出生胎龄在28～31周之间的是73人(42%),出生胎龄在32～36周之间的是754人(46%),出生胎龄在37周或以上的是10 494人(48%)。为了具有权威性,对目标人群第3～4年以及第5～7年的资源利用和花费情况进行评估。[9]

不同机构和不同地域的卫生保健服务利用及花费情况的外推受到人口统计学情况包括人群的基本健康状况以及卫生保健服务提供者服务提供传统的影响。鉴于此原因,对不同地区的收费进行标准化,收费标准以及成本差异不足以通过一个地区的费用估计进而得到整个国家的费用估计,还需要根据人口特点和不同地区的服务提供方式作出进一步的调整(Rogowski,1999)。

对IHC健康计划的队列和被IHC网络覆盖但不在IHC健康计划内的人群的人口统计学和重要数据以及保健服务的利用率和花费进行了对比分析,也与其他已发表的对初次住院费用及犹他州以外的费用的研究结果进行了对比。对1998～2000年出生的健康计划的出生队列与其他IHC计划外的出生情况的对比发现,参与IHC健康计划者(分别

[9] 费用估计包括所有入选健康计划的人,即使他们在一段特定时期内没有得到医疗保健服务。随着意外死亡率的调整,这些基本上是作为分母计算平均成本。观察人群的减少可能是由于死亡率或者健康网络的覆盖限制。正如下文所述,费用评估根据国家的死亡率,只要这些资源利用率下降比例与这些仍然在健康计划内的人群相对应,这些消耗不会影响评估的结果。然而一些消耗,特别是极早早产儿,可能终生花费会限制在100万美元。虽然这种情况不常见,但是在本文中需要排除这种情况,以免出现评估花费的偏差。

为8.5%、6%)比参与公共医疗补助者(分别为11.2%、8.7%)更不容易发生早产和低出生体重,这正如人们所预料的,基于早产率和低出生体重率相反的社会经济梯度。参与其他医疗保健者的早产率和低出生体重率与IHC健康计划队列几乎相同。1999～2000年,美国早产儿总出生率约为11.6%(MacDorman等,2005)。IHC健康计划人群和那些被IHC医疗网络覆盖但不在健康计划内的人群相比,极早早产儿的死亡率和极低出生体重儿的死亡率要低。但统计学数据(均值、中位数、四分位间距和箱式图)显示在IHC健康计划中和在IHC健康网络中使用其他医疗保险或商业保险的新生儿,重症监护病房的利用率、平均住院天数以及初次住院的医疗费用没有明显差异。换句话说,通过进一步校准死亡率,IHC健康计划对不同胎龄和出生体重的平均服务利用进行了可靠的评估。

相同的卫生保健机构、同一人口统计学特征下的健康保健水平仍有不同(在犹他州,人口构成比较年轻化,与全国人口相比,民族和种族特征都占比较小的比例),仍有可能因为人口构成的不同偏离了正常结果。因为被研究的早产儿都具有地区和种族差异,且没有一个权威性的评估作为"金标准"。表12-2列举出近年来的一些研究总结,包括IHC健康计划队列的研究结果,涉及不同孕周及出生体重的早产儿在初次住院或早期住院的天数。

表12-2的前三列显示了加利福尼亚州最新的以人群为基础的研究的住院时间资料。研究样本基本上是来自同一个州的医院数据库人群的随访。由于Kaiser Permanente医疗保健系统(Kaiser Permanente Medical Care System)缺乏各种费用的系统描述,因此,表12-2的CA1和CA2栏中不包括该机构患者住院天数的资料。Gilbert等(2003)研究得出的住院天数在CA1中显示,Phibbs和Schmitt的研究结果(2006)在CA2中显示,两者的主要区别在于,前者的研究只包括存活下来的新生儿,而后者的研究包括所有的新生儿。存活下来的新生儿,其住院时间要比未存活下来的新生儿住院时间长,但是Phibbs和Schmitt(2006)报告的不同孕周的住院时间比Gilbert等(2003)的研究结果都长,这是与直觉相反。通过孕周分类,两个研究中的住院时间趋势相似,而且没有显著性差异。表格的最后一栏中,根据孕周及出生体重分类,IHC健康计划队列研究报告的平均住院天数和变化趋势与加利福尼亚州人群为基础的研究数据十分相似(表12-2 CA1-CA3)。

表12-2 根据胎龄或孕周分类早产儿初次或早期平均住院时间

出生参数	平均住院时间(天)							
	CA1	CA2	CA3	NIC/Q	STAT	UK	IHC	(SD)
胎龄(周)								
<28	76.0	79.4	NA	NA	NA	24.1	67.4	(41.6)
28～31	31.6	49.8	NA	NA	NA	23.9	44.4	(24.2)
32～36	4.7	5.9	NA	NA	NA	7.2	6.7	(9.3)
所有<37	8.0	10.5	NA	NA	16.8[a]	9.3	13.0	16.6[a]
≥37(足月)	1.9[b]	2.6[c]	NA	NA	2.73[a]	3.4	1.5	(1.7)

续表

出生参数	平均住院时间(天)							
	CA1	CA2	CA3	NIC/Q	STAT	UK	IHC	(SD)
出生体重(g)								
<1500	57.5	NA	47.9	47[d]	NA	NA	53.5	(34.5)51[d]
1500～2500	8.1	NA	9.4	NA	NA	NA	8.4	(11.3)
所有<2500	14.4	NA	16.4	NA	NA	NA	15.9	
≥2500	1.8	NA	2.3	NA	NA	NA	1.6	(2.1)

注:NA,不详;SD,标准差

CA1:源于 Gilber 等(2003)1996 年美国加州单胎活产存活的研究人群,首次住院时间包括转院的时间,估计值排除了 Kaiser Permanente 医疗护理项目的住院时间

CA2:加州 1998～2000 年的出生队列(Phibbs 和 Schmitt,2006),住院时间是首次住院时间,包括转院时间。估计值排除了 Kaiser Permanente 医疗护理项目的住院时间

CA3:加州 2000 年的出生队列(Schmitt 等,2006),住院时间是首次住院时间,包括转院时间。包括大多数 Kaiser Permanente 医疗护理项目的住院时间

NIC/Q:佛蒙特州牛津网络系统,包括全美 34 家医院,1997～1998 年在其中 29 家医院分娩的 6797 名极低出生体重儿的住院时间的中位数。佛蒙特州牛津网络系统为 2000 年新生儿重症监护质量改进合作单位(Horbar 等,2003;Rogowski,2003)。这些数据全部为在参与中心首次住院的时间,所以不包括 1364 名婴儿在转诊到参与中心之前的住院时间,也不包括从参与中心转诊走后的住院时间($n=1264$)。所有资料均为质量促进活动发起之前

STAT:medstat(2004)。根据疾病分类 ICD9 和相关的诊断代码,进行大规模的调查,随访 2000～2002 年出生并存活的 3214 名早产儿第 1 年的平均住院时间

UK:以英国南部人群为基础的新生儿初次住院天数的研究情况(Petrou 等,2003)。研究对象是 1970～1993 年出生的 239 649 名活产儿,初次住院标准及时间尚未发表,由作者向委员会提供

IHC:属于 IHC 保健网络系统内,1998～2000 年出生的 23 631 名孩子,总结了因任何原因于第 1 个月内住院的平均天数,包括再次住院治疗的情况,排除出生 1 个月后转入其他医院的情况

a,出生第 1 年的资料

b,孕 37～38 周出生的孩子

c,孕 37 周出生的孩子

d,住院时间的中位数

表中显示 IHC 的资料总结了出生后 1 个月内因各种原因住院的时间,因此排除出生 1 个月后首次住院的转诊情况。加利福尼亚州的研究不仅包括初次住院的住院时间,并且包括与首次住院相关的所有的转诊,即使发生在出生 1 个月后。因此,关于极早早产儿和早期早产儿,首次住院时间哪个更长,出生 1 个月后转院的概率哪个更高呢?加利福尼亚州的研究数据可能比 IHC 的数据更长、更高。IHC 的数据显示,中度早产儿(孕 32～36 周)通常在当地医院住院后即达到出院标准,但是这些孩子在出生后的 1 个月内,由于其他原因住院的概率大大增加,导致平均住院时间可能延长。在表 12-2 中详细展示了这些数据。

表 12-2 列举了 1997～1998 年出生的 6797 名极低出生体重儿的住院时间的中位数,这些孩子住在美国由 34 家州立医院加盟的佛蒙特州牛津网络机构(Vermont Oxford Network)内(Horbar 等,2003;Rogowski,2003),其中 29 家医院提供了极低出生体重儿在这些医院接受重症监护治疗的情况。在 2000 年加入新生儿重症监护质量改进(neonatal intensive care quality improvement initiative,NIC/Q)之前这些评估就已经完成了。47 天的评估只占初次住院的一部分,只包含参与评估计划的医院,排除 1364 名新生儿,因为这些新生儿在初次住院时就去了科研医院,另有 1264 名新生儿在初次住院后转往没有参与评估计划的医院。鉴于这些排除标准,会比 IHC 出生队列的平均住院时间稍短,IHC 住院时间的中位数为 51 天,这与参与 NIC/Q 的医院的结果相似。

表 12-2 的 STAT 栏是研究出生后第 1 年存活的新生儿的情况,并且提供出生后第 1 年的平均住院时间(Medstat,2004)。研究对象包括 2000～2002 年在美国出生、在某些覆盖面较广的保健计划范围内的新生儿。对新生儿的筛选标准是采取国际疾病分类(第 9 版)和诊断相关代码,而不是根据报告中的胎龄和新生儿体重。尽管存在这些不同,重新计算出生后第 1 年内住院时间,IHC 出生队列的平均住院时间为 16.6 天,与 Medstat 分析的 16.8 天的结果相似。

表 12-2 同样总结了以英国人群为基础的新生儿初次住院天数的研究情况(Petrou 等,2003)。研究对象是 1970～1993 年出生的新生儿并且全部持续随访 5 年。1970 年以来新生儿重症监护技术呈现巨大的进步,新生儿生存率也明显提高了,因此,该样本中大多数早产儿的平均住院时间比表 12-2 中其他栏显示的美国最近期的住院时间短并不奇怪。孕 32～36 周的英国早产儿以及足月新生儿的住院时间长于美国,反映了这两个国家实践模式的不同(Profit 等,2006)。

表 12-2 中显示,通过校准胎龄和死亡率,首次或早期住院的住院时间的对比资料提示 IHC 健康计划队列的早产相关卫生保健利用情况反映了美国其他大型以人群为基础的样本调查结果。当校正价格的地域差异之后,美国整个国家早产儿的医疗资源的利用和相关花费就可以通过 IHC 的数据得出。尽管每个早产儿在医院的时间以及他们在医院所做的各种辅助检查不能从这个表中直接看到,但是仍能看到在 IHC 体系与各州早产儿的花费不同。根据出生体重比较初次和早期的住院时间的花费,在 IHC 健康计划组织和其他的研究分析中差异有显著意义,然而,关于这个结论的众多支持条件可能不能证明两者之间有明显差异性。例如,在 1997～1998 年,34 家参与佛蒙特州牛津网络的 29 家医院,做了关于极低出生体重儿(出生体重<1500g)获得重症监护的研究,评估出早产儿初次住院的平均医疗花费约为 53 316 美元(针对 1998 年固定的美元利率)(Rogowski,2003)。尽管这项研究没有包括转院治疗之前的一些费用或者一些转出定点医院的费用,但在 IHC 健康计划队列中早产儿的花费约为 56 433 美元,虽然考虑到两个试验研究的地区差异以及采用不同的费用计算方法,其结果与佛蒙特州牛津网络所得出的结果十分相近。加利福尼亚州(Schmit 等,2006)将地区差异和通货膨胀校准后计算早产儿初次住院花费,与表 12-2(CA3 栏)通过住院时间计算的结果相类似。

IHC 健康计划得出的计算早产儿住院费用的方法十分全面,可以更加详细的了解医疗服务的程度。在 1998 年美元汇率不变的基础上排除通货膨胀的影响,将 1998～2004 年 IHC 健康计划队列人群服务收费制成表格,在不同地区建立不同的住院治疗和门诊治疗计划,将全美作为一个整体调整 IHC 健康计划的花费。不同地区之间的调整因素是基于 1998 年的医疗保险的付费情况进行的,统计每个城市指数(metropolitan statistical area, MSA),以及犹他州的农村情况。在犹他州的农村以及犹他州的 MSA 统计区,通过评估 1998 年死亡人口,每产生一个地域调整因素,这些地区的指数会被加权;并且资金和工资组成比例与他们在医疗住院经费中的贡献是相关的。在犹他州,相应的方法针对医疗、护理以及医疗事故等医疗地域差别的调整已经应用于门诊患者地域差异的调整。1998～2005 年在医疗保健预付费(Medicare Prospective Payment System)调整以及医疗花费基础上,已经调整针对于住院医疗和门诊医疗花费,并考虑到通货膨胀因素。

表 12-3～表 12-5,根据胎龄及年龄,分别列举住院和门诊治疗费用,表 12-3 为住院治疗费,表 12-4 为门诊治疗费,表 12-5 为全部费用。出生当年的住院费构成早产儿医疗费增长的主要部分,而且第 1 年住院医疗费用的陡然下降趋势在表 12-3 的第一栏中很明显。胎龄＜32周且生存期超过 4 年的早产儿以及胎龄＜28 周且生存期超过 7 年的早产儿,住院治疗的费用增加较高。尽管早期住院治疗费用与后期住院治疗花费不成比例,但是与早产相关的幼儿期的医疗花费也是一个不菲的数字。早产儿第 2 年的门诊医疗费用明显超过住院治疗的费用,不论胎龄多大,出生后 4 年内的医疗费用都在持续增加。

表 12-3　美国 2005 年不同胎龄及生存年限的住院费用年平均值

胎龄	年平均住院花费(美元/人)			
	出生当年	第 2 年	第 3～4 年	第 5～7 年
＜28 周	181 111	2893	691	123
28～31 周	85 171	3519	766	76
32～36 周	10 855	344	123	66
37～40 周(足月)	1895	266	129	64

注:数据来自 IHC 健康计划中 1998～2000 年出生队列的数据。出生当年的花费通过不同孕周的死亡率而变化(＜28周的婴儿死亡统计时限是出生后第 1 个月内,28～36 周的婴儿死亡包括出生后直至新生儿期结束)。假设婴儿期后都正常存活。住院医疗保险费用的地区差别已进行了调整,并通过医疗保险预付费系统剔除了 1998～2005 年通货膨胀因素的影响

表 12-4　美国 2005 年不同胎龄和生存年限的门诊费用年平均值

胎龄	年平均门诊花费(美元/人)			
	出生当年	第 2 年	第 3～4 年	第 5～7 年
＜28 周	9356	9279	4254	995
28～31 周	9614	4196	1767	414
32～36 周	2766	1392	690	557
37～40 周	1430	1062	532	407

注:数据来自 IHC 健康计划中 1998～2000 年出生队列的数据。出生当年的花费通过不同孕周的死亡率而变化(＜28周的婴儿死亡统计时限是出生后第 1 个月内,28～36 周的婴儿死亡包括出生后直至新生儿期结束)。假设婴儿期后都正常存活。门诊保险费用的地区差别已进行了调整,并通过医疗保险预付费系统剔除了 1998～2005 年通货膨胀因素的影响

表 12-5　美国 2005 年不同胎龄和生存年限的总医疗费用的年平均值

孕周	年均花费(美元/人)			
	出生当年	第 2 年	第 3～4 年	第 5～7 年
＜28 周	190 467	12 172	4944	1119
28～31 周	94 785	7715	2534	490
32～36 周	13 621	1736	814	643
37～40 周	3325	1328	661	471

早产儿从出生到2岁(表12-6)门诊医疗费用的分配差异很大。尤其是那些胎龄<32周的早产儿,胎龄不同,费用也不同,但是由于严格限制了花费最高上限5%部分的样本量,再加上IHC健康计划队列人群中失访了部分孩子,表12-4显示的是排除这些因素后的最终测算结果。

表12-3~表12-5平均费用测算是国家根据每个年龄段的费用评估最终得出的总费用。通过胎龄确定每个出生组的样本量,根据2003年的人口统计学的出生数据(Martin等,2005),婴儿死亡率是根据2001~2002年的出生死亡记录计算的(MacDorman等,2005),胎龄<28周、28~31周、32~36周的新生儿死亡率分别为91%、71%、56%。校准新生儿第1年的死亡率,即胎龄<28周和胎龄在28~36周的新生儿的死亡截止到出生后的第1个月。存活下来的新生儿就认为其生存时间超过婴儿期,因此出生1年后的花费比第1年下降3%。国家的经费预算,不同胎龄以及不同医疗措施的早产儿的平均花费在表12-7中列出。

表12-6 不同胎龄门诊治疗费用分布情况

胎龄	医疗护理费用(美元)					
	第2年			第3~7年		
	中位数	25%上限	5%上限	中位数	25%上限	5%上限
<28周	3305	7905	21 117	1106	3510	20 127
28~31周	785	2083	12 055	866	1664	4432
32~36周	533	915	2658	672	1545	3928
37~40周	475	770	1966	575	1238	3149

注:按1998年美元汇率

表12-7 美国2005年不同胎龄早产儿的医疗费用

胎龄	总费用(百万美元)			每例花费(美元)		
	住院	门诊	合计	住院	门诊	合计
<28周	5546	536	6082	181 409	17 536	198 945
28~31周	4406	669	5075	87 440	13 285	100 725
32~36周	3855	1016	4871	9034	2381	11 415
所有<37周	13 808	2222	16 030	27 195	4376	31 571

注:摘自IHC健康计划1998~2000年的数据。出生当年花费根据全国不同孕周婴儿死亡率进行了校准(<28周的新生儿死亡限定于出生后的第1个月内,28~36周的新生儿死亡包括出生后至新生儿期结束)。假定婴儿期后都正常存活。不同地区的住院医疗保险费用的区别已通过校准,并且通过医疗保险的预付费系统调整了1998~2005年通货膨胀的影响。在出生后的7年内,比足月儿的花费高,婴儿期以后的花费是出生当年花费的3%(门诊治疗,包括处方药)

尽管新生儿首次住院的相关文献显示,极早早产儿(胎龄<28周)、早期早产儿(胎龄在28~31周)、中度早产儿(胎龄在32~36周)这三组大致平均分配新生儿的住院治疗费用,长期随访的资料表明,极早早产儿的花费可能要更多些。小于28周的极早早产儿的数量相对较少,约占6%,但是花费了总医疗花费的38%(表12-7)。这些花费的变化与新生儿胎龄的变化是密切相关的。孕周极小的早产儿需要在新生儿重症监护室,并且医疗费用十分昂贵,是导致医疗费用比较高的最根本原因。

尽管平均医疗费用反映出早产儿高额的医疗费用，并且随着胎龄增加，医疗费用在逐渐减少，早产儿医疗花费的变异较足月儿大得多。每个胎龄组住院费用的第 75 百分位数与第 25 百分位数的比大约为 3∶1，这与 Phibbs 和 Schmitt(2006)的研究结果类似。尽管医疗费用的分配与死亡率尤其是极早早产儿的死亡率密切相关，但是变异大不是由死亡率导致的(Phibbs 和 Schmitt，2006)。出生缺陷与早产的关联(Rasmussen 等，2001)，以及幼儿期高额的康复费用(Waitzman 等，1996)可能解释费用变异大的部分原因。关于新生儿医疗费用变异较大的原因需要更进一步的研究。

结果 12-2：即使出生孕周相同，早产相关花费的差异仍很大。但导致这种情况的原因还不清楚。

幼儿期以外的残疾相关费用

尽管很少有研究涉及早产儿幼儿期的医疗花费，但分析早产儿幼儿期以外的医疗花费的研究更少。但是，对于某些与早产和低出生体重相关的特殊情况或发育障碍的个体，也计算了终生的费用估计，如特殊的出生缺陷(Waitzman 等，1996)、脑瘫(cerebral palsy，CP)(CDC，2004C；Honeycutt 等，2003；Waitzman 等，1996)、精神发育迟滞(mental retardation，MR)、视力障碍(vision impairment，VI)、听力损失(hearing loss，HL)(CDC，2004C；Honeycutt 等)，要根据其特定条件以及致残的情况评估。疾病预防控制中心(Centers for Disease Control and Prevention，CDC)的研究中对发育残疾的患病情况的估计源于 MADDSP，MADDSP 由 CDC 在 1991 年建立，用于识别这些存在发育障碍的儿童(Yeargin-Allsopp 等，1992)。CDC 研究以及未发表的 MADDSP 关于不同孕周每种发育障碍发生率的差异(表 12-8)，不仅可以评估存在这 4 种发育残疾的早产儿家务和生产率的损失的直接花费，也可以评估增加的终身直接医疗和特殊教育费用。

CDC 的费用评估是本次费用评估的基础，基于横断面的资料，年龄别平均服务利用乘以平均费用或者劳动力乘以对这些发育残疾的平均补偿。然后这些横断面调查的数据被用于一个合成的队列，基于 MADDSP 得出的流行病学资料和文献中的生存估计，评估费用降低了 3%。

服务利用、劳动力市场的参与率，以及费用评估均取自国家数据库。残疾人利用社会服务的主要数据来自 1994～1995 年国家残疾人健康评估局(National Health Interview Survey-Disability Supplement，NHIS-D)(住院、药物、治疗、康复、长期护理)以及 1994～1995 年国家健康调查局(National Health Interview Survey，NHIS)(医师调查)。门诊医疗费用主要来自 1987 年国家医疗花费调查(National Medical Expenditure Survey，NMES)，住院患者的医疗费用主要来自经医疗保险费用收取比例调整后的 1995 年的卫生保健花费及利用项目(Healthcare Cost and Utilization Project)。致残早产儿的特殊教育费用来自 MADDSP 的统计结果，但是特殊教育是由 NHIS-D 组织提供的。特殊教育的平均费用是根据 Moore 等人(1988b)计算出的增加的费用。NHIS-D 提供了对致残早产儿的工作局限性评估，收入与支出评估调查(Survey of Income and Program Participation，SIPP)提供了他们与此残疾有关的收入减少的情况(Honeycutt 等人，2003)。这个报告的评估费用是由医疗保险提供的医疗费用，报告中的费用评估是根据 2005 年的通货膨胀情况，并且考虑不同服务类型的医疗保险报销指数、对雇员公共教育的补偿指数(特殊教育服务花费)以及一般雇员的补偿指数(评估损失的生产力)。

表 12-8 生存 3 年的早产儿不同胎龄的发育残疾的病例数及患病率(MADDSP)

发育残疾及统计	孕周						早产	率比	率差
	20～23	24～28	29～32	33～36	>37	合计			
3 年生存人数:1981～1991 年出生[a]									
	421	2364	6281	31 568	293 949	334 583	40 634		
脑瘫									
病例数	21	118	105	100	383	727	344		
患病率[b]	49.9	49.9	16.7	3.2	1.3	2.2	8.5	6.5	7.2
(95%CI[c])	(31.1～75.2)	(41.5～59.5)	(13.7～20.2)	(2.6～3.9)	(1.2～1.4)	(2.0～2.3)			
精神发育迟滞									
病例数	32	144	171	407	1988	2472	754		
患病率[b]	76.0	60.9	27.2	12.9	6.8	8.2	18.6	2.7	11.8
(95%CI)	(52.6～105.6)	(51.6～71.3)	(23.3～31.6)	(11.7～14.2)	(6.5～7.1)	(7.9～8.5)			
听力损伤									
病例数	6	15	12	30	214	277	63		
患病率[b]	14.3	6.3	1.9	1.0	0.7	0.8	1.6	2.1	0.8
(95%CI)	(5.2～30.8)	(3.6～10.4)	(1.0～3.3)	(0.6～1.4)	(0.6～0.8)	(0.7～0.9)			
视力障碍									
病例数	5	38	18	31	154	246	92		
患病率[b]	11.9	16.1	2.9	1.0	0.5	0.7	2.3	4.3	1.7
(95%CI)	(3.9～27.5)	(11.4～22.0)	(1.7～4.5)	(0.7～1.4)	(0.4～0.6)	(0.6～0.8)			

注:a,合并脑瘫、精神发育迟滞、听力损伤及视力障碍且生存超过 3 年的早产儿出生队列;b,每 1000 个孩子

早产儿终身的医疗费评估，具有4种残疾中的一种或多种残疾，不论胎龄大小，HL需要23 209～123 205美元，而MR还要多2000美元（Honeycutt等，2003）（表12-9）。尽管残疾早产儿的长期护理占了医疗费用的很大一部分，但是住院治疗和医生随访费用也占了很大比例。在精神发育迟滞的早产儿中，长期的护理费用约占44%，医生的随访和住院治疗多于40%（表12-9）。CP、VI、HL的早产儿中，医生随访和住院治疗占医疗费用的比例多于2/3（Honeycutt等，2003）。这些残疾儿长期护理费用的估计还是保守的，因为不包括未满18周岁和在福利机构的残疾儿。例如，基于对加利福尼亚州脑瘫儿的调查，CP患儿的长期护理费用占终生医疗费用的比例多于63%，包括在州立发育中心者（Waitzman等，1996）。

表12-9 发育残疾引起的每个人增加的终生的直接医疗费用

发育残疾	直接费用（美元）						
	访问医师	药物治疗	住院治疗	辅助检查	治疗和康复[a]	长期护理[b]	医疗总费用
精神发育迟滞	19 133	3513	30 151	3078	13 181	54 185	123 205
脑瘫	37 136	4305	19 636	3053	16 365	2944	83 169
听力损伤	8129	106	8683	5438	735	0	23 209
视力障碍	4538	24	20 310	1330	5024	832	32 058

注：资料按照2000年的美元价值，假定3%的贴现率

a，假定只有儿童利用治疗和康复服务

b，假定只有成年人利用长期保健服务；这些资料仅适用于无社会福利的人

引自：Honeycutt等（2003）。摘自Using Survey Data to Study Disability：Results from the National Health Interview Survey on Disability，Honeycutt et al，Economic costs of mental retardation，cerebral palsy，hearing loss，and vision impairment，217页，©2003年，Elsevier授权

与早产有关的4种发育残疾的其他病例基于MADDSP尚未发表的对1981～1991年出生且存活到3岁的新生儿不同孕周4种残疾流行病学调查资料。胎龄在33～36周的早产儿和足月新生儿的流行病学资料表明，除听力损失外，两者仅有微小的差异，胎龄33～36周的早产儿中并发4种发育残疾的概率要明显高于足月新生儿。患病率与胎龄呈明显的负相关（表12-8）。例如，尽管胎龄＜28周的早产儿约占总出生人口的0.8%，但在CP、MR、VI、HL中，极早早产儿分别占19%、6%、7.5%和17.4（表12-8）。此外，MADDSP的统计资料表明，在生存到3岁的早产儿中，虽然极早早产儿约占早产儿的6.9%，但是CP、MR、VI、HL分别占所有出生缺陷的早产儿中的40%、23%、23%和47%。早产儿中CP、MR、VI、HL的发生率分别是足月新生儿的6.5倍、2.1倍、2.1倍和4.3倍。表12-8最后一列显示流行病学差异，用以估计早产存活者中每种发育残疾的人数。不同出生体重的流行病学资料表明，CP、MR、VI、HL与出生体重呈明显的负相关（表12-10）。

一些合并4种发育残疾之一的婴儿也往往合并多种残疾情况，对这些残疾花费的合并计算需要考虑到多种残疾情况的同时发生，以避免重复计算。MADDSP采用的共生率可以计算这种叠加的情况（Yeargin-Allsopp等，1992）。在个别病例变化较多的情况下，每个病例的费用没法估计，因此将病例限制在特定的条件下，制订了一种新的计算方法。这种计算方法通过制订多种条件限制每个级别的最高费用。隐含的条件是，存在多种残疾的个案，其平均花费至少和花费最高的残疾所需花费一样多。这种根据花费的分级方法，从最

表 12-10 生存 3 年的早产儿不同出生体重的发育残疾的病例数及患病率(MADDSP)

致残及统计情况	体重(g)							低出生体重	正常出生体重	率比	率差
	<1000	1000～1499	1500～2499	2500～2999	3000～3999	>4000	合计				
3 年生存数:1981～1991 年[a]											
	1147	2648	23 117	62 451	231 163	35 780	356 756	26 912	329 844		
脑瘫											
病例数	101	130	166	107	254	37	795	397	398		
患病率[b]	88.1	49.1	7.2	1.7	1.1	1	2.2	14.8	1.2	12.2	13.5
(95%CI[c])	(72.3～106.0)	(41.2～58.0)	(6.1～8.4)	(1.4～2.1)	(1.0～1.2)	(0.1～1.4)	(2.1～2.4)				
精神发育迟滞											
病例数	151	156	464	667	1402	189	3029	771	2258		
患病率[b]	131.6	58.9	20.1	10.7	6.1	5.3	8.5	28.6	6.8	4.2	21.8
(95%CI)	(112.6～152.6)		(50.2～68.6)	(18.3～22.0)	(9.9～11.5)	(5.7～6.4)	(4.6～6.1)	(8.2～8.8)			
听力损伤											
病例数	16	13	41	72	131	23	296	70	226		
患病率[b]	13.9	4.9	1.8	1.2	0.6	0.6	0.8	2.6	0.7	3.8	1.9
(95%CI)	(8.0～22.6)	(2.6～8.4)	(1.3～2.4)	(0.9～1.5)	(0.5～0.7)	(0.4～1.0)	(0.7～0.9)				
视力障碍											
病例数	44	20	35	50	106	19	274	99	175		
患病率[b]	38.4	7.6	1.5	0.8	0.5	0.5	0.8	3.7	0.5	6.9	3.2
(95%CI)	(28.0～51.2)	(4.6～11.6)	(1.1～2.1)	(0.6～1.1)	(0.4～0.6)	(0.3～0.8)	(0.7～0.9)				
3 年生存数:1986～1993 年[d]											
	1179	2231	19 112	50 960	189 441	29 656	292 579				

注:表中资料代表了 1981～1993 年出生在美国亚特兰大(佐治亚州)存活到 3 岁的早产儿,出生体重别发育残疾的发生情况

a,合并脑瘫、精神发育迟滞、听力损伤及视力障碍且生存超过 3 年的早产儿出生队列

b,每 1000 个孩子

c,可信区间

d,存活到 3 岁且有孤独症的早产儿

高到最低分别是 MR、CP、VI、HL。例如，同时有 MR 和 HL 的个体，就把其花费划分为所有 MR 个体的平均花费的等级。根据 MADDSP 提供的数据，64%存活至 3 岁的 CP 患儿合并 MR，73%的 VI 患儿合并 MR 或 CP，23%的 HL 患儿合并 MR、CP 或 VI。按照使用医疗保健价格加权的价格指数对 2005 年美元的通货膨胀进行了调整，而且通过住院服务、门诊服务和治疗、康复以及长期护理对就业成本指数进行了调整。

因为记录了所有 7 岁以上早产儿的医疗花费，所以从评估的所有早产残疾的费用中减去 4 种出现残疾的 5 岁早产儿的费用，从而避免重复计算。最终，净效果是能够减少与这些情况有关的总终身医疗费用的 5%。由于发育残疾花费研究中使用的年龄分组很难把 6 岁和 7 岁的花费精确分开，所以在上述早产儿的医疗花费中去掉了 6 岁和 7 岁的花费估计，以避免重复。根据生存年龄，年龄每增加 1 年，估计其所需要的费用可减去 3%。根据早产儿和足月儿的流行病学差异，计算早产儿 5 岁以后合并多种残疾的医疗费用的增加情况，约增加了 9.76 亿美元，或者说每个早产儿增加了近 2000 美元。在 2005 年，从出生到 5 岁的早产儿，国家投入的医疗费用约为 168.6 亿美元。

国家对早产医疗花费的估计是保守的，换句话说，这只包括新生儿出生后 5 年内的医疗费用。5 年以后的医疗费用，例如 4 种出生后残疾的医疗费用是非常昂贵的，这些都是有关早产儿残疾最严重的情况，当然还有早产儿合并其他的疾病，如自闭症和某些先天性缺陷（Rasmussen 等，2001）。更进一步说，对于 4 种残疾情况的医疗费用评估也相当保守，因为排除了一小部分需要福利机构以及治疗和康复服务的人的长期护理费用。

总之，极早早产儿占早产儿的比例及其医疗费用占早产儿医疗费用的比例是不一致的，不只因为极早早产儿的医疗花费比较昂贵，还因为存活下来的极早早产儿的致残率较高，导致其终生都需要较高的医疗保健费用。尽管早期早产儿和中度早产儿的致残率较极早早产儿的致残率低，由于这一类早产出生的人数较多，在早产儿医疗花费中占了绝大部分。例如，超过 50%的合并精神发育迟滞的早产儿为中度早产儿。

所有早产儿都有患反应性气道疾病的风险，因此在早产儿中，反应性气道疾病及感染的治疗占早产儿门诊医疗花费中的很大部分。之前所述胎龄在 32～36 周的中度早产儿的医疗花费分布的上尾部的较高的门诊医疗花费，合并发育障碍的个体的花费可能解释一部分的原因。低出生体重儿是并发发育残疾的一个明确的危险因素，且医疗费用也与胎龄有关。这些危险因素单独影响医疗费用的程度尚不完全清楚。未来应更多关注其他在早产儿中发生的残疾情况，如哮喘和注意缺陷多动障碍，但本文对其致残情况的花费未做分析。

早期干预服务

来自马萨诸塞州的早期干预服务（early intervention，EI）调查表明，在出生后的 3 年内，对早产儿的早期干预服务普及率要比足月新生儿高。提供这种服务的费用与胎龄呈明显负相关：胎龄<28 周，为 7182 美元；胎龄 28～30 周，为 5254 美元；胎龄 31～33 周，为 2654 美元；胎龄 34～36 周，为 1321 美元；胎龄 37～39 周，为 697 美元（Clements 等，2007）。

马萨诸塞州的干预服务要求较全国其他州的平均水平要高（个人通信，W. Barfield，2006）。但其对早产儿的早期干预服务是否高于全国对足月儿的早期干预服务的平均水平，目前尚不清楚。其他州如果能按照马萨诸塞州同样的标准增加早期干预服务，根据 2005

年的美元汇率，则每个早产儿的花费约增加 1200 美元，共计 6.11 亿美元[10]。

特殊教育费用

许多研究出生状态对特殊教育费用影响的文献主要关注于低出生体重儿，尤其是极低出生体重儿和超极低出生体重儿，但是还没有以人群为基础的样本研究(Pinto-Martin 等，2004)。在新泽西州，对 1984 年 9 月～1987 年 6 月出生的 1105 例婴儿进行了为期 9 年的研究，发现特殊教育服务经费支出与 VLBW 和胎龄＜28 周的早产儿都有显著相关，且极早早产儿与足月儿的风险比大于 VLBW 比正常 BW 的风险比(Pinto-Martin 等，2004)。尽管文献回顾发现一些研究估算了 LBW 相关的特殊教育花费，但是到目前为止，几乎没有关于早产相关特殊教育费用的研究。一项多部门联合研究发现，对于体重＜2500g 的早产儿，6～15 岁每人每年的学费需要增加 1240 美元(1989～1990 年美元汇率)(Chaikand 和 Corman，1991)。参照 1989～1990 年和 2005 年的通货膨胀因素、中小学教师的补偿指数，校准后增加的费用为 2009 美元。

早产儿 5 岁以后的医疗费用，基于早产儿常见的 4 种发育残疾(CP、MR、VI 和 HL)增加的特殊教育费用，对早产导致的特殊教育费用进行了评估。研究表明，不孕症治疗的增多可导致特殊教育增高，因为治疗不孕症导致的多胎妊娠增多，进而导致早产儿增多，引起的 4 种残疾的费用也计算在内。评估反映了从 3～18 岁获得教育服务的情况，且教育服务费用以每年 3%的速度递减。特殊教育费用的评估是根据 CDC(2004)的数据和如上所述 MADDSP 一些没有公布的数据。发育残疾早产儿的特殊教育支出率，是基于 MADDSP 的教育机构分布情况。国家特殊教育的分配目录是根据 MR、VI 和 HL 以及 Waitzman 等(1996)对 CP 的评估。特殊教育费用来自特殊教育支出项目(Chambers 等，2003)。评估结果是增多的，也就是说花费高于常规教育的费用。每个 MR、CP、VI 和 HL 早产儿生存期内的特殊教育花费分别为 102 410 美元、81 655 美元、125 811 美元、92 020 美元。队列研究的结果显示，截至 2005 年，每个并发发育残疾的早产儿终生的特殊教育费用增加了 2237 美元。也就是说，全国早产儿的特殊教育经费支出约需要 11 亿美元。

评估低出生体重儿早期学习的费用，大概每个早产儿需要 2237 美元，在通货膨胀因素校准前后，与以往的研究(Chaikand 和 Corman)仅有 10%的不同。尽管两种评估方法的结果相似是令人振奋的，但是获得这些估计值的方法学和人群有很大差异。原来对低出生体重儿 6～15 岁获得服务的评估，但目前的评估是对低出生体重儿 3～18 岁获得特殊教育的评估。更重要的是，本文的评估仅仅根据获得特殊教育的残疾早产儿，鉴于此，这些特殊教育费用的评估是这些早产儿特殊教育全部费用的保守估计。如第 11 章所述，除了那些存在特定残疾的早产儿，接受特殊教育的早产儿相当多。然而，这些费用罗列不出来。

间接成本：家庭和劳动力市场

早产个体劳动力和家庭生产力的丧失可能由于残疾情况、认知或行为缺陷或智商低

[10]这种计算的前提是假设所有早产儿出生后 3 年内的服务分布与所有儿童 EI 服务的平均费用的分布相同。出生一年以后的所有费用按照出生当年费用的 3%递减。花费矫正了马萨诸塞州和全国的生活费用差异以及通货膨胀的影响，且通过 2003 年和 2005 年的就业成本指数进行了校准。假设只有生存超过婴儿期的早产儿童接受 EI 服务。

下。早产儿的死亡率和发病率高，可能导致工作能力和(或)工作数量受影响，进而降低生产力。计算一般被忽略的间接死亡率和发病率的花费所带来的副反应是“置换”率，也就是说，再次妊娠通过费用的损耗与上次妊娠的关联程度。由于哲学和经济学问题使这类问题的处理更加复杂，因为每个早产儿是一个典型独立的个体。从社会角度看，这种费用上的“置换”可能会导致早产儿死亡间接费用减少。但是减少的数量有赖于置换的发生率和时机，以及置换儿童的总体健康状况。估算早产花费时的另一个复杂因素是妊娠多样性引起早产治疗费用的增加和对生产力的影响。尽管这些因素合理有限，但对估算早产费用造成较大影响。下文显示的估算中忽略了它们，虽然幼儿死亡的花费不计入间接花费中，这种估算方法可能导致 100%的足月儿费用被当作早产儿费用。

5 岁以后医疗费用以及特殊教育费用的估计，CDC 的分析(CDC，2004c)和 MADDSP 未公开的数据分析，使可以分析与早产有关的 MR、CP、VI 和 HL 间接增加的终生费用。从 NHIS-D 系统评估每种残疾的工作受限情况，居民收入调查项目组(Survey of Income and Program Participation)评估他们收入减少的情况，Grosse(2003)提供年龄-性别收入和家庭生产力的价值，并且根据劳动力的补偿指数校准 2005 年的花费，综合各种指标，结果显示，每个早产儿并发发育残疾的病例需要 11 214 美元的间接劳动力成本，2005 年共花费约 57 亿美元。

家庭费用

产妇费用

一些研究评估了与低出生体重儿和早产分娩相关的母亲的附加费用(Zupancic，2006)。尽管最近美国有两项研究包括了住院分娩之前的花费(Gilbert 等，2003，Schmitt 等，2006)，但大部分这类研究的重点集中在分娩费用的提高上。其中一项研究包括孕期的全过程直至产妇分娩的所有费用(Gilbert 等，2003)。

根据绝大多数文献的研究结果，依据 IHC 队列研究提供的数据，评估婴儿和儿童的医疗费用，早产产妇的分娩费用相对于足月产产妇的分娩费用明显增多，并且费用与新生儿的胎龄及出生体重呈明显的负相关。根据这些数据，通过校准费用的地域差异以及通货膨胀因素，不同孕周增加的费用分别是：<28 周，为 11 737 美元，28～31 周，为 9153 美元，31～36 周，为 2613 美元。2005 年早产儿的分娩费用约为 19 亿美元。如果这都是足月分娩，这些费用并不包括产前护理、出生以前的住院费用、孕妇产后的治疗费用以及关于下一次妊娠风险咨询的服务费用。

保姆的花费

除了初次住院费用，还有一小部分关于需现款支付的给保姆的差旅费。尽管致残情况下给保姆的费用超过了护理残疾个体本身的费用(Tilford 等，2001)，有关生产力损失的研究还很少(Zupancic，2006)。最近有一项针对大量雇主的研究，在这项研究中，早产儿的母亲既是受雇者，又是公司健康计划的受益人，研究发现，与足月产的母亲相比，母亲因早产儿致残而导致工资和福利减少，每年约 1513 美元。而一名新员工需要一段时间学习替补，损失约为 2766 美元(Medstat，2004)。有研究表明，由于早产使这些母亲的工作时间明显减少，但是样本太局限并且尚未包括整个国家的早产儿的大量样本。有关早产儿家庭花费更多的研究需要更加关注其社会负担。

降低早产及其影响的费用评估

对用来降低早产率及其不良影响的干预服务的费用评估有助于对有关新技术和项目的发展与整合作出决策。这种评估的技术有几种不同的形式。评估疾病的花费及其经济学分布特点，是花费与治疗结局对比的基础的一部分。例如，因早产的一级预防或二级预防而节约的费用在成本-收益或成本降低的分析中可以看做收益。

成本效果分析与成本效益分析不同，前者以健康的改善为结局，如某种健康状况的人数减少或生存的人数或生存期的延长，而后者的结局是以货币单位衡量。不同干预措施的每个货币单位的产出或效果可以比较，只要健康的改善用同一种度量方式衡量。事实上，大多数干预措施的健康结局多种多样，也就意味着这种比较往往受到限制。成本效用分析是成本效果分析的一种形式，其健康结局由一种指标体现，例如质量调整寿命年（quality-adjusted life year，QALYs），以保证不同形式的健康状况在评估中能够体现出相对统一的效果（Drummond 等，2003；Gold 等，1996）。将 QALYs 转换为货币单位就能够将成本效果分析转换成成本效益分析，但是这种转换是有争议的，因为在 QALYs 中，这种转换通常被表示为特定的参数，而不是健康状况，在福利经济学中，这种基于个人意愿的主观测量，被迫与基础估价理论保持一致。最近有些专家反对这种做法（IOM，2006）。

同样应该强调的是，尽管一项干预措施或项目可能有净效益，但是这种努力的扩展可能并没有净效益。决策过程中适宜的经济学评估经常需要评估边际净效益而不是平均净效益。

到目前为止，与早产儿干预有关的成本效益分析或成本效果分析很有限。一项全球性的因 1950～1990 年新生儿重症监护技术的进步，与 LBW 有关的死亡率和发病率降低的成本效益分析发现，其纯社会产出不仅高，而且远远超过了其他广泛使用的卫生保健技术（Cutler 和 Meara，2000）。尽管随着社会的进步，新生儿重症监护技术也有很大的进步，而且相关的花费也有所提高，但是关于低体重儿的致残情况的成本和生活质量的数据分析是有限的。并且忽略了低出生体重儿对家庭生活质量的影响、对低出生体重儿的照料，暗示变换率为零，也就是说，没有后续的低出生体重儿死亡。研究中将 QALYs 转换为美元，这与上述专家对健康评估的建议相悖（IOM，2006）。尽管有这些局限性，研究仍显示一个事实，费用不断增加的新生儿技术产生了社会价值。作者指出，因为研究结果通过一个特定时期的平均数表示，不能作为评价预防或治疗 LBW 的新技术或程序的价值基础（Cutler 和 Meara，2000）。

加利福尼亚州最近一项关于 1998～2000 年出生的不同孕周初次住院费用的研究显示，通过延长 1 周的孕周，特别是那些＜32 孕周的早产儿，费用明显减少了（Phibbs 和 Schmitt，2006）。即使考虑新生儿的死亡率，不同孕周出生的新生儿的花费仍有很大差异，表明收获程度具有高度不确定性，但通过有选择性的延长新生儿的孕周，进而降低这种不确定性。另一项针对低出生体重儿的相似方法的研究发现，新生儿出生体重的少量增加，能明显降低他们在出生后的第 1 年的医疗花费，尽管增加出生体重＜750g 的早产儿的出生体重，可能增加医疗费用（Rogowski，1998）。这些分析代表了一种方法学基础，对旨在预防早产及远期和更多结局及相关费用的干预措施和项目进行更好的经济学评估。

结　　论

全国早产儿每年的花费超过262亿美元,平均每个早产儿为51 500美元。由于这些花费不是成比例的分配,导致这些花费集中于极早早产儿在新生儿重症监护室的费用,本章的评估数据是针对早产儿的初次住院治疗之后和在仅有几个星期的早产儿的增加的医疗费用。而且,这些费用不仅仅局限于医疗服务费。与早产相关的大量花费可归结于因致残率上升导致的早期干预和特殊教育服务,以及终生失去的家庭和丧失生产率的费用。

尽管针对早产儿的妈妈及护理费用的研究还相对较少,但是这些费用是十分可观的。需要对与早产儿相关的长期和非医疗花费进行更多研究,包括母亲和保姆的费用,以更全面的了解早产带来的社会负担。这样的研究同样应关注不同孕周的费用分布,及在公共和私人捐助者之间的分布。其他重要的调查领域包括产科费用的补偿方式对早产花费的影响。例如,在国家的某些地区低的补偿和高的医疗差错费用是否影响护理?假如早产可能通过NICU的收费增加医院的收入,这种情况怎么刺激卫生系统减少早产?这种情况如何体现可能随着卫生保健系统的一体化程度和具体的补偿机制的不同而不同。应考虑如何建立奖励机制,以鼓励保健提供者和整个卫生系统降低早产儿出生。当然,这需要该领域的进步,以便更好地了解早产原因和有效的干预措施,防止早产发生。关于卫生保健的资助以及围生期和新生儿保健的组织和质量的讨论,请参阅第14章。总之,这些附加研究的结果,可以作为对可能减少早产相关社会负担的干预措施的经济评价的基础。

第四部分

早产的结局

建　议

建议Ⅳ-1:制定报告新生儿结局的指南。美国国立卫生院、美国商务部、教育部、其他基金机构和调查员应制订准则,以便确定和报告早产儿结局,更好地反映他们整个生命期的健康、神经发育、心理、教育、社会和情感的结果,并研究确定可以用来优化这些结局的方法。

具体来说:

● 除了出生体重分类,报告各种结局应当按照胎龄进行分类;较好的方法是测量胎儿和新生儿成熟度。

● 产科和儿科围生部应加强合作建立指南,采用更加统一的方法评估和报告各种结局。包括评估胎龄、测量工具、随访的最短期限。测量手段应当覆盖广泛的结局,应当包括生活质量并阐明早产儿及其家庭在他们青少年期和成年期出现的各种结局。

● 如果监测到早产是引起成年后疾病的原因,远期结局的研究应当介入到青少年期及成年期,这样才能确定早产儿的结局。

● 研究应当筛选出新生儿期能较好地预测神经发育受损、功能结局和其他远期结局的指标,这些预测指标可以给父母咨询提供更好的参考,提高母儿干预措施的安全性。提供促进婴儿发育更直接、更快速的反馈,便于制订综合随访计划和早期干预措施。

● 预防和治疗导致孕妇早产的疾病,预防和治疗新生儿器官受损,这两种不同目标是早产随访和研究的出发点,不但要报告新生儿分娩胎龄和任何新生儿发病率,而且应当包括儿科和认知结局。特殊的结局也应当记载,以解答调研中的问题。

● 研究应查明和评估产后干预措施,改善早产儿结局。

建议Ⅳ-2:调查早产的经济结局。调查者应当调查早产带来的经济后果差异,为准确评价防治早产的政策制定打下基础。

研究应该包括:

● 评估与早产相关的长期花费,包括用于教育、社会、生殖和医疗等的花费,并评估各种花费所占的比重。

● 建立多变量模型,以解释经济负担大范围波动的原因,甚至可以将胎龄作为变量。

● 持续地进行,以利于建立持续的评估手段。

● 建立基础的、节约的、经济的评估政策,提供干预措施,目的是减少经济负担。

第五部分

研究与政策

第 13 章

早产和早产儿结局临床研究的障碍

摘　要

由于早产涉及生物学、心理学、社会因素及其复杂的相互关系，所以有必要对早产的病因、病理生理、诊断及治疗进行多学科的研究。这项研究必须持续一定时间，而且需要稳定的资金支持。除了早产的科研和临床方面的困难，还必须注意其他重要困难。尽管其中有些困难是所有临床学科所共有的，但也有一些是妇产科特有的。最重要的是招募致力于早产研究的科学家；其他困难包括职业选择及培训；妊娠期临床研究尤其是药物研究的困难、研究经费的相对不足、伦理和责任问题和相关领域科学家的相互协调。

2005 年 8 月 10 日医学研究所(Institute of Medicine，IOM)主持的关于理解早产和保证健康结局(Understanding Premature Birth and Assuring Healthy Outcomes)的专题研讨会的主题，即妇产科医师进行研究所面临的困难。尽管其中一些困难是所有临床学科所共有的，但还有一些困难是妇产科特有的。研讨会提到了适合做研究的工作人员、职业发展、研究经费、生殖研究中的伦理和责任义务、生殖研究所需的培训和学术专家面临的挑战(参见附录 A 中的日程和参与者)。本章就以上内容进行扼要论述。

职 业 发 展

一般来讲，随着时间的推移，培训临床研究者和支持临床研究所需的资源总是处于短缺状态。过去 10 年间已经有很多报告提到了这些需求：①增加研究科学家的数量(IOM 1992；IOM，1994；Nathan 和 Wilson，2003；NIH，1997)；②加强临床和基础科学的相互沟通(Nathan，2002；NRC，2004)；③促进多学科及跨学科研究，解决复杂的卫生问题(Nathan，2002)；④培养青年研究者(NRC，1994，2000，2005)。所有这些问题都与职业培养和促进早产研究有关。因而，临床研究的面越广，早产研究的获益越大，因为它从本质上讲是多学科、交叉的学科。本节重点讨论如何促进早产临床研究事业发展。

培养生殖医学科学家

早产及其结局深入研究过程中一个主要的障碍是缺乏经验丰富的临床科学家，这些人才一方面可以开展研究，还可作为妇产科及儿科领域的导师。资深导师可以帮助实习研究生规划他们的职业生涯及支持其发展。亟须人才是获得联邦科研基金的科研专家。然而，是否能聘用获得R01[11]津贴的科研者来担任早产研究的导师还不清楚。

培训资源

尽管一直缺乏临床科学家，美国国立卫生院（National Institutes of Health，NIH）一直在投入大量资金培训生物医学科学家，尤其是临床医学科学家。一些项目仅针对于生殖健康，比如，生殖科学家发展计划（Reproductive Scientist Development Program）。重点针对已完成产科和妇科专科培训的住院医师进行培训。研究者在获得个人资助、其他资金支持方面已取得可喜进展，主要是NIH的资金支持。NIH的妇女健康研究项目和建立学科间妇女健康研究职业项目增大了研究妇女健康相关领域临床医学科学家队伍。

NIH也制定了K02项目（职业发展）基金。已获得R01基金者可以申请K02基金继续研究。更加高级的临床研究可获得K23奖金，也可获得小数额研究资助金，如R03和R21。这些基金包含培养一个生物医学工作者所需的所有费用，包括博士科学家和临床医学科学家（见下文）。

私营部门方面，美国妇产科协会基金会（American Association of Gynecology and Obstetrics Foundation，AAOGF）与母胎医学学会（Society for Maternal-Fetal Medicine）联合，提供为期3年的资金支持，用于母胎医学的临床关系研究。每个组织每年提供15万美元，以保证每个研究员在3年内每年获得10万美元。其中许多研究员研究早产相关课题。AAOGF与美国妇产科学委员会（American Board of Obstetrics and Gynecology）也有合作伙伴关系，为妇产科领域的初次研究者提供资助。在儿科领域，一项针对主治医师为期3～4年的科学家培训项目也已建立，儿科主席联合会（Association of Pediatric Department Chairs）、国际儿童健康和人类发展研究院（National Institute of Child Health and Human Development）为之提供基金，也有一些其他的基金支持。

尽管做了这些努力，围生医学、新生儿学、发育障碍以及健康服务方面的临床研究人员仍然短缺。全面掌握各个领域的知识对于更好地理解早产及早产儿结局至关重要。需指出的是，儿科医师及妇产科医师很少有机会与流行病学家、生物学家、行为学家及社会科学家共同培训及积极交流。

费用

费用也是培训临床科学家的一个重要障碍。培养一名博士研究生4年医学院校课程大概需要20万美元，包括生活津贴和学费[12]。医学教育基金对每个住院医师提供至少20万美元，紧接着是母胎医学或围生医学3年研究员职位培训，需花费20万美元。培养生物医学科学家3～4年博士后研究又需30万～40万美元。一名新研究员的研究启动基金大约需75万美元[13]。宝威基金（The Burroughs-Wellcome Fund）有关研究者首次独立承担学术任务时所获的初始薪资待遇的资料见下文。一般来说，这些基金不是来自NIH，而是来自研究机构。总的来说，培养一名临床医学科学家大概要花费100万美元。

---

[11] R01基金基于NIH的宗旨，为健康相关研究和发展提供支持。

[12]资料由宾夕法尼亚大学医学中心的Jerome Strauss在2005年10月的IOM研讨会上提供。

[13]资料由Burroughs-Wellcome基金会的Enriqueta Bond在2005年10月的IOM研讨会上提供。

培养时间

博士和博士后的研究生涯进展缓慢。第一次获得独立研究者资格的平均年龄是38岁，美国医学院协会(Association of American Medical Colleges,AAMC) 2004年3月31日的员工名册资料显示,35岁以下获得科研资金的人数逐年下降。研究者第一次获得R01资助的平均年龄是42岁,其中部分研究者从未获得第二次R01资助(NRC,2005)。其中有几层含义,首先,从博士后培养期到第一次获得资金期间,研究者不能获得独立资金去建立自己的实验室及从事研究。在此期间,博士研究员及其部门必须获得其他方式的资金支持。其次,对于博士研究员来说,参与临床工作不仅可获得收入,还可对他们的研究有所帮助,然而临床工作占用他们10%～15%的时间而干扰了他们科研精力的投入。而且,由于保险公司对产科医师的责任保险额比较高,并且不与业务量挂钩,从事与早产相关研究的临床医学科学家也必须缴纳与全职产科医师相同的保险金额。这些综合压力迫使妇科与产科学术部门需依赖临床收入去支付科研项目的支出。

所有这些因素阻碍了年轻的实习生选择科研作为他们的职业。解决这个问题需要重大结构调整。如果不改变这一现状,很少有人愿意从事科研工作,尤其是医学本科生。美国科学院早先一个报告的主题直指这一困境,报告题目为"走向独立:培养生命科学领域新的科学研究员的独立性"(Bridges to Independence: Forstering the Independence of New Investigators in the Life Sciences)(NRC,2005)。

革新需求

学术委员会讨论用不同的方法去解决这一系列复杂挑战,以从不同学科培养大量致力于早产研究的科学家。委员会认为有必要系统评估整个医疗教育过程。简化妇产科专业科研硕士研究生教育,将住院医师培训、临床研究员、科研培训结合在一起,降低整个研究生阶段的费用,这一策略在儿科及内科已成功应用,但这就低估了把没有科研经历的临床医师培养成为有竞争力的科研工作者所花费的时间。美国儿科学会(American Board of Pediatrics)为临床医学的科学家取得证书提供了几种特别的途径,这些途径也应考虑用到妇产科学上来。

除此之外,妇产科学会的主席也应鼓励科研,为科研提供便利,提供适当的启动资金和实验室,为临床医师在业余时间进行科研创造机会。应当对导师,尤其是年轻导师所付出的时间给予适当的补偿。尽管在选择以科研为职业这个问题上面临挑战,还是应该向医学生充分展现科研方面振奋人心的消息及奖金,也许应当突出反映科研者的成功事迹。

最后,必须注意院士的性别构成情况。阻碍妇女学术地位进步的结构问题也应引起重视。家庭友好政策有利于任命和晋升,不会影响奖学金的数量和质量。而且,应该专门为女性医学科学家提供如何安排职业、家庭和时间的指导。成功典型的作用也是很重要的。这些科研培养和能力问题不是妇产科、新生儿科或母胎医学所特有的。

谁将选择妇产科作为职业?

一项对参加NIH医学科学家培训项目的人员调查显示,在从事生物医学研究的优秀人才中很少有人选择妇产科作为他们的职业。除此之外,Gariti等(2005)研究发现学生们认为妇产科专业影响个人生活方式(例如不能自主安排进度),并且妇产科责任重大(见

BOX13-1)。现有的资料显示,新医师在选择专业时,妇产科专业位居最末。具体到科研需要,很少有实习医师认为妇女健康及母亲健康问题是个重要的可研究领域。

BOX 13-1

妇产科医务人员的数据统计

美国妇产科学院(American College of Obstetrician and Gynecologists,ACOG)毕业人数有4.9万余,其中超过3.1万在美国各州执业(私人通信,R. Hale,2005)。在这些人中,44%为女性。另有1500名骨疗法妇产科医师从事产科。城市和近郊的妇产科医师较集中,总人口小于1万的城镇则缺乏妇产科医师。在这些地区家庭医师往往即是产科医师,然而由于责任保险金的原因,医师数量在急剧下降。每年有将近1100名妇产科住院医师完成培训。其中10%多一点的人进行更专业的培训,在这些人中有30%选择母婴医学,25%选择肿瘤学,30%选择生殖医学,20%选择妇科泌尿学。这些专业的实际人数依岗位需求每年都不一样。比如2005年9月,有1165名第4年的妇产科住院医师,其中76%为女生(私人通信,A. Strunk,2006年1月10日和1月12日)。

ACOG 2003年的职业责任调查显示,ACOG学生选择高风险的产科人数下降了22%,选择助产人数下降了9.2%,14%因为责任声明和诉讼问题而放弃从事产科。在1996年与之相应的比例是18.7%、6.3%和8.9%。由于待遇下降和缺乏实用的责任保险,在2003年,ACOG会员中25.2%的毕业生表示减少了从事高风险产科的意愿,12.2%的人表示减少了助产数量,9.2%表示停止了产科执业。全国调查回应率1996年为44%,2003年为45.5%(私人通信,A. Strunk,2006年1月10日和1月12日)。

选择妇产科专业的人员性别比例也在变化,要从这些人员如何准备从事生物医学及临床研究的角度来重视这种变化。从事生物医学科学及药物研究的女性研究生的数量逐年上升。尽管在住院医师阶段70%~80%均为女性,但对女性在妇产科领域深造提供的机会却很少。1993~2003年,女性全职教授的百分比无明显变化,一直在14%左右。该比例与医学其他学科或法律领域相比差距较大(参见下面的讨论)[14]。

妇女职业发展

在20世纪70年代,医学院校招收女性数量增加,女性也具备了更多科学背景。当时,20多所新医学院校在短期开放,大约在7年后,也就是70年代初期,女性学生增加后,妇女从业数量也开始增加。在70年代,从事妇产科专业的男性数量开始下降。20年前,医学院校每班约有11%的男女学生选择妇产科专业,现在女性比例有轻度下降,而男性比例急剧下降。到2004年,只有8.5%的女性和2.1%的男性选择妇产科专业(AAMC,2005a)。

AAMC数据显示,在2004年,74.7%妇产科住院医师是女性(2004年医学院校共有98 000名住院医师和研究生,其中女性40 000名)。2004年全美大约3500名女性妇产科医师在培训,同期全美取得执业资格妇产科医师共有4681名。

如今,全美医学院校女性占51%,这个数字没有上升。2004年,女性占医学院一年级新生的50%,占医学生总数的48%,占毕业生总数的46%,占住院医总数的41%,占职工总数

---

[14]这些资料由AAMC在2005年8月IOM的研讨会上提供。

的 30%，占副教授总数的 26%，占全职教授总数的 14%，占各系主席总数的 10%。截至 2004 年，医学院校院长中女性占 10%。这说明过去 5 年女院长人数增加 2 倍(AAMC，2005a)。

职业活力

如上所述，很少有医学生选择妇产科作为他们的专业，一项研究表明如果医学生背后有善于激励的老师或有良好的经历，则其更易选择妇产科专业。在"美国医学会人力开发与领导办公室的医学部的女性"年度报告中，概括出 2004 年的数据，展示了何谓"职业活力"的框架。职业活力指院校和个人在达到一个共同目标过程中的相互贡献，它为生殖科学家职业发展的途径提供了可考虑的背景。

职业活力也可从推动专业发展和提供支持的需求角度来理解。它是围绕责任、能力、机构和个体的联合组织。从制度角度看，19 世纪的改进和任职政策是为了支持年轻员工的学术自由。从那时起世界变化了很多，但政策依旧未变。为保证从业人员的持续性是需要就业政策扶持的。

学术机构通过提供指导、辅导或其他帮助提高从业人员的业务水平。临床研究机构在各种会议中可构建专业领域，并为实验室外的社会和专业合作提供资助，通过点对点解决问题，大大促进学科的发展。临床研究者通过出席会议、建立专业网站，通过病例和研究成果共享激发活力，通过合作研究促进职业发展。一些项目，其中部分为下面描述的项目，可实现这些目标，但并不是所有的年轻工作人员对此均有所了解。

尽管对临床科学家和博士科学家(科研型专家)而言，科研是个人努力水平的核心体现，研究机构也期望有所贡献。但对临床科学家来说，它意味着临床实践水平提高和科研资金支持；对博士科学家而言，就意味着资金资助。有很多方式可以为科学家提供这方面的帮助，包括可推动研究进展的文献，还有与研究者的职业、办公室和实验室相关的技能水平发展。除此之外，榜样的力量可激发职业激情。

以下是美国医学会在全国范围内提供的一些活动和项目，可帮助科学家坚持学术生涯：

- 妇女早期职业医学项目(Early Career Women in Medicine Program)重点针对如何适应职业生涯，包括致力科研、如何确定导师、获得资金及专业网站帮助。
- 妇女中期职业医学项目(Mid-Career Women in Medicine Program)主要针对副教授及早期全职教授，重点帮助女教授如何扩展她们的专业网络和如何指导别人。
- 妇女联络官员(Women Liaison Officers)随全国每一所医学院校的妇女联络员变动而更新。
- 职业展望(Faculty Vitae)是一种新的职业发展的网络资源，它的特征包括新闻、资源以及领导和管理方面的课程，支持美国医学院校及教学医院发展。
- 每周工作 80 小时是对所有住院医师个人生活和职业生活的平衡补充。

药物研发

治疗早产药物的研发与其他药物发展面临着同样的问题，因为涉及孕妇及胎儿，还面临人类药物安全性研究规范的挑战。确定一个相关对象，然后制成复合物，使它具有相应的亲和性、特异性、药代动力特性、细胞色素 P450 特性、安全性和有效性。然后评价这种药物的吸收、清除和代谢情况。

一般来讲，药物早期研究都要进行临床Ⅰ期试验，主要试验对象是成年男性。对预防早产药物，药物安全性试验必须在之前完成，且在孕妇身上进行的Ⅰ期试验前完成，还要考虑药物对胎儿的影响，这些都影响新药的进展速度。

一般预防早产药物的研究过程是先在健康未孕妇女中进行临床Ⅰ期试验，评价药代动力学，由此推断在目标人群中的作用。然而孕妇有独特的生理特征，包括肾小球滤过率的改变及细胞色素P450及PGP的代谢增加。这就意味着从临床Ⅰ期试验获得的资料不能完全外推到目标人群。这样药物进入临床Ⅱ期试验时就有许多不确定性，要求在目标人群中有更多的药代动力学分析。药物安全性研究同样重要，要有足够的动物学研究和临床前期试验。

药物发展的另一个挑战是评价药物的益处。延迟分娩对胎儿有利吗？长期应用子宫收缩抑制剂有益吗？一些初期的研究资料显示如果延长早产儿孕周可缩短其出生后在NICU监护的时间。尽管缩短在NICU的时间可减少花费，但并不等同于改善临床结局（参见第9章）。孕晚期（孕32周以后）推迟早产对胎儿健康并没有显示有多大好处，当然延长早期早产孕周有很大好处，但这样的病例很少。同时对照组孕妇只用安慰剂也存在伦理学问题。

不同国家，即使同一国家不同地域使用子宫收缩抑制剂标准也不同，这给新药的研究带来难度。目前尽管食品和药物管理局（Food and Drug Administration，FDA）没有批准使用任何一种宫缩抑制剂，然而许多宫缩抑制剂仍在应用，如硫酸镁、β_2-受体激动剂、吲哚美辛、硝苯地平。尚没有完整的研究资料能证明宫缩抑制剂对新生儿是否有益处。阿托西班（atosiban）是目前欧洲使用的早产抑制剂，但在美国市场没被批准使用，因为生产商不能证明它对胎儿的益处。由于药物资料缺乏，符合伦理学的研究设计方案不容易出台。最棘手的问题是病死率的下降是否导致发病率的上升，比如脑室出血及呼吸窘迫。远期随访也应该评估新药物对某些研究终点的影响，比如说生活质量、功能质量或伤残程度。

早产生物标记有助于先兆早产及早产临产的诊断。早产生物标记可以筛选高危患者，减少研究观察人数，使患者确实获益。如一种药物开发商经营的缩宫素受体，体内外的研究表明阻断缩宫素受体可有效推迟早产。研究这种化合物表明其分子量为221 149，是一种分子量小的非肽类物质，是选择性缩宫素受体阻断剂。然而所有这类分子必须对缩宫素受体有特异性，以避免对胎儿血流动力学造成影响。药物作用还应该可逆或能减缓。

制药业也致力于研究用于早产治疗的新药，将实验室的研究成果通过临床Ⅰ期、Ⅱ期试验，早日转化应用于临床。临床医学科学家负责研究药物的远期作用。大多数这类研究过多地依赖研究者的技术，而这些研究者都经过药物研究科学家培训项目（Medical Scientist Training Program）的培训。为成功开发预防早产药物，制药业必须积极招募既懂基础研究又懂临床的人。通过与学术单位的科研人员合作，企业常常发现学术机构的知识产权和利益冲突是影响合作的一个较为复杂的障碍，尽管如此，有时这是研究员必要的自我保护。

即使有很多障碍，研发避免早产的药物仍是非常重要的领域。对制药业来说，代理商设计研究试验是个关键问题。通过企业、学术的单位和FDA之间的合作，会建立起最佳设计机制以利于药品研发。

除此之外，在保护大众健康的药物法律法规下，促进预防早产的药物的发展，可能会引起工业界的兴趣。遗憾的是，这个提议已经在其他的"公众健康"药物比如避孕药中提到过，但没有产生一点推动力。众所周知，计划生育和避孕对降低早产率有重大影响。综合法规的完善将有利于促进生殖健康的药物发展。

资助早产研究

为早产和早产儿研究提供资金的主要组织包括美国国立卫生院(NIH)、疾病预防和控制中心(CDC),以及非盈利医疗机构、慈善机构,比如美国"出生缺陷基金会"(March of Dimes)和宝威基金 (Burroughs-Wellcome Fund)。这些机构和组织支持有关早产原因的相关基础研究、早产干预治疗、早产儿的治疗,评估早产儿的发育和认知结局。这些项目和基金详细的情况见附录 E。

因为研究早产的研究观察涉及很多方面,所以想弄清楚为早产研究提供多少资金,尤其是 NIH 为早产研究提供资金的精确数字是很困难的。因为资金归类于产前-早产低出生体重(prenatal birth-preterm low birth weight)这个大的分类下面,它包括了所有低出生体重婴儿,不仅仅是早产儿,而且包括所有研究,如正常分娩、早产和胎儿生理、营养和状况。根据 NIH 目前的这种资金管理分类,很难将用于早产研究的资金从这个大的项目分类中分离出来。

除了 NIH 和 CDC 为早产研究提供了许多政府支持,其他政府机构也提供了许多帮助。除外 IOM 委员会提供的信息,其他关于早产研究相关的信息也可得到。2004 年,美国卫生和人类服务部(Development of Health and Human Services,DHHS)的低出生体重和早产协调理事会(Interagency Coordinating Council on Low Birth Weight and Preterm Birth)提交了一份报告:"关于低出生体重、早产和婴儿猝死综合征的研究发现和数据库详录"(DHHS,2004)。理事会编辑了详细目录,作为激发多学科研究、政策落实、协调 DHHS 的第一步,其目的就是降低婴儿死亡率。秘书长 Tommy Thompson 还将低出生体重及早产跨科目的研究提上议事日程,正如本书所述,低出生体重和早产是导致婴儿死亡的主要原因。研究早产预防、早产儿、低出生体重儿及其结局的部门包括:

- 儿童和家庭管理处(Administration for Children and Families)
- 卫生保健研究和质量管理处(Agency for Healthcare Research and Quality)
  - 疾病预防控制中心(Centers for Disease Control and Prevention)
  - 国家出生缺陷和发育性残疾中心(National Center for Birth Defects and Developmental Disabilities)
  - 国家慢性病预防和健康促进中心(National Center for Chronic Disease Prevention and Health Promotion)
- 国家健康统计中心(National Center for Health Statistics)
- 国家医疗补助和公共医疗救助服务中心(Centers for Medicare and Medicaid Services)
- 食品药品管理局(Food and Drug Administration)
- 卫生与人类服务部(Health Resources and Services Administration)
  - 初级卫生保健办公署(Bureau of Primary Health Care)
  - 母婴保健办公署(Maternal and Child Health Bureau)
- 印第安人健康服务署(Indian Health Service)
- 国立卫生院(National Institutes of Health)
  - 国立补充与替代医学研究中心(National Center for Complementary and Alternative Medicine)
  - 国立少数民族健康和健康水平差异中心(National Center on Minority Health and

Health Disparities)
- 国立心、肺和血液病研究所(National Heart,Lung,and Blood Institute)
- 国立酒精滥用与中毒研究所(National Institute on Alcohol Abuse and Alcoholism)
- 国立变态反应与感染性疾病研究所(National Institute of Allergy and Infectious Disease)
- 国立儿童健康和人类发育研究所(National Institute of Child Health and Human Development)
- 国立耳聋与其他交流障碍性疾病研究所(National Institute on Deafness and Other Communication Disorders)
- 国立口腔与颌面研究所(National Institute of Dental and Craniofacial Research)
- 国立糖尿病消化与肾病研究所(National Institute of Diabetes and Digestive and Kidney Diseases)
- 国立药物滥用研究所(National Institute on Drug Abuse)
- 国立环境卫生研究所(National Institute of Environmental Health Sciences)
- 国立精神卫生研究所(National Institute of Mental Health)
- 国立护理医学研究所(National Institute of Nursing Research)

- 药物滥用和精神健康服务管理局(Substance Abuse and Mental Health Services Administration)

生殖研究中的责任和伦理问题

本节讨论了生殖研究中涉及的诸多伦理问题,其中有些问题已阻碍了研究与发展。其中一个问题是生殖研究是否对纳入研究的孕妇及其胎儿有益,纳入研究者与未纳入者相比状况是否有所改善。另一个问题是有文献记载的核准标识外使用药物以及核准标识外使用药物的专业责任。对新生儿而言,讨论认为应该有一个知情同意的替代形式,例如在临床急诊中不能做到知情同意而采取的便于研究的程序。

其他的问题还有:

- 45CFR46,B 部分[15]要求,在研究进展之前,应该有足够的前期临床研究及未孕女性及成人的安全性研究,以评价药物或治疗对孕妇及胎儿的潜在风险。
- 临床研究者在终止妊娠和确定胎儿存活性之间的利益冲突。
- 创新实践,比如母胎手术。
- 当研究的直接受益者为胎儿时的知情同意权。美国妇产科大学伦理委员会的一份声明提到,胎儿出生前承认父亲的权益可能会削弱母亲的自主权。因此,如果研究的获益者是孕妇和胎儿,只需孕妇知情同意即可。

保护研究中人类受试者的法规

在 45CFR46 的 B 部分的实施中有两个问题值得关注:一个是胎儿存活性的界定,另一个是青少年孕妇同意研究的能力。在 2001 年 B 部分修订版中:新生儿研究涉及孕妇、人类

[15] 45CFR46 B 部分,只适用于受 DHHS 资助或支持的研究

胚胎、不能确定活力的新生儿或无活力儿。B部分定义的有活力儿是指:如果给予有益的医学治疗,出生后能存活到有自主呼吸和心跳。DHHS人类研究保护咨询委员会(National Human Research Protections Advisory Committee)关注了此定义,指出:实际上,许多情况下,不能确定新生患儿是否有存活性,其出生后可存活几天、几周、甚至几个月,根据这个定义的实施情况,一些婴儿可归为早产儿(参见Box13-2进一步讨论)。

伦理委员会(institutional review board,IRBs)对Box13-2讨论的内容如何实施进行了不懈的努力,尤其是低风险和未增加风险之间的区别。

回顾早产的临床原因,青少年孕妇是有利害关系的重要亚群。青少年孕妇,尤其是无父母参与的孕妇可通过两个基本途径获得知情同意:一个是所谓的成熟未成年人州行政法规(mature minor state statutes),另一个是独立的未成年人(emancipation)。成熟未成年人是指能够做某些临床决定的青少年,包括性传播疾病和计划生育,而不需要父母参与。独立的未成年人是指尽管他或她没达到一般认为的成人的年龄,却是法律意义的成人。尚不清楚是否有合适的法规可用于研究,州法律一般解决不了研究问题。因此,在一些特殊情况下,就如何实施州法律的问题,研究者需咨询律师,这往往有较大的可变空间(Campbell,2004)。

Box13-2

涉及孕妇及新生儿的研究

如果满足所有45CRF 46.204联邦条款,研究就需涉及孕妇或胎儿。应该有足够的临床前期及临床数据来评估对孕妇及胎儿的潜在风险。先不谈对孕妇或胎儿的直接益处,对胎儿的风险必须最小,通过研究获得的知识必须十分重要而且无法通过其他途径获得。45CFR46对最小风险的定义是:参与研究带来的最大伤害和不适的可能性不能超过日常生活、常规查体或心理检查或测验所面临的风险。如果研究前景只对胎儿有利,那么根据45CFR46,只要有孕妇及胎儿父亲的知情同意就可以了,根据A部分,如果胎儿父亲不明或无行为能力或因强暴、乱伦妊娠的,也可以无须胎儿父亲的知情同意,这种情况只要孕妇知情同意即可。对妊娠儿童,必须依据45CFR46的D部分取得同意。

另外,必须有单独的新生儿存活力评价。新生儿存活力不明的和无活力新生儿只有在满足以下条件时才可以参与研究:所进行的研究能提高新生儿生存的可能性直至有存活力,并且其他可能的风险相对于这个目标来说低得多,或所进行的研究是无法用其他方法获得的生物医学进展。如果因为双亲联系不到、无能力或暂时无能力而无法获得其同意时,那么经父亲或母亲授权的代表可以提供有法律效力的知情同意。

分娩后无活力儿除非满足以下所有条件,否则不再纳入研究:①生命体征将不需依靠人工维持;②研究不会终止心跳或呼吸;③研究不会增加新生儿的风险;④研究的目的对生物医学的发展有重要意义但是通过其他的方法不能获得;⑤能获得新生儿父母亲有法律效力的知情同意书(除非父母亲联系不到、无能力或暂时无能力,或因强暴或乱伦妊娠而不需要父亲的同意)。单有无活力儿父母双方或其中一方授权的代表的知情同意是不够的。

来源于:G. R. Baer and R. M. Nelson,早产伦理学问题的综述(本书的附录C)

考虑到FDA同意采纳儿科应用的知情同意法规，理事会不同意DHHS研究法规中放弃知情同意权的部分。尽管伦理委员会在青少年可以就治疗问题自己作出决定时，允许其签署知情同意，但对青少年人群的药物研究要求必须获得父母同意。

毫无疑问，保护人类受试者非常重要，对这一领域的监督也是必要的。但是如果伦理委员会的官僚要求越来越多，这种保护超过一定尺度，重要且有意义的研究将会受阻。不适当的延误不但阻碍患者从科研进步中获益，而且使研究所、NIH、研究者个人花费增加。这个问题在早产及早产儿的研究中尤为突出。

为解决这一问题，一些研究所组成专门的伦理委员会产科儿科组，由产科和新生儿科专家组成，主要对这一领域的研究方法进行评论。这些改革措施使整个流程流畅了许多，但还不知道这些措施在产科和儿科相关研究的大学普及的程度如何。过去5～10年规章制度对临床研究者的限制使早产及早产儿大规模、多中心的临床相关研究变得异常困难，这一问题仍要继续关注下去。

责任问题

妇产科医师比内科或其他医师要支付更高额的医疗保险金。在宾夕法尼亚州和亚拉巴马州，临床部为医疗过失支付的保险金分别为每年15万及16.5万美元，同时也吸收了支持早产研究的资金。AAMC对医学院校的薪水报告（AAMC，2005）显示，2003～2004年间，不同地区妇儿专业的助教每年获得的平均补偿金如下：东北地区20.5万美元，南部地区22万美元，中西地区23.4万美元，西部地区19.6万美元。在新泽西州和佛罗里达州，每年额外的补偿金和责任保险金达30.8235万美元和41.1700万美元，这也说明为研究提供保护性时间代价高昂（Gibbons，2005）。政府赔偿金和第三方赞助金的减少造成对临床研究的支持力度下降。

NIH研究补助金可支付研究单位很小一部分的研究开支。剩余部分主要来自临床收入，如果这些钱用于支付责任保险金的话，那么用于学术研究基本需要的钱就所剩无几了。准备致力于妇产科科研的人必须挣足够的钱支付医疗保险金，这样每周需要4～5天的时间诊治患者，实际上没有多少时间从事临床研究（Chauchan等，2005）。

降低保险金是解决问题的一个办法。除了政府和各州限制医疗责任金额度，其他解决问题的方法包括提高资助金额，或变革保险公司责任政策。比如，资助基金可分担一部分研究者进行临床研究时支付的责任保险金，保险公司两种政策变通或许有所帮助，即为"岗位分离"（split positions）和"任务分离"（split assignments）。所谓岗位分离涉及2个医师，每人在临床工作半年，每人付一半的责任保险金凑够一年而不是每人付一年；任务分离指一个医师一年有一半的时间从事临床研究，另一半时间在诊疗患者。在这种情况下，如果医师只付一半责任保险金或保险金减免一部分将是非常有用的。

所有这一领域的研究障碍都会影响研究者的心情和研究所的文化氛围，现在比过去表现更为突出。在倾听妇产科研究员谈论责任问题、伦理方面的困难以及规章制度限制增加之后，学生和住院医师对妇产科临床研究丧失兴趣不足为奇。

领导力挑战和需求

早产是涉及遗传、免疫、感染性疾病、环境、社会和精神心理多方面的问题。表现为一种隐匿的综合征，临床表现为早产临产。然而，导致早产发生的因素在早产临产前已经在起作用，甚至可以追溯到孕妇本身还是胎儿的时候。由于早产的复杂性，所以在预防和治疗早产方面很少有突破性进展。尽管如此，目前对早产机制方面的研究已获得一些成功。这可以为实验性干预提供方向。但是这样的实验研究必须针对更小、定义更加明确的队列人群来进行。

尽管科研机构在尝试一些新的方法预防和治疗早产，但这些还远远不够。就联邦政府而言，设立婴儿死亡率咨询委员会(the Advisory Committee on Infant Mortality)可就部门项目向 DHHS 秘书处提供建议，以降低新生儿死亡率、促进孕妇及新生儿健康，提倡关注早产问题，建立低出生体重和早产机构间工作组，以促进多学科研究、科学成果交换以及 DHHS 各部门间的合作(ACIM，2001)。

NIH 资助的个人研究津贴是改革进程中一个重要的组成部分，但更重要的是建立多学科研究队伍，由集中研究早产的专业中心的更有经验的研究学者来培养并领导，以发展新的研究员。这将要求比目前更多的经费来支持，需要维持研究基础建设的经费，以便发展新知识。医学院校和医疗学术中心应当鼓励在本部开展产科研究，并为之提供便利条件。除此之外，获取 R01 津贴应当是低年资研究人员任命和晋升的关键。研究中要重视多学科研究，有效利用其他资金如 U 津贴、K 津贴和其他合同基金，在晋升中应重视这些方面。

有一些大学通过设立很多积极的研究项目把来自临床的经费重新分配。因此可以建立通过资助津贴获取未来基金的基础设施。选择和招募基础学科专家和内科学专家至关重要，他们要具备统计学、流行病学、营养学、免疫学、肌肉生理学、分子生物学、微生物学和其他相关学科的专长。组建这样一个基本科研团体要求部门主要领导要有持续性承诺。一旦这个科研团体组建起来，就必须建立和维护临床数据库。这些数据库将为基金申请做准备。基础数据为年轻的研究员分析数据提供依据，以便提出新思路。这会涉及处理与临床数据提供者的关系，以便获取更多数据。不少项目来源于回顾性数据库或跟踪回顾，包括分析保存的生物样品、前瞻性的人群研究、随机研究、多学科研究、多中心研究。由于临床研究的优点和活力，医学新生也更愿意到这样的中心学习。

组建持续发展的科研实体面临的挑战

早产和早产儿研究发展需要多学科专家共同努力。妇产科医师在该队伍中起着重要作用。目前需要妇产科研究者进行妇产科基础和临床的模式变换，将基础实验或药理研究成果及时应用到临床诊断和治疗中去，应优先培养这类人才。1980～1990 年间，估计只有 50 名妇产科医师获得了 NIH 培训或职业发展支持。在同一时期，有 112 名妇产科医师获得 R01 资金资助，平均每年 12 名。培训补助金的工作成绩记录不尽如人意，当然，还是有一定程度的进步。2004 年，31 个妇产科学科室获得 5 项以上的 NIH 资助。

无论在基础科学研究部门还是临床医疗中心都需要提高对产科研究重要性的认识。除了新生儿科、儿科、妇产科，其他一些部门在他们的研究项目中也要包括对早产的研究。更重要的是，医学院校的校长应鼓励及支持妇产科系开展早产的研究。

医学院校和研究机构要为医学科学家提供受保护的时间、资金和合适的伦理学指导和监督，以便为科学家们从事早产研究创造机会。妇产科医师必须在临床上花费大量时间，故进行产科研究困难较多。因此，也需要技术密集型部门那样的机构，来帮助准备稿件、批准申请，以及支持临床工作和研究的行政活动。

正确的领导、有效的行政管理措施有利于进一步降低早产发生率。这也许需要创建一个卓越中心，即在妇产科之外但又与它密切相关，还有不同于临床医疗的管理机构。尽管 NIH 曾经在医学院校帮助建立妇产科学院系，仍未能为其成员提供充分支持。要有重大的研究项目来分担开支，有足够的资源吸引优秀的生物医学研究者加入到早产及其结局的研究中来。

结果 13-1：早产问题需要重点研究，需要临床、基础和社会学科的努力。要有更多的研究者参与，需要更多的资金支持。在临床医学科学家的聘任和参与方面，存在特别障碍，比如妇产科学深入研究的部门薄弱、临床和科研培训时间不足以及与临床实践不成比例的责任保险金等。

第 14 章

早产对公共政策的影响

摘　　要

许多公共权利和福利计划倾向于少数民族和社会经济地位低下者，这部分人群易发生早产，因此公共部门就过多承担了早产相关疾病的花费。早产不仅对医疗成本，还对更广范围内的服务和社会计划有影响，如早期干预计划、特殊教育、收入支持[包括补充保障收入项目(Supplemental Security Income program)及对有需要家庭的临时援助(Temporary Assistance to Needy Families)、母婴健康项目(Title V Maternal and Child Health Programs)，养育护理和青少年司法体制]。除了医疗补助为早产支付的相关的医疗花费，人们对公共负担的重要性知之甚少。公共政策的实施有可能通过健康护理资金、健康护理的组织，提高护理质量及其他社会政策，降低早产儿的出生率并提高儿童和家庭的健康状况。但是有效的公共政策需要充分理解早产的决定因素。

本章将讨论早产和公共卫生部门两方面的问题。第一方面是早产相关疾病的负担及其对公共权益和公共福利项目的影响。因为早产多出现在社会经济条件低的人群中，许多公共卫生项目都服务于低收入群体和弱势群体，所以与早产相关的费用也给公共卫生项目带来了沉重的负担。本章将讨论因早产所需的主要公共卫生项目的费用。此外，因为早产的影响会持续终生，公共卫生项目也要受几十年的影响。因此，早产相关疾病的负担对公共卫生部门来说是长期的，因此更突显出预防早产的重要性。

第二方面是可能减少早产率和提高早产儿健康结局的公共政策。例如，来自 1985 年药物协会(Institute of Medicine)关于预防低出生体重(IOM 1985)的报告中建议，应该制定合适标准扩大贫困妇女获得医疗补助的可能性，从而能够获得产前保健。本章将讨论政策制定者提供的依据，例如医疗补助的费用，还将讨论将来可以用于降低早产率的政策选择。

早产相关的公共项目支出

早产主要发生在社会经济地位低下的人群中。因为许多公共项目就是针对这些人群，所以对公共项目来说，早产儿的费用是巨大的。例如，40%早产相关医疗费用由公共医疗补助支付，但是，早产总的费用却远远超过了出生时的医疗费用。如前所述，早产对很多早产儿来说有终生影响。所以这些费用和相关的公共负担会持续到将来——根据现今的期望寿命平均是 77 年(NCHS 2004a)。

早产儿需要更广范围的服务和社会支持，以及相关的费用，包括医疗费用、教育费用、收入支持，以及其他公共项目的费用，如寄养体制等。除了公共医疗补助支付的医疗费用，人们对早产儿造成的公共负担知之甚少。根据第 12 章对早产儿生后 7 年费用(折算成现值)的估计，对 2005 年出生的早产儿的公共医疗补助至少为 64 亿美元[16]。值得注意的是，公共医疗补助费用是一个较低值，因为它只代表生命前 7 年的健康护理费。量化早产的公共负担将有助于明确降低早产率可以减少的公共费用。但是鉴于与早产相关的医疗费用很高，公共项目的负担肯定会很高。如果能实行有效的干预来降低早产率，公共卫生部门就可以节省大量费用。因此有必要进行科研投资以发现对早产有效的干预——临床的或与医疗质量、费用和管理相关的或者通过与社会政策改革相关的——这些将对公共卫生部门产生巨大的影响。

受早产影响最大的公共项目见表 14-1，囊括的范围很广，如医疗、教育、收入支持及其他公共项目。2004 年的总费用显示在表的最后一列。因为缺少有效的数据，不可能把早产的相关费用分配到每一个项目中。很多项目没有低出生体重受益人群数量的信息。

表 14-1 所列的项目不同的入选资格和受益的安排，而且大部分项目的结构、受益、资格和入选条件在各州之间可能存在很大差别，在提及的这些项目中只有教育项目和母婴健康项目没有方法检测，只有一个项目的资格和受益实行全国统一标准，即补充保障收入项目(Supplemental Security Income，SSI)。

表 14-1 受早产影响的公共项目

项目	对收入有要求	各州不同	总费用(2004 年财政)
健康保险补助	√	√	4710 亿美元
国家儿童健康保险项目	√	√	112 亿美元
补充保障收入项目	√		3640 万美元
教育(早期干预及特殊教育服务)		√	1110 万美元
对有需要的家庭临时援助	√	√	1960 万美元
标题Ⅴ的母婴健康项目		√	7.3 亿美元
其他			
寄养			680 万美元
青少年司法			33.6 万美元

引自：ACF(2005)45CFR § 1355.57(2005)，CMS(2005a，c)，DOE(2005，2006)，DOJ(2005)，HRSA(2000，2004)，OJJDP(2005)及 SSA(2005a，b，c，d)

健康保险

公共医疗补助支付了早产相关医疗费用的很大一部分(40%)(Russell 等，2005)。因为低收入产妇可以申请公共医疗补助，在美国，公共医疗补助支付了 1/3 的分娩费用(Rosenbaum，2002)。

许多美国儿童通过其父母的职业获得健康保险。儿童健康保险的其他常见来源是公

[16]数据基于第 12 章报道的医疗费用，并且假定 40%的早产儿在生后 7 年内接受医疗援助。

共医疗补助项目(Medicaid program)及国家儿童健康保险项目(State Children's Health Insurance Program,SCHIP),这两个公共计划项目包括了联邦和州的收入。

最近公共医疗补助资格的改变(及其他许多公共项目资格的改变)使非美国公民获得医疗补助更加困难。直到20世纪90年代末的改革,大部分合法移民已经纳入医疗体系中,但无证移民仍未纳入。随着改革的深入,即使合法的移民也面临极大的困难。如2004年有一半的州是用本州自有资金提供给妊娠的移民(http://kff.org/uninsured/upload/Health-Coverage-for Immigrants-Fact-Sheet.pdf),部分是因为确认了即将出生的婴儿会是该州的市民,所以州政府寻求帮助和支持以改善妊娠结局(Kaiser Family Foundation,2004)。

个人健康保险项目的初始目的是分摊难以预测的严重健康问题及治疗的风险,在过去的十几年里,个人健康保险已经被极大地拓宽了,包括大量完善的预防措施。但不管怎样,个人健康保险很大程度上限制了有长期健康问题孩子的利益。比如在康复服务方面,通常限制在急症住院后的3个月内。因此,在个人健康保险模式下,维持后续治疗和减少功能丧失方面基本就没有保障了。另外在个人健康保险项目中,不同的费用支付体制严重限制了家庭抚养患慢性病儿童的资金资源,但这些家庭必须频繁支付大量健康护理费用。

与其相比,公共健康保险,尤其是公共医疗补助体制,具有相对长期的健康护理福利,部分反映出很多老年人高度依赖公共医疗中的家庭护理。因此,公共医疗补助为长期护理提供了相对广泛和长期的福利,包括提供专业的治疗和耐用的医疗器械(尽管政府在服务的范围和赔付金额上有很大的弹性,但为提供的服务买单)。

另一个公共项目,即公共医疗补助早期与定期筛检、诊断及治疗项目(Medicaid Early and Periodic Screening,Diagnosis,and Treatment program,EPSDT)要求对通过EPSDT项目确认的情况,各州要提供联邦政府许可的所有服务(即使公共医疗中并不常规包括这些服务)。

SCHIP负责的儿童,其家庭收入不是必须低于社会穷困线。美国议会曾考虑是否通过公共医疗补助项目包含同样的福利,但最终考虑这是小范围的状况,就推出一项新的计划,即SCHIP而不是简单地将其扩展至公共医疗补助体系中。因此,尽管SCHIP包括日益增多的家庭收入高于公共医疗补助资格限制的儿童,但SCHIP不提供长期的护理服务。

存在慢性健康问题的儿童通过多种体制获得公共医疗补助,接受"对有需要家庭的临时救援(Temporary Assistance to Needy Families,TANF)"项目的儿童将自动得到公共医疗补助资格。在过去的二三十年,通过增加限制最高收入资格,公共医疗补助资格准许已经逐渐从公共扶助计划中分离出来。但是,大量在此标准上有资格的儿童却并未参与该项目。另一个获得公共医疗补助资格的途径包括SSI残疾项目和减少费用体制(如果健康护理费用已使其家庭收入低于公共医疗补助资格水平)。

值得一提的是,公共医疗补助提供的长期福利能够支付存在慢性问题的早产儿急需的专业治疗。

教 育

通过残疾人教育法案(Individuals with Disabilities Education Act,IDEA;2004年更新)(DOE,2005),存在长期健康问题的孩子得到了多项服务。这些项目潜在的原始立法命名为"确保在最小限制下免费的、适宜的公共教育"。IDEA主要的两个项目包括早期干预服务及特殊教育。早期干预服务包括从出生到3岁的孩子,符合条件的孩子进入特殊教育系统。早期干预服务主要是为非常小的孩子提供家庭服务。这些服务的主要目的是加强父母与孩子相处或激励孩子的技能。这些服务里也包括为较大孩子提供的小组计划(1～2岁)。各州对早期干预资格的要求是不同的,比如,一些州中包括发育障碍风险的儿童,而另一些州则需要有发育迟缓的证明才提供服务。

特殊教育服务主要改善可能干扰儿童学习能力的健康和发育情况。有些服务就是直接教育,即把孩子的全部或部分时间安排在专门的教室进行最大化的教育发展。其他服务是在常规或专门的教室里针对问题直接治疗,这些问题可能会影响孩子的参与能力,例如,提供发音和语言服务、身体及专业治疗的服务。还可能提供包括社会工作或心理咨询在内的服务。

早期干预和特殊教育服务可以高效地帮助有慢性健康问题的儿童和青少年,但这也需要庞大的开支。

补充保障收入

补充保障收入(Supplemental Security Income,SSI)项目对有重大残疾的低收入家庭提供现金支持,几乎所有州的SSI接受者都纳入了公共医疗补助体系,尽管他们的收入可能已经超出通常要求的公共医疗补助的资格。然而SSI有经济方面的资格要求,尽管家庭收入可能高达联邦贫困线的两倍。最大资金支持是每年6000美元的现金,这些钱可以用于孩子的任何需要。SSI设有一个相当严格的残疾资格标准,估计只有1%～2%的美国儿童可能达到标准,远远低于活动受限儿童的数量(目前估计,美国7%～8%的孩子存在活动受限的健康问题)(NCCD,1995)。目前设定的资格标准包括出生体重小于1200g的1岁以内的申请者,且计划12个月后重新评估其临床严重性。在2004年,16 349个儿童通过了SSI设定的出生体重小于1200g的评估标准,另有2452个出生体重在1200～2000g的儿童也参与了此项目(SSA,2005a;第ⅩⅥ项残疾儿童申请书,1995～2004年的档案;第ⅩⅥ项残疾相关研究文件,从SSA残疾项目办公室获得)。

资格评定程序也是复杂的,以个人(或家庭)向社会安全管理局(Social Security Administration)提出申请,由管理局将个案材料报送州残疾诊断服务中心(Disability Determination Service),州残疾诊断服务中心在联邦政府制定法律规定下进行评审。政府职员,经常是单独地审查儿童的医疗记录及支持的证据以确定他是否达到SSA所列出的资格标准。资格的确定可能有难度,尤其是非常小的孩子。

在20世纪90年代早期,通过SSI在临床资格上的扩展(采用新的入选诊断标准)以及其他促进残疾儿童参与措施的实施,为儿童支付的SSI费用飞速上涨。SSI(及相应的公共医疗补助)代表了另一个应用于残疾儿的高费用项目,每年花费120亿～150亿美元(Mashaw等,1996)。

对于严重残疾的儿童,SSI的资格可延续到成年。在SSI计划中,当儿童满18岁时,SSI会采用成人标准重新确定资格。相对于儿童的标准(病损导致了严重的功能受限),成人的标准要求证明个人不能从事工作,丧失劳动力,如果功能改善不可预见,将每3年复核一次,如果没有希望改善,将7年复核一次。

尽管不知道有多少个出生时早产的成年人和儿童在SSI登记,但早产及其可能的长期负面影响将通过SSI项目产生公共费用。对于任何一个早产的儿童,这些公共费用支出都可能延续至将来,潜在地存在于整个生命历程。后者可能是几十年,因为2005年出生的婴儿的平均期望寿命是77年。

对有需要家庭的临时援助

对有需要家庭的临时援助(Temporary Assistance to Needy Families,TANF)项目也对低收入家庭提供资金支持,在1997年取代了“救助需抚养子女的家庭”(Aid to Family with Dependent Children,AFDC)项目。1996年美国国会通过了个人责任工作机会与和解法案(Personal Responsibility Work Opportunity and Reconciliation Act,PRWORA),被称之为“福利改革”。它结束了长期的政府授权对穷困家庭的现金补助(AFDC),政府授权对个人福利有5年的时限期,要求接受者在其中两年的接受扶助期内为受益而工作(工作福利制)并禁止一些团体介入(如毒品罪犯及非公民),但半数州已解除了照顾残疾儿童的5年的时间限制。

PRWORA将TANF项目的管理从公共医疗补助中分离出来,同时对这些人有意保留了公共医疗补助。但是公共医疗与TANF分离并未像想象的那样,研究者已经有记载,在参加TANF项目(AFDC)的人群(Gold,1999;Klein 和 Fish-Parcham,1999;Mann 和 Schott,1999;Wellstone 等,1999)和育龄妇女(Boonstra 和 Gold,2002;Mann,2003)中参加公共医疗补助的人有所减少。

美国安全法案第Ⅴ项“母婴健康项目”

美国安全法案第Ⅴ项“母婴健康项目”对有慢性健康问题的儿童提供多种服务。“母婴健康项目”大约85%的国家资金直接拨付给州,这就给母婴健康项目中资金的使用以很大弹性。政府分配约1/3给此项目中那些需要特殊健康护理的孩子,约一半资金用于母婴健康的预防项目(Lesser,1985)。其余15%政府资金用于支持地区和国家在妇幼健康方面的多种项目。这些与对专业培训项目、小型研究项目及靶向项目的支持方式不同,靶向项目如对有特殊健康护理需求和补贴儿童的健康保险覆盖面,以支持促进针对各种健康状况人群的区域体系的发展。目前新的第Ⅴ项授权法已经要求联邦母婴健康事务局(Maternal and Child Health Bureau)负责,责任是支持有特殊健康护理需求儿童的护理体系的发展。政府响应美国最高法院的Olmstead决定,通过再次确定该局为社区服务机构的领导机构,进一步强化了它的职责,以确保有特殊健康护理需求的儿童融入社区(New Freedom Initiative)。这些社区服务项目的目的在于帮助组织有慢性健康问题的患儿所需的各种服务。

寄养及青少年司法项目

寄养儿童慢性健康问题的患病率很高,包括心理健康问题及各种慢性疾病(Chernoff 等,1994,Halfon 等,1992,1995)。虽然早产儿占寄养儿童的比例还不清楚,但这些孩子中多数是早产儿。许多儿童经历了混乱的家庭,父母的自身条件限制了抚养孩子的能力,儿童虐待和忽视现象很普遍,这些儿童后来就被寄养了(Chipungu 和 Bent-Goodley,2003)。

青少年司法系统中的孩子与这些被寄养的孩子有相似的人口特征和临床特征(尽管青少年司法系统中的孩子年纪大些),他们的慢性健康问题也很多,特别是心理健康问题(尤其是“注意缺陷多动障碍”)(Chernoff 等,1994)。

城市研究所最近的一项研究报告说明了残疾、依赖公共收入及其他项目支持之间的联系,指出靠SSI支持的青少年近一半已变成了辍学的“年轻成年人”,1/3被拘捕或惹了法律方面的麻烦(Loprest 和 Writtenburg,2005)。早产儿童及青少年慢性健康问题及行为问题危险的增加,似乎使其被寄养和产生犯罪行为的可能性更大,但有限的文献并没有支持这个观点。也没有关于早产是否引起在寄养及青少年司法系统方面的花费增加的调查研究。

结果 14-1:早产的费用分布,在公共系统和个人系统之间,以及在这些系统的各部门之间并没有确定,早产儿可能需要大范围的公共支持服务。

公共政策及程序在减少早产及保障健康方面的作用

公共政策及项目通过指导如何制定有效降低早产率的公共政策来减少早产发生并保障早产儿的健康预后。但是,正如本文所述,提供指导可能很困难,造成了早产发生的很多机制仍不确定,而且没有行之有效的干预证据。但是,因为有社会和其他政策对儿童健康产生积极影响的证据,对改善早产儿的结局提供指导似乎不成问题。然而,有效的政策建议要求有更多的调研来识别有效的临床干预,明确卫生保健系统的质量、资助和组织对健康结局的作用,并证实社会政策对母婴健康的作用。

已有报道缺少对形成政策有用的数据。在 2001 年,婴儿死亡率咨询委员会(Advisory Committee on Infant Mortality,ACIM)回顾现有文献并总结道:"对以降低早产率从而减少低出生体重及婴儿死亡率为目标的政策及研究项目值得投资"(ACIM,2001,P. 15)。婴儿死亡率咨询委员会呼吁在不同方面努力调研:预防及禁止吸烟,促进健康教育和健康行为,了解早产及胎膜早破的原因。还建议调研健康护理体系及其对出生结局的影响。

下文将选择性的讨论部分政策对卫生保健的资助、保健的组织及质量,以及其他社会政策及其在减少早产率、保障健康结局方面可能的作用。

卫生保健的资助

政策制定者自从 1980 年起,已经致力于扩展产前保健的可及性,努力改善整体的分娩结局,包括降低早产率。通过在州水平内扩大孕妇公共医疗补助资格的认证范围,这些努力已初步显效。州政府可以选择将收入超过联邦贫困线的 133%的人群也纳入公共医疗补助,而且大多数州都这样做了。在佛罗里达州,RAND 公司开展的一项扩展公共医疗补助资格的研究表明了保险覆盖面的增加与早期产前保健受益的直接联系(Long 和 Marquis,1998),当公共医疗资格包括这些收入在联邦贫困线 185%以上的人群时,妊娠早期寻求产前保健的妇女数量增加了,80%以上的妇女在妊娠早期就得到了产前保健(Schlesinger 和 Kornesbusch)[17]。

对没有纳入公共医疗补助计划的妇女,州政府可以通过联邦政府拨付的母婴健康项目基金为这些没有保险的妇女提供产前保健(Schlesinger 和 Kronebusch,1990)。通过扩展 SCHIP 资格也可以扩大产前服务的覆盖面[第 XXI 项,社会安全法案,第 1 次出版,74-271 号(49 Stat 620)(1935)]。

尽管参加公共医疗补助和享用产前保健的人数增多了,但是评估结果并未显示扩大孕妇的保险覆盖面后早产率降低或母亲结局改善。但一些证据显示,公共医疗补助覆盖面的

---

[17]另有作者不赞同,表示除了早期产前保健人数的增加,与产前保健次数的增加(平均每个母亲增加一次复查)和公共医疗补助资格的拓展有关,而不是因为早期保健。

扩展与婴儿死亡率降低可能有联系(Currie 和 Gruber,1996)。

拓展公共医疗补助资格尚未有效降低早产率的一个原因是目前的产前保健关注于各种风险而不是早产(见第 9 章)。部分原因是早产发生机制的不确定性,以及相当少的能有效预防早产的干预措施的证据(见第 6~9 章)。事实上,关于质疑产前保健在预防早产所起作用的研究逐渐增加(Alexander 和 Koelchuch,2001;Lu 和 Halfon,2003)。甚至孕早期就开始进行产前保健,也未证实可以降低早产率(Fiscella,1995)。随机对照试验研究,对被评估为有早产高危风险的妇女加强产前保健[18],也未证实能有效降低早产率(Fiscella,1995),排除种族和民族早产率的差异后也未证实早期产前保健能有效降低早产率(CDC,2005i)。关于公共医疗补助项目的研究表明,加强产前保健如提供延伸服务或协调服务,这些措施对出生结局仅有轻微的影响(Joyce,1998)。然而,产前保健可以提供鉴别母亲风险的机制,并将其转诊至合适的医院做进一步的治疗。此外,它可以为其他干预措施提供实施框架,从而在潜在降低早产率中起重要作用。产前保健是必要的,但其不足以降低早产率。

妊娠女性的公共医疗补助资格一般在产后 60 天结束。为所有育龄妇女或有早产高危因素的孕妇提供健康保险是否可以有效降低早产率或改善母亲结局尚不清楚。然而,有早产史的妇女再次妊娠时仍有早产的风险(Adams 等,2000;Iams 等,1998;Krymko 等,2004),可能是因为许多生物行为危险因素从一次妊娠带入到下一次。

妊娠间期为处理这些危险因素和在下一次妊娠前使女性健康达到最优状态提供了一个非常重要的机会。目前,对于许多女性尤其是低收入女性来说,在妊娠间期获得健康保健是受限制的,与妊娠相关的公共医疗补助通常在产后 60 天终止(Gold,1997)。扩大有早产史的低收入女性的公共医疗补助覆盖面(如通过减免医疗费),对于改善妊娠间期妇女的健康保健是一可选择的政策。几个关于妊娠间期保健的项目已经完成或尚在进行中(Dunlop 和 Brann,2005;IHPIT,2003),然而,它们在预防早产再次发生的作用尚未得出定论。在提出政策建议之前,需要更多的研究来确定妊娠间期保健的内容,论证其有效性与成本效果。

围生期及新生儿期保健的机构和质量

除了产前保健的内容,人们很少知道贯穿整个生育期的保健质量。也很少有早产儿在新生儿重症监护室(NICU)的护理质量指标。然而正如下文所述,如果这些措施得以发展,降低与早产相关的婴儿死亡率是非常有可能的。

在妊娠和分娩期间获得的充足保健知识也可以降低早产率。然而与围生期相关的质控方法并没有得到发展。报告系统,如健康保险计划质量的雇主数据和信息集的国家中心(National Center on Quality Assurance's Health Plan Employer Data and Information Set)(www. ncqa. org/Programs/HEDIS)仅包括少量与产前保健的时间及内容、出生结局相关的基本指标。需要发展更好的健康保健质量的测评方法,以确保质量改善措施的实施以及指导公共政策。

长期以来,健康保健助产系统的组织情况一直被视为影响出生结局的重要因素。在 20 世纪 70 年代,美国出生缺陷基金会制定了提倡区域化产前保健的操作指南(围生期健康委

---

[18]预防早产的措施多种多样,包括早期的、频繁的复查,每周或每隔一周宫颈超声检查,个体管理以及关于早产征兆的教育。

员会，1976）。推荐的这些建议是前十年研究的结果，这些研究结果提示新生儿保健的区域化与新生儿的存活及整体结局的改善有关。按照最初预想，根据患者（包括母亲和婴儿）的临床情况，将区域化的围生期保健分为三级。Ⅰ级中心提供基本的或常规的产科和新生儿保健。Ⅱ级中心能够为有中等风险的患者提供保健服务，而Ⅲ级中心能够为高危患者提供最专业的保健服务。除了划分保健级别，围生期区域化保健还通过以下方式达到地区各医院之间的相互协调，包括评估母亲风险、咨询服务、孕妇转诊、新生儿转诊、长期随访以及适时转回较低级别保健中心等措施。

在20世纪80年代早期，Robert Wood Johnson基金会发起了一个多中心参与的项目，评估围生期-新生儿期区域化保健的益处（McCormick等，1985），得出的结论是随着区域化保健的发展，新生儿存活率显著提高了。然而在80年代的后5年，受逐渐发展的管理式医疗偿还政策的影响，围生期保健的区域化被医院间的竞争所取代。为了获得管理式医疗的合同和持续吸引产科患者，一些较小社区医院也聘请新生儿科专家并建立新的NICUs，甚至在产科患者尚未增加或无法提供全面的新生儿保健服务的情况下也如此做。

1988年，Robert Wood Johnson基金会在发起上述项目之后，发起了一项对围生期保健区域化的回顾研究（Cooke等，1988）。与第一次报告相反，这次强调了撤销区域化及医院之间日益激烈的竞争，并淡化了各级保健中心水平的差别。最近对密苏里州经验的回顾记载了去区域化的负面影响（Yeast等，1998）。1982～1986年去区域化的效果与1990～1994年进行了对比，在此期间，自我任命的Ⅱ级机构的数量增加，伴随着Ⅰ级机构的减少。然而在Ⅱ级中心极低出生体重儿的新生儿死亡率风险却比Ⅲ级中心高2倍。

如今已开始一种趋势，即通过循证的选择性的转诊将患者转移到高质量水平的医院。循证的医院转诊广义上是指能够确保高危患者在该医院得到相应阶段的治疗，并取得最好的结局。Leapfrog组织已采用这种方式，这个组织是由美国最庞大的集团所建立，是为了提高选择健康保健的价值（www. leapfroggroup. org）。循证的医院转诊对极低出生体重儿的标准是：预期出生体重少于1500g，孕周小于32周或在每日分娩量大于等于15例的区域性新生儿重症监护病房中出生且存在可矫正的重大出生缺陷。

一些研究已经关注于NICU的容量对结局的影响（phibbs等，1996；Rogowski等，2004）。其中有一项研究（Rogowski等，2004a）提出了对患儿数量与转诊患者所需护理水平的适宜选择。这项研究显示，尽管NICU的容量及其提供的保健水平是结局的决定性因素，且有统计学意义，但两者仅能解释不同医院间极低出生体重儿死亡率差异的很少一部分。在Vermont Oxford网络，通过大量医院的样本（美国400家NICU的样本），NICU的容量及其提供的保健水平以及其他关于医院特征的现有可利用的数据最多能解释各医院间死亡率差异的16%。

一般而言，不同NICU之间患者的结局存在着较大差异，这些差异不能解释为患者的不同或医院其他固有的特性，如容量和保健水平。最近有研究表明NICU的组织和管理结构在确保患者良好结局中的作用（Pollack等，1998）。有证据表明成人ICU的这些因素与较高的保健质量有关（shortell等，1994）。NICU的护理强度很高，所以明确护理对提供高质量的保健服务的作用很重要，研究已证明这在成人ICU中的重要性（Tourangeau等，2006）。也有证据表明其他的NICU成员，如营养师，其对高质量保健也有贡献（Olsen等，2002）。简而言之，为了将患者送到最好的医院就医，需要更多关于高质量保健决定性因素的相关研究。

尽管先前对于提供新生儿健康保健的区域化战略主要基于NICU的保健水平，但最近更关注于将患者转移至合适的高质量医院的方法。然而，鉴别高质量医院非常困难，其鉴别方法尚需进一步的研究。尽管如此，关注于提高医院保健质量的政策能够显著降低早产儿的死亡率。Vermont Oxford网络的最近一个研究表明，如果所有医院能够成功降低1/5可控风险的死亡率，那么极低出生体重儿的总死亡率将下降24%(Rogowski等，2004b)。

结果14-2：文献中对早产儿围生期和新生儿期环境的管理正在从严格依赖于有限的护理级别向更加符合临床患者需求的方面发展。然而，尚没有为特定的早产分娩建立优化资源配置。

高风险儿童的早期干预和协调项目

已经证明早期干预方案是有效的，至少在短期内，一些早产儿的认知能力有所改善(见第11章)。对家庭功能也有潜在的重要促进作用(Berlin等，1998；Majnemer，1998；Mccormick等，1998；Ramey和Ramey，1999；Ramey等，1992)。然而，有关长期效果的证据尚不充足。研究的早期干预方案因残疾程度的不同而不同，提供服务的强度和范围也有所不同。这些项目质量标准体系的建立保障了早产儿结局的改善。

无论私立还是公共部门为有特殊需要的儿童提供保健服务均面临许多障碍，因此将早产儿护理和其他社会项目结合起来可能也会改善早产儿结局。正如本章前部分所述，旨在为那些孩子提供护理服务的公共项目是拼凑在一起的，各项目之间几乎没有合作。能提供医疗、教育和这些孩子其他需求的联合方案可能会确保健康结局。无论早产与否，如此一项协调的方法可能也会使所有有特殊需求的孩子受益。该联合方案可能需要消除各项目互相拼凑的自然属性，并且为这些儿童提供全面的健康保健、教育和其他益处。

其他社会项目

由于早产是一系列复杂问题并且其发生机制尚未明了。因此除了那些我们已经讨论过的问题，如何降低早产率很难提供一个公共政策指导。

有许多国家通过制定政策来解决早产问题。例如第5章所谈到的，比利时和瑞典在关于IVF政策的制定中鼓励单胚胎移植，引起早产高风险的多胎妊娠发生率显著下降。在20世纪70年代，法国制定了产前保健政策以预防早产的发生(Papiernik和Goflinet，2004)。有报道称，在过去的30年里早产发生率(单胎妊娠37周之前分娩)有所下降——从1972年的8.3%下降到1976年的6.8%，到1982年的5.6%，再到1988年的4.9%。小于孕34周的早产发生率下降更为显著，此外，自发性早产有所减少，而医源性早产有所升高。在其他国家很难出现这样的结果。正如第1章所讨论，很难比较不同国家之间的早产率，因为各个国家界定孕周、死胎与活产、孕妇特征和行为的差异、社会环境因素以及保健服务等标准不同，均会影响早产率。

越来越多的证据表明，对政策的潜在指导可能基于和早产相关的个体、人与人之间、人与社会及环境之间等因素。然而，在提出建议之前，尚需更多关于早产决定因素的研究。

在个人因素中，贫穷是导致早产的最强因素之一(见第4章)。贫穷是一个复杂的问题，对于低收入人群，贫穷可能直接受资助项目的影响(例如TANF项目)，或间接受最低工资政策、住房政策，孕妇、婴儿及儿童的饮食项目及教育政策等问题的影响。但目前几乎没有证据证实某一政策与早产率的下降有关。贫穷的妇女还承受着更多生活事件和慢性压力的风险(Lu 等,2005;Peacock,1993)。

值得注意的是,就工作而言,有些文献数据显示,体力劳动、需长期站立的工作、轮班或夜班、易疲劳的工作等,这些都可能增加早产的风险(Mozuekewich 等,2000)。如果有更有力的证据表明某些工作类型和早产的相关性,则 TANF 项目可能有必要对工作类型进行更进一步的要求。

女性未婚先孕与早产的高风险也有关系。公共政策影响着家庭的组成,例如目前《劳动所得税存款》(Earned Income Tax Credits,EITC)项目下的"婚姻税收"或 TANF 项目以及州的儿童抚养政策可能阻碍未婚人群组成家庭(McLanahan 等,2001)。应用公共政策鼓励组成家庭和同伴参与,比如减少第二个人收入的 EITC,消除在 TANF 项目中单亲和双亲家庭认证资格的不同,以及尝试取消子女抚养费。这些政策能否更好地促进家庭组成和降低未婚人群的早产率尚无定论。

除了在个体层面上的干预,群体和社区层面上的社会经济状况也起着潜在的重要作用,对公共政策的制定也有一定的作用(见第 4 章)。由于不同种族和民族分地而居,不同的种族和民族的社区状况不同,相关政策通过影响社区环境可能会减少白种人和非裔美国人之间出生结局的差异。贫穷的集中化及相关的不利社区条件,包括物品和服务欠缺不能有效的得到初级保健医师和产科医师的治疗(Fessett 等,1992),缺少娱乐条件、居住条件简陋、犯罪率高等现象在非裔美国人社区相对于白人社区更为普遍(Massey and Denton,1993;Wilson,1987)。然而,还需要更多的研究来了解这些因素对早产所起的作用。

除了种族隔离,有数据显示,种族歧视也与不良的妊娠结局有关。公共政策通过影响住房、种族隔离、种族歧视、环境建设,有可能会降低早产率并减少不同种族和民族间早产率的差异。

本文还讨论了远离毒品,尤其是可卡因,可能对降低早产率起着重要作用。公共健康项目如教育干预,也可以用来解决该问题。而且,有证据表明,健康的饮食和运动也很关键。如前所述,对不利的社区环境进行改建,如加强公园和商店安全性的建设,也可以通过促进健康行为进而减低早产率。

最后,正如第 8 章所述,环境因素也可能对早产产生影响。有针对性的环境政策可以减少这种环境影响。然而,在制定具体的环境政策之前尚需要更深入的研究证据。

结果 14-3:建立降低早产率并改善早产儿结局的有效公共政策,需要我们能更深刻的了解早产和早产儿健康结局的决定因素,并需要有效干预措施的可用信息。早产与一系列公共项目支出相联系,这些公共项目包括卫生保健、教育和收入支持等。降低早产率的公共投资不仅能为社会,同时也能为公共部门节约巨大成本。

第五部分

研究与政策

建　议

建议Ⅴ-1:美国国立卫生院和私人基金会应当建立多学科综合研究中心。其目标将致力于研究早产的病因、妇女及其早产儿的健康结局。

与美国国立卫生院的目标相一致,研究应当包括以下内容:

● 需要关于临床、基础、行为和社会科学学科的基础、转化型以及临床研究。该研究应当包括但又不仅限于建议的以下内容:早产的病理机制;与早产有关的心理、行为、社会人口学及环境毒物暴露有关危险因素;不同种族和民族、人种的早产率差异;早产风险的识别和治疗;为早产儿提供卫生保健服务的质量;卫生服务研究。

● 为了更好地认识和改善早产孕妇及其早产儿结局,研究活动需要有稳定持久的知识型领导。

● 应当把研究培训计划列为这些中心不可缺少的部分。培养发展基础和临床研究人员,包括提供基金和晋升的机会,这一点很重要。

● 如同癌症和心血管疾病的研究一样,资助机构应当持续提供充足的基金,以便这些研究中心调查研究早产的复杂症状。

建议Ⅴ-2:建立质量议程。调查者、专业协会、国家机关和基金机构应当制定一项质量议程。利用当前的技术,最大限度改善早产儿结局。

这些议程应当涵盖以下内容:

● 对对早产妇女和早产儿治疗的医务人员的医疗过程进行全程质量评价;

● 证实对早产儿干预措施的有效性,明确为提高质量将干预措施用于实际工作中的效果;

● 分析不同机构中早产儿不同的结局。

建议Ⅴ-3:研究了解卫生保健服务系统对早产的影响。国立卫生院、卫生保健研究与质量署及一些私人基金会应当进行卫生保健服务系统组织和支持的效果研究,包括与早产相关的机构的评估、机构的质量、花费、与生殖健康和青少年时期相关的保健结局。

建议Ⅴ-4:研究公共项目与政策对早产的影响。国立卫生院、医疗服务和公共医疗补助中心以及私人基金会,应当研究和(或)支持研究社会项目和政策对早产发生和早产儿健康的作用。

建议Ⅴ-5:进行与公共政策发布内容有关的研究。为了制定能够减少早产发生并确保新生儿健康的有效公共政策,需要公共和私人基金机构、国家机构、捐助人、专业协会和研究人员努力实施既往建议。在制定能够成功解决早产问题的政策之前,重要的是进行以下几方面的研究:早产的定义、临床调查和病因学及流行病学调查。

第 15 章

早产调查议程的研究

本书旨在评估关于早产病因研究的现状；阐明早产对于早产儿及其家庭的健康、社会心理和经济的影响；建立行动框架，以确定优先议题的范围，包括未来的研究和政策议程。之前的章节概括了目前关于新生儿成熟度的测量、早产病因、早产的诊断和治疗、早产儿的健康和神经发育以及早产对家庭、社会成本和公共项目的影响。

委员会评估这方面的证据，以确定知识空白，并建议今后的研究领域。通过回顾这些证据，委员会认为，早产的机制尚未明确，尽管防止早产发生的一些干预措施有效，但早产仍是威胁新生儿健康的一大障碍。很显然，解决这一问题需要多学科协同工作。

要解决关于早产的多种复杂问题，需要大规模的前瞻性研究。全国儿童研究（National Children's Study），是一项大规模前瞻性研究，可提供这些数据。该项研究将调查环境因素对于 10 多万美国儿童健康和发育的影响，并将从出生前至 21 岁进行纵向监测。被评估的环境因素包括：自然和人为环境、地理位置、物理环境、社会因素、文化家庭影响和差异、行为影响和结局、生物物理因素和遗传。这项研究将分析这些因素的相互作用，以及它们如何可能会影响到儿童的健康。其中许多因素作为潜在早产原因在本书中已经讨论。这种队列研究有助于提供对早产原因和结果的了解，具有极大价值。因此，如果开展这项研究，数据收集应符合委员会的建议。

最后一章把前几节的建议和调查结果归纳为一个研究议程。提出议程是为了帮助指明研究方向。这些建议经过了归纳和优先排序，而与在本书中出现顺序不同；但其数字指向保持不变。

优先领域归纳如下：

Ⅰ 建立多学科研究中心

Ⅱ 优先研究领域

● 根据更新的数据更好地定义早产　本节包括的建议是为了改进监测和描述数据的收集，以便更好地界定早产问题的性质和范围。

1. 更新全国性数据

2. 研究早产儿的经济后果

● 进行临床和卫生服务研究调查　本节的建议是为了研究并改善发生早产的孕妇和早产儿的治疗以及有关的卫生保健系统。

1. 改进识别和治疗有早产风险妇女的方法。

2. 研究早产儿的近期和远期结局。

3. 研究不孕症的治疗及机构指南，以减少多胞胎数量。

4. 改进对有早产风险的妇女和早产儿的护理质量。

5. 调查卫生保健服务体系对早产的影响。

● 进行病原学和流行病学调查　本节建议调查早产潜在原因及人群分布。

1. 调查早产病因。

2. 研究与早产相关的多种心理、行为和环境危险因素。

3. 调查不同的种族、民族和社会经济条件的早产发生率差异。

Ⅲ　研究并告知公共政策

最后一组建议涉及理解早产对于各种公共项目的影响，以及如何用政策来降低早产率。

第Ⅱ组以下的分类没有排在前面，因为委员认为这些应当同时进行。不过，该类别下的建议有优先顺序。为了分析和改进早产相关政策，需要从前面的建议得到信息，因此政策性的建议列在最后。

本报告提出的结论和建议旨在帮助决策者、学术研究人员、资助机构和组织、保险公司，以及医疗保健专业人员在研究时进行优先选择，并使公众了解早产相关问题。委员会的最终目的是改善早产儿及其家庭的结局。

Ⅰ建立多学科研究中心

委员会认为需要重视早产问题。这将需要临床、基础和社会学科等多个学科研究人员的共同努力；需要募集更多调查人员；并需要增加资金。招募受训过的妇产科专家面临很多障碍，例如缺乏对妇产科精通的研究部门，临床与科研相结合的训练需要很长时间，与临床活动不相称的责任保险花费(结果13-1)。

因此，委员会建议建立多学科研究中心来研究早产和早产儿的问题。

建议Ⅴ-1：美国国立卫生院(National Institutes of Health)和私人基金会应当建立多学科综合研究中心。这些中心的目标将致力于研究早产的病因、早产妇女及早产儿的健康结局。

与美国国立卫生院的初始计划相一致，这些活动应当包括以下内容：

● 需要涉及临床、基础、行为和社会科学学科的基础、转化型以及临床研究。该研究应当包括但又不仅限于以下内容：早产的病理机制；与早产有关的心理、行为、社会、社会人口学及环境暴露有害因素；不同种族、人种的早产发生率差异；早产风险的识别和治疗；为早产儿提供的卫生保健质量；卫生服务研究。

● 为了更好地认识和改善早产患者及其早产儿结局，这些研究需要稳定持久的知识型领导。

● 研究培训计划应当作为这些中心不可缺少的部分。培养发展基础和临床研究人员，包括为资助和晋升提供机会，这一点至关重要。

● 如同癌症和心血管疾病的研究计划一样，资助机构应当提供充足和持久的基金，以便这些研究中心调查研究早产的复杂症状。

Ⅱ优先研究领域

根据更新的数据更好地定义早产

委员会认为需要更为清晰地定义早产，以便更好理解和研究其病因和结果。两个研究领域可担当此任，即更新早产的全国性数据和研究早产儿的经济结局。

1. 更新全国资料

出生体重不能完全替代孕周来确定围生期患病率和死亡率的风险(结果 2-1)。

通过早孕期超声核对较为准确的孕周对于研究和临床都有利，包括：多胎妊娠的鉴别、早产的诊断、保胎的需要、类固醇药物管理、择期引产、分娩方式选择、分娩医院确定、产房内复苏需求以及胎儿生长发育判定(结果 2-2)。

胎龄和出生体重都不足以完全作为新生儿不成熟程度的判定指标(结果 2-3)。

建议Ⅰ-1：提高围生期资料收集的质量。国家 CDC 健康统计中心应号召并按统一标准去收集、记录、报告围生期资料。

应包括以下主要内容：

- 应评价重要记录中的孕周测量的准确程度。重要记录中应当阐明妊娠早期超声确定的胎龄(20 周前)。
- 胎龄别出生体重应该作为评估胎儿生长发育的一项指标。
- 应当提供胎龄、出生体重及胎龄别出生体重的围生儿死亡率和发病率。
- 应建立和执行能够反映早产不同种病因的分类和编码方案。
- 重要记录应陈述是否曾接受不孕症治疗(含体外授精和促排卵)。委员会承认这些原始数据的私密性和敏感性。

建议Ⅰ-2：鼓励行早孕期超声检查核对胎龄。早孕期超声检查能比较准确推算胎龄和促进学科发展，专业人士应当鼓励公众孕期及早进行 B 超检查(20 周以前)核实胎龄，同时要制订超声检查的标准规范，建议对超声医师进行专业培训，从而提高超声检查报告的质量及准确性。

建议Ⅰ-3：制订成熟度指标。资助机构应鼓励科学家研究制订更为可靠、准确用于围生期(出生前和出生后)判断成熟度的预测指标。

2. 研究早产儿的经济结局

早产儿在婴儿期尤其在新生儿期医疗费用很高，医疗需求相对易于理解。而由个人、家庭和社会承担的长期医疗、教育、生产力的费用仍未得到充分理解(结果 12-1)。

早产花费在公共和个人资助部分的分配尚未明确。早产儿童可能需要广泛的公共支持的服务(结果 14-1)。

即使出生孕周相同，早产相关花费仍有很大差异。但导致这种情况的原因尚不清楚(结果 12-2)。

建议Ⅳ-2：调查早产的经济结局。调查者应当调查早产带来的经济后果差异，为准确评价防治早产的政策制定打下基础。

研究应当包括：

- 评估与早产相关的长期教育、社会、生殖和医疗等的花费，并评估各种花费的分布。
- 建立多变量模型，以解释经济负担大范围波动的原因，甚至可以将胎龄作为因变量。
- 持续地进行，以利于建立持续的评估手段。
- 建立可以减少经济负担的政策和干预的经济评估的基础。

进行临床和卫生服务研究调查

委员会认为，除改进数据收集以更好理解早产问题的范畴和性质之外，还有五项临床和卫生服务领域需要调查：有早产风险的患者的识别和治疗；早产儿的近期和远期结局研究；不孕症治疗的研究和指南；改进对有早产风险的患者和早产儿的护理质量；调查卫生保健服务体系对早产的作用。

1. 改进识别和治疗有早产风险患者的方法

早产分娩的起因多样，却导致同样的生物学过程，其临床症状相对较少(如早产、胎膜早破和宫颈功能不全)(结果 6-1)。

目前识别早产风险的方法是利用人口统计学、行为学和生物危险因素，其灵敏度低。尽管灵敏度随临床症状逐渐出现而增加，但是随着分娩过程进展，干预的效果随之降低(结果 9-2)。

目前诊断和治疗高危早产的方法的证据尚不充足(结果 9-4)。

早产干预以改善围生期发病率和死亡率为目标。这个目标之所以重要，是因为有些时候，早产孕妇继续妊娠可能会增加母亲和(或)胎儿的健康风险(结果 9-5)。

建议Ⅲ-1：改进对有早产高危因素的孕妇进行诊断和治疗的方法。研究人员应当找出一些改进对早产高危孕妇进行诊断和治疗的方法。

尤其是：

- 产前检查的内容应该包括对孕妇进行早产高危因素的评估。
- 改进对孕前、早孕和中孕阶段有早产高危因素的孕妇进行识别的方法。
- 对已知的早产高危因素(如早产史、种族、短宫颈、生物化学和生物物理标志物)和潜在的新的标记物(如基因标记物)都要进行研究，以便形成个体化的综合危险因素评估。
- 需更精确的方法以便。
- 诊断早产。
- 对新生儿的健康状况进行评价，以便区分是否需终止妊娠。
- 终止妊娠。
- 衡量早产围生保健的成功应当以围生期发病率、死亡率，以及早产发生率、低出生体重儿的数量，或者新生儿发病率和死亡率为依据。

2. 早产儿近期和远期结局的研究

卫生保健服务提供者的知识和信念，影响着他们对发生早产的孕妇和早产儿的态度和处理措施(结果 9-6)。

预防早产的干预策略仅将早产作为唯一结局变量来研究。研究样本不够大，不足以对发病率、死亡率及新生儿发病率进行充分研究。(结果 9-3)。

大多数关于早产的研究根据出生体重标准选择研究对象。很少有根据早产儿胎龄研究其结局的报告。研究对象为出生体重小于2500g者，除早产儿外，还包括了小于胎龄儿(结果11-1)。

关于早产儿结局的报道存在巨大差异。这种差异多数归咎于缺乏统一的研究对象选择标准、研究方法、年龄的评估以及测量工具和阈值。(结果11-2)。

几乎没有关于早产儿的青春期和成年期的远期研究。在新生儿重症监护中心，缺乏监测早产儿中枢神经系统发育功能的良好指标，还缺少对神经系统和健康结局的远期预测指标(结果11-3)。

已评估的改善早产儿结局的产后干预措施不多，而这样的干预措施对于较为不成熟的早产儿很有必要(结果10-1)。

建议Ⅳ-1：制定报告新生儿结局的指南。国立卫生院、教育部、其他资助机构和研究人员应制定指南，以便确定和报告早产儿结局，更好地反映他们整个生命期的健康、神经发育、心理、教育、社会和情感的结局，并研究确定可以用来优化这些结局的方法。

具体来说：

- 除了按照出生体重分类，报告各种结局也应当按照胎龄进行分类；应该设计更好的测量胎儿和新生儿成熟度的方法。
- 产科-围生部门和儿科-新生儿部门应加强合作，建立指南，采用更加统一的方法评估和报告各种结局。包括年龄的评估、测量工具、随访的最短期限。测量手段应当覆盖广泛的结局，应当包括生活质量并阐明早产儿及其家庭在他们青少年期和成人期出现的各种结局。
- 如果有远期结局的研究，应该延续到青春期和成年期，观察恢复的程度。并且监测早产个体在成年期疾病的发生作为早产的结局。
- 研究应当筛选出新生儿期能较好地预测神经发育受损、功能结局和其他远期结局的指标，这些预测指标可以给父母咨询提供更好的参考，通过对婴儿发育提供更快捷的反馈，提高母儿干预试验的安全性，便于制订综合随访计划和早期干预措施。
- 产前对孕妇进行导致早产的因素的预防或治疗，以及对婴儿进行器官损伤的预防和治疗，这两种研究中随访和结局的评估不但要报告婴儿的出生胎龄和任何新生儿发病率，而且应当包括神经发育和认知结局。特殊的结局也应当记载，以解答调研中的问题。
- 研究应该识别和评估以改善结局为目的的产后干预的效果。

3. 研究不孕症的治疗，制订指导方针，以减少多胎妊娠的发生

无论多胎还是单胎妊娠，不孕症的治疗都是导致早产的重要因素(结果5-2)。

不孕、生育力低下和生育治疗增加早产风险(对于单胎妊娠尤其如此)，其机制尚不明确。考虑到早产的种族和社会经济原因，早产的发生机制可能存在巨大差异(结果5-3)。

目前尚不清楚超促排卵的使用情况(不管是否为人工授精)，并且还没有系统的机制来收集这方面的数据(结果5-1)。

建议Ⅱ-4：调查由于不孕症治疗造成的早产原因和结局。国立卫生院和其他机构，例如CDC和卫生保健研究和质量研究机构(Agency for Healthcare Research and Quality)应当对研究者进行不孕症的治疗，如辅助生殖技术和促排卵治疗，为早产风险机制的研究提供支持。还应当研究接受不孕治疗的妇女以及发生早产的母亲的结局及其新生儿的

结局。

具体来说，这个领域的研究应当达到如下目的：

● 为临床研究进行全面的登记，重点是胎龄及出生体重、医源性早产还是自发性早产、新生儿结局和围生儿死亡率及发病率。这些登记必须区别开多胎妊娠和单胎妊娠，并将同一次妊娠的多个新生婴儿联系起来。

● 进行基础的生物学研究，明确与不孕治疗相关的早产发病机制，以及可能导致早产的不孕症或生育力低下的潜在原因。

● 调查早产儿结局以及接受不孕症治疗的母亲分娩的所有新生儿的结局。

● 了解人口变化对生育治疗的应用和结局的影响。

● 评价各种不孕症治疗带来的短期和长期经济成本。

● 研究改善不孕症治疗结局的方法，包括识别高质量配子和受精卵，通过使用单个胚胎达到最大成功，而且改善卵巢刺激方案，使单一卵泡发育成熟。

建议Ⅱ-5：建立减少多胎妊娠的指南。美国妇产科医师协会（the American College of Obstetricians and Gynecologists）、美国生殖医学会（the American Society for Reproductive Medicine）和国立及州立公共卫生机构应当制定工作指南减少多胎妊娠的数量。重点放在进行单卵移植、限制超促排卵药物的使用和其他治疗不孕症的非辅助生殖技术。除了使用辅助生殖技术的医疗中心及个体医师必须向 CDC 报告外，超促排卵治疗的使用也应当同样上报。

4. 提高对有早产风险孕妇及早产儿的监护质量

产前保健的目的是解决妊娠并发症，比如子痫前期。目前尚无法明确识别或治疗早产的合适随访时间和适当的产前保健内容（结果 9-1）。

早产儿围生期及新生儿期护理环境的文献，从完全依赖护理级别，逐渐演化成更满足患者的临床需求。但是，尚没有为早产分娩建立优化资源配置（结果 14-2）。

有报道显示，不同机构间早产儿并发症的发生率存在很大差异，而一些结局，如身体发育，报道不多（结果 10-2）。

研究证实，儿童早期教育和其他治疗性的研究措施能够改善某些早产儿结局；但关键是要确定合适的强度、服务类型、人员和课程，以改善干预效果（结果 11-4）。

建议Ⅴ-2：建立质量议程。调查者、专业协会、国家机关、资助者和资助机构应当制订一项质量议程，目的在于利用当前的技术，最大限度的改善早产儿结局。

这些议程应当：

● 对早产妇女和早产儿治疗的医务人员的医疗过程进行全程质量评价；

● 证实对早产儿干预措施的有效性，明确将干预措施用于实际工作所需的努力；

● 分析不同机构中早产儿结局的差异。

5. 调研卫生保健服务系统的作用

建议Ⅴ-3：研究了解卫生保健服务系统对早产的影响。国立卫生院、卫生保健研究与质量署及一些私人基金会应当进行卫生保健服务系统组织和支持的效果研究，包括与早产相关的机构的评估、机构的质量、花费及结局，因为卫生保健服务贯穿整个生育期及童年时期，与早产有关。

进行病因学和流行病学调查

委员会强调关于早产病原学和流行病学的三项研究领域：早产病因的调查、多种危险因素的研究、不同种族和社会经济条件下早产发生率差异的研究。

1. 早产病因学调查

委员会认为，缺乏成功的公共卫生和临床干预措施，在很大程度上限制了对于早产多种病因的了解。

建议Ⅱ-1：支持早产的病因研究。资助机构应承诺持续、有力的支持早产的病因研究，填补相关知识空白。

需要支持的领域应包括：

● 贯穿整个孕期及孕前期，有关分娩的生理和病理机制研究。

● 炎症及其调控在着床和分娩中的作用应该加以研究。具体来说，应当注意细菌和病毒感染引起的免疫和炎症途径的改变，以及宿主对病原体的特殊反应。

● 早产应定义为一种多种病理生理途径的综合征，早产的表型，准确地反映了早产潜在病因的多种多样。

● 人类胚胎植入、胎盘形成、分娩和早产的动物模型、体外实验和计算机模型应该加以研究。

● 早产的简单遗传因素和更复杂的表观遗传原因应该加以研究。

● 基因与环境的交互作用和环境因素应当受到重视，环境因素包括的范围很广，包括物质和社会环境。

● 暴露于环境污染物的生物学靶向、机制以及生物标志物都应该加以研究。

2. 同时研究与早产相关的多种社会心理、行为、社会人口及环境危险因素

委员会认为，早产的社会心理、行为和社会人口学危险因素倾向于同时存在，而且这些因素潜在的作用及相互的交互作用尚未研究。当独立研究某一因素时，与早产的关联可能很弱且不稳定。委员会认为，寻求每个额外的潜在相互作用，样本量必须足够大，统计学才能显示有意义的差异。

有限的数据表明，一些环境污染物，比如铅和烟草污染以及空气污染，可能会增加早产风险；但是大多数环境污染物尚未被研究。另外，尚未研究环境毒物暴露和其他行为、社会心理及社会人口因素之间的相互作用(结果 8-1)。

除了个体水平的早产危险因素，不利的环境条件，如贫困和犯罪，也是早产的危险因素。这些数据提示，干预措施可能需要从仅关注个体，扩展到关注社会结构因素引起的早产风险(结果 4-2)。

建议Ⅱ-2：研究多种危险因素以构建早产相关的复杂交互模型。公立和私人资助机构应支持，而且研究人员应该同时进行与早产相关的多种危险因素研究，而不是独立的个别危险因素研究。这些研究将构建一个与早产有关的多因素相互作用的复杂模型，有利于发现更具体、更完善的针对危险因素的干预措施。

具体而言这些研究包括：

● 制订强有力的理论模型，从社会心理因素包括压力、社会支持及其他弹性因素到早

产，作为日后进行早产观察性研究的基础。这些工作框架应包括可能的生物学机制。综合性研究应包括社会心理、行为、医学和生物学数据。

- 充分研究各种风险，如就业特征和工作环境，包括与工作有关的压力；孕期家庭或个人暴力影响；种族歧视和个人资源，如乐观、掌握和控制，以及妊娠意愿。这些研究还应包括这些因素与环境毒物暴露的潜在交互作用。
- 不同种族和民族群体经历的压力形式各不相同，在压力与早产的研究中要强调与其文化相适应的措施。压力测量还应包括特殊的情况，如焦虑。
- 扩大社区水平因素对早产风险影响的研究，纳入多水平模型的新数据。提供这些信息的资料，使研究者可以获得，机构间应达成协议，资源共享，以支持社区制图模型的发展。
- 为预防早产的主要策略的发展而努力，当有证据表明多种因素造成的一定效应时，应考虑针对这些因素的干预措施。
- 使研究设计普遍适用于所有资料和样本，而且考虑对高危人群进行研究，以提高研究的功效。

3. 不同种族-民族和社会经济条件下早产发生率差异的研究

早产的社会人口学研究应该特别关注种族、民族和社会经济条件的差异，因为在美国，不同种族、民族和社会经济条件下早产发生率有很大差异。这些差异的原因尚不明了（结果4-1）。

建议Ⅱ-3：将研究扩展到民族-种族间差异和社会经济的差异对早产率影响的原因和预防方法上。国内卫生院和其他资助机构，当前应致力于早产率在民族与种族和社会经济差异的原因和防治方法上的研究。这项研究议程要将努力重点放在寻求非裔美籍婴儿高早产率的原因方面，还要鼓励对其他民族-种族亚组间差异性的研究。

这项研究应该是一个整体方案，能够考虑到早产发生的多种因素之间不同的相互作用，包括在多个水平和整个生命过程中均发挥作用的种族主义。

Ⅲ 研究并发布公众政策

最后，委员会认为，建立减少早产发生和改善早产儿结局的有效公共政策，需要更好地了解早产及早产儿健康结局的决定因素，并需要得到有效干预措施的有用信息。早产与广泛范围的公共项目大笔支出有关，包括医疗保健、教育和收入支持。用于降低早产发生率的公共投资不仅可为整个社会，还可为公共部门节约大量成本（结果14-3）。

建议Ⅴ-4：研究公共项目与政策对早产的影响。国内卫生院、医疗服务和公共医疗补助中心（the Centers for Medicare and Medicaid Services）以及私人基金会，应当研究和（或）支持研究社会项目和政策对早产发生和早产儿健康的作用。

建议Ⅴ-5：进行与公共政策发布内容有关的研究。为了制定能够减少早产发生并确保新生儿健康的有效公共政策，需要公共和私人基金机构、国家机构、捐助人、专业协会和研究人员努力实施既往建议。在制定能够成功解决早产问题的政策之前，重要的是进行以下几方面的研究：早产的定义、临床调查和病因学及流行病学调查。

参考文献

AAMC (Association of American Medical Colleges). 2005a. *Faculty Roster*. Presented by Diane Magrane, MD, at IOM Committee on Understanding Premature Birth and Assuring Heatlhy Outcomes Workshop, August 10, 2005. Washington, DC: IOM.

AAMC. 2005b. *Report on Medical School Faculty Salaries, 2003-2004*. Presented by Diane Magrane, MD, at IOM Committee on Understanding Premature Birth and Assuring Healthy Outcomes Workshop, August 10, 2005. Washington, DC: IOM.

AAMR (American Association of Mental Retardation). 2005. *Definition of Mental Retardation*. [Online]. Available: http://www.aamr.org/Policies/faq_mental_retardation.shtml [accessed February 13, 2006].

AAP (American Academy of Pediatrics). 1993. Committee on Substance Abuse and Committee on Children with Disabilities: Fetal alcohol syndrome and fetal alcohol effects. *Pediatrics* 9:1004-1006.

AAP. 2006. *AAP Red Book*. [Online]. Available: http://aapredbook.aappublications.org [accessed March 8, 2006].

Abbasi S, Hirsch D, Davis J, Tolosa J, Stouffer N, Debbs R, Gerdes JS. 2000. Effect of single versus multiple courses of antenatal corticosteroids on maternal and neonatal outcome. *American Journal of Obstetrics and Gynecology* 182:1243.

Abdolmaleky HM, Thiagalingam S, Wilcox M. 2005. Genetics and epigenetics in major psychiatric disorders: Dilemmas, achievements, applications, and future scope. *American Journal of PharmacoGenomics* 5:149-160.

ACF (Administration for Children and Families). 2005. [Online]. Available: http://www.acf.hhs.gov [accessed January 30, 2006].

ACIM (Advisory Committee on Infant Mortality). 2001. *Low Birth Weight: Report and Recommendations*. Final report to the Secretary of Health and Human Services.

ACOG (American College of Obstetricians and Gynecologists). 2001. Assessment of risk factors for preterm birth. ACOG Practice Bulletin No. 31. *Obstetrics and Gynecology* 98:709-716.

ACOG. 2003. Management of preterm labor. *ACOG Practice Bulletin No. 431*. 101:1039-1047.

ACOG. 2004. Ultrasonography in pregnancy. *ACOG Practice Bulletin No. 58*. 104:1449-1458.

Adams MM, Delaney KM, Stupp PW, McCarthy BJ, Rawlings JS. 1997. The relationship of interpregnancy interval to infant birthweight and length of gestation among low-risk women, Georgia. *Paediatric and Perinatal Epidemiology* 1:48-62.

Adams MM, Elam-Evans LD, Wilson HG, Gilbertz DA. 2000. Rates of and factors associated with recurrence of preterm delivery. *JAMA* 283:1591-1596.

Adashi EY, Ekins MN, LaCoursiere Y. 2004. On the discharge of Hippocratic obligations: Challenges and opportunities. *American Journal of Obstetrics and Gynecology* 190(4): 885-893.

Aggazzotti G, Righi E, Fantuzzi G, Biasotti B, Ravera G, Kanitz S, Barbone F, Sansebastiano G, Battaglia MA, Leoni V, Fabiani L, Triassi M, Sciacca S. 2004. Chlorination by-products (CBPs) in drinking water and adverse pregnancy outcomes in Italy. *Journal of Water and Health* 2:233-247.

Aghajafari F, Murphy K, Matthews S, Ohlsson A, Amankwah K, Hannah M. 2002. Repeated doses of antenatal corticosteroids in animals: A systematic review. *American Journal of Obstetrics and Gynecology* 186(4):843-849.

Ahlborg G Jr., Bodin L. 1991. Tobacco smoke exposure and pregnancy outcome among working women. A prospective study at prenatal care centers in Orebro County, Sweden. *American Journal of Epidemiology* 133:338-347.

Ahlborg G Jr., Bodin L, Hogstedt C. 1990. Heavy lifting during pregnancy—A hazard to the fetus? A prospective study. *International Journal of Epidemiology* 19(1):90-97.

Ahluwalia IB, Grummer-Strawn L, and Scanlon KS. 1997. Exposure to environmental tobacco smoke and birth outcome: Increased effects on pregnant women aged 30 years or older. *American Journal of Epidemiology* 146:42-47.

Ahmad SA, Sayed MH, Barua S, Khan MH, Faruquee MH, Jalil A, Hadi SA, Talukder HK. 2001. Arsenic in drinking water and pregnancy outcomes. *Environmental Health Perspectives* 109:629-631.

AHRQ (Agency for Health Care Research and Quality). 2002. *Criteria for Determining Disability in Infants and Children: Low Birth Weight*. [Online]. Available: http://www.ahrq.gov/clinic/epcsums/lbwdissum.htm [accessed March 9, 2006].

Al-Aweel I, Pursley DM, Rubin LP, Shah B, Weisberger S, Richardson DK. 2001. Variation in prevalence of hypotension, hypertension and vasopressor use in NICUs. *Journal of Perinatology* 21:272-278.

Albertine KH, Jones GP, Starcher BC, Bohnsack JF, Davis PL, Cho S, Carlton DP, Bland RD. 1999. Chronic lung injury in preterm lambs. *American Journal of Respiratory and Critical Care Medicine* 159:945-958.

Albertsen K, Hannerz H, Borg V, Burr H. 2003. The effect of work environment and heavy smoking on the social inequalities in smoking cessation. *Public Health* 117(6):383-388.

Albertsen K, Andersen A-M N, Olsen J, Grønbaek M. 2004. Alcohol consumption during pregnancy and the risk of preterm delivery. *American Journal of Epidemiology* 159: 155-161.

Alexander GR, Allen MC. 1996. Conceptualization, measurement, and use of gestational age. I. Clinical and public health practice. *Journal of Perinatology: Official Journal of the California Perinatal Association* 16(1):53-59.

Alexander GR, Kotelchuck M. 2001. Assessing the role and effectiveness of prenatal care: History, challenges, and directions for future research. *Public Health Reports* 116(4): 306-316.

Alexander GR, Slay M. 2002. Prematurity at birth: Trends, racial disparities, and epidemiology. *Mental Retardation & Developmental Disabilities Research Reviews* 8(4):215-220.

Alexander GR, De Caunes F, Hulsey TC, Tompkins ME, Allen M. 1992. Validity of postnatal assessments of gestational age: A comparison of the method of Ballard et al. and early ultrasonography. *American Journal of Obstetrics and Gynecology* 166(3):891-895.

Alexander GR, Tompkins ME, Petersen DJ, Hulsey TC, Mor J. 1995. Discordance between LMP-based and clinically estimated gestational age: Implications for research, programs, and policy. *Public Health Reports* 110(4):395-402.

Alexander GR, Himes JH, Kaufman RB, Mor J, Kogan M. 1996. A United States national reference for fetal growth. *Obstetrics and Gynecology* 87(2 I):163-168.

Alexander GR, Kogan M, Martin J, Papiernik E . 1998. What are the fetal growth patterns of singletons, twins, and triplets in the United States? *Clinical Obstetrics and Gynecology* 41(1):115-125.

Alexander GR, Kogan MD, Himes JH. 1999. 1994-1996 U.S. singleton birth weight percentiles for gestational age by race, Hispanic origin, and gender. *Maternal and Child Health Journal* 3(4):225-231.

Alexander GR, Kogan M, Bader D, Carlo W, Allen M, Mor J. 2003. U.S. birth weight/ gestational age-specific neonatal mortality: 1995-1997 rates for whites, hispanics, and blacks. *Pediatrics* 111(1):e61-e66.

Alexander S, Buekens P, Blondel B, Kaminski M. 1990. Is routine antenatal booking vaginal examination necessary for reasons other than cervical cytology if ultrasound examination is planned? *British Journal of Obstetrics and Gynaecology* 97(4):365-366.

Al-Jasmi F, Al-Mansoor F, Alsheiba A, Carter AO, Carter TP, Hossain MM. 2002. Effect of interpregnancy interval on risk of spontaneous preterm birth in Emirati women, United Arab Emirates. *Bulletin of the World Health Organization* 80:871-875.

Allen MC. 2002. Overview: Prematurity. *Mental Retardation & Developmental Disabilities Research Reviews* 8(4):213-214.

Allen MC. 2005a. Assessment of gestational age and neuromaturation. *Mental Retardation and Developmental Disabilities Research Reviews* 11(1):21-33.

Allen MC. 2005b. Risk assessment and neurodevelopmental outcomes. In: Taeusch HW, Ballard RA, Gleason CA eds. *Avery's Diseases of the Newborn*, 8th edition. Philadelphia, PA: Elsevier Saunders. Pp. 1026-1042.

Allen MC, Capute AJ. 1986. Assessment of early auditory and visual abilities of extremely premature infants. *Developmental Medicine and Child Neurology* 28(4):458-466.

Allen MC, Capute AJ. 1989. Neonatal neurodevelopmental examination as a predictor of neuromotor outcome in premature infants. *Pediatrics* 83(4):498-506.

Allen MC, Donohue PK, Dusman AE. 1993. The limit of viability—Neonatal outcome of infants born at 22 to 25 weeks' gestation. *New England Journal of Medicine* 329(22): 1597-1601.

Allen MC, Alexander GR, Tompkins ME, Hulsey TC. 2000. Racial differences in temporal changes in newborn viability and survival by gestational age. *Paediatric and Perinatal Epidemiology* 14(2):152-158.

Als H. 1998. Developmental care in the newborn intensive care unit. *Current Opinion in Pediatrics* 10(2):138-142.

Als H, Duffy FH, McAnulty GB, Rivkin MJ, Vajapeyam S, Mulkern RV, Warfield SK, Huppi PS, Butler SC, Conneman N, Fischer C, Eichenwald EC. 2004. Early experience alters brain function and structure. *Pediatrics* 113(4 I):846-857.

Althuisius SM, Dekker GA, Hummel P, Bekedam DJ, Van Geijn HP. 2001. Final results of the cervical incompetence prevention randomized cerclage trial (CIPRACT): Therapeutic cerclage with bed rest versus bed rest alone. *American Journal of Obstetrics and Gynecology* 185(5):1106-1112.

Altman DG, Chitty LS. 1994. Charts of fetal size: I. Methodology. *British Journal of Obstetrics and Gynaecology* 101(1):29-34.

Altman D, Powers WJ, Perlman JM, Herscovitch P, Volpe SL, Volpe JJ. 1988. Cerebral blood flow requirement for brain viability in newborn infants is lower than adults. *Annals of Neurology* 24:218-226.

Amaro H, Fried LE, Cabral H, Zuckerman B. 1990. Violence during pregnancy and substance use. *American Journal of Public Health* 80(5):575-579.

Amiel-Tison C. 1968. Neurological evaluation of the maturity of newborn infants. *Archives of Disease in Childhood* 43(227):89-93.

Amiel-Tison C. 1980. Possible acceleration of neurological maturation following high-risk pregnancy. *American Journal of Obstetrics and Gynecology* 138(3):303-306.

Amiel-Tison C, Gosselin J. 2001. *Neurologic Development from Birth to 6 Years.* Baltimore, MD: Johns Hopkins University Press.

Amiel-Tison C, Grenier A. 1986. *Neurologic Assessment During the First Year of Life.* New York: Oxford.

Amiel-Tison C, Pettigrew AG. 1991. Adaptive changes in the developing brain during intrauterine stress. *Brain and Development* 13(2):67-76.

Amiel-Tison C, Allen MC, Lebrun F, Rogowski J. 2002. Macropremies: Underprivileged newborns. *Mental Retardation & Developmental Disabilities Research Reviews* 8(4): 281-292.

Amiel-Tison C, Cabrol D, Denver R, Jarreau P-H, Papiernik E, Piazza PV. 2004a. Fetal adaptation to stress. I. Acceleration of fetal maturation and earlier birth triggered by placental insufficiency in humans. *Early Human Development* 78(1):15-27.

Amiel-Tison C, Cabrol D, Denver R, Jarreau P-H, Papiernik E, Piazza PV. 2004b. Fetal adaptation to stress: II. Evolutionary aspects; Stress-induced hippocampal damage; long-term effects on behavior; consequences on adult health. *Early Human Development* 78(2): 81-94.

Amini SB, Catalano PM, Dierker LJ, Mann LI. 1996. Births to teenagers: Trends and obstetric outcomes. *Obstetrics and Gynecology* 87(5 I):668-674.

Anand KJS. 1998. Clinical importance of pain and stress in preterm neonates. *Biology of the Neonate* 73(1):1-9.

Anand KJS, Abu-Saad HH, Aynsley-Green A, Bancalari E, Benini F, Champion GD, Craig KD, Dangel TS, Fournier-Charrière E, Franck LS, Grunau RE, Hertel SA, Jacqz-Aigrain E, Jorch G, Kopelman BI, Koren G, Larsson B, Marlow N, McIntosh N, Ohlsson A, Olsson G, Porter F, Richter R, Stevens B, Taddio A. 2001. Consensus statement for the prevention and management of pain in the newborn. *Archives of Pediatrics and Adolescent Medicine* 155(2):173-180.

Ananth CV, Joseph KS, Oyelese Y, Demissie K, Vintzileos AM. 2005. Trends in preterm birth and perinatal mortality among singletons: United States, 1989 through 2000. *Obstetrics and Gynecology* 105(5 I):1084-1091.

Anderson AN, Gianaroli L, Felberbaum R, de Mouzon J. 2005. Assisted reproductive technology in Europe, 2001. Results generated from European register by ESHRE. *Human Reproduction* 20(5):1158-1176.

Anderson P, Doyle LW. 2003. Neurobehavioral outcomes of school-age children born extremely low birth weight or very preterm in the 1990s. *JAMA* 289(24):3264-3272.

Anderson RT, Sorlie P, Backlund E, Johnson N, Kaplan GA. 1996. Mortality effects of community socioeconomic status. *Epidemiology* 8(1): 42-47.

Ando M, Takashima S, Mito T. 1988. Endotoxin, cerebral blood flow, amino acids and brain damage in young rabbits. *Brain and Development* 10(6):365-370.

Andrews KW, Savitz DA, Hertz-Picciotto I. 1994. Prenatal lead exposure in relation to gestational age and birth weight: A review of epidemiologic studies. *American Journal of Industrial Medicine* 26:13-32.

Andrews WW, Goldenberg RL. 2003. What we have learned from an antibiotic trial in fetal fibronectin positive women. *Seminars in Perinatology* 27(3):231-238.

Andrews WW, Hauth JC, Goldenberg RL. 2000. Infection and preterm birth. *American Journal of Perinatology* 17:357-365.

Andrews WW, Sibai BM, Thom EA, Dudley D, Ernest JM, McNellis D, Leveno KJ, Wapner R, Moawad A, O'Sullivan MJ, Caritis SN, Iams JD, Langer O, Miodovnik M, Dombrowski M. 2003. Randomized clinical trial of metronidazole plus erythromycin to prevent spontaneous preterm delivery in fetal fibronectin-positive women. *Obstetrics and Gynecology* 101(5):847-855.

Andrews WW, Goldenberg RL, Hauth JC, Cliver SP, Copper R, Conner M. 2006. Interconceptional antibiotics to prevent spontaneous preterm birth: A randomized clinical trial. *American Journal of Obstetrics and Gynecology* 194(3):617-623.

Annells M, Hart P, Mullighan C, Heatley S, Robinson J, Bardy P, McDonald H. 2004. Interleukins-1, -4, -6, -10, tumor necrosis factor, transforming growth factor-beta, FAS, and mannose-binding protein C gene polymorphisms in Australian women: Risk of preterm birth. *American Journal of Obstetrics and Gynecology* 191(6):2056-2067.

Anotayanonth S, Subhedar NV, Garner P, Neilson JP, Harigopal S. 2004. Betamimetics for inhibiting preterm labour. *Cochrane Database of Systematic Reviews* (4).

Arechavaleta-Velasco F, Koi H, Strauss JF 3rd, Parry S. 2002. Viral infection of the trophoblast: Time to take a serious look at its role in abnormal implantation and placentation? *Journal of Reproductive Immunology* 55:113-121

Arias F, Rodriquez L, Rayne SC, Kraus FT. 1993. Maternal placental vasculopathy and infection: Two distinct subgroups among patients with preterm labor and preterm ruptured membranes. *American Journal of Obstetrics and Gynecology* 168:585-591.

Ashbaugh JB, Leick-Rude MK, Kilbride HW. 1999. Developmental care teams in the neonatal intensive care unit: Survey on current status. *Journal of Perinatology* 19(1):48-52.

Asrat T. 2001. Intra-amniotic infection patients with preterm prelabor rupture of membranes. Pathophysiology, detection and management. *Clinicial Perinatology* 28:735-751.

Asrat T, Lewis DF, Garitie TJ, Major CA, Nageotte MP, Towers CV, Montgomery DM, Dorchester WA. 1991. Rate of recurrence of preterm premature rupture of membranes in consecutive pregnancies. *American Journal of Obstetrics and Gynecology* 165(a Pt1): 1111-1115.

Astolfi P, Zonta LA. 2002. Delayed maternity and risk at delivery. *Paediatric and Perinatal Epidemiology* 16(1):67-72.

Aucott S, Donohue PK, Atkins E, Allen MC. 2002. Neurodevelopmental care in the NICU. *Mental Retardation and Developmental Disabilities Research Reviews* 8(4):298-308.

Avchen RN, Scott KG, Mason CA. 2001. Birth weight and school-age disabilities: A population-based study. *American Journal of Epidemiology* 154(10):895-901.

Avery GB, Fletcher AB, Kaplan M, Brudno DS. 1985. Controlled trial of dexamethasone in respirator-dependent infants with bronchopulmonary dysplasia. *Pediatrics* 75(1): 106-111.

Avery ME, Tooley WH, Keller JB, Hurd SS, Bryan MH, Cotton RB, et al. 1987. Is chronic lung disease in low birth weight infants preventable? A survey of eight centers. *Pediatrics* 79:26-30.

Aylward GP. 2002a. Cognitive and neuropsychological outcomes: More than IQ scores. *Mental Retardation and Developmental Disabilities Research Reviews* 8(4):234-240.

Aylward GP. 2002b. Methodological issues in outcome studies of at-risk infants. *Journal of Pediatric Psychology* 27(1):37-45.

Aylward GP. 2005. Neurodevelopmental outcomes of infants born prematurely. *Journal of Developmental and Behavioral Pediatrics* 26(6):427.

Aylward GP, Pfeiffer SI, Wright A, Verhulst SJ. 1989. Outcome studies of low birth weight infants published in the last decade: A metaanalysis. *Journal of Pediatrics* 115(4): 515-520.

Aziz K, McMillan DD, Andews W, Pendray M, Qiu Z, Karuri S, et al. 2005. Variations in rates of nosocomial infection among Canadian neonatal intensive care units may be practice related. *BMC Pediatrics* 5:22.

Bachmann LM, Coomarasamy A, Honest H, Khan KS. 2003. Elective cervical cerclage for prevention of preterm birth: A systematic review. *Acta Obstetricia et Gynecologica Scandinavica* 82(5):398-404.

Back SA. 2005. Congenital malformations of the central nervous system. In: Taeusch HW, Ballard RA, Gleason CA eds. *Avery's Diseases of the Newborn*, 8th edition. Philadelphia, PA: Elsevier Saunders. Pp. 1471-1483.

Back SA, Rivkees SA. 2004. Emerging concepts in periventricular white matter injury. *Seminars in Perinatology* 28:405-414.

Back SA, Gan X, Li Y, Rosenberg PR, Volpe JJ. 1998. Maturation-dependent vulnerability of oligodendrocytes to oxidative stress-induced death caused by glutathione depletion. *Journal of Neuroscience* 18:6241-6253.

Back SA, Luo NL, Borenstein NS, Levine JM, Volpe JJ, Kinney HC. 2001. Late oligodendrocyte progenitors coincide with the developmental window of vulnerability for human perinatal white matter injury. *Journal of Neuroscience* 21:1302-1312.

Back SA, Han BH, Luo NL, Chricton CA, Xanthoudakis S, Tam J, Arvin KL, Holtzman DL. 2002. Selective vulnerability of late oligodendrocyte progenitors to hypoxia-ischemia. *Journal of Neuroscience* 22:455-463.

Bae J, Peters-Golden M, Loch-Caruso R. 1999a. Stimulation of pregnant rat uterine contraction by the polychlorinated biphenyl (PCB) mixture aroclor 1242 may be mediated by arachidonic acid release through activation of phospholipase A2 enzymes. *Journal of Pharmacology and Experimental Therapeutics* 289(2):1112-1120.

Bae J, Stuenkel EL, Loch-Caruso R. 1999b. Stimulation of oscillatory uterine contraction by the PCB mixture Aroclor 1242 may involve increased [Ca2+]i through voltage-operated calcium channels. *Toxicology and Applied Pharmacology* 155(3):261-272.

Bagenholm R, Nilsson A, Kjellmer I. 1997. Formation of free radicals in hypoxic ischemic brain damage in the neonatal rat, assessed by an endogenous spin trap and lipid peroxidation. *Brain Research* 773:132-138.

Bagenholm R, Nilsson A, Gotborg CW, Kjellmer I. 1998. Free radicals are formed in the brain of fetal sheep during reperfusion after cerebral ischemia. *Pediatrics Research* 43:271-275.

Baird TM. 2004. Clinical correlates, natural history and outcome of neonatal apnoea. *Seminars in Neonatology* 9(3):205-211.

Baker JP. 2000. The incubator and the medical discovery of the premature infant. *Journal of Perinatology* 20(5):321-328.

Bakketeig LS, Hoffman HJ. 1981. Epidemiology of preterm birth: Results from a longitudinal study of births in Norway. In: Elder MG, Hendricks CH eds. *Preterm Labor*. London, UK, and Boston, MA: Butterworth. Pp. 17-46.

Bakketeig LS, Hoffman HJ, Harley EE. 1979. The tendency to repeat gestational age and birth weight in successive births. *American Journal of Obstetrics and Gynecology* 135(8):1086-1103.

Ballard JL, Novak KK, Driver M. 1979. A simplified score for assessment of fetal maturation of newly born infants. *Journal of Pediatrics* 95(5 I):769-774.

Ballard JL, Khoury JC, Wedig K, Wang L, Eilers-Walsman BL, Lipp R. 1991. New Ballard Score, expanded to include extremely premature infants. *Journal of Pediatrics* 119(3): 417-423.

Bamshad M. 2005. Genetic influences on health: Does race matter. *JAMA* 294:937-946.

Bancalari E. 2002. Neonatal chronic lung disease. In: Fanaroff AA, Martin RJ eds. *Neonatal Perinatal Medicine*, 7th edition. St. Loius, MO: Mosby-Year Book. P. 1057.

Barbaras, AP. 1966. Ehlers-Danlos syndrome: Associated with prematurity and premature rupture of foetal membranes; possible increase in incidence. *British Medical Journal* 5515: 682-684.

Barbieri RL. 2005. Too many embryos for one woman: What counts as success or failure in ART? *OBG Management* 17(7):8-9.

Barker DJ, Winter PD, Osmond C, Margetts B, Simmonds SJ. 1989a. Weight in infancy and death from ischaemic heart disease. *Lancet* 2(8663):577-580.

Barker DJ, Osmond C, Golding J, Kuh D, Wadsworth ME. 1989b. Growth in utero, blood pressure in childhood and adult life, and mortality from cardiovascular disease. *British Medical Journal* 298(6673):564-567.

Barker DJ, Hales CN, Fall CH, Osmond C, Phipps K, Clark PM. 1993a. Type 2 (non-insulin-dependent) diabetes mellitus, hypertension and hyperlipidaemia (syndrome X): Relation to reduced fetal growth. *Diabetologia* 36(1):62-67.

Barker DJ, Osmond C, Simmonds SJ, Wield GA. 1993b. The relation of small head circumference and thinness at birth to death from cardiovascular disease in adult life. *British Medical Journal* 306(6875):422-426.

Barker DJP. 1998. In utero programming of chronic disease. *Clinical Science* 95(2):115-128.

Barnard KE, Bee HL. 1983. The impact of temporally patterned stimulation on the development of preterm infants. *Child Development* 54(5):1156-1167.

Barnett WS. 1995. Long-term effects of early childhood programs on cognitive and school outcomes. *Future of Children* 5(3):25-50.

Barrington KJ. 2001a. The adverse neuro-developmental effects of postnatal steroids in the preterm infant: A systematic review of RCTs. *BMC Pediatrics* 1.

Barrington KJ. 2001b. Postnatal steroids and neurodevelopmental outcomes: A problem in the making. *Pediatrics* 107(6):1425-1426.

Basso O, Baird DD. 2003. Infertility and preterm delivery, birthweight, and caesarean section: A study within the Danish National Birth Cohort. *Human Reproduction* 18(11):2478-2484.

Basso O, Olsen J, Knudsen LB, Christensen K. 1998. Low birth weight and preterm birth after short interpregnancy intervals. *American Journal of Obstetrics and Gynecology* 178: 259-263.

Battaglia FC, Lubchenco LO. 1967. A practical classification of newborn infants by weight and gestational age. *Journal of Pediatrics* 71(2):159-163.

Baud O, Foix-L'Helias L, Kaminski M, Audibert F, Jarreau P-H, Papiernik E, Huon C, Lepercq J, Dehan M, Lacaze-Masmonteil T. 1999. Antenatal glucocorticoid treatment and cystic periventricular leukomalacia in very premature infants. *New England Journal of Medicine* 341(16):1190-1196.

Bavdekar A, Yajnik CS, Fall CH, Bapat S, Pandit AN, Deshpande D, Bhave S, Kellingray SD, Joglekar C. 1999. Insulin resistance syndrome in 8-year-old Indian children: Small at birth, big at 8 years, or both? *Diabetes* 48(12):2422-2429.

Beck LF, Morrow B, Lipscomb LE, Johnson CH, Gaffield ME, Rogers M, Gilbert BC. 2002. Prevalence of selected maternal behaviors and experiences, Pregnancy Risk Assessment Monitoring System (PRAMS), 1999. *Morbidity and Mortality Weekly Report: Surveillance Summaries* 51(2):1-27.

Becker G, Castrillo M, Jackson R, Nachtigall RD. 2006. Infertility among low-income latinos. *Fertility and Sterility* 85(4):882-887.

Beckerman KP. 2005. Identification, evaluation, and care of the human immunodeficiency virus-exposed neonate. In: Taeusch HW, Ballard RA, Gleason CA eds. *Avery's Diseases of the Newborn*, 8th edition. Philadelphia, PA: Elsevier Saunders.

Beckman PJ, Pokorni JL. 1988. A longitudinal study of families of preterm infants: Changes in stress and support over the first two years. *Journal of Special Education* 22(1):55-65.

Beddhu S. 2004. The body mass index paradox and an obesity, inflammation, and atherosclerosis syndrome in chronic kidney disease. *Seminars in Dialysis* 17:229-232.

Bejar R, Curbelo V, Davis C, Gluck L. 1981. Premature labor. II. Bacterial sources of phospholipase. *Obstetrics and Gynecology* 57(4):479-482.

Bejar R, Wozniak P, Allard M, Benirschke K, Vaucher Y, Coen R. 1988. Antenatal origin of neurologic damage in newborn infants. I. Preterm infants. *American Journal of Obstetrics and Gynecology* 159:357-363.

Belej-Rak T, Okun N, Windrim R, Ross S, Hannah ME. 2003. Effectiveness of cervical cerclage for a sonographically shortened cervix: A systematic review and meta-analysis. *American Journal of Obstetrics and Gynecology* 189(6):1679-1687.

Belfield CR, Nores M, Barnett S, Schweinhart L. 2006. The High/Scope Perry Preschool Program: Cost-benefit analysis using data from the age-40 followup. *Journal of Human Resources* 41(1):162-190.

Bellinger D. 2004. Assessing environmental neurotoxicant exposures and child neurobehavior Confounded by confounding? *Epidemiology* 15:383-384.

Bellu R, de Waal KA, Zanini R. 2005. Opioids for neonates receiving mechanical ventilation. *Cochrane Database of Systematic Reviews: Early Human Development* 81(3):293-302.

Berghella V, Tolosa JE, Kuhlman K, Weiner S, Bolognese RJ, Wapner RJ. 1997. Cervical ultrasonography compared with manual examination as a predictor of preterm delivery. *American Journal of Obstetrics and Gynecology* 177(4):723-730.

Berghella V, Odibo AO, Tolosa JE. 2004. Cerclage for prevention of preterm birth in women with short cervix found on transvaginal ultrasound examination: A randomized trial. *American Journal of Obstetrics and Gynecology* 191:1311-1317.

Berghella V, Odibo AO, To MS, Rust DA, Althuisius SM. 2005. Cerclage for short cervix on ultrasonography. Meta-analysis of trials using individual patient-level data. *Obstetrics and Gynecology* 106:181-189.

Berkman ND, Thorp JM, Lohr KN, et al. 2003. Tocolytic treatment for the management of preterm labor: A review of the evidence. *American Journal of Obstetrics and Gynecology* 188:1648-1659.

Berkowitz GS, Kasl SV. 1983. The role of psychosocial factors in spontaneous preterm delivery. *Journal of Psychosomatic Research* 27(4):283-290.

Berkowitz GS, Papiernik E. 1993. Epidemiology of preterm birth. *Epidemiologic Reviews* 15(2):414-443.

Berkowitz GS, Lapinski RH, Wolff MS. 1996. The role of DDE and polychlorinated biphenyl levels in preterm birth. *Archives of Environmental Contamination and Toxicology* 30:139-141.

Berkowitz GS, Blackmore-Prince C, Lapinski RH, Savitz DA. 1998. Risk factors for preterm birth subtypes. *Epidemiology* 9:279-285.

Berkowitz R, Davis J. 2006. Introduction: Health disparities in infertility. *Fertility and Sterility* 85(4):842-843.

Berlin LJ, Brooks-Gunn J, McCarton C, McCormick MC. 1998. The effectiveness of early intervention: Examining risk factors and pathways to enhanced development. *Preventive Medicine* 27(2):238-245.

Bernstein IM. 2003. The assessment of newborn size. *Pediatrics* 111(6 I):1430-1431.

Bernstein IM, Meyer MC, Capeless EL. 1994. "Fetal growth charts": Comparison of cross-sectional ultrasound examinations with birth weight. *Journal of Maternal-Fetal Medicine* 3(4):182-186.

Berseth CL. 2005. Developmental anatomy and physiology of the gastrointestinal tract. In: Taeusch HW, Ballard RA, Gleason CA eds. *Avery's Diseases of the Newborn,* 8th edition. Philadelphia, PA: Elsevier Saunders. Pp. 12-34.

Bhargava SK, Sachdev HS, Fall CH, Osmond C, Lakshmy R, Barker DJ, Biswas SK, Ramji S, Prabhakaran D, Reddy KS. 2004. Relation of serial changes in childhood body-mass index to impaired glucose tolerance in young adulthood. *New England Journal of Medicine* 350(9):865-875.

Bhutta AT, Cleves MA, Casey PH, Cradock MM, Anand KJS. 2002. Cognitive and behavioral outcomes of school aged children who were born preterm: A meta analysis. *JAMA* 288(6):128-737.

Bhutta T, Henderson-Smart DJ. 2002. Rescue high frequency oscillatory ventilation versus conventional ventilation for pulmonary dysfunction in preterm infants. *Cochrane Reviews*. Issue 3.

Bhutta T, Ohlsson A. 1998. Systematic review and meta-analysis of early postnatal dexamethasone for prevention of chronic lung disease. *Archives of Disease in Childhood: Fetal and Neonatal Edition* 79:F26-F33.

Bian J, Sun Y. 1997. Transcriptional activation by p53 of thehuman type IV collagenase (gelatinase A or the matrix metalloproteinase2) promoter. *Molecular and Cellular Biology* 17:6330-6318.

Binkin NJ, Yip R, Fleshood L, Trowbridge FL. 1988. Birth weight and childhood growth. *Pediatrics* 82:828-834.

Bin-Nun A, Bromiker R, Wilschanski M, Kaplan M, Rudensky B, Caplan M, Hammerman C. 2005. Oral probiotics prevent necrotizing enterocolitis in very low birth weight neonates. *Journal of Pediatrics* 147(2):192-196.

Birnholz JC, Benacerraf BR. 1983. The development of human fetal hearing. *Science* 222(4623):516-518.

Bishop EH. 1964. Pelvic scoring for elective induction. *Obstetrics and Gynecology* 24: 266-268.

Bitler M, Schmidt L. 2006. Health disparities and infertility: Impacts of state-level insurance mandates. *Fertility and Sterility* 85(4):858-865.

Bitto A, Gray RH, Simpson JL, Queenan JT, Kambic RT, Perez A, Mena P, Barbato M, Li C, Jennings V. 1997. Adverse outcomes of planned and unplanned pregnancies among users of natural family planning: A prospective study. *American Journal of Public Health* 87(3):338-343.

Bjerager M, Steensberg J, Greisen G. 1995. Quality of life among young adults born with very low birthweights. *Acta Paediatrica, International Journal of Paediatrics* 84(12):1339-1343.

Bjorklund LJ, Ingimarsson J, Curstedt T, John J, Robertson B, Werner O, Vilstrup CT. 1997. Manual ventilation with a few large breaths at birth compromises the therapeutic effect of subsequent surfactant replacement in immature lambs. *Pediatrics Research* 42: 348-355.

Blackmore-Prince C, Harlow SD, Gargiullo P, Lee MA, Savitz DA. 1999. Chemical hair treatments and adverse pregnancy outcome among Black women in central North Carolina. *American Journal of Epidemiology* 149:712-716.

Blackmore-Prince C, Iyasu S, Kendrick JS, Strauss LT, Kugaraj KA, Gargiullo PM, Atrash HK. 2000. Are interpregnancy intervals between consecutive live births among black women associated with infant birth weight? *Ethnicity and Disease* 10(1):106-112.

Blackwell MT, Eichenwald EC, McAlmon K, Petit K, Linton PT, McCormick MC, Richardson DK. 2005. Interneonatal intensive care unit variation in growth rates and feeding practices in healthy moderately premature infants. *Journal of Perinatology* 25:478-485.

Blauw-Hospers CH, Hadders-Algra M. 2005. A systematic review of the effects of early intervention on motor development. *Developmental Medicine and Child Neurology* 47(6): 421-432.

Blondel B. 1998. Social and medical support during pregnancy: An overview of the randomized controlled trials. *Prenatal and Neonatal Medicine* 3:141-144.

Blondel B, Zuber M-C. 1988. Marital status and cohabitation during pregnancy: Relationship with social conditions, antenatal care and pregnancy outcome in France. *Paediatric and Perinatal Epidemiology* 2(2):125-137.

Bloom SL, Spong CY, Weiner SJ, Landon MB, Rouse DJ, Varner MW, Moawad AH, Caritis SN, Harper M, Wapner RJ, Sorokin Y, Miodovnik M, O'Sullivan MJ, Sibai B, Langer O, Gabbe SG. 2005. Complications of anesthesia for cesarean delivery. *Obstetrics and Gynecology* 106(2):281-287.

Bloomfield FH, Oliver MH, Hawkins P, Campbell M, Phillips DJ, Gluckman PD, Challis JR. 2003. A periconceptional nutritional origin for noninfectious preterm birth. *Science* 300:606.

Blumenthal I. 2004. Periventricular leucomalacia: A review. *European Journal of Pediatrics* 163:435-442.

Bobak, M. 2000. Outdoor air pollution, low birth weight, and prematurity. *Environmental Health Perspectives* 108:173-176.

Boggess KA, Lieff S, Murtha AP, Moss K, Beck J, Offenbacher S. 2003. Maternal periodontal disease is associated with an increased risk for preeclampsia. *Obstetrics and Gynecology* 101:227-231.

Boggess KA, Madianos PN, Preisser JS, Moise KJ, Offenbacher S. 2005a. Chronic maternal and fetal Porphyromonas gingivalis exposure during pregnancy in rabbits. *American Journal of Obstetrics and Gynecology* 192:554-557.

Boggess KA, Moss K, Madianos P, Murtha AP, Beck J, Offenbacher SD. 2005b. Fetal immune response to oral pathogens and risk of preterm birth. *American Journal of Obstetrics and Gynecology* 193(3):1121-1126.

Bohm SK, McConalogue K, Kong W, Bunnett NW. 1998. Proteinase-activated receptors: New functions for old enzymes. *News in Physiological Sciences* 13:231-240.

Bol KA, Collins JS, Kirby RS. 2006. Survival of infants with neural tube defects in the presence of folic acid fortification. *Pediatrics* 117(3):803-813.

Boonstra H, Gold RB. 2002. Overhauling welfare: Implications for reproductive health policy in the United States. *Journal of the American Medical Women's Association* 57(1):41-46.

Botting N, Powls A, Cooke RWI, Marlow N. 1998. Cognitive and educational outcome of very-low-birthweight children in early adolescence. *Developmental Medicine and Child Neurology* 40(10):652-660.

Botto LD, Khoury MJ. 2001. Commentary: Facing the challenge of gene-environment interaction: The two-by-two table and beyond. *American Journal of Epidemiology* 153:1016-1020.

Bottoms SF, Paul RH, Iams JD, Mercer BM, Thom EA, Roberts JM, Caritis SN, Moawad AH, Van Dorsten JP, Hauth JC, Thurnau GR, Miodovnik M, Meis PM, McNellis D, MacPherson C, Norman GS, Jones P, Mueller-Heubach E, Swain M, Goldenberg RL, Copper RL, Bain R, Rowland E, Lindheimer M, Menard MK, Collins BA, Stramm S, Siddiqi TA, Elder N, Carey JC, Meuer A, Fisher M, Yaffe SJ, Catz C, Klebanoff M, Harger JH, Landon MB, Johnson F, Kovacs BW, Rabello Y, Sibai BM, Ramsey R, Dombrowski MP, Lacey D. 1997. Obstetric determinants of neonatal survival: Influence of willingness to perform cesarean delivery on survival of extremely low-birth-weight infants. *American Journal of Obstetrics and Gynecology* 176(5):960-966.

Bove F, Shim Y, Zeitz P. 2002. Drinking water contaminants and adverse pregnancy outcomes: A review. *Environmental Health Perspectives* 110(Suppl 1):61-74.

Boyce WT, Schaefer C, Uitti C. 1985. Permanence and change: Psychosocial factors in the outcome of adolescent pregnancy. *Social Science and Medicine* 21(11):1279-1287.

Boyce WT, Schaefer C, Harrison HR, Haffner WH, Lewis M, Wright AL. 1986. Social and cultural factors in pregnancy complications among Navajo women. *American Journal of Epidemiology* 124(2):242-253.

Bracci R. 1997. Free oxygen radicals and surfactant. *Biology of the Neonate* 71(Suppl 1): 23-27.

Bracewell M, Marlow N. 2002. Patterns of motor disability in very preterm children. *Mental Retardation and Developmental Disabilities Research Reviews* 8(4):241-248.

Brandon DH, Holditch-Davis D, Belyea M. 2002. Preterm infants born at less than 31 weeks' gestation have improved growth in cycled light compared with continuous near darkness. *Journal of Pediatrics* 140(2):192-199.

Brandt LP, Nielsen CV. 1992. Job stress and adverse outcome of pregnancy: A causal link or recall bias? *American Journal of Epidemiology* 135(3):302-311.

Brant K, Caruso RL. 2005. Late-gestation rat myometrial cells express multiple isoforms of phospholipase A2 that mediate PCB 50-induced release of arachidonic acid with coincident prostaglandin production. *Toxicological Sciences* 88(1):222-230.

Brant K, Guan W, Tithof P, Loch Caruso R. 2006a. Gestation age-related increase in 50 kDa rat uterine calcium-independent phospholipase A2 expression influences uterine sensitivity to polychlorinated biphenyl stimulation. *Biology of Reproduction* (in press).

Brant KA, Thiex NW, Caruso RL. 2006b. Polybrominated diphenyl ethers stimulate the release of pro-inflammatory cytokines from term human gestational membranes. *Toxicologist* 90:Abstract 1553.

Branum AM, Schoendorf KC. 2005. The influence of maternal age on very preterm birth of twins: Differential effects by parity. *Paediatric and Perinatal Epidemiology* 19(5): 399-404.

Bremer DL, Palmer EA, Fellows RR, Baker JD, Hardy RJ, Tung B, Rogers GL. 1998. Strabismus in premature infants in the first year of life. *Archives of Ophthalmology* 116(3): 329-333.

Breslau N. 1995. Psychiatric sequelae of low birth weight. *Epidemiologic Reviews* 17(1): 96-106.

Breslau N, Klein N, Allen L. 1988. Very low birthweight: Behavioral sequelae at nine years of age. *Journal of the American Academy of Child and Adolescent Psychiatry* 27(5): 605-612.

Breslau N, DelDotto JE, Brown GG, Kumar S, Ezhuthachan S, Hufnagle KG, Peterson EL. 1994. A gradient relationship between low birth weight and IQ at age 6 years. *Archives of Pediatrics and Adolescent Medicine* 148(4):377-383.

Brett KM, Strogatz DS, Savitz DA. 1997. Employment, job strain, and preterm delivery among women in North Carolina. *American Journal of Public Health* 87(2):199-204.

Bricker L, Neilson JP. 2000. Routine doppler ultrasound in pregnancy. *Cochrane Database of Systematic Reviews* 2.

Brion LP, Bell EF, Raghuveer TS. 2003. Vitamin E supplementation for prevention of morbidity and mortality in preterm infants. *Cochrane Database of Systematic Reviews (Online: Update Software)* 3.

Brocklehurst P, Hannah M, McDonald H. 2000. Interventions for treating bacterial vaginosis in pregnancy. *Cochrane Database of Systematic Reviews* 2.

Brody DJ, Bracken MB. 1987. Short interpregnancy interval: A risk factor for low birthweight. *American Journal of Perinatology* 4:50-54.

Brookes AJ. 1999. The essence of SNPs. *Gene* 234:177-186.

Brooks-Gunn J. 1991. Stress and support during pregnancy: What do they tell us about low birthweight? In: *Advances in the Prevention of Low Birth Weight: An International Symposium.* Berendes HW, Kessel S, Yaffee S eds. Washington, DC: National Center for Education in Maternal and Child Health. Pp. 39-57.

Brooks-Gunn J, Duncan GJ. 1997. The effects of poverty on children. *Future of Children* 7(2):55-87.

Brooks-Gunn J, Gross RT, Kraemer HC, Spiker D, Shapiro S. 1992a. Enhancing the cognitive outcomes of low birth weight, premature infants: For whom is the intervention most effective? *Pediatrics* 89(6 Suppl):1209-1215.

Brooks-Gunn J, Liaw F-R, Kato Klebanov P. 1992b. Effects of early intervention on cognitive function of low birth weight preterm infants. *Journal of Pediatrics* 120(3):350-359.

Brooks-Gunn J, McCarton CM, Casey PH, McCormick MC. 1994. Early intervention in low-birth-weight premature infants: Results through age 5 years from the Infant Health and Development Program. *JAMA* 272(16):1257-1262.

Brown HL, Britton KA, Brizendine EJ, Hiett AK, Ingram D, Turnquest MA, Golichowski AM, Abernathy MP. 1999. A randomized comparison of home uterine activity monitoring in the outpatient management of women treated for preterm labor. *American Journal of Obstetrics and Gynecology* 180(4):798-805.

Brown P. 1995. Race, class, and environmental health: A review and systematization of the literature. *Environmental Research* 69:15-30.

Bruce FC, Fiscella K, Kendrick JS. 2000. Vaginal douching and preterm birth: An intriguing hypothesis. *Medical Hypotheses* 54(3):448-452.

Bruce FC, Kendrick JS, Kieke BA Jr., Jagielski S, Joshi R, Tolsma DD. 2002. Is vaginal douching associated with preterm delivery? *Epidemiology* 13(3):328-333.

Buck GM, Msall ME, Schisterman EF, Lyon NR, Rogers BT. 2000. Extreme prematurity and school outcomes. *Paediatric and Perinatal Epidemiology* 14(4):324-331.

Buekens P, Delvoye P, Wollast E, Robyn C. 1984. Epidemiology of pregnancies with unknown last menstrual period. *Journal of Epidemiology and Community Health* 38(1):79-80.

Buhimschi IA, Christner R, Buhimschi CS. 2005. Proteomic biomarker analysis of amniotic fluid for identification of intra-amniotic inflammation. *British Journal of Obstetrics and Gynaecology* 112(2):173-181.

Buka SL, Brennan RT, Rich-Edwards JW, Raudenbush SW, Earls F. 2003. Neighborhood support and the birth weight of urban infants. *American Journal of Epidemiology* 157(1):1-8.

Bukowski J, Somers G, Bryanton J. 2001a. Agricultural contamination of groundwater as a possible risk factor for growth restriction or prematurity. *Journal of Occupational and Environmental Medicine* 43:377-383.

Bukowski R, Gahn D, Denning J, Saade G. 2001b. Impairment of growth in fetuses destined to deliver preterm. *American Journal of Obstetrics and Gynecology* 185:463-467

Burdjalov VF, Baumgart S, Spitzer AR. 2003. Cerebral function monitoring: A new scoring system for the evaluation of brain maturation in neonates. *Pediatrics* 112(4):855-861.

Cameo P, Srisuparp S, Strakova Z, Fazleabas AT. 2004. Chorionic gonadotropin and uterine dialogue in the primate. *Reproductive Biology and Endocrinology* 2.

Campbell AT. 2004. State regulation of medical research with children and adolescents: An overview and analysis. In: *Ethical Conduct of Clinical Research Involving Children.* Field MJ, Behrman RE eds. Washington, DC: The National Academies Press.

Campbell FA, Pungello EP, Miller-Johnson S. 2002. The development of perceived scholastic competence and global self-worth in African American adolescents from low-income families: The roles of family factors, early educational intervention, and academic experience. *Journal of Adolescent Research* 17(3):277-302.

Campbell S, Warsof SL, Little D, Cooper DJ. 1985. Routine ultrasound screening for the prediction of gestational age. *Obstetrics and Gynecology* 65(5):613-620.

Canick JA, Saller DN Jr., Lambert-Messerlian GM. 2003. Prenatal screening for Down syndrome: current and future methods. *Clinics in Laboratory Medicine* 23:395-411.

Capone AJ, Accardo PJ. 1996. *Developmental Disabilities in Infancy and Childhood*, 2nd edition. Baltimore, MD: Paul H. Brookes. Pp. 23-37.

Caravale B, Tozzi C, Albino G, Vicari S. 2005. Cognitive development in low risk preterm infants at 3-4 years of life. *Archives of Disease in Childhood: Fetal and Neonatal* 90(6):F474-F479.

Cardoso WV, Williams MC. 2000. Basic mechanisms of lung development: Eighth Woods Hole Conference on Lung Cell Biology. *American Journal of Respiratory Cell and Molecular Biology* 25:137.

Carey JC, Klebanoff MA. 2003. National Institute of Child Health and Human Development Maternal-Fetal Medicine Units Network: What have we learned about vaginal infections and preterm birth? *Seminars in Perinatology* 27:212-216.

Carey JC, Klebanoff MA, Hauth JC, Hillier SL, Thom EA, Ernest JM, Heine RP, Nugent RP, Fischer ML, Leveno KJ, Wapner R, Varner M, Trout W, Moawad A, Sibai BM, Miodovnik M, Dombrowski M, O'Sullivan MJ, VanDorsten JP, Langer O, Roberts J. 2000. Metronidazole to prevent preterm delivery in pregnant women with asymptomatic bacterial vaginosis. *New England Journal of Medicine* 342(8):534-540.

Caritis SN, Edelstone DI, Mueller-Heubach E. 1979. Pharmacologic inhibition of preterm labor. *American Journal of Obstetrics and Gynecology* 133:557-578.

Caritis SN, Chiao JP, Moore JJ, Ward SM. 1987. Myometrial desensitization after ritodrine infusion. *American Journal of Physiology* 253.

Caritis SN, Chiao JP, Kridgen P. 1991. Comparison of pulsatile and continuous ritodrine administration: Effects on uterine contractility and beta-adrenergic receptor cascade. *American Journal of Obstetrics and Gynecology* 164:1005-1011.

Carlton DP, Albertine KH, Cho SC, Lont M, Bland RD. 1997. Role of neutrophils in lung vascular injury and edema after premature birth in lambs. *Journal of Applied Physiology* 83:1307-1317.

Carmichael S, Abrams B. 1997. A critical review of the relationship between gestational weight gain and preterm delivery. *Obstetrics and Gynecology* 89(5):865-873.

Carmichael SL, Iyasu S. 1998. Changes in the black-white infant mortality gap from 1983 to 1991 in the United States. *American Journal of Preventive Medicine* 15(3):220-227.

Carr-Hill RA, Hall MH. 1985. The repetition of spontaneous preterm labour. *British Journal of Obstetrics and Gynaecology* 92(9):921-928.

Casey ML, MacDonald PC. 1988. Biomolecular processes in the initiation of parturition: Decidual activation. *Clinical Obstetrics and Gynecology* 31:533-552.

Casey PH, Kraemer HC, Bernbaum J, Yogman MW, Sells JC. 1991. Growth status and growth rates of a varied sample of low birth weight, preterm infants: A longitudinal cohort from birth to three years of age. *Journal of Pediatrics* 119:599-605.

Casper RF, Lye SJ. 1986. Myometrial desensitization to continuous but not to intermittent β-adrenergic agonist infusion in the sheep. *American Journal of Obstetrics and Gynecology* 154(2):301-305.

Cassel J. 1976. The contribution of the social environment to host resistance: The Fourth Wade Hampton Frost Lecture. *American Journal of Epidemiology* 104:107-123.

Castillo-Durán C, Weisstaub G. 2003. Zinc supplementation and growth of the fetus and low birth weight infant. *Journal of Nutrition* 133(5 Suppl 2):1494S-1568S.

Cats BP, Tan KEWP. 1989. Prematures with and without regressed retinopathy of prematurity: Comparison of long-term (6-10 years) ophthalmological morbidity. *Journal of Pediatric Ophthalmology and Strabismus* 26(6):271-275.

Caulfield LE, Zavaleta N, Shankar AH, Merialdi M. 1998. Potential contribution of maternal zinc supplementation during pregnancy to maternal and child survival. *American Journal of Clinical Nutrition* 68(2 Suppl):499S-508S.

Cavalier S, Escobar GJ, Fernbach SA, Queensberry CP, Chellino M. 1996. Postdischarge utilization of medical services by high-risk infants. Experience in a large managed care organization. *Pediatrics* 97:693-699.

CDC (Centers for Disease Control and Prevention). 1999a. Impact of multiple births on low birthweight—Massachusetts. *Morbidity and Mortality Weekly Report* 48 (14):289-292.

CDC. 1999b. *Trends in Twin and Triplet Births, 1980-1997*. [Online]. Available: http://www.cdc.gov/nchs/data/nvsr/nvsr47/nvs47_24.pdf [accessed March 22, 2006].

CDC. 2000. *Nonmarital Childbearing in the United States, 1940-1999*. [Online]. Available: http://www.cdc.gov/nchs/data/nvsr/nvsr48/nvs48_16.pdf [accessed March 22, 2006].

CDC. 2001. *Births: Final Data for 1999*. [Online]. Available: http://www.cdc.gov/nchs/data/nvsr/nvsr49/nvsr49_01.pdf [accessed August 30, 2005].

CDC. 2002a. *Births: Final Data for 2000*. [Online]. Available: http://www.cdc.gov/nchs/data/nvsr/nvsr50/nvsr50_05.pdf [accessed August 30, 2005].

CDC. 2002b. *National Survey on Family Growth*. [Online]. Available: http://www.cdc.gov/nchs/nsfg.htm [accessed March 1, 2006].

CDC. 2002c. *Births: Final Data for 2002*. [Online]. Available: http://www.cdc.gov/nchs/data/nvsr/nvsr50/nvsr50_05.pdf [accessed October 17, 2005].

CDC. 2003a. *Supplemental Analyses of Recent Trends in Infant Mortality. National Center for Health Statistics*. [Online]. Available: http://www.cdc.gov/nchs/products/pubs/pubd/hestats/infantmort/infantmort.htm [accessed February 5, 2006].

CDC. 2003b. *2001 Assisted Reproductive Technology Success Rates*. National Summary and Fertility Clinic Reports. [Online]. Available: http://www.cdc.gov/reproductivehealth/ART01/PDF/ART2001.pdf [accessed February 4, 2004].

CDC. 2003c. Births: Final data for 2002. *National Vital Statistics Reports: From the Centers for Disease Control and Prevention, National Center for Health Statistics, National Vital Statistics System* 52(10):1-113.

CDC. 2003d. *Births: Final Data for 2002*. [Online]. Available: http://www.cdc.gov/nchs/data/nvsr/nvsr52/nvsr52_10.pdf [accessed January 10, 2006].

CDC. 2004a. *Births: Preliminary Data for 2003*. [Online]. Available: http://www.cdc.gov/nchs/data/nvsr/nvsr53/nvsr53_09.pdf [accessed August 30, 2005].

CDC. 2004b. *Birth Edit Specifications for the 2003 Proposed Revision of the U.S. Standard Certificate of Birth*. [Online]. Available: http://permanent.access.gpo.gov/websites/www.cdc.gov/nchs/data/dvs/MasterSpec9-10-02-acc.pdf [accessed February 13, 2006].

CDC. 2004c. Economic costs associated with mental retardation, cerebral palsy, hearing loss, and vision impairment—United States, 2003. *Morbidity and Mortality Weekly Report* 53(3):57-59.

CDC. 2004d. *Births: Final Data for 2003*. [Online]. Available: http://www.cdc.gov/nchs/data/nvsr/nvsr53/nvsr53_09.pdf [accessed May 22, 2006].

CDC. 2004e. *NCHS Definitions: Fetal Death*. [Online]. Available: http://www.cdc.gov/nchs/datawh/nchsdefs/fetaldeath.htm [accessed May 26, 2006].

CDC. 2004f. *Births, Marriages, Divorces, and Deaths: Provisional Data for January 2004*. [Online]. Available: http://www.cdc.gov/nchs/data/nvsr/nvsr53/nvsr53_01.pdf [accessed June 2, 2006].

CDC. 2005a. *Preliminary Births for 2004*. [Online]. Available: http://www.cdc.gov/nchs/products/pubs/pubd/hestats/prelimbirths04/prelimbirths/04health.htm [accessed November 17, 2005].

CDC. 2005b. Birth rates by age of mother 1993-2003. In: *Births: Final Data for 2003*. [Online]. Available: http://www.cdc.gov/nchs/data/nvsr54/nvsr54_02.pdf [accessed October 3, 2005].

CDC. 2005c. Explaining the 2001-02 infant mortality increase: Data from the linked birth/infant death data set. *National Vital Statistics Reports* 53(12).

CDC. 2005d. *Linked Birth and Infant Death Data*. [Online]. Available: http://www.cdc.gov/nchs/linked.htm [accessed February 27, 2006].

CDC. 2005e. *Supplemental Analyses of Recent Trends in Infant Mortality*. [Online]. Available: http://www.cdc.gov/nchs/products/pubs/pubd/hestats/infantmort/infantmort.htm [accessed January 31, 2006].

CDC. 2005f. *Assisted Reproductive Technology Success Rates 2003: National Summary and Fertility Clinic Reports*. [Online]. Available: http://www.cdc.govART/aRT2003/DF/ART2003.pdf [accessed March 10, 2006].

CDC. 2005g. Assisted reproductive technology surveillance—United States, 2002 and malaria surveillance—United States. *Morbidity and Mortality Weekly Report* 54, No.SS-2.

CDC. 2005h. Annual summary of vital statistics-2003. *Pediatrics* 115(3):619-635.

CDC. 2005i. *Births: Final Data for 2003*. National Vital Statistics Reports 54(2). Hyattsville, MD: National Center for Health Statistics.

CFN (Committee on Fetus and Newborn). 2004. Age terminology during the perinatal period. *Pediatrics* 114(5):1362-1364.

Chaikand S, Corman H. 1991. The impact of low birthweight on special education costs. *Journal of Health Economics* 10(3):291-311.

Chakravarti A, Little P. 2003. Nature, nurture and human disease. *Nature* 421(6921): 412-414.

Challis JR, Sloboda DM, Alfaidy YN, Lye SJ, Gibb W, Patel FA. 2002. Prostaglandins and mechanisms of preterm birth. *Reproduction* 124:1-17.

Challis JRG. 1994. Characteristics of parturation. In: Creas, RK, Resnik, R (eds. *Maternal Fetal Medicine: Principles and Practice*. Philadelphia, PA: W.B. Saunders Company. Pp. 482-493.

Challis JRG. 2000. Mechanism of parturition and preterm labor. *Obstetrics and Gynecology Survey* 55:650-660.

Challis JRG, Matthews SG, Gibb W, Lye SJ. 2000. Endocrine and paracrine regulation of birth at term and preterm. *Endocrine Reviews* 21:514-550.

Chambers JG, Shkolnik J, Perez M. 2003. *Total Expenditure for Students with Disabilities, 1999-2000: Spending Variation by Disability*. Special Education Expenditure Project, Report 5. Washington, DC: American Institutes for Research.

Chang Y-J, Lin C-H, Lin L-H. 2001. Noise and related events in a neonatal intensive care unit. *Acta Paediatrica Taiwanica* 42(4):212-217.

Charpak N, Ruiz-Peláez JG, De Calume ZF. 1996. Current knowledge of kangaroo mother intervention. *Current Opinion in Pediatrics* 8(2):108-112.

Chauchan SP, et al. 2005. Professional liability claims and Central Association of Obstetricians and Gynecologist members: Myth versus reality. *American Journal of Obstetrics and Gynecology* 192:1820-1828.

Chernoff R, Combs-Orme T, Risley-Curtiss C, Heisler A. 1994. Assessing the health status of children entering foster care. *Pediatrics* 93(4):594-601.

Chervenak FA, Skupski DW, Romero R, Myers MK, Smith-Levitin M, Rosenwaks Z, Thaler HT, Hobbins JC, Spinnato JA. 1998. How accurate is fetal biometry in the assessment of fetal age? *American Journal of Obstetrics and Gynecology* 178(4):678-687.

Cheschier N. 2003. Bulletins-Obstetrics ACoP. ACOG practice bulletin. Neural tube defects. Number 44, July 2003. (Replaces committee opinion number 252, March 2001). *International Journal of Gynaecology and Obstetrics* 83:123-133.

Chien PF, Khan KS, Ogston S, Owen P. 1997. The diagnostic accuracy of cervico-vaginal fetal fibronectin in predicting preterm delivery: An overview. *British Journal of Obstetrics and Gynaecology* 104:436-444.

Chipungu SS, Bent-Goodley TB. 2003. Meeting the challenges of contemporary foster care. *Future of Children* 14:75-93.

Chiumello D, Pristine G, Slutsky AS. 1999. Mechanical ventilation affects local and systemic cytokines in an animal model of acute respiratory syndrome. *American Journal of Respiratory Critical Care Medicine* 160:109-116.

Chow LC, Wright KW, Sola A, CSMC Oxygen Administration Study Group. 2003. Can changes in clinical practice decrease the incidence of severe retinopathy of prematurity in very low birth weight infants? *Pediatrics* 111:339-345.

CHUMS (Collaborative Home Uterine Monitoring Study Group). 1995a. A multicenter randomized trial of home uterine activity monitoring. *American Journal of Obstetrics and Gynecology* 172:253.

CHUMS. 1995b. A multicenter randomized controlled trial of home uterine monitoring: Active versus sham device. *American Journal of Obstetrics and Gynecology* 173:1120-1127.

Cifuentes J, Bronstein J, Phibbs CS, Phibbs RH, Schmitt SK, Carlo WA. 2002. Mortality in low birth weight infants according to level of neonatal care at hospital of birth. *Pediatrics* 109(5):745-751.

Clark R, Powers R, White R, Bloom B, Sanchez P, Benjamin Jr. DK. 2004. Prevention and treatment of nosocomial sepsis in the NICU. *Journal of Perinatology* 24(7):446-453.

Clark RH, Gerstmann DR, Jobe AH, Moffitt ST, Slutsky AS, Yoder BA. 2001. Lung injury in neonates: Causes, strategies for prevention, and long-term consequences. *Journal of Pediatrics* 139:478-486.

Clausson B, Lichtenstein P, Cnattingius S. 2000. Genetic influence on birthweight and gestational length determined by studies in offspring of twins. *British Journal of Obstetrics and Gynaecology* 107(3):375-381.

Clements KM, Barfield WD, Ayadi MF, Wilber N. 2007. Preterm birth-associated cost of early intervention services: An analysis by gestational age. *Pediatrics* 119(4):(in press).

CMS (Centers for Medicare and Medicaid Services). 2005a. *Medicaid Program—General Information*. [Online]. Available: http://www.cms.hhs.gov/MedicaidGenInfo/ [accessed January 30, 2006].

CMS. 2005b. *Net Reported Medicaid and SCHIP Expenditures*. [Online]. Available: http://www.cms.hhs.gov/MedicaidBudgetExpendSystem/Downloads/2004to1997.pdf [accessed May 10, 2006].

Cnattingius S. 2004. The epidemiology of smoking during pregnancy: Smoking prevalence, maternal characteristics, and pregnancy outcomes. *Nicotine and Tobacco Research* 6(Suppl 2):S125-S140.

Cnattingius S, Forman MR, Berendes HW, Isotalo L. 1992. Delayed childbearing and risk of adverse perinatal outcome: A population-based study. *JAMA* 268(7):886-890.

Cnattingius S, Forman MR, Berendes HW, Graubard BI, Isotalo L. 1993. Effect of age, parity, and smoking on pregnancy outcome: A population-based study. *American Journal of Obstetrics and Gynecology* 168(1 I):16-21.

Cnattingius S, Granath F, Petersson G, Harlow BL. 1999. The influence of gestational age and smoking habits on the risk of subsequent preterm deliveries. *New England Journal of Medicine* 341(13):943-948.

Coalson JJ, Winter VT, Siler-Khodr T, Yoder BA. 1999. Neonatal chronic lung disease in extremely immature baboons. *American Journal of Respiratory Critical Care Medicine* 160:1333-1346.

Coates PM, Brown SA, Sonawane BR, Koldovsky O. 1983. Effect of early nutrition on serum cholesterol levels in adult rats challenged with high fat diet. *Journal of Nutrition* 113(5):1046-1050.

Coats DK, Paysse EA, Steinkuller PG. 2000. Threshold retinopathy of prematurity in neonates less than 25 weeks' estimated gestational age. *Journal of American Association for Pediatric Opthalmology and Strabismus* 4(3):183-185.

Cohen S. 1988. Psychosocial models of the role of social support in the etiology of physical disease. *Health Psychology* 7(3):269-297.

Cohen S. 1995. *Measuring Stress: A Guide for Health and Social Scientists.* New York: Oxford University Press.

Cohen S. 2000. *Social Support Measurement and Intervention.* Oxford, UK: Oxford University Press.

Cohen BA, Siegfried EC. 2005. Newborn skin: Development and basic concepts. In: Taeusch HW, Ballard RA, Gleason CA eds. *Avery's Diseases of the Newborn*, 8th edition. Philadelphia, PA: Elsevier Saunders. Pp. 1471-1483.

Cohen S, Syme SL. 1985. Issues in the study and application of social support. In: Cohen S, Syme SL eds. *Social Support and Health.* Orlando, FL: Academic Press. Pp. 3-22.

Cohen S, Kessler R, Gordon LU. 1995. *Measuring Stress: A Guide for Health and Social Scientists.* New York: Oxford University Press.

Coker AL, Sanderson M, Dong B. 2004. Partner violence during pregnancy and risk of adverse pregnancy outcomes. *Paediatric and Perinatal Epidemiology* 18(4):260-269.

Collaborative Group on Preterm Birth Prevention. 1993. Multicenter randomized controlled trial of a preterm birth prevention program. *American Journal of Obstetrics and Gynecology* 169(2 Pt 1):352-366.

Collins FS. 2004a. What we do and don't know about "race," "ethnicity," genetics and health at the down of the genome era. *Nature Genetics* 36(Suppl):S13-S15.

Collins FS. 2004b. The case for a U.S. prospective cohort study of genes and environment. *Nature* 429(6990):475-477.

Collins JW Jr., David RJ. 1990. The differential effect of traditional risk factors on infant birthweight among Blacks and Whites in Chicago. *American Journal of Public Health* 80(6):679-681.

Collins JW Jr., David RJ. 1997. Urban violence and African-American pregnancy outcome: An ecologic study. *Ethnicity and Disease* 7(3):184-190.

Collins JW Jr., Hawkes EK. 1997. Racial differences in post-neonatal mortality in Chicago: What risk factors explain the black infant's disadvantage? *Ethnicity and Health* 2(1-2):117-125.

Collins JW Jr., David RJ, Symons R, Handler A, Wall S, Andes S. 1998. African-American mothers' perception of their residential environment, stressful life events, and very low birthweight. *Epidemiology* 9(3):286-289.

Collins JW Jr., David RJ, Symons R, Handler A, Wall SN, Dwyer L. 2000. Low-income African-American mothers' perception of exposure to racial discrimination and infant birth weight. *Epidemiology* 11(3):337-339.

Collins JW Jr., David RJ, Handler A, Wall S, Andes S. 2004. Very low birthweight in African American infants: The role of maternal exposure to interpersonal racial discrimination. *American Journal of Public Health* 94(12):2132-2138.

Collins MP, Lorenz JM, Jetton JR, Paneth N. 2001. Hypocapnia and other ventilation-related risk factors for cerebral palsy in low birth weight infants. *Pediatric Research* 50(6):712-719.

Collins NL, Dunkel-Schetter C, Lobel M, Scrimshaw SC. 1993. Social support in pregnancy: Psychosocial correlates of birth outcomes and postpartum depression. *Journal of Personality and Social Psychology* 65(6):1243-1258.

Colver AF, Gibson M, Hey EN, Jarvis SN, Mackie PC, Richmond S. 2000. Increasing rates of cerebral palsy across the severity spectrum in north-east England 1964-1993. *Archives of Disease in Childhood: Fetal and Neonatal Edition* 83(1):F7-F12.

Committee on Perinatal Health. 1976. Toward improving the outcome of pregnancy: Recommendations for the regional development of maternal and perinatal health services. *Toward Improving the Outcome of Pregnancy No. 1.* White Plains, NY: March of Dimes National Foundation.

Conde-Agudelo A, Diaz-Rossello JL, Belizan JM. 2003. Kangaroo mother care to reduce morbidity and mortality in low birthweight infants. *Cochrane Database of Systematic Reviews* 2:CD002771.

Conde-Agudelo A, Belizan JM, Norton MH, Rosas-Bermudez A. 2005. Effect of the interpregnancy interval on perinatal outcomes in Latin America. *Obstetrics and Gynecology* 106:359-366.

Cone T. 1985. Myth and appalling morality. In: *History of the Care and Feeding of the Premature Infant*. Boston, MA: Little, Brown, & Company. Pp. 1-12.

Conner JM, Soll RF, Edwards WH. 2003. Topical ointment for preventing infection in preterm infants. *Cochrane Reviews* 4.

Cook TD, Campbell DT. 1979. *Quasi-Experimentation: Design and Analysis Issues for Field Settings*. Chicago, IL: Rand McNally.

Cooke L, Steer P, Woodgate P. 2003. Indomethacin for asymptomatic patent ductus arteriosus in preterm infants. *Cochrane Database of Systematic Reviews (Online: Update Software)* (2).

Cooke RWI. 1999. Trends in incidence of cranial ultrasound lesions and cerebral palsy in very low birthweight infants 1982-93. *Archives of Disease in Childhood: Fetal and Neonatal Edition* 80(2): F115-F117.

Cooke RWI. 2004. Health, lifestyle, and quality of life for young adults born very preterm. *Archives of Disease in Childhood* 89(3):201-206.

Cooke RWI, Foulder-Hughes L, Newsham D, Clarke D. 2004. Ophthalmic impairment at 7 years of age in children born very preterm. *Archives of Disease in Childhood: Fetal and Neonatal Edition* 89(3):F249-F253.

Cooke SA, Schwartz RM, Gagnon DE. 1988. *The Perinatal Partnership: An Approach to Organizing Care in the 1990s*. Project #12129. Providence, RI: The National Perinatal Information Center.

Cools F, Offringa M. 2005. Neuromuscular paralysis for newborn infants receiving mechanical ventilation. *Cochrane Reviews* 2.

Cooper RS, Kaufman JS, Ward R. 2003. Race and genomics. *New England Journal of Medicine* 348:1166-1170.

Copper RL, Goldenberg, RL, Davis RO, Cutter GR, Dubard MB, Corliss DK, Andrews JB. 1990. Warning symptoms, uterine contractions, and cervical examination: Findings in women at risk of preterm delivery. *American Journal of Obstetrics and Gynecology* 162(3):748-754.

Copper RL, Goldenberg RL, Das A, Elder N, Swain M, Norman G, Ramsey R, Cotroneo P, Collins BA, Johnson F, Jones P, Meier AM. 1996. The preterm prediction study: Maternal stress is associated with spontaneous preterm birth at less than thirty-five weeks' gestation. National Institute of Child Health and Human Development Maternal-Fetal Medicine Units Network. *American Journal of Obstetrics and Gynecology* 175(5):1286-1292.

Costeloe K, Hennessy E, Gibson AT, Marlow N, Wilkinson AR, for the EPICure Study Group. 2000. The EPICure Study: Outcomes to discharge from hospital for infants born at the threshold of viability. *Pediatrics* 106(4):659-671.

Cotterrell M, Balázs R, Johnson AL. 1972. Effects of corticosteroids on the biochemical maturation of rat brain: Postnatal cell formation. *Journal of Neurochemistry* 19(9):2151-2167.

Courtney SE, Long W, McMillan D, Walter D, Thompson T, Sauve R, Conway B, Bard H. 1995. Double-blind 1-year follow-up of 1540 infants with respiratory distress syndrome randomized to rescue treatment with two doses of synthetic surfactant or air in four clinical trials. *Journal of Pediatrics* 126(5 II):S43-S52.

Coussons-Read ME, Okun ML, Schmitt MP, Giese S. 2005. Prenatal stress alters cytokine levels in a manner that may endanger human pregnancy. *Psychosomatic Medicine* 67(4):625-631.

Cox ED, Hoffmann SC, Dimercurio BS, Wesley RA, Harlan DM, Kirk AD, Blair PJ. 2001. Cytokine polymorphic analyses indicate ethnic differences in the allelic distribution of interleukin-2 and interleukin-6. *Transplantation* 72(4):720-726.

Cox SM, Sherman ML, Leveno KJ. 1990. Randomized investigation of magnesium sulfate for prevention of preterm birth. *American Journal of Obstetrics and Gynecology* 163(3): 767-772.

Cramer JC. 1995. Racial and ethnic differences in birthweight: The role of income and financial assistance. *Demography* 32(2):231-247.

Criniti A, Thyer A, Chow G, Lin P, Klein N, Soules M. 2005. Elective single blastocyst transfer reduces twin rates without compromising pregnancy rates. *Fertility and Sterility* 84(6): 1613-1619.

Cronin CM, Shapiro CR, Casiro OG, Cheang MS. 1995. The impact of very low-birth-weight infants on the family is long lasting: A matched control study. *Archives of Pediatrics and Adolescent Medicine* 149(2):151-158.

Crowley PA. 1999. Prophylactic corticosteroids for preterm birth. *Cochrane Reviews* 2.

Crowther CA, Henderson-Smart DJ. 2003. Phenobarbital prior to preterm birth for preventing neonatal periventricular haemorrhage. *Cochrane Reviews* 3.

Crowther CA, Hiller JE, Doyle LW. 2002. Magnesium sulphate for preventing preterm birth in threatened preterm labour. *Cochrane Database of Systematic Reviews (Online: Update Software)* 4.

Crowther CA, Hiller JE, Doyle LW, Haslam RR. 2003. Effect of magnesium sulfate given for neuroprotection before preterm birth: A randomized controlled trial. *JAMA* 290(20): 2669-2676.

Crowther CA, Alfirevic Z, Haslam RR. 2004. Thyrotropin-releasing hormone added to corticosteroids for women at risk of preterm birth for preventing neonatal respiratory disease. *Cochrane Database of Systematic Reviews* 2.

CRPCG (Cryotherapy for Retinopathy of Prematurity Cooperative Group). 1988. Multicenter trial of cryotherapy for retinopathy of prematurity: Preliminary results. *Archives of Ophthalmology* 106(4):471-479.

CRPCG. 1994. The natural ocular outcome of premature birth and retinopathy. Status at 1 year. Cryotherapy for Retinopathy of Prematurity Cooperative Group. *Archives of Ophthalmology* 112(7):903-912.

Cubbin C, LeClere FB, Smith GS. 2000. Socioeconomic status and injury mortality: Individual and neighborhood determinants. *Journal of Epidemiology and Community Health* 54: 517-524.

Culhane JF, Rauh V, McCollum KF, Hogan VK, Agnew K, Wadhwa PD. 2001. Maternal stress is associated with bacterial vaginosis in human pregnancy. *Maternal and Child Health Journal* 5(2):127-134.

Cummins SK, Nelson KB, Grether JK, Velie EM. 1993. Cerebral palsy in four northern California counties, births 1983 through 1985. *Journal of Pediatrics* 123(2):230-237.

Cunningham FG, Leveno KJ, Bloom SL, Hauth JC, Gilstrap L, Wenstrom KD. 2005. *Williams Obstetrics,* 22nd edition. New York: McGraw-Hill. Pp. 5, 232.

Cunze T, Rath W, Osmers R, Martin M, Warneke G, Kuhn W. 1995. Magnesium and calcium concentration in the pregnant and non-pregnant myometrium. *International Journal of Gynaecology and Obstetrics* 48:9-13.

Currie J, Gruber J. 1996. Saving babies: The efficacy and cost of recent changes in Medicaid eligibility of pregnant women. *Journal of Political Economy* 104(6):1263-1296.

Cutler DM, Meara E. 2000. The technology of birth: Is it worth it? In: Alan Garber ed. *Frontiers in Health Policy Research*, Volume 3. Cambridge, MA: MIT Press. Pp. 33-67.

Czeizel AE, Dudas I, Metneki J. 1994. Pregnancy outcomes in a randomised controlled trial of periconceptional multivitamin supplementation. Final report. *Archives of Gynecology and Obstetrics* 255(3):131-139.

Da Fonseca EB, Bittar RE, Carvalho MH, et al. 2003. Prophylactic administration of progesterone by vaginal suppository to reduce the incidence of spontaneous preterm birth in women at increased risk: A randomized placebo-controlled double-blind study. *American Journal of Obstetrics and Gynecology* 188:419-424.

Dafopoulos KC, Galazios GC, Tsikouras PN, Koutlaki NG, Liberis VA, Anastasiadis PG. 2002. Interpregnancy interval and the risk of preterm birth in Thrace, Greece. *European Journal of Obstetrics, Gynecology, and Reproductive Biology* 103:14-17.

Daikoku T, Tranguch S, Friedman DB, Das SK, Smith DF, Dey SK. 2005. Proteomic analysis identifies immunophilin FK506 binding protein 4 (FKBP52) as a downstream target of Hoxa10 in the periimplantation mouse uterus. *Molecular Endocrinology* 19(3):683-697.

Dammann O, Leviton A. 1998. Infection remote from the brain, neonatal white matter damage, and cerebral palsy in the preterm infant. *Seminars in Pediatric Neurology* 5(3): 190-201.

Dammann O, Kuban KCK, Leviton A. 2002. Perinatal infection, fetal inflammatory response, white matter damage, and cognitive limitations in children born preterm. *Mental Retardation and Developmental Disabilities Research Reviews* 8(1):46-50.

Dammann O, Leviton A, Gappa M, Dammann CE. 2005. Lung and brain damage in preterm newborns, and their association with gestational age, prematurity subgroup, infection/inflammation and long term outcome. *British Journal of Obstetrics and Gynaecology* 112(Suppl 1):4-9.

Dar E, Kanarek MS, Anderson HA, Sonzogni WC. 1992. Fish consumption and reproductive outcomes in Green Bay, Wisconsin. *Environmental Research* 59:189-201.

Darlow BA, Graham PJ. 2002. Vitamin A supplementation for preventing morbidity and mortality in very low birthweight infants. *Cochrane Database of Systematic Reviews (Online: Update Software)* 4.

Darlow BA, Hutchinson JL, Simpson JM, Henderson-Smart DJ, Donoghue DA, Evans NJ. 2005. Variation in rats of severe retinopathy of prematurity among neonatal intensive care units in the Australian and New Zealand Neonatal Network. *British Journal of Ophthalmology* 89:1592-1596.

Darrah J, Piper M, Byrne P, Watt MJ. 1994. The use of waterbeds for very low-birthweight infants: Effects on neuromotor development. *Developmental Medicine and Child Neurology* 36(11):989-999.

David RJ. 1980. The quality and completeness of birthweight and gestational age data in computerized birth files. *American Journal of Public Health* 70(9):964-973.

Davis L, Edwards H, Mohay H, Wollin J. 2003. The impact of very premature birth on the psychological health of mothers. *Early Human Development* 73(1-2):61-70.

Dayan J, Creveuil C, Herlicoviez M, Herbel C, Baranger E, Savoye C, Thouin A. 2002. Role of anxiety and depression in the onset of spontaneous preterm labor. *American Journal of Epidemiology* 155(4):293-301.

De Groot L, Hopkins B, Touwen B. 1995. Muscle power, sitting unsupported and trunk rotation in pre-term infants. *Early Human Development* 43(1):37-46.

Dejmek J, Selevan SG, Sram RJ. 1996. [The environment, life style and pregnancy outcome]. *Cas Lek Cesk* 135:510-515.

Demissie K, Rhoads G, Ananth C, Alexander G, Kramer M, Kogan M, Joseph K. 2001. Trends in preterm birth and neonatal mortality among Blacks and Whites in the United States from 1989-1997. *American Journal of Epidemiology* 154(4):307-315.

Deng W, Wang H, Rosenberg PA, Volpe JJ, Jensen FE. 2004. Role of metabotropic glutamate receptors in oligodendrocytes excitotoxicity and oxidative stress. *Proceedings of the National Academy of Sciences USA* 101:7751-7756.

De Roos AJ, Smith MT, Chanock S, Rothman N. 2004. Toxicological considerations in the application and interpretation of susceptibility biomarkers in epidemiological studies. *IARC Scientific Publications* 157:105-125.

Devaney BL, Ellwood MR, Love JM. 1997. Programs that mitigate the effects of poverty on children. *Future of Children* 7(2):88-112.

De Vries LS, Groenendaal F. 2002. Neuroimaging in the preterm infant. *Mental Retardation and Developmental Disabilities Research Reviews* 8(4):273-280.

De Vries LS, Liem KD, Van Dijk K, Smit BJ, Sie L, Rademaker KJ, Gavilanes AWD. 2002. Early versus late treatment of posthaemorrhagic ventricular dilatation: Results of a retrospective study from five neonatal intensive care units in The Netherlands. *Acta Paediatrica, International Journal of Paediatrics* 91(2):212-217.

De Weerth C, Buitelaar JK. 2005. Physiological stress reactivity in human pregnancy—a review. *Neuroscience and Biobehavioral Reviews* 29(2):295-312.

Dey SK, Lim H, Das SK, Reese J, Paria BC, Daikoku T, Wang H. 2004. Molecular cues to implantation. *Endocrine Review* 25:345-373.

Deykin EY, MacMahon B. 1980. Pregnancy, delivery, and neonatal complications among autistic children. *American Journal of Diseases of Children* 134(9):860-864.

DHHS (U.S. Department of Health and Human Services). 2004 (unpublished). *Inventory of Research and Databases Pertaining to Low Birth Weight, Preterm Birth, and Sudden Infant Death Syndrome.* Washington, DC: HHS Interagency Coordinating Council on Low Birth Weight and Preterm Birth.

DHHS. 2005. *Budget in Brief FY 2005.* [Online]. Available: http://www.hhs.gov/budget/05budget/fy2005bibfinal.pdf.

Diez-Roux A. 1999. Bringing context back into epidemiology: Variables and fallacies in multilevel analysis. *American Journal of Public Health* 88:216-222.

Diez-Roux A, Nieto FJ, Muntaner C, Tyroler HA, Comstock GW, Shahar E, Cooper LS, Watson RL, Szklo M. 1997. Neighborhood environments and coronary heart disease: A multilevel analysis. *American Journal of Epidemiology* 146(1):48-63.

Diez-Roux AV, Merkin SS, Hannan P, Jacobs DR, Kiefe CI. 2003. Area characteristics, individual-level socioeconomic indicators, and smoking in young adults: the coronary artery disease risk development in young adults study. *American Journal of Epidemiology* 157(4):315-326.

Dinesen SJ, Greisen G. 2001. Quality of life in young adults with very low birth weight. *Archives of Disease in Childhood: Fetal and Neonatal Edition* 85(3):F165-F169.

DiPietro JA. 2005. Neurobehavioral assessment before birth. *Mental Retardation and Developmental Disabilities Research Reviews* 11(1):4-13.

DiPietro JA, Hilton SC, Hawkins M, Costigan KA, Pressman EK. 2002. Maternal stress and affect influence fetal neurobehavioral development. *Developmental Psychology* 38(5): 659-668.

Dizon-Townson DS, Major H, Varner M, Ward K. 1997. A promoter mutation that increases transcription of the tumor necrosis factor-alpha gene is not associated with preterm delivery. *American Journal of Obstetrics and Gynecology* 177(4):810-813.

Dodd JM, Crowther CA, Cincotta R, et al. 2005. Progesterone supplementation for preventing preterm birth: A systemic review and meta-analysis. *Acta Obstetricia et Gynecologica Scandinavica* 84:526-533.

DOE (U.S. Department of Education). 2005. *Special Education and Rehabilitative Services—IDEA 2004 Resources.* [Online]. Available: http://www.ed.gov/policy/speced/guid/idea/idea2004.html [accessed January 30, 2006].

DOE. 2006. *Summary of Discretionary Funds Fiscal Years 2001-2007.* [Online]. Available: http://www.ed.gov/about/overview/budget/budget07/summary/appendix1.pdf [accessed May 10, 2006].

DOJ (U.S. Department of Justice). 2005. *Office of Justice Programs—Juvenile Justice Programs.* [Online]. Available: http://www.usdoj.gov/jmd/2005summary/pdf/p167-169.pdf [accessed May 10, 2006].

DOL (U.S. Department of Labor). 2004. *Women in the Labor Force: A Databook.* [Online]. Available: http://www.bls.gov/cps/wlf-databook.htm [accessed September 29, 2005].

DOL. 2005. *Employment Characteristics of Families.* [Online]. Available: http://www.bls.gov/news.release/famee.toc.htm [accessed February 27, 2006].

Dole N, Savitz DA, Hertz-Picciotto I, Siega-Riz AM, McMahon MJ, Buekens P. 2003. Maternal stress and preterm birth. *American Journal of Epidemiology* 157(1):14-24.

Dolk H, Pattenden S, Johnson A. 2001. Cerebral palsy, low birthweight and socio-economic deprivation: Inequalities in a major cause of childhood disability. *Paediatric and Perinatal Epidemiology* 15(4):359-363.

Donohue, P. 2002. Health-related quality of life of preterm children and their caregivers. *Mental Retardation and Developmental Disabilities* 8:293-297.

Downey G, Coyne JC. 1990. Children of depressed parents: An integrative review. *Psychology Bulletin* 1:50-76.

Doyle LW. 2001. Outcome at 5 years of age of children 23 to 27 weeks' gestation: Refining the prognosis. *Pediatrics* 108(1):134-141.

Doyle LW, Anderson PJ. 2005. Improved neurosensory outcome at 8 years of age of extremely low birthweight children born in Victoria over three distinct eras. *Archives of Disease in Childhood: Fetal and Neonatal Edition* 90(6):F484-F488.

Doyle LW, Casalaz D. 2001. Outcome at 14 years of extremely low birthweight infants: A regional study. *Archives of Disease in Childhood: Fetal and Neonatal Edition* 85(3):F159.

Doyle LW, Callanan C, Carse E, Charlton MP, Drew J, Ford G, Fraser S, Hayes M, Kelly E, Knoches A, McDougall P, Rickards A, Watkins A, Woods H, Yu V. 1995. Neurosensory outcome at 5 years and extremely low birthweight. *Archives of Disease in Childhood* 73(5 Suppl):F143-F146.

Doyle LW, Faber R, Callanan C, Morley R. 2003a. Blood pressure in late adolescence and very low birth weight. *Pediatrics* 111:252-257.

Doyle LW, Ford G, Davis N. 2003b. Health and hospitalisations after discharge in extremely low birth weight infants. *Seminars in Neonatology* 8(2):137-145.

Doyle LW, Bowman E, Callanan C, Davis NM, Ford GW, Kelly E, Rickards AL, Stewart M, Casalaz D, Fraser S, Watkins A, Woods H, Carse EA, Charlton MP, Hayes M, Yu V, Halliday J. 2004a. Changing availability of neonatal intensive care for extremely low birthweight infants in Victoria over two decades. *Medical Journal of Australia* 181(3):136-139.

Doyle LW, Faber B, Callanan C, Ford GW, Davis NM. 2004b. Extremely low birth weight and body size in early adulthood. *Archives of Disease in Childhood* 89(4):347-350.

Doyle LW, Halliday HL, Ehrenkranz RA, Davis PG, Sinclair JC. 2005. Impact of postnatal systemic corticosteroids on mortality and cerebral palsy in preterm infants: Effect modification by risk for chronic lung disease. *Pediatrics* 115(3):655-661.

Drakeley AJ, Roberts D, Alfirevic Z. 2003. Cervical stitch (cerclage) for preventing pregnancy loss in women. *Cochrane Database Systematic Reviews* 1.

Drey EA, Kang M-S, McFarland W, Darney PD. 2005. Improving the accuracy of fetal foot length to confirm gestational duration. *Obstetrics and Gynecology* 105(4):773-778.

Drillien CM, Thomson AJM, Burgoyne K. 1980. Low-birthweight children at early school-age: A longitudinal study. *Developmental Medicine and Child Neurology* 22(1):26-47.

Drummond MF, O'Brien B, Stoddart GL, Torrance GW. 2003. *Methods for the Economic Evaluation of Health Care Programmes*, 2nd edition. New York: Oxford University Press.

Dubowitz LM. 1979. A study of visual function in the premature infant. *Child: Care, Health and Development* 5(6):399-404.

Dubowitz LM, Dubowitz V, Goldberg C. 1970. Clinical assessment of gestational age in the newborn infant. *Journal of Pediatrics* 77(1):1-10.

Dubowitz LMS, Goldberg C. 1981. Assessment of gestation by ultrasound in various stages of pregnancy in infants differing in size and ethnic origin. *British Journal of Obstetrics and Gynaecology* 88(3):255-259.

Dubowitz LMS, Dubowitz V, Morante A, Verghote M. 1980. Visual function in the preterm and fullterm newborn infant. *Developmental Medicine and Child Neurology* 22(4): 465-475.

Dubowitz V, Dubowitz LM. 1985. (in reply to letter) Inadequacy of Dubowitz Gestational Age in low birthweight infants. *Obstetrics and Gynecology* 65:601-602.

Dudley DJ, Branch DW, Edwin SS, Mitchell MD. 1996. Induction of preterm birth in mice by RU486. *Biology of Reproduction* 55(5):992-995.

Dunkel-Schetter C. 1998. Maternal stress and preterm delivery. *Prenatal and Neonatal Medicine* 3:39-42.

Dunlop A, Brann A. 2005, June 21. African American women at Grady Memorial Hospital (GMH). Presented at the National Summit on Preconception Care. Atlanta, GA.

Dunn MS, Shennan AT, Hoskins EM, Lennox K, Enhorning G. 1988. Two-year follow-up of infants enrolled in a randomized trial of surfactant replacement therapy for prevention of neonatal respiratory distress syndrome. *Pediatrics* 82(4):543-547.

Dye TD, Oldenettel D. 1996. Physical activity and the risk of preterm labor: An epidemiological review and synthesis of recent literature. *Seminars in Perinatology* 20(4):334-339.

Dyson DC, Danbe KH, Bamber JA, et al. 1998. Monitoring women at risk for preterm birth. *New England Journal of Medicine* 338:15-19.

Eaton WW, Mortensen PB, Thomsen PH, Frydenberg M. 2001. Obstetric complications and risk for severe psychopathology in childhood. *Journal of Autism and Developmental Disorders* 31(3):279-285.

Ecker JL, Chen KT, Cohen AP, Riley LE, Lieberman ES. 2001. Increased risk of cesarean delivery with advancing maternal age: Indications and associated factors in nulliparous women. *American Journal of Obstetrics and Gynecology* 185(4):883-887.

Edwards CH, Cole OJ, Oyemade UJ, Knight EM, Johnson AA, Westney OE, Laryea H, West W, Jones S, Westney LS. 1994. Maternal stress and pregnancy outcomes in a prenatal clinic population. *Journal of Nutrition* 124(6 Suppl):1006S-1021S.

Egarter C, Leitich H, Husslein P, Kaider A, Schemper M. 1996. Adjunctive antibiotic treatment in preterm labor and neonatal morbidity: A meta-analysis. *Obstetrics and Gynecology* 88(2):303-309.

Eichenwald EC, Blackwell M, Lloyd JS, Tran T, Wilder RE, Richardson DK. 2001. Inter-neonatal intensive care unit variation in discharge timing: Influence of apnea and feeding management. *Pediatrics* 108:928-933.

Einspieler C, Prechtl HFR. 2005. Prechtl's assessment of general movements: A diagnostic tool for the functional assessment of the young nervous system. *Mental Retardation and Developmental Disabilities Research Reviews* 11(1):61-67.

Eisengart S, Singer LT, Fulton S, Baley JE. 2003. Coping and psychological distress in mothers of very low birth weight young children. *Parenting: Science and Practice* 3(1):49-72.

Eiser C, Morse R. 2001. Can parents rate their child's health-related quality of life? Results of a systematic review. *Quality of Life Research* 10:347-357.

Ekwo EE, Moawad A. 1998. The relationship of interpregnancy interval to the risk of preterm births to black and white women. *International Journal of Epidemiology* 7:68-73.

Ekwo EE, Gosselink CA, Moawad A. 1992. Unfavorable outcome in penultimate pregnancy and premature rupture of membranes in successive pregnancy. *Obstetrics and Gynecology* 80:166.

Elbourne D, Oakley A. 1991. An overview of trials of social support during pregnancy. In: Berends HW, Kessel S, Yaffee S eds. *Advances in the Prevention of Low Birth Weight: An International Symposium.* Washington, DC: National Center for Education in Maternal and Child Health. Pp. 203-223.

Elbourne D, Oakley A, Chalmers I. 1989. Social and psychological support during pregnancy. In: Chalmers I, Enkin M, Keirse M eds. *Effective Care in Pregnancy and Childbirth.* Oxford, UK: Oxford University Press. Pp. 16-32.

Elbourne D, Ayers S, Dellagrammaticas H, Johnson A, Leloup M, Lenoir-Piat S. 2001. Randomised controlled trial of prophylactic etamsylate: Follow up at 2 years of age. *Archives of Disease in Childhood: Fetal and Neonatal Edition* 84(3):F183-F187.

Elder HA, Santamarina BA, Smith S, Kass EH. 1971. The natural history of asymptomatic bacteriuria during pregnancy: The effect of tetracycline on the clinical course and the outcome of pregnancy. *American Journal of Obstetrics and Gynecology* 111(3):441-462.

Elo IT, Rodgriguez G, Lee H. 2001. Racial and neighborhood disparities in birth weight in Philadelphia. Annual Meeting of the Populations Association of America, Washington DC. Paper presented, under revision for publication.

Elovitz MA, Mrinalini C. 2004. Animal models of preterm birth. *Trends in Endocrinology and Metabolism* 15:479-487.

Elovitz MA, Mrinalini C. 2005. Can medroxyprogesterone acetate alter Toll-like receptor expression in a mouse model of intrauterine inflammation? *American Journal of Obstetrics and Gynecology* 193(3 Suppl):1149-1155.

Elovitz MA, Ascher-Landsberg J, Saunders T, Phillippe M. 2000. The mechanisms underlying the stimulatory effects of thrombin on myometrial smooth muscle. *American Journal of Obstetrics and Gynecology* 183:674-681.

Elovitz MA, Baron J, Phillipe M. 2001. The role of thrombin in preterm parturition. *American Journal of Obstetrics and Gynecology* 185:1059-1063.

El-Sayed YY, Riley ET, Holbrook RH Jr., Cohen SE, Chitkara U, Druzin ML. 1999. Randomized comparison of intravenous nitroglycerin and magnesium sulfate for treatment of preterm labor. *Obstetrics and Gynecology* 93:79-83.

Emsley HCA, Wardle SP, Sims DG, Chiswick ML, D'Souza SW. 1998. Increased survival and deteriorating developmental outcome in 23 to 25 week old gestation infants, 1990-1994 compared with 1984-1989. *Archives of Disease in Childhood: Fetal and Neonatal Edition* 78(2):F99-F104.

Engel S, Olshan A, Savitz D, Thorp J, Erichsen H, Chanock S. 2005b. Risk of small-for-gestational age is associated with common anti-inflammatory cytokine polymorphisms. *Epidemiology* 16(4):478-486.

Engel SAM, Erichsen HC, Savitz DA, Thorp J, Chanock SJ, Olshan AF. 2005a. Risk of spontaneous preterm birth is associated with common proinflammatory cytokine polymorphisms. *Epidemiology* 16(4):469-477.

England LJ, Levine RJ, Qian C, Morris CD, Sibai BM, Catalano PM, Curet LB, Klebanoff MA. 2002. Smoking before pregnancy and risk of gestational hypertension and preeclampsia. *American Journal of Obstetrics and Gynecology* 186(5):1035-1040.

EOP (Executive Office of the President of the United States). 1995. *Standards for the Classification of Federal Data on Race and Ethnicity.* [Online]. Available: http://www.whitehouse.gov/OMB/fedreg/race-ethnicity.html [accessed February 27, 2006].

Erickson JD, Bjerkedal T. 1978. Interpregnancy interval. Association with birth weight, stillbirth, and neonatal death. *Journal of Epidemiology and Community Health* 32:124-130.

Ericson A, Kallen B. 1998. Very low birthweight boys at the age of 19. *Archives of Disease in Childhood: Fetal and Neonatal Edition* 78(3):F171-F174.

Ericksson JG, Forsen T, Tumilehto J, Winter PD, Osmond C, Barker DJ. 1999. Catch-up growth in childhood and death from coronary heart disease: Longitudinal study. *British Medical Journal* 318 (7181):427-431.

Eriksson JG, Forsen T, Tuomilehto J, Osmond C, Barker DJ. 2001. Early growth and coronary heart disease in later life: Longitudinal study. *British Medical Journal* 322 (7292):949-953.

Eschenbach DA, Nugent RP, Rao AV, Cotch MF, Gibbs RS, Lipscomb KA, Martin DH, Pastorek JG, Rettig PJ, Carey JC, Regan JA, Geromanos KL, Lee MLF, Poole WK, Edelman R, Yaffe SJ, Catz Rhoads CSGG, McNellis D. 1991. A randomized placebo-controlled trial of erythromycin for the treatment of Ureaplasma urealyticum to prevent premature delivery. *American Journal of Obstetrics and Gynecology* 164(3):734-742.

Escobar GJ, Littenberg B, Petitti DB. 1991. Outcome among surviving very low birthweight infants: A meta-analysis. *Archives of Disease in Childhood* 66(2):204-211.

Escobar GJ, Joffe S, Gardner MN, Armstrong MA, Folck BF, Carpenter DM. 1999. Rehospitalization in the first two weeks after discharge from the neonatal intensive care unit. *Pediatrics* 104(1):e2. [Online]. Available: http://www.pediatrics.org/cgi/content/full/104/1/e2.

Escobar GJ, Greene JD, Hulac P, Kincannon E, Bischoff K, Gardneer MN, Armstrong MA, France EK. 2005. Rehospitalisation after birth hospitalization: Patterns among all gestations. *Archives of Disease in Childhood* 90:111-112.

Escobar GJ, McCormick MC, Zupancic JAF, Coleman-Phox K, Armstrong MA, Greene DJ, Eichenwald EC, Richardson DK. In press. Unstudied infants: Outcomes of moderately premature infants in the NICU. *Archives of Disease in Childhood.*

Eskenazi B, Mocarelli P, Warner M, Chee WY, Gerthoux PM, Samuels S, Needham LL, Patterson DG, Jr. 2003. Maternal serum dioxin levels and birth outcomes in women of Seveso, Italy. *Environmental Health Perspectives* 111:947-953.

Eskenazi B, Harley K, Bradman A, Weltzien E, Jewell NP, Barr DB, Furlong CE, Holland NT. 2004. Association of in utero organophosphate pesticide exposure and fetal growth and length of gestation in an agricultural population. *Environmental Health Perspectives* 112:1116-1124.

Evans DJ, Levene MI. 2001. Evidence of selection bias in preterm survival studies: A systematic review. *Archives of Disease in Childhood: Fetal and Neonatal Edition* 84(2): F79-F84.

Evans RG, Stoddart GL. 1990. Producing health, consuming health care. *Social Science and Medicine* 31(12):1347-1363.

Evenson KR, Siega-Riz AM, Savitz DA, Leiferman JA, Thorp JM Jr. 2002. Vigorous leisure activity and pregnancy outcome: The Pregnancy, Infection, and Nutrition Study. *Epidemiology* 13:653-659.

Fagher U, Laudanski T, Schutz A, Sipowicz M, Akerlund M. 1993. The relationship between cadmium and lead burdens and preterm labor. *International Journal of Gynaecology and Obstetrics* 40:109-114.

Falcon M, Vinas P, Luna A. 2003. Placental lead and outcome of pregnancy. *Toxicology* 185(12):59-66.

Farhang L, Weintraub JM, Petreas M, Eskenazi B, Bhatia R. 2005. Association of DDT and DDE with birth weight and length of gestation in the child health and development studies, 1959-1967. *American Journal of Epidemiology* 162(8):717-725.

Farr V, Kerridge DF, Mitchell RG. 1966. The value of some external characteristics in the assessment of gestational age at birth. *Developmental Medicine and Child Neurology* 8(6):657-660.

Fazleabas AT, Kim JJ, Strakova Z. 2004. Implantation: Embryonic signals and the modulation of the uterine environment: A review. *Placenta* 18:S26-S31.

Feeny D, Furlong W, Barr RD, Torrance GW, Rosenbaum P, Weitzman S. 1992. A comprehensive multiattribute system for classifying the health status of survivors of childhood cancer. *Journal of Clinical Oncology* 10(6):923-928.

Feeny D, Furlong W, Saigal S, Sun J. 2004. Comparing directly measured standard gamble scores to HUI2 and HUI3 utility scores: Group- and individual-level comparisons. *Social Science and Medicine* 58:799-809.

Fein GG, Jacobson JL, Jacobson SW, Schwartz PM, Dowler JK. 1984. Prenatal exposure to polychlorinated biphenyls: Effects on birth size and gestational age. *Journal of Pediatrics* 105:315-320.

Feinberg EC, Larsen FW, Catherino WH, Zhang J, Armstrong AY. 2006. Comparison of assisted reproductive technology utilization and outcomes between Caucasian and African American patients in an equal-access-to-care setting. *Fertility and Sterility* 85(4):888-894.

Feingold E, Sheir-Neiss G, Melnychuk J, Bachrach S, Paul D. 2002. HRQL and severity of brain ultrasound findings in a cohort of adolescents who were born preterm. *Journal of Adolescent Health* 31(3):234-239.

Fekkes M, Theunissen NCM, Brugman E, Veen S, Verrips E. 2000. Development and psychometric evaluation of the TAPQOL: A health-related quality of life instrument for 1-5-year-old children. *Quality of Life Research* 9:961-972.

Feldman PJ, Dunkel-Schetter C, Sandman CA, Wadhwa PD. 2000. Maternal social support predicts birth weight and fetal growth in human pregnancy. *Psychosomatic Medicine* 62(5):715-725.

Fernell E, Hagberg G, Hagberg B. 1994. Infantile hydrocephalus epidemiology: An indicator of enhanced survival. *Archives of Disease in Childhood* 70(2 Suppl):F123-F128.

Ferrand PE, Parry S, Sammel M, Macones GA, Kuivaniemi H, Romero R, Strauss JF 3rd. 2002. A polymorphism in the matrix metalloproteinase-9 promoter is associated with increased risk of preterm premature rupture of membranes in African Americans. *Molecular Human Reproduction* 8(5):494-501.

Ferraz EM, Gray RH, Fleming PL, Maia TM. 1988. Interpregnancy interval and low birth weight: Findings from a case-control study. *American Journal of Epidemiology* 28:1111-1116.

Fewtrell MS, Doherty C, Cole TJ, Stafford M, Hales CN, Lucas A. 2000. Effects of size at birth, gestational age and early growth in preterm infants on glucose and insulin concentrations at 9-12 years. *Diabetologia* 43(6):714-717.

Fewtrell MS, Lucas A, Cole TJ, Wells JC. 2004. Prematurity and reduced body fatness at 8-12 y of age. *American Journal of Clinical Nutrition* 80(2):436-440.

Filicori M, Cognigni GE, Gamberini E, Troilo E, Parmegiani L, Bernardi S. 2005. Impact of medically assisted fertility on preterm birth. *BJOG: An International Journal of Obstetrics and Gynaecology* 112(Suppl 1):113-117.

Finegan JA, Quarrington B. 1979. Pre-, peri-, and neonatal factors and infantile autism. *Journal of Child Psychology and Psychiatry and Allied Disciplines* 20(2):119-128.

Finer NN, Higgins R, Kattwinkel J, Martin RJ. 2006. Summary proceedings from the apnea of prematurity group. *Pediatrics* 117:47-51.

Finnstrom O. 1972. Studies on maturity in newborn infants. VI. Comparison between different methods for maturity estimation. *Acta Paediatrica Scandinavica* 61(1):33-41.

Finnstrom O, Otterblad Olausson P, Sedin G, Serenius F, Svenningsen N, Thiringer K, Tunell R, Wesstrom G. 1998. Neurosensory outcome and growth at three years in extremely low birthweight infants: Follow-up results from the Swedish national prospective study. *Acta Paediatrica, International Journal of Paediatrics* 87(10):1055-1060.

Fiscella K. 1995. Does prenatal care improve birth outcomes? A critical review. *Obstetrics and Gynecology* 85(30):468-480.

Fiscella K. 2005. Race, genes, and preterm delivery. *Journal of the National Medical Association* 97(11):1516-1526.

Fiscella KMM, Franks PM, Kendrick JSM, Meldrum SM, Kieke BA Jr. 2002. Risk of preterm birth that is associated with vaginal douching. *American Journal of Obstetrics and Gynecology* 186(6):1345-1350.

Fitzgerald JF, Levin SC, Naulty JS, Collins JG. 1999. Evaluation of intrathecal phenol injection using a rat model: Scientific abstracts. *Regional Anesthesia and Pain Medicine* 24(3 Suppl 1):40.

Fledelius HC, Greisen G. 1993. Very pre-term birth and visual impairment: A retrospective investigation of 411 infants of gestational age 30 weeks or less, 1983-89 Rigshospitalet, Copenhagen. *Acta Ophthalmologica Supplement* 210:63-65.

Flegal KM, Harlan WR, Landis JR. 1988. Secular trends in body mass index and skinfold thickness with socioeconomic factors in young adult women. *American Journal of Clinical Nutrition* 48(3):535-543.

Fletcher JM, Francis DJ, Thompson NM, Brookshire BL, Bohan TP, Landry SH, Davidson KC, Miner ME. 1992. Verbal and nonverbal skill discrepancies in hydrocephalic children. *Journal of Clinical and Experimental Neuropsychology* 14(4):593-609.

Floyd RC, McLauglin BN, Perry KG Jr., Martin RW, Sullivan CA, Morrison JC. 1995. Magnesium sulfate or nifedipine hydrochloride for acute tocolysis of preterm labor: Efficacy and side effects. *Journal of Maternal-Fetal Investigation* 5(1):25-29.

Flynn JR. 1999. Searching for justice: The discovery of IQ gains over time. *American Psychologist* 54(1):5-20.

Follett PL, Koh S, Fu JM, Volpe JJ, Jensen FE. 2000. Protective effects of topiramate in a rodent model of periventricular leukomalacia. *Annals of Neurology* 48:34A.

Ford GW, Doyle LW, Davis NM, Callanan C. 2000. Very low birth weight and growth into adolescence. *Archives of Pediatrics and Adolescent Medicine* 154(8):778-784.

Fortier I, Marcoux S, Brisson J. 1995. Maternal work during pregnancy and the risks of delivering a small-for-gestational-age or preterm infant. *Scandinavian Journal of Work, Environment, and Health* 21(6):412-418.

Fortunato SJ, Menon R, Lombardi SJ. 1999. MMP/TIMP imbalance in the amniotic fluid during PROM: An indirect support for endogenous pathway to membrane rupture. *Journal of Perinatal Medicine* 27:362-368.

Fortunato SJ, Menon R, Bryant C, Lombardi SJ. 2000a. Programmed cell death (apoptosis) as a possible pathway to metalloproteinase activation and fetal membrane degradation in premature rupture of membranes. *American Journal of Obstetrics and Gynecology* 182:1468-1476.

Fortunato, SJ, Menon, R, Lombardi, SJ. 2000b. Amniochorion gelatinase-gelatinase inhibitor imbalance in virto: A possible infectious pathway to rupture. *Obstetrics and Gynecology* 95:240-244.

Fossett JW, Perloff JD, Kletke PR, Peterson JA. 1992. Medicaid and access to child health care in Chicago. *Journal of Health Politics, Policy, and Law* 17(2):273-298.

Fowlie PW. 2005. Managing the baby with a patent ductus arteriosus. More questions than answers? *Archives of Disease in Childhood: Fetal and Neonatal Edition* 90(3):F190.

Fowlie PW, Davis PG. 2002. Prophylactic intravenous indomethacin for preventing mortality and morbidity in preterm infants. *Cochrane Database of Systematic Reviews (Online: Update Software)* 3.

Fox MD, Allbert JR, McCaul JF, Martin RW, McLaughlin BN, Morrison JC. 1993. Neonatal morbidity between 34 and 37 weeks' gestation. *Journal of Perinatology: Official Journal of the California Perinatal Association* 13(5):349-353.

Franck LS, Boyce WT, Gregory GA, Jemerin J, Levine J, Miaskowski C. 2000. Plasma norepinephrine levels, vagal tone index, and flexor reflex threshold in premature neonates receiving intravenous morphine during the postoperative period: A pilot study. *Clinical Journal of Pain* 16(2):95-104.

Fraser AM, Brockert JE, Ward RH. 1995. Association of young maternal age with adverse reproductive outcomes. *New England Journal of Medicine* 332(17):1113-1117.

French JI, McGregor JA, Draper D, Parker R, McFee J. 1999. Gestational bleeding, bacterial vaginosis, and common reproductive tract infections: Risk for preterm birth and benefit of treatment. *Obstetrics and Gynecology* 93(5):715-724.

Fuentes-Afflick E, Hessol NA. 2000. Interpregnancy interval and the risk of premature infants. *Obstetrics and Gynecology* 95:383-390.

Fujimoto T, Parry S, Urbanek M, Sammel M, Macones G, Kuivaniemi H, Romero R, Strauss III JF. 2002. A single nucleotide polymorphism in the matrix metalloproteinase-1 (MMP-1) promoter influences amnion cell MMP-1 expression and risk for preterm premature rupture of the fetal membranes. *Journal of Biological Chemistry* 277(8):6296-6302.

Gabbard SA, Schryer J. 2003. Early amplification options. *Mental Retardation and Developmental Disabilities Research Reviews* 9(4):236-242.

Gaebler CP, Hanzlik JR. 1996. The effects of a prefeeding stimulation program on preterm infants. *American Journal of Occupational Therapy* 50(3):184-192.

Gagliardi L, Cavazza A, Brunelli A, Battaglioli M, Merazzi D, Tandoi F, Cella D, Perotti GF, Pelti M, Stucchi I, Frisone F, Avanzini A, Bell R. 2004. Assessing mortality risk in very low birthweight infants: A comparison of CRIB, CRIB-II, and SNAPPE-II. *Archives of Disease in Childhood: Fetal and Neonatal Edition* 89(5):F419-F422.

Gamsu HR, Mullinger BM, Donnai P, Dash CH. 1989. Antenatal administration of betamethasone to prevent respiratory distress syndrome in preterm infants: Report of a UK multicentre trial. *British Journal of Obstetrics and Gynaecology* 96(4):401-410.

Gan XD, Back SD, Rosenberg PA, Volpe JJ. 1997. Stage-specific vulnerability of rat oligodendrocytes in culture to non-NMDA receptor-mediated toxicity. *Social Neuroscience* 2(Abstr):17420.

Gappa M, Berner MM, Hohenschild S, Dammann CEL, Bartmann P. 1999. Pulmonary function at school-age in surfactant-treated preterm infants. *Pediatric Pulmonology* 27(3):191-198.

Gardosi JO. 2005. Prematurity and fetal growth restriction. *Early Human Development* 81(1):43-49.

Gardosi J, Kady SM, McGeown P, Francis A, Tonks A, Ben-Tovim D, Phillips PA, Crotty M. 2005. Classification of stillbirth by relevant condition at death (ReCoDe): Population based cohort study. *British Medical Journal* 331(7525):1113-1117.

Garfield RE. 1988. Structural and functional studies of the control of myometrial contractility and labour. In: McNellis D, Challis JRG, MacDonald PC, Nathanielsz PW, Roberts JM eds. *The Onset of Labour: Cellular and Integrative Mechanisms*. Ithaca, NY: Perinatology Press. Pp. 55-80.

Garfield RE, Gasc JM, Baulieu EE. 1987. Effects of the antiprogesterone RU 486 on preterm birth in the rat. *American Journal of Obstetrics and Gynecology* 157(5):1281-1285.

Garite TJ, Clark R, Thorp JA. 2004. Intrauterine growth restriction increases morbidity and mortality among premature neonates. *American Journal of Obstetrics and Gynecology* 191(2):481-487.

Gariti DL, Zollinger TW, Look KY. 2005. Factors detracting students from applying for an obstetrics and gynecology residency. *American Journal of Obstetrics and Gynecology* 193:289-293.

Gatts JD, Wallace DH, Glasscock GF, McKee E, Cohen RS. 1994. A modified newborn intensive care unit environment may shorten hospital stay. *Journal of Perinatology: Official Journal of the California Perinatal Association* 14(5):422-427.

Genc MR, Gerber S, Nesin M, Witkin SS. 2002. Polymorphism in the interleukin-1 gene complex and spontaneous preterm delivery. *American Journal of Obstetrics and Gynecology* 187(1):157-163.

Genc MR, Onderdonk AB, Vardhana S, Delaney ML, Norwitz ER, Tuomala RE, Paraskevas L-R, Witkin SS. 2004. Polymorphism in intron 2 of the interleukin-1 receptor antagonist gene, local midtrimester cytokine response to vaginal flora, and subsequent preterm birth. *American Journal of Obstetrics and Gynecology* 191(4):1324-1330.

Georgieff MK, Bernbaum JC. 1986. Abnormal shoulder girdle muscle tone in premature infants during their first 18 months of life. *Pediatrics* 77(5):664-669.

Geronimus AT. 1992. The weathering hypothesis and the health of African-American women and infants: Evidence and speculations. *Ethnicity and Disease* 2(3):207-221.

Geronimus AT. 1996. Black/white differences in the relationship of maternal age to birthweight: A population-based test of the weathering hypothesis. *Social Science and Medicine* 42:589-597.

Gibbons JM. 2005. *Academic Costs*. Presentation to IOM Committee on Understanding Premature Birth and Assuring Healthy Outcomes Workshop, August 10, 2005. Data from Medical Liability Monitor, October 2004, 29(10). Washington, DC: IOM.

Gibbs RS, Romero R, Hillier SL, Eschenbach DA, Sweet RL. 1992. A review of premature birth and subclinical infection. *American Journal of Obstetrics and Gynecology* 166(5): 1515-1528.

Gibson D, Sheps S, Uh S, Schechter M, McCormick A. 1990. Retinopathy of prematurity-induced blindness: Birth weight-specific survival and the new epidemic. *Pediatrics* 86(3):405-412.

Gichangi PB, Ndinya-Achola JO, Ombete J, Nagelkerke NJ, Temmerman M. 1997. Antimicrobial prophylaxis in pregnancy: A randomized, placebo-controlled trial with cefetamet-pivoxil in pregnant women with a poor obstetric history. *American Journal of Obstetrics and Gynecology* 177(3):680-684.

Gilbert WM, Nesbitt TS, Danielsen B. 2003. The cost of prematurity: Quantification by gestational age and birth weight. *Obstetrics and Gynecology* 102(3):488-492.

Gilbert WS, Quinn GE, Dobson V, Reynolds J, Hardy RJ, Palmer EA. 1996. Partial retinal detachment at 3 months after threshold retinopathy of prematurity. Long-term structural and functional outcome. Multicenter Trial of Cryotherapy for Retinopathy of Prematurity Cooperative Group. *Archives of Ophthalmology* 114(9):1085-1091.

Gilkerson L, Gorski PA, Panitz P, Meisels SJ, Shonkoff JP. 1990. *Hospital-Based Intervention for Preterm Infants and Their Families*. New York: Cambridge.

Gill TM, Feinstein AR. 1994. A critical appraisal of the quality of quality-of-life measurements. *JAMA* 272(8):619-626.

Gilles FH, Leviton A, Kerr CS. 1976. Endotoxin leucoencephalopathy in the telencephalon of the newborn kitten. *Journal of Neurological Sciences* 27(2):183-191.

Gilles FH, Leviton A, Dooling EC. 1983. *The Developing Human Brain: Growth and Epidemiologic Neuropathology*. Boston, MA: John Wright, Inc. Pp. 244-315.

Giscombe CL, Lobel M. 2005. Explaining disproportionately high rates of adverse birth outcomes among African Americans: The impact of stress, racism, and related factors in pregnancy. *Psychology Bulletin* 131(5):662-683.

Gleason CA, Back SA. 2005. Developmental physiology of the central nervous system. In: Taeusch HW, Ballard RA, Gleason CA eds. *Avery's Diseases of the Newborn*, 8th edition. Philadelphia, PA: Elsevier Saunders. Pp. 903-907.

Gluck L. 1971. Biochemical development of the lung: Clinical aspects of surfactant development, RDS and the intrauterine assessment of lung maturity. *Clinical Obstetrics and Gynecology* 14(3):710-721.

Gluck L, Kulovich MV. 1973a. Fetal lung development. Current concepts. *Pediatric Clinics of North America* 20(2):367-379.

Gluck L, Kulovich MV. 1973b. Lecithin-sphingomyelin ratios in amniotic fluid in normal and abnormal pregnancy. *American Journal of Obstetrics and Gynecology* 115(4):539-546.

Gluck L, Chez RA, Kulovich MV. 1974. Comparison of phospholipid indicators of fetal lung maturity in the amniotic fluid of the monkey (Macaca mulatta) and baboon (Papio papio). *American Journal of Obstetrics and Gynecology* 120(4):524-530.

Glynn LM, Wadhwa PD, Dunkel-Schetter C, Chicz-Demet A, Sandman CA. 2001. When stress happens matters: Effects of earthquake timing on stress responsivity in pregnancy. *American Journal of Obstetrics and Gynecology* 184(4):637-642.

Glynn LM, Schetter CD, Wadhwa PD, Sandman CA. 2004. Pregnancy affects appraisal of negative life events. *Journal of Psychosomatic Research* 56(1):47-52.

Goepfert AR, Goldenberg RL, Andrews WW, Hauth JC, Mercer B, Iams J, Meis P, Moawad A, Thom E, VanDorsten JP, Caritis SN, Thurnau G, Miodovnik M, Dombrowski M, Roberts J, McNellis D, National Institute of Child Health and Human Development Maternal-Fetal Medicine Units Network. 2001. The Preterm Prediction Study: Association between cervical interleukin 6 concentration and spontaneous preterm birth. National Institute of Child Health and Human Development Maternal-Fetal Medicine Units Network. *American Journal of Obstetrics and Gynecology* 184(3):483-488.

Goepfert AR, Jeffcoat MK, Andrews WW, Faye-Petersen O, Cliver SP, Goldenberg RL, Hauth JC. 2004. Periodontal disease and upper genital tract inflammation in early spontaneous preterm birth. *Obstetrics and Gynecology* 104(4):777-783.

Gold MR, Siegel JE, Russell LB, Weinstein MC. 1996. *Cost-Effectiveness in Health and Medicine*. New York: Oxford University Press.

Gold RB. 1997. Latest Medicaid waivers break new ground for family planning. *State Reproductive Health Monitor* 8:8-9.

Gold RB. 1999. Implications for family planning of post-welfare reform insurance trends. *Guttmacher Report on Public Policy* 2:1-7.

Goldenberg R, Cliver S, Bronstein J, Cutter G, Andrews W, Mennemeyer S. 1994. Bed rest in pregnancy. *Obstetrics and Gynecology* 84(1):131-136.

Goldenberg RL, Andrews WW. 1996. Intrauterine infection and why preterm prevention programs have failed. *American Journal of Public Health* 86:781-783.

Goldenberg RL, Rouse DJ. 1999. Interventions to prevent prematurity. In: McCormick MC, Siegel J eds. *Prenatal Care: Effectiveness and Implementation*. Cambridge, UK: Cambridge University Press. Pp. 105-138.

Goldenberg RL, Davis RO, Cutter GR, Hoffman HJ, Brumfield CG, Foster JM. 1989. Prematurity, postdates, and growth retardation: The influence of use of ultrasonography on reported gestational age. *American Journal of Obstetrics and Gynecology* 160(2): 462-470.

Goldenberg RL, Patterson ET, Freese MP. 1992. Maternal demographic, situational and psychosocial factors and their relationship to enrollment in prenatal care: A review of the literature. *Women and Health* 19(2-3):133-151.

Goldenberg RL, Tamura T, Neggers Y, Copper RL, Johnston KE, DuBard MB, Hauth JC. 1995. The effect of zinc supplementation on pregnancy outcome. *JAMA* 274(6):463-468.

Goldenberg RL, Cliver SP, Mulvihill FX, Hickey CA, Hoffman HJ, Klerman LV, Johnson MJ. 1996a. Medical, psychosocial, and behavioral risk factors do not explain the increased risk for low birth weight among black women. *American Journal of Obstetrics and Gynecology* 175(5):1317-1324.

Goldenberg RL, Mercer BM, Meis PJ, Copper RL, Das A, McNellis D. 1996b. The preterm prediction study: Fetal fibronectin testing and spontaneous preterm birth. *Obstetrics and Gynecology* 87(5 I):643-648.

Goldenberg RL, Thom E, Moawad AH, Johnson F, Roberts J, Caritis SN. 1996c. The preterm prediction study: Fetal fibronectin, bacterial vaginosis, and peripartum infection. *Obstetrics and Gynecology* 87(5 I):656-660.

Goldenberg RL, Mercer BM, Iams JD, Moawad AH, Meis PJ, Das A, McNellis D, Miodovnik M, Menard MK, Caritis SN, Thurnau GR, Bottoms SF, Klebanoff M, Yaffe S, Catz C, Fischer M, Thom E, Hauth JC, Copper R, Northen A, Mueller-Heubach E, Swain M, Frye A, Lindheimer M, Jones P, Elder N, Siddiqi TA, Harger JH, Cotroneo M, Landon MB, Johnson F, Carey JC, Meier A, Van Dorsten JP, Collins BA, LeBoeuf F, Newman RB, Sibai B, Ramsey R, Fricke J, Norman GS. 1997. The preterm prediction study: Patterns of cervicovaginal fetal fibronectin as predictors of spontaneous preterm delivery. *American Journal of Obstetrics and Gynecology* 177(1):8-12.

Goldenberg RL, Iams JD, Mercer BM, Meis PJ, Moawad AH, Copper RL, Das A, Thom E, Johnson F, McNellis D, Miodovnik M, Van Dorsten JP, Caritis SN, Thurnau GR, Bottoms SF. 1998. The preterm prediction study: The value of new vs standard risk factors in predicting early and all spontaneous preterm births. *American Journal of Public Health* 88(2):233-238.

Goldenberg RL, Hauth JC, Andrews WW. 2000. Intrauterine infection and preterm delivery. *New England Journal of Medicine* 342:1500-1507.

Goldenberg RL, Iams JD, Mercer BM, Meis PJ, Moawad A, Das A, Miodovnik M, VanDorsten PJ, Caritis SN, Thurnau G, Dombrowski MP. 2001. The Preterm Prediction Study: Toward a multiple-marker test for spontaneous preterm birth. *American Journal of Obstetrics and Gynecology* 185(3):643-651.

Goldenberg RL, Culhane JF, Johnson DC. 2005. Maternal infection and adverse fetal and neonatal outcomes. *Clinics in Perinatology* 32(3):523-559.

Golding J, Rowland A, Greenwood R, Lunt P. 1991. Aluminium sulphate in water in north Cornwall and outcome of pregnancy. *British Medical Journal* 302:1175-1177.

Goldstein I, Lockwood C, Belanger K, Hobbins J. 1988. Ultrasonographic assessment of gestational age with the distal femoral and proximal tibial ossification centers in the third trimester. *American Journal of Obstetrics and Gynecology* 158(1):127-130.

Gomez R, Romero R, Medina L, et al. 2005. Cervicovaginal fibronectin improves the prediction of preterm delivery based on sonographic cervical length in patients with preterm uterine contractions and intact membranes. *American Journal of Obstetrics and Gynecology* 192:350-359.

Goodman M, Rothberg AD, Houston-McMillan JE. 1985. Effect of early neurodevelopmental therapy in normal and at-risk survivors of neonatal intensive care. *Lancet* 2(8468):1327-1330.

Goodwin MM, Gazmararian JA, Johnson CH, Gilbert BC, Saltzman LE. 2000. Pregnancy intendedness and physical abuse around the time of pregnancy: Findings from the pregnancy risk assessment monitoring system, 1996-1997. PRAMS Working Group. Pregnancy Risk Assessment Monitoring System. *Maternal and Child Health Journal* 4(2):85-92.

Goodwin TM, Valenzuela G, Silver H, Hayashi R, Creasy GW, Lane R. 1996. Treatment of preterm labor with the oxytocin antagonist atosiban. *American Journal of Perinatology* 13:143-146.

Gordts S, Campo R, Puttemans P, Brosens I, Valkenburg M, Norre J, Renier M, Coeman D. 2005. Belgian legislation and the effect of elective single embryo transfer on IVF outcome. *Reproductive BioMedicine Online* 10(4):436-441.

Gorsuch RL, Key MK. 1974. Abnormalities of pregnancy as a function of anxiety and life stress. *Psychosomatic Medicine* 36(4):352-362.

Gosselin J, Gahagan S, Amiel-Tison C. 2005. The Amiel-Tison Neurological Assessment at Term: Conceptual and methodological continuity in the course of follow-up. *Mental Retardation and Developmental Disabilities Research Reviews* 11(1):34-51.

Gould JB, Gluck L, Kulovich MV. 1977. The relationship between accelerated pulmonary maturity and accelerated neurological maturity in certain chronically stressed pregnancies. *American Journal of Obstetrics and Gynecology* 127(2):181-186.

Goyen T-A, Lui K, Woods R. 1998. Visual-motor, visual-perceptual, and fine motor outcomes in very-low-birthweight children at 5 years. *Developmental Medicine and Child Neurology* 40(2):76-81.

Graham YP, Heim C, Goodman SH, Miller AH, Nemeroff CB. 1999. The effects of neonatal stress on brain development: Implications for psychopathology. *Developmental Psychopathology* 11(3):545-565.

Grand RJ, Turnell AS, Grabham PW. 1996. Cellular consequences of thrombin-receptor activation. *Biochemical Journal* 313:353-368.

Grandjean P, Bjerve KS, Weihe P, Steuerwald U. 2001. Birthweight in a fishing community: Significance of essential fatty acids and marine food contaminants. *International Journal of Epidemiology* 30:1272-1278.

Grant A, Glazener CM. 2001. Elective caesarean section versus expectant management for delivery of the small baby. *Cochrane Reviews* 2.

Gravel JS, O'Gara J. 2003. Communication options for children with hearing loss. *Mental Retardation and Developmental Disabilities Research Reviews* 9(4):243-251.

Graves CG, Matanoski GM, and Tardiff RG. 2001. Weight of evidence for an association between adverse reproductive and developmental effects and exposure to disinfection by-products: A critical review. *Regulatory Toxicology and Pharmacology* 34:103-124.

Gravett MG, Novy MJ. 1997. Endocrine-immune interactions in pregnant non-human primates with intrauterine infection. *Infectious Diseases in Obstetrics and Gynecology* 5:142-153.

Gravett MG, Witkin SS, Haluska GJ, Edwards JL, Cook MJ, Novy MJ. 1994. An experimental model for intraamniotic infection and preterm labor in rhesus monkeys. *American Journal of Obstetrics and Gynecology* 171(6):1660-1667.

Gravett MG, Haluska GJ, Cook MJ, Novy MJ. 1996. Fetal and maternal endocrine responses to experimental intrauterine infection in rhesus monkeys. *American Journal of Obstetrics and Gynecology* 174:1725-1733.

Gravett MG, Hitti J, Hess DL, Eschenbach DA. 2000. Intrauterine infection and preterm delivery: Evidence for activation of the fetal hypothalamic-pituitary-adrenal axis. *American Journal of Obstetrics and Gynecology* 182:1404-1413.

Gravett MG, Sadowsky D, Witkin S, Novy M. 2003. Immunomodulators plus antibiotics to prevent preterm delivery in experimental intra-amniotic infection (IAI). *American Journal of Obstetrics and Gynecology* 189 (Suppl):S56.

Gravett MG, Novy MJ, Rosenfeld RG, Reddy AP, Jacob T, Turner M, McCormack A, Lapidus JA, Hitti J, Eschenbach DA, Roberts CT Jr., Nagalla SR. 2004. Diagnosis of intra-amniotic infection by proteomic profiling and identification of novel biomarkers. *JAMA* 292(4):462-469.

Gray DJ, Robinson HB, Malone J, Thomson RB Jr. 1992. Adverse outcome in pregnancy following amniotic fluid isolation of Ureaplasma urealyticum. *Prenatal Diagnosis* 12(2): 111-117.

Gray RF, Indurkhya A, McCormick MC. 2004. Prevalence, stability and predictors of clinically significant behavior problems in low birth weight children at 3,5, and 8 years of age. *Pediatrics* 114:736-743.

Greber S, Vial Y, Hohlfeld P, Witkin SS. 2003. Detection of Ureaplasma urealyticum in second-trimester amniotic fluid by polymerase chain reaction correlates with subsequent preterm labor and delivery. *Journal of Infectious Diseases* 187:518-521.

Green NS, Damus K, Simpson JL, Iams J, Reece EA, Hobel CJ, Merkatz IR, Greene MF, Schwarz RH, the March of Dimes Scientific Advisory Committee on Prematurity. 2005. Research agenda for preterm birth: Recommendations from the March of Dimes. *American Journal of Obstetrics and Gynecology* 193(3):626-635.

Greisen G. 1986. Cerebral blood flow in preterm infants during the first week of life. *Acta Paediatrica Scandinavica* 75:43-51.

Grether JK, Nelson KB. 1997. Maternal infection and cerebral palsy in infants of normal birth weight. *JAMA* 278:207-211.

Grether J, Hirtz D, McNellis D, Nelson K, Rouse DJ. 1998. Tocolytic magnesium sulphate and paediatric mortality. *Lancet* 351(9098):292.

Grether JK, Hoogstrate J, Walsh-Greene E, Nelson KB. 2000. Magnesium sulfate for tocolysis and risk of spastic cerebral palsy in premature children born to women without preeclampsia. *American Journal of Obstetrics and Gynecology* 183(3):717-725.

Grigsby PL, Poore KR, Hirst JJ, Jenkin G. 2000. Inhibition of premature labor in sheep by a combined treatment of nimesulide, a prostaglandin synthase type 2 inhibitor, and atosiban, an oxytocin receptor antagonist. *American Journal of Obstetrics and Gynecology* 183(3):649-657.

Gross SJ, Mettelman BB, Dye TD, Slagle TA. 2001. Impact of family structure and stability on academic outcome in preterm children at 10 years of age. *Journal of Pediatrics* 138(2): 169-175.

Grosse SD. 2003. Productivity loss tables (Appendix). In: Haddix AC, Teutsch SM, Corso PA eds. *Prevention Effectiveness: A Guide to Decision Analysis and Economic Evaluation,* 2nd edition. London, UK: Oxford University Press.

Grunau RE, Whitfield MF, Petrie J. 1998. Children's judgements about pain at age 8-10 years: Do extremely low birthweight (< 1000 g) children differ from full birthweight peers. *Journal of Child Psychology and Psychiatry and Allied Disciplines* 39(4):587-594.

Grunau RE, Oberlander TF, Whitfield MF, Fitzgerald C, Lee SK. 2001. Demographic and therapeutic determinants of pain reactivity in very low birth weight neonates at 32 weeks' postconceptional age. *Pediatrics* 107(1):105-112.

Grunau RE, Whitfield MF, Davis C. 2002. Pattern of learning disabilities in children with extremely low birth weight and broadly average intelligence. *Archives of Pediatrics and Adolescent Medicine* 156(6):615-620.

Grunau RE, Whitfield MF, Fay TB. 2004. Psychosocial and academic characteristics of extremely low birth weight (800 g) adolescents who are free of major impairment compared with term-born control subjects. *Pediatrics* 114(6):e725-e732.

Grunau RE, Holsti L, Haley DW, Oberlander T, Weinberg J, Solimano A, Whitfield MF, Fitzgerald C, Yu W. 2005. Neonatal procedural pain exposure predicts lower cortisol and behavioral reactivity in preterm infants in the NICU. *Pain* 113(3):293-300.

Guendelman S, English PB. 1995. Effect of United States residence on birth outcomes among Mexican immigrants: An exploratory study. *American Journal of Epidemiology* 142(9 Suppl):S30-S38.

Guinn DA, Goepfert AR, Owen J, Brumfield C, Hauth JC. 1997. Management options in women with preterm uterine contractions: A randomized clinical trial. *American Journal of Obstetrics and Gynecology* 177(4):814-818.

Guinn DA, Goepfert AR, Owen J, Wenstrom KD, Hauth JC. 1998. Terbutaline pump maintenance therapy for prevention of preterm delivery: A double-blind trial. *American Journal of Obstetrics and Gynecology* 179(4):874-878.

Guinn DA, Atkinson MW, Sullivan L, Lee M, MacGregor S, Parilla BV, Davies J, Hanlon-Lundberg K, Simpson L, Stone J, Wing D, Ogasawara K, Muraskas J. 2001. Single vs. weekly courses of antenatal corticosteroids for women at risk of preterm delivery: A randomized controlled trial. *JAMA* 286(13):1581-1587.

Guise J-M, Mahon SM, Aickin M, Helfand M, Peipert JF, Westhoff C. 2001. Screening for bacterial vaginosis in pregnancy. *American Journal of Preventive Medicine* 20(3 Suppl):62-72.

Guyatt GH, Cook DJ. 1994. Health status, quality of life, and the individual: Commentary. *JAMA* 272:630-631.
Guzzetta F, Shackelford GD, Volpe S. 1986. Periventricular intraparenchymal echodensities in the premature newborn: Critical determinant of neurologic outcome. *Pediatrics* 78(6): 995-1006.
Gyetvai K, Hannah ME, Hodnett ED, Ohlsson A. 1999. Tocolytics for preterm labor: A systematic review. *Obstetrics and Gynecology* 94:869-877.
Haas JS, Udvarhelyi S, et al. 1993. The effect of health coverage for uninsured pregnant women on maternal health and the use of cesarean section. *JAMA* 270(1):61-64.
Hack M. 1999. Consideration of the use of health status, functional outcome, and quality-of-life to monitor neonatal intensive care practice. *Pediatrics* 103:319-328.
Hack M, Fanaroff AA. 1999. Outcomes of children of extremely low birthweight and gestational age in the 1990's. *Early Human Development* 53(3):193-218.
Hack M, Taylor HG. 2000. Perinatal brain injury in preterm infants and later neurobehavioral function. *JAMA* 284:1973-1974.
Hack M, Mostow A, Miranda SB. 1976. Development of attention in preterm infants. *Pediatrics* 58(5):669-674.
Hack M, Muszynski SY, Miranda SB. 1981. State of awakeness during visual fixation in preterm infants. *Pediatrics* 68(1):87-92.
Hack M, Merkatz IR, McGrath SK. 1984. Catch-up growth in very-low-birth-weight infants. Clinical correlates. *American Journal of Diseases of Children* 138(4):370-375.
Hack M, Weissman B, Breslau N, Klein N, Borawski-Clark E, Fanaroff A. 1993. Health of very low birth weight children during their first eight years. *Journal of Pediatrics* 122:887-892.
Hack M, Taylor HG, Klein N, Eiben R, Schatschneider C, Mercuri-Minich N. 1994. School-age outcomes in children with birth weights under 750 g. *New England Journal of Medicine* 331(12):753-759.
Hack M, Weissman B, Borawski-Clark E. 1996. Catch-up growth during childhood among very low-birth-weight children. *Archives of Pediatrics and Adolescent Medicine* 150(11): 1122-1129.
Hack M, Wilson-Costello D, Friedman H, Taylor GH, Schluchter M, Fanaroff AA. 2000. Neurodevelopment and predictors of outcomes of children with birth weights of less than 1000 g 1992-1995. *Archives of Pediatrics and Adolescent Medicine* 154(7):725-731.
Hack M, Flannery DJ, Schluchter M, Cartar L, Borawski E, Klein N. 2002. Outcomes in young adulthood for very-low-birth-weight infants. *New England Journal of Medicine* 346(3):149-157.
Hack M, Schluchter M, Cartar L, Rahman M, Cuttler L, Borawski E. 2003. Growth of very low birth weight infants to age 20 years. *Pediatrics* 112(1 Pt 1):e30-e38.
Hack M, Youngstrom EA, Cartar L, Schluchter M, Gerry Taylor H, Flannery D, Klein N, Borawski E. 2004. Behavioral outcomes and evidence of psychopathology among very low birth weight infants at age 20 years. *Pediatrics* 114(4):932-940.
Hack M, Schluchter M, Cartar L, Rahman M. 2005a. Blood pressure among very low birth weight (<1.5 kg) young adults. *Pediatrics Research* 58(4):677-684.
Hack M, Taylor HG, Drotar D, Schluchter M, Cartar L, Wilson-Costello D, Klein N, Friedman H, Mercuri-Minich N, Morrow M. 2005b. Poor predictive validity of the Bayley Scales of Infant Development for cognitive function of extremely low birth weight children at school age. *Pediatrics* 116(2):333-341.
Hadders-Algra M. 2002. Two distinct forms of minor neurological dysfunction: Perspectives emerging from a review of data of the Groningen Perinatal Project. *Developmental Medicine and Child Neurology* 44(8):561-571.

Hadlock FP, Harrist RB, Carpenter RJ. 1984. Sonographic estimation of fetal weight. The value of femur length in addition to head and abdomen measurements. *Radiology* 150(2):535-540.

Hadlock FP, Harrist RB, Shah YP. 1987. Estimating fetal age using multiple parameters: A prospective evaluation in a racially mixed population. *American Journal of Obstetrics and Gynecology* 156(4):955-957.

Hadlock FP, Shah YP, Kanon DJ, Lindsey JV. 1992. Fetal crown-rump length: Reevaluation of relation to menstrual age (5-18 weeks) with high-resolution real-time use. *Radiology* 182(2):501-505.

Hagberg B, Hagberg G, Olow I, V Wendt L. 1996. The changing panorama of cerebral palsy in Sweden. VII. Prevalence and origin in the birth year period 1887-90. *Acta Paediatrica, International Journal of Paediatrics* 85(8):954-960.

Hagberg H, Peebles D, Mallard C. 2002. Models of white matter injury: Comparison of infectious, hypoxic-ischemic, and excitotoxic insults. *Mental Retardation and Developmental Disabilities Research Reviews* 8:30-38.

Hagberg H, Mallard C, Jacobsson B. 2005. Role of cytokines in preterm labour and brain injury. *BJOG: An International Journal of Obstetrics and Gynaecology* 112(Suppl 1): 16-18.

Hager RME, Daltveit AK, Hofoss D, Nilsen ST, Kolaas T, Oian P, Henriksen T. 2004. Complications of cesarean deliveries: Rates and risk factors. *American Journal of Obstetrics and Gynecology* 190(2):428-434.

Haig D. 2004. The (dual) origin of epigenetics. *Cold Spring Harbor Symposia on Quantitative Biology* 69:67-70.

Hakansson S, Farooqi A, Holmgren PA, Serenius F, Hogberg U. 2004. Proactive management promotes outcome in extremely preterm infants: A population-based comparison of two perinatal management strategies. *Pediatrics* 114(1):58-64.

Halfon N, Berkowitz G, Klee L. 1992. Mental health service utilization by children in foster care in California. *Pediatrics* 89(6 Suppl):1238-1244.

Halfon N, Mendonca A, Berkowitz G. 1995. Health status of children in foster care: The experience of the Center for the Vulnerable Child. *Archives of Pediatrics and Adolescent Medicine* 149(4):386-392.

Hall A, McLeod A, Counsell C, Thomson L, Mutch L. 1995. School attainment, cognitive ability, and motor function in a total Scottish very-low-birthweight population at eight years: A controlled study. *Developmental Medicine and Child Neurology* 37(12):1037-1050.

Halliday HL. 1999. Clinical trials of postnatal corticosteroids: Inhaled and systemic. *Biology of the Neonate* 76(Suppl 1):29-40.

Halliday HL. 2004. Postnatal steroids and chronic lung disease in the newborn. *Paediatric Respiratory Reviews* 5(Suppl A):S245-S248.

Halliday HL, Ehrenkranz RA. 2001a. Delayed (>3 weeks) postnatal corticosteroids for chronic lung disease in preterm infants. *Cochrane Database of Systematic Reviews (Online: Update Software)* 2.

Halliday HL, Ehrenkranz RA. 2001b. Early postnatal (<96 hours) corticosteroids for preventing chronic lung disease in preterm infants. *Cochrane Database of Systematic Reviews (Online: Update Software)* 1.

Halliday HL, Ehrenkranz RA. 2001c. Moderately early (7-14 days) postnatal corticosteroids for preventing chronic lung disease in preterm infants. *Cochrane Database of Systematic Reviews (Online: Update Software)* 1.

Halsey CL, Collin MF, Anderson CL. 1993. Extremely low birth weight children and their peers: A comparison of preschool performance. *Pediatrics* 91(4):807-811.

Halsey CL, Collin MF, Anderson CL. 1996. Extremely low-birth-weight children and their peers: A comparison of school-age outcomes. *Archives of Pediatrics and Adolescent Medicine* 150(8):790-794.

Haluska GJ, Kaler CA, Cook MJ, Novy MJ. 1994. Prostaglandin production during spontaneous labor and after treatment with RU486 in pregnant rhesus macaques. *Biology of Reproduction* 51(4):760-765.

Hampton T. 2004. Panel reviews health effects data for assisted reproductive technologies. *JAMA* 292(24):2961-2962.

Hamvas A, Wise PH, Yang RK, Wampler NS, Noguchi A, Maurer MM, Walentik CA, Schramm WF, Cole FS. 1996. The influence of the wider use of surfactant therapy on neonatal mortality among blacks and whites. *New England Journal of Medicine* 334(25): 1635-1640.

Hanke W, Kalinka J, Florek E, Sobala W. 1999. Passive smoking and pregnancy outcome in central Poland. *Human and Experimental Tòxicology* 18:265-271.

Hansen BM, Greisen G. 2004. Is improved survival of very-low-birthweight infants in the 1980s and 1990s associated with increasing intellectual deficit in surviving children? *Developmental Medicine and Child Neurology* 46(12):812-815.

Hansen D, Lou HC, Olsen J. 2000. Serious life events and congenital malformations: A national study with complete follow-up. *Lancet* 356(9233):875-880.

Hao K, Wang X, Niu T, Xu X, Li A, Chang W, Wang L, Li G, Laird N, Xu X. 2004. A candidate gene study of preterm delivery: Application of high-throughput genotyping technology and advanced statistical methods. *Human Molecular Genetics* 13:683-691.

Hard A-L, Niklasson A, Svensson E, Hellstrom A. 2000. Visual function in school-aged children born before 29 weeks of gestation: A population-based study. *Developmental Medicine and Child Neurology* 42(2):100-105.

Harding JE, Pang J-M, Knight DB, Liggins GC. 2001. Do antenatal corticosteroids help in the setting of preterm rupture of membranes? *American Journal of Obstetrics and Gynecology* 184(2):131-139.

Hardy RJ, Palmer EA, Schaffer DB, Phelps DL, Davis BR, Cooper CJ. 1997. Outcome-based management of retinopathy of prematurity. *Journal of the American Association for Pediatric Opthalmology and Strabismus* 1(1):46-54.

Harger JH. 2002. Cerclage and cervical insufficiency: An evidence-based analysis. *Obstetrics and Gynecology* 100(6):1313-1327.

Harger JH, Hsing AW, Tuomala RE, Gibbs RS, Mead PB, Eschenbach DA, Knox GE, Polk BF. 1990. Risk factors for preterm premature rupture of fetal membranes: A multicenter case-control study. *American Journal of Obstetrics and Gynecology* 163(1 I):130-137.

Harrison H. 2001. Making lemonade: A parent's view of "quality of life" studies. *Journal of Clinical Ethics* 12(3):239-250.

Hasegawa K, Yoshioka H, Sawada T, Nishikawa H. 1993. Direct measurement for free radicals in the neonatal mouse brain subjected to hypoxia: An electron spin resonance spectroscopic study. *Brain Research* 607:161-166.

Hassan MI, Aschner Y, Manning CH, Xu J, Aschner JL. 2003. Racial differences in selected cytokine Allelic and genotypic frequencies among healthy, pregnant women in North Carolina. *Cytokine* 21:10-16.

Haumont D. 2005. Management of the neonate at the limits of viability. *BJOG: An International Journal of Obstetrics and Gynaecology* 112(Suppl 1): 64-66.

Hauth JC, Goldenberg RL, Andrews WW, DuBard MB, Copper RL. 1995. Reduced incidence of preterm delivery with metronidazole and erythromycin in women with bacterial vaginosis. *New England Journal of Medicine* 333:1732-1736.

Hauth JC, Andrews WW, Goldenberg RL. 1998. Infection-related risk factors predictive of spontaneous preterm birth. *Prenatal and Neonatal Medicine* 3:86-90.

Hay PE, Lamont RF, Taylor-Robinson D, et al. 1994. Abnormal bacterial colonisation of the genital tract and subsequent preterm delivery and late miscarriage. *British Medical Journal* 308:295-298.

Hayes D. 2003. Screening methods: Current status. *Mental Retardation and Developmental Disabilities Research Reviews* 9(2):65-72.

Hedegaard M, Henriksen TB, Sabroe S, Secher NJ. 1993. Psychological distress in pregnancy and preterm delivery. *British Medical Journal* 307(6898):234-239.

Hedegaard M, Henriksen TB, Secher NJ, Hatch MC, Sabroe S. 1996. Do stressful life events affect duration of gestation and risk of preterm delivery? *Epidemiology* 7(4):339-345.

Hediger ML, Scholl TO, Schall JL, Krueger PM. 1997. Young maternal age and preterm labor. *Annals of Epidemiology* 7(6):400-406.

Hediger ML, Overpeck MD, Ruan WJ, Troendle JF. 2002. Birthweight and gestational age effects on motor and social development. *Paediatric and Perinatal Epidemiology* 16(1): 33-46.

Heinrichs SC, Koob GF. 2004. Corticotropin-releasing factor in brain: A role in activation, arousal, and affect regulation. *Journal of Pharmacology and Experimental Therapeutics* 311(2):427-440.

Heins HC Jr., Nance NW, McCarthy BJ, Efird CM. 1990. A randomized trial of nurse-midwifery prenatal care to reduce low birth weight. *Obstetrics and Gynecology* 75(3 Pt 1):341-345.

Helders PJM, Cats BP, Debast S. 1989. Effects of a tactile stimulation/range-finding programme on the development of VLBW-neonates during the first year of life. *Child: Care, Health and Development* 15(6):369-379.

Helgeson VS, Cohen S. 1996. Social support and adjustment to cancer: Reconciling descriptive, correlational, and intervention research. *Health Psychology* 15(2):135-148.

Hellerstedt WL, Himes JH, Story M, Edwards LE. 1997. The effects of cigarette smoking and gestational weight change on birth outcomes in obese and normal-weight women. *American Journal of Public Health* 87:591-596.

Henderson-Smart DJ, Osborn DA. 2002. Kinesthetic stimulation for preventing apnea in preterm infants. *Cochrane Reviews* 1.

Henderson-Smart D, Steer P. 2004. Doxapram treatment for apnea in preterm infants. *Cochrane Database of Systematic Reviews (Online: Update Software)* 4.

Henderson-Smart DJ, Pettigrew AG, Edwards DA. 1985. Prenatal influences on the brainstem development of preterm infants. In: Jones CT, Nathanielz PW eds. *Physiological Development of the Fetus and Newborn*. Oxford, UK: Academic Press. Pp. 627-631.

Hendler I, Goldenberg RL, Mercer BM, Iams JD, Meis PJ, Moawad AH, MacPherson CA, Caritis SN, Miodovnik M, Menard KM, Thurnau GR, Sorokin Y. 2005. The Preterm Prediction Study: Association between maternal body mass index and spontaneous and indicated preterm birth. *American Journal of Obstetrics and Gynecology* 192(3): 882-886.

Henikoff S, McKittrick E, Ahmad K. 2004. Epigenetics, histone H3 variants, and the inheritance of chromatin states. *Cold Spring Harbor Symposia on Quantitative Biology* 69: 235-243.

Henriksen TB, Hedegaard M, Secher NJ. 1994. The relation between psychosocial job strain, and preterm delivery and low birthweight for gestational age. *International Journal of Epidemiology* 23(4):764-774.

Henriksen TB, Baird DD, Olsen J, Hedegaard M, Secher NJ, Wilcox AJ. 1997. Time to pregnancy and preterm delivery. *Obstetrics and Gynecology* 89(4):594-599.

Herron MA, Katz M, Creasy RK. 1982. Evaluation of a preterm birth prevention program: Preliminary report. *Obstetrics and Gynecology* 59(4):452-456.

Hille ETM, Den Ouden AL, Bauer L, Van den Oudenrijn C, Brand R, Verloove-Vanhorick SP. 1994. School performance at nine years of age in very premature and very low birth weight infants. Perinatal risk factors and predictors at five years of age. *Journal of Pediatrics* 125(3):426-434.

Hillier SL, Martius J, Krohn MA, Kiviat NB, Holmes KK, Eschenbach DA. 1988. A case-control study of chorioamnionitis in prematurity. *New England Journal of Medicine* 319:972-978.

Hillier SL, Nugent RP, Eschenbach DA, Krohn MA, Gibbs RS, Martin DH, Cotch MF, Edelman R, Pastorek JG 2nd, Rao AV, McNellis D, Regan J, Carey JC, Klebanoff MA. 1995. Association between bacterial vaginosis and preterm delivery of a low-birth-weight infant. The Vaginal Infections and Prematurity Study Group. *New England Journal of Medicine* 333:1737-1742.

Hintz SR, Kendrick DE, Vohr BR, Poole WK, Higgins RD, for the National Institute of Child Health and Human Development Neonatal Research Network. 2005. Changes in neurodevelopmental outcomes at 18 to 22 months' corrected age among infants of less than 25 weeks' gestational age born in 1993-1999. *Pediatrics* 115(6):1645-1651.

Hirsch E, Wang H. 2005. The molecular pathophysiology of bacterially induced preterm labor: Insights from the murine model. *Journal of the Society for Gynecologic Investigation* 12:145-155.

Hittner HM, Hirsch NJ, Rudolph AJ. 1977. Assessment of gestational age by examination of the anterior vascular capsule of the lens. *Journal of Pediatrics* 91(3):455-458.

Hittner HM, Gorman WA, Rudolph AJ. 1981. Examination of the anterior vascular capsule of the lens: II. Assessment of gestational age in infants small for gestational ages. *Journal of Pediatric Ophthalmology and Strabismus* 18(2):52-54.

Ho S, Saigal S. 2005. Current survival and early outcomes of infants of borderline viability. *NeoReviews* 6(3):e123-e132.

Hobel CJ, Dunkel-Schetter C, Roesch S. 1998. Maternal stress as a signal to the fetus. *Prenatal and Neonatal Medicine* 3:116-120.

Hobel CJ, Dunkel-Schetter C, Roesch SC, Castro LC, Arora CP. 1999. Maternal plasma corticotropin-releasing hormone associated with stress at 20 weeks' gestation in pregnancies ending in preterm delivery. *American Journal of Obstetrics and Gynecology* 180(1 Pt 3):S257-S263.

Hodnett ED, Fredericks S. 2003. Support during pregnancy for women at increased risk of low birthweight babies. *Cochrane Database of Systematic Reviews* 3:CD000198.

Hoffman S, Hatch MC. 1996. Stress, social support and pregnancy outcome: A reassessment based on recent research. *Paediatric and Perinatal Epidemiology* 10(4):380-405.

Hoffman S, Hatch MC. 2000. Depressive symptomatology during pregnancy: Evidence for an association with decreased fetal growth in pregnancies of lower social class women. *Health Psychology* 19(6):535-543.

Hoffmann SC, Stanley EM, Cox ED, DiMercurio BS, Koziol DE, Harlan DM, Kirk AD, Blair PJ. 2002. Ethnicity greatly influences cytokine gene polymorphism distribution. *American Journal of Transplantation* 2(6):560-567.

Hofman PL, Regan F, Harris M, Robinson E, Jackson W, Cutfield WS. 2004a. The metabolic consequences of prematurity. *Growth Hormone and IGF Research* 14(Suppl A): S136-S139.

Hofman PL, Regan F, Jackson WE, Jefferies C, Knight DB, Robinson EM, Cutfield WS. 2004b. Premature birth and later insulin resistance. *New England Journal of Medicine* 351(21): 2179-2186.

Hofstetter MK. 2005. Fungal infections in the neonatal intensive care unit. In: Taeusch HW, Ballard RA, Gleason CA eds. *Avery's Diseases of the Newborn,* 8th edition. Philadelphia, PA: Elsevier Saunders. Pp. 595-600.

Hogue CJ, Bremner JD. 2005. Stress model for research into preterm delivery among black women. *American Journal of Obstetrics and Gynecology* 192(5 Suppl):S47-S55.

Hogue CJ, Vasquez C. 2002. Toward a strategic approach for reducing disparities in infant mortality. *American Journal of Public Health* 92(4):552-556.

Hollander D. 2005. Women in their 30s are the most likely to experience adverse birth outcomes if jailed during pregnancy. *Perspectives on Sexual and Reproductive Health* 37(1):48-49.

Holling EE, Leviton A. 1999. Characteristics of cranial ultrasound white-matter echolucencies that predict disability: A review. *Developmental Medicine and Child Neurology* 41(2): 136-139.

Holsti L, Grunau RE, Oberlander TF, Whitfield MF. 2005. Prior pain induces heightened motor responses during clustered care in preterm infants in the NICU. *Pediatrics* 114(1):65-72.

Holt VL, Danoff NL, Mueller BA, Swanson MW. 1997. The association of change in maternal marital status between births and adverse pregnancy outcomes in the second birth. *Paediatric and Perinatal Epidemiology* 11(Suppl 1):31-40.

Holzman C, Paneth N. 1994. Maternal cocaine use during pregnancy and perinatal outcomes. *Epidemiologic Reviews* 16(2):315-334.

Holzman C, Paneth N, Fisher R, the MSU Prematurity Group. 1998. Rethinking the concept of risk factors for preterm delivery: Antecedents, markers and mediators. *Prenatal and Neonatal Medicine* 3(1):47-52.

Holzman C, Bullen B, Fisher R, Paneth N, Reuss L. 2001. Pregnancy outcomes and community health: The POUCH study of preterm delivery. *Paediatric and Perinatal Epidemiology* 15(Suppl 2):136-158.

Homer CJ, Beresford SA, James SA, Siegel E, Wilcox S. 1990. Work-related physical exertion and risk of preterm, low birthweight delivery. *Paediatric and Perinatal Epidemiology* 4(2):161-174.

Honest H, Bachman LM, Coomarasamy A, et al. 2003. Accuracy of cervical transvaginal sonography in predicting preterm birth: A systematic review. *Ultrasound Obstetrics and Gynecology* 22:305-322.

Honest H, Bachmann LM, Knox EM, Gupta JK, Kleijnen J, Khan KS. 2004. The accuracy of various tests for bacterial vaginosis in predicting preterm birth: A systematic review. *BJOG: An International Journal of Obstetrics and Gynaecology* 111(5):409-422.

Honest H, Bachmann LM, Ngai C, Gupta JK, Kleijnen J, Khan KS. 2005. The accuracy of maternal anthropometry measurements as predictor for spontaneous preterm birth—a systematic review. *European Journal of Obstetrics and Gynecology and Reproductive Biology* 119(1):11-20.

Honeycutt AA, Grosse SD, Dunlap LJ, et al. 2003. Economic costs of mental retardation, cerebral palsy, hearing loss, and vision impairment. In: Altman BM, Barnartt SN, Hendershot G, Larson S eds. *Using Survey Data to Study Disability: Results from the National Health Interview Survey on Disability*. London, UK: Elsevier Science Ltd. Pp. 207-228.

Hong EJ, West AE, Greenberg ME. 2005. Transcriptional control of cognitive development. *Current Opinion in Neurobiology* 15:21-28.

Honnor MJ, Zubrick SR, Stanley FJ. 1994. The role of life events in different categories of preterm birth in a group of women with previous poor pregnancy outcome. *European Journal of Epidemiology* 10(2):181-188.

Hooker D. 1952. *The Prenatal Origin of Behavior*. New York: Hafner Publishing Co. P. 143.

Hooker D, Hare C. 1954. Early human fetal behavior, with a preliminary note on double simultaneous fetal stimulation. *Research Publications—Association for Research in Nervous and Mental Disease* 33:98-113.

Horbar JD, Plsek PE, Leahy K. 2003. NIC/Q 2000: Establishing habits for improvement in neonatal intensive care units. *Pediatrics* 111(4 Pt2):e397-e410.

Hourani L, Hilton S. 2000. Occupational and environmental exposure correlates of adverse live-birth outcomes among 1032 U.S. Navy women. *Journal of Occupational and Environmental Medicine* 42:1156-1165.

House JS. 1981. *Work Stress and Social Support* Reading, MA: Addison-Wesley.

House JS, Landis KR, Umberson D. 1988. Social relationships and health. *Science* 241(4865): 540-555.

Hovi P, Andersson S, Eriksson JG, Kajantie E. 2005, May. Elevated fasting serum insulin in young adults born with very low birth weight. Abstract #5535. PAS Annual Meeting, Washington, DC.

HRSA (Health Resources and Services Administration). 2000. *Understanding Title V of the Social Security Act*. [Online]. Available: ftp://ftp.hrsa.gov/mchb/titlevtoday/UnderstandingTitleV.pdf [accessed January 30, 2006].

HRSA. 2004. *HRSA FY 2004 Budget*. [Online]. Available: http://newsroom.hrsa.gov/NewsBriefs/2004/FY04-HRSA-Budget.htm [accessed May 10, 2006]. P. 88.

Hsieh TT, Chen SF, Shau WY, Hsieh CC, Hsu JJ, Hung TH. 2005. The impact of interpregnancy interval and previous preterm birth on the subsequent risk of preterm birth. *Journal of the Society for Gynecologic Investigation* 12:202-207.

Huang WL, Beazley LD, Quinlivan JA, Evans SF, Newnham JP, Dunlop SA. 1999. Effect of corticosteroids on brain growth in fetal sheep. *Obstetrics and Gynecology* 94:213.

Huddy CLJ, Johnson A, Hope PL. 2001. Educational and behavioural problems in babies of 32-35 weeks gestation. *Archives of Disease in Childhood* 85(1):F23-F28.

Hueston WJ. 1998. Preterm contractions in community settings: II. Predicting preterm birth in women with preterm contractions. *Obstetrics and Gynecology* 92:43-46.

Hueston WJ, Knox MA, Eilers G, Pauwels J, Lonsdorf D. 1995. The effectiveness of preterm-birth prevention educational programs for high-risk women: A meta-analysis. *Obstetrics and Gynecology* 86(4 II Suppl):705-712.

Huizink AC, de Medina PG, Mulder EJ, Visser GH, Buitelaar JK. 2002. Psychological measures of prenatal stress as predictors of infant temperament. *Journal of the American Academy of Child and Adolescent Psychiatry* 41(9):1078-1085.

Huizink AC, Robles de Medina PG, Mulder EJ, Visser GH, Buitelaar JK. 2003. Stress during pregnancy is associated with developmental outcome in infancy. *Journal of Child Psychology and Psychiatry* 44(6):810-818.

Huizink AC, Mulder EJ, Buitelaar JK. 2004. Prenatal stress and risk for psychopathology: Specific effects or induction of general susceptibility? *Psychology Bulletin* 130(1): 115-142.

Hulsey TC, Alexander GR, Robillard PY, Annibale DJ, Keenan A. 1993. Hyaline membrane disease. The role of ethnicity and maternal risk characteristics. *American Journal of Obstetrics and Gynecology* 168(2):572-576.

Hultman CM, Sparen P, Cnattingius S. 2002. Perinatal risk factors for infantile autism. *Epidemiology* 13(4):417-423.

Humphrey T. 1964. Some correlations between the appearance of human fetal reflexes and the development of the nervous system. *Progress in Brain Research* 4:93-135.

Huxley R, Neil A, Collins R. 2002. Unravelling the fetal origins hypothesis: Is there really an inverse association between birthweight and subsequent blood pressure? *Lancet* 360(9334):659-665.

Iams JD. 2003. Prediction and early detection of preterm labor. *Obstetrics and Gynecology* 101:402-412.

Iams JD, Johnson FF, O'Shaughnessy RW. 1990. Ambulatory uterine activity monitoring in the posthospital care of patients with preterm labor. *American Journal of Perinatology* 7:170-173.

Iams JD, Johnson FF, Parker M. 1994. A prospective evaluation of the signs and symptoms of preterm labor. *Obstetrics and Gynecology* 84:227.

Iams JD, Johnson FF, Sonek J, Sachs L, Gebauer C, Samuels P. 1995. Cervical competence as a continuum: A study of ultrasonographic cervical length and obstetric performance. *American Journal of Obstetrics and Gynecology* 172(4 I):1097-1106.

Iams JD, Goldenberg RL, Meis PJ, Mercer BM, Moawad A, Das A, Thom E, McNellis D, Copper RL, Johnson F, Roberts JM, Hauth JC, Northern A, Neely C, Mueller-Heubach E, Swain M, Frye A, Lindheimer M, Jones P. 1996. The length of the cervix and the risk of spontaneous premature delivery. *New England Journal of Medicine* 334(9):567-572.

Iams JD, Goldenberg RL, Mercer BM, Moawad A, Thom E, Meis PJ, McNellis D, Caritis SN, Miodovnik M, Menard MK, Thurnau GR, Bottoms SE, Roberts JM. 1998. The Preterm Prediction Study: Recurrence risk of spontaneous preterm birth. National Institute of Child Health and Human Development Maternal-Fetal Medicine Units Network. *American Journal of Obstetrics and Gynecology* 178(5):1035-1040.

Iams JD, Newman RB, Thom EA, Goldenberg RL, Mueller-Heubach E, Moawad A, Sibai BM, Caritis SN, Miodovnik M, Paul RH, Dombrowski MP, McNellis D. 2002. Frequency of uterine contractions and the risk of spontaneous preterm delivery. *New England Journal of Medicine* 346(4):250-255.

IHPIT (The Interconception Health Promotion Initiative Team). 2003. *Interconception Health Promotion Initiative Final Report*. Denver: Colorado Trust. [Online]. Available: http://www.coloradotrust.org/repository/publications/pdfs/IHPIFinalReport04.pdf [accessed January 9, 2006].

Ikegami M, Polk D, Jobe A. 1996. Minimum interval from fetal betamethasone treatment to postnatal lung responses in preterm lambs. *American Journal of Obstetrics and Gynecology* 174:1408-1413.

Ikegami M, Jobe AH, Newnham J, Polk DH, Willet KE, Sly P. 1997. Repetitive prenatal-glucocorticoids improve lung function and decrease growth in preterm lambs. *American Journal of Respiratory and Critical Care Medicine* 156:178-184.

Inder T. 2005. Abnormal cerebral structure is present at term in premature infants. *Pediatrics* 115(2):286-295.

Inder T, Neil J, Yoder B, Rees S. 2004. Non-human primate models of neonatal brain injury. *Seminars in Perinatology* 28:396-404.

Indredavik MS, Vik T, Heyerdahl S, Kulseng S, Fayers P, Brubakk A-M. 2004. Psychiatric symptoms and disorders in adolescents with low birth weight. *Archives of Disease in Childhood: Fetal and Neonatal Edition* 89(5):F445-F450.

Inhorn MC, Fakih MH. 2006. Arab Americans, African Americans, and infertility: Barriers to reproduction and medical care. *Fertility and Sterility* 85(4):844-852.

The International HapMap Consortium. 2003. The International HapMap Project. *Nature* 426:789-796.

Ioannidis JP, Ntzani EE, Trikalinos TA. 2004. "Racial" differences in genetic effects for complex diseases. *Nature Genetics* 36(12):1243-1244.

IOM (Institute of Medicine). 1985. *Preventing Low Birthweight*. Washington, DC: National Academy Press.

IOM. 1988. *Prenatal Care: Reaching Mothers, Reaching Infants*. Washington, DC: National Academy Press.

IOM. 1989. *Medical Professional Liability and the Delivery of Obstetrical Care: Volume I*. Washington, DC: National Academy Press.

IOM. 1992. *Strengthening Research in Academic OB/GYN Departments*. Washington, DC: National Academy Press.

IOM. 1994. *Careers in Clinical Research: Obstacles and Opportunities*. Washington, DC: National Academy Press.

IOM. 1995. *The Best Intentions: Unintended Pregnancy and the Well-Being of Children and Families*. Washington, DC: National Academy Press.

IOM. 2000. *Promoting Health: Intervention Strategies from Social and Behavioral Research*. Washington, DC: National Academy Press.

IOM. 2003. *The Role of Environmental Hazards in Premature Birth*: A Workshop Summary. Washington, DC: The National Academies Press.

IOM. 2006. *Valuing Health for Regulatory Cost-Effectiveness Analysis*. Washington, DC: The National Academies Press.

Irgens A, Kruger K, Skorve AH, Irgens LM. 1998. Reproductive outcome in offspring of parents occupationally exposed to lead in Norway. *American Journal of Independent Medicine* 34:431-437.

Irving RJ, Belton NR, Elton RA, Walker BR. 2000. Adult cardiovascular risk factors in premature babies. *Lancet* 355(9221):2135-2136.

Irwin M. 1999. Immune correlates of depression. *Advances in Experimental Medicine and Biology* 461:1-24.

Istvan J. 1986. Stress, anxiety, and birth outcomes: A critical review of the evidence. *Psychology Bulletin* 100(3):331-348.

Jaakkola JJ, Jaakkola N, Zahlsen K. 2001. Fetal growth and length of gestation in relation to prenatal exposure to environmental tobacco smoke assessed by hair nicotine concentration. *Environmental Health Perspectives* 109:557-561.

Jackson R. 2004. Perinatal outcomes in singletons following in vitro fertilization: A meta-analysis. *Obstetrics and Gynecology*. 103(3):551-563.

Jackson GM, Ludmir J, Bader TJ. 1992. The accuracy of digital examination and ultrasound in the evaluation of cervical length. *Obstetrics and Gynecology* 79:214.

Jackson K, Schollin J, Bodin L, Ternestedt BM. 2001. Utilization of healthcare by very-low-birthweight infants during their first year of life. *Acta Paediatrica* 90:213-217.

Jackson RA, Gibson KA, Wu YW, Croughan MS. 2004. Perinatal outcomes in singletons following in vitro fertilization: A meta-analysis. *Obstetrics and Gynecology* 103(3): 551-563.

Jacob S, Moley KH. 2005. Gametes and embryo epigenetic reprogramming affect developmental outcome: Implication for assisted reproductive technologies. *Pediatric Research* 58(3):437-446.

Jacob SV, Coates AL, Lands LC, MacNeish CF, Riley SP, Hornby L, Outerbridge EW, Davis GM, Williams RL. 1998. Long-term pulmonary sequelae of severe bronchopulmonary dysplasia. *Journal of Pediatrics* 133(2):193-200.

Jacobs SE, O'Brien K, Inwood S, Kelly EN, Whyte HE. 2000. Outcome of infants 23-26 weeks' gestation pre and post surfactant. *Acta Paediatrica, International Journal of Paediatrics* 89(8):959-965.

Jain T. 2006. Socioeconomic and racial disparities among infertility patients seeking care. *Fertility and Sterility* 85(4):876-881.

James AT, Bracken MB, Cohen AP, Saftlas A, Lieberman E. 1999. Interpregnancy interval and disparity in term small for gestational age births between black and white women. *Obstetrics and Gynecology* 93:109-112.

James SA. 1993. Racial and ethnic differences in infant mortality and low birth weight: A psychosocial critique. *Annals of Epidemiology* 3:130-136.

Jamie WE, Edwards RK, Ferguson RJ, Duff P. 2005. The interleukin-6 -174 single nucleotide polymorphism: Cervical protein production and the risk of preterm delivery. *American Journal of Obstetrics and Gynecology* 192(4):1023-1027.

Jannet D, Abankwa A, Guyard B, Carbonne B, Marpeau L, Milliez J. 1997. Nicardipine versus salbutamol in the treatment of premature labor. A prospective randomized study. *European Journal of Obstetrics Gynecology and Reproductive Biology* 73(1):11-16.

Jeffcoat MK, Geurs NC, Reddy MS, Cliver SP, Goldenberg RL. Hauth JC. 2001a. Periodontal infection and preterm birth: Results of a prospective study. *Journal of the American Dental Association* 132:875-880.

Jeffcoat MK, Geurs NC, Reddy MS, Goldenberg RL, Hauth JC. 2001b. Current evidence regarding periodontal disease as a risk factor in preterm birth. *Annals of Periodontology/The American Academy of Periodontology* 6(1):183-188.

Jeffcoat MK, Hauth JC, Geurs NC, Reddy MS, Cliver SP, Hodgkins PM, Goldenberg RL. 2003. Periodontal disease and preterm birth: Results of a pilot intervention study. *Journal of Periodontology* 74:1214-1218.

Jenney M, Campbell S. 1997. Measuring quality of life. *Archives of Disease in Childhood* 77:347-354.

Jesse DE, Seaver W, Wallace DC. 2003. Maternal psychosocial risks predict preterm birth in a group of women from Appalachia. *Midwifery* 19(3):191-202.

Jiang YH, Bressler J, Beaudet AL. 2004. Epigenetics and human disease. *Annual Review of Genomics and Human Genetics* 5:479-510.

Jobe AH. 1993. Pulmonary surfactant therapy. *New England Journal of Medicine* 328:861.

Jobe AH. 1999. The new BPD: An arrest of lung development. *Pediatrics Research* 46: 641-643.

Jobe AH, Bancalari E. 2001. NICHD/NHLBI/ORD Workshop Summary. Bronchopulmonary dysplasia. *American Journal of Respiratory and Critical Care Medicine* 163:1723-1729.

Jobe AH, Ikegami M. 2001. Biology of surfactant. *Clinical Perinatology* 28:655.

Jobe AH, Wada N, Berry LM, Ikegami M, Ervin MG. 1998. Single and repetitive maternal glucocorticoid exposures reduce fetal growth in sheep. *American Journal of Obstetrics and Gynecology* 178(5):880-885.

Joesoef MR, Hillier SL, Wiknjosastro G, Sumampouw H, Linnan M, Norojono W, Idajadi A, Utomo B. 1995. Intravaginal clindamycin treatment for bacterial vaginosis: Effects on preterm delivery and low birth weight. *American Journal of Obstetrics and Gynecology* 173(5):1527-1531.

Joffe M, Li Z. 1994. Association of time to pregnancy and the outcome of pregnancy. *Fertility and Sterility* 62(1):71-75.

Joffe S, Escobar GJ, Black SB, Armstrong MA, Lieu TA. 1999. Rehospitalization for respiratory syncytial virus among premature infants. *Pediatrics* 104:894-899.

Johansson B, Wedenberg E, Westin B. 1992. Fetal heart rate response to acoustic stimulation in relation to fetal development and hearing impairment. *Acta Obstetricia et Gynecologica Scandinavica* 71(8):610-615.

Johnsen SL, Rasmussen S, Sollien R, Kiserud T. 2005. Fetal age assessment based on femur length at 10-25 weeks of gestation, and reference ranges for femur length to head circumference ratios. *Acta Obstetricia et Gynecologica Scandinavica* 84(8):725-733.

Johnson AA, Knight EM, Edwards CH, Oyemade UJ, Cole OJ, Westney OE, Westney LS, Laryea H, Jones S. 1994. Selected lifestyle practices in urban African American women—Relationships to pregnancy outcome, dietary intakes and anthropometric measurements. *Journal of Nutrition* 124(6 Suppl):963S-972S.

Johnson JWC, Mitzner W, London WT, Palmer AE, Scott R, Kearney K. 1978. Glucocorticoids and the rhesus fetal lung. *American Journal of Obstetrics and Gynecology* 130: 905-916.

Johnson JWC, Mitzner W, Beck JC, London WT, Sly DL, Lee PA, Khouzami VA, Cavalieri RL. 1981. Long-term effects of betamethasone on fetal development. *American Journal of Obstetrics and Gynecology* 141:1053-1061.

Johnson S, Ring W, Anderson P, Marlow N. 2005. Randomised trial of parental support for families with very preterm children: Outcome at 5 years. *Archives of Disease in Childhood* 90(9):909-915.

Jones RAK, on behalf of the Collaborative Dexamethasone Trial Follow-up Group. 2005. Randomized, controlled trial of Dexamethasone in Neonatal Chronic Lung Disease: 13- to 17-year follow-up study: II. Respiratory status, growth, and blood pressure. *Pediatrics* 116(2):379-384.

Joseph KS, Kramer MS. 1996. Review of the evidence on fetal and early childhood antecedents of adult chronic disease. *Epidemiologic Reviews* 18(2):158-174.

Joseph KS, Kramer MS, Marcoux S, Ohlsson A, Wen SW, Allen A, Platt R. 1998. Determinants of preterm birth rates in Canada from 1981 through 1983 and from 1992 through 1994. *New England Journal of Medicine* 339(20):1434-1439.

Joyce T. 1998. Impact of augmented prenatal care on birth outcomes of Medicaid recipients in New York City. *Journal of Health Economics* 18:31-67.

Juberg DR, Loch-Caruso R. 1992. Investigation of the role of estrogenic action and prostaglandin E2 in DDT-stimulated rat uterine contractions ex vivo. *Toxicology* 74(2-3): 161-172.

Juberg DR, Stuenkel EL, Loch-Caruso R. 1995. DDE chlorinated insecticide 1,1-dichloro-2,2-bis(4-chlorophenyl)ethane (p,p'-DDD) increases intracellular calcium in rat myometrial smooth muscle cells. *Toxicology and Applied Pharmacology* 135(1):147-155.

Juul SE. 2005. Developmental biology of the hematologic system. In: Taeusch HW, Ballard RA, Gleason CA eds. *Avery's Diseases of the Newborn*. 8th edition. Philadelphia, PA: Elsevier Saunders. Pp. 112-132.

Juurlink BHJ. 1997. Response of glial cells to ischemia: Roles of reactive oxygen species and glutathione. *Neuroscience and Biobehavioral Reviews* 21:151-166.

Kahn DJ, Richardson DK, Billett HH. 2003. Inter-NICU variation in the rates and management of thrombocytopenia among very low birth-weight infants. *Journal of Perinatology* 23:312-316.

Kaiser Family Foundation. 2004. *Health Coverage for Immigrants*. [Online]. Available: http://kff.org/uninsured/upload/Health-Coverage-for-Immigrants-Fact-Sheet.pdf [accessed June 2, 2006].

Kaiser J, Gauss CH, Williams DK. 2005. The effects of hypercapnia on cerebral autoregulation in ventilated very low birth weight infants. *Pediatric Research* 58(5):931-935.

Kaiser RS, Trese MT, Williams GA, Cox MS Jr. 2001. Adult retinopathy of prematurity: Outcomes of rhegmatogenous retinal detachments and retinal tears. *Ophthalmology* 108(9):1647-1653.

Kalantar-Zadeh K, Block G, Horwich T, Fonarow GC. 2004. Reverse epidemiology of conventional cardiovascular risk factors in patients with chronic heart failure. *Journal of the American College of Cardiology* 43:1439-1444.

Kalish RB, Thaler HT, Chasen ST, Gupta M, Berman SJ, Rosenwaks Z, Chervenak FA. 2004. First-and second-trimester ultrasound assessment of gestational age. *American Journal of Obstetrics and Gynecology* 191(3):975-978.

Källén B, Finnstrom O, Nygren KG, Olausson PO. 2005. Temporal trends in multiple births after in vitro fertilisation in Sweden, 1982-2001: A register study. *British Medical Journal* 331(7513):382-383.

Kallan JE. 1992. Effects of interpregnancy intervals on preterm birth, intrauterine growth retardation, and fetal loss. *Social Biology* 39:231-245.

Kallan JE. 1997. Reexamination of interpregnancy intervals and subsequent birth outcomes: Evidence from U.S. linked birth/infant death records. *Social Biology* 44:205-212.

Kamlin CO, Davis PG. 2004. Long versus short inspiratory times in neonates receiving mechanical ventilation. *Cochrane Database of Systematic Reviews (Online: Update Software)* 4.

Kato I, Toniolo P, Koenig KL, Shore RE, Zeleniuch-Jacquotte A, Akhmedkhanov A, Riboli E. 1999. Epidemiologic correlates with menstrual cycle length in middle aged women. *European Journal of Epidemiology* 15(9):809-814.

Kaufman D, Boyle R, Hazen KC, Patrie JT, Robinson M, Donowitz LG. 2001. Fluconazole prophylaxis against fungal colonization and infection in preterm infants. *New England Journal of Medicine* 345(23):1660-1666.

Kaufman JS, Cooper RF, McGee DL. 1997. Socioeconomic status and health in blacks and whites: The problem of residual confounding and the resiliency of race. *Epidemiology* 8(6):621-628.

Kavanaugh K, Meier P, Zimmermann B, Mead L. 1997. The rewards outweigh the efforts: Breastfeeding outcomes for mothers of preterm infants. *Journal of Human Lactation* 13(1):15-21.

Kawachi I. 2000. Income inequality and health. In: Berkman LF, Kawachi I eds. *Social Epidemiology*. New York: Oxford University Press. Pp. 76-94.

Kayisli UA, Guzeloglu-Kayisli O, Arici A. 2004. Endocrine-immune interactions in human endometrium. *Annals of the New York Academy of Sciences* 1034:50-63.

Keene DJ, Wimmer JE Jr., Mathew OP. 2000. Does supine positioning increase apnea, bradycardia, and desaturation in preterm infants? *Journal of Perinatology* 20(1):17-20.

Keirse MJ. 1990. Progestogen administration in pregnancy may prevent preterm delivery. *British Journal of Obstetrics and Gynaecology* 97(2):149-154.

Kekki M, Kurki T, Pelkonen J, Kurkinen-Raty M, Cacciatore B, Paavonen J. 2001. Vaginal clindamycin in preventing preterm birth and peripartal infections in asymptomatic women with bacterial vaginosis: A randomized, controlled trial. *Obstetrics and Gynecology* 97(5 Pt 1):643-648.

Kelada SN, Eaton DL, Wang SS, Rothman NR, Khoury MJ. 2003. The role of genetic polymorphisms in environmental health. *Environmental Health Sciences* 111:1055-1164.

Kelly RW. 1994. Pregnancy maintainance and parturition: The role of prostaglandin in manipulating the immune and inflammatory response. *Endocrine Reviews* 15:684-706.

Kelly RW, King AE, Critchley HOD. 2001. Cytokine control in human endometrium. *Reproduction* 121:3-19.

Kenyon SL, Taylor DJ, Tarnow-Mordi W. 2001a. Broad-spectrum antibiotics for spontaneous preterm labour: The ORACLE II randomised trial. *Lancet* 357(9261):989-994.

Kenyon SL, Taylor DJ, Tarnow-Mordi W, ORACLE Collaborative Group. 2001b. Broad-spectrum antibiotics for preterm, prelabour rupture of fetal membranes: The ORACLE I randomised trial. ORACLE Collaborative Group. *Lancet* 357(9261):979-988.

Kenyon S, Boulvain M, Neilson J. 2004. Antibiotics for preterm rupture of the membranes: A systematic review. *Obstetrics and Gynecology* 104(5 I):1051-1057.

Kesmodel U, Olsen SF, Secher NJ. 2000. Does alcohol increase the risk of preterm delivery? *Epidemiology* 11(5):512-518.

Kesson AM, Henderson-Smart DJ, Pettigrew AG, Edwards DA. 1985. Peripheral nerve conduction velocity and brainstem auditory evoked responses in small for gestational age preterm infants. *Early Human Development* 11(3-4):213-219.

Khader YS, Ta'ani Q. 2005. Periodontal diseases and the risk of preterm birth and low birth weight: A meta-analysis. *Journal of Periodontology* 76:161-165.

Khadilkar V, Tudehope D, Burns Y, O'Callaghan M, Mohay H. 1993. The long-term neurodevelopmental outcome for very low birthweight (VLBW) infants with "dystonic" signs at 4 months of age. *Journal of Paediatrics and Child Health* 29(6):415-417.

Kharrazi M, DeLorenze GN, Kaufman FL, Eskenazi B, Bernert JT Jr., Graham S, Pearl M, Pirkle J. 2004. Environmental tobacco smoke and pregnancy outcome. *Epidemiology* 15:660-670.

Khoury MJ, Cohen BH. 1987. Genetic heterogeneity of prematurity and intrauterine growth retardation: clues from the Old Order Amish. *American Journal of Obstetrics and Gynecology* 157(2):400-410.

Kimberlin DF, Andrews WW. 1998. Bacterial vaginosis: association with advers pregnancy outcome. *Seminars in Perinatology* 22:242-249.

King JF, Grant A, Keirse MJNC. 1988. Beta-mimetics in preterm labour: An overview of the randomized controlled trials. *British Journal of Obstetrics and Gynaecology* 95:211.

King TE Jr. 2002. Racial disparities in clinical trials. *New England Journal of Medicine* 346(18):1400-1402.

Kiss H, Pichler E, Petricevic L, Husslein P. 2004. Cost effectiveness of a screen-and-treat program for asymptomatic vaginal infections in pregnancy: Towards a significant reduction in the costs of prematurity. *European Journal of Obstetrics and Gynecology and Reproductive Biology.*

Klassen AF, Lee SK, Parminder R, Chan HWP, Matthew D, Brabyn D. 2004. Health status and health-related quality of life in a population-based sample of neonatal intensive care unit graduates. *Pediatrics* 113:594-600.

Klebanoff MA. 1988. Short interpregnancy interval and the risk of low birthweight. American *Journal of Public Health* 78:667-670.

Klebanoff MA, Nugent RP, Rhoads GG. 1984. Coitus during pregnancy: Is it safe? *Lancet* 2(8408):914-917.

Klebanoff MA, Shiono PH, Berendes HW, Rhoads GG. 1989. Facts and artifacts about anemia and preterm delivery. *JAMA* 262(4):511-515.

Klebanoff MA, Regan JA, Rao V, Nugent RP, Blackwelder WC, Eschenbach DA, Pastorek II JG, Williams S, Gibbs RS, Carey JC, Yaffe SJ, Catz CS, Rhoads GG, McNellis D, Berendes HW, Reed G, Edelman R, Kaslow RA, Cotch MF. 1995. Outcome of the vaginal infections and prematurity study: Results of a clinical trial of erythromycin among pregnant women colonized with group B streptococci. *American Journal of Obstetrics and Gynecology* 172(5):1540-1545.

Klebanoff MA, Carey JC, Hauth JC, Hillier SL, Nugent RP, Thom EA, Ernest JM, Heine RP, Wapner RJ, Trout W, Moawad A, Leveno KJ, Copper RL, Northen A, Andrews WW, Jones P, Lindheimer MD, Elder N, Siddiqi TA, MacPherson C, Leindecker S, Fischer ML, Caritis SN, Cotroneo M, Camon T, Beydoun S, Alfonso C, Doyle F, Catz C, Yaffe SJ, Iams JD, Johnson F, Landon MB, Thurnau G, Meier A, Collins BA, LeBoeuf F, Newman RB, Mercer BM, Ramsey R, Berkus M, Nicholson S, Sherman ML, Bloom S, DiVito M, Tolosa J, Dudley D, Reynolds L, Meis P, Mueller-Heubach E, Swain M, Bottoms SF, Norman GS. 2001. Failure of metronidazole to prevent preterm delivery among pregnant women with asymptomatic Trichomonas vaginalis infection. *New England Journal of Medicine* 345(7):487-493.

Klebanoff MA, Hillier SL, Nugent RP, MacPherson CA, Hauth JC, Carey JC, for the National Institute of Child Health and Human Development Maternal-Fetal Medicine Units Network. 2005. Is bacterial vaginosis a stronger risk factor for preterm birth when it is diagnosed earlier in gestation? *American Journal of Obstetrics and Gynecology* 192: 470-477.

Klebanov PK, Brooks-Gunn J, McCormick MC. 1994. School achievement and failure in very low birth weight children. *Journal of Developmental and Behavioral Pediatrics* 15(4): 248-256.

Klebanov PK, Brooks-Gunn J, McCormick MC. 2001. Maternal coping strategies and emotional distress: Results of an early intervention program for low birth weight young children. *Developmental Psychology* 37(5).

Klein R, Fish-Parcham C. 1999. *Losing Health Insurance: Unintended Consequences of Welfare Reform.* Washington, DC: Families USA.

Klein TE, Chang JT, Cho MK, Easton KL, Fergerson R, Hewett M, Lin Z, Liu Y, Liu S Oliver DE, Rubin DL, Shafa F, Stuart JM, Altman RB. 2001. Intergrating genotype and phenotype information: An overview of the PharmGKB project. *The Pharmacogenomics Journal* 1:167-170.

Kleinman JC, Kessel SS. 1987. Racial differences in low birth weight. Trends and risk factors. *New England Journal of Medicine* 317(12):749-753.

Klerman LV, Cliver SP, Goldenberg RL. 1998. The impact of short interpregnancy intervals on pregnancy outcomes in a low-income population. *American Journal of Public Health* 88:1182-1185.

Klerman LV, Ramey SL, Goldenberg RL, Marbury S, Hou J, Cliver SP. 2001. A randomized trial of augmented prenatal care for multiple-risk, Medicaid-eligible African American women. *American Journal of Public Health* 91(1):105-111.

Klimach VJ, Cooke RWI. 1988. Maturation of the neonatal somatosensory evoked response in preterm infants. *Developmental Medicine and Child Neurology* 30(2):208-214.

Kline J, Ng SKC, Schittini M, Levin B, Susser M. 1997. Cocaine use during pregnancy: Sensitive detection by hair assay. *American Journal of Public Health* 87(3):352-358.

Klip H, Van Leeuwen F, Burger C. 2000. Risk of ovarian cancer after use of fertility drugs [Risico op ovariumcarcinoom na gebruik van fertiliteitsbevorderende geneesmiddelen]. *Tijdschrift voor Fertiliteitsonderzoek* 14(1):16-21.

Kneyber MCJ, Plotz FB, Kimpen JLL. 2005. Bench to bedside review: Paediatric viral lower respiratory tract disease necessitating mechanical ventilation-should we use exogenous surfactant? *Critical Care* 9:550-555.

Kok JH, Briet JM, Van Wassenaer AG. 2001. Postnatal thyroid hormone replacement in very preterm infants. *Seminars in Perinatology* 25(6):417-425.

Kollee LAA, Verloove-Vanhorick PP, Verwey RA, Brand R, Ruys JH. 1988. Maternal and neonatal transport: Results of a national collaborative survey of preterm and very low birth weight infants in the Netherlands. *Obstetrics and Gynecology* 72(5):729-732.

Koller H, Lawson K, Rose SA, Wallace I, McCarton C. 1997. Patterns of cognitive development in very low birth weight children during the first six years of life. *Pediatrics* 99(3):383-389.

Konishi Y, Mikawa H, Suzuki J. 1986. Asymmetrical head-turning of preterm infants: Some effects on later postural and functional lateralities. *Developmental Medicine and Child Neurology* 28(4):450-457.

Konishi Y, Kuriyama M, Mikawa H, Suzuki J. 1987. Effect of body position on later postural and functional lateralities of preterm infants. *Developmental Medicine and Child Neurology* 29(6):751-757.

Konishi Y, Takaya R, Kimura K, Takeuchi K, Saito M, Konishi K. 1997. Laterality of finger movements in preterm infants. *Developmental Medicine and Child Neurology* 39(4): 248-252.

Konte JM, Creasy RK, Laros RK Jr. 1988. California North Coast Preterm Birth Prevention Project. *Obstetrics and Gynecology* 71(5):727-730.

Koroukian SM. 2004. Relative risk of postpartum complications in the Ohio medicaid population: Vaginal versus cesarean delivery. *Medical Care Research and Review* 61(2): 203-224.

Kost K, Landry DJ, Darroch JE. 1998. Predicting maternal behaviors during pregnancy: Does intention status matter? *Family Planning Perspectives* 30(2):79-88.

Koupilova I, Vagero D, Leon DA, Pikhart H, Prikazsky V, Holcik J, Bobak M. 1998. Social variation in size at birth and preterm delivery in the Czech Republic and Sweden, 1989-1991. *Paediatric and Perinatal Epidemiology* 12(1):7-24.

Koy C, Heitner JC, Woisch R, Kreutzer M, Serrano-Fernandez P, Gohlke R, Reimer T, Glocker MO. 2005. Cryodetector mass spectrometry profiling of plasma samples for HELLP diagnosis: An exploratory study. *Proteomics* 5(12):3079-3087.

Kramer M. 1987. Determinants of low birth weight: Methodological assessment and metaanalysis. *Bulletin of the World Health Organization*. 65:663-737.

Kramer MS, McLean FH, Boyd ME, Usher RH. 1988. The validity of gestational age estimation by menstrual dating in term, preterm, and postterm gestations. *JAMA* 260(22):3306-3308.

Kramer MS, Coates AL, Michoud M-C, Dagenais S, Hamilton EF, Papageorgiou A. 1995. Maternal anthropometry and idiopathic preterm labor. *Obstetrics and Gynecology* 86(5):744-748.

Kramer MS, Seguin L, Lydon J, Goulet L. 2000. Socio-economic disparities in pregnancy outcome: Why do the poor fare so poorly? *Paediatric and Perinatal Epidemiology* 14(3):194-210.

Kramer MS, Goulet L, Lydon J, Seguin L, McNamara H, Dassa C, Platt RW, Chen MF, Gauthier H, Genest J, Kahn S, Libman M, Rozen R, Masse A, Miner L, Asselin G, Benjamin A, Klein J, Koren G. 2001a. Socio-economic disparities in preterm birth: Causal pathways and mechanisms. *Paediatric and Perinatal Epidemiology* 15(Suppl 2):104-123.

Kramer MS, Platt RW, Wen SW, Joseph KS, Allen A, Abrahamowicz M, Blondel B, Breart G. 2001b. A new and improved population-based Canadian reference for birth weight for gestational age. *Pediatrics* 108(2):E35.

Krieger JN. 2002. Urinary tract infections: What's new? *Journal of Urology* 168(6):2351-2358.

Krieger N. 1990. Racial and gender discrimination: Risk factors for high blood pressure? *Social Science and Medicine* 30(12):1273-1281.

Krieger N. 2000. Discrimination and health. In: Berkman L, Kawachi I eds. *Social Epidemiology*. Oxford, UK: Oxford University Press. Pp. 36-75.

Krieger N, Sidney S. 1996. Racial discrimination and blood pressure: The CARDIA Study of young black and white adults. *American Journal of Public Health* 86(10):1370-1378.

Krieger N, Rowley DL, Herman AA, Avery B, Phillips MT. 1993. Racism, sexism, and social class: Implications for studies of health, disease and well-being. *American Journal of Preventive Medicine* 9:82-122.

Krieger N, Chen JT, Waterman PD, Rehkopf DH, Subramanian SV. 2003. Race/ethnicity, gender, and monitoring socioeconomic gradients in health: Comparison of area-based socioeconomic measures—The Public Health Disparities Geocoding Project. *American Journal of Public Health* 93(10):1655-1671.

Kristensen P, Irgens LM, Daltveit AK, Andersen A. 1993. Perinatal outcome among children of men exposed to lead and organic solvents in the printing industry. *American Journal of Epidemiology* 137:134-144.

Kristensen P, Irgens LM, Andersen A, Bye AS, Sundheim L. 1997. Gestational age, birth weight, and perinatal death among births to Norwegian farmers, 1967-1991. *American Journal of Epidemiology* 146:329-338.

Krymko H, Bashiri A, Smolin A, Sheiner E, Bar-David J, Shoham-Vardi I, Vardi H, Mazor M. 2004. Risk factors for recurrent preterm delivery. *European Journal of Obstetrics, Gynecology, and Reproductive Biology* 113:160-163.

Kumarasamy V, Mitchell MD, Bloomfield FH, Oliver MH, Campbell ME, Challis JR, Harding JE. 2005. Effects of periconceptional undernutrition on the initiation of parturition in sheep. *American Journal of Physiology. Regulatory, Integrative, and Comparative Physiology* 288(1):R67-R72.

Kurki T, Hiilesmaa V, Raitasalo R, Mattila H, Ylikorkala O. 2000. Depression and anxiety in early pregnancy and risk for preeclampsia. *Obstetrics and Gynecology* 95(4):487-490.

Kurkinen-Raty M, Ruokonen A, Vuopala S, Koskela M, Rutanen EM, Karkkainen T, Jouppila P. 2001. Combination of cervical interleukin-6 and -8, phosphorylated insulin-like growth factor-binding protein-1 and transvaginal cervical ultrasonography in assessment of the risk of preterm birth. *British Journal of Obstetrics and Gynaecology* 108(8):875-881.

Kuvacic I, Skrablin S, Hodzic D, Milkovic G. 1996. Possible influence of expatriation on perinatal outcome. *Acta Obstetricia et Gynecologica Scandinavica* 75(4):367-371.

Lachman ME, Weaver SL. 1998. The sense of control as a moderator of social class differences in health and well-being. *Journal of Personality and Social Psychology* 74(3):763-773.

Laird PW. 2005. Cancer epigenetics. *Human Molecular Genetics* 15(Suppl 1):R65-R76.

Lam F, Bergauer NK, Jacques D, Coleman SK, Stanziano GJ. 2001. Clinical and cost-effectiveness of continuous subcutaneous terbutaline versus oral tocolytics for treatment of recurrent preterm labor in twin gestations. *Journal of Perinatology* 21(7):444-450.

Lamont RF, Duncan SL, Mandal D, Bassett P. 2003. Intravaginal clindamycin to reduce preterm birth in women with abnormal genital tract flora. *Obstetrics and Gynecology* 101(3):516-522.

Lander E S, Linton LM, Birren B, Nusbaum C, Zody MC, Baldwin J. 2001. Initial sequencing and analysis of the human genome. *Nature* 409:860-921.

Landgraf JM, Abetz L, Ware JE. 1999. *The CHQ User's Manual*. Boston, MA: Health Act.

Landgren, O. 1996. Environmental pollution and delivery outcome in southern Sweden: A study with central registries. *Acta Paediatrica* 85:1361-1364.

Landsbergis PA, Hatch MC. 1996. Psychosocial work stress and pregnancy-induced hypertension. *Epidemiology* 7(4):346-351.

Lang JM, Lieberman E, Ryan KJ, Monson RR. 1990. Interpregnancy interval and risk of preterm labor. *American Journal of Epidemiology* 132:304-309.

Lang JM, Lieberman E, Cohen A. 1996. A comparison of risk factors for preterm labor and term small-for-gestational-age birth. *Epidemiology* 7(4):369-376.

Laplante DP, Barr RG, Brunet A, Galbaud du Fort G, Meaney ML, Saucier JF, Zelazo PR, King S. 2004. Stress during pregnancy affects general intellectual and language functioning in human toddlers. *Pediatrics Research* 56(3):400-410.

Laptook A, Jackson GL. 2006. Cold stress and hypoglycemia in the late preterm ("near-term") infant: Impact on nursery of admission. *Seminars in Perinatology* 30(1):24-27.

Larroque B. 1992. Alcohol and the fetus. *International Journal of Epidemiology* 21(90001): 8S-16S.

Larsson HJ, Eaton WW, Madsen KM, Vestergaard M, Olesen AV, Agerbo E, Schendel D, Thorsen P, Mortensen PB. 2005. Risk factors for autism: Perinatal factors, parental psychiatric history, and socioeconomic status. *American Journal of Epidemiology* 161(10): 916-925.

Latini G, De Felice C, Presta G, Del Vecchio A, Paris I, Ruggieri F, Mazzeo P. 2003. In utero exposure to di-(2-ethylhexyl)phthalate and duration of human pregnancy. *Environmental Health Perspectives* 111(14):1783-1785.

Latini G, Massaro M, De Felice C. 2005. Prenatal exposure to phthalates and intrauterine inflammation: A unifying hypothesis. *Toxicological Sciences* 85(1):743.

Lawson CC, Schnorr TM, Whelan EA, Deddens JA, Dankovic DA, Piacitelli LA, Sweeney MH, Connally LB. 2004. Paternal occupational exposure to 2,3,7,8-tetrachlorodibenzo-p-dioxin and birth outcomes of offspring: Birth weight, preterm delivery, and birth defects. *Environmental Health Perspectives* 112:1403-1408.

Lazarus RS, Folkman S. 1984. *Stress, Appraisal, and Coping*. New York: Springer.

Le TN, Johansson A. 2001. Impact of chemical warfare with agent orange on women's reproductive lives in Vietnam: A pilot study. *Reproductive Health Matters* 9:156-164.

Leaf AA, Green CR, Esack A, Costeloe KL, Prior PF. 1995. Maturation of electroretinograms and visual evoked potentials in preterm infants. *Developmental Medicine and Child Neurology* 37(9):814-826.

Lederman RP. 1986. Maternal anxiety in pregnancy: Relationship to fetal and newborn health status. *Annual Review of Nursing Research* 4:3-19.

Lederman SA, Rauh V, Weiss L, Stein JL, Hoepner LA, Becker M, Perera FP. 2004. The effects of the World Trade Center event on birth outcomes among term deliveries at three lower Manhattan hospitals. *Environmental Health Perspectives* 112(17):1772-1778.

Lee SK, Penner PL, Cox M. 1991. Impact of very low birth weight infants on the family and its relationship to parental attitudes. *Pediatrics* 88(1):105-109.

Lee SK, McMillan DD, Ohlsson A, Pendray M, Synnes A, Whyte R, Chien L-Y, Sale J. 2000. Variations in practice and outcomes in the Canadian NICU network: 1996-1997. *Pediatrics* 106(5 I):1070-1079.

Lees CC, Lojacono A, Thompson C. 1999. Glyceryl trinitrate and ritodrine in tocolysis: An international multicenter randomized study. GTN Preterm Labour Investigation Group. *Obstetrics and Gynecology* 94:403-408.

Leeson CP, Kattenhorn M, Morley R, Lucas A, Deanfield JE. 2001. Impact of low birth weight and cardiovascular risk factors on endothelial function in early adult life. *Circulation* 103(9):1264-1268.

Lefebvre F, Glorieux J, St-Laurent-Gagaon T. 1996. Neonatal survival and disability rate at age 18 months for infants born between 23 and 28 weeks of gestation. *American Journal of Obstetrics and Gynecology* 174(3):833-838.

Lefebvre F, Mazurier E, Tessier R. 2005. Cognitive and educational outcomes in early adulthood for infants weighing 1000 grams or less at birth. *Acta Paediatrica, International Journal of Paediatrics* 94(6):733-740.

Leitich H, Brunbauer M, Kaider A, Egarter C, Husslein P. 1999a. Cervical length and dilatation of the internal cervical os detected by vaginal ultrasonography as markers for preterm delivery: A systematic review. *American Journal of Obstetrics and Gynecology* 181(6): 1465-1472.

Leitich H, Egarter C, Kaider A, Hoblagschwandtner M, Berghammer P, Husslein P. 1999b. Cervicovaginal fetal fibronectin as a marker for preterm delivery: A meta-analysis. *American Journal of Obstetrics and Gynecology* 180(5):1169-1176.

Lemancewicz A, Laudanska H, Laudanski T, Karpiuk A, Batra S. 2000. Permeability of fetal membranes to calcium and magnesium: Possible role in preterm labour. *Human Reproduction* 15:2018-2022.

Lemons JA, Bauer CR, Oh W, Korones SB, Papile LA, Stoll BJ, Verter J, Temprosa M, Wright LL, Ehrenkranz RA, Fanaroff AA, Stark A, Carlo W, Tyson JE, Donovan EF, Shankaran S, Stevenson DK. 2001. Very low birth weight outcomes of the National Institute of Child Health and Human Development Neonatal Research Network, January 1995 through December 1996. *Pediatrics* 107:E1.

Leppert PC, Takamoto N, Yu SY. 1996. Apoptosis in fetal membranes may predispose them to rupture. *Journal of the Society for Gynecologic Investigation* 3:128a.

Lesser AJ. 1985. The origin and development of maternal and child health programs in the United States. *American Journal of Public Health* 75:590-598.

Leung TN, Chung TK, Madsen G, McLean M, Chang AM, Smith R. 1999. Elevated midtrimester maternal corticotrophin-releasing hormone levels in pregnancies that delivered before 34 weeks. *British Journal of Obstetrics and Gynaecology* 106:1041-1046.

Levi R, Lundberg U, Hanson U, Frankenhaeuser M. 1989. Anxiety during pregnancy after Tschernobyl accident is related to obstetric outcome. *Journal of Psychosomatic Obstetrics and Gynecology* 10:221-230.

Leviton A. 1993. Preterm birth and cerebral palsy: Is tumor necrosis factor the missing link? *Developmental Medicine and Child Neurology* 35:553-558.

Levitt NS, Lambert EV, Woods D, Seckl JR, Hales CN. 2005. Adult BMI and fat distribution but not height amplify the effect of low birthweight on insulin resistance and increased blood pressure in 20-year-old South Africans. *Diabetologia* 48(6):1118-1125.

Levy DL, Noelke K, Goldsmith JP. 1981. Maternal and infant transport program in Louisiana. *Obstetrics and Gynecology* 57(4):500-504.

Levy F. 1994. Attention deficit disorder. *Australian and New Zealand Journal of Psychiatry* 28(4):693.

Lewis DF, Brody K, Edwards MS, Brouillette RM, Burlison S. 1996. London SNPreterm premature ruptured membranes: A randomized trial of steroids after treatment with antibiotics. *Obstetrics and Gynecology* 88:801.

Ley D, Wide-Swensson D, Lindroth M, Svenningsen N, Marsal K. 1997. Respiratory distress syndrome in infants with impaired intrauterine growth. *Acta Paediatrica, International Journal of Paediatrics* 86(10):1090-1096.

Lichtenberger EO. 2005. General measures of cognition for the preschool child. *Mental Retardation and Developmental Disabilities Research Reviews* 11(3):197-208.

Liggins GC, Thorburn GD. 1994. Initiation of parturition. In: Lamming GE ed. *Marshall's Physiology of Reproduction*. London, UK: Chapman and Hall. Pp. 863-1002.

Lin MC, Chiu HF, Yu HS, Tsai SS, Cheng BH, Wu TN, Sung FC, Yang CY. 2001. Increased risk of preterm delivery in areas with air pollution from a petroleum refinery plant in Taiwan. *Journal of Toxicology and Environmental Health* A(64):637-644.

Link BG, Phelan JC. 1995. Social conditions as fundamental causes of disease. *Journal of Health and Social Behavior*. Extra Issue:80-94.

Lithell HO, McKeigue PM, Berglund L, Mohsen R, Lithell UB, Leon DA. 1996. Relation of size at birth to non-insulin dependent diabetes and insulin concentrations in men aged 50-60 years. *British Medical Journal* 312(7028):406-410.

Little J, Bradley L, Bray MS, Clyne M, Dorman J, Ellsworth DL, Hanson J, Khoury M, Lau J, O'Brien TR, Rothman N, Stroup D, Taioli E, Thomas D, Vainio H, Wacholder S, Weinberg C. 2002. Reporting, appraising, and integrating data on genotype prevalence and gene-disease associations. *American Journal of Epidemiology* 156(4):300-310.

Liu H, Giasson B, Mushynski W, Almazan G. 2002. AMPA receptor-mediated toxicity in oligodendrocyte progenitors involves free radical generation and activation of JNK, calpain and caspase 3. *Journal of Neurochemistry* 82:398-409.

Liu S, Krewski D, Shi Y, Chen Y, Burnett RT. 2003. Association between gaseous ambient air pollutants and adverse pregnancy outcomes in Vancouver, Canada. *Environmental Health Perspectives* 111:1773-1778.

Liu S, Heaman M, Joseph KS, Liston RM, Huang L, Sauve R, Kramer MS. 2005. Risk of maternal postpartum readmission associated with mode of delivery. *Obstetrics and Gynecology* 105(4):836-842.

Liu Y, Gold EB, Lasley BL, Johnson WO. 2004. Factors affecting menstrual cycle characteristics. *American Journal of Epidemiology* 160(2):131-140.

Liu YL, Nwosu UC, Rice PJ. 1998. Relaxation of isolated human myometrial muscle by beta2-adrenergic receptors but not beta1-adrenergic receptors. *American Journal of Obstretrics and Gynecology* 179:895-898.

Livingston JC, Maxwell BD, Sibai BM. 2003. Chronic hypertension in pregnancy. *Minerva Ginecologica* 55(1):1-13.

Lobel M. 1994. Conceptualizations, measurement, and effects of prenatal maternal stress on birth outcomes. *Journal of Behavioral Medicine* 17(3):225-272.

Lobel M, Dunkel-Schetter C, Scrimshaw SC. 1992. Prenatal maternal stress and prematurity: A prospective study of socioeconomically disadvantaged women. *Health Psychology* 11(1):32-40.

Lobel M, DeVincent CJ, Kaminer A, Meyer BA. 2000. The impact of prenatal maternal stress and optimistic disposition on birth outcomes in medically high-risk women. *Health Psychology* 19(6):544-553.

Lockwood CJ. 1999. Stress-associated preterm delivery: The role of corticotropin-releasing hormone. *American Journal of Obstetrics and Gynecology* 180(1 Pt 3):S264-S266.

Lockwood CJ, Kuczynski E. 2001. Risk stratification and pathological mechanisms in preterm delivery. *Paediatric and Perinatal Epidemiology* Jul(15 Suppl 2):78-89.

Lockwood CJ, Senyei AE, Dische MR, Casal D, Shah KD, Thung SN, Jones L, Deligdisch L, Garite TJ. 1991. Fetal fibronectin in cervical and vaginal secretions as a predictor of preterm delivery. *New England Journal of Medicine* 325(10):669-674.

Lockwood CJ, Toti P, Arcuri F, Paidas M, Buchwalder L, Krikun G, Schatz F. 2005. Mechanisms of abruption-induced premature rupture of the fetal membranes: Thrombin-enhanced interleukin-8 expression in term decidua. *American Journal of Pathology* 167(5): 1443-1449.

Long SH, Marquis MS. 1998. The effects of Florida's Medicaid eligibility expansion for pregnant women. *American Journal of Public Health* 88(3):371-376.

Longnecker MP, Klebanoff MA, Zhou H, Brock JW. 2001. Association between maternal serum concentration of the DDT metabolite DDE and preterm and small-for-gestational-age babies at birth. *Lancet* 358:110-114.

Longnecker MP, Klebanoff MA, Brock JW, Guo X. 2005. Maternal levels of polychlorinated biphenyls in relation to preterm and small-for-gestational-age birth. *Epidemiology* 16:641-647.

Loprest PJ, Wittenburg D. 2005. *Choices, Challenges, and Options: Child SSI Recipients Preparing for the Transition to Adult Life.* [Online]. Available: http://www.urban.org/url.cfm?ID=411168 [accessed May 23, 2005].

Lorenz E, Hallman M, Marttila R, Haataja R, Schwartz DA. 2002. Association between the Asp299Gly Polymophosms in the Toll-like receptor 4 and premature births in the Finnish population. *Pediatric Research* 52(3):373-376.

Lorenz JM, Paneth N. 2000. Treatment decisions for the extremely premature infant. *Journal of Pediatrics* 137(5):593-595.

Lorenz JM, Paneth N, Jetton JR, Den Ouden L, Tyson JE. 2001. Comparison of management strategies for extreme prematurity in New Jersey and the Netherlands: Outcomes and resource expenditure. *Pediatrics* 108(6):1269-1274.

Lou HC, Hansen D, Nordentoft M, Pryds O, Jensen F, Nim J, Hemmingsen R. 1994. Prenatal stressors of human life affect fetal brain development. *Developmental Medicine and Child Neurology* 36(9):826-832.

Loudon JA, Sooranna SR, Bennett PR, Johnson MR. 2004. Mechanical stretch of human uterine smooth muscle cells increases IL-8 mRNA expression and peptide synthesis. *Molecular Human Reproduction* 10:895-899.

Lowe J, Woodward B, Papile L-A. 2005. Emotional regulation and its impact on development in extremely low birth weight infants. *Journal of Developmental and Behavioral Pediatrics* 26(3):209-213.

Lu MC, Chen B. 2004. Racial and ethnic disparities in preterm birth: The role of stressful life events. *American Journal of Obstetrics and Gynecology* 191(3):691-699.

Lu MC, Halfon N. 2003. Racial and ethnic disparities in birth outcomes: A life-course perspective. *Maternal and Child Health Journal* 7(1):13-30.

Lu Q, Lu MC, Dunkel Schetter C. 2005. Learning from success and failure in psychosocial intervention: An evaluation of low birth weight prevention trials. *Journal of Health Psychology* 10(2):185-195.

Lubchenco L, Hansman C, Dressler M, Boyd E. 1963. Intrauterine growth as estimated from liveborn birth-weight data at 24 to 42 weeks of gestation. *Pediatrics* 32(5):793-800.

Lubchenco LO, Butterfield LJ. 1983. Graduates of neonatal intensive care units—long-term prognosis in varying degrees of maturity. *Medical Section Proceedings of the Annual Meeting of the Medical Section of the American Council of Life Insurance* 47-58.

Lubs M-LE. 1973. Racial differences in maternal smoking effects on the newborn infant. *American Journal of Obstetrics and Gynecology* 115:66-76.

Lucey JF, Rowan CA, Shiono P, Wilkinson AR, Kilpatrick S, Payne NR, Horbar J, Carpenter J, Rogowski J, Soll RF. 2004. Fetal infants: The fate of 4172 infants with birth weights of 401 to 500 grams—The Vermont Oxford Network experience (1996-2000). *Pediatrics* 113(6 I):1559-1566.

Lukassen HGM, Braat DD, Wetzels AMM, Zielhuis GA, Adang EMM, Scheenjes E, Kremer JAM. 2005. Two cycles with single embryo transfer versus one cycle with double embryo transfer: A randomized controlled trial. *Human Reproduction* 20(3):702-708.

Luke B. 1996. Reducing fetal deaths in multiple births: Optimal birthweights and gestational ages for infants of twin and triplet births. *Acta Geneticae Medicae et Gemellologiae* 45(3):333-348.

Lumley JM. 2003. Unexplained antepartum stillbirth in pregnancies after a caesarean delivery. *Lancet* 362(9398):1774-1775.

Lundsberg LS, Bracken MB, Saftlas AF. 1997. Low-to-moderate gestational alcohol use and intrauterine growth retardation, low birthweight, and preterm delivery. *Annals of Epidemiology* 7(7):498-508.

Luo ZC, Wilkins R, Platt RW, Kramer MS. 2004. Risks of adverse pregnancy outcomes among Inuit and North American Indian women in Quebec, 1985-1997. *Paediatric and Perinatal Epidemiology* 18(1):40-50.

Lyall F, Lye SJ, Teoh TG, Cousin F, Milligan G, Robson SC. 2002. Expression of Gsα, Connexin-43, Connexin-26, and EP1, 3, and 4 receptors in myometrium of prelabor singleton versus multiple gestations and the effects of mechanical stretch and steroids on Gsÿ. *Journal of the Society for Gynecologic Investigation* 9:299-307.

Lye SJ, Ou CW, Teoh TG, Erb G, Stevens Y, Casper R, Patel F and Challis JRG. 1998. The molecular basis of labour and tocolysis. *Fetal and Maternal Medicine Review* 121-136.

Lynch CM, Kearney R, Turner MJ. 2003. Maternal morbidity after elective repeat caesarean section after two or more previous procedures. *European Journal of Obstetrics Gynecology and Reproductive Biology* 106(1):10-13.

MacDonald LD, Peacock JL, Anderson HR. 1992. Marital status: Association with social and economic circumstances, psychological state and outcomes of pregnancy. *Journal of Public Health Medicine* 14(1):26-34.

MacDorman MF, Martin JA, Matthews TA. 2005. Explaining the 2001-02 infant mortality increase: Data from the linked birth/infant death data set. *National Vital Statistics Reports* 53(12). Hyattsville, MD: National Center for Health Statistics.

Macey TJ, Harmon RJ, Easterbrooks MA. 1987. Impact of premature birth on the development of the infant in the family. *Journal of Consulting and Clinical Psychology* 55(6):846-852.

MacGillivray I, Campbell DM. 1995. The changing pattern of cerebral palsy in Avon. *Paediatric and Perinatal Epidemiology* 9(2):146-155.

MacGregor JA, French JI, Lawellin D, Franco-Buff A, Smith C, Todd JK. 1987. Bacterial protease-induced reduction of chorioamniotic membrane strength and elasticity. *Obstetrics and Gynecology* 69:167-174.

Machemer R. 1993. Late traction detachment in retinopathy of prematurity or ROP-like cases. *Graefe's Archive for Clinical and Experimental Ophthalmology* 231(7):389-394.

Macintyre S, Ellaway A, Cummins S. 2002. Place effects on health: How can we conceptualize, operationally and measure them? *Social Science and Medicine* 55:125-139.

Mackenzie AP, Schatz F, Krikun G, Funai EF, Kadner S, Lockwood CJ. 2004. Mechanisms of abruption-induced premature rupture of the fetal membranes: Thrombin enhanced decidual matrix metalloproteinase-3 (stromelysin-1) expression. *American Journal of Obstetrics and Gynecology* 191:1996-2001.

MacLennan A, et al. 2005. Who will delivery our grandchildren? Implications of Cerebral Palsy litigation. *JAMA* 294(13):1688-1690.

MacNaughton MC, Chalmers IG, Dubowitz V, Dunn PM, Grant AM, McPherson K, et al. 1993. Final report of the Medical Research Council/Royal College of Obstetrics and Gynaecology multicentre randomised trial of cervical cerclage. *British Journal of Obstetrics and Gynaecology* 100:516.

Macones GA, Segel SY, Stamilio DM, Morgan MA. 1999a. Predicting delivery within 48 hours in women treated with parenteral tocolysis. *Obstetrics and Gynecology* 93(3): 432-436.

Macones GA, Segel SY, Stamilio DM, Morgan MA. 1999b. Prediction of delivery among women with early preterm labor by means of clinical characteristics alone. *American Journal of Obstetrics and Gynecology* 181(6):1414-1418.

Macones GA, Parry S, Elkousy M, Clothier B, Ural SH, Strauss III JF. 2004. A polymorphism in the promoter region of TNF and bacterial vaginosis: Preliminary evidence of gene-environment interaction in the etiology of spontaneous preterm birth. *American Journal of Obstetrics and Gynecology* 190(6):1504-1508.

Madan A, Good WV. 2005. Disorders of the eye. In: Taeusch HW, Ballard RA, Gleason CA eds. *Avery's Diseases of the Newborn*, 8th edition. Philadelphia, PA: Elsevier Saunders. Pp. 1471-1483, 1539-1555.

Madan A, Jan JE, Good WV. 2005. Visual development in preterm infants. *Developmental Medicine and Child Neurology* 47(4):276-280.

Maichuk GT, Zahorodny W, Marshall R. 1999. Use of positioning to reduce the severity of neonatal narcotic withdrawal syndrome. *Journal of Perinatology* 19(7):510-513.

Main DM, Gabbe SG. 1987. Risk scoring for preterm labor: Where do we go from here? *American Journal of Obstetrics and Gynecology* 157(4 Pt 1):789-793.

Main DM, Gabbe SG, Richardson D, Strong S. 1985. Can preterm deliveries be prevented? *American Journal of Obstetrics and Gynecology* 151(7):892-898.

Main DM, Richardson D, Gabbe SG. 1987. Prospective evaluation of a risk scoring system for predicting preterm delivery in black inner city women. *Obstetrics and Gynecology* 69(1):61-66.

Main, Meis, Mueller H. 1993. Collaborative group on preterm birth prevention: Multicenter randomized controlled trial of a preterm birth prevention program. *American Journal of Obstetrics and Gynecology* 169:352-357.

Maisonet M, Correa A, Misra D, and Jaakkola JJ. 2004. A review of the literature on the effects of ambient air pollution on fetal growth. *Environmental Research* 95:106-115.

Majnemer A. 1998. Benefits of early intervention for children with developmental disabilities. *Seminars in Pediatric Neurology* 5(1):62-69.

Majnemer A, Snider L. 2005. A comparison of developmental assessments of the newborn and young infant. *Mental Retardation and Developmental Disabilities Research Reviews* 11(1):68-73.

Major CA, de Veciana M, Lewis DF. 1995. Preterm premature rupture of membranes and abruption placentae: Is there an association between these pregnancy complications? *American Journal of Obstetrics and Gynecology* 172:672.

Malak T, Bell SC. 1994. Structural characteristics of term human fetal membranes: A novel zone of extreme morphological alteration within the rupture site. *British Journal of Obstetrics and Gynaecology* 101(5):375-386.

Malusky SK. 2005. A concept analysis of family-centered care in the nicu. *Neonatal Network* 24(6):25-32.

Malviya M, Ohlsson A, Shah S. 2006. Surgical versus medical treatment with cyclooxygenase inhibitors for symptomatic patent ductus arteriosus in preterm infants. *Cochrane Reviews* 1.

Mamelle N, Laumon B, Lazar P. 1984. Prematurity and occupational activity during pregnancy. *American Journal of Epidemiology* 119(3):309-322.

Mammel MC, Johnson DE, Green TP, Thompson TR. 1983. Controlled trial of dexamethasone therapy in infants with bronchopulmonary dysplasia. *Lancet* 1(8338):1356-1358.

Mancuso RA, Dunkel Schetter C, Rini CM, Roesch SC, Hobel CJ. 2004. Maternal prenatal anxiety and corticotropin-releasing hormone associated with timing of delivery. *Psychosomatic Medicine* 66(5):762-769.

Manderbacka K, Merilainen J, Hemminki E, Rahkonen O, Teperi J. 1992. Marital status as a predictor of perinatal outcome in Finland. *Journal of Marriage and the Family* 54(3): 508-515.

Mann C. 2003. The flexibility factor: Finding the right balance. *Health Affairs* 22:62-76.

Mann C, Schott L. 1999. Ensuring that eligible families receive Medicaid when cash assistance is denied or terminated. *Policy and Practice of Public Human Services* 57:6-10.

Manning FA. 1995. Fetal assessment in low-risk pregnancy. *Current Opinion in Obstetrics and Gynecology* 7(6):461-464.

Manton WI, Cook JD. 1984. High accuracy (stable isotope dilution) measurements of lead in serum and cerebrospinal fluid. *British Journal of Independent Medicine* 41:313-319.

Maradny EE, Kanayama N, Halim A, Maehara K, Terao T. 1996. Stretching of fetal membranes increases the concentration of interleukin-8 and collagenase activity. *American Journal of Obstetrics and Gynecology* 174:843-849.

Marivate M, de Villiers KQ, Fairbrother P. 1977. Effect of prophylactic outpatient administration of fenoterol on the time of onset of spontaneous labor and fetal growth rate in twin pregnancy. *American Journal of Obstetrics and Gynecology* 128(7):707-708.

Markowitz J. 2004. Part C updates: Sixth in a series of updates on selected aspects of the early intervention program for infants and toddlers with disabilities. In: Danaher J ed. *Synthesis Brief: The National Early Intervention Longitudinal Study (NEILS): Child and Family Outcomes at 36 Months*. Washington, DC: Department of Education.

Marlow N, Wolke D, Bracewell MA, Samara M, the EPICure Study Group. 2005. Neurologic and developmental disability at six years of age after extremely preterm birth. *New England Journal of Medicine* 352(1):9-19.

Maroziene L, Grazuleviciene R. 2002. Maternal exposure to low-level air pollution and pregnancy outcomes: A population-based study. *Environmental Health* 1:6.

Martens PJ, Derksen S, Gupta S. 2004. Predictors of hospital readmission of Manitoba newborns within six weeks postbirth discharge: A population-based study. *Pediatrics* 114: 708-713.

Martin J, Hamilton BE, Sutton PD, Ventura SJ, Menacker F, Munson ML. 2003. *Births: Final Data for 2002*. Hyattsville, MD: Centers for Disease Control and Prevention. Pp. 1-116.

Martin JA, Hoyert DL. 2002. The national fetal death file. *Seminars in Perinatology* 26(1): 3-11.

Martius J, Eschenbach DA. 1990. The role of bacterial vaginosis as a cause of amniotic fluid infection, chorioamnionitis and prematurity—a review. *Archives of Gynecology and Obstetrics* 247:1-13.

Martyn CN, Gale CR, Jespersen S, Sherriff SB. 1998. Impaired fetal growth and atherosclerosis of carotid and peripheral arteries. *Lancet* 352(9123):173-178.

Marzi M, Vigano A, Trabattoni D, Villa ML, Salvaggio A, Clerici E, Clerici M. 1996. Characterization of type 1 and type 2 cytokine production profile in physiologic and pathologic human pregnancy. *Clinical and Experimental Immunology* 106:127-133.

Maschoff KL, Baldwin HS. 2005. Embryology and development of the cardiovascular system. In: Taeusch HW, Ballard RA, Gleason CA eds. *Avery's Diseases of the Newborn*, 8th edition. Philadelphia, PA: Elsevier Saunders. Pp. 156-167.

Mashaw JL, Perrin JM, Reno VP eds. 1996. *Restructuring the SSI Disability Program for Children and Adolescents*. [Online]. Available: http://www.nasi.org/usr_doc/Restructuring_SSI.pdf [accessed January 30, 2006].

Mason GC, Maresh MJA. 1990. Alterations in bladder volume and the ultrasound appearance of the cervix. *British Journal of Obstetrics and Gynecology* 97:457-458.

Mason-Brothers A, Ritvo ER, Pingree C, Petersen PB, Jenson WR, McMahon WM, Freeman BJ, Jorde LB, Spencer MJ, Mo A, Ritvo A. 1990. The UCLA-University of Utah epidemiologic survey of autism: Prenatal, perinatal, and postnatal factors. *Pediatrics* 86(4): 514-519.

Massaro DJ, Massaro GD. 2000. The regulation of the formation of pulmonary alveoli. In: Bland RD, Coalson JJ eds. *Chronic Lung Disease in Early Infancy*. New York: Marcel Dekker. Pp. 479-492.

Massett HA, Greenup M, Ryan CE, Staples DA, Green NS, Maibach EW. 2003. Public perceptions about prematurity: A national survey. *American Journal of Preventitive Medicine* 24:120-127.

Massey DS, Denton NA. 1993. *American Apartheid: Segregation and the Making of the Underclass*. Boston, MA: Harvard University Press.

Mathews TJ, Menacker F, MacDoman MF. 2002. *Infant Mortality Statistics from the 2000 Period Linked Birth/Infant Death Data Sets*. National Vital Statistics Reports 50(12). Hyattsville, MD: National Center for Health Statistics.

Matsuda T, Okuyama K, Cho K, Hoshi N, Matsumoto Y, Kobayashi Y, Fujimoto S. 1999. Induction of antenatal periventricular leukomalacia by hemorrhagic hypotension in the chronically instrumented fetal sheep. *American Journal of Obstetrics and Gynecology* 181(3):725-730.

Matthews KA, Rodin J. 1992. Pregnancy alters blood pressure responses to psychological and physical challenge. *Psychophysiology* 29(2):232-240.

Mattison DR, Damus K, Fiore E, Petrini J, Alter C. 2001. Preterm delivery: A public health perspective. *Paediatric and Perinatal Epidemiology* 15(Suppl 2):7-16.

McCain GC. 1990. Family functioning 2 to 4 years after preterm birth. *Journal of Pediatric Nursing* 5(2):97-104.

McCarton CM, Brooks-Gunn J, Wallace IF, Bauer CR, Bennett FC, Bernbaum JC, Broyles RS, Casey PH, McCormick MC, Scott DT, Tyson J, Tonascia J, Meinert CL. 1997. Results at age 8 years of early intervention for low-birth-weight premature infants: The infant health and development program. *JAMA* 277(2):126-132.

McCool WF, Dorn LD, Susman EJ. 1994. The relation of cortisol reactivity and anxiety to perinatal outcome in primiparous adolescents. *Research in Nursing and Health* 17(6): 411-420.

McCormick MC. 1997. The outcomes of very low birth weight infants: Are we asking the right questions? *Pediatrics* 99:869-876.

McCormick MC, Richardson DK. 1995. Access to neonatal intensive care. *The Future of Children/Center for the Future of Children, the David and Lucile Packard Foundation* 5(1):162-175.

McCormick MC, Shapiro S, Starfield B. 1980. Rehospitalization in the first year of life for high-risk survivors. *Pediatrics* 66:991-999.

McCormick MC, Shapiro S, Starfield CH. 1985. The regionalization of perinatal services: Summary of the evaluation of a demonstration program. *JAMA* 253:799-804.

McCormick MC, Stemmler MM, Bernbaum JC, Farran AC. 1986. The very low birth weight transport goes home: Impact on the family. *Journal of Developmental and Behavioral Pediatrics* 7(4):217-223.

McCormick MC, Bernbaum JC, Eisenberg JM, Kustra SL, Finnegan E. 1991. Costs incurred by parents of very low birth weight infants after the initial neonatal hospitalization. *Pediatric* 88:533-541.

McCormick MC, Brooks-Gunn J, Workman-Daniels K. 1992. The health and developmental status of very-low-birth-weight children at school age. *JAMA* 267:2204-2208.

McCormick MC, Workman-Daniels K, Brooks-Gunn J, Peckham GJ. 1993. Hospitalization of very low birth weight children at school age. *Journal of Pediatrics* 122:360-365.

McCormick MC, Workman-Daniels K, Brooks-Gunn J. 1996. The behavioral and emotional well-being of school-age children with different birth weights. *Pediatrics* 97(1):18-25.

McCormick MC, McCarton C, Brooks-Gunn J, Belt P, Gross RT. 1998. The Infant Health and Development Program: Interim summary. *Journal of Developmental and Behavioral Pediatrics* 19(5):359-370.

McCormick MC, Escobar GJ, Zheng Z, Richardson DK. 2006. Place of birth and variations in management of late preterm ("near-term") infants. *Seminars in Perinatology* 30(1): 44-47.

McCubbin JA, Lawson EJ, Cox S, Sherman JJ, Norton JA, Read JA. 1996. Prenatal maternal blood pressure response to stress predicts birth weight and gestational age: A preliminary study. *American Journal of Obstetrics and Gynecology* 175(3 Pt 1):706-712.

McDonald AD, Armstrong BG, Sloan M. 1992. Cigarette, alcohol, and coffee consumption and prematurity. *American Journal of Public Health* 82:87-90.

McDonald H, Brocklehurst P, Parsons J. 2005. Antibiotics for treating bacterial vaginosis in pregnancy. *Cochrane Database of Systematic Reviews* 1.

McDonald HM, O'Loughlin JA, Vigneswaran R, Jolley PT, McDonald PJ. 1994. Bacterial vaginosis in pregnancy and efficacy of short-course oral metronidazole treatment: a randomized controlled trial. *Obstetrics and Gynecology* 84(3):343-348.

McDonald HM, O'Loughlin JA, Vigneswaran R, Jolly PT, Harvery JA, Bof A, McDonald PJ. 1997. Impact of metronidazole therapy on preterm birth in women with bacterial vaginosis flora (Gardnerella vaginalis): A randomized, placebo controlled trial. *British Journal of Obstetrics and Gynaecology* 104(12):1391-1397.

McDonald WH, Yates JR III. 2002. Shotgun proteomics and biomarker discovery. *Disease Markers* 18:99-105.

McEwen BS, Biron CA, Brunson KW, Bulloch K, Chambers WH, Dhabhar FS, Goldfarb RH, Kitson RP, Miller AH, Spencer RL, Weiss JM. 1997. The role of adrenocorticoids as modulators of immune function in health and disease: Neural, endocrine and immune interactions. *Brain Research Reviews* 23:79-133.

McGauhey PJ, Starfield B, Alexander C, Ensminger ME. 1991. Social environment and vulnerability of low birth weight children: A social-epidemiological perspective. *Pediatrics* 88:943-953.

McGovern PG, Llorens AJ, Skurnick JH, Weiss G, Goldsmith LT. 2004. Increased risk of preterm birth in singleton pregnancies resulting from in vitro fertilization-embryo transfer or gamete intrafallopian transfer: A meta-analysis. *Fertility and Sterility* 82(6):1514-1520.

McGrady GA, Sung JFC, Rowley DL, Hogue CJR. 1992. Preterm delivery and low birth weight among first-born infants of black and white college graduates. *American Journal of Epidemiology* 136(3):266-276.

McGuire W, Fowlie PW. 2002. Treating extremely low birthweight infants with prophylactic indomethacin. *British Medical Journal* 324(7329):60-61.

McLanahan S, Garfinkel I, Mincy RB. 2001. *Fragile Families, Welfare Reform, and Marriage.* Policy Brief No. 10. Washington, DC: The Brookings Institution.

McLaughlin F, Rusen ID, Liu SL. 1999. *Canadian Surveillance System: Preterm Birth Fact Sheet.* [Online]. Available: http://www.phac-aspc.gc.ca/rhs-ssg/factshts/pterm_e.html [accessed March 2, 2006].

McLean M, Smith R. 1999. Corticotropin-releasing hormone in human pregnancy and parturition. *Trends in Endocrinology and Metabolism* 10:174-178.

McLean M, Bisits A, Davies J, Walters W, Hackshaw A, De Voss K, Smith R. 1999. Predicting risk of preterm delivery by second-trimester measurement of maternal plasma corticotropin-releasing hormone and alpha-fetoprotein concentrations. *American Journal of Obstetrics and Gynecology* 181:207-215.

Medstat. 2004. *Report: The Costs of Prematurity to U.S. Employers.* March of Dimes. Available: http://www.marchofdimes.cm/prntableArticles/15341_15349.asp [accessed January 3, 2007].

Meier PP. 2001. Breastfeeding in the special care nursery: Prematures and infants with medical problems. *Pediatric Clinics of North America* 48(2):425-442.

Meis PJ. 2005. 17 Hydroxyprogesterone for the prevention of preterm delivery. *Obstetrics and Gynecology* 105(5):1128-1135.

Meis PJ, Ernest JM, Moore ML. 1987. Causes of low birth weight births in public and private patients. *American Journal of Obstetrics and Gynecology* 156(5):1165-1168.

Meis PJ, Goldenberg RL, Mercer BM. 1995. The preterm prediction study: Significance of vaginal infections. *American Journal of Obstetrics and Gynecology* 173:1231.

Meis PJ, Goldenberg RL, Mercer BM, Iams JD, Moawad AH, Miodovnik M, Menard MK, Caritis SN, Thurnau GR, Bottoms SF, Das A, Roberts JM, McNellis D. 1998. The preterm prediction study: Risk factors for indicated preterm births. *American Journal of Obstetrics and Gynecology* 178(3):562-567.

Meis PJ, Goldenberg RL, Mercer BM, Iams JD, Moawad AH, Miodovnik M, Menard MK, Caritis SN, Thurnau GR, Dombrowski MP, Das A, Roberts JM, McNellis D. 2000. Preterm prediction study: Is socioeconomic status a risk factor for bacterial vaginosis in black or in white women? *American Journal of Perinatology* 17(1):41-45.

Meis PJ, Klebanoff M, Thom E, Dombrowski MP, Sibai B, Moawad AH, Spong CY, Hauth JC, Miodovnik M, Varner MW, Leveno KJ, Caritis SN, Iams JD, Wapner RJ, Conway D, O'Sullivan MJ, Carpenter M, Mercer B, Ramin SM, Thorp JM, Peaceman AM. 2003. Prevention of recurrent preterm delivery by 17 alpha-hydroxyprogesterone caproate. *New England Journal of Medicine* 348(24):2379-2385.

Menon R, Fortunato S. 2004. The role of matrix degrading enzymes and apoptosis in rupture of membranes. *Journal of the Society for Gynecologic Investigation* 11(7):427-437.

Ment LR, Vohr B, Allan W, Katz KH, Schneider KC, Westerveld M, Duncan CC, Makuch RW. 2003. Change in cognitive function over time in very low-birth-weight infants. *JAMA* 289(6):705-711.

Ment LR, Vohr BR, Makuch RW, Westerveld M, Katz KH, Schneider KC, Duncan CC, Ehrenkranz R, Oh W, Philip AGS, Scott DT, Allan WC. 2004. Prevention of intraventricular hemorrhage by indomethacin in male preterm infants. *Journal of Pediatrics* 145(6):832-834.

Mercer B, Egerman R, Beazley D, Sibai B, Carr T, Sepesi J. 2001a. Antenatal corticosteroids in women at risk for preterm birth: A randomized trial. *American Journal of Obstetrics and Gynecology* 184:S6 (SMFM Abstract 12).

Mercer B, Egerman R, Beazley D, Sibai B, Carr T, Sepesi J. 2001b. Steroids reduce fetal growth: Analysis of a prospective trial. *American Journal of Obstetrics and Gynecology* 184:S6 (SMFM Abstract 15).

Mercer BM. 2003. Preterm premature rupture of the membranes. *Obstetrics and Gynecology* 101:178-193.

Mercer BM, Goldenberg RL, Das A, Moawad AH, Iams JD, Meis PJ, Copper RL, Johnson F, Thom E, McNellis D, Miodovnik M, Menard MK, Caritis S, Thumau GR, Bottoms SF, Roberts J. 1996. The preterm prediction study: A clinical risk assessment system. *American Journal of Obstetrics and Gynecology* 174(6):1885-1893.

Mercer BM, Miodovnik M, Thurnau GR, Goldenberg RL, Das AF, Ramsey RD, Rabello YA, Meis PJ, Moawad AH, Iams JD, Van Dorsten JP, Paul RH, Bottoms SF, Merenstein G, Thom EA, Roberts JM, McNellis D. 1997. Antibiotic therapy for reduction of infant morbidity after preterm premature rupture of the membranes: A randomized controlled trial. *JAMA* 278(12):989-995.

Mercer BM, Goldenberg RL, Moawad AH, Meis PJ, Ianis JD, Das AF, Caritis SN, Miodovnik M, Menard MK, Thurnau GR, Dombrowski MP, Roberts JM, McNellis D. 1999. The Preterm Prediction Study: Effect of gestational age and cause of preterm birth on subsequent obstetric outcome. *American Journal of Obstetrics and Gynecology* 181(5 I):1216-1221.

Mercier C, Ferrelli K, Howard D, Soll R, the Vermont Oxford Network Follow-up Study Group. 2005. Severe disability in surviving extremely low birth weight infants: The Vermont Oxford Network Experience. *PAS Reporter* 57:1620.

Mercuri E, Ricci D, Pane M, Baranello G. 2005. The neurological examination of the newborn baby. *Early Human Development* 81(12):947-956.

Merialdi M, Carroli G, Villar J, Abalos E, Gulmezoglu AM, Kulier R, De Onis M. 2003. Nutritional interventions during pregnancy for the prevention or treatment of impaired fetal growth: An overview of randomized controlled trials. *Journal of Nutrition* 133(5 Suppl 1):1626S-1631S.

Mesquita B, Frijda NH. 1992. Cultural variations in emotions: A review. *Psychological Bulletin* 112(2):179-204.

Mestan KKL, Marks JD, Hecox K, Huo D, Schreiber MD. 2005. Neurodevelopmental outcomes of premature infants treated with inhaled nitric oxide. *New England Journal of Medicine* 353(1):23-32.

Michalek JE, Rahe AJ, Boyle CA. 1998. Paternal dioxin, preterm birth, intrauterine growth retardation, and infant death. *Epidemiology* 9:161-167.

Mikkola K, Ritari N, Tommiska V, Salokorpi T, Lehtonen L, Tammela O, Paakkonen L, Olsen P, Korkman M, Fellman V, for the Finnish ELBW Cohort Study Group. 2005. Neurodevelopmental outcome at 5 years of age of a National Cohort of extremely low birth weight infants who were born in 1996-1997. *Pediatrics* 116(6):1391-1400.

Mildred J, Beard K, Dallwitz A, Unwin J. 1995. Play position is influenced by knowledge of SIBS sleep position recommendations. *Journal of Paediatrics and Child Health* 31(6): 499-502.

Miller G, Heckmatt JZ, Dubowitz LMS, Dubowitz V. 1983. Use of nerve conduction velocity to determine gestational age in infants at risk and in very-low-birth-weight infants. *Journal of Pediatrics* 103(1):109-112 .

Miller JE. 1994. Birth order, interpregnancy interval and birth outcomes among Filipino infants. *Journal of Biosocial Science* 26:243-259.

Mills JL, Harlap S, Harley EE. 1981. Should coitus late in pregnancy be discouraged? *Lancet* 2(8238):136-138.

Min S-J, Luke B, Gillespie B, Min L, Newman RB, Mauldin JG, Witter FR, Salman FA, O'Sullivan MJ. 2000. Birth weight references for twins. *American Journal of Obstetrics and Gynecology* 182(5):250-1257.

Mishel L, Bernstein J. 2003. Wage inequality and the new economy in the U.S.: Does IT-led growth generate wage inequality. *Canadian Public Policy* 29(Suppl):S203-S222.

Misra DP, O'Campo P, Strobino D. 2001. Testing a sociomedical model for preterm delivery. *Paediatric and Perinatal Epidemiology* 15(2):110-122.

Misra DP, Guyer B, Allston A. 2003. Integrated perinatal health framework: A multiple determinants model with a life span approach. *American Journal of Preventive Medicine* 25(1):65-75.

Mitchell D. 1979. Accuracy of pre- and postnatal assessment of gestational age. *Archives of Disease in Childhood* 54(11):896-897.

Mitchell LE. 1997. Differentiating between fetal and maternal genetic effects, using the transmission test for linkage disequilibrium. *American Journal of Human Genetics* 60:1006-1007.

Mitchell LE, Bracken MB. 1990. Reproductive versus chronologic age as a predictor of low birth weight, preterm delivery, and intrauterine growth retardation in primiparous women. *Annals of Human Biology* 17(5):377-386.

Mitchell LE, Weinberg CR. 2005. Evaluation of offspring and maternal genetic effects on disease risk using a family-based approach: The "Pent" Design. *American Journal of Epidemiology* 162(7):676-685.

Mittendorf R, Covert R, Boman J, Khoshnood B, Lee K-S, Siegler M. 1997. Is tocolytic magnesium sulphate associated with increased total paediatric mortality? *Lancet* 350(9090): 1517-1518.

Mizuki J, Tasaka K, Masumoto N, Kasahara K, Miyake A, Tanizawa O. 1993. Magnesium sulfate inhibits oxytocin-induced calcium mobilization in human puerperal myometrial cells: Possible involvement of intracellular free magnesium concentration. *American Journal of Obstetrics and Gynecology* 169:134-139.

Mizuno K, Ueda A, Takeuchi T. 2002. Effects of different fluids on the relationship between swallowing and breathing during nutritive sucking in neonates. *Biology of the Neonate* 81(1):45-50.

Mohorovic, L. 2004. First two months of pregnancy—critical time for preterm delivery and low birthweight caused by adverse effects of coal combustion toxics. *Early Human Development* 80:115-123.

Moise KJ Jr., Huhta JC, Sharif DS, Ou C-N, Kirshon B, Wasserstrum N, Cano L. 1988. Indomethacin in the treatment of premature labor. Effects on the fetal ductus arteriosus. *New England Journal of Medicine* 319(6):327-331.

Molfese VJ, Thomson BK, Beadnell B, Bricker MC, Manion LG. 1987. Perinatal risk screening and infant outcome: Can predictions be improved with composite scales? *Journal of Reproductive Medicine* 32(8):569-576.

Molnar BE, Buka SL, Brennen RT, Holton JK, Earls F. 2003. A multilevel study of neighborhoods and parent-to-child physical aggression: Results from the Project on Human Development in Chicago neighborhoods. *Child Maltreatment* 8(2):84-97.

Mongelli M, Gardosi J. 1996. Gestation-adjusted projection of estimated fetal weight. *Acta Obstetricia et Gynecologica Scandinavica* 75(1):28-31.

Moore MT, Strang EW Schwartz M, Braddock M. 1988b. *Patterns in Special Education Service Delivery and Cost.* Washington, DC: Decision Resources Corporation.

Moore S, Ide M, Randhawa M, Walker JJ, Reid JG, Simpson NAB. 2004. An investigation into the association among preterm birth, cytokine gene polymorphisms and periodontal disease. *BJOG: An International Journal of Obstetrics and Gynaecology* 111(2): 125-132.

Moore TM, Iams JD, Creasy RK, et al. 1994. Diurnal and gestational patterns of uterine activity in normal human pregnancy. *Obstetrics and Gynecology* 83:517.

Morales LS, Staiger D, Horbar J, Carpenter J, Kenny M, Geppert J, Rogowski J. 2005. Mortality among very low-birthweight infants in hospitals serving minority populations. *American Journal of Public Health* 95(12):2206-2217.

Morales WJ, Schorr S, Albritton J. 1994. Effect of metronidazole in patients with preterm birth in preceding pregnancy and bacterial vaginosis: A placebo-controlled, double-blind study. *American Journal of Obstetrics and Gynecology* 171:345-347; discussion 348-349.

Morante A, Dubowitz LMS, Levene M, Dubowitz V. 1982. The development of visual function in normal and neurologically abnormal preterm and fullterm infants. *Developmental Medicine and Child Neurology* 24(6):771-784.

Morin I, Morin L, Zhang X, Platt RW, Blondel B, Bréart G, Usher R, Kramer MS. 2005. Determinants and consequences of discrepancies in menstrual and ultrasonographic gestational age estimates. *BJOG: An International Journal of Obstetrics and Gynaecology* 112(2):145-152.

Morley CJ. 1991. Surfactant treatment for premature babies—a review of clinical trials. *Archives of Disease in Childhood* 66(4 Suppl):445-450.

Morley R, Lister G, Leeson-Payne C, Lucas A. 1994. Size at birth and later blood pressure. *Archives of Disease in Childhood* 70(6):536-537.

Morse SB, Haywood JL, Goldenberg RL, Bronstein J, Nelson KG, Carlo WA. 2000. Estimation of neonatal outcome and perinatal therapy use. *Pediatrics* 105(5):1046-1050.

Mortensen EL, Michaelsen KF, Sanders SA, Reinisch JM. 2002. The association between duration of breastfeeding and adult intelligence. *JAMA* 287(18):2365-2371.

Moutquin JM. 2003. Socio-economic and psychosocial factors in the management and prevention of preterm labour. *BJOG: An International Journal of Obstetrics and Gynaecology* 20:56-60.

Moutquin JM, Cabrol D, Fisk NM, MacLennan AH, Marsál K, Rabinovici J. 2001. Effectiveness and safety of the oxytocin antagonist atosiban versus beta-adrenergic agonists in the treatment of preterm labour. *British Journal of Obstetrics and Gynaecology* 108(2): 133-142.

Moyer-Mileur L, Luetkemeier M, Boomer L, Chan GM. 1995. Effect of physical activity on bone mineralization in premature infants. *Journal of Pediatrics* 127(4):620-625.

Moyer-Mileur LJ, Brunstetter V, McNaught TP, Gill G, Chan GM. 2000. Daily physical activity program increases bone mineralization and growth in preterm very low birth weight infants. *Pediatrics* 106(5 I):1088-1092.

Mozuekewich EL, Luke B, Avni M. 2000. Working conditions and adverse pregnancy outcome: A meta analysis. *Obstetrics and Gynecology* 95:623-635.

Msall ME, Buck GM, Rogers BT, Catanzaro NL. 1992. Kindergarten readiness after extreme prematurity. *American Journal of Diseases of Children* 146(11):1371-1375.

Msall ME, Buck GM, Rogers BT, Duffy LC, Mallen SR, Catanzaro NL. 1993. Predictors of mortality, morbidity, and disability in a cohort of infants ≤ 28 weeks' gestation. *Clinical Pediatrics* 32(9):521-527.

Msall ME, Phelps DL, DiGaudio KM, Dobson V, Tung B, McClead RE, Quinn GE, Reynolds JD, Hardy RJ, Palmer EA. 2000. Severity of neonatal retinopathy of prematurity is predictive of neurodevelopmental functional outcome at age 5.5 years. *Pediatrics* 106(5 I):998-1005.

Mueller CR. 1996. Multidisciplinary research of multimodal stimulation of premature infants: An integrated review of the literature. *Maternal–Child Nursing Journal* 24(1):18-31.

Mueller-Heubach E, Guzick DS. 1989. Evaluation of risk scoring in a preterm birth prevention study of indigent patients. *American Journal of Obstetrics and Gynecology* 160(4): 829-837.

Mulder EJH, Derks JB, Visser GHA. 1997. Antenatal corticosteroid therapy and fetal behaviour: A randomised study of the effects of betamethasone and dexamethasone. *British Journal of Obstetrics and Gynaecology* 104(11):1239-1247.

Munster K, Schmidt L, Helm P. 1992. Length and variation in the menstrual cycle—a cross-sectional study from a Danish county. *British Journal of Obstetrics and Gynaecology* 99(5):422-429.

Muskiet FA. 2005. The importance of (early) folate status to primary and secondary coronary artery disease prevention. *Reproductive Toxicology* 20:403-410.

Mustafa G, David RJ. 2001. Comparative accuracy of clinical estimate versus menstrual gestational age in computerized birth certificates. *Public Health Reports* 116(1):15-21.

Mustillo S, Krieger N, Gunderson EP, Sidney S, McCreath H, Kiefe CI. 2004. Self-reported experiences of racial discrimination and Black-White differences in preterm and low-birthweight deliveries: The CARDIA Study. *American Journal of Public Health* 94(12): 2125-2131.

Mutale T. 1999. *Life in the Womb: The Origins of Health and Disease.* Ithaca, NY: Promethean Press.

Mutale T, Creed F, Maresh M, Hunt L. 1991. Life events and low birthweight—analysis by infants preterm and small for gestational age. *British Journal of Obstetrics and Gynaecology* 98(2):166-172.

Myers J, MacLeod M, Reed B, Harris N, Mires G, Baker P. 2004. Use of proteomic patterns as a novel screening tool in pre-eclampsia. *Journal of Obstetrics and Gynaecology* 24(8): 873-874.

Nadeau L, Tessier R, Lefebvre F, Robaey P. 2004. Victimization: A newly recognized outcome of prematurity. *Developmental Medicine and Child Neurology* 46(8):508-513.

Nageotte MP, Dorchester W, Porto M, Keegan KA, Freeman RK. 1988. Quantitation of uterine activity preceding preterm, term, and postterm labor. *American Journal of Obstetrics and Gynecology* 158(6 Pt 1):1254-1259.

Nagey DA, Bailey-Jones C, Herman AA. 1993. Randomized comparison of home uterine activity monitoring and routine care in patients discharged after treatment for preterm labor. *Obstetrics and Gynecology* 82:319.

Naik AS, Kallapur SG, Bachurski CJ, Jobe AH, Michna J, Kramer BW, Ikegami M. 2001. Effects of ventilation with different positive end-expiratory pressures on cytokine expression in the preterm lamb lung. *American Journal of Respiratory Critical Care Medicine* 164:494-498.

Nanda K, Cook LA, Gallo MF, Grimes DA. 2002. Terbutaline pump maintenance therapy after threatened preterm labor for preventing preterm birth. *Cochrane Database of Systematic Reviews (Online: Update Software)* 4.

Nathan DG. 2002. Careers in translational clinical research—historical perspectives, future challenges. *JAMA* 287(18):2424-2427.

Nathan DG, Wilson JD. 2003. Clinical research and the NIH—a report card. *New England Journal of Medicine* 349(19).

Nathanielz PW. 1999. *Life in the Womb: The Origins of Health and Disease.* Ithaca, NY: Promethean Press.

Navidi W, Lurmann F. 1995. Measurement error in air pollution exposure assessment. *Journal of Exposure Analysis and Environmental Epidemiology* 5:111-124.

NBHW (The National Board of Health and Welfare). *Official Statistics of Sweden.* [Online]. Available: http://www.sos.se [accessed March 1, 2006].

NCCD (National Commission on Childhood Disability). 1995. Executive summary of the National Commission on Childhood Disability. *Social Security Bulletin* 58(4):108-110.

NCCDPHP (National Center for Disease Prevention and Health Promotion). 2005. *Assisted Reproductive Technology Surveillance—United States, 2002.* [Online]. Available: http://www.cdc.gov/mmwr/preview/mmwrhtml/ss5402a1.htm [accessed October 3, 2005].

NCHS (National Center for Health Statistics). 2002. *Births: Preliminary Data for 2001.* [Online]. Available: http://www.cdc.gov/nchs/fastats/pdf/nvsr50_15tb34.pdf [accessed January 4, 2006].

NCHS. 2004a. *Health, United States 2004.* [Online]. Available: http://www.cdc.gov/nchs/data/hus/hus04trend.pdf#027 [accessed January 30, 2006].

NCHS. 2004b. *Provisional Tables On Births, Marriages, Divorces, and Deaths by State for 1998-2000.* 29(5). [Online]. Available: http://www.cdc.gov/nchs/datawh/statab/unpubd/nvstab49.htm#Briths%20and%20Deaths.

NCHS. (unpublished data). *1998 to 2000 U.S. Birth Cohorts.*

Nebert DW. 2002. Proposal for an allele nomenclature system based on the evolutionary divergence of the haplotypes. *Human Mutation* 20:463-472.

Needell B, Barth RP. 1998. Infants entering foster care compared to other infants using birth status indicators. *Child Abuse and Neglect* 22(12):1179-1187.

Neilson JP. 1998. Evidence-based intrapartum care: Evidence from the Cochrane Library. *International Journal of Gynecology and Obstetrics* 63(Suppl 1):S97-S102.

Neilson JP. 2000. Ultrasound for fetal assessment in early pregnancy. *Cochrane Database of Systematic Reviews* 2.

Nelson KB, Grether JK. 1995. Can magnesium sulfate reduce the risk of cerebral palsy in very low birthweight infants? *Pediatrics* 95(2):263-269.

Nelson KB, Dambrosia JM, Grether JK, Phillips TM. 1998. Neonatal cytokines and coagulation factors in children with cerebral palsy. *Annals of Neurology* 44(4):665-675.

Ness RB, Haggerty CL, Harger G, Ferrell R. 2004. Differential distribution of allelic variants in cytokine genes among African Americans and White Americans. *American Journal of Epidemiology* 160(11):1033-1038.

Neter J, Kutner MH, Wasserman W, Nachtsheim CJ, Neter J. 1996. *Applied Linear Statistical Models.* Chicago, IL: Irwin.

Newman MG, Lindsay MK, Graves W. 2001. Cigarette smoking and pre-eclampsia: Their association and effects on clinical outcomes. *Journal of Maternal-Fetal Medicine* 10(3):166-170.

Newman R. 1997. The preterm prediction study: Impact of twin discordancy on neonatal outcome. *American Journal of Obstetrics and Gynecology* 176(1 Pt 2).

Newman RB, Goldenberg RL, Moawad AH, Iams JD, Meis PJ, Das A, Miodovnik M, Caritis SN, Thurnau GR, Dombrowski MP, Roberts J. 2001. Occupational fatigue and preterm premature rupture of membranes. *American Journal of Obstetrics and Gynecology* 184(3):438-446.

Newsome CA, Shiell AW, Fall CH, Phillips DI, Shier R, Law CM. 2003. Is birth weight related to later glucose and insulin metabolism?—A systematic review. *Diabetic Medicine* 20(5):339-348.

Newton RW, Hunt LP. 1984. Psychosocial stress in pregnancy and its relation to low birth weight. *British Medical Journal (Clinical Research Edition)* 288(6425):1191-1194.

Newton RW, Webster PA, Binu PS, Maskrey N, Phillips AB. 1979. Psychosocial stress in pregnancy and its relation to the onset of premature labour. *British Medical Journal* 2(6187):411-413.

NIDS (National Institute of Neurological Disorders and Stroke). 2005. *Cerebral Palsy Information Page.* [Online]. Available: http://wwwninds.nih.gov/disorders/cerebral_palsy/cerebral_palsy.htm [accessed November 30, 2005].

Niebyl JR, Blake DA, White RD. 1980. The inhibition of premature labor with indomethacin. *American Journal of Obstetrics and Gynecology* 136(8):1014-1019.

Niemitz EL, Feinberg AP. 2004. Epigenetics and assisted reproductive technology: A call for investigation. *American Journal of Human Genetics* 74(4):599-609.

NIH (National Institutes of Health). 1994. Effect of corticosteroids for fetal maturation on perinatal outcomes. *American Journal of Obstetrics and Gynecology* 173(1):246-252.

NIH. 1997. *Director's Panel on Clinical Research. Report to the Advisory Committee to the NIH Director.* [Online]. Available: http://www.nih.gov/news/crp/97report [accessed October 22, 2004].

NIH (National Institutes of Health Consensus Development Panel). 2001. Antenatal corticosteroids revisited: Repeat courses—National Institutes of Health Consensus Development Conference Statement, August 17-18, 2000. *Obstetrics and Gynecology* 98:144-150.

Niparko JK, Blankenhorn R. 2003. Cochlear implants in young children. *Mental Retardation and Developmental Disabilities Research Reviews* 9(4):267-275.

Norbeck JS, Anderson NJ. 1989. Psychosocial predictors of pregnancy outcomes in low-income black, Hispanic, and white women. *Nursing Research* 38(4):204-209.

Norbeck JS, Tilden VP. 1983. Life stress, social support, and emotional disequilibrium in complications of pregnancy: A prospective, multivariate study. *Journal of Health and Social Behavior* 24(1):30-46.

Norbeck JS, DeJoseph JF, Smith RT. 1996. A randomized trial of an empirically-derived social support intervention to prevent low birthweight among African American women. *Social Science and Medicine* 43(6):947-954.

Norbiato G, Bevilacqua M, Vago T, Clerici M. 1997. Glucocorticoids and Th-1, Th-2 type cytokines in rheumatoid arthritis, osteoarthritis, asthma, atopic dermatitis, and AIDS. *Clinical and Experimental Rheumatology* 15:315-323.

Nordentoft M, Lou HC, Hansen D, Nim J, Pryds O, Rubin P, Hemmingsen R. 1996. Intrauterine growth retardation and premature delivery: The influence of maternal smoking and psychosocial factors. *American Journal of Public Health* 86(3):347-354.

Norwitz ER, Schust D, Fisher SJ. 2001. Implantation and the survival of early pregnancy. *New England Journal of Medicine* 345:1400-1408.

NRC (National Research Council). 1994. *The Funding of Young Investigators in the Biological and Biomedical Sciences.* Washington, DC: National Academy Press.

NRC. 2000. *Enhancing the Postdoctoral Experience for Scientists and Engineers.* Washington DC: National Academy Press.

NRC. 2001. *New Horizons in Health: An Integrative Approach.* Washington, DC: National Academy Press.

NRC. 2004. *Facilitating Interdisciplinary Research.* Washington, DC: The National Academies Press.

NRC. 2005. *Bridges to Independence: Fostering the Independence of New Investigators in the Life Sciences.* Washington, DC: The National Academies Press.

Nuckolls KB, Kaplan BH, Cassel J. 1972. Psychosocial assets, life crisis and the prognosis of pregnancy. *American Journal of Epidemiology* 95(5):431-441.

Nukui Ta, Day RDb, Sims CSc, Ness RBd, Romkes Ma. 2004. Maternal/newborn GSTT1 null genotype contributes to risk of preterm, low birthweight infants. *Pharmacogenetics* 14(9):569-576.

Nyberg DA, Abuhamad A, Ville Y. 2004. Ultrasound assessment of abnormal fetal growth. *Seminars in Perinatology* 28(1):3-22.

Oakes JM. 2004. The (mis)estimation of neighborhood effects: Causal inference for a practicable social epidemiology. *Social Science and Medicine* 58(10):1929-1952.

Oakley A. 1988. Is social support good for the health of mothers and babies? *Journal of Reproductive and Infant Psychology* 6:3-21.

Oakley A, Rajan L, Grant A. 1990. Social support and pregnancy outcome. *British Journal of Obstetrics and Gynaecology* 97(2):155-162.

Obel C, Hedegaard M, Henriksen TB, Secher NJ, Olsen J, Levine S. 2005. Stress and salivary cortisol during pregnancy. *Psychoneuroendocrinology* 30(7):647-656.

O'Callaghan MJ, Burns YR, Gray PH, Harvey JM, Mohay H, Rogers YM, Tudehope DI. 1996. School performance of ELBW children. A controlled study. *Developmental Medicine and Child Neurology* 38(10):917-926.

O'Campo P, Xue X, Wang M-C, O'Brien Caughey M. 1997. Neighborhood risk factors for low birthweight in Baltimore: A mutilvariate analysis. *American Journal of Public Health* 87:1113-1118.

O'Connor AR, Stephenson T, Johnson A, Tobin MJ, Moseley MJ, Ratib S, Ng Y, Fielder AR. 2002. Long-term ophthalmic outcome of low birth weight children with and without retinopathy of prematurity. *Pediatrics* 109(1):12-18.

Odibo AO, Talucci M, Berghella V. 2002. Prediction of preterm premature rupture of membranes by transvaginal ultrasound features and risk factors in a high-risk population. *Obstetrics and Gynecology* 20(3):245-251.

Odibo AO, Elkousy M, Ural SH, Macones GA. 2003. Prevention of preterm birth by cervical cerclage compared with expectant management: A systematic review. *Obstetrics and Gynecology Survey* 58:130-136.

Offenbacher S, Katz V, Fertik G, Collins J, Boyd D, Maynor G, McKaig R, Beck J. 1996. Periodontal infection as a possible risk factor for preterm low birth weight. *Journal of Periodontology* 67:1103-1113.

Offenbacher S, Lieff S, Boggess KA, Murtha AP, Madianos PN, Champagne CM, McKaig RG, Jared HL, Mauriello SM, Auten RL Jr., Herbert WN, Beck JD. 2001. Maternal periodontitis and prematurity. Part I: Obstetric outcome of prematurity and growth restriction. *Annals of Periodontology/The American Academy of Periodontology* 6(1):[d]164-174.

Ohlinger J, Brown MS, Laudert S, Swanson S, Fofah O, CARE Group. 2003. Development of potentially better practices for the neonatal intensive care unit as a culture of collaboration: Communication, accountability, respect and empowerment. *Pediatrics* 111(4 Pt 2):e461-e470.

OJJDP (Office of Juvenile Justice and Delinquency Prevention). 2005. *Authorizing Legislation*. [Online]. Available: http://ojjdp.ncjrs.org/about/legislation.html [accessed January 30, 2006].

Oka A, Belliveau MJ, Rosenberg PA, Volpe JJ. 1993. Vulnerability of oligodendroglia to glutamate: Pharmacology, mechanisms and prevention. *Journal of Neuroscience* 13:1441-1453.

O'Keefe M, Kafil-Hussain N, Flitcroft I, Lanigan B. 2001. Ocular significance of intraventricular haemorrhage in premature infants. *British Journal of Ophthalmology* 85(3): 357-359.

Okey AB, Giannone JV, Smart W, Wong JM, Manchester DK, Parker NB, Feeley MM, Grant DL, Gilman A. 1997. Binding of 2,3,7,8-tetrachlorodibenzo-p-dioxin to AH receptor in placentas from normal versus abnormal pregnancy outcomes. *Chemosphere* 34:1535-1547.

Okun N, Gronau KA, Hannah ME. 2005. Antibiotics for bacterial vaginosis or Trichomonas vaginalis in pregnancy: A systematic review. *Obstetrics & Gynecology* 105(4):857-868.

Olah KS, Gee GH. 1992. The prevention of prematurity: Can we continue to ignore the cervix? *British Journal of Obstetrics and Gynaecology* 99:278.

Olausson PO, Haglund B, Weitoft GR, Cnattingius S. 2001. Teenage childbearing and long-term socioeconomic consequences: A case study in Sweden. *Perspectives on Sexual and Reproductive Health* 33(2):70-74.

Olden K, Wilson S. 2000. Environmental health and genomics: Visions and implications. *Nature Reviews Genetics* 1(2):149-153.

Olds DL, Kitzman H. 1993. Review of research on home visiting for pregnant women and parents of young children. *The Future of Children* 3(3):53-92.

Olds DL, Henderson CR Jr, Tatelbaum R, Chamberlin R. 1986. Improving the delivery of prenatal care and outcomes of pregnancy: A randomized trial of nurse home visitation. *Pediatrics* 77(1):16-28.

Olischar M, Klebermass K, Kuhle S, Hulek M, Kohlhauser C, Rncklinger E, Pollak A, Weninger M. 2004a. Reference values for amplitude-integrated electroencephalographic activity in preterm infants younger than 30 weeks' gestational age. *Pediatrics* 113(1 Pt 1):e61-e66.

Olischar M, Klebermass K, Kuhle S, Hulek M, Messerschmidt A, Weninger M. 2004b. Progressive posthemorrhagic hydrocephalus leads to changes of amplitude-integrated EEG activity in preterm infants. *Child's Nervous System* 20(1):41-45.

Oliver M, Shapiro T. 1995. *Black Wealth/White Wealth: A New Perspective on Racial Inequality*. New York: Routledge.

Olsen SF. 1993. Consumption of marine n-3 fatty acids during pregnancy as a possible determinant of birth weight. A review of current epidemiologic evidence. *Epidemiological Reviews* 15:399-413.

Olsen SF, Secher NJ. 2002. Low consumption of seafood in early pregnancy as a risk factor for preterm delivery: Prospective cohort study. *British Medical Journal* 324:1-5.

Olsen SF, Hansen HS, Sorensen TIA. 1986. Intake of marine fat, rich in (n-3)-polyunsaturated fatty acids, may increase birthweight by prolonging gestation. *Lancet* 2(8503):367-369.

Olsen SF, Olsen J, Frische G. 1990. Does fish consumption during pregnancy increase fetal growth? A study of the size of the newborn, placental weight and gestational age in relation to fish consumption during pregnancy. *International Journal of Epidemiology* 19:971-977.

Olsen SF, Sorensen JD, Secher NJ, Hedegaard M, Henriksen TB, Hansen HS, Grant A. 1992. Randomised controlled trial of effect of fish-oil supplementation on pregnancy duration. *Lancet* 339(8800):1003-1007.

Olsen SF, Hansen HS, Secher, NJ, Jensen B, Sandström B. 1995a. Gestation length and birth weight in relation to intake of marine *n*-3 fatty acids. *British Journal of Nutrition* 73: 397-404.

Olsen P, Laara E, Rantakallio P, Jarvelin M-R, Sarpola A, Hartikainen AL. 1995b. Epidemiology of preterm delivery in two birth cohorts with an interval of 20 years. *American Journal of Epidemiology* 142(11):1184-1193.

Olsen SF, Secher NJ, Tabor A, Weber T, Walker JJ, Gluud C. 2000. Randomised clinical trials of fish oil supplementation in high risk pregnancies. *British Journal of Obstetrics and Gynaecology* 107(3):382-395.

Olsen IE, Richardson DK, Schmid CH, Ausman LM, Dwyer JT. 2002. Intersite differences in weight growth velocity of extremely premature infants. *Pediatrics* 110:1125-1132.

Olson DM, Mijovic JE, Sadowsky DW. 1995. Control of human parturition. *Seminars in Perinatology* 19(1):52-63.

Ombelet W, De Sutter P, Van der Elst J, Martens G. 2005. Multiple gestation and infertility treatment: Registration, reflection and reaction—The Belgian project. *Human Reproduction Update* 11(1):3-14.

Oommen AM, Griffin JB, Sarath G, Zempleni J. 2005. Roles for nutrients in epigenetic events. *Journal of Nutritional Biochemistry* 16:74-77.

Oren A, Vos LE, Uiterwaal CS, Gorissen WH, Grobbee DE, Bots ML. 2003. Change in body mass index from adolescence to young adulthood and increased carotid intima-media thickness at 28 years of age: The Atherosclerosis Risk in Young Adults Study. *International Journal of Obesity and Related Metabolic Disorders* 27(11):1383-1390.

Ornstein M, Ohlsson A, Edmonds J, Asztalos E. 1991. Neonatal follow-up of very low birthweight/extremely low birthweight infants to school age: A critical overview. *Acta Paediatrica Scandinavica* 80(8-9):741-748.

Orr ST, Miller CA. 1995. Maternal depressive symptoms and the risk of poor pregnancy outcome. Review of the literature and preliminary findings. *Epidemiology Review* 17(1):165-171.

Orr ST, Miller CA. 1997. Unintended pregnancy and the psychosocial well-being of pregnant women. *Womens' Health Issues* 7(1):38-46.

Orr ST, Miller CA, James SA, Babones S. 2000. Unintended pregnancy and preterm birth. *Paediatric and Perinatal Epidemiology* 14(4):309-313.

Orr ST, James SA, Blackmore Prince C. 2002. Maternal prenatal depressive symptoms and spontaneous preterm births among African-American women in Baltimore, Maryland. *American Journal of Epidemiology* 156(9):797-802.

Osborn D. 2000. Thyroid hormones for preventing neurodevelopmental impairment in preterm infants. *Cochrane Reviews* 1.

Osborn D, Henderson-Smart D. 2006a. Kinesthetic stimulation for treating apnea in preterm infants. *Cochrane Reviews* 1.

Osborn D, Henderson-Smart D. 2006b. Kinesthetic stimulation versus theophylline for apnea in preterm infants. *Cochrane Reviews* 1.

Osborn D, Evans N, Kluckow M. 2002. Randomized trial of dobutamine versus dopamine in preterm infants with low systemic blood flow. *Journal of Pediatrics* 140(2):183-191.

O'Shea TM. 2002. Cerebral palsy in very preterm infants: New epidemiological insights. *Mental Retardation and Developmental Disabilities Research Reviews* 8(3):135-145.

O'Shea TM, Klinepeter KL, Goldstein DJ, Jackson BW, Dillard RG. 1997. Survival and developmental disability in infants with birth weights of 501 to 800 grams, born between 1979 and 1994. *Pediatrics* 100(6):982-986.

O'Shea TM, Kothadia JM, Klinepeter KL, Goldstein DJ, Jackson BG, Weaver RG. 1999. Randomized placebo-controlled trial of a 42-day tapering course of dexamethasone to reduce the duration of ventilator dependency in very low birth weight infants: Outcome of study participants at 1-year adjusted age. *Pediatrics* 104(1):15-21.

Osmond C, Barker DJ. 2000. Fetal, infant, and childhood growth are predictors of coronary heart disease, diabetes, and hypertension in adult men and women. *Environmental Health Perspectives* 108(Suppl 3):545-533.

Osmond C, Barker DJ, Winter PD, Fall CH, Simmonds SJ. 1993. Early growth and death from cardiovascular disease in women. *British Medical Journal* 307(6918):1519-1524.

Ou CW, Orsino A, Lye SJ. 1997. Expression of connexin-43 and connexin-26 in the rat myometrium during pregnancy and labor is differentially regulated by mechanical and hormonal signals. *Endocrinology* 138:5398-5507.

Ou CW, Qi S, Chen ZQ, Lye SJ. 1998. Increased expression of the rat myometrial oxytocin receptor messenger ribonucleic acid during labor requires both mechanical and hormonal signals. *Biology of Reproduction* 59:1055-1061.

Owen J, Iams JD, Hauth JC. 2003. Vaginal sonography and cervical incompetence. *American Journal of Obstetrics and Gynecology* 188(2):586-596.

Ozkur M, Dogulu F, Ozkur A, Gokmen B, Inaloz SS, Aynacioglu AS. 2002. Association of the Gln27Glu polymorphism of the beta-2-adrenergic receptor with preterm labor. *International Journal of Gynecology and Obstetrics* 77(3):209-215.

Paarlberg KM, Vingerhoets AJ, Passchier J, Dekker GA, Van Geijn HP. 1995. Psychosocial factors and pregnancy outcome: A review with emphasis on methodological issues. *Journal of Psychosomatic Research* 39(5):563-595.

Paarlberg KM, Vingerhoets AJ, Passchier J, Heinen AG, Dekker GA, van Geijn HP. 1996. Psychosocial factors as predictors of maternal well-being and pregnancy-related complaints. *Journal of Psychosomatic Obstetrics and Gynaecology* 17(2):93-102.

Paarlberg KM, Vingerhoets AJ, Passchier J, Dekker GA, Heinen AG, van Geijn HP. 1999. Psychosocial predictors of low birthweight: A prospective study. *British Journal of Obstetrics and Gynaecology* 106(8):834-841.

Page NM, Kemp CF, Butlin DJ, Lowry PJ. 2002. Placental peptides as markers of gestational disease. *Reproduction* 123(4):487-495.

Pagel MD, Smilkstein G, Regen H, Montano D. 1990. Psychosocial influences on new born outcomes: A controlled prospective study. *Social Science and Medicine* 30(5):597-604.

Pagnini DL, Reichman NE. 2000. Psychosocial factors and the timing of prenatal care among women in New Jersey's HealthStart program. *Family Planning Perspectives* 32(2):56-64.

Pallas Alonso CR, de La Cruz Bertolo J, Medina Lopez MC, Bustos Lozano G, de Alba Romero C, Simon De Las Heras R. 2000. [Age for sitting and walking in children born weighing less than 1,500 g and normal motor development and two years of age]. Article in Spanish. *Anales Españoles de Pediatría* 53(1):43-47.

Palmer EA, Hardy RJ, Davis BR, Stein JA, Mowery RL, Tung B, Phelps DL, Schaffer DB, Flynn JT, Phillips CL. 1991. Operational aspects of terminating randomization in the Multicenter Trial of Cryotherapy for Retinopathy of Prematurity. *Controlled Clinical Trials* 12(2):277-292.

Palta M, Sadek-Badawi M, Evans M, Weinstein MR, McGuinness G. 2000. Functional assessment of a multicenter very low-birth-weight cohort at age 5 years. *Archives of Pediatrics and Adolescent Medicine* 154(1):23-30.

Pan ES, Cole FS, Weintrub PS. 2005. Viral infections of the fetus and the newborn. In: Taeusch HW, Ballard RA, Gleason CA eds. 2005. *Avery's Diseases of the Newborn*, 8th edition. Philadelphia, PA: Elsevier Saunders. Pp. 495-529.

Paneth N. 1994. The impressionable fetus? Fetal life and adult health. *American Journal Public Health* 84(9):1372-1374.

Paneth N, Susser M. 1995. Early origin of coronary heart disease (the "Barker hypothesis"). *British Medical Journal* 310(6977):411-412.

Paneth N, Ahmed F, Stein A. 1996. Early nutritional origins of hypertension: A hypothesis still lacking support. *Journal of Hypertension* 14(Suppl 5):S121-S129.

Paneth N, Jetton J, Pinto-Martin J, Susser M. 1997. Magnesium sulfate in labor and risk of neonatal brain lesions and cerebral palsy in low birth weight infants. The Neonatal Brain Hemorrhage Study Analysis Group. *Pediatrics* 99(5).

Papanikolaou EG, Camus M, Kolibianakis EM, Van Landuyt L, Van Steirteghem A, Devroey P. 2006. In vitro fertilization with single blastocyst-stage versus single cleavage-stage embryos. *New England Journal of Medicine* 354(11):1139-1146.

Papatsonis DNM, Van Geijn HP, Adr HJ, Lange FM, Bleker OP, Dekker GA. 1997. Nifedipine and ritodrine in the management of preterm labor: A randomized multicenter trial. *Obstetrics and Gynecology* 90(2):230-234.

Papiernik E, Goffinet F. 2004. Prevention of preterm births, the French experience. *Clinical Obstetrics and Gynecology* 47(4):755-767.

Papile LA, Rudolph AM, Heymann MA. 1985. Autoregulation of cerebral blood flow in the preterm fetal lamb. *Pediatrics Research* 19:159-161.

Parazzini F, Chatenoud L, Surace M, Tozzi L, Salerio B, Bettoni G, Benzi G. 2003. Moderate alcohol drinking and risk of preterm birth. *European Journal of Clinical Nutrition* 57(10):1345-1349.

Pariante CM, Pearce BD, Pisell TL, Sanchez CI, Po C, Su C, Miller AH. 1999. The proinflammatory cytokine, interleukin-1alpha, reduces glucocorticoid receptor translocation and function. *Endocrinology* 140:4359-4366.

Parker B, McFarlane J, Soeken K. 1994a. Abuse during pregnancy: Effects on maternal complications and birth weight in adult and teenage women. *Obstetrics and Gynecology* 84(3):323-328.

Parker JD, Schoendorf KC, Kiely JL. 1994b. Associations between measures of socioeconomic status and low birth weight, small for gestational age, and premature delivery in the United States. *Annals of Epidemiology* 4:271-278.

Parker Dominguez T, Dunkel Schetter C, Mancuso R, Rini CM, Hobel C. 2005. Stress in African American pregnancies: Testing the roles of various stress concepts in prediction of birth outcomes. *Annals of Behavioral Medicine* 29(1):12-21.

Parkin JM, Hey EN, Clowes JS. 1976. Rapid assessment of gestational age at birth. *Archives of Disease in Childhood* 51(4):259-263.

Partridge JC, Martinez AM, Nishida H, Boo NY, Tan KW, Yeung CY, Lu JH, Yu VY. 2005. International comparison of care for very low birth weight infants: Parents' perceptions of counseling and decision-making. *Pediatrics* 116(2):e263-e271.

Patole SK, de Klerk N. 2005. Impact of standardised feeding regimens on incidence of neonatal necrotising enterocolitis: A systematic review and meta-analysis of observational studies. *Archives of Disease in Childhood: Fetal and Neonatal Edition* 90(2):F147-F151.

PC of SART and ASRM (The Practice Committee of the Society for Assisted Reproductive Technology and the American Society of Reproductive Medicine). 2004. Guidelines on the number of embryos transferred. *Fertility and Sterility* 82(3):773-774.

Peaceman AM, Andrews WW, Thorp JM, et al. 1997. Fetal fibronectin as a predictor of preterm birth in patients with symptoms: A multicenter trial. *American Journal of Obstetrics and Gynecology* 177:13-18.

Peacock JL, Bland JM, Anderson HR. 1995. Preterm delivery: Effects of socioeconomic factors, psychological stress, smoking, alcohol, and caffeine. *British Medical Journal* 311(7004):531-535.

Pearl M, Braveman P, Abrams B. 2001. The relationship of neighborhood socioeconomic characteristic to birth weight among 5 ethnic groups in California. *American Journal of Public Health* 91:1815-1824.

Pellicer A, Gayá F, Madero R, Quero J, Cabanas F. 2002. Noninvasive continuous monitoring of the effects of head position on brain hemodynamics in ventilated infants. *Pediatrics* 109(3):434-440.

Peralta-Carcelen M, Jackson DS, Goran MI, Royal SA, Mayo MS, Nelson KG. 2000. Growth of adolescents who were born at extremely low birth weight without major disability. *Journal of Pediatrics* 136(5):633-640.

Perkin MR, Bland JM, Peacock JL, Anderson HR. 1993. The effect of anxiety and depression during pregnancy on obstetric complications. *British Journal of Obstetrics and Gynaecology* 100(7):629-634.

Perri T, Cohen-Sacher B, Hod M, Berant M, Meizner I, Bar J. 2005. Risk factors for cardiac malformations detected by fetal echocardiography in a tertiary center. *Journal of Maternal–Fetal and Neonatal Medicine* 17(2):123-128.

Perry KG Jr., Morrison JC, Rust OA, Sullivan CA, Martin RW, Naef III RW. 1995. Incidence of adverse cardiopulmonary effects with low-dose continuous terbutaline infusion. *American Journal of Obstetrics and Gynecology* 173(4):1273-1277.

Personal Responsibility and Work Opportunity Reconciliation Act of 1996. 1996. Pub L No 104-193, 110 Stat 2105-2355.

Persson PH, Weldner BM. 1986. Reliability of ultrasound fetometry in estimating gestational age in the second trimester. *Acta Obstetricia et Gynecologica Scandinavica* 65(5): 481-483.

Peterson BS. 2003. Brain imaging studies of the anatomical and functional consequences of preterm birth for human brain development. *Annals of the New York Academy of Sciences* 1008:219-237.

Peterson BS, Vohr B, Staib LH, Cannistraci CJ, Dolberg A, Schneider KC, Katz KH, Westerveld M, Sparrow S, Anderson AW, Duncan CC, Makuch RW, Gore JC, Ment LR. 2000. Regional brain volume abnormalities and long-term cognitive outcome in preterm infants. *JAMA* 284(15):1939-1947.

Petersson K, Norbeck O, Westgren M, Broliden K. 2004. Detection of parvovirus B19, cytomegalovirus and enterovirus infections in cases of intrauterine fetal death. *Journal of Perinatal Medicine* 32(6):516-521.

Petraglia F, Florio P, Nappi C, Genazzani AR. 1996. Peptide signaling in human placenta and membranes: Autocrine, paracrine, and endocrine mechanisms. *Endocrine Reviews* 17:156-186.

Petrini J, Damus K, Russell R, Poschman K, Davidoff MJ, Mattison D. 2002. Contribution of birth defects to infant mortality in the United States. *Teratology* 66(Suppl 1):S3-S6.

Petrini JRP, Callaghan WMM, Klebanoff MM, Green NSM, Lackritz EMM, Howse JLP, Schwarz RHM, Damus KR. 2005. Estimated effect of 17 alpha-hydroxyprogesterone caproate on preterm birth in the United States. *Obstetrics and Gynecology* 105(2): 267-272.

Petrou S, Mehta Z, Hockley C, Cook-Mozaffari P, Henderson J, Goldacre M. 2003. The impact of preterm birth on hospital inpatient admissions and costs during the first 5 years of life. *Pediatrics* 112(6):1290-1297.

Petterson B, Nelson KB, Watson L, Stanley F. 1993. Twins, triplets, and cerebral palsy in births in Western Australia in the 1980s. *British Medical Journal* 307(6914):1239-1243.

Pettigrew AG, Edwards DA, Henderson-Smart DJ . 1985. The influence of intra-uterine growth retardation on brainstem development of preterm infants. *Developmental Medicine and Child Neurology* 27(4):467-472.

Phaneuf S, Asboth G, MacKenzie IZ, Melin P, Lopez Bernal A. 1994. Effect of oxytocin antagonists on the activation of human myometrium in vitro: Atosiban prevents oxytocin-induced desensitization. *American Journal of Obstetrics and Gynecology* 171:1627-1634.

Pharoah POD, Stevenson CJ, Cooke RWI, Stevenson RC. 1994. Clinical and subclinical deficits at 8 years in a geographically defined cohort of low birthweight infants. *Archives of Disease in Childhood* 70(4):264-270.

Pharoah POD, Stevenson CJ, West CR. 2003. General certificate of secondary education performance in very low birthweight infants. *Archives of Disease in Childhood* 88(4): 295-298.

Phelps DL. 2000. Supplemental therapeutic oxygen for prethreshold retinopathy of prematurity (STOP-ROP), a randomized, controlled trial. I: Primary outcomes. *Pediatrics* 105(2): 295-310.

Phelps DL, Watts JL. 2002. Early light reduction for preventing retinopathy of prematurity in very low birth weight infants. *Cochrane Reviews* 3.

Phibbs CS, Schmitt SK. 2006. Estimates of the cost of length of stay changes that can be attributed to one-week increases in gestational age for premature infants. *Early Human Development* 82:85-95.

Phibbs CS, Bronstein JM, Buxton E, Phibbs RH. 1996. The effects of patient volume and level of care at the hospital of birth on neonatal mortality. *JAMA* 276(13):1054-1059.

Philip AGS, Spellacy WN. 2004. Historical perspectives: Prenatal assessment of fetal lung maturity. *NeoReviews* 5(4):e131-e133.

Philip AGS, Amiel-Tison C, Amiel-Tison C. 2003. Historical perspectives: Neurologic maturation of the neonate. *NeoReviews* 4(8):e199-e205.

Phillippe M, Chien E. 1998. Intracellular signaling and phasic myometrial contractions. *Journal of the Society for Gynecological Investigations* 5:169-177.

Piecuch RE, Leonard CH, Cooper BA, Sehring SA. 1997a. Outcome of extremely low birth weight infants (500 to 999 grams) over a 12-year period. *Pediatrics* 100(4):633-639.

Piecuch RE, Leonard CH, Cooper BA, Kilpatrick SJ, Schlueter MA, Sola A. 1997b. Outcome of infants born at 24-26 weeks' gestation: II. Neurodevelopmental outcome. *Obstetrics and Gynecology* 90(5):809-814.

Pierrat V, Duquennoy C, Van Haastert IC, Ernst M, Guilley N, De Vries LS. 2001. Ultrasound diagnosis and neurodevelopmental outcome of localised and extensive cystic periventricular leucomalacia. *Archives of Disease in Childhood: Fetal and Neonatal Edition* 84(3):F151-F156.

Pinelli J, Symington A. 2006. Non-nutritive sucking for promoting physiologic stability and nutrition in preterm infants. *Cochrane Reviews* 1.

Pinto-Martin JA, Riolo S, Cnaan A, Holzman C, Susser MW, Paneth N. 1995. Cranial ultrasound prediction of disabling and nondisabling cerebral palsy at age two in a low birth weight population. *Pediatrics* 95(2):249-254.

Pinto-Martin J, Whitaker A, Feldman J, Cnaan A, Zhao H, Rosen-Bloch J, McCulloch, D Paneth N. 2004. Special education services and school performance in a regional cohort of low-birthweight infants at age nine. *Paediatric and Perinatal Epidemiology* 18(2): 120-129.

Piper JM, Ray WA, et al. 1990. Effects of a Medicaid eligibility expansion on prenatal care and pregnancy outcome in Tennessee. *JAMA* 264(17):2219-2223.

Piper MC, Kunos VI, Willis DM. 1986. Early physical therapy effects on the high-risk infant: A randomized controlled trial. *Pediatrics* 78(2):216-224.

Piven J, Simon J, Chase GA, Wzorek M, Landa R, Gayle J, Folstein S. 1993. The etiology of autism: Pre-, peri-, and neonatal factors. *Journal of the American Academy of Child and Adolescent Psychiatry* 32(6):1256-1263.

Platt RW. 2002. The effect of gestational age errors and their correction in interpreting population trends in fetal growth and gestational age-specific mortality. *Seminars in Perinatology* 26(4):306-311.

Pollack LD, Ratner IM, Lund GC. 1998. United States neonatology practice survey: Personnel, practice, hospital, and neonatal intensive care unit characteristics. *Pediatrics* 101(3 I): 398-405.

Ponce NA, Hoggatt KJ, Wilhelm M, Ritz B. 2005. Preterm birth: The interaction of traffic-related air pollution with economic hardship in Los Angeles neighborhoods. *American Journal of Epidemiology* 162:140-148.

Porter TF, Fraser AM, Hunter CY, Ward RH, Varner MW. 1997. The risk of preterm birth across generations. *Obstetrics and Gynecology* 90(1):63-67.

The President's Council on Bioethics. 2004. *Reproduction and Responsibility: The Regulation of New Biotechnologies*. Washington, DC: Department of Health and Human Services.

Pritchard CW, Teo PY. 1994. Preterm birth, low birthweight and the stressfulness of the household role for pregnant women. *Social Science and Medicine* 38(1):89-96.

Procianoy RS, Schvartsman S. 1981. Blood pesticide concentration in mothers and their newborn infants. Relation to prematurity. *Acta Paediatrica Scandinavica* 70: 925-928.

Profit J, Zupancic JAF, McCormick MC, Richardson DK, Escobar GJ, Tucker J, Tarnow-Mordi W, Parry G. 2006. Moderately premature infants in the Kaiser Permanente Medical Care Program in California are discharged home earlier than their peers in Massachusetts and the United Kingdom. *Archives of Disease in Childhood: Fetal Neonatal Edition* 91(4):F245-F250.

PRWORA (Personal Responsibility Work Opportunity and Reconciliation Act). 1996. *Public Law 104-193*. [Online]. Available: http://wdr.doleta.gov/readroom/legislation/pdf/104-193.pdf [accessed January 24, 2007].

Pryor JE, Thompson JM, Robinson E, Clark PM, Becroft DM, Pattison NS, Galvish N, Wild CJ, Mitchell EA. 2003. Stress and lack of social support as risk factors for small-for-gestational-age birth. *Acta Paediatrica* 92(1):62-64.

Quinlivan JA, Archer MA, Evans SF, Newnham JP, Dunlop SA. 2000. Fetal sciatic nerve growth is delayed following repeated maternal injections of corticosteroid in sheep. *Journal of Perinatal Medicine* 28(1):26-33.

Quinn GE, Dobson V, Kivlin J, Kaufman LM, Repka MX, Reynolds JD, Gordon RA, Hardy RJ, Tung B, Stone RA. 1998. Prevalence of myopia between 3 months and 5 1/4 years in preterm infants with and without retinopathy of prematurity. *Ophthalmology* 105(7): 1292-1300.

Quinn GE, Dobson V, Saigal S, Phelps DL, Hardy RJ, Tung B, Summers CG, Palmer EA. 2004. Health-related quality of life at age 10 years in very low-birth-weight children with and without threshold retinopathy of prematurity. *Archives of Ophthalmology* 122(11): 1659-1666.

Raatikainen K, Heiskanen N, Heinonen S. 2005. Marriage still protects pregnancy. *BJOG: An International Journal of Obstetrics and Gynaecology* 112(10):1411-1416.

Ragusa A, De Carolis C, Dal Lago A, Miriello D, Ruggiero G, Brucato A, Pisoni MP, Muscara M, Merati R, Maccario L, Nobili M. 2004. Progesterone supplement in pregnancy: An immunologic therapy? *Lupus* 13(9):639-642.

Raju TNK. 1995. Low birth weight and fetal origins of coronary heart disease: A meta analysis. *Perinatology* 1:243-249.

Raju TNK, Ariagno RL, Higgins R, Van Marter LJ. 2005. Research in neonatology for the 21st century: Executive summary of the National Institute of Child Health and Human Development-American Academy of Pediatrics Workshop. Part i: Academic issues. *Pediatrics* 115(2):468-474.

Ramey SL, Ramey CT. 1999. Early experience and early intervention for children "at risk" for developmental delay and mental retardation. *Mental Retardation and Developmental Disabilities Research Reviews* 5(1):1-10.

Ramey CT, Bryant DM, Wasik BH, Sparling JJ, Fendt KH, La Vange LM. 1992. Infant Health and Development Program for low birth weight, premature infants: Program elements, family participation, and child intelligence. *Pediatrics* 89(3 Suppl):454-465.

Randell SH, Mercer RR, Young SL. 1989. Postnatal growth of pulmonary acini and alveoli in normal and oxygen-exposed rats studied by serial section reconstructions. *American Journal of Anatomy* 186:55-68.

Rasmussen SA, Moore CA, Paulozzi LJ, Rhoenhiser EP. 2001. Risk for birth defects among premature infants: A population-based study. *Journal of Pediatrics* 138:668-673.

Ratliff-Schaub K, Hunt CE, Crowell D, Golub H, Smok-Pearsall S, Palmer P, Schafer S, Bak S, Cantey-Kiser J, O'Bell R. 2001. Relationship between infant sleep position and motor development in preterm infants. *Journal of Developmental and Behavioral Pediatrics* 22(5):293-299.

Rauh V, Culhane JF. 2001. Stress and infection: The contribution of objective conditions and subjective experiences. *Health Psychology* 55(4):220.

Rawlings EE, Moore BA. 1970. The accuracy of methods of calculating the expected date of delivery for use in the diagnosis of postmaturity. *American Journal of Obstetrics and Gynecology* 106(5):676-679.

Rawlings JS, Rawlings VB, Read JA.1995. Prevalence of low birth weight and preterm delivery in relation to the interval between pregnancies among white and black women. *New England Journal of Medicine* 332:69-74.

Rayburn WF, Wilson EA. 1980. Coital activity and premature delivery. *American Journal of Obstetrics and Gynecology* 137(8):972-974.

Read JS, Klebanoff MA. 1993. Sexual intercourse during pregnancy and preterm delivery: Effects of vaginal microorganisms. *American Journal of Obstetrics and Gynecology* 168(2):514-519.

Reagan PB, Salsberry PJ. 2005. Race and ethnic differences in determinants of preterm birth in the USA: Broadening the social context. *Social Science and Medicine* 60(10):2217-2228.

Reeb KG, Graham AV, Zyzanski SJ, Kitson GC. 1987. Predicting low birthweight and complicated labor in urban black women: A biopsychosocial perspective. *Social Science Medicine* 25(12):1321-1327.

Reiner AP, Ziv E, Lind DL, Nievergelt CM, Schork NJ, Cummings SR, Phong A, Burchard EG, Harris TB, Psaty BM, Kwok PY. 2005. Population structure, admixture, and aging-related phenotypes in African American adults: The Cardiovascular Health Study. *American Journal of Human Genetics* 76(3):463-477.

Repka MX. 2002. Ophthalmological problems of the premature infant. *Mental Retardation and Developmental Disabilities Research Reviews* 8(4):249-257.

Repka MX, Summers CG, Palmer EA, Dobson V, Tung B, Davis B. 1998. The incidence of ophthalmologic interventions in children with birth weights less than 1251 grams: Results through 5 1/2 years. *Ophthalmology* 105(9):1621-1627.

Repka MX, Palmer EA, Tung B. 2000. Involution of retinopathy of prematurity. *Archives of Ophthalmology* 118(5):645-649.

Resnick MB, Gueorguieva RV, Carter RL, Ariet M, Sun Y, Roth J, Bucciarelli RL, Curran JS, Mahan CS. 1999. The impact of low birth weight, perinatal conditions, and sociodemographic factors on educational outcome in kindergarten. *Pediatrics* 104(6): e74-e84.

Restrepo M, Munoz N, Day NE, Parra JE, de Romero L, Nguyen-Dinh X. 1990. Prevalence of adverse reproductive outcomes in a population occupationally exposed to pesticides in Colombia. *Scandinavian Journal of Work, Environment, and Health* 16:232-238.

Revich B, Aksel E, Ushakova T, Ivanova I, Zhuchenko N, Klyuev N, Brodsky B, Sotskov Y. 2001. Dioxin exposure and public health in Chapaevsk, Russia. *Chemosphere* 43: 951-966.

Reynolds AJ, Temple JA, Robertson DL, Mann EA. 2001. Long-term effects of an early childhood intervention on educational achievement and juvenile arrest: A 15-year follow-up of low-income children in public schools. *JAMA* 285(18):2339-2346.

Reynolds MASL, Martin JA, Jeng G, Macaluso M. 2003. Trends in multiple births conceived using assisted reproductive technology, United States 1997-2000. *Pediatrics* 111:1159-1162.

Ribas-Fito N, Sala M, Cardo E, Mazon C, De Muga ME, Verdu A, Marco E, Grimalt JO, Sunyer J. 2002. Association of hexachlorobenzene and other organochlorine compounds with anthropometric measures at birth. *Pediatrics Research* 52:163-167.

Richardson DK, Phibbs CS, Gray JE, McCormick MC, Workman-Daniels K, Goldmann DA. 1993. Birth weight and illness severity: Independent predictors of neonatal mortality. *Pediatrics* 91(5 I):969-975.

Richardson DK, Tarnow-Mordi WO, Escobar GJ. 1998. Neonatal risk scoring systems. Can they predict mortality and morbididty? *Clinical Perinatology* 25:591-611.

Richardson DK, Tarnow-Mordi WO, Lee SK. 1999a. Risk adjustment for quality improvement. *Pediatrics* 103(1):e255.

Richardson DK, Shah BL, Frantz ID, Bednarek F, Rubin LP, McCormick MC. 1999b. Perinatal risk and severity of illness in newborns at 6 neonatal intensive care units. *American Journal of Public Health* 89:511-516.

Richardson DK, Zupancic JAF, Escobar GJ, Roberts RH, Coleman-Phox K, McCormick MC. 2003. The Moderately Preterm Infant Project: Interinstitutional practice variation. *Pediatrics Research* 53:382A.

Rich-Edwards JW, Grizzard TA. 2005. Psychosocial stress and neuroendocrine mechanisms in preterm delivery. *American Journal of Obstetrics and Gynecology* 192(5 Suppl):S30-S35.

Rich-Edwards JW, Stampfer MJ, Manson JE, Rosner B, Hankinson SE, Colditz GA, Willett WC, Hennekens CH. 1997. Birth weight and risk of cardiovascular disease in a cohort of women followed up since 1976. *British Medical Journal* 315(7105):396-400.

Rich-Edwards J, Krieger N, Majzoub J, Zierler S, Lieberman E, Gillman M. 2001. Maternal experiences of racism and violence as predictors of preterm birth: Rationale and study design. *Paediatric and Perinatal Epidemiology* 15(Suppl 2):124-135.

Rickards AL, Kitchen WH, Doyle LW, Kelly EA. 1989. Correction of developmental and intelligence test scores for premature birth. *Australian Paediatric Journal* 25(3):127-129.

Ricketts SA, Murray EK, Schwalberg R. 2005. Reducing low birthweight by resolving risks: Results from Colorado's prenatal plus program. *American Journal of Public Health* 95(11):1952-1957.

Riggs MA, Klebanoff MA. 2004. Treatment of vaginal infections to prevent preterm birth: A meta-analysis. *Clinical Obstetrics and Gynecology* 47:796-807.

Ringer SA, Richardson DK, Sacher RA, Keszler M, Churchill WH. 1998. Variations in transfusion practice in neonatal intensive care. *Pediatrics* 101:194-200.

Rini CK, Dunkel-Schetter C, Wadhwa PD, Sandman CA. 1999. Psychological adaptation and birth outcomes: The role of personal resources, stress, and sociocultural context in pregnancy. *Health Psychology* 18(4):333-345.

Ritz B, Yu F, Chapa G, Fruin S. 2000. Effect of air pollution on preterm birth among children born in Southern California between 1989 and 1993. *Epidemiology* 11:502-511.

Rivers A, Caron B, Hack M. 1987. Experience of families with very low birthweight children with neurologic sequelae. *Clinical Pediatrics* 26(5):223-230.

Robert SA. 1999. Socioeconomic position and health: The independent contribution of community socioeconomic context. *Annual Review of Sociology* 25:489-516.

Roberts AK, Monzon-Bordonaba F, Van Deerlin PG, Holder J, Macones GA, Morgan MA, Strauss III JF, Parry S. 1999. Association of polymorphism within the promoter of the tumor necrosis factor alpha gene with increased risk of preterm premature rupture of the fetal membranes. *American Journal of Obstetrics and Gynecology* 180(5):1297-1302.

Roberts EM. 1997. Neighborhood social environments and the distribution of low birthweight in Chicago. *American Journal of Public Health* 87(4):597-603.

Robertson A, Cooper-Peel C, Vos P. 1998. Peak noise distribution in the neonatal intensive care nursery. *Journal of Perinatology* 18(5):361-364.

Robinson R. 1966. Assessment of gestational age by neurological examination. *Archives of Disease in Childhood* 41:437-447.

Rodriguez A, Bohlin G. 2005. Are maternal smoking and stress during pregnancy related to ADHD symptoms in children? *Journal of Child Psychology and Psychiatry and Allied Disciplines* 46(3):246-254.

Rodriguez C, Regidor E, Gutierrez-Fisac JL. 1995. Low birth weight in Spain associated with socidemographic factors. *Journal of Epidemiology and Community Health* 49(1):38-42.

Roesch SC, Dunkel Schetter C, Woo G, Hobel CJ. 2004. Modeling the types and timing of stress in pregnancy. *Anxiety, Stress, and Coping* 17(1):87-102.

Rogers B, Msall M, Owens T, Guernsey K, Brody A, Buck G, Hudak M. 1994. Cystic periventricular leukomalacia and type of cerebral palsy in preterm infants. *Journal of Pediatrics* 125(1):S1-S8.

Rogowski J. 1998. Cost-effectiveness of care for very low birth weight infants. *Pediatrics* 102:35-43.

Rogowski J. 1999. Measuring the cost of neonatal and perinatal care. *Pediatrics* 103(1 Suppl E):329-335.

Rogowski J. 2003. Using economic information in a quality improvement collaborative. *Pediatrics* 111:411-418.

Rogowski J, Horbar J, Staiger D, Kenny M, Carpenter J, Geppert. 2004a. Indirect versus direct hospital quality indicators for very-low-birth weight infants. *JAMA* 291(2): 202-209.

Rogowski J, Staiger D, Horbar J. 2004b. Variations in the quality of care for very low birthweight infants: Implications for policy. *Health Affairs* 88-97.

Rolschau J, Kristoffersen K, Ulrich M, Grinsted P, Schaumburg E, Foged N. 1999. The influence of folic acid supplement on the outcome of pregnancies in the county of Funen in Denmark. I. *European Journal of Obstetrics Gynecology and Reproductive Biology* 87(2):105-110.

Romero R, Oyarzun E, Mazor M, Sirtori M, Hobbins JC, Bracken M. 1989. Meta-analysis of the relationship between asymptomatic bacteriuria and preterm delivery/low birth weight. *Obstetrics and Gynecology* 73(4):576-582 .

Romero R, Avila C, Brekus CA, Morotti R. 1991. The role of systemic and intrauterine infection in preterm parturition. *Annals of New York Academy Sciences* 622:355-375.

Romero R, Mazor M, Munoz H, Gomez R, Galasso M, Sherer DM. 1994. The preterm labor syndrome. *Annals of the New York Academy of Sciences* 734:414-429.

Romero R, Sibai BM, Sanchez-Ramos L. 2000. An oxytocin receptor antagonist (atosiban) in the treatment of preterm labor: A randomized, double-blind, placebo-controlled trial with tocolytic rescue. *American Journal of Obstetrics and Gynecology* 182(5):1173-1183.

Romero R, Kuivaniemi H, Tromp G, Olson JM. 2002. The design, execution, and interpretation of genetic association studies to decipher complex diseases. *American Journal of Obstetrics and Gynecology* 187(5):1299-1312.

Romero R, Espinoza J, Mazor M, Chaiworapongsa T. 2004a. The preterm parturition syndrome. In: Critchley H, Bennett P, Thornton S eds. *Preterm Birth*. London, UK: RCOG Press. Pp. 28-60.

Romero R, Espinoza J, Mazor M. 2004b. Can endometrial infection/inflammation explain implantation failure, spontaneous abortion, and preterm birth after in vitro fertilization? *Fertility and Sterility* 82:779-804.

Romero R, Erez O, Espinoza J. 2005. Intrauterine infection, preterm labor, and cytokines. *Journal of the Society for Gynecologic Investigation* 12463-12465.

Rose SA, Jankowski JJ, Feldman JF, Van Rossem R. 2005. Pathways from prematurity and infant abilities to later cognition. *Child Development* 76(6):1172-1184.

Rosen T, Kuczynski E, O'Neill LM, Funai EF, Lockwood CJ. 2001. Plasma levels of thrombin-antithrombin complexes predict preterm premature rupture of the fetal membranes. *Journal of Maternal and Fetal Medicine* 10:297-300.

Rosen T, Schatz F, Kuczynski E, Lam H, Koo AB, Lockwood CJ. 2002. Thrombin-enhanced matrix metalloproteinase-1 expression: A mechanism linking placental abruption with premature rupture of the membranes. *Journal of Maternal and Fetal Neonatal Medicine* 11:11-17.

Rosenbaum S. 2002. Medicaid. *New England Journal of Medicine* 346:635-640.

Rosenbaum P, Saigal S. 1996. Measuring health-related quality of life in pediatric populations: Conceptual issues. In: Spilker B ed. *Quality of Life and Pharmacoeconomics in Clinical Trials,* 2nd edition. Philadelphia, PA: Lippencott-Raven Publishers. Pp. 785-791.

Rosenberg L. 1965. *Society and the Adolescent Self-Image* Princeton, NJ: Princeton University Press.

Rosenberg AA, Murdaugh E, White CW. 1989. The role of oxygen free radicals in post-asphyxia cerebral hypoperfusion in newborn lambs. *Pediatrics Research* 26:215-219.

Rosenstein IJ, Morgan DJ, Lamont RF, Sheehan M, Dore CJ, Hay PE, Taylor-Robinson D. 2000. Effect of intravaginal clindamycin cream on pregnancy outcome and on abnormal vaginal microbial flora of pregnant women. *Infectious Diseases in Obstetrics and Gynecology* 8(3-4):158-165.

Rossavik IK, Fishburne JI. 1989. Conceptional age, menstrual age, and ultrasound age: A second-trimester comparison of pregnancies of known conception date with pregnancies dated from the last menstrual period. *Obstetrics and Gynecology* 73(2):243-249.

Rothberg AD, Lits B. 1991. Psychosocial support for maternal stress during pregnancy: Effect on birth weight. *American Journal of Obstetrics and Gynecology* 165(2):403-407.

Rothman, Naholder S, Caporaso NE, Garcia-Closas M, Buetow K, Fraumeni JF . 2001. The use of common genetic polymorphisms to enhance the epidemiologic study of environmental carcinogens. *Acta Biochimica et Biophysica* 147(2):C1-C10.

Rotmensch S, Liberati M, Vishne TH, Celentano C, Ben-Rafael Z, Bellati U. 1999. The effect of betamethasone and dexamethasone on fetal heart rate patterns and biophysical activities. A prospective randomized trial. *Acta Obstetricia et Gynecologica Scandinavica* 78(6):493-500.

Rowland AS, Baird DD, Long S, Wegienka G, Harlow SD, Alavanja M, Sandler DP. 2002. Influence of medical conditions and lifestyle factors on the menstrual cycle. *Epidemiology* 13(6):668-674.

Rowley DL. 1994. Research issues in the study of very low birthweight and preterm delivery among African-American women. *Journal of the National Medical Association* 86(10): 761-764.

Rowley DL. 2001. Closing the gap, opening the process: Why study social contributors to preterm delivery among black women. *Maternal and Child Health Journal* 5(2):71-74.

Rowley DL, Hogue CJ, Blackmore CA, Ferre CD, Hatfield-Timajchy K, Branch P, Atrash HK. 1993. Preterm delivery among African-American women: A research strategy. *American Journal of Preventive Medicine* 9(6 Suppl):1-6.

Rumbold A, Crowther CA. 2005. Vitamin C supplementation in pregnancy. *Cochrane Database of Systematic Reviews* 4.

Rush D, Stein Z, Susser M. 1980. A randomized controlled trial of prenatal nutritional supplementation in New York City. *Pediatrics* 65(4):683-697.

Russell R, Green N, Steiner C, Meikle S, Poschman K, Potetz L, Davidoff M, Damus K, Petrini G. 2005. *The National Bill for Hospitalizations of Premature Infants in the United States, Working Paper*. Washington, DC: March of Dimes.

Rust OA, Atlas RA, Reed J, et al. 2001. Revisiting the short cervix detected by transvaginal ultrasound in the second trimester; why cerclage therapy may not help. *American Journal of Obstetrics and Gynecology* 185:1098-1105.

Sable MR, Wilkinson DS. 2000. Impact of perceived stress, major life events and pregnancy attitudes on low birth weight. *Family Planning Perspectives* 32(6):288-294.

Sadler L, Saftlas A, Wang W, Exeter M, Whittaker J. 2004. Treament for cervical intraepithelial neoplasia and risk of preterm delivery. *JAMA* 291(17):2100-2106.

Sagiv SK, Mendola P, Loomis D, Herring AH, Neas LM, Savitz DA, Poole C. 2005. A time-series analysis of air pollution and preterm birth in Pennsylvania, 1997-2001. *Environmental Health Perspectives* 113:602-606.

Sagrestano LM, Feldman P, Rini CK, Woo G, Dunkel-Schetter C. 1999. Ethnicity and social support during pregnancy. *American Journal of Community Psychology* 27(6):869-898.

Saigal S. 2000. Follow-up of very low birthweight babies to adolescence. *Seminars in Neonatology* 5(2):107-118.

Saigal S, Watts J, Campbell D. 1986. Randomized clinical trial of an oscillating air mattress in preterm infants: Effect on apnea, growth, and development. *Journal of Pediatrics* 109(5):857-864.

Saigal S, Rosenbaum P, Hattersley B, Milner R. 1989. Decreased disability rate among 3-year-old survivors weighing 501 to 1000 grams at birth and born to residents of a geographically defined region from 1981 to 1984 compared with 1977 to 1980. *Journal of Pediatrics* 114(5):839-846.

Saigal S, Rosenbaum PL, Szatmari P, Campbell D. 1991. Learning disabilities and school problems in a regional cohort of extremely low birth weight (<1000 g) children: A comparison with term controls. *Journal of Developmental and Behavioral Pediatrics* 12(5): 294-300.

Saigal S, Rosenbaum P, Stoskopf B, Hoult L, Furlong W, Feeney D, Burrows E, Torrance G. 1994a. Comprehensive assessment of the health status of extremely low birth weight children at eight years of age: Comparison with a reference group. *Journal of Pediatrics* 125(3):411-417.

Saigal S, Feeny D, Furlong W, Rosenbaum P, Burrows E, Torrance G. 1994b. Comparison of the health-related quality of life of extremely low birth weight children and a reference group of children at age eight years. *Journal of Pediatrics* 125:418-425.

Saigal S, Feeny D, Rosenbaum P, Furlong W, Burrows E, Stoskopf B. 1996. Self-perceived health status and health-related quality of life of extremely low-birth-weight infants at adolescence. *JAMA* 276(6):453-459.

Saigal S, Stoskopf BL, Feeny D, Furlong W, Burrows E, Rosenbaum PL, Hoult L. 1999. Differences in preferences for neonatal outcomes among health care professionals, parents, and adolescents. *JAMA* 281(21):1991-1997.

Saigal S, Burrows E, Stoskopf BL, Rosenbaum PL, Streiner D. 2000a. Impact of extreme prematurity on families of adolescent children. *Journal of Pediatrics* 137(5):701-706.

Saigal S, Rosenbaum PL, Feeny D, Burrows E, Furlong W, Stoskopf BL, Hoult L. 2000b. Parental perspectives of the health status and health-related quality of life of teen-aged children who were extremely low birth weight and term controls. *Pediatrics* 105(3): 569-574.

Saigal S, Hoult LA, Streiner DL, Stoskopf BL, Rosenbaum PL. 2000c. School difficulties at adolescence in a regional cohort of children who were extremely low birth weight. *Pediatrics* 105(2):325-331.

Saigal S, Stoskopf BL, Streiner DL, Burrows E. 2001. Physical growth and current health status of infants who were extremely low birth weight and controls at adolescence. *Pediatrics* 108(2):407-415.

Saigal S, Rosenbaum P, Stoskopf B, Hoult L, Furlong W, Feeny D, Hagan R. 2005a. Development, reliability and validity of a new measure of overall health for pre-school children. *Quality of Life Research* 14(1):243-257.

Saigal S, Stoskopf B, Pinelli J, Boyle M, Streiner D, Hoult L, Goddeeris J. 2005b. Health status, health care utilization and physical ability of former extremely low birthweight (ELBW) and normal birthweight (NBW) infants at young adulthood (YA). *PAS Reporter* 57:1597.

Saigal S, Stoskopf B, Streiner D, Boyle M, Pinelli J, Paneth N, Goddeeris J. 2006a. Transition of extremely low-birth-weight infants from adolescence to young adulthood: Comparison with normal birth-weight controls. *JAMA* 295(6):667-675.

Saigal S, Stoskopf B, Pinelli J, Streiner D, Hoult L, Paneth N, Goddeeris J. 2006b. Self-perceived health-related quality of life of former extremely low birthweight infants at young adulthood. *Pediatrics* 118(3):1140-1148.

Saint-Anne Dargassies S. 1977. *Neurological Development of the Full-Term and Premature Neonate*. Amsterdam, the Netherlands: Elsevier/North Holland Biomedical Press.

Sakai M, Shiozaki A, Tabata M, Sasaki Y, Yoneda S, Arai T, Kato K, Yamakawa Y, Saito S. 2006. Evaluation of effectiveness of prophylactic cerclage of a short cervix according to interleukin-8 in cervical mucus. *American Journal of Obstetrics and Gynecology* 194(1): 14-19.

Salokorpi T, Rautio T, Sajaniemi N, Serenius-Sirve S, Tuomi H, Von Wendt L. 2001. Neurological development up to the age of four years of extremely low birthweight infants born in Southern Finland in 1991-1994 . *Acta Paediatrica, International Journal of Paediatrics* 90(2):218-221.

Saltvedt S, Almstrom H, Kublickas M, Reilly M, Valentin L, Grunewald C. 2004. Ultrasound dating at 12-14 or 15-20 weeks of gestation? A prospective cross-validation of established dating formulae in a population of in-vitro fertilized pregnancies randomized to early or late dating scan. *Ultrasound in Obstetrics and Gynecology* 24(1):42-50.

Samuelson JL, Buehler JW, Norris D, Sadek R. 2002. Maternal characteristics associated with place of delivery and neonatal mortality rates among very-low-birthweight infants, Georgia. *Paediatric and Perinatal Epidemiology* 16(4):305-313.

Sanchez PJ, Ahmed A. 2005. Toxoplasmosis, syphilis, malaria, and tuberculosis. In: Taeusch HW, Ballard RA, Gleason CA eds. *Avery's Diseases of the Newborn*, 8th edition. Philadelphia, PA: Elsevier Saunders. Pp. 530-550.

Sanchez-Ramos L, Kaunitz M, Gaudier FL, et al. 1999. Efficacy of maintenance therapy after acute tocolysis: A meta-analysis. *American Journal of Obstetrics and Gynecology* 181:484-490.

Sanchez-Ramos L, Kaunitz AM, Delke I. 2005. Progestational agents to prevent preterm birth: A meta-analysis of randomized controlled trials. *Obstetrics and Gynecology* 10(5): 273-279.

Sanders M, Allen M, Alexander GR, Yankowitz J, Graeber J, Jonson TRB, Repka MX. 1991. Gestational age assessment in preterm neonates weighing less than 1500 grams. *Pediatrics* 88(3):542-546.

Sanders MR, Donohue PK, Oberdorf MA, Rosenkrantz TS, Allen MC. 1998. Impact of the perception of viability on resource allocation in the neonatal intensive care unit. *Journal of Perinatology* 18(5):347-351.

Sanjose S, Roman E, Beral V. 1991. Low birthweight and preterm delivery, Scotland, 1981-1984: Effect of parents' occupation. *Lancet* 338(8764):428-431.

Sankaran K, Chiel LY, Walker R, Seshia M, Ohlsson A, the Canadian Neonatal Network. 2002. Variations in mortality rates among Canadian neonatal intensive care units. *Canadian Medical Association Journal* 166:173-178.

Sarason BR, Shearin EN, Pierce GR, Sarason IG. 1987. Interrelations of social support measures: Theoretical and practical implications. *Journal of Personality and Social Psychology* 52:813-832.

Sarnyai Z. 1998. Neurobiology of stress and cocaine addiction. Studies on corticotropin-releasing factor in rats, monkeys, and humans. *Annals of the New York Academy of Sciences* 851:371-387.

Satin AJ, Leveno KJ, Sherman ML, Reedy NJ, Lowe TW, McIntire DD. 1994. Maternal youth and pregnancy outcomes: Middle school versus high school age groups compared with women beyond the teen years. *American Journal of Obstetrics and Gynecology* 171(1): 184-187.

Saugstad OD. 1990. Oxygen toxicity in the neonatal period. *Acta Paediatrica Scandinavia* 79:881-892.

Saugstad OD. 2005. Oxygen for newborns: How much is too much? *Journal of Perinatology* 25(Suppl 2):S45-S49.

Saurel-Cubizolles MJ, Kaminski M. 1986. Work in pregnancy: Its evolving relationship with perinatal outcome. *Social Science and Medicine* 22(4):431-442.

Saurel-Cubizolles MJ, Subtil D, Kaminski M. 1991. Is preterm delivery still related to physical working conditions in pregnancy? *Journal of Epidemiology and Community Health* 45(1):29-34.

Saurel-Cubizolles MJ, Zeitlin J, Lelong N, Papiernik E, Di Renzo GC, Breart G. 2004. Employment, working conditions, and preterm birth: Results from the Europop case-control survey. *Journal of Epidemiology and Community Health* 58(5):395-401.
Sauve RS, Robertson C, Etches P, Byrne PJ, Dayer-Zamora V. 1998. Before viability: A geographically based outcome study of infants weighing 500 grams or less at birth. *Pediatrics* 101(3 I):438-445.
Savitz DA, Pastore LM. 1999. Causes of prematurity. In: McCormick MC, Siegel JE eds. *Prenatal Care: Effectiveness and Implementation*. Cambridge, UK: Cambridge University Press. Pp. 63-104.
Savitz DA, Whelan EA, Rowland AS, Kleckner RC. 1990. Maternal employment and reproductive risk factors. *American Journal of Epidemiology* 132(5):933-945.
Savitz, DA, Dole N, Terry, JW, Zhou H, Thorp JM. 2001. Smoking and pregnancy outcome among African-American and White women in Central North Carolina. *Epidemiology* 12:636-642.
Savitz DA, Henderson L, Dole N, Herring A, Wilkins DG, Rollins D, Thorp JM Jr. 2002a. Indicators of cocaine exposure and preterm birth. *Obstetrics and Gynecology* 99: 458-465.
Savitz DA, Terry JW Jr., Dole N, Thorp JM Jr., Maria Siega-Riz A, Herring AH. 2002b. Comparison of pregnancy dating by last menstrual period, ultrasound scanning, and their combination. *American Journal of Obstetrics and Gynecology* 187(6):1660-1666.
Savitz DA, Dole N, Herring AH, Kaczor D, Murphy J, Siega-Riz AM, Thorp JM Jr., MacDonald TL. 2005. Should spontaneous and medically indicated preterm births be separated for studying aetiology? *Paediatric and Perinatal Epidemiology* 19(2):97-105.
Sawicki G, Dakour J, Morrish DW. 2003. Functional proteomics of neurokinin B in the placenta indicates a novel role in regulating cytotrophoblast antioxidant defences. *Proteomics* 3(10):2044-2051.
Saxena MC, Siddiqui MK, Bhargava AK, Seth TD, Krishnamurti CR, Kutty D. 1980. Role of chlorinated hydrocarbon pesticides in abortions and premature labour. *Toxicology* 17:323-331.
Saxena MC, Siddiqui MK, Seth TD, Krishna Murti CR, Bhargava AK, Kutty D. 1981. Organochlorine pesticides in specimens from women undergoing spontaneous abortion, premature of full-term delivery. *Journal of Analytical Toxicology* 5:6-9.
Sayle AE, Savitz DA, Williams JF. 2003. Accuracy of reporting of sexual activity during late pregnancy. *Paediatric and Perinatal Epidemiology* 17(2):143-147.
Schaid DJ. 1999. Case-parents design for gene-environment interaction. *Genetic Epidemiology* 16(3):261-273.
Schaid DJ, Sommer SS. 1993. Genotype relative risks: Methods for design and analysis of candidate-gene association studies. *American Journal of Human Genetics* 53(5):1114-1126.
Schaid DJ, Rowland CM, Tines DE, Jacobson RM, Poland GA. 2002. Score tests for association between traits and haplotypes when linkage phase is ambiguous. *American Journal of Human Genetics* 70:425-434.
Schendel DE, Berg CJ, Yeargin-Allsopp M, Boyle CA, Decoufle P. 1996. Prenatal magnesium sulfate exposure and the risk for cerebral palsy or mental retardation among very low-birth-weight children aged 3 to 5 years. *JAMA* 276(22):1805-1810.
Scherjon SA, Kok JH, Oosting H, Wolf H, Zondervan HA. 1992. Fetal and neonatal cerebral circulation: A pulsed Doppler study. *Journal of Perinatal Medicine* 20(1):79-82.
Scherjon SA, Smolders-DeHaas H, Kok JH, Zondervan HA. 1993. The "brain-sparing" effect: Antenatal cerebral Doppler findings in relation to neurologic outcome in very preterm infants. *American Journal of Obstetrics and Gynecology* 169(1):169-175.

Scherjon S, Briët J, Oosting H, Kok J. 2000. The discrepancy between maturation of visual-evoked potentials and cognitive outcome at five years in very preterm infants with and without hemodynamic signs of fetal brain-sparing. *Pediatrics* 105(2):385-391.

Schieve LA, Cogswell ME, Scanlon KS, Perry G, Ferre C, Blackmore-Prince C, Yu SM, Rosenberg D. 2000. Prepregnancy body mass index and pregnancy weight gain: Associations with preterm delivery. *Obstetrics and Gynecology* 96(2):194-200.

Schieve LA, Rasmussen SA, Buck GM, Schendel DE, Reynolds MA, Wright VC. 2004. Are children born after assisted reproductive technology at increased risk for adverse health outcomes? *Obstetrics and Gynecology* 103(6):1154-1163.

Schlesinger ER. 1973. Neonatal intensive care: Planning for services and outcomes following care. *Journal of Pediatrics* 82(6):916-920.

Schlesinger M, Kornesbusch K. 1990. The failure of prenatal care policy for the poor. *Health Affairs* 91-111.

Schmidt B, Asztalos EV, Roberts RS, Robertson CMT, Sauve RS, Whitfield MF. 2003. Impact of bronchopulmonary dysplasia, brain injury, and severe retinopathy on the outcome of extremely low-birth-weight infants at 18 months: Results from the Trial of Indomethacin Prophylaxis in Preterms. *JAMA* (9):1124-1129.

Schmidt M, Sangild PT, Blum JW, Andersen JB, Greve T. 2004. Combined acth and glucocorticoid treatment improves survival and organ maturation in premature newborn calves. *Theriogenology* 61(9):1729-1744.

Schmitt SK, Sneed L, Phibbs CS. 2006. Costs of newborn care in California: A population-based study. *Pediatrics* 117:154-160.

Schneider ML, Moore CF, Kraemer GW, Roberts AD, DeJesus OT. 2002. The impact of prenatal stress, fetal alcohol exposure, or both on development: Perspectives from a primate model. *Psychoneuroendocrinology* 27(1-2):285-298.

Schoendorf KC, Hogue CJR, Kleinman JC, Rowley D. 1992. Mortality among infants of black as compared with white college-educated parents. *New England Journal of Medicine* 326(23):1522-1526.

Scholl TO, Johnson WG. 2000. Folic acid: Influence on the outcome of pregnancy. *American Journal of Clinical Nutrition* 71(5 Suppl):1295S-1303S.

Scholl TO, Hediger ML, Huang J, Johnson FE, Smith W, Ances IG. 1992. Young maternal age and parity influences on pregnancy outcome. *Annals of Epidemiology* 2(5):565-575.

Scholl TO, Hediger ML, Belsky DH. 1994. Prenatal care and maternal health during adolescent pregnancy: A review and meta-analysis. *Journal of Adolescent Health* 15(6): 444-456.

Scholl TO, Hediger ML, Schall JI, Khoo C-S, Fischer RL. 1996. Erratum: Dietary and serum folate: Their influence on the outcome of pregnancy. *American Journal of Clinical Nutrition* 64(6):984.

Schulkin J. 1999. Corticotropin-releasing hormone signals adversity in both the placenta and the brain: Regulation by glucocorticoids and allostatic overload. *Journal of Endocrinology* 161(3):349-356.

Schulte HM, Weisner D, Allolio B. 1990. The corticotropin releasing hormone test in late pregnancy: Lack of an adrenocorticotropin and cortisol response. *Clinical Endocrinology* 33:99-106.

Schultheiss TM, Xydas S, Lassar AB. 1995. Induction of avian cardiac myogenesis by anterior endoderm. *Development* 121(12):4203-4214.

Scott SM, Watterberg KL. 1995. Effect of gestational age, postnatal age, and illness on plasma cortisol concentrations in premature infants. *Pediatric Research* 37(1):112-116.

Sebire NJ, Jolly M, Harris JP, Wadsworth J, Joffe M, Beard RW, Regan L, Robinson S. 2001. Maternal obesity and pregnancy outcome: A study of 287,213 pregnancies in London. *International Journal of Obesity* 25(8):1175-1182.

Senat MV, Minoui S, Multon O, Fernandez H, Frydman R, Ville Y. 1998. Effect of dexamethasone and betamethasone on fetal heart rate variability in preterm labour: A randomised study. *British Journal of Obstetrics and Gynaecology* 105(7):749-755.

Serdula M, Williamson DF, Kendrick JS, Anda RF, Byers T. 1991. Trends in alcohol consumption by pregnant women. 1985 through 1988. *JAMA* 265(7):876-879.

Shaddish WR, Cook TD, Campbell DT. 2002. *Experimental and Quasi Experimental Designs for Generalized Causal Inference*. Boston, MA: Houghton Mifflin.

Shah S, Ohlsson A. 2006. Ibuprofen for the prevention of patent ductus arteriosus in preterm and/or low birth weight infants. *Cohrane Reviews* 1.

Shah P, Shah V. 2004. Arginine supplementation for prevention of necrotising enterocolitis in preterm infants. *Cochrane Database of Systematic Reviews (Online: Update Software)* 4.

Shah V, Ohlsson A, Halliday HL, Dunn, MS. 2002. Early administration of inhaled corticosteroids for preventing chronic lung disease in ventilated very low birth weight preterm neonates. *Cochrane Reviews* 3.

Shalev B, Farr AK, Repka MX. 2001. Randomized comparison of diode laser photocoagulation versus cryotherapy for threshold retinopathy of prematurity: Seven-year outcome. *American Journal of Ophthalmology* 132(1):76-80.

Shankar R, Gude N, Cullinane F, Brennecke S, Purcell AW, Moses EK. 2005. An emerging role for comprehensive proteome analysis in human pregnancy research. *Reproduction* 129(6):685-696.

Shankaran S, Papile L-A, Wright LL, Ehrenkranz RA, Mele L, Lemons JA, Korones SB, Stevenson DK, Donovan EF, Stoll BJ, Fanaroff AA, Oh W, Verter J, Taylor GA, Seibert J, DiPietro M. 1997. The effect of antenatal phenobarbital therapy on neonatal intracranial hemorrhage in preterm infants. *New England Journal of Medicine* 337(7):466-471.

Shankaran S, Papile L-A, Wright LL, Ehrenkranz RA, Mele L, Lemons JA, Korones SB, Stevenson DK, Donovan EF, Stoll BJ, Fanaroff AA, Oh W, Verter J. 2002. Neurodevelopmental outcome of premature infants after antenatal phenobarbital exposure. *American Journal of Obstetrics and Gynecology* 187(1):171-177.

Shaw GM. 2003. Strenuous work, nutrition and adverse pregnancy outcomes: A brief review. *Journal of Nutrition* 133(5):1718S-1721S.

Shaw GM, Carmichael SL, Nelson V, Selvin S, Schaffer DM. 2004. Occurrence of low birthweight and preterm delivery among California infants before and after compulsory food fortification with folic acid. *Public Health Reports* 119(2):170-173.

Shennan A, Crawshaw S, Briley A, Hawken J, Seed P, Jones G, Poston LA. 2006. Randomised controlled trial of metronidazole for the prevention of preterm birth in women positive for cervicovaginal fetal fibronectin: The PREMET Study. *BJOG: An International Journal of Obstetrics and Gynaecology* 113:65-74.

Shepard PM. 1994. Issues of community empowerment. *Fordham Urban Law Journal* 21(3):739-755.

Shevell T, Malone FD, Vidaver J, Porter TF, Luthy DA, Comstock CH, Hankins GD, Eddleman K, Dolan S, Dugoff L, Craigo S, Timor IE, Carr SR, Wolfe HM, Bianchi DW, D'Alton ME. 2005. Assisted reproductive technology and pregnancy outcome. *Obstetrics and Gynecology* 106(5 I):1039-1045.

Shi MM. 2002. Technologies for individual genotyping: Detection of genetic polymorphisms in drug targets and disease genes. *American Journal of PharmacoGenomics* 2(3): 197-205.

Shinwell ES, Karplus M, Reich D, Weintraub Z, Blazer S, Bader D, Yurman S, Dolfin T, Kogan A, Dollberg S, Arbel E, Goldberg M, Gur I, Naor N, Sirota L, Mogilner S, Zaritsky A, Barak M, Gottfried E. 2000. Early postnatal dexamethasone treatment and increased incidence of cerebral palsy. *Archives of Disease in Childhood: Fetal and Neonatal Edition* 83(3):F177-F181.

Shiono PH, Klebanoff MA, Nugent RP, Cotch MF, Wilkins DG, Rollins DE, Carey JC, Behrman RE. 1995. The impact of cocaine and marijuana use on low birth weight and preterm birth: A multicenter study. *American Journal of Obstetrics and Gynecology* 172(1):19-27.

Shiono PH, Rauh VA, Park M, Lederman SA, Zuskar D. 1997. Ethnic differences in birthweight: The role of lifestyle and other factors. *American Journal of Public Health* 87(5):787-793.

Shortell SM, Zimmerman JE, Rousseau DM, Gillies RR, Wagner DP, Draper EA, Knaus WA, Duffy J. 1994. The performance of intensive care units: Does good management make a difference? *Medical Care* 32(5):508-525.

Shubert P, Diss E, and Iams JD. 1992. Etiology of preterm premature rupture of membranes. *Obstetrics and Gynecology Clinics of North America* 19:251-263.

Shukla H, Atakent YS, Ferrara A, Topsis J, Antoine C. 1987. Postnatal overestimation of gestational age in preterm infants. *American Journal of Diseases of Children* 141(10): 1106-1107.

Shults RA, Arndt V, Olshan AF, Martin CF, Royce RA. 1999. Effects of short interpregnancy intervals on small-for-gestational age and preterm births. *Epidemiology* 10:250-254.

Shumway J, O'Campo P, Gielen A, Witter FR, Khouzami AN, Blakemore KJ. 1999. Preterm labor, placental abruption, and premature rupture of membranes in relation to maternal violence or verbal abuse. *Journal of Maternal and Fetal Medicine* 8(3):76-80.

Siega-Riz AM, Adair LS, Hobel CJ. 1994. Institute of Medicine maternal weight gain recommendations and pregnancy outcome in a predominantly Hispanic population. *Obstetrics and Gynecology* 84:565-73.

Siega-Riz AM, Adair LS, Hobel CJ. 1996. Maternal underweight status and inadequate rate of weight gain during the third trimester of pregnancy increases the risk of preterm delivery. *Journal of Nutrition* 126(1):146-153.

Siega-Riz AM, Promislow JH, Savitz DA, Thorp JM Jr, McDonald T. 2003. Vitamin C intake and the risk of preterm delivery. *American Journal of Obstetrics and Gynecology* 189:519-525.

Siega-Riz AM, Savitz DA, Zeisel SH, Thorp JM, Herring A. 2004. Second trimester folate status and preterm birth. *American Journal of Obstetrics and Gynecology* 191:1851-1857.

Silbergeld EK, Patrick TE. 2005. Environmental exposures, toxicologic mechanisms, and adverse pregnancy outcomes. *American Journal of Obstetrics and Gynecology* 192: S11-S21.

Silva MJ, Barr DB, Reidy JA, Malek NA, Hodge CC, Caudill SP, Brock JW, Needham LL, Calafat AM. 2004. Urinary levels of seven phthalate metabolites in the U.S. population from the National Health and Nutrition Examination Survey (NHANES) 1999-2000. *Environmental Health Perspectives* 112(3):331-338.

Silverman WA. 1980. *Retrolental Fibroplasia: A Modern Parable. Monographs in Neonatology*. New York: Grune and Stratton.

Silverman WA. 1998. *Where's the Evidence? Debates in Modern Medicine.* Oxford, UK: Oxford University Press.

Simhan HN, Krohn MA, Roberts JM, Zeevi A, Caritis SN. 2003. Interleukin-6 promoter -174 polymorphism and spontaneous preterm birth. *American Journal of Obstetrics and Gynecology* 189(4):915-918.

Singer LT, Fulton S, Davillier M, Koshy D Salvator A, Baley JE. 2003. Effects of infant risk status and maternal psychological distress on maternal-infant interactions during the first year of life. *Journal of Developmental and Behavioral Pediatrics* 24(4):233-241.

Singer LTP, Salvator AM, Guo SP, Collin MM, Lilien LM, Baley JM. 1999. Maternal psychological distress and parenting stress after the birth of a very low-birth-weight infant. *JAMA* 281(9):799-805.
Singhal A, Fewtrell M, Cole TJ, Lucas A. 2003a. Low nutrient intake and early growth for later insulin resistance in adolescents born preterm. *Lancet* 361(9363):1089-1097.
Singhal A, Wells J, Cole TJ, Fewtrell M, Lucas A. 2003b. Programming of lean body mass: A link between birth weight, obesity, and cardiovascular disease? *American Journal of Clinical Nutrition* 77(3):726-730.
Singhal A, Cole TJ, Fewtrell M, Deanfield J, Lucas A. 2004. Is slower early growth beneficial for long-term cardiovascular health? *Circulation* 109(9):1108-1113.
Slattery MM, Morrison JJ. 2002. Preterm delivery. *Lancet* 360(9344):1489-1497.
Smaill F. 2001. Antibiotics for asymptomatic bacteriuria in pregnancy. *Cochrane Database of Systematic Reviews* 2.
Smith D, Hernandez-Avila M, Tellez-Rojo MM, Mercado A, Hu H. 2002. The relationship between lead in plasma and whole blood in women. *Environmental Health Perspectives* 110:263-268.
Smith GC, Pell JP, Dobbie R. 2003. Interpregnancy interval and risk of preterm birth and neonatal death: Retrospective cohort study. *British Medical Journal* 327:9.
Smith GN, Walker MC, McGrath MJ. 1999. Randomised, double-blind, placebo controlled pilot study assessing nitroglycerin as a tocolytic. *British Journal of Obstetrics and Gynaecology* 106:736-739.
Smith R, Mesiano S, McGrath S. 2002. Hormone trajectories leading to human birth. *Regulatory Peptides* 108:195-264.
Smith VC, Zupancic JAF, McCormick MC, Croen LA, Greene J, Escobar GJ, Richardson DK. 2005. Trends in severe bronchopulmonary dysplasia rates between 1994 and 2002. *Journal of Pediatrics* 146(4):469-473.
So, T. 1993. The role of matrix metalloproteinases for premature rupture of membranes. *Nippon Sanka Fujinka Gakkai Zasshi* 45:227-233.
Sola A, Wen T-C, Hamrick SEG, Ferriero DM. 2005. Potential for protection and repair following injury to the developing brain: A role for erythropoietin? *Pediatrics Research* 57(5 Pt 2):110R-117R.
Soll RF. 2002a. Prophylactic synthetic surfactant for preventing morbidity and mortality in preterm infants. *Cochrane Reviews* 3.
Soll RF. 2002b Prophylactic natural surfactant for preventing morbidity and mortality in preterm infants. *Cochrane Reviews* 3.
Soll RF. 2002c. Synthetic surfactant for respiratory distress syndrome in preterm infants. *Cochrane Reviews* 3.
Soll RF, Morley C. 2001. Prophylactic versus selective use of surfactant for preventing morbidity and mortality in preterm infants. *Cochrane Reviews* 2.
Sommerfelt K, Pedersen S, Ellertsen B, Markestad T. 1996. Transient dystonia in non-handicapped low-birthweight infants and later neurodevelopment. *Acta Paediatrica, International Journal of Paediatrics* 85(12):1445-1449.
Sooranna SR, Lee Y, Kim LU, Mohan AR. Bennett PR, Johnson MR. 2004. Mechanical stretch activates type 2 cyclooxygenase via activator protein-1 transcription factor in human myometrial cells. *Molecular Human Reproduction* 10:109-113.
Sooranna SR, Engineer N, Loudon JA, Terzidou V, Bennett PR, Johnson MR. 2005. The mitogen-activated protein kinase dependent expression of prostaglandin H synthase-2 and interleukin-8 messenger ribonucleic acid by myometrial cells: The differential effect of stretch and interleukin-1b. *Journal of Clinical Endocrinology and Metabolism* 90: 3517-3527.

Sosa C, Althabe F, Belizn J, Bergel E. 2004. Bed rest in singleton pregnancies for preventing preterm birth. *Cochrane Database of Systematic Reviews* 1.

Spellacy WN, Buhi WC. 1972. Amniotic fluid lecithin-sphingomyelin ratio as an index of fetal maturity. *Obstetrics and Gynecology* 39(6):852-860.

Spencer B, Thomas H, Morris J. 1989. A randomized controlled trial of the provision of a social support service during pregnancy: The South Manchester Family Worker Project. *British Journal of Obstetrics and Gynaecology* 96(3):281-288.

Spielman RS, McGinnis RE, Ewens WJ. 1993. Transmission test for linkage disequilibrium: The insulin gene region and insulin-dependent diabetes mellitus (IDDM). *American Journal of Human Genetics* 52(3):506-516.

Spinello A, Nicola S, Piazzi G, Ghazol K, Colonna L, Baltar G. 1994. Epidemiological correlates of preterm premature rupture of membranes. *International Journal of Gynecology and Obstetrics* 47(1):7-15.

Spinnato JA, Sibai BM, Shaver DC, Anderson GD. 1984. Inaccuracy of Dubowitz gestational age in low birth weight infants. *Obstetrics and Gynecology* 63(4):491-495.

Spohr HL, Willms J, Steinhausen HC. 1993. Prenatal alcohol exposure and long-term developmental consequences. *Lancet* 341:907-910.

Spong C, Meis PJ, Thom EA, et al. 2005. Progesterone for prevention of recurrent preterm birth: Impact of gestational age at previous delivery. *American Journal of Obstetrics and Gynecology* 193:1127-11131.

Sram RJ, Benes I, Binkova B, Dejmek J, Horstman D, Kotesovec F, Otto D, Perreault SD, Rubes J, Selevan SG, Skalik I, Stevens RK, Lewtas J. 1996. Teplice program—the impact of air pollution on human health. *Environmental Health Perspectives* 104(Suppl 4): 699-714.

Sram RJ, Binkova B, Dejmek J, Bobak M. 2005. Ambient air pollution and pregnancy outcomes: A review of the literature. *Environmental Health Perspectives* 113:375-382.

Sreenan C, Etches PC, Demianczuk N, Robertson CMT. 2001. Isolated mental developmental delay in very low birth weight infants: Association with prolonged doxapram therapy for apnea. *Journal of Pediatrics* 139(6):832-837.

SSA (U.S. Social Security Administration). 2005a. *Children Receiving SSI, 2004.* [Online]. Available: http://www.ssa.gov/policy/docs/statcomps/ssi_children/2004/ [accessed January 30, 2006].

SSA. 2005b. *Supplemental Security Income.* [Online]. Available: http://www.ssa.gov/notices/supplemental-security-income/ [accessed January 30, 2006].

SSA. 2005c. *Title XVI Only Disabled Child Claims Applications Filed 1995-2004. Title XVI Disability Research File.* Obtained from the SSA Office of Disability Programs.

SSA. 2005d. *FY 2006 Budget Appendix.* [Online]. Available: http://www.ssa.gov/budget/app06.pdf [accessed May 10, 2006].

Stancil TR, Hertz-Picciotto I, Schramm M, Watt-Morse M. 2000. Stress and pregnancy among African-American women. *Paediatric and Perinatal Epidemiology* 14(2):127-135.

Stanley FJ, Watson L. 1992. Trends in perinatal mortality and cerebral palsy in Western Australia, 1967 to 1985. *British Medical Journal* 304(6843):1658-1663.

Stanley FJ, Blair E, Alberman E. 2000. Cerebral palsies: Epidemiology and causal pathways. *Clinics in Developmental Medicine* 151.

Stark AR, Carlo WA, Tyson JE, Papile L-A, Wright LL, Shankaran S, Donovan EF, Oh W, Bauer CR, Saha S, Poole WK, Stoll BJ. 2001. Adverse effects of early dexamethasone treatment in extremely-low-birth-weight infants. *New England Journal of Medicine* 344(2):95-101.

Starr A, Amlie RN, Martin WH, Sanders S. 1977. Development of auditory function in newborn infants revealed by auditory brainstem potentials. *Pediatrics* 60(6):831-839.

Steer RA, Scholl TO, Hediger ML, Fischer RL. 1992. Self-reported depression and negative pregnancy outcomes. *Journal of Clinical Epidemiology* 45(10):1093-1099.

Stein A, Campbell EA, Day A, McPherson K, Cooper PJ. 1987. Social adversity, low birth weight, and preterm delivery. *British Medical Journal (Clinical Research Edition)* 295(6593):291-293.

Stein JA, Lu MC, Gelberg L. 2000. Severity of homelessness and adverse birth outcomes. *Health Psychology* 19(6):524-534.

Stephenson C, Lockwood C, Ma Y, Guller S. 2005. Thrombin-dependent regulation of matrix metalloproteinase (MMP-9) levels in human fetal membranes. *Journal of Maternal–Fetal and Neonatal Medicine* 18(1):17-22.

Sternfeld B. 1997. Physical activity and pregnancy outcome. Review and recommendations. *Sports Medicine* 23(1):33-47.

Stevens B, Ohlsson A. 2000. Sucrose for analgesia in newborn infants undergoing painful procedures. *Cochrane Database of Systematic Reviews (Online: Update Software)* 2.

Stevens B, Yamada J, Ohlsson A. 2004. Sucrose for analgesia in newborn infants undergoing painful procedures. *Cochrane Database of Systematic Reviews (Online: Update Software)* 3.

Stevens B, Yamada J, Beyene J, Gibbins S, Petryshen P, Stinson J, Narciso J. 2005. Consistent management of repeated procedural pain with sucrose in preterm neonates: Is it effective and safe for repeated use over time? *Clinical Journal of Pain* 21(6):543-548.

Stevens TP, Blennow M, Soll RF. 2002. Early surfactant administration with brief ventilation vs. selective surfactant and continued mechanical ventilation for preterm infants with or at risk for rds. *Cochrane Database of Systematic Reviews (Online: Update Software)* 2.

Stevenson DK, Wong RJ, Vreman HJ. 2005. Reduction in hospital readmission rates for hyperbilirubinemia is associated with use of transcutaneous bilirubin measurements. *Clinical Chemistry* 51(3):481-482.

Stewart A, Pezzani-Goldsmith N. 1994. *The Newborn Infant. One Brain for Life*. Paris, France: Les Editions INSERM.

Stewart JD, Gonzalez CL,Christensen HD, et al. 1997. Impact of multiple antenatal doses of betamethasone on growth and development of mice offspring. *American Journal of Obstetrics and Gynecology* 177(5):1138-1144.

Stjernqvist KM. 1992. Extremely low birthweight infants less than 901g: Impact on the family during the first year. *Scandinavian Journal of Social Medicine* 20(4):226-233.

Stjernqvist K, Svenningsen NW. 1995. Extremely low-birth-weight infants less than 901 g: Development and behaviour after 4 years of life. *Acta Paediatrica, International Journal of Paediatrics* 84(5):500-506.

St John EB, Carlo WA. 2003. Respiratory distress syndrome in VLBW infants: Changes in management and outcomes observed by the NICHD Neonatal Research Network. *Seminars in Perinatology* 27:288-292.

Stoll BJ, Gordon T, Korones SB, Shankaran S, Tyson JE, Bauer CR, Fanaroff AA, Lemons JA, Donovan EF, Oh W, Stevenson DK, Ehrenkranz RA, Papile L-A, Verter J, Wright LL. 1996. Late-onset sepsis in very low birth weight neonates: A report from the national institute of child health and human development neonatal research network. *Journal of Pediatrics* 129(1):63-71.

Stoll BJM, Hansen NIM, Adams-Chapman IM, Fanaroff AAM, Hintz SRM, Vohr BM, Higgins RDM, for the National Institute of Child Health and Human Development Neonatal Research Network. 2004. Neurodevelopmental and growth impairment among extremely low-birth-weight infants with neonatal infection. *JAMA* 292(19):2357-2365.

STOP-ROP (Supplemental Therapeutic Oxygen for Prethreshold Retinopathy of Prematurity). 2000. STOP-ROP, a randomized, controlled trial. I: Primary outcomes. *Pediatrics* 105(2):295-310.

Strauss RS. 2000. Adult functional outcome of those born small for gestational age: Twenty-six-year follow-up of the 1970 British Birth Cohort. *JAMA* 283(5):625-632.

Stromme P, Hagberg G. 2000. Aetiology in severe and mild mental retardation: A population-based study of Norwegian children. *Developmental Medicine and Child Neurology* 42(2):76-86.

Super M, Heese HDV, MacKenzie D, Dempster WS, Plessis JD, Ferreira JJ. 1981. An epidemiological study of well-water nitrates in a group of south west african/namibian infants. *Water Research* 15:1265-1270.

Susser M, Susser E. 1996. Choosing a future for epidemiology: II. From black box to Chinese boxes and ecoepidemiology. *American Journal of Public Health* 86:674-677.

Symington A, Pinelli J. 2006. Developmental care for promoting development and preventing morbidity in preterm infants. *Cochrane Reviews* 1.

Synnes AR, Chien LY, Peliowski A, Baboolal R, Lee SK and the Canadian NICU Network. 2001. Variation in intraventricular hemorrhage incident rates among Canadian intensive care units. *Journal of Pediatrics* 138:525-531.

Szatmari P, Saigal S, Rosenbaum P, Campbell D, King S. 1990. Psychiatric disorders at five years among children with birthweights <1000 g: A regional perspective. *Developmental Medicine and Child Neurology* 32(11):954-962.

Szekeres-Bartho J. 2002. Immunological relationship between the mother and the fetus. *International Reviews of Immunology* 21:471-495.

Szymonowicz W, Walker AM, Yu YV, Stewart ML, Cannata J, Cussen L. 1990. Regional cerebral blood flow after hemorrhagic hypotension in the preterm, near-term, and newborn lamb. *Pediatrics Research* 28:361-366.

Taeusch HW, Ballard RA, Gleason CA eds. 2005. *Avery's Diseases of the Newborn*, 8th edition. Philadelphia, PA: Elsevier Saunders.

Taffel S. 1980. Factors associated with low birth weight. United States, 1976. *Vital and Health Statistics. Series 21, Data from the National Vital Statistics System* (37):1-37.

Taipale P, Hiilesmaa V. 1998. Sonographic measurement of uterine cervix at 18-22 weeks' gestation and the risk of preterm delivery. *Obstetrics and Gynecology* 92(6):902-907.

Tasi HJ, Kho JY, Shaikh N, Choudhry S, Naqvi M, Navarro D, Matallana H, Castro R, Lilly CM, Watson HG, Meade K, LeNoir M, Thyne S, Ziv E, Burchard EG. 2006. Admixture-matched case-control study: A practical approach for genetic association studies in admixed populations. *Human Genetics* 118:626-639.

Taylor ES. 1985. Discussion of Main DM, Gabbe SG, Richardson D et al. *American Journal of Obstetrics and Gynecology* 151:892.

Taylor HG, Hack M, Klein NK. 1998. Attention deficits in children with <750 gm birth weight. *Child Neuropsychology* 4(1):21-34.

Taylor HG, Klein N, Minich NM, Hack M. 2000. Middle-school-age outcomes in children with very low birthweight. *Child Development* 71(6):1495-1511.

Taylor HG, Klein N, Minich NM, Hack M. 2001. Long-term family outcomes for children with very low birth weights. *Archives of Pediatrics and Adolescent Medicine* 155(2): 155-161.

Taylor PR, Lawrence CE, Hwang HL, Paulson AS. 1984. Polychlorinated biphenyls: Influence on birthweight and gestation. *American Journal of Public Health* 74:1153-1154.

Taylor PR, Stelma JM, Lawrence CE. 1989. The relation of polychlorinated biphenyls to birth weight and gestational age in the offspring of occupationally exposed mothers. *American Journal of Epidemiology* 129:395-406.

Taylor SE. 2006. Social support. In: Friedman HS, Silver RC eds. *Oxford Handbook of Health Psychology*. New York: Oxford University Press.

Taylor SE, Repetti RL. 1997. Health psychology: What is an unhealthy environment and how does it get under the skin? *Annual Review of Psychology* 48:411-447.

Teixeira JM, Fisk NM, Glover V. 1999. Association between maternal anxiety in pregnancy and increased uterine artery resistance index: Cohort based study. *British Medical Journal* 318(7177):153-157.

Teramo K, Hallman M, Raivio KO. 1980. Maternal glucocorticoid in unplanned premature labor. Controlled study on the effects of betamethasone phosphate on the phospholipids of the gastric aspirate and on the adrenal cortical function of the newborn infant. *Pediatrics Research* 14:326-329.

Terrone DA, Smith LG Jr., Wolf EJ, Uzbay LA, Sun S, Miller RC. 1997. Neonatal effects and serum cortisol levels after multiple courses of maternal corticosteroids. *Obstetrics and Gynecology* 90(5):819-823.

Terrone DA, Rinehart BK, Rhodes PG, Roberts WE, Miller RC, Martin Jr. JN, Moawad AH, Carpenter RJ, Hill WC, Wagner A. 1999. Multiple courses of betamethasone to enhance fetal lung maturation do not suppress neonatal adrenal response. *American Journal of Obstetrics and Gynecology* 180(6 I):1349-1353.

Terzidoo V, Sooranna SR, Kim LU, Thorton S, Bennett PR, Johnson MR. 2005. Mechanical stretch up-regulates the human oxytocin receptor in primary human uterine myocytes. *Journal of Clinical Endocrinology Metabolism* 90:237-246.

Therien JM, Worwa CT, Mattia FR, deRegnier R-AO. 2004. Altered pathways for auditory discrimination and recognition memory in preterm infants. *Developmental Medicine and Child Neurology* 46(12):816-824.

Theunissen NCM, Veen S, Fekkes M, Koopman HM, Zwinderman K. 2001. Quality of life in preschool children born preterm. *Developmental Medicine and Child Neurology* 43: 460-465.

Thibeault DW, Mabry S, Rezaiekhaligh M. 1990. Neonatal pulmonary oxygen toxicity in the rat and lung changes. *Pediatric Pulmonology* 9:96-108.

Thibeault DW, Mabry SM, Ekekezie I, Truog WE. 2000. Lung elastic tissue maturation and perturbations during the evolution of chronic lung disease. *Pediatrics* 106:1452.

Thoits PA. 1995. Stress, coping, and social support processes: Where are we? What next? *Journal of Health and Social Behavior* Spec No:53-79.

Thoman EB, Ingersoll EW, Acebo C. 1991. Premature infants seek rhythmic stimulation, and the experience facilitates neurobehavioral development. *Journal of Developmental and Behavioral Pediatrics* 12(1):11-18.

Thomas M, Greenough A, Morton M. 2003. Prolonged ventilation and intact survival in very low birth weight infants. *European Journal of Pediatrics* 162(2):65-67.

Thome UH, Carlo WA. 2002. Permissive hypercapnia. *Seminars in Neonatology* 7(5): 409-419.

Thorp JA, Gaston L, Caspers DR, Pal ML. 1995. Current concepts and controversies in the use of vitamin K. *Drugs* 49(3):376-387.

Thurin A, Hausken J, Hillensjo T, Jablonowska B, Pinborg A, Strandell A, Bergh C. 2004. Elective single-embryo transfer versus double-embryo transfer in in vitro fertilization. *New England Journal of Medicine* 351(23):2392-2402.

Tideman E, Ley D, Bjerre I, Forslund M. 2001. Longitudinal follow-up of children born preterm: Somatic and mental health, self-esteem and quality of life at age 19. *Early Human Development* 61(2):97-110.

Tilford JM, Robbins JM, Hobbes CA. 2001. Improving estimates of caregiver time cost and family impact associated with birth defects. *Teratology* 64:S37-S41.

Timor-Tritsch IE, Farine D, Rosen MG. 1988. A close look at early embryonic development with the high-frequency transvaginal transducer. *American Journal of Obstetrics and Gynecology* 159(3):676-681.

Tin W. 2002. Oxygen therapy: 50 years of uncertainty. *Pediatrics* 110(3):615-616.

Tin W, Wariyar U. 2002. Giving small babies oxygen: 50 years of uncertainty. *Seminars in Neonatology* 7(5):361-367.

To MS, Alfirevic Z, Heath VCF, Cicero S, Cacho AM, Williamson PR, Nicolaides KH. 2004. Cervical cerclage for prevention of preterm delivery in women with short cervix: Randomised controlled trial. *Lancet* 363(9424):1849-1853.

Tommiska V, Heinonen K, Kero P, Pokela M-L, Tammela O, Jarvenpaa A-L, Salokorpi T, Virtanen M, Fellman V, Marlow N. 2003. A national two year follow up study of extremely low birthweight infants born in 1996-1997. *Archives of Disease in Childhood: Fetal and Neonatal Edition* 88(1): F29-F35.

Torday JS, Rehan VK. 2003. Testing for fetal lung maturation: A biochemical "window" to the developing fetus. *Clinics in Laboratory Medicine* 23(2):361-383.

Torrance GW, Furlong W, Feeny D, Boyle M. 1995. Multi-attribute preference functions. Health utilities index. *PharmacoEconomics* 7:503-520.

Torres-Sanchez LE, Berkowitz G, Lopez-Carrillo L, Torres-Arreola L, Rios C, Lopez-Cervantes M. 1999. Intrauterine lead exposure and preterm birth. *Environmental Research* 81(4): 297-301.

Tourangeau AE, Cranley LA, Jeffs L. 2006. Impact of nursing on hospital patient mortality: A focused review and related policy implications. *Quality and Safety in Health Care* 15(1):4-8.

Towers CV, Bonebrake R, Padilla G, Rumney P. 2000. The effect of transport on the rate of severe intraventricular hemorrhage in very low birth weight infants. *Obstetrics and Gynecology* 95(2):291-295.

Treloar SA, Macones GA, Mitchell LE, Martin NG. 2000. Genetic influences on premature parturition in an Australian twin sample. *Twin Research* 3(2):80-82.

Tsai SS, Yu HS, Liu CC, Yang CY. 2003. Increased incidence of preterm delivery in mothers residing in an industrialized area in Taiwan. *Journal of Toxicology and Environmental Health* A(66):987-994.

Tsai SS, Chen CC, Hsieh HJ, Chang CC, Yang CY. 2006. Air pollution and postneonatal mortality in a tropical city: Kaohsiung, Taiwan. *Inhalation Toxicology* 18(3):185-189.

Tsuji M, Saul JP, du Plessis A, Eichenwald E, Sobh J, Crocker R, Volpe JJ. 2000. Cerebral intravascular oxygenation correlates with mean arterial pressure in critically ill premature infants. *Pediatrics* 106:625-632.

Tudehope DI, Burns YR, Gray PH, Mohay HA, O'Callaghan MJ, Rogers YM. 1995. Changing patterns of survival and outcome at 4 years of children who weighed 500-999 g at birth. *Journal of Paediatrics and Child Health* 31(5):451-456.

Tuntiseranee P, Geater A, Chongsuvivatwong V, Kor-anantakul O. 1998. The effect of heavy maternal workload on fetal growth retardation and preterm delivery a study among southern Thai women. *Journal of Occupational and Environmental Medicine* 40(11):1013-1021.

Turner RJ, Grindstaff CF, Phillips N. 1990. Social support and outcome in teenage pregnancy. *Journal of Health and Social Behavior* 31(1):43-57.

Tuthill RW, Giusti RA, Moore GS, Calabrese EJ. 1982. Health effects among newborns after prenatal exposure to cio2-disinfected drinking water. *Environmental Health Perspectives* 46:39-45.

Tyson JE, Kennedy K, Broyles S, Rosenfeld CR. 1995. The small for gestational age infant: Accelerated or delayed pulmonary maturation? Increased or decreased survival? *Pediatrics* 95(4):534-538.

Tyson JE, Younes N, Verter J, Wright LL. 1996. Viability, morbidity, and resource use among newborns of 501- to 800-g birth weight. *JAMA* 276(20):1645-1651.

Ugwumadu A, Manyonda I, Reid F, Hay P. 2003. Effect of early oral clindamycin on late miscarriage and preterm delivery in asymptomatic women with abnormal vaginal flora and bacterial vaginosis: A randomised controlled trial. *Lancet* 361:983-988.

Umbach DM. 2000. Invited commentary: On studying the joint effects of candidate genes and exposures. *American Journal of Epidemiology* 152(8):701-703.

UNICEF, WHO (United Nations Children's Fund, World Health Organization). 2004. *Low Birthweight: Country, Regional, and Global Estimates*. New York: United Nations Children's Fund.

Usher R, McLean F. 1969. Intrauterine growth of live-born Caucasian infants at sea level: Standards obtained from measurements in 7 dimensions of infants born between 25 and 44 weeks of gestation. *Journal of Pediatrics* 74(6):901-910.

Uthaya S, Thomas EL, Hamilton G, Doré CJ, Bell J, Modi N. 2005. Altered adiposity after extremely preterm birth. *Pediatric Research* 57(2):211-215.

Vadillo-Ortega F, Sadowsky D, Haluska G, Hernandez-Guerrero C, Guevara-Silva R, Gravett MG, Novy MJ. 2002. Identification of matrix metalloproteinase-9 in amniotic fluid and amniochorion in spontaneous labor and after experimental intrauterine infection or interleukin1B infusion in pregnant rhesus monkeys. *American Journal of Obstetrics and Gynecology* 186:128-138.

Vamvakas EC, Strauss RG. 2001. Meta-analysis of controlled clinical trials studying the efficacy of rHuEPO in reducing blood transfusions in the anemia of prematurity. *Transfusion* 41(3):406-415.

Van Den Bergh BRH, Marcoen A. 2004. High antenatal maternal anxiety is related to ADHD symptoms, externalizing problems, and anxiety in 8- and 9-year-olds. *Child Development* 75(4):1085-1097.

Van Den Bergh BRH, Mennes M, Oosterlaan J, Stevens V, Stiers P, Marcoen A, Lagae L. 2005. High antenatal maternal anxiety is related to impulsivity during performance on cognitive tasks in 14- and 15-year-olds. *Neuroscience and Biobehavioral Reviews* 29(2):259-269.

Van Den Hout BM, Stiers P, Haers M, Van Der Schouw YT, Eken P, Vandenbussche E, Van Nieuwenhuizen O, De Vries LS. 2000. Relation between visual perceptual impairment and neonatal ultrasound diagnosis of haemorrhagic ischaemic brain lesions in 5-year-old children. *Developmental Medicine and Child Neurology* 42(6):376-386.

Vander JF, Handa J, McNamara JA, Trese M, Spencer R, Repka MX, Rubsamen P, Li H, Morse LS, Tasman WS, Flynn JT. 1997. Early treatment of posterior retinopathy of prematurity: A controlled trial. *Ophthalmology* 104(11):1731-1736.

Van Dijk M, Mulders J, Poutsma A, Konst AA, Lachmeijer AM, Dekker GA, Blankenstein MA, Oudejans CBM. 2005. Maternal segregation of the Dutch preeclampsia locus at 10q22 with a new member of the winged helix gene family. *Nature Genetics* 37:514-519.

Van Meurs KP, Wright LL, Ehrenkranz RA, Lemons JA, Bethany Ball M, Kenneth Poole W, Perritt R, Higgins RD, Oh W, Hudak ML, Laptook AR, Shankaran S, Finer NN, Carlo WA, Kennedy KA, Fridriksson JH, Steinhorn RH, Sokol GM, Ganesh Konduri G, Aschner JL, Stoll BJ, D'Angio CT, Stevenson DK. 2005. Inhaled nitric oxide for premature infants with severe respiratory failure. *New England Journal of Medicine* 353(1):13-22.

Van Voorhis BJ. 2006. Outcomes from assisted reproductive technology. *Obstetrics and Gynecology* 107:183-200.

Van Wassenaer AG, Briët JM, Van Baar A, Smit BJ, Tamminga P, De Vijlder JJM, Kok JH. 2002. Free thyroxine levels during the first weeks of life and neurodevelopmental outcome until the age of 5 years in very preterm infants. *Pediatrics* 110(3):534-539.

Varma R, Gupta JK. 2006. Antibiotic treatment of bacterial vaginosis in pregnancy: Multiple meta-analyses and dilemmas in interpretation. *European Journal of Obstetrics, Gynecology, and Reproductive Biology* 124:10-14.

Varner MW, Esplin MS. 2005. Current understanding of genetic factors in preterm birth. *BJOG: An International Journal of Obstetrics and Gynaecology* 112(s1):28-31.

Vaucher YE. 2002. Bronchopulmonary dysplasia: An enduring challenge. *Pediatrics in Review/American Academy of Pediatrics* 23(10):349-358.

Veddovi M, Kenny DT, Gibson F, Bowen J, Starte D. 2001. The relationship between depressive symptoms following premature birth, mothers' coping style, and knowledge of infant development. *Journal of Reproductive and Infant Psychology* 19(4):313-323.

Veerappan S, Rosen H, Craelius W, Curcie D, Hiatt M, Hegyi T. 2000. Spectral analysis of heart rate variability in premature infants with feeding bradycardia. *Pediatric Research* 47(5):659-662.

Ventura SJ, Mosher WD, Curtin SC, Abma JC, Henshaw S. 2001. Trends in pregnancy rates for the United States, 1976-97: An update. *National Vital Statistics Reports: From the Centers for Disease Control and Prevention, National Center for Health Statistics, National Vital Statistics System* 49(4):1-9.

Vermeulen GM, Bruinse HW. 1999. Prophylactic administration of clindamycin 2% vaginal cream to reduce the incidence of spontaneous preterm birth in women with an increased recurrence risk: A randomised placebo-controlled double-blind trial. *British Journal of Obstetrics and Gynaecology* 106(7):652-657.

Vickers A, Ohlsson A, Lacy JB, Horsley A. 2004. Massage for promoting growth and development of preterm and/or low birth-weight infants. *Cochrane Database of Systematic Reviews (Online: Update Software)* 2.

The Victorian Infant Collaborative Study Group. 1997. *Journal of Paediatrics and Child Health* 33(3):202-208.

Vigano P, Mangioni S, Pompei F, Chiodo I. 2003. Maternal-conceptus cross talk—a review. *Placenta* 24:S56-S61.

Villanueva CM, Durand G, Coutte MB, Chevrier C, Cordier S. 2005. Atrazine in municipal drinking water and risk of low birth weight, preterm delivery, and small-for-gestational-age status. *Occupational and Environmental Medicine* 62:400-405.

Villar J, Gulmezoglu AM, de Onis M. 1998. Nutritional and antimicrobial interventions to prevent preterm birth: An overview of randomized controlled trials. *Obstetrics and Gynecology Survey* 53:575-585.

Villar J, Merialdi M, Gnlmezoglu AM, Abalos E, Carroli G, Kulier R, De Onis M. 2003a. Characteristics of randomized controlled trials included in systematic reviews of nutritional interventions reporting maternal morbidity, mortality, preterm delivery, intrauterine growth restriction and small for gestational age and birth weight outcomes. *Journal of Nutrition* 133(5 Suppl 1):1632S-1639S.

Villar J, Merialdi M, Gulmezoglu AM, Abalos E, Carroli G, Kulier R, De Oni M. 2003b. Nutritional interventions during pregnancy for the prevention or treatment of maternal morbidity and preterm delivery: An overview of randomized controlled trials. *Journal of Nutrition* 133(5 Suppl 1):1606S-1625S.

Vogel I, Thorsen P, Curry A, Sandager P, Uldbjerg N. 2005. Biomarkers for the prediction of preterm delivery. *Acta Obstetricia et Gynecologica Scandinavica* 84(6):516-525.

Vogler GP, Kozlowski LT. 2002. Differential influence of maternal smoking on infant birth weight: Gene-environment interaction and targeted intervention. *JAMA* 287(2):241-242.

Vohr B. 2004. Follow-up care of high-risk infants. *Pediatrics* 114(5 Suppl 2):1377-1397.

Vohr BR, Coll CTG. 1985. Neurodevelopmental and school performance of very low-birth-weight infants: A seven-year longitudinal study. *Pediatrics* 76(3):345-350.

Vohr BR, Wright LL, Dusick AM, Mele L, Verter J, Steichen JJ, Simon NP, Wilson DC, Broyles S, Bauer CR, Delaney-Black V, Yolton KA, Fleisher BE, Papile L-A, Kaplan MD. 2000. Neurodevelopmental and functional outcomes of extremely low birth weight infants in the National Institute of Child Health and Human Development Neonatal Research Network, 1993-1994. *Pediatrics* 105(6):1216-1226.

Vohr BR, Wright LL, Dusick AM, Perritt R, Poole WK, Tyson JE, Steichen JJ, Bauer CR, Wilson-Costello DE, Mayes LC. 2004. Center differences and outcomes of extremely low birth weight infants. *Pediatrics* 113(4 I):781-789.

Vohr BR, Wright LL, Poole WK, McDonald SA, for the NICHD Neonatal Research Network Follow-up Study. 2005. Neurodevelopmental outcomes of extremely low birth weight infants <32 weeks' gestation between 1993 and 1998. *Pediatrics* 116(3):635-643.

Volpe JJ. 2001. *Neurology of the Newborn*, 4th edition. Philadelphia, PA: WB Saunders. Pp. 217-497.

Von Korff M, Koepsell T, Curry S, Diehr P. 1992. Multilevel analysis in epidemiologic research on health behaviors and outcomes. *American Journal of Epidemiology* 135(10): 1077-1082.

Vuadens F, Benay C, Crettaz D, Gallot D, Sapin V, Schneider P, Bienvenut WV, Lemery D, Quadroni M, Dastugue B, Tissot JD. 2003. Identification of biologic markers of the premature rupture of fetal membranes: Proteomic approach. *Proteomics* 3(8):1521-1525.

Wacholder S, Rothman N, Caporaso N. 2000. Population stratification in epidemiologic studies of common genetic variants and cancer: Quantification of bias. *Journal of the National Cancer Institute* 92(14):1151-1158.

Wada K, Jobe AH, Ikegami M. 1997. Tidal volume effects on surfactant treatment responses with the initiation of ventilation in preterm lambs. *Journal of Applied Physiology* 83:1054-1061.

Wadhwa PD, Sandman CA, Porto M, Dunkel-Schetter C, Garite TJ. 1993. The association between prenatal stress and infant birth weight and gestational age at birth: A prospective investigation. *American Journal of Obstetrics and Gynecology* 169(4):858-865.

Wadhwa PD, Dunkel-Schetter C, Chicz-DeMet A, Porto M, Sandman CA. 1996. Prenatal psychosocial factors and the neuroendocrine axis in human pregnancy. *Psychosomatic Medicine* 58(5):432-446.

Wadhwa PD, Culhane JF, Rauh V, Barve SS. 2001. Stress and preterm birth: Neuroendocrine, immune/inflammatory, and vascular mechanisms. *Maternal and Child Health Journal* 5(2):119-125.

Waitzman NJ, Scheffler RM, Romano PS. 1996. *The Costs of Birth Defects: The Value of Prevention.* Lanham, MD: University Press of America.

Waldron I, Hughes ME, Brooks TL. 1996. Marriage protection and marriage selection-prospective evidence for reciprocal effects of marital status and health. *Social Science and Medicine* 43(1):113-123.

Waller DK, Spears WD, Gu Y, Cunningham GC. 2000. Assessing number-specific error in the recall of onset of last menstrual period. *Paediatric and Perinatal Epidemiology* 14(3): 263-267.

Walsh MC, Szefler S, Davis J, Allen M, Van Marter L, Abman S, Blackmon L, Jobe A. 2006. Summary proceedings from the bronchopulmonary dysplasia group. *Pediatrics* 117(3): S52-S56.

Walsh-Sukys M, Reitenbach A, Hudson-Barr D, DePompei P. 2001. Reducing light and sound in the neonatal intensive care unit: An evaluation of patient safety, staff satisfaction and costs. *Journal of Perinatology* 21(4):230-235.

Walther FJ, Den Ouden AL, Verloove-Vanhorick SP. 2000. Looking back in time: Outcome of a national cohort of very preterm infants born in The Netherlands in 1983. *Early Human Development* 59(3):175-191.

Wang H, Parry S, Macones G, Sammel MD, Ferrand PE, Kuivaniemi H, Tromp G, Halder I, Shriver MD, Romero R, Strauss JF III. 2004. Functionally significant SNP MMP8 promoter haplotypes and preterm premature rupture of membranes (PPROM). *Human Molecular Genetics* 13(21):2659-2669.

Wang ML, Dorer DJ, Fleming MP, Catlin EA. 2004. Clinical outcomes of near-term infants. *Pediatrics* 114(2 I):372-376.

Wang TH, Chang YL, Peng HH, Wang ST, Lu HM, Teng SH, Chang SD. 2005. Rapid detection of fetal aneuploidy using proteomics approaches on amniotic fluid supernatant. *Prenatal Diagnosis* 25(7):559-566.

Wang X, Zuckerman B, Coffman GA, Corwin MJ. 1995. Familial aggregation of low birth weight among whites and blacks in the United States. *New England Journal of Medicine* 333(26):1744-1749.

Wang X, Chen D, Niu T, Wang Z,Wang L, Ryan L, Smith T, Christiani DC, Zuckerman B, Xu X. 2000. Genetic susceptibility to benzene and shortened gestation: Evidence of gene-environment interaction. *American Journal of Epidemology* 152:693-700.

Wang X, Zuckerman B, Pearson C, Kaufman G, Chen C, Wang G, Niu T, Wise PH, Bauchner H, Xu X. 2002. Maternal cigarette smoking, metabolic gene polymorphism, and infant birth weight. *JAMA* 287(2):195-202.

Wang Y, Wysocka J, Perlin JR, Leonelli L, Allis CD, Coonrod SA. 2004. Linking covalent histone modifications to epigenetics: The rigidity and plasticity of the marks. *Cold Spring Harbor Symposia on Quantitative Biology* 69:161-169.

Wapner RJ for the NICHF MFMU Network. 2003. A randomized controlled trial of single vs. weekly courses of corticosteroids. *American Journal of Obstetrics and Gynecology* 189:S56 (SMFM abstract 2).

Wapner RJ for the NICHD MFMU Network. 2005. Maternal and fetal adrenal function following single and repeat courses of antenatal corticosteroids. *American Journal of Obstetrics and Gynecology* 193:S5 (SMFM abstract 10).

Ware J, Taeusch HW, Soll RF, McCormick MC. 1990. Health and developmental outcomes of a surfactant controlled trial: Follow-up at 2 years. *Pediatrics* 85(6):1103-1107.

Wariyar U, Tin W, Hey E. 1997. Gestational assessment assessed. *Archives of Disease in Childhood: Fetal and Neonatal Edition* 77(3):F216-F220.

Warren WB, Timor-Tritsch I, Peisner DB, Raju S, Rosen MG. 1989. Dating the early pregnancy by sequential appearance of embryonic structures. *American Journal of Obstetrics and Gynecology* 161(3):747-753.

Warshaw JB. 1985. Intrauterine growth retardation: Adaptation or pathology? *Pediatrics* 76(6):998-999.

Wassermann M, Ron M, Bercovici B, Wassermann D, Cucos S, Pines A. 1982. Premature delivery and organochlorine compounds: Polychlorinated biphenyls and some organochlorine insecticides. *Environmental Research* 28:106-112.

Wathes DC, Porter DG. 1982. Effect of uterine distension and oestrogen treatment on gap junction formation in the myometrium of the rat. *Journal of Reproduction and Fertility* 65:497-505.

Watterberg KL, Gerdes JS, Gifford KL, Lin H-M. 1999. Prophylaxis against early adrenal insufficiency to prevent chronic lung disease in premature infants. *Pediatrics* 104(6):1258-1263.

Weaver VM, Buckley TJ, Groopman JD. 1998. Approaches to environmental exposure assessment in children. *Environmental Health Perspectives* 106(Suppl 3):827-832.

Weiler HA, Yuen CK, Seshia MM. 2002. Growth and bone mineralization of young adults weighing less than 1500 g at birth. *Early Human Development* 67(1-2):101-112.

Wells DA, Gillies D, Fitzgerald DA. 2005. Positioning for acute respiratory distress in hospitalised infants and children. *Cochrane Database of Systematic Reviews (Online: Update Software)* 2.

Wellstone P, Farrell J, McDonald A. 1999, August 3.Wellstone challenges White House assertion of welfare reform "success story"; cites disturbing evidence of childhood poverty and hunger, dearth of information on former recipients [press release].

Wen SW, Goldenberg RL, Cutter GR, Hoffman HJ, Cliver SP. 1990. Intrauterine growth retardation and preterm delivery: Prenatal risk factors in an indigent population. *American Journal of Obstetrics and Gynecology* 162(1):213-218.

Wen SW, Demissie K, Yang Q, Walker MC. 2004. Maternal morbidity and obstetric complications in triplet pregnancies and quadruplet and higher-order multiple pregnancies. *American Journal of Obstetrics and Gynecology* 191(1):254-258.

Wenstrom KD, Andrews WW, Tamura T, Dubard MB, Johnston KE, Hemstreet GP. 1996. Elevated amniotic fluid interleukin-6 levels at genetic amniocentesis predict subsequent pregnancy loss. *American Journal of Obstetrics and Gynecology* 175:830-833.

Wenstrom KD, Weiner CP, Merrill D, Niebyl J. 1997. A placebo-controlled randomized trial of the terbutaline pump for prevention of preterm delivery. *American Journal of Perinatology* 14(2):87-91.

West SG, Aiken LS. 1997. Toward understanding individual effects in multicomponent prevention programs: Design and analysis strategies. In: Bryant K, Windle M, West S eds. *The Science of Prevention: Methodological Advances from Alcohol and Substance Abuse Research*. Washington, DC: American Psychological Association. Pp. 167-209.

White KR. 2003. The current status of EHDI programs in the United States. *Mental Retardation and Developmental Disabilities Research Reviews* 9(2):79-88.

Whitehead N, Hill HA, Brogan DJ, Blackmore-Prince C. 2002. Exploration of threshold analysis in the relation between stressful life events and preterm delivery. *American Journal of Epidemiology* 155(2):117-124.

Whitehead NS, Brogan DJ, Blackmore-Prince C, Hill HA. 2003. Correlates of experiencing life events just before or during pregnancy. *Journal of Psychosomatic Obstetrics and Gynaecology* 24:77-86.

Whitelaw A. 2001. Intraventricular streptokinase after intraventricular hemorrhage in newborn infants. *Cochrane Database of Systematic Reviews (Online: Update Software)* 1.

Whitelaw A, Kennedy CR, Brion LP. 2001. Diuretic therapy for newborn infants with posthemorrhagic ventricular dilatation. *Cochrane Database of Systematic Reviews* 2.

Whitfield MF, Grunau RVE, Holsti L. 1997. Extremely premature (<800 g) schoolchildren: Multiple areas of hidden disability. *Archives of Disease in Childhood: Fetal and Neonatal Edition* 77(2):F85-F90.

Wideman GL, Baird GH, Bolding OT. 1964. Ascorbic acid deficiency and premature rupture of fetal membranes. *American Journal of Obstetrics and Gynecology* 88:592-595.

Wijnberger LDE, Huisjes AJM, Voorbij HAM, Franx A, Bruinse HW, Mol BWJ. 2001. The accuracy of lamellar body count and lecithin/sphingomyelin ratio in the prediction of neonatal respiratory distress syndrome: A meta-analysis. *BJOG: An International Journal of Obstetrics and Gynaecology* 108(6):583-588.

Wilhelm M, Ritz B. 2003. Residential proximity to traffic and adverse birth outcomes in Los Angeles County, California, 1994-1996. *Environmental Health Perspectives* 111: 207-216.

Wilhelm M, Ritz B. 2005. Local variations in CO and particulate air pollution and adverse birth outcomes in Los Angeles County, California, USA. *Environmental Health Perspectives* 113:1212-1221.

Wilkerson DS, Volpe AG, Dean RS, Titus JB. 2002. Perinatal complications as predictors of infantile autism. *International Journal of Neuroscience* 112(9):1085-1098.

Wilkins R, Sherman GJ, Best PA. 1991. Birth outcomes and infant mortality by income in urban Canada, 1986. *Health Reports/Statistics Canada, Canadian Centre for Health Information=Rapports sur la sante/Statistique Canada, Centre canadien d'information sur la sante* 3(1):7-31.

Willet K, Jobe A, Ikegami M, Newnham J, Brennan S, SLY PD. 2000. Antenatal endotoxin and glucocorticoid effects on lung morphometry in preterm lambs. *Pediatrics Research* 48:782.

Willet KE, Jobe AH, Ikegami M, Kovar J, Sly PD. 2001. Lung morphometry after repetitive antenatal glucocorticoid treatment in preterm sheep. *American Journal of Respiratory and Critical Care Medicine* 163:1437-1443.

Williams G, Oliver JM, Allard A, Sears L. 2003. Autism and associated medical and familial factors: A case control study. *Journal of Developmental and Physical Disabilities* 15(4):335-349.

Willis WO, de Peyster A, Molgaard CA, Walker C, MacKendrick T. 1993. Pregnancy outcome among women exposed to pesticides through work or residence in an agricultural area. *Journal of Occupational Medicine* 35:943-949.

Wilson WJ. 1987. *The Truly Disadvantaged: The Inner City, the Underclass, and Public Policy.* Chicago, IL: The University of Chicago Press.

Wilson-Costello D, Friedman H, Minich N, Fanaroff AA, Hack M. 2005. Improved survival rates with increased neurodevelopmental disability for extremely low birth weight infants in the 1990s. *Pediatrics* 115(4):997-1003.

Windham GC, Hopkins B, Fenster L, Swan SH. 2000. Prenatal active or passive tobacco smoke exposure and the risk of preterm delivery or low birth weight. *Epidemiology* 11:427-433.

Wisborg K, Henriksen TB, Hedegaard M, Secher NJ. 1996. Smoking during pregnancy and preterm birth. *British Journal of Obstetrics and Gynaecology* 103:800-805.

Wise P. 2003. The anatomy of a disparity in infant mortality. *Annual Review of Public Health* 24:341-362.

Wisser J, Dirschedl P. 1994. Embryonic heart rate in dated human embryos. *Early Human Development* 37(2):107-115.

Wisser J, Dirschedl P, Krone S. 2003. Estimation of gestational age by transvaginal sonographic measurement of greatest embryonic length in dated human embryos. *Ultrasound in Obstetrics and Gynecology* 4(6):457-462.

Wolke D. 1998. Psychological development of prematurely born children. *Archives of Disease in Childhood* 78(6):567-570.

Wong AH, Gottesman, II, Petronis A. 2005. Phenotypic differences in genetically identical organisms: The epigenetic perspective. *Human Molecular Genetics* 2005:15.

Woo GM. 1997. Daily demands during pregnancy, gestational age, and birthweight: Reviewing physical and psychological demands in employment and non-employment contexts. *Annals of Behavioral Medicine* 19(4):385-398.

Wood NS, Marlow N, Costeloe K, Gibson AT, Wilkinson AR, the EPICure Study Group. 2000. Neurologic and developmental disability after extremely preterm birth. *New England Journal of Medicine* 343(6):378-384.

Wood NS, Costeloe K, Gibson AT, Hennessy EM, Marlow N, Wilkinson AR. 2005. The EPICure study: Associations and entecedents of neurological and developmental disability at the 30 months of age following extremely preterm birth. *Archives of Disease in Childhood: Fetal and Neonatal Edition* 90(2):F134-F140.

Woodgate PG, Davies MW. 2001. Permissive hypercapnia for the prevention of morbidity and mortality in mechanically ventilated newborn infants. *Cochrane Database of Systematic Reviews (Online: Update Software)* 2.

Woodruff TJ, Parker JD, Kyle AD, Schoendorf KC. 2003. Disparities in exposure to air pollution during pregnancy. *Environmental Health Perspectives* 111:942-946.

WHO (World Health Organization). 1958. *Constitution of the WHO.* Annex 1, Geneva, Switzerland: WHO.

WHO. 1995. Maternal anthropometry and pregnancy outcomes: A WHO collaborative study. *Bulletin of the World Health Organization* 73 Supp.:1-98.

Wright JM, Schwartz J, Dockery DW. 2003. Effect of trihalomethane exposure on fetal development. *Occupational Environmental Medicine* 60:173-180.

Wright JM, Schwartz J, Dockery DW. 2004. The effect of disinfection by-products and mutagenic activity on birth weight and gestational duration. *Environmental Health Perspectives* 112:920-925.

Wu YW, Colford JM Jr. 2000. Chorioamnionitis as a risk factor for cerebral palsy: A meta-analysis. *JAMA* 284(11):1417-1424.

Xiong X, Buekens P, Fraser WD, Beck J, Offenbacher S. 2005. Periodontal disease and adverse pregnancy outcomes: A systematic review. *BJOG: An International Journal of Obstetrics and Gynaecology* 113:135-143.

Xu X, Ding M, Li B, Christiani DC. 1994. Association of rotating shiftwork with preterm births and low birth weight among never smoking women textile workers in China. *Occupational and Environmental Medicine* 51(7):470-474.

Xu X, Ding H, Wang X. 1995. Acute effects of total suspended particles and sulfur dioxides on preterm delivery: A community-based cohort study. *Archives of Environmental Health* 50:407-415.

Xu Y, Cook TJ, Knipp GT. 2005. Effects of Di-(2-Ethylhexyl)-Phthalate (DEHP) and its metabolites on fatty acid homeostasis regulating proteins in rat placental HRP-1 trophoblast cells. *Toxicological Sciences* 84(2):287-300.

Xue WC, Chan KY, Feng HC, Chiu PM, Ngan HY, Tsao SW, Cheung ANY. 2004. Promoter hypermethylation of multiple genes in hydatidiform mole and choriocarcinoma. *Journal of Molecular Diagnostics* 6:326-334.

Yallampalli C, Dong YL, Gangula PR, Fang L. 1998. Role and regulation of nitric oxide in the uterus during pregnancy and parturition. *Journal of the Society for Gynecologic Investigation* 5:58-67.

Yang CY, Cheng BH, Tsai SS, Wu TN, Lin MC, Lin KC. 2000. Association between chlorination of drinking water and adverse pregnancy outcome in Taiwan. *Environmental Health Perspectives* 108:765-768.

Yang CY, Cheng BH, Hsu TY, Chuang HY, Wu TN, Chen PC. 2002a. Association between petrochemical air pollution and adverse pregnancy outcomes in Taiwan. *Archives of Environmental Health* 57:461-465.

Yang CY, Chiu HF, Tsai SS, Chang CC, Chuang HY. 2002b. Increased risk of preterm delivery in areas with cancer mortality problems from petrochemical complexes. *Environmental Research* 89:195-200.

Yang CY, Chang CC, Chuang HY, Ho CK, Wu TN, Tsai SS. 2003a. Evidence for increased risks of preterm delivery in a population residing near a freeway in Taiwan. *Archives of Environmental Health* 58:649-654.

Yang CY, Chang CC, Tsai SS, Chuang HY, Ho CK, Wu TN. 2003b. Arsenic in drinking water and adverse pregnancy outcome in an arseniasis-endemic area in northeastern Taiwan. *Environmental Research* 91:29-34.

Yang CY, Chang CC, Chuang HY, Ho CK, Wu TN, Chang PY. 2004a. Increased risk of preterm delivery among people living near the three oil refineries in Taiwan. *Environmental International* 30:337-342.

Yang H, Kramer MS, Platt RW, Blondel B, Bréart G, Morin I, Wilkins R, Usher R. 2002c. How does early ultrasound scan estimation of gestational age lead to higher rates of preterm birth? *American Journal of Obstetrics and Gynecology* 186(3):433-437.

Yang J, Hartmann KE, Savitz DA, Herring AH, Dole N, Olshan AF, Thorp JM Jr. 2004b. Vaginal bleeding during pregnancy and preterm birth. *American Journal of Epidemiology* 106:118-125.

Yeast JD, Poskin M, Stockbauer JW, Shaffer S. 1998. Changing patterns in regionalization of perinatal care and the impact on neonatal mortality. *American Journal of Obstetrics and Gynecology* 178(1 I):131-135.

Yeh TF, Lin YJ, Huang CC, Chen YJ, Lin CH, Lin HC, Hsieh WS, Lien YJ. 1998. Early dexamethasone therapy in preterm infants: A follow-up study. *Pediatrics* 101(5).

Yen IH, Kaplan GA. 1999. Neighborhood social environment and risk of death: Multilevel evidence from the Alameda County Study. *American Journal of Epidemiology* 149(10): 898-907.

Yen IH, Syme SL. 1999. The social environment and health: A discussion of the epidemiologic literature. *Annual Review of Public Health* 20:287-308.

Yoder BA, Siler-Khodr T, Winter VT, Coalson JJ. 2000. High-frequency oscillatory ventilation: Effects on lung function, mechanics, and airway cytokines in the immature baboon model for neonatal chronic lung disease. *American Journal of Respiratory and Critical Care Medicine* 162:1867-1876.

Yoon BH, Romero R, Yang SH, Jun JK, Kim I-O, Choi JH. 1996. Interleukin-6 concentrations in umbilical cord plasma are elevated in neonates with white matter lesions associated with periventricular leukomalacia. *American Journal of Obstetrics and Gynecology* 174:1433-1440.

Yoon BH, Jun JK, Romero R, Park KH, Gomez R, Choi JH. 1997a. Amniotic fluid inflammatory cytokines (interleukin-6, interleukin-1b, and tumor necrosis factor-a), neonatal brain white matter lesions, and cerebral palsy. *American Journal of Obstetrics and Gynecology* 177:19-26.

Yoon BH, Romero R, Kim CJ, Koo JN, Choe G, Syn HC. 1997b. High expression of tumor necrosis factor-a and interleukin-6 in periventricular leukomalacia. *American Journal of Obstetrics and Gynecology* 177:406-411.

Yoon BH, Kim CJ, Romero R, Jun JK, Park KH, Choi ST. 1997c. Experimentally-induced intrauterine infection causes fetal brain white matter lesions in rabbits. *American Journal of Obstetrics and Gynecology* 177:797-802.

Yoon BH, Romero R, Jun JK, Maymon E, Gomez R, Mazor M, Park JS. 1998. An increase in fetal plasma cortisol but not dehydroepiandrosterone sulfate is followed by the onset of preterm labor in patients with preterm premature rupture of the membranes. *American Journal of Obstetrics and Gynecology* 179:1107-1114.

Yoshikawa H. 1995. Long-term effects of early childhood programs on social outcomes and delinquency. *Future of Children* 5(3):51-75.

Yoshinaga-Itano C. 2000. Successful outcomes for deaf and hard-of-hearing children. *Seminars in Hearing* 21(4):309-326.

Yoshioka H, Goma H, Nioka S, Ochi M, Mikaye H, Zaman A, Masumura M, Sawada T, Chance B. 1994. Bilateral carotid artery occlusion causes periventricular leukomalacia in neonatal dogs. *Brain Research: Developmental Brain Research* 78(2):273-278.

Yost NP, Owen J, Berghella V, MacPherson C, Swain M, Dildy GA III, Miodovnik M, Langer O, Sibai B. 2004. Second-trimester cervical sonography: Features other than cervical length to predict spontaneous preterm birth. *Obstetrics and Gynecology* 103(3): 457-462.

Young RSK, Yagel SK, Twofighi J. 1983. Systemic and neuropathic effects of E. coli endotoxin in neonatal dogs. *Pediatrics Research* 17:349-353.

Yue X, Mehmet H, Penrice J, Cooper C, Cady E, Wyatt JS, Reynolds EO, Edwards AD, Quier MV. 1997. Apoptosis and necrosis in the newborn piglet brain following transient cerebral hypoxia-ischemia. *Neuropathology and Applied Neurobiology* 23:16-25.

Zachman RD, Bauer CR, Boehm J, Korones SB, Rigatto H, Rao AV. 1988. Effect of antenatal dexamethasone on neonatal leukocyte count. *Journal of Perinatology* 8(2):111-113.

Zahr LK, de Traversay J. 1995. Premature infant responses to noise reduction by earmuffs: Effects on behavioral and physiologic measures. *Journal of Perinatology: Official Journal of the California Perinatal Association* 15(6):448-455.

Zambrana RE, Dunkel-Schetter C, Collins NL, Scrimshaw SC. 1999. Mediators of ethnic-associated differences in infant birth weight. *Journal of Urban Health* 76(1):102-116.

Zeitlin JA, Saurel-Cubizolles M-J, Ancel P-Y, Di Renzo GC, Bréart G, Papiernik E, Patel N, Saurel-Cubizolles MJ, Taylor D, Todini S, Kudela M, Vetr M, Heikkilä A, Erkkola R, Forström J, Lucidarme P, Tafforeau J, Knnzel W, Herrero-Garcia J, Dudenhausen J, Henrich W, Antsaklis A., Haritatos G, Kovacs L, Nyari T, Bartfai G, O'Herlihy C, Murphy J, Stewart H, Bruschettini PL, Moscioni P, Cosmi E, Spinelli A, Serena D, Breborowicz GH, Anholcer A, Stamatian F, Mikhailov AV, Pajntar M, Pirc M, Verdenik I, Escribà-Aguir V, Carrera JM, Marsal K, Stale H, Buitendijk S, Van der Pal K, Van Geijn H, Gökmen O, Gnler C, Caglar T, Owen P. 2002. Marital status, cohabitation, and the risk of preterm birth in Europe: Where births outside marriage are common and uncommon. *Paediatric and Perinatal Epidemiology* 16(2):124-130.

Zeltner TB, Burri PH. 1987. The postnatal development and growth of the human lung. II. Morphology. *Respiratory Physiology* 67:269.

Zhang YL, Zhao YC, Wang JX, Zhu HD, Liu QF, Fan YG, Wang NF, Zhao JH, Liu HS, Ou-Yang L, Liu AP, Fan TQ. 2004. Effect of environmental exposure to cadmium on pregnancy outcome and fetal growth: A study on healthy pregnant women in China. *Journal of Environmental Science and Health. Part A, Toxic/Hazardous Substances and Environmental Engineering* 39:2507-2515.

Zhu BP, Le T. 2003. Effect of interpregnancy interval on infant low birth weight: A retrospective cohort study using the Michigan Maternally Linked Birth Database. *Maternal and Child Health Journal* 7:169-178.

Zhu BP, Haines KM, Le T, McGrath-Miller K, Boulton ML. 2001. Effect of the interval between pregnancies on perinatal outcomes among white and black women. *American Journal of Obstetrics and Gynecology*. 185:1403-1410.

Zoban P, Cerny M. 2003. Immature lung and acute lung injury. *Physiology Research* 52: 507-516.

Zuckerman BS, Beardslee WR. 1987. Maternal depression: A concern for pediatricians. *Pediatrics* 79:110-117.

Zupancic JA. 2006. A systematic review of costs associated with prematurity. Institute of Medicine, Committee on Understanding Premature Birth and Assuring Healthy Outcomes.

附 录

A

资料来源和方法

认识早产和确保健康委员会受委托评估早产原因和结局的现状研究。组委会评估早产的影响因素，包括经济条件、医疗、社会、心理、教育背景对家庭和孩子的影响，探究卫生政策改革。

为全面了解早产的情况，委员会从多方面收集大量的资料，包括最新的科研文献、一系列公共出版物和一些相关的论文，整个调查耗时 21 个月。

组委会构成情况

该委员会由 17 名成员组成，包括妇产科、小儿科、环境健康学、流行病学、心理学、经济学、遗传学和公共卫生学方面的专家，先后组织召开了 6 次、每次为期 2 天的会议，时间安排在 2005 年的 3 月、6 月、8 月、10 月、12 月及 2006 年 1 月。

文 献 回 顾

委员会通过三条途径来查阅文献：第一，通过检索 EMBASE 和 Medline 数据库获得期刊中相关文献资料，主要侧重于早产和低出生体重，包括他们的基因、行为、生物学以及环境因素，以及其经济、受教育情况、健康情况和对家庭的影响。第二，收集政府部门如卫生部和疾病预防控制中心有关早产和低体重儿方面的资料。第三，组委会成员和研讨班成员提交的相关论文和报告。委员会共收集到 800 多篇文章和报告。

提 交 论 文

研究委员会除了对文献进行中立的分析，还提交了三篇对所选议题进行深入阐述的论文。这些论文的议题包括不同地域早产发病率情况、早产的种族特征及与早产相关的经济因素。由委员会成员确定这些论文的命题和作者。这些论文并非代替委员们自己对文献进行回顾与分析。委员会在经过审议后才接受这些论文。

工 作 会 议

委员会组织共召开三次工作研讨会，时间分别为 2005 年 3 月、5 月和 8 月，由委员会确定会议主题和报告人。

第一次研讨会主要目的是概述早产方面的主要问题并讨论委员会的财务开支问题。内容集中在早产相关的生物学因素以及经济、教育和家庭影响，同时，也邀请了该研究的资助方代表来共同讨论委员会的费用开支。第二次研讨会着重强调母亲因素的作用，如早产相关的感染、炎症、先兆子痫、流行病学因素及与早产问题相关的公共政策；早产儿护理方面争论的焦点和早产率的种族差异。第三次即最后一次研讨会集中讨论临床研究的障碍瓶颈。主持人特别指出了当前国家工作会议的相关条款、行业发展的中心环节、研究中的伦理问题和责任，药物研发的基金投入、妇产科研究能力和可持续发展等问题，每次会议均对公众开放，与会者向委员会提供信息，讨论陈述，并提出质询。这些工作日程可参见 BOX A-1～BOX A-3。

BOX A-1

认识早产和确保健康结局委员会

华盛顿 2100C 大街西北部，国际学术大厦 150 房间

会议日程

2005 年 3 月 30 日，星期三

12:30p.m. 欢迎致辞与大会介绍

主要议题概述

12:45p.m. 早产的发病机制

1:15p.m. 讨论

1:30p.m. 早产的教育和家庭结局——来自观察性和实验性研究的结果

1:50p.m. 早产的经济影响

2:10p.m. 从双亲的视角看早产的影响

2:30p.m. 讨论

3:00p.m. 休息

3:15p.m. 分娩的费用

3:45p.m. 讨论本研究的费用支配

5:15p.m. 休会

BOX A-2

认识早产和确保健康委员会

华盛顿 D.C 2100C 大街西北部,国际学术大厦 180 房间

会议日程

2005 年 6 月 22 日,星期三

7:30am 由组委会主席致欢迎词并引出会议主题

7:45am 感染和炎症在早产中的作用

围生期感染与炎症

8:30am 讨论

8:45am 早产儿产前和产后肺炎

9:05am 炎症和围生期脑损伤

9:25am 讨论

10:00am 会间休息

10:15am 先兆子痫:母亲/胎儿发病率和死亡率

10:45am 讨论

11:15am 早产的流行病学

12:00am 讨论

12:30pm 午餐

1:30pm 回顾早产的相关政策

2:00pm 讨论

2:15pm 新生儿护理中的热点话题

4:00pm 休会-举办招待会

2005 年 6 月 23 日,星期四,180 房间

8:30pm 早产分娩的种族差异:保健与研究

9:30pm 休会

BOX A-3

认识早产和确保健康委员会

华盛顿　西北部第 5 街 500 号,国际学术中心 100 房间

早产临床研究中的瓶颈问题研究的公开会议

2005 年 8 月 10 日,星期三

8:30am　由组委会主席致欢迎词并引出会议主题

8:45am　护士和助产士的工作压力

9:00am　讨论

9:15am　职业发展

9:45am　讨论

10:15am　会间休息

10:30am　早产的研究基金

11:35am　讨论

1:00pm　生殖研究中的伦理和责任问题

1:30pm　讨论

2:00pm　未来生殖研究中必要的培训

2:30pm　讨论

3:15pm　讨论

3:35pm　会间休息

4:45pm　讨论

5:30pm　休会

2005 年 8 月 11 日,星期四

110 房间

9:00am　早产的费用

10:30am　休会

B

早产的决定因素、预后和地域差别

Greg R. Alexander[19]

20世纪后叶，美国婴儿死亡率明显下降[1-6]。由于医疗技术的进步出生体重别和胎龄别婴儿死亡率得以改善，从而推动婴儿死亡的危险不断下降[6-8]。然而随着近年来婴儿死亡率下降幅度的减缓，甚至某些州有上升趋势，人们越来越担忧美国婴儿死亡率的未来发展趋势[9]。而且，美国和其他地区近20年来低出生体重(Low birth weight，LBW)和早产率均上升，担忧随之加深[3,8,10-14]。由于尚不清楚能否在高危医疗服务方面出现技术突破以进一步降低婴儿死亡率，预防早产的呼声越来越高，并成为当务之急[4,15]。

人们早已认识到降低低出生体重和早产的重要性，其原因不外乎为极低出生体重儿或早产儿所需的医疗费用比正常体重婴儿高得多[16,17]。相比当前通过高危重症监护来提高早产儿出生后的存活率来说，通过减少高危早产发生以降低婴儿死亡风险，其成本更低[17-19]。早产儿的医疗费用高，并且早产儿具有显著远期神经损伤和发育迟缓风险[20-22]，早产儿及其家庭的长期医疗需求加重了整个医疗服务体系的负担，早产儿面临的健康和发育问题更加突出。最终大家意识到，美国婴儿死亡率在发达国家中之所以排名较前，主要原因在于早产发生率高[23]。在美国尽管早产是不良妊娠结局的主导因素，但是低出生体重比早产更受关注，现在大家已经认识到要解决这些问题，核心目标是预防早产[23]。

决策者和公众要及时了解早产研究的快速发展，及其对临床实践、公共项目和政策的影响。由于早产在美国和其他国家都是存在已久的问题，此领域的研究也发展迅速，因此需要定期召开学术会议、报告会和公开研究以促进预防早产措施交流。1985年医学会公布了预防低体重儿的研究报告[24]。该报告提出了低体重儿的流行病学因素，评估了预防措施的成本效益。同年，法国预防早产研究的开创者、领导人 Émile Papiernik，在法国依云镇(Evian)组织召开了一个会议，会议名称为“预防早产：产前保健的新目标和新尝试”。会议的焦点是探讨降低早产的风险，并且提供机会，让与会者报告其最新研究发现[25]。继1985年 Evian 会议后，美国在1988年也举行会议，即“预防低出生体重的研究进展”。该会议由 H. Berendes、S. Kessel 和 S. Yaffe 举办，主要议题是临床试验和社区干预对于减少低出生体重儿的结果[25]。继这些会议之后，有关早产的病因、发病机制和预防的国际会议于1997年召开。在此次会议上阐述了早产研究的观点，回顾了早产的危险因素和潜在的致病机制，评价了当时的干预和预防措施。

众所周知，美国低出生体重和早产发生率逐年增加，为解决这个难题，在过去20年，还有其他一些报告、会议及国家工作陆续开展，包括当前美国出生缺陷基金的早产运动[19]。

---

[19] Greg R. Alexander，坦帕，南佛罗里达大学，医学与公共卫生大学，公共卫生硕士，理科博士

大家公认，目前的干预措施没有太大效果[27-30]。尽管在早产研究、相关的围生医学、母婴医疗保健研究领域取得很大进展，干预措施发展并起了作用，但早产率在持续攀升[10,28]。新的社会倾向，包括多胎妊娠率的变化、人工辅助生殖技术的应用、母亲平均生育年龄推迟、已婚母亲的比例、围生保健的早期应用等，都引起早产率的增加[10]。社会和医疗保健的复杂发展和目前早产趋势的难以控制，必然引起卫生研究者、卫生保健服务人员、公共卫生工作者以及政策制定者的高度重视。早产对家庭产生很大影响（从婴儿死亡的风险到远期的发育迟缓和缺陷）和巨大的花费（包括经济和情感）不可忽略且不易接受。

早产的定义和衡量标准

早产的定义和概念

在20世纪的文献中，未成熟儿（prematurity）的定义在不断演化。最初是利用它来标记出生太早或太小的婴儿，通常根据出生时体重或孕周来规定[31]。由于出生体重比孕周更可靠，低出生体重（出生体重小于2500g）作为未成熟儿较为明确的指标。在某些情况下病因学上将出生孕周太小也作为定义的一种方法。低出生体重儿可能是由于出生孕周太小，也可能是由于胎儿宫内生长受限。根据病因的不同，可将未成熟儿区分为低出生体重或早产。按照目前的惯例，"早产"指提前分娩，根据孕周来确定。"低出生体重"是指婴儿出生时的体重。一般提到胎儿发育，多是指婴儿在相应孕周的出生体重。小于胎龄儿（small for gestational age，SGA）通常是指小于同胎龄体重的第10百分位数，是胎儿生长受限的一个常用指标。如图B-1所示，这些指标有所交集，低出生体重儿可能是早产儿或小于胎龄儿。它们并不等同，因为各有其不同的病因和危险因素[32,33]。低出生体重儿中大约2/3是早产儿，只有不足20%的小于胎龄儿是早产儿。

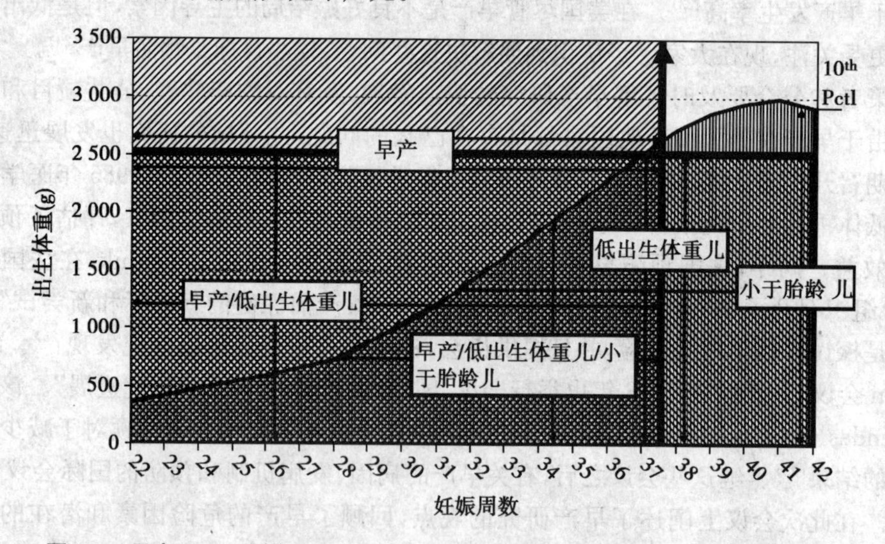

图 B-1　早产（<37孕周）、低出生体重（<2500g）与小于胎龄儿（出生体重低于同胎龄平均体重的第10百分位数）的比较

引自：1985～1988年和1995～2000年出生队列相关的出生/婴儿死亡数据库，光盘系列20 USDHHS，CDCP，NCHS；1980～2000出生率数据库，CD-ROM光碟系列21，USDHHS，CDCP，NCHS

通常将早产定义为出生孕周小于 37 周。另外将早产分为：中度早产(分娩孕周在 33～36 周)、早期早产(分娩孕周小于 33 周)和极早早产(分娩孕周小于等于 28 周)。图 B-1 显示美国常住人口中不同孕周和早产类别的所有孕妇活产的最新数据。

早产是由一个时间点确定的，即早于规定孕周前出生(孕 37 周)。早产儿比足月新生儿有较高的死亡率、患病率和致残率。早产可被归结为高风险的不良妊娠结局，有不同的临床分型。根据临床表现，早产可以分为 3 个亚型。

- 自发性早产，与提前出现的宫缩有关(约占 50%)。
- 胎膜早破早产(占 30%)。
- 干预性早产(或称医源性早产)：由于母婴原因而终止妊娠导致的早产(约占 20%)[36,37]。

表 B-1　美国 1995～2000 年活产儿的孕周

孕周分类(孕周)	出生构成比
极早早产(≤28)	0.8
早期早产(≤32)	2.2
中度早产(33～36)	8.9
早产(<37)	11.2
足月产(37～41)	81.9
过期产(42⁺)	7.0

引自：1995～2000 年出生队列相关的出生/婴儿死亡数据库，光盘系列 20 USDHHS，CDCP，NCHS；1980～2000 年出生率数据库，CD-ROM 光碟系列 21，USDHHS，CDCP，NCHS

早产可以定义为在某一特定孕周前分娩，早产可能是各因素单独或共同作用的结果(如感染或胎儿生长受限)。本质上，早产不是单一个体，而是多种因素的相互作用的结果，最终结局是提早分娩。

按照临床表现将早产分为不同的亚型，是向早产同质同类分组迈进了一步，还需要进一步研究目前广泛采用的早产三分类法是否真正准确地定义了早产的分类。准确的早产亚型分类对明确早产的危险因素并进行针对性的干预非常重要。在某种程度上，对早产的干预只是集中在特殊的病因学上，而非对所有有早产风险的人群一并干预，缺乏有效的针对性。但是，不同的早产亚型有不同的危险因素和决定因素，需要区分和鉴别早产类型。一些学者建议将自发性早产(自发宫缩)和胎膜早破早产并为一类，因为这两类早产的危险因素有些相似[34]。胎膜早破和自发宫缩引起早产的过程相似，但是将两者归为一类目前尚存在争议。不过，有些学者进一步提出自发性早产和干预性早产在病因学上有更多交叉。例如妊娠期高血压疾病和胎儿宫内生长受限是早产的指征，同时也是早产的高危因素[34]。

确定早产病因，尽管存在争议并仍在发展中，其意义显而易见。早产及其亚型概念的局限性，无疑妨碍了我们对早产病因和预防的进一步认识。病因学分类不明确的早产研究可能会起误导的作用。更为细化和明确早产的概念和病因学分类对于促进早产预防研究非常必要。

胎龄的确定

在早产病因学分类出现之前，判定早产主要根据胎龄确定。准确评估胎龄非常重要，不仅仅是为研究早产，而且用于妊娠和新生儿管理[38,39]。胎龄是胎儿生长情况和胎儿可否分娩的一个重要指标。作为判定新生儿是否成熟的指标，胎龄与新生儿存活机会以及发生并发症的可能性密切相关。此外，胎龄的判定对于解释早产儿神经发育和评估婴儿发育状态都很必要。

胎龄还可以用作衡量人群的健康状态和估计干预需求的统计学指标[39]。因此早产和早期早产婴儿的比例还可以反映特定人群中异常的发生情况，如感染、身心压力、营养不合理或滥用药物等。根据相应胎龄出生情况，小于胎龄儿的比例可以提示孕期营养缺陷的情况。最后，胎龄，结合孕期保健开始时间和孕检次数，可以用于推算产前保健利用指数。这些以胎龄为基础的健康状况和卫生保健服务利用情况，对确保满足人均需要水平、针对高风险人群服务以及评估干预措施的有效性都有非常重要的作用。

一般将胎龄定义为从末次月经（last menstrual period，LMP）到胎儿出生的时间[40,41]。此定义大概比实际多估计了 2 周，即从末次月经到受孕的 2 周时间。根据末次月经定义胎龄有局限性[42-46]。从末次月经到受孕的时间有较大的个体差异（7～25 天不等）。末次月经回忆错误可能是由于月经不规律或孕早期出血引起。据报道，美国大约 20%活产的末次月经表述不清或不准确。末次月经日期不详或忘记的人群以低社会阶层的女性居多，而这部分人群生育早产儿或小于胎龄儿的比例较高，因此对这部分人更有必要准确估算胎龄。

从末次月经到胎儿出生的这段时间作为确定婴儿胎龄的“金标准”，已用作确定胎龄的方法[47]。有效、可靠的胎龄确定方法要能持续评估预测，或与整个孕期内金标准的测量值相一致。这些数据可能从试验数据或人类特征学研究中进一步发现证据或系统偏差。由于认识到用末次月经计算胎龄的局限性，出现了用产前和产后相结合来计算胎龄的方法[47-49]。表 B-2 列举了产前估计胎龄的方法和具体计算的指标[39]。

表 B-2　产前预测胎龄的方法

方法	测量重点
末次月经[a]	妊娠期限
胎心音[b]	身体发育和神经成熟度
胎动[b]	身体发育和神经成熟度
宫底平脐[b]	胎儿大小
宫高	胎儿大小
存在的妊娠囊[c]	胎儿大小
头臀长[d]	胎儿大小
头围[d]	胎儿大小
双顶径[d]	胎儿大小
股骨长[d]	胎儿大小
妊娠囊长度	胎儿大小
足长	胎儿大小
下颌大小	胎儿大小
胸围	胎儿大小
腹围[e]	胎儿大小

注：a，以人群为基础的公共卫生调研中常用的胎龄测量的传统方法；b，由产科医师通过产前保健访视进行监测；c，近期发展了超声在临床中的应用；d，普遍采用超声测量评估胎儿大小；e，评估（胎儿）生长情况的经典方法

根据末次月经，产科用听胎心音、初次胎动时间和宫高估计胎儿大小，但是有一定局限性，因为个体差异和混杂因素较多（如羊水过多），因此需要早期开始产前保健[39]。尽管根据末次月经已经验证超声方法为计算胎龄的金标准，许多人仍认为孕早期的B超（早孕或中孕早期）是测算胎龄新的金标准。超声测量胎龄是测量胎儿的不同指标（如头臀长、双顶径、股骨长、骶骨长、足长、下颌大小、腹围、胸围和头围），这些指标在妊娠早期是最准确的。随着妊娠发展到中孕阶段，胎儿正常生长过程中出现更多的个体差异，胎儿生长的差异受个人和环境因素影响，包括子宫胎盘功能不良、母亲孕期用药、毒素暴露以及先天性感染。

尽管在美国许多孕妇孕期都做超声检查，但仅有少部分人在孕早期做了足以确定胎龄的超声检查。少数民族和贫困人口常面临不能接受产前保健服务的困境，不太可能在孕早期做超声检查。对于这些人，尤其在不发达国家，超声尚未普及，根据超声估计胎龄的准确性降低。超声仪器的质量和超声技术操作人员接受培训方面存在差异，而且验证不同超声检查方法的参照人群也不同。

因为很难做到产前精确的估算胎龄，用产后指标推算胎龄的方法得以发展[39]。Dubowitz及其助手建议检查新生儿的体格和神经发育，采用积分系统估计胎龄[47]，后来Ballard及其同事进行重新修订和删减[48,49]，其他产后推算胎龄的方法相继进展。这些方法的准确性是人们最关心的问题，尤其对于早产儿和极早早产儿[43]。最主要的是对不同人群，包括不同种族均适用[50]。表B-3详述了产后测算胎龄的方法[39]。不同的胎龄计算方法各具特色，如妊娠持续时间、胎儿大小、体格和神经发育成熟度。

表 B-3 产后计算胎龄的方法

方法	测量重点
出生体重[a]	胎儿大小
头围	胎儿大小
足长	胎儿大小
头臀长	胎儿大小
Dubowitz[b]	身体发育和神经成熟度
Ballard[c]	身体发育和神经成熟度
Revised Ballard[d]	身体发育和神经成熟度
Lens vessels[d]	身体发育成熟度
颅部超声	身体发育和神经成熟度
神经传导速度	身体发育和神经成熟度

注：a，尽管众所周知出生体重用作评估胎龄有其局限性，但仍被传统地用以评估胎龄；b，因为优先选择Ballard测量法，该方法仅限在美国应用；c，在美国评估新生儿胎龄的方法普遍应用；d，在胎龄评估方面的应用有限

两种胎龄估算方法有明显的概念性区别，这些差异对早产研究和早产率的国际比较有很大影响。根据末次月经决定胎龄是直接计算妊娠时间的方法，是时间测量单位。产前推算胎龄的许多方法（宫高和超声）和新生儿胎龄测量（出生体重、身长、头围和足长）是直接测量胎儿或婴儿的大小，应用胎儿生长情况间接计算胎龄。其余的产后测量胎龄的方法（Dubowitz评分、Ballard评分、内镜、神经电传导速度和超声测量头颅的大小）从不同方面

反映胎儿成熟度,在特定胎龄反映胎儿身体或神经发育情况。“周”是严格的计量单位,所有这些测量胎龄的结果均以末次月经为标准开始计算胎龄(孕22~44周)。尽管这些测量方法之间关系密切,但并非完全一致,它们的一致性也随胎龄不同而有所差异。不同人群使用不同的胎龄计算方法,或是独立指标或是联合指标,这样直接比较早产率是值得商榷的。

间接推算胎龄基于三种假设:①多数胎儿在孕期同一时段具有正常的生长和成熟程度;②宫内生长和成熟的速度一致;③在子宫内分娩准备过程在时间上呈直接函数关系。尽管妊娠时间、胎儿大小与新生儿的身体及神经发育成熟之间交互相关,尤其和婴儿发病率及死亡率密切相关,但是必须强调,所有这些胎龄评估方法只是力图在基本生物条件下确定与分娩准备过程最优化点相对应的可操作变量。妊娠时间、胎儿大小的范围,胎儿身体和神经发育成熟度与分娩准备过程之间的关系在不同人群中表现不同,并受很多因素影响。因此,作为分娩准备指标的胎龄,其有效性是基于一系列假设之上,而随着医疗技术进展,有活力的限度延伸至极低胎龄,这些假设也越加不可靠。

文献中越来越多的证据表明,即使在基本的产前或产后类别中,这些替代胎龄推算方法之间也并不像我们之前认为的那样交互相关。有些胎龄推算方法可能会低估胎龄,而有些可能会高估胎龄,这种情况依胎龄有所不同[42,43]。此外,有些推算方法对于特定亚组的胎龄推算不一致[43]。这其中包含着对早产研究的关注。调查过程中变更胎龄推算方法的研究可能会揭示出早产比例或发生率的趋势,但实际上这种趋势仅仅反映了推算方法的改变。结果的偏倚可以导致对干预效果的错误评估。较多采用不同胎龄推算方法的研究会人为抬高或降低早产发生率。这将导致对早产病例的确定错误,以及对风险特征和高危地区的确立偏差。如前所述,这代表了早产发生率的国际比较中最令人关注的问题。

利用人口动态记录进行的大样本早产流行病学研究,一般根据末次月经,或者根据末次月经和出生证明中记录的临床估计来确定胎龄。这些研究确立了当前早产率的全国走势和国际比较情况。同时,临床研究通常能够利用早期超声资料,尽管所选样本人群也许不能充分代表大规模有早产风险的人群。这些推算方法存在的问题妨碍了不同研究结果的比较,限制了对研究结果的解释和外推性,并且使早产研究持久存在潜在的偏差。

发病趋势、差异性和风险

趋　势

自20世纪80年代后,早产率在美国呈逐渐增长的趋势。正如图B-2中所显示,从1980~2000年,早产和早期早产率均大约增长了30%。

并且,该时期后半部分的胎龄分布显示平均胎龄的分布呈轻度下降趋势,从1985~1988年的39.2周下降为1995~2000年的38.8周。此外,胎龄的整体分布发生了变化,导致早产儿出生人数的比例增加和过期产(超过孕42周)的比例减少。图B-3显示了美国居民活产儿的胎龄分布情况,采用NCHS相关活产婴儿死亡的队列数据库。

图B-3显示了这两个时间段的情况,表B-4提供了不同早产类别的出生比例。1985~1988年和1995~2000年之间的早产比例上升约15%。

在美国不同种族之间这种不断增加的早产趋势并不相同。图B-4显示出以产妇种族为基础的报告数据中白种人和非裔美国人中早产和早期早产百分比的趋势。虽然有证据显示在白种人中早产率不断增加,但这种趋势在非裔美国人中不明显。早产率增加的趋势差异一直就是研究专题[8,51]。白人多胎生育、高龄分娩及未婚生育母亲比例的不同变化可造成早产趋势不同,同时人口动态记录的报告的种族差异也发生了变化,例如,对极早早产更全面的报告,这也可能是原因之一。原因可能还包括推算胎龄的方法不同。

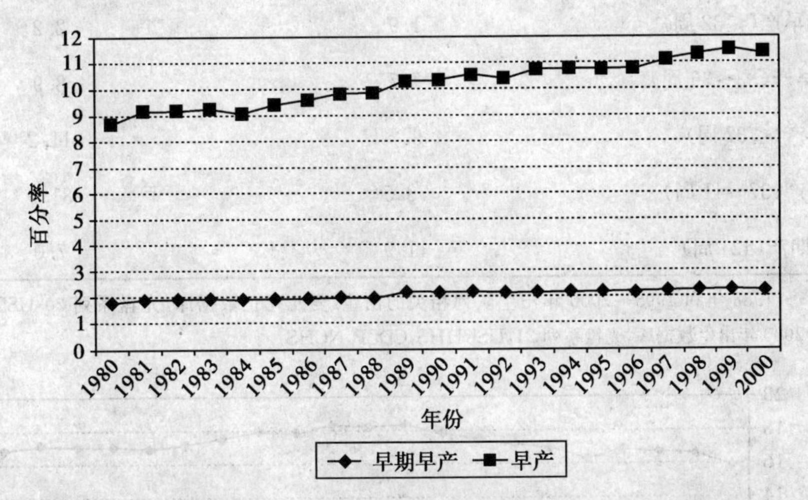

图 B-2 胎儿成熟趋势:1980～2000 年美国常住人口母亲早产种类百分比

证实了存在变化。引自:1985～1988 年和 1995～2000 年出生队列相关的出生/婴儿死亡数据库,光盘系列 20 USDHHS,CDCP,NCHS;1980～2000 年出生率数据库,CD-ROM 光碟系列报告中的一些变化引自 1989 年出生数据,21,USDHHS,CDCP,NCHS。

注:一些报道的变化源于 1989 年出生医学证明的不同

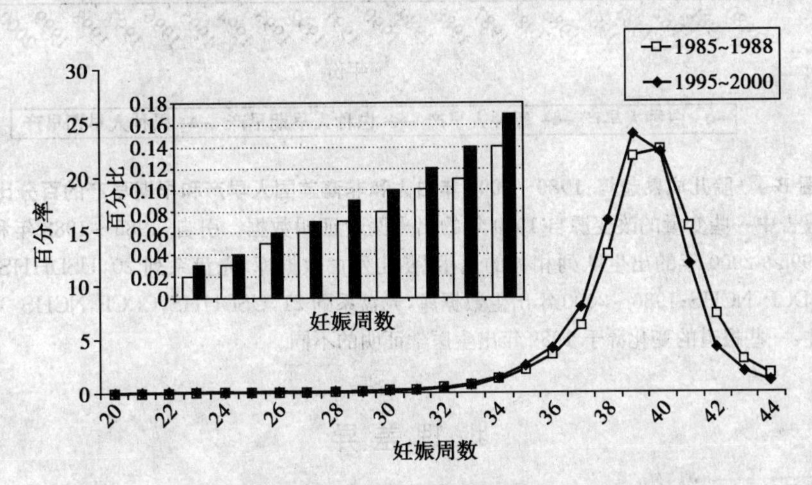

图 B-3 胎龄分布,1985～1988 年和 1995～2000 年

引自:1985～1988 年和 1995～2000 年出生/婴儿死亡数据库,光盘系列 20,USDHHS, CDCP, NCHS; 1980～2000 年出生数据库,光盘系列 21,USDHHS,CDCP,NCHS

表 B-4　美国活产儿的胎龄分布情况

胎龄分类	出生比例	
	1985～1988 年(%)	1995～2000 年(%)
极早早产(≤28 周)	0.66	0.82
早期早产(≤32 周)	1.9	2.2
中度早产(33～36 周)	7.7	8.9
早产(<37 周)	9.7	11.2
足月产(37～41 周)	78.5	81.9
过期产(42^+ 周)	11.9	7.0

引自:1985～1988 年和 1995～2000 年出生队列相关的出生/婴儿死亡数据库,光盘系列 20 USDHHS,CDCP,NCHS;1980～2000 年出生数据库,光盘系列 21,USDHHS,CDCP,NCHS

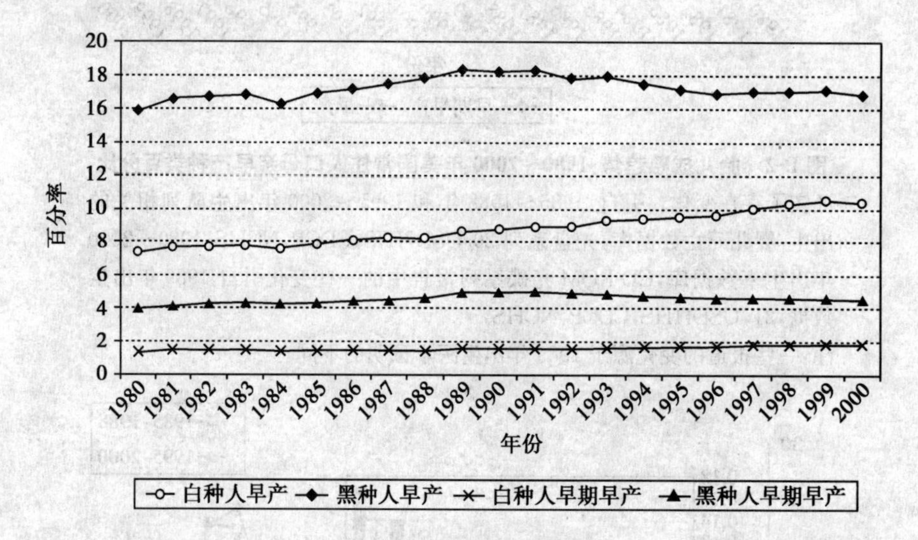

图 B-4　胎儿成熟趋势:1980～2000 年白人和非裔美国人早产和早期早产的百分比

报告中一些变量的改变源自 1989 年的出生医学证明数据。引自:1985～1988 年和 1995～2000 年的出生队列相关的出生/婴儿死亡数据库,光盘系列 20,USDHHS,CDCP,NCHS;1980～2000 年出生数据库,光盘系列 21,USDHHS,CDCP,NCHS

注:一些报道的变化源于 1989 年出生医学证明的不同

地 理 差 异

美国早期早产和早产率的地理差异很明显。正如图 B-5a 和 B-5b 所示,东南方各州的早产和早期早产率明显较高。尽管各州的种族构成会影响地理差异,但很可能还有其他因素。最近的调查研究已经证实,在全国范围内早产的一般趋势并不适用于每个州,而且因种族、潜在影响报告的因素和其他诸如人口学特征、经济、社会风险、卫生保健服务及财政因素的不同,各州之间的早产率及其趋势也不同。

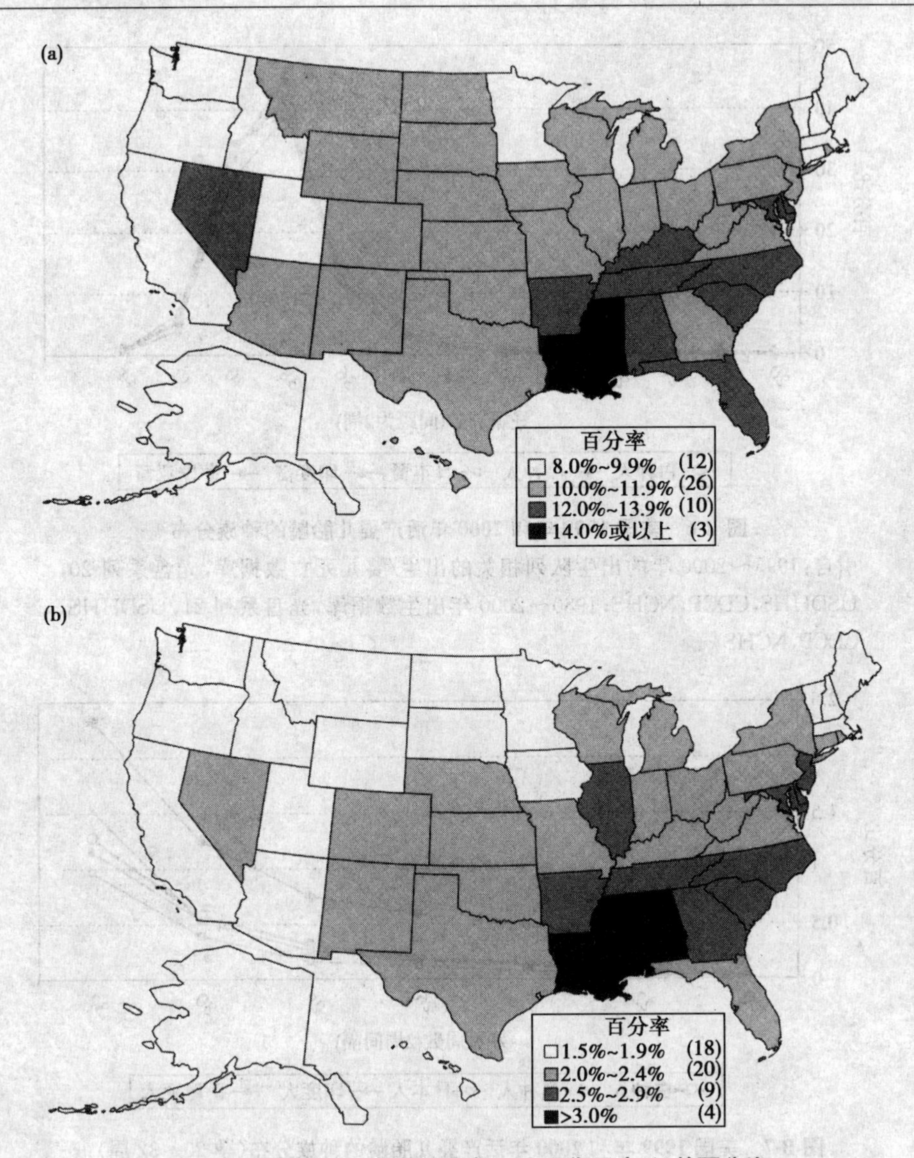

图 B-5 1995～2000 年各州早产(a)和早期早产(b)的百分比

括号中的数值为州数。引自：1995～2000 年的出生队列相关的出生/婴儿死亡数据库，光盘系列 20 USDHHS，CDCP，NCHS；1980～2000 年出生数据库，光盘系列 21 USDHHS，CDCP，NCHS

社会人口学差异

学者们对胎龄和早产率的种族和民族差异进行了长期的观察[3,7,9]。图 B-6 阐述了均为美国常住居民的白人、非裔、日裔、亚洲印度裔和萨摩亚人的不同胎龄分布的百分比情况。虽然每一组的图形模式类似，但是早期早产分布的尾部出现了重要的差异，非裔美国人的早期早产比例最高(图 B-7)。

在每个主要种族群体内部，早产和早期早产率的地理差异也备受关注(图 B-8a～B-8d)。对白人来说，来自得克萨斯州的阿巴拉契亚山脉(北美洲一带)的早产和早期早产的比例较高。大西洋中部各州和中西部的伊利诺伊州和密歇根州的非裔美国人的早期早

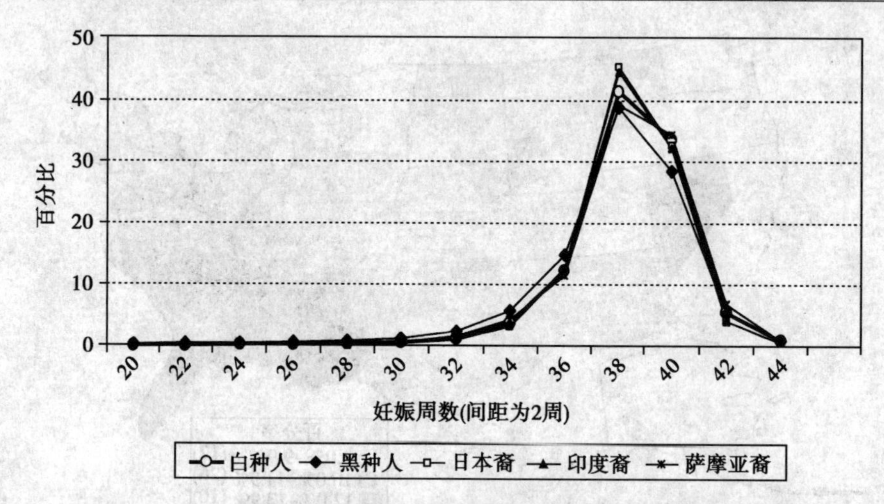

图 B-6　美国 1999 年和 2000 年活产婴儿胎龄的种族分布

引自：1995～2000 年的出生队列相关的出生/婴儿死亡数据库，光盘系列 20，USDHHS，CDCP，NCHS；1980～2000 年出生数据库，光盘系列 21，USDHHS，CDCP，NCHS

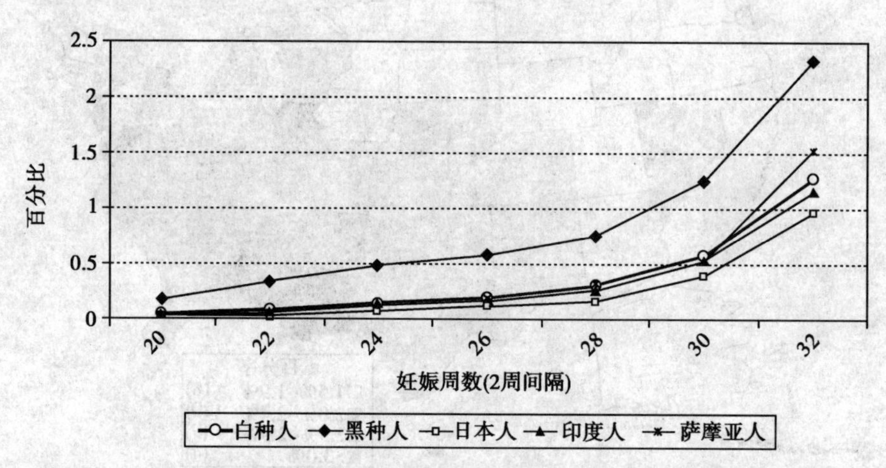

图 B-7　美国 1999 年和 2000 年活产婴儿胎龄的种族分布(孕 20～32 周)

引自：1995～2000 年的出生队列相关的出生队列相关的出生/婴儿死亡数据库，光盘系列 20，USDHHS，CDCP，NCHS；1980～2000 年出生数据库，光盘系列 21，USDHHS，CDCP，NCHS

产率也较高。

学者们还注意到根据孕妇疾病分组的胎龄分布也存在差异。如图 B-9 所显示的白人母亲的数据，高血压和糖尿病的母亲，胎龄分布中早产尾端比例往往会升高，这表明早产儿比例较高。此外还有白人母亲吸烟的胎龄资料。虽然吸烟的影响似乎不大，吸烟的妇女中早期早产的百分比仍然明显增高。

多胎妊娠使胎龄差异显著[52]。三胞胎和双胞胎的全部妊娠年龄分布转向早产尾部，较单胎分娩的平均胎龄少 2～4 周(图 B-10)。随着辅助生殖技术的应用，多胎发生率日渐增多，同时导致早产率也不断增加[53]。

本文还提到了不同分娩方式引起的胎龄差异(表 B-11)。较高比例的早产和早期早产是由剖宫产分娩。尽管近 20 年剖宫产的应用趋势有所变化，采用剖宫产分娩的早产儿和低出生体重儿仍普遍增多。

极低风险母亲(是指具备以下条件的女性：23～34 岁结婚，接受过不少于 13 年的教育，适龄产妇，接受了足够的产前保健，经阴道分娩，孕期无医疗风险因素、孕期无吸烟或饮酒)，与其他母亲的胎龄分布相比，其早产风险有显著不同(表 B-12)。两组之间的早期早产率相差近 3 倍。

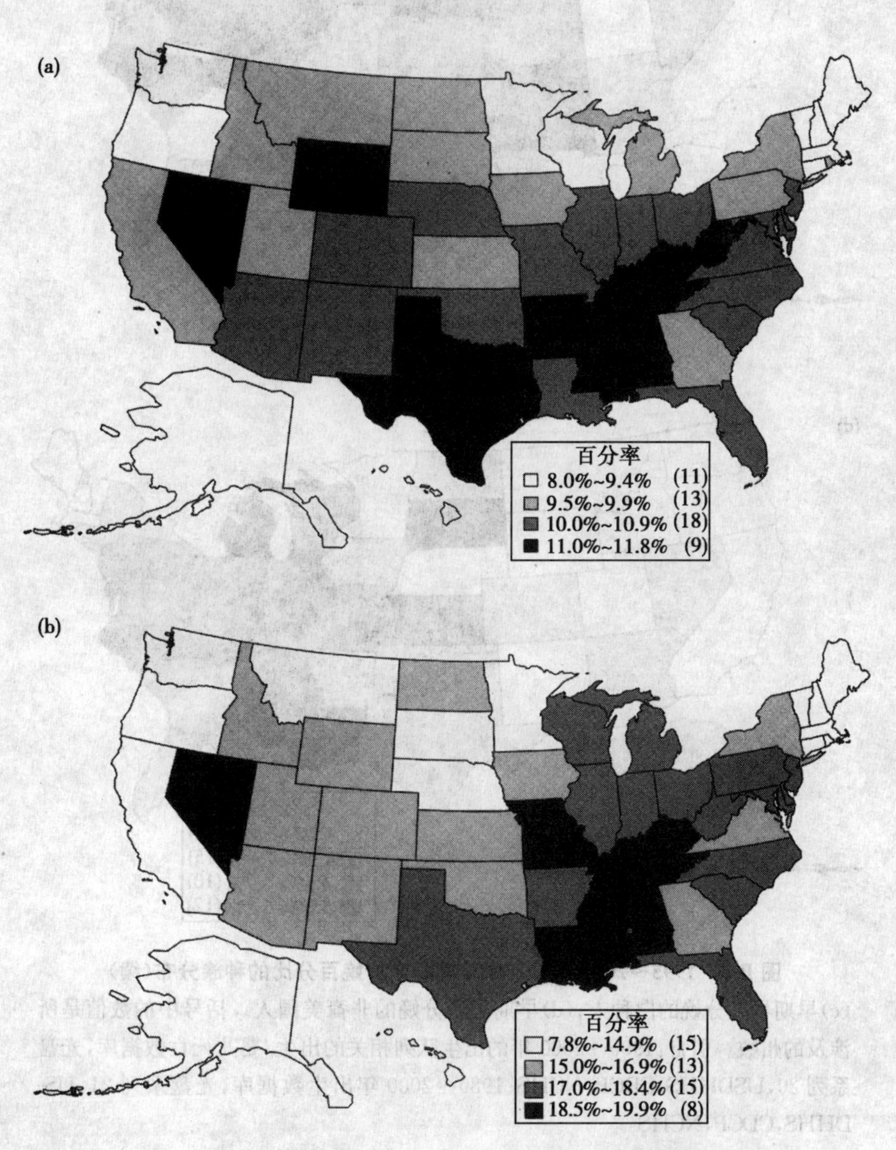

图 B-8　1995～2000 年早产和早期早产分娩百分比的种族分布

(a)早产分娩的白种人；(b)早产分娩的非裔美国人

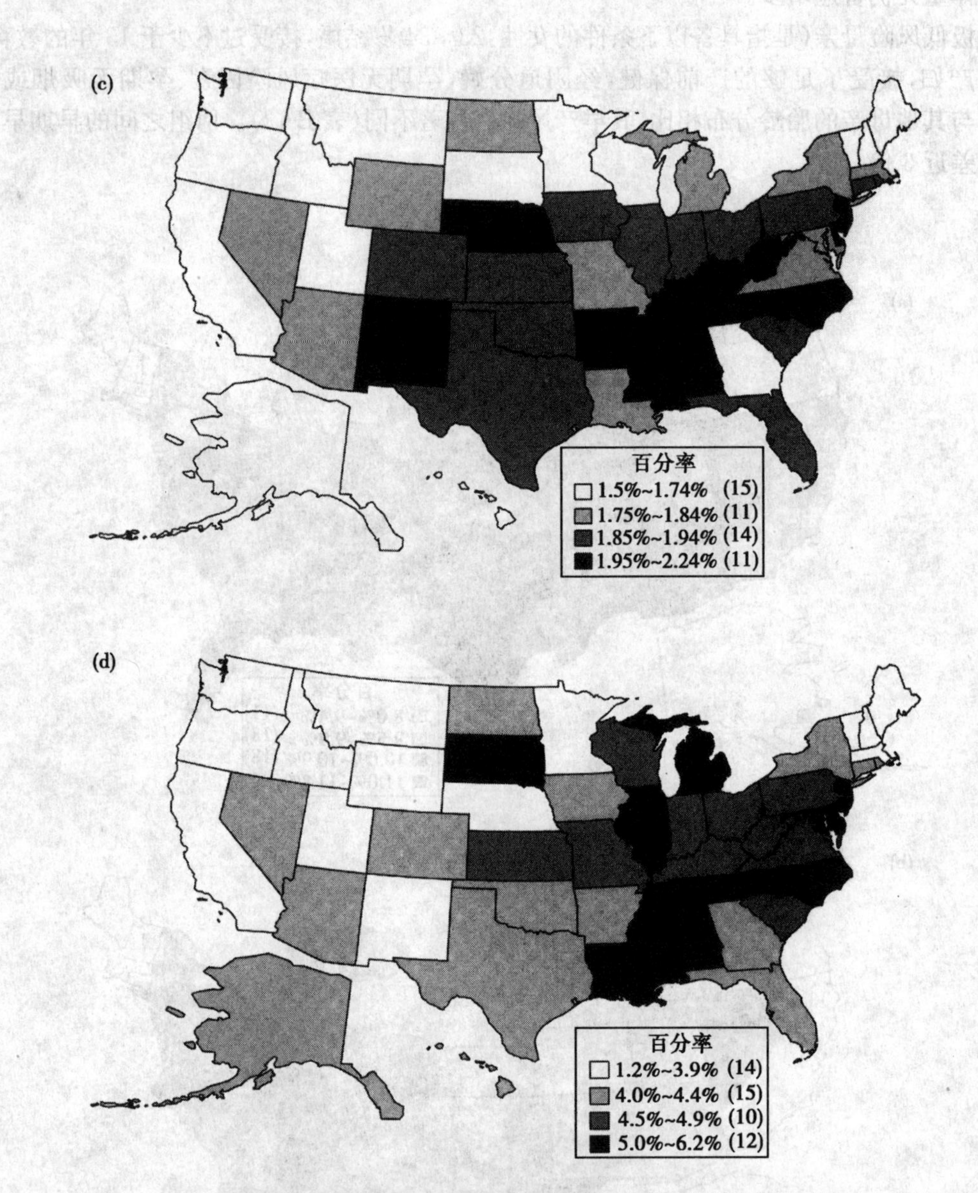

图 B-8 1995～2000 年早产和早期早产分娩百分比的种族分布(续)

(c)早期早产分娩的白种人;(d)早期早产分娩的非裔美国人。括号中的数值是所涉及的州数。引自:1995～2000 年的出生队列相关的出生/婴儿死亡数据库,光盘系列 20,USDHHS,CDCP,NCHS;1980～2000 年出生数据库,光盘系列 21,USDHHS,CDCP,NCHS

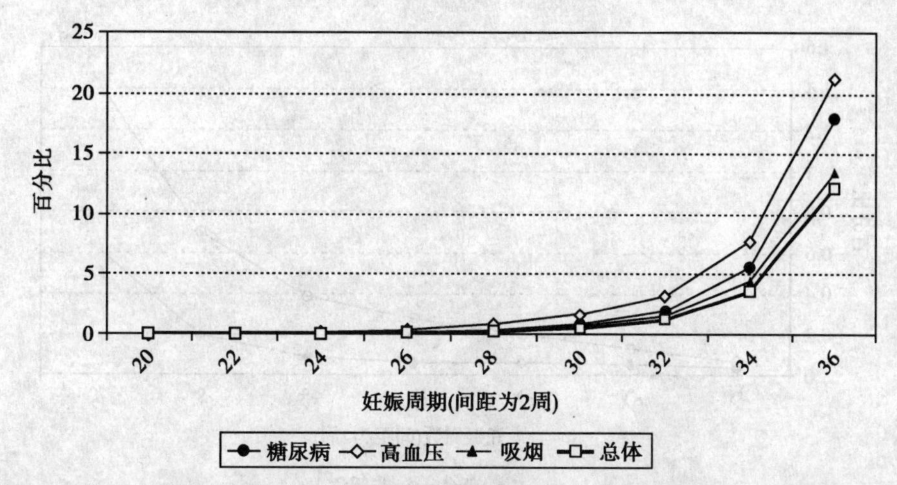

图 B-9 美国 1999 年和 2000 年白人母亲患病组(糖尿病、高血压、吸烟)活产的胎龄分布

引自:1995～2000 年出生队列相关的出生/婴儿死亡数据库,光盘系列 20,USDHHS,CDCP,NCHS;1980～2000 年出生数据库,光盘系列 21,USDHHS,CDCP,NCHS

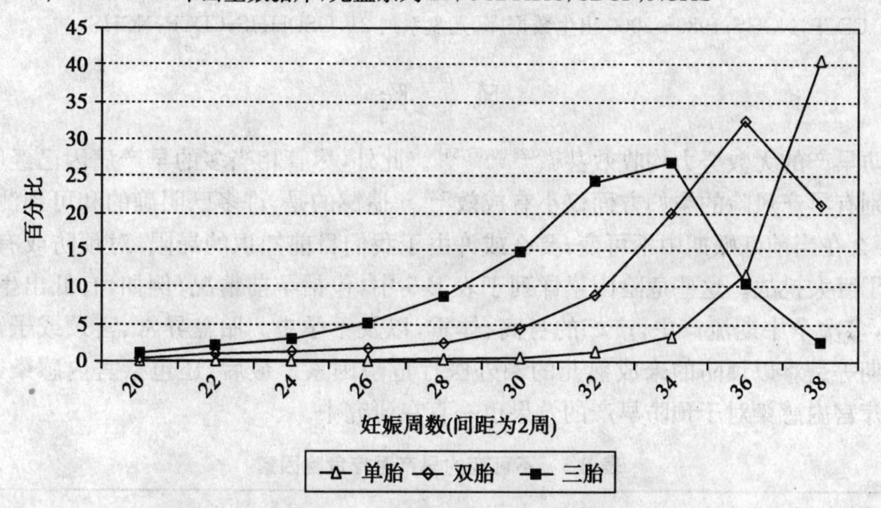

图 B-10 美国 1996～2000 年多胎妊娠活产的胎龄分布

引自:1995～2000 年出生队列相关的出生/婴儿死亡数据库,光盘系列 20,USDHHS,CDCP,NCHS;1980～2000 年出生数据库,光盘系列 21,USDHHS,CDCP,NCHS

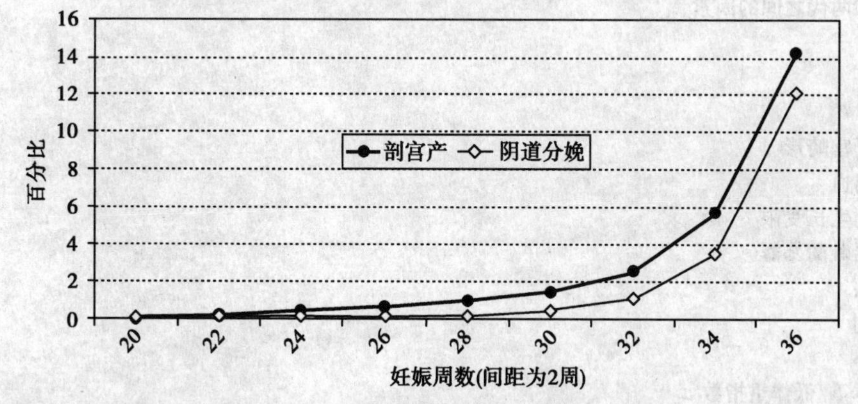

图 B-11 美国 1999 年和 2000 年不同分娩方式活产的胎龄分布(C-section 指剖宫产)

引自:1995～2000 年出生队列相关的出生/婴儿死亡数据库,光盘系列 20,USDHHS,CDCP,NCHS;1980～2000 年出生数据,光盘系列 21,USDHHS,CDCP,NCHS

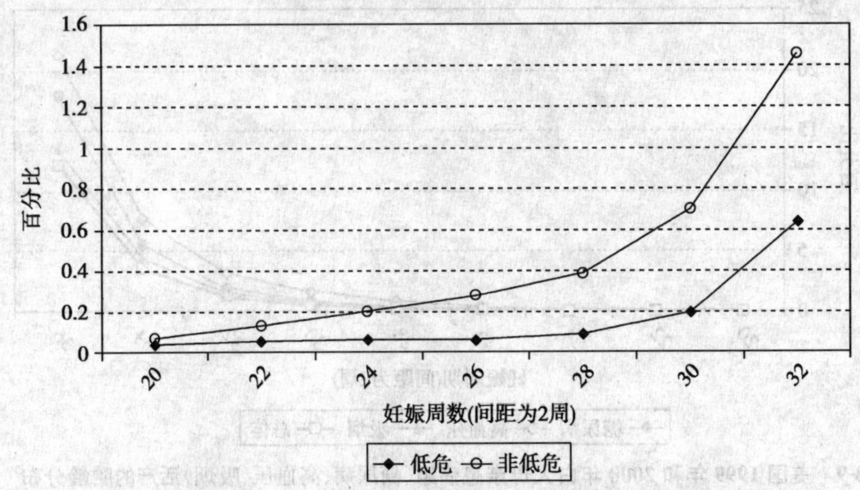

图 B-12 美国 1996～2000 年极低风险(ELR)母亲活产的胎龄分布。

引自:1995～2000 年出生队列相关的出生/婴儿死亡数据库,光盘系列 20,USDHHS,CDCP,NCHS;1980～2000 出生数据库,光盘系列 21,USDHHS,CDCP,NCHS

风 险

预防早产的无数努力均收效甚微(28-30,55,56)。此外,尽管相当多的早产病因已经明确,在准确识别有早产风险的孕妇方面仅小有成效(24)。遗憾的是,许多已明确的和可预测的危险因素,要么在当前妊娠期中不可变,要么或许由于我们目前知识的局限,对预防或有效的干预带来了巨大挑战。这些危险因素详列于表 B-5 中,包括孕前情况,例如,有低出生体重或早产史,多次孕中期流产史,产妇的身高、体重,以及不孕史。胎盘异常、宫颈或子宫畸形、子痫前期等是难以预防的未成熟儿的额外医疗危险因素。最后,还包括宫内感染,因为抗生素治疗宫内感染对于预防早产的效果也一直在研究中。

表 B-5 不可变的早产医疗危险因素

前次低出生体重或早产史
多次孕中期自然流产
早孕期人流史
家族性和两代之间的因素
不孕史
初产妇
胎盘异常
宫颈和子宫畸形
妊娠期出血
胎儿宫内生长受限
宫内己烯雌酚暴露
多胎妊娠
婴儿性别
身材矮小
孕前低体重/低体重指数
泌尿生殖道感染
先兆子痫

与早产相关的人口风险包括非裔种族、未婚、社会经济地位低下、产妇年龄等(表B-6)。尽管人口因素不能直接导致早产,但这些因素与其他的危险因素相互作用。

社会、行为、压力和产妇心理因素常与妊娠结局相关;长期的压力与社会经济地位低有关[57-66]。很难测定由生活事件导致的压力大小,但已有报道表明知觉压力和早产之间存在相关性。长期压力可能包括金融风险、贫穷和拥挤的生活条件、失业、工作压力大、家庭暴力、婚姻关系不满意。这些风险因素多数是多重因子,并与社会阶层、文化、种族和民族交互作用。在压力与早产关系方面需要进一步研究以明确通过缓解压力来预防早产的作用。阐明压力影响早产的生物学过程,确定比目前人口和社会经济状况的评定方法更具体的危险指标作为生物学标记,这对于在该领域成功建立干预措施十分关键。

尽管改变风险因素通常很难,许多导致早产的孕产妇行为的危险因素已被确认,并且具有可变性(表B-7)。其中,可以采取针对性措施预防早产的行为因素包括吸烟、缺乏产前保健和非法使用毒品。在妊娠期间非法使用毒品的产妇发生早产胎膜早破的风险增加两倍以上。然而,妊娠妇女中非法使用毒品的比例可能很小,因此尽管从某种程度上说,防止妊娠期使用毒品的努力是有效的,但是这种干预对总体早产率的降低程度而言相当有限。

表B-6 与早产相关的人口危险因素

种族/族裔
未婚
社会经济地位低
妊娠和生育的季节性
孕妇年龄
从事体育运动工作
职业暴露
环境风险

表B-7 与早产相关的可能危险因素

没有或不充分的产前保健
吸烟
使用大麻和其他非法药物
使用可卡因
饮酒
摄入咖啡因
孕妇体重增加
饮食摄入
孕晚期性生活
闲暇时间体育运动

表B-8详细列出了四个时期(1980~1984年,1985~1989年,1990~1994年,和1995~1999年)早产的危险因素。这些危险因素包括母亲的年龄、受教育程度、婚姻状况、产次、种族、产妇出生状况、合并糖尿病和高血压、吸烟以及多胎妊娠。该表列出了每一个风险因素的分娩比例,该危险因素的早产比例及各危险因素中早产占其分娩总数的比例。比值比(odds ratios,OR)来自将早产作为结果变量的logistic回归分析。该表也显示出早产的归因危险度(attributable risk,AR)。在表B-8中可以明显看出,在美国多胎妊娠日益增长引起早产率上升,双胎或多胎的早产率几乎为15%。数据显示高龄产妇人数增加,随着产妇年龄增长,风险也随之增大(表B-8和图B-13)。然而,产妇年龄对早产率的作用与其他危险因素如多胎和婚姻状况等相比,危险强度较小。

胎龄别死亡率

虽然在过去20年中美国的早产率一直在增长,婴儿死亡率却持续下降[10]。尽管有更

表 B-8 早产的危险因素

因素	1980～1984 年			1985～1989 年			1990～1994 年			1995～1999 年		
	总比例（%） 在早产中的比例（%） 早产发生比例(%)	比值比(OR)	归因危险度(AR)	总比例（%） 在早产中的比例（%） 早产发生比例(%)	比值比(OR)	归因危险度(AR)	总比例（%） 在早产中的比例（%） 早产发生比例(%)	比值比(OR)	归因危险度(AR)	总比例（%） 在早产中的比例（%） 早产发生比例(%)	比值比(OR)	归因危险度(AR)
总早产率		9.1			9.8			10.6			11.1	
青少年产妇	5.3 8.7 15.8	1.3(1.29～1.31)	3.9	4.6 7.6 16.1	1.20(1.19～1.21)	3.2	5.0 7.3 15.7	1.21(1.19～1.23)	2.6	4.8 6.5 15.1	1.17(1.16～1.17)	1.8
高龄产妇	5.2 5.6 9.7	1.19(1.18～1.20)	0.3	7.6 7.9 10.2	1.21(1.21～1.22)	0.4	9.9 10.7 11.3	1.20(1.19～1.22)	0.9	12.6 14.0 12.4	1.21(1.20～1.21)	1.6
接受高等教育	34.3 27.4 7.0	0.84(0.84～0.85)	−11.9	38.3 30.3 7.8	0.84(0.83～0.84)	−13.0	37.9 30.7 8.4	0.85(0.84～0.85)	−12.1	45.1 39.9 9.8	0.87(0.86～0.87)	−9.6
受教育程度低	19.6 26.1 12.4	1.26(1.26～1.27)	8.9	18.4 24.8 13.2	1.21(1.21～1.22)	7.8	21.6 26.9 13.1	1.16(1.15～1.17)	7.0	19.6 22.8 12.8	1.11(1.11～1.12)	4.2
未婚	19.3 30.7 15.0	1.42(1.42～1.43)	14.8	24.0 36.7 15.0	1.43(1.42～1.43)	16.8	30.2 41.3 14.6	1.35(1.34～1.36)	16.2	32.3 40.5 13.9	1.23(1.23～1.24)	12.1

续表

因素	1980～1984年			1985～1989年			1990～1994年			1995～1999年		
	总比例(%)	比值比(OR)	归因危险度(AR)	总比例(%)	比值比(OR)	归因危险度(AR)	总比例(%)	比值比(OR)	归因危险度(AR)	总比例(%)	比值比(OR)	归因危险度(AR)
	在早产中的比例(%)			在早产中的比例(%)			在早产中的比例(%)			在早产中的比例(%)		
	早产发生比例(%)			早产发生比例(%)			早产发生比例(%)			早产发生比例(%)		
初产	42.3	1.10(1.10～1.11)	0.3	41.3	1.08	−0.7	40.6	1.05	−1.8	40.7	1.07	−1.4
	42.9			40.9			39.6			39.8		
	9.1			9.7			10.3			10.9		
多产	3.6	1.20(1.19～1.22)	2.1	3.1	1.23(1.22～1.24)	2.1	3.8	1.25(1.23～1.27)	2.4	3.3	1.27(1.26～1.28)	1.9
	5.3			5.2			6.0			5.1		
	15.0			16.3			17.4			17.0		
非裔美国人	15.6	1.91(1.91～1.92)	14.8	15.8	1.94(1.93～1.95)	15.0	16.4	1.97(1.95～1.98)	13.8	15.4	1.69(1.68～1.70)	9.8
	27.9			28.5			27.9			23.6		
	16.5			17.6			18.0			17.1		
国外出生	9.9	1.03(1.02～1.04)	0.22	13.1	1.01(1.00～1.01)	−0.2	17.0	1.04(1.03～1.05)	−1.2	19.3	0.99(0.995～1.00)	−1.5
	10.2			12.9			16.0			17.9		
	9.2			9.6			9.9			10.3		
多胎妊娠	2.0	8.55(8.48～8.62)	7.4	2.2	9.28(9.21～9.34)	8.4	2.5	9.88(9.74～10.02)	9.9	2.9	13.14(13.06～13.21)	12.3
	9.3			10.3			12.1			14.8		
	41.7			45.6			51.6			57.1		

续表

因素	1980～1984年			1985～1989年			1990～1994年			1995～1999年		
	总比例（%） 在早产中的比例（%） 早产发生比例（%）	比值比（OR）	归因危险度（AR）	总比例（%） 在早产中的比例（%） 早产发生比例（%）	比值比（OR）	归因危险度（AR）	总比例（%） 在早产中的比例（%） 早产发生比例（%）	比值比（OR）	归因危险度（AR）	总比例（%） 在早产中的比例（%） 早产发生比例（%）	比值比（OR）	归因危险度（AR）
高血压							3.4	1.84(1.81～1.87)	2.9	4.3	2.27(2.26～2.29)	4.7
	—	—	—	—	—	—	6.3			8.8		
							19.2			22.5		
糖尿病							2.4	1.28(1.25～1.31)	0.7	2.6	1.37(1.36～1.38)	1.1
	—	—	—	—	—	—	3.0			3.6		
							13.2			15.4		
吸烟							12.4	1.25(1.24～1.26)	3.2	10.7	1.26(1.25～1.26)	2.6
	—	—	—	—	—	—	15.2			13.1		
							12.9			13.6		

注：括号内的值指可信区间(CI)

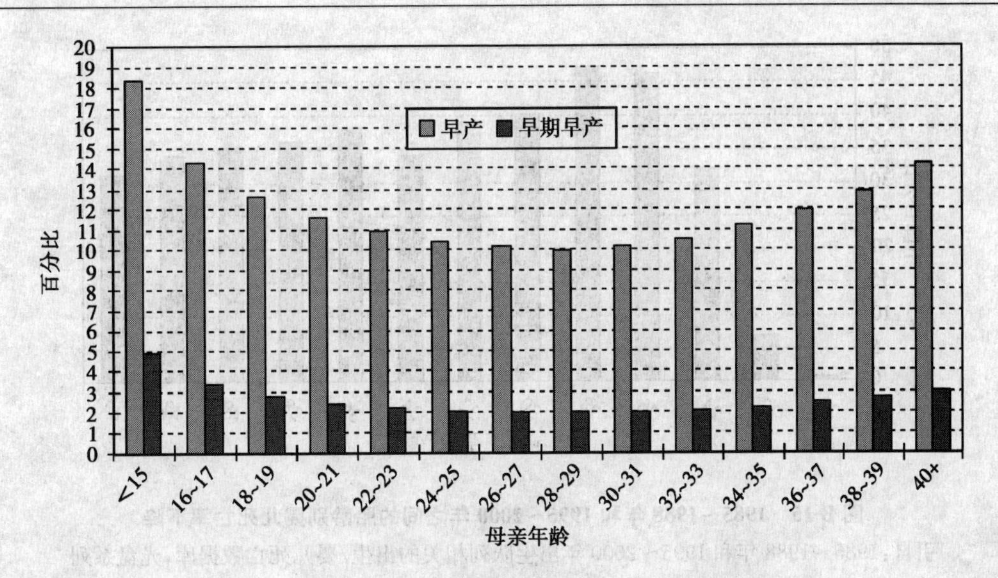

图 B-13 1995～2000 年不同年龄产妇的早产和早期早产百分比

引自：1985～1988 年和 1995～2000 年出生队列相关的出生/婴儿死亡数据库，光盘系列 20，USDHHS，CDCP，NCHS；1980～2000 年出生数据库，光盘系列 21，USDHHS，CDCP，NCHS

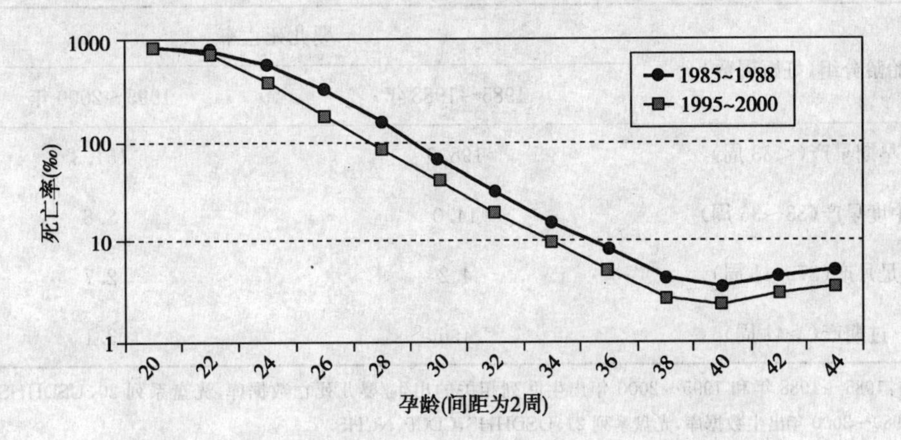

图 B-14 1985～1988 年和 1995～2000 年胎龄别婴儿死亡率比较

引自：1985～1988 年和 1995～2000 年出生队列相关的出生/婴儿死亡数据库，光盘系列 20，USDHHS，CDCP，NCHS；1980～2000 年出生率数据库，光盘系列 21，USDHHS，CDCP，NCHS

多高危妊娠，先进的生存手段使得婴儿死亡率得到明显改善。如图 B-14 所示，1985～1988 年和 1995～2000 年，超过 20～21 周的每个胎龄间隔，其胎龄别婴儿死亡率的下降显而易见。图 B-15 显示了在此时期胎龄别死亡率的下降。这两个时间段妊娠 24 周及以后出生者，死亡危险发生率下降了 30%。在妊娠 26～31 周出生的婴儿死亡率下降非常明显，大约下降 40%或更多。即使在妊娠 22～23 周出生的婴儿的存活率也有一定的改善。

在 1995～2000 年期间，每个既定胎龄类别(即早期早产、中度早产、足月产和过期产)的婴儿死亡率明显降低(表 B-9)。

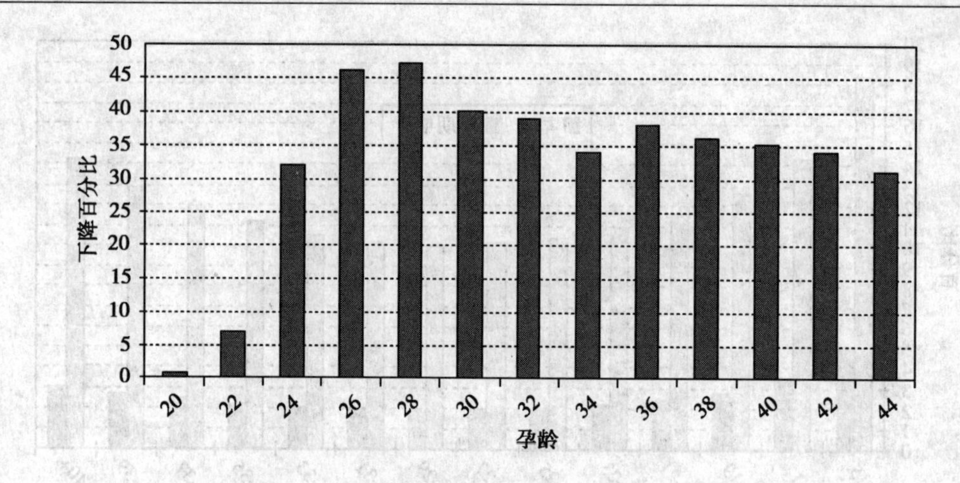

图 B-15 1985～1988 年和 1995～2000 年之间的胎龄别婴儿死亡率下降

引自：1985～1988 年和 1995～2000 年出生队列相关的出生/婴儿死亡数据库，光盘系列 20，USDHHS，CDCP，NCHS；1980-2000 年出生数据库，光盘系列 21，USDHHS，CDCP，NCHS

表 B-9 1985～1988 年和 1995～2000 年的胎龄别婴儿死亡率

胎龄分组(妊娠周数)	婴儿死亡率	
	1985～1988 年	1995～2000 年
早期早产(<33 周)	198.9	151.3
中度早产(33～36 周)	14.0	8.8
足月产(37～41 周)	4.2	2.7
过期产(>41 周)	4.6	3.1

引自：1985～1988 年和 1995～2000 年出生队列相关的出生/婴儿死亡数据库，光盘系列 20，USDHHS，CDCP，NCHS；1980～2000 年出生数据库，光盘系列 21，USDHHS，CDCP，NCHS

图 B-16 和图 B-17 列出了 1995～2000 年美国居民生育情况，早产和早期早产婴儿死亡率存在地理差异。高危儿的死亡率风险差异很明显。南大西洋沿岸各州的早期早产儿死亡率明显高于其他州，美国中西部的一些工业型的州，地区死亡率也很高。许多因素都影响早产儿和早期早产儿存活率的差异。影响死亡率的因素，除了胎龄测量和报告的问题外，不同的人口风险特征也可能涉及其中。最后，卫生保健系统的提供、可及性和质量，可能与婴儿死亡风险的地理分布存在深层次的相关性。

图 B-18 显示 1995～2000 年白人和非裔美国居民的母亲中出生的胎龄别婴儿死亡率。非常明显，孕 26 周和孕 33 周之间，种族群体之间的婴儿死亡率没有区别。这个结果与较早时期美国的报告结果相反，他们的观察是非裔早产儿较白色人种的早产儿有生存优势[6,8]。在生存能力较低的婴儿中，非裔美国婴儿继续保持着较大的生存机会。对于中度早产、足月产、过期产的婴儿，白色人种显示出较低的婴儿死亡率。

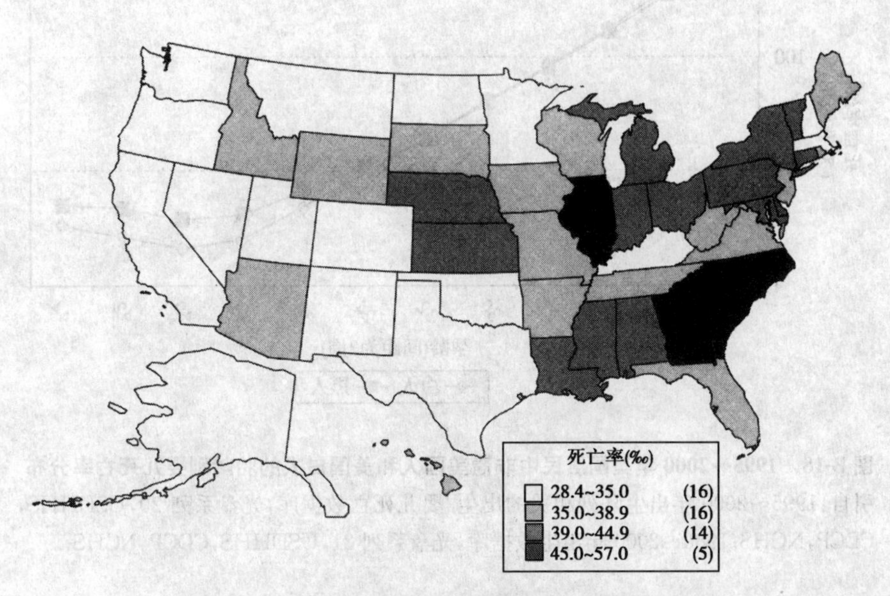

图 B-16 1995～2000 年各州早产儿死亡率的分布

引自：1995～2000 年出生队列相关的出生/婴儿死亡数据库，光盘系列 20，USDHHS，CDCP，NCHS；1980～2000 年出生数据库，光盘系列 21，USDHHS，CDCP，NCHS

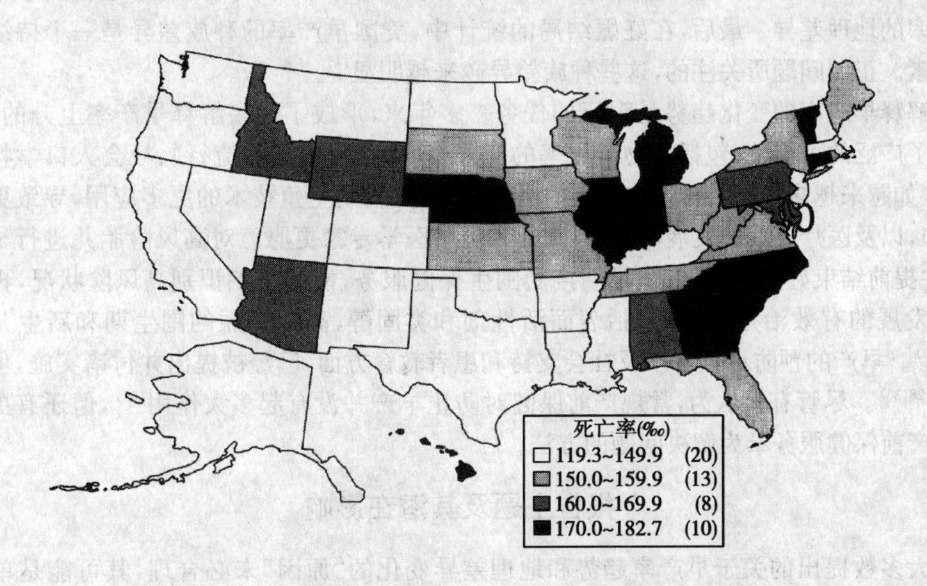

图 B-17 1995～2000 年各州早期早产儿死亡率的分布

引自：1995～2000 年出生队列相关的出生/婴儿死亡数据库，光盘系列 20，USDHHS，CDCP，NCHS；1980～2000 年出生数据库，光盘系列 21，USDHHS，CDCP，NCHS

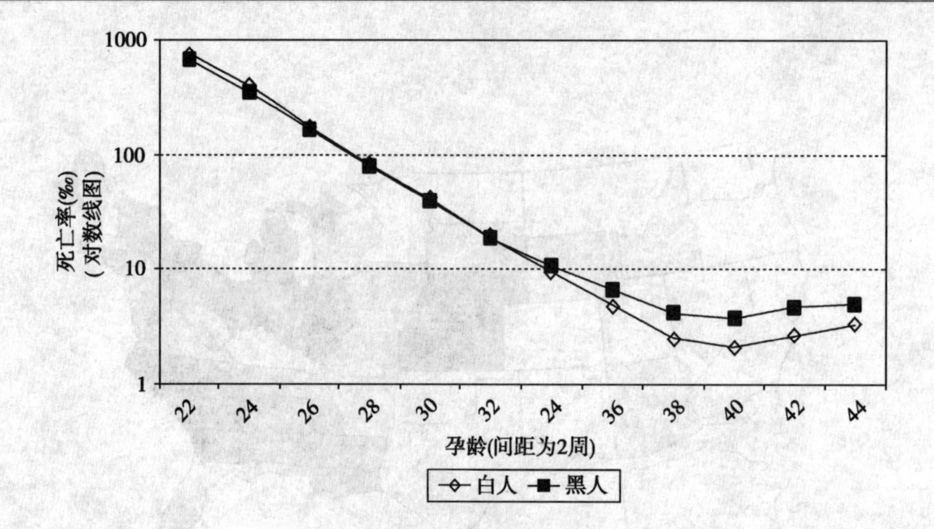

图 B-18 1995～2000 年美国居民中非裔美国人和美国白人的胎龄别婴儿死亡率分布

引自：1995～2000 年出生队列相关的出生/婴儿死亡数据库，光盘系列 20，USDHHS，CDCP，NCHS；1980～2000 年出生数据库，光盘系列 21，USDHHS，CDCP，NCHS

讨 论

本文所提供的资料显示早产率的持续上升在美国各州之间存在着很大的地理差异。此外，在早产率升高的这段时间内，与早产相关的死亡风险下降了。而且，还提到了早产儿存活率的地理差异。最后，在妊娠结局的统计中，美国早产率的种族差异是一个持续存在的因素。正如问题所关注的，这些种族差异越来越明显[6]。

解释早产率的变化趋势是艰巨的任务。多年来，形成了许多解释早产率上升的猜测，涵盖了广泛的可能性，包括药物滥用率的变化（如吸食可卡因的流行）、社会人口学特征的变化（如越来越多的高龄母亲）、先进的医疗技术（如辅助生殖技术的更多应用，导致更多的多胎），以及医疗实践的发展（如产科医师和母胎医学专家更愿意对高风险胎儿进行早期干预，并提前结束妊娠，由于在孕早期接受围生保健服务，能够早期识别高风险状况，再加上不断发展的有效治疗方法，包括表面活性剂和类固醇，高危妊娠的围生期和新生儿期护理）[10]。早产的预防计划常涉及社会支持和患者教育方面，已经被提出并付诸实施，但收效甚微[28,30]。尽管有人认为，常规产前保健对防止早产并没有起多大作用[26]，但还有更多的人把产前保健服务奉为解决问题的方法。

报告主题及其潜在影响

大多数提出的关于早产率趋势和地理差异变化的“原因”未必合理，其可能是单独或是共同起作用。目前还不清楚每个潜在的决定因素在早产率变化中的作用，而且可能还有其他因素参与其中。通常解释早产率变化的方法涉及对可能过程的系统评估，从数据报告开始，还有规章、程序、流程、培训、质量、完整性等方面。胎龄测量方法及数据报告的差异和变化可能大大影响早产率的地理和时间比较。在以下因素变化的潜在作用之前，包括产妇人口和行为特征（包括母亲年龄、药物使用和滥用，以及多胎妊娠）、社会和物质环境因素（包括暴力、贫困、疾病、压力和环境危害）、医疗保健服务性质和实践（包括服务和支持的提供、获取、利用、类型、内容和质量)等,报告中所提及的问题必须得到解决。

报告中有几个具体的问题可能会影响早产率的变化趋势,这些变化或差异有:

- 报告低于出生体重<500g 的分娩,其可能为流产、死胎或活产;
- 死胎的定义要包括出生体重和胎龄标准;
- 胎龄的推算,可通过末次月经和临床评估;
- 医院报告的规章、程序、过程、培训和质量可由国家或地方司法机关制定。

地理比较

由于人口、环境和医疗保健部门、卫生保健系统有不同的高风险标准,很难区分数据报告的有效性、准确性和完整性,导致早产率的差异。正如本附录数据所示(图 B-5a 和图 B-5b,图 B-8a~图 B-8d,图 B-16 和图 B-17),相当多的国家早产率和早产儿存活率的差异显而易见。与人口和卫生保健系统相关的风险因素作用的变化程度仅可以用作评估每个州的活产、死胎、胎龄定义及其他报告特点。由于通常是州内的各医院内部收集数据,州汇总信息时可能会忽略医院之间和内部的一些重要报告差异。因此,在美国有相当多相似的统计报告规章、数据定义、报告程序和人口特点,这些非常重要,因而虽然有这些混杂因素的影响,各州之间的差异仍然很小。

在国际水平上,数据报告的问题被夸大,活产和死胎的定义从记录报告、法律和程序上都存在差异。美国婴儿死亡率和低出生体重率被多次与一些较贫困的工业化国家进行比较[23,67]。尽管美国对医疗保健的潜在投资更高,但从这些数据中能够合理的推断出美国的早产率高于许多状况相似的国家。因为不同国家测量胎龄的标准尚不明确,受其影响,美国在精确描述早产分娩等级时仍然很难。例如,它可能不知道一般用什么样的措施来估计胎龄,如超声或末次月经。一些国家可以依靠定期调查,而不是早产趋势的重要记录。因此,欧洲国家和美国的观察指标不同,其早产率的差异也充满了潜在的错误。虽然依据更可取的一些国家的早产率来确定医疗保健系统的政策和方案可能是一个可实现的愿望,然而,如果认真回顾不同的首次完成报告的局限性,从而将人口和环境特点的影响因素考虑在内,这种评估可能存在缺陷且具有高度的推测性。通常,由于这些因素的混杂影响,很难对任何特定的干预进行准确充分的评估。目前,无法解释美国早期早产率存在两倍和更大差异的现象。确定哪些因素相似或存在更大的国际差异是一个更加艰巨的任务。

相对公正地比较各国之间早产率的难点可能在于缺乏国际性报告的公布[23]。可以利用低出生体重率的国际比较[67]。不管怎样,这类报告强调,必须谨慎解释国际比较和趋势,一般倾向于回避可能成为早产率观察差异的基础决定因素。认识到现有资料的局限性,最近的报告显示,美国的低出生体重的比例高于中等发达国家的平均水平(分别为 8%与 7%)[67]。然而,许多低出生体重儿是足月小样儿,而不是早产儿,足月低出生体重的比例各国之间差别很大。同样,美国由于受低出生体重率影响,可能不能公正地评估其早产率的排名。然而,由于美国的营养水平,也未必能在早产率的有效排名中更好。目前的早产率约为 12%,明显高于几个欧洲国家在几年前报告中的早产率(≤7%),可以合理地假设,在美国早产儿是一个严重的问题,且已持续了一段时间[23]。

理解早产率在美国各州的变化可能是进行更多的全球对比之前合理的第一步。就国家和国际比较而言，评估出生和死胎的定义及报告程序的出发点是明确的。虽然有些定义上的差异可以计入分析，法律上对早产及胎儿死亡报告的差异仍然是一个挑战。作为这项工作的进展，某些发达国家已经实施了一些文献报道的干预措施，可能会更基于人性化方法为妇女儿童提供服务[68]。这些包括全球卫生保健，主要是关于妇幼工作、孕产妇工作、双亲休假政策。

种族差异

种族导致婴儿死亡率差异日益增大的因素有待推测[50]。很明显，在过去的几十年里，美国白种人和非洲裔美国人的存活率都有了很大提高[69]。早产儿存活率的提高或许可以反映在高危产科和新生儿护理中科技和实践的进步[70-76]。在产科领域，新生儿发生率和死亡率的降低，与出生前应用皮质类固醇激素和产时应用抗生素有关。新生儿护理方面的改善包括高频通气、表面活性物质和出生后甾体激素的应用。高危围生期服务的区域化方便了对产科和新生儿重症监护服务利用。然而，白种人的早产儿和足月儿的生存率已有了更大的提高，因而在早产儿存活率方面种族差异正在缩小（非洲裔美国婴儿在很长时间内占据生存优势），但是足月儿和过期产儿存活率方面的差异加大了[6]。据推测可能是由于一些治疗手段的发展和影响，例如表面活性物质和甾体激素，可能对白人婴儿有更大的益处，这些婴儿相对来说更不成熟、有更高的死亡风险[7,8,72,77]。

在这些资料中可以观察到各州之间不同的早产儿死亡率风险，却大部分无法解释。还需要进一步调查明确各州人口的种族构成如何成为导致这些差异的部分原因。随着种族之间早产儿存活率差异的下降，不同地区种族差异所导致的三级医院的围生期保健差异也被关注[78]。尽管更多贫困人口卫生保健方面的局限性得到了一定关注，在国内一些地方，非洲裔美国妇女比白人妇女更可能选择到三级护理中心去分娩[79]。这将需要进一步的研究来明确不同种族、不同时间段、不同州之间在高危产科和新生儿护理方面存在差异的程度。尽管早期产前护理对早产率并不能产生必然的直接影响，但在风险适中的医院，早期护理可能有助于分娩。然而，最近在美国对不同种族分组进行的关于产前保健应用的研究表明，19 世纪 90 年代种族之间在早期、适当、集中进行产前保健方面的差异已经缩小了[80,81]。

小 结

美国当前的早产率水平反映了卫生保健方面的一个重大问题。早产率持续上升应归咎于国家工业化水平的进步。早产率在地理和种族方面的差异持续存在，而这些差异的存在为更好的理解以人口为基础的早产的危险因素，以及早产预防程序和政策所产生的影响提供潜在的可能性。尽管对早产危险因素和病原学途径的了解已经有了一定进步，但在成本效益比高且有效的预防措施大规模应用于人群水平之前仍有很多研究需要进行。在过去的十年里，当前无效的早产预防措施基本没有改变，然而，另一方面，早产婴儿的存活率却在持续上升。只要这些医学和援助服务对早产婴儿和他们的家庭有帮助，就意味着这是个显著的成就。但是已有人提出，我们支持这些对早产儿的服务和服务可及性的意愿可能没有提高早产儿存活率的动机强烈[82]。

参考文献

1. Centers for Disease Control and Prevention. Infant mortality and low birth weight among black and white infants—United States, 1980–2000. Morb Mortal Wkly Rep 2002; 51:589–592.
2. Carmichael SL, Iyasu S. Changes in the black-white infant mortality gap from 1983 to 1991 in the United States. Am J Prev Med 1998; 15(3):220–227.
3. Demissie K, Rhoads GG, Ananth CV, Alexander GR, Kramer MS, Kogan MD, Joseph KS. Trends in preterm birth and neonatal mortality among blacks and whites in the United States from 1989 to 1997. Am J Epidemiol 2001; 154:307–315.
4. Lee KS, Paneth N, Gartner LM, et al. Neonatal mortality: an analysis of the recent improvement in the United States. Am J Public Health 1980; 70(1):15–21.
5. Philip, AGS. Neonatal mortality rate: is further improvement possible? J Pediatr 1995; 126(3):427–432.
6. Alexander GR, Slay M, Bader D, Kogan M. The increasing racial disparity in infant mortality rates: composition and contributors to recent U.S. trends. In press.
7. Alexander GR, Tompkins ME, Allen MC, et al. Trends and racial differences in birth weight and related survival. Maternal Child Health J 1999; 3(1):71–79.
8. Allen MC, Alexander GR, Tompkins ME, et al. Racial differences in temporal changes in newborn viability and survival by gestational age. Paediatr Perinat Epidemiol 2000; 14:152–158.
9. Centers for Disease Control and Prevention. State Infant Mortality Initiative. Atlanta, GA: Centers for Disease Control and Prevention, 2006.
10. Alexander GR, Slay M. Prematurity at birth: trends, racial disparities, and epidemiology. Mental Retard Dev Dis Res Rev 2002; 8(4):215–220.
11. Centers for Disease Control and Prevention. Preterm singleton births—United States, 1989–1996. Morb Mortal Wkly Rep 1999; 48(9):185–189.
12. Joseph KS, Kramer MS, Marcoux S, et al. Determinants of preterm birth rates in Canada from 1981 through 1994. N Engl J Med 1998; 339:1434–1439.
13. Kramer MS. Preventing preterm birth: are we making progress? Prenatal Neonatal Med 1998; 3:10–12.
14. Sepkowitz S. Why infant very low birth weight rates have failed to decline in the United States vital statistics. Int J Epidemiol 1994; 23(2):321–326.
15. Paneth NS. Technology at birth. Am J Public Health 1990; 80:791–792.
16. Levit EM, Baker LS, Corman H, Shiono PH. The direct cost of low birth weight. Future Child 1995; 5(1):35–56.
17. Rogowski JA. The economics of preterm delivery. Prenatal Neonatal Med 1998; 3: 16–20.
18. Johnston RB, Williams MA, Hogue CJR, et al. Overview: new perspectives on the stubborn challenge of preterm birth. Paediatr Perinat Epidemiol 2001; 15(Suppl 2):3–6.
19. Mattison DR, Damus K, Fiore E, et al. Preterm delivery: a public health perspective. Paediatr Perinat Epidemiol 2001; 15(Suppl 2):7–17.
20. McCormick MC. The contribution of low birth weight to infant mortality and childhood morbidity. N Engl J Med 1985; 312:82–89.
21. Hack M, Taylor HG, Klein N, et al. School-age outcomes in children with birth weights under 750g. N Engl J Med 1994; 331:753–759.
22. Saigal S, Hoult LA, Streiner DL, et al. School difficulties at adolescence in a regional cohort of children who were extremely low birth weight. Pediatrics 2000; 105:325–331.
23. Paneth NS. The problem of low birth weight. Future Child 1995; 5(1):19–34.
24. Institute of Medicine. Preventing Low Birth Weight. Washington, DC: National Academy Press. 1985.
25. Berendes HW, Kessel S, Yaffe S. Advances in the Prevention of Low Birth Weight Proceedings of an International Symposium. Washington, DC: National Center for Educa-

tion in Maternal and Child Health, 1991.
26. Alexander GR. Preterm birth: etiology, mechanisms, and prevention. Prenatal Neonatal Med 1998; 3(1):3–9.
27. Alexander GR, Howell E. Preventing preterm birth and increasing access to prenatal care: two important but distinct national goals. Am J Prev Med 1997; 13(4):290–291.
28. Alexander GR, Weiss J, Hulsey TC, et al. Preterm birth prevention: an evaluation of programs in the United States. Birth 1991; 18(3):160–169.
29. Goldenberg RL, Rouse DJ. Prevention of premature birth. N Engl J Med 1998; 339(5):313–320.
30. Goldenberg RL, Andrews WW. Intrauterine infection and why preterm prevention programs have failed. Editorial. Am J Public Health 1996; 86:781–783.
31. Silverman WA. Nomenclature for duration of gestation, birth weight and intrauterine growth. Pediatrics 1967; 39:935–939.
32. Kramer MS. Determinants of low birth weight: methodological assessment and meta-analysis. Bull W H O 1987; 65:663–737.
33. Kramer MS. Intrauterine growth and gestational duration determinants. Pediatrics 1987; 80(4):502–511.
34. Klebanoff MA. Conceptualizing categories of preterm birth. Prenatal Neonatal Med 1998; 3:13–15.
35. Klebanoff MA, Shiono PA. Top down, bottom up, and inside out: reflections on preterm birth. Paediatr Perinat Epidemiol 1995; 9:125–129.
36. Tucker JM, Goldenberg RL, Davis RO, et al. Etiologies of preterm birth in an indigent population: is prevention a logical explanation? Obstet Gynecol 1991; 77:343–347.
37. Guinn DA, Goldenberg RL, Hauth CJ, et al. Risk factors for the development of preterm premature rupture of the membranes after arrest of preterm labor. Am J Obstet Gynecol 1995; 173:310–315.
38. Allen MC, Amiel-Tison C, Alexander GR. Measurement of gestational age and maturity. Prenat Neonat Med 1998; 3(1):56–59.
39. Alexander GR, Allen MC. Conceptualization, measurement, and use of gestational age. I. Clinical and public health practice. J Perinatol 1996; 16(2):53–59.
40. Reid J. On the duration of pregnancy in the human female. Lancet 1850; ii:77–81.
41. Treloar AE, Behn BG, Cowan DW. Analysis of the gestational interval. Am J Obstet Gynecol 1967; 99:34–45.
42. Kramer MS, McLean FH, Boyd ME, Usher RH. The validity of gestational age estimation by menstrual dating in term, preterm, and postterm gestations. JAMA 1988; 260:3306–3308.
43. Alexander GR, Tompkins ME, Hulsey TC, Petersen DJ, Mor JM. Discordance between LMP-based and clinically estimated gestational age: implications for research, programs and policy. Public Health Rep 1995; 110(4):395–402.
44. Alexander GR, Tompkins ME, Cornely DA. Gestational age reporting and preterm delivery. Public Health Rep 1990; 105(3):267–275.
45. David RJ. The quality and completeness of birthweight and gestational age data in computerized data files. Am J Public Health 1980; 70:964–973.
46. Gjessing HK, Skjaerven R, Wilcox AJ. Errors in gestational age: evidence of bleeding early in pregnancy. Am J Public Health 1999; 89:213–218.
47. Dubowitz LMS, Dubowitz V, Goldberg C. Clinical assessment of gestational age in the newborn infant. J Pediatr 1970; 77(1):1–10.
48. Ballard JL, Novak KK, Driver M. A simplified score for assessment of fetal maturation of newly born infants. J Pediatr 1979; 95(5 Pt 1):769–774.
49. Ballard PL. Scientific rationale for the use of antenatal glucocorticoids to promote fetal development. Pediatr Rev 2000; 1(5):E83–E90.

50. Papiernik É, Alexander GR. Discrepancy between gestational age and fetal maturity among ethnic groups. In: Chervenak F, ed. Fetus as a Patient. Carnforth, United Kingdom: Parthenon Publishing, 1999.
51. Centers for Disease Control and Prevention. State-specific changes in singleton preterm births among black and white women—United States, 1990 and 1997. Morb Mortal Wkly Rep 2000; 49:837–840.
52. Blondel B, Kogan, MD, Alexander GR, et al. The impact of the increasing number of multiple births on the rates of preterm birth and low birth weight: an international study. Am J Public Health 2002; 92:1323–1330.
53. Centers for Disease Control and Prevention. Contribution of assisted reproductive technology and ovulation-inducing drugs to triplet and higher-order multiple births. United States, 1980–1997. Morb Mortal Wkly Rep 2000; 49:535–539.
54. Centers for Disease Control and Prevention. Births: Final Data for 2003. National Vital Statistices Reports 54(2). Hyattsville, Maryland: National Center for Health Statistics.
55. Goldenberg RL. The prevention of low birth weight and its sequela. Prevent Med 1994; 23:627–631.
56. Copper RL, Goldenberg RL, Creasy RK, et al. A multicenter study of preterm birth weight and gestational age-specific neonatal mortality. Am J Obstet Gynecol 1993; 168(1):78–84.
57. Berkowitz GS, Lapinski RH. Relative and attributable risk estimates for preterm birth. Prenatal Neonatal Med 1998; 3:53–55.
58. Berkowitz GS, Papiernik E. Epidemiology of preterm birth. Epidemiol Rev 1993; 15:414–443.
59. Copper RL, Goldenberg RL, Elder N, et al. The preterm prediction study: maternal stress is associated with spontaneous preterm birth at less than thirty-five weeks' gestation. Am J Obstet Gynecol 1996; 175:1286–1292.
60. Holtzman C, Paneth N, Fisher R, et al. Rethinking the concept of risk factors for preterm delivery: antecedents, markers and mediators. Prenatal Neonatal Med 1998; 3:47–52.
61. Kogan MD, Alexander GR. Social and behavioral factors in preterm birth. Prenat Neonat Med 1998; 3:29–31.
62. Kramer MS, Goulet L, Lydon J, et al. Socio-economic disparities in preterm birth: causal pathways and mechanisms. Paediatr Perinat Epidemiol 2001; 15(Suppl 2):104–123.
63. McCauley J, Kern DE, Kolodner K, et al. The "battering syndrome": prevalence and clinical characteristics of domestic violence in primary care internal medical practices. Ann Intern Med 1995; 123:737–746.
64. Muhajarine N, D'Arcy C. Physical abuse during pregnancy: prevalence and risk factors. Can Med Assoc J 1999; 160:1007–1011.
65. Nordentoft M, Lou HC, Hansen D, et al. Intrauterine growth retardation and premature delivery: the influence of maternal smoking and psychosocial factors. Am J Public Health 1996; 86:347–354.
66. Peacock JL, Bland M, Anderson HR. Preterm delivery: effects of socioeconomic factors, psychological stress, smoking, alcohol, and caffeine. Br Med J 1995; 311:531–536.
67. United Nations Children's Fund and World Health Organization. Low Birthweight: Country, Regional and Global Estimates. New York: United Nations Children's Fund, 2004.
68. DiRenzo GC, Moscioni P, Perazzi A, Papiernik E, Breart G, Saurel-Cubizolles MJ. Social policies in relation to employment and pregnancy in European countries. Prenat Neonat Med 1998; 3(1):147–156.
69. Allen MC, Donohue PK, Dusman AE. The limit of viability: neonatal outcomes of infants born at 22 to 25 weeks gestation. N Engl J Med 1993; 329:1597–1601.
70. Curley AE, Halliday HL. The present status of exogenous surfactant for the newborn.

Early Hum Dev 2001; 61(2):67–83.

71. Eichenwald EC, Stark AR. High-frequency ventilation: current status. Pediatr Rev 1999; 20(12):e127–e133.
72. Hamvas A, Wise PH, Yang RK, et al. The influence of the wider use of surfactant therapy on neonatal mortality among blacks and whites. N Engl J Med 1996; 334:1635–1640.
73. Horbar JD, Lucey JF. Evaluation of neonatal intensive care technologies. Future Child 1995; 5(1):139–161.
74. Howell EM, Vert P. Neonatal intensive care and birth weight-specific perinatal mortality in Michigan and Lorraine. Pediatrics 1993; 91(2):464–470.
75. Schwartz RM, Luby AM, Scanlon JW, et al. Effects of surfactant on morbidity, mortality, and resource use in newborn infants weighing 500 to 1500 g. N Engl J Med 1994; 330(21):1476–1480.
76. Thorp JM, Hartmann KE, Berkman ND, et al. Antibiotic therapy for the treatment of preterm labor: a review of the evidence. Am J Obstet Gynecol 2002; 186:587–592.
77. Alexander GR, Kogan M, Bader D, et al. U.S. birth weight-gestational age-specific neonatal mortality: 1995–7 rates for whites, Hispanics and African-Americans. Pediatrics 2003; 111(1):e61–e66.
78. Langkamp DL, Foye HR, Roghmann KJ. Does limited access to NICU services account for higher neonatal mortality rates among blacks? Am J Perinatol 1990; 7(3):227–231.
79. Region IV Network for Data Management and Utilization. Consensus in Region IV: Women and Infant Health Indicators for Planning and Assessment. 2000.
80. Alexander, GR, Kogan MD, Nabukera S. Racial differences in prenatal care use in the United States: are the disparities decreasing? Am J Public Health 2002; 92(12):1970–1975.
81. Kogan MD, Martin J, Alexander GR, et al. The changing pattern of prenatal care utilization in the U.S., 1981–1995: using different prenatal care indices. JAMA 1998; 279(20):1623–1628.
82. Alexander GR, Petersen DJ, Allen MC. Life on the edge: preterm births at the limit of viability—committed to their survival, are we equally committed to their prevention and long-term care? Medicolegal OB/Gyn Newsl 2000; 8(4):1, 18–21.

C

早产相关伦理学问题综述

Gerri R. Baer and Robert M. Nelson[20]

任何一家学术性新生儿重症监护病房(neonatal intensive care unit,NICU)的日常工作都可能涉及伦理学问题。早产领域涉及许多伦理学问题,并且呈现上升趋势。先进的医疗技术如机械通气、静脉营养和人工合成的表面活性物质等为新生儿科医师救治早产儿提供了有效的手段,但是与早产相关的重大并发症的预防问题仍然悬而未决。现在可以说早产儿方面的研究达到了一个“新生儿活力瓶颈”阶段,未突破该活力瓶颈,新生儿技术似乎就不能带来明显的益处。

本文综述了早产儿伦理问题方面的文献,重点参阅大量经验研究,并带有明确结论、述评和伦理分析等来补充资料的完整性。早产涉及很多伦理学问题,对于没有经验数据的研究我们相应做了注释说明。

我们首先选择了在新生儿伦理学研究领域被引用频率最高的文献,及几个重要的诉讼病历,旨在探讨新生儿期为决策提供依据的两个基本框架,提出取得知情同意的难度。接下来,我们回顾了研究孕妇的自主权与其对胎儿应尽的人性义务的争议。然后我们会介绍目前对生存能力阈值的看法和临床实践。

接下来,我们还将临终关怀伦理学方面研究文献呈现给大家,包括放弃或撤销维持生命的治疗、疼痛管理和临终关怀、无效性的概念以及美国医师和欧洲部分地区医师在临终医疗实践方面的差异。我们还要分析关于早产带来的经济和社会负担。最后,对研究的孕妇、胎儿和婴儿进行总结评论。

影响决策制定的伦理学因素

涉及孕前及早孕期决策制定(如避孕、助孕、保胎或从事可能对胎儿有利/有害的活动)的主要伦理学范例中,妇女有自主决定权。在孕中期孕母决定作用弱化,转变为倾向于权衡母儿双方的最大利益考虑。胎儿已经能够体外存活时,如孕 23～25 周,这个阶段也可以被认为是伦理学(或者法律意义上)的过渡:即从母体自主决策模式转变为要从人性慈善方面进行商榷的决策模式。在怀孕早期,虽然胎儿权益是一个重要的考虑因素,然而在怀孕晚期母体自主权仍然具有影响力,所以上述观点尽管有一定益处,但可能显得过于简单。

美国及其他西方国家采用的这种决策制定模式主要着眼于新生婴儿的利益最大化,父

---

[20]G. R. Baer,儿科,宾夕法尼亚州立大学医学院及费城儿童医院,费城。R. M. Nelson,儿科、麻醉科及危重患者医疗,宾夕法尼亚州立大学医学院及费城儿童医院,费城。

母或监护人通常代理新生婴儿作出决定，然而哪些决定真正有利于新生儿往往还要听取专业的医务人员建议；这导致决策制定是一个非常复杂的协商过程。当同样关心新生儿的父母及医务人员在制定决策上意见不同时，就会产生很棘手的伦理学方面的问题。

关于代理决定的实证数据

对于限制或停用病危患儿维持生命的医疗措施(life-sustaining medical treatment, LSMT)时，很多家长认为应该由他们自己作出决定；而大多数医务人员认为不应该仅仅让家长负责，实际上常常由医师作出最后决定。这种理解领悟方面的巨大差异反映了利用利益最大化协商模式制定决策过程的复杂性。我们首先将父母态度的相关数据呈现给大家，然后是医务人员的看法和综合考虑两者的研究。下面的大部分数据来自于美国以外的国家，所以可能并不代表美国家庭的态度及美国医师的行医方式。

由 Hazel McHaffie 率领的研究小组在苏格兰对 NICU 婴儿的父母进行了一项半结构式访谈。家长们被问及限制婴儿 LSMT 时是否需要讨论的问题。这次访谈显示 56%的父母认为是由他们负责作出决定，其中 3/4 的家长认为是他们单独决定，1/4 认为结合儿科医师建议他们作出决定；83%的家长认为需要作决定的那个人已经作出了决定。该研究的作者得出父母亲希望参与决策的结论[1]。

一个国际研究小组在太平洋沿岸国家九个中心，以及美国旧金山、加利福尼亚两个医学中心，调查了极低出生体重儿(VLBW)的父母；调查他们关于围生期咨询以及决策方面的情况。绝大多数受试者为幸存婴儿的父母，因为多数国家的文化忌讳调查死亡婴儿的父母。在所有涉及的国家中，90%以上的父母认为关于复苏情况方面的决定，医师的建议是非常重要的。在所有调查国家中大部分(93%～100%)父母认为新生婴儿复苏应接受医师的建议。除了墨尔本，澳大利亚的其他地区，大部分(75%～86%)父母认为是医师和家长的联合决定。在墨尔本，3/4 的家长认为由医师单独决定。所有调查地区的大部分(62%～95%)家长偏向于联合决策模式。在评估产前咨询时，所有研究中心大部分父母(65%～90%)认为经过产前咨询他们能够理解婴儿的预后。超过 3/4 的家长认为他们婴儿疾病的后遗症比预期要好。研究者得出结论：澳洲界国家决策模式相似，偏重于医师及同伴的影响；家长倾向于联合制定决策并且认为这种情况经常出现；最后，在不同的医疗中心、对不同的咨询问题，家长对产前咨询是否充分的评估也不同[2]。

与很多家长偏向联合决定的研究相反，在挪威的一项定性调查研究揭示：大部分家长认定医师应该是做最后决定的人，只不过这个决定应该有家长的参与。家庭强调医务人员的知识与经验，家长不足以作出一个理性的决定，并且家长需要认真考虑及听从医师的决定[3]。

关于在 NICU 的决策制定方面，苏格兰研究小组同样在医务人员中展开调查。数据分析发现只有 3%的医师和 6%的护士认为 LSMT 的保留与撤退应该由家长作出最后的决定。家长应该参与决定而绝不是独自作出决定[4]。

为了解目前关于在可生存边缘胎龄的产房决策以及产前咨询医疗实践情况，最近在新英格兰新生儿科专家中进行了调查。给出了一个假定的情节：23.5～24.5 周的早产即将发生，胎儿体重与胎龄相符。超过 3/4 的新生儿科专家认为他们与家长共同作出最后决定，而只有 40%的新生儿科专家认为双方均作出最后决定，半数新生儿科专家认为由他们单独决定。关于产前咨询，58%的新生儿科专家认为在与父母讨论复苏策略时他们的主要作用在于提供事实信息；与之不同，40%认为医师的主要作用是帮助家长权衡复苏选择的利弊。共同决策方认为新生儿科专家的主要作用在于帮助家长权衡他们的选择（OR=4.1，P=0.004），事实上这种模式已经实践了10年之久（OR=3.6，P=0.004），所以作者们得出这样的结论：新生儿科专家应该按照美国儿科学会（American Academy of Pediatrics，AAP）关于围生期咨询建议，尊重家长的想法，在新生儿远期结局及生存质量方面更好地与家长沟通[5]。

加拿大的一项对于极低出生体重婴儿父母、新生儿科专家、新生儿科护士的调查中，几乎所有父母、3/4以上的医务人员赞成父母应该决定婴儿治疗或是限制治疗。与之矛盾的是，医务人员同样赞成甚至全部强烈支持医师应该作出最后决定。50%～75%的家长赞成或强烈支持医师应该作出最后决定。研究中作者得出结论：医师们确信他们的作用远大于家长允许的范围[6]。

法国和美国共同开展了一项决策制定方面的定性研究。在两年的时间里，调查者访谈了60位临床医师和71名家长，同时对临终病例的情况绘制了一个图表。调查者发现，在美国一直被认定的家长自主权其实并非真正的自主权，主要是看临床医师决定提出问题的时机及要求作出决定的时机。这种自主权只用在严重的、濒临死亡婴儿被提议治疗终止时，并且新生儿科专家往往不要求家长允许继续治疗，而是要求家长同意终止治疗[7]。

"利益最大化"标准和决策制定

这种共同决策模式同样在许多专业指南中得到共识。许多作者承认尽管这种强调父母自主权的合作模式是很理想的，但是仍然很难实现。无论在知识面、控制能力和专业技能方面医务人员具有明显的优势，在婴儿最大利益评估方面他们经常与家长有不同的见解。

McHaffie在一篇关于决策制定和家长决定权的述评中谈及家长的自主权无法实现。她认为：①医师可以在解释疾病状态的同时，依据指南对治疗措施的选择提出建议；②医师与患儿家长决策能力的差异；③家长关于患儿疾病信息来源于医务人员的告知，在告知的过程中，医师可能会为说服家长采纳他们的医学建议而刻意强调或弱化部分信息；④医师也可以不提供医学建议，除非他们确信提供的医学建议是最适宜的治疗方法，否则会减弱了来源于专业医师方面的决策力量[4]。

北美许多杰出的新生儿科专家、儿科医师和ICU医师曾被召集在一起共同探讨关于极低出生体重儿生命终末期的决策问题，他们讨论的结果在1994年公开发表。谈及从几例有慢性疾病婴儿身上撤出难以负担的治疗措施决定时提出了意见，专家们认为："家长应在医师告知目前患儿的救治方案后，与医师充分沟通咨询后再决定是否中断治疗是比较适宜的"。这次讨论结果有希望解决棘手的伦理学问题，例如家长放弃治疗的观点容易受医师的行医方式与道德价值观的影响。专家小组得出的结论为"在治疗这些儿童时，医师们应该认真将自己的个人观点与现行医疗、法律和道德标准区分开来"[8]。

美国儿科学会胎儿与新生儿委员会发表了高危新生儿救治措施的实施与终止指南，建议家长在决策制定中发挥主动作用。然而他们同时声明：如果医师从专业角度判断当前治疗措施与婴儿的救护标准不一致时，医师不应该被迫治疗不足或过度治疗[9]。

Leuthner在一篇关于美国儿科学会四项指南声明的述评中谈及早产儿以及危重新生儿决策时认为所谓"最大利益化"的最适宜模式是"协商"模式。这种模式强调对父母亲价值观与客观医学事实的双重考虑，同时承认应尊重医师的道德价值观[10]。

生物伦理学家 Loretta Kopelman 在早产伦理学问题方面有很多论著，最近他对适合于所有年龄组濒危个体的最大利益标准提出质疑，并提出：①符合濒危个体短期或长远利益的方案，同时尽可能增加受益，减少不良负荷，应是决策者认定的首选方案；②由了解病情且理性的人经过全面考虑，先初步达成共识，且该选择不会不被接受；③依据既定的对濒危患儿的道德或法律责任范围决定最大利益标准[11]。

她为这种“最大利益化”解释说，由于允许父母在知情条件下理性地、善意地作出人们所能接受的负责任的选择，所以应用这种标准需要明确什么是理性选择，同时要考虑到不同价值观的个体化的善意的选择[11]。

父母的知情同意：合法的例证

从伦理上讲，医务人员有义务向早产儿的父母告知复苏的过程及可能的结果，并取得进行复苏及治疗的同意。然而告知的过程中固然会受预计结果的不确定性及父母焦急和紧张情绪的影响。医务人员是否需要取得早产儿父母的同意对其进行复苏的问题，已在多个备受瞩目的官司中提及。

1994 年密歇根州 Messenger 案中，认为一孕龄为 25 周的早产儿的父母有权利拒绝对患儿的生命进行支持治疗，但在 2003 年的 Miller 案中及 2002 年的 Montalvo 案中，则限制了父母在极低体重新生儿的复苏治疗的决定权限。尽管新生儿 Miller 被抢救成功，法院的决议并未提出对极低体重儿需进行强制性的复苏，但允许进行专业的判断来保证患儿的治疗。

1994 年密歇根州 Messenger 的案件中肯定了患儿父亲有权力拒绝为一个胎龄为 25 周的新生儿进行治疗，但医务人员在违背其父母意愿的情况下对其进行了复苏，在新生儿重症监护室内，患儿的父亲——一个医师——以与患儿单独相处为由，切断了通气设备导致患儿窒息死亡。Messenger 医师在刑事法庭中受审，被指控为过失杀人，但法庭最后的判定结果为无罪[12]。

通过 Miller 的案子，对早产儿进行复苏是否应该取得患儿父母知情同意的问题受到公众的广泛关注。1990 年出生的 Sidney Miller，在妊娠 23 周后出世，体重为 615g。出生前，Miller 的父母要求他们的产科医师及新生儿科医师不对新生儿进行抢救。该医院的一名工作人员错误的告知该医疗小组说医院规定对超过 500g 的新生儿必须进行复苏。当时的儿科医师发现新生儿具有心跳及自主的哭声，对其进行气管插管并进行人工通气。数天后，Sidney 发生脑出血，并且遗留下严重的精神及躯体残疾。Miller 夫妇控告医院在未获得同意下对其患儿进行不恰当的治疗，最初被判决获得 6000 万美元的赔偿，但该判决被得克萨斯州法院推翻，依照得克萨斯自然死亡法，法院裁定父母只能在小孩濒临死亡时才能拒绝治疗。之后在得克萨斯最高法院的上诉中，法院裁定在早产儿的危急情况下，对其进行复苏可以不需要父母的同意。只有在 Sidney 出生后才能对其进行评估，在 Sidney 出生前的所有决定只能作为推测。虽然最好是在出生前取得同意对胎儿进行评估并采取适当的治疗措施，但法院否定在紧急情况下未获得同意对新生儿进行复苏需要承担责任[13]。

同时指出虽然父母没有权利拒绝对患儿进行治疗，但并不意味着医师能够强行对其进行复苏。医师应该根据专业的判断决定是否对患儿进行复苏。

关于知情同意的实证资料

医务人员对极低出生体重儿存活率及伤残率的错误评估增加了获得知情同意的难度，要取得操作及研究的同意仍是个问题。一项研究显示父母对知情同意过程中交流的重要内容的重述有困难，同时对早产儿存活率的低估同样会导致产科作出不恰当的决定。

佛蒙特州的一项研究通过测试医疗工作者在接受最新生存率数据前后对患儿作出的存活评估证实了产前咨询准确性的困难。研究显示产科医师、儿科医师、护士及护理人员往往低估了不同孕龄的早产儿的存活率，而高估了其重大伤残率。其中医师及护士低估了23～28周孕龄患儿的存活率，而护理人员低估了23～27周孕龄早产儿的存活率。例如医师预测25周早产儿的平均存活率为50%，而其实际存活率接近75%。医师及护士高估了小于26周早产儿的伤残率，而护理人员高估了小于28周早产儿的残疾率。例如，护理人员预测25周早产儿主要残疾的发生率平均为65%，而其实际发生率为30%。尽管通过教育，医务工作者对存活率及伤残率的评估的不准确性有所下降，但仍存在误差。因而作者指出有必要对医务工作人员提供学习教育以确保家庭咨询的准确性[14]。

1992年亚拉巴马州将所有参与分娩的产科医师及家庭医师纳入研究，观察其对23～36周胎儿的存活率及需要产科操作的认识。结果显示被观察者明显低估了不同孕龄婴儿的存活率，而高估了其残疾率。被观察者表示其会将妊娠23周的孕妇送至围生保健中心进行治疗，并且大多数医师表示会在妊娠25周时给予糖皮质激素治疗来促进胎儿的肺成熟。只有一半的医师会对妊娠25周发生胎儿窘迫的孕妇进行剖宫产，从而增加了对胎儿存活率的过低估计，而高估了伤残率的发生，并导致不恰当的产科治疗。但与作者10年前的研究相比，对早产儿存活率的评估有所增加，但围生期的治疗尚没有提高早产儿的存活率[15]。

Ballard等人观察了新生儿期获得的知情同意的可靠性，研究通过电话或面对面访问同意将其幼儿纳入新生儿镇痛的神经病理学研究的父母，研究者发现8%的父母完全不记得该研究。在记起该研究的父母中，大约2/3的父母回忆起研究的目的，95%的父母回忆起他们的幼儿参与的研究具有潜在的好处，只有5%的父母能想起一个或更多的风险。在父母签同意书时，研究人员并未提高其对该研究目的、风险等的认识。母亲比父亲更容易回忆起研究的目的及意义，使用硫酸镁并不能帮助母亲回忆。当严格使用知情同意的标准时(包括告知研究的目的、意义、风险，及研究的自愿性及非强迫性)，只有3%的父母知情同意。作者认为对患病新生儿父母提供现行的知情同意是不可行的，他们建议应对现有的程序进行修改，包括强调存在的风险及给予足够的时间来解答父母提出的问题[16]。

妊娠期间的伦理问题：如何权衡孕妇及其胎儿的利益

在过去的二三十年，多个范例被提出来讨论并解决所谓的母胎冲突。一些学者认为在作出决定时，母亲的自主意愿应优先考虑。然而其他人认为胎儿作为患者应被仁慈的对待。许多法院审理的有关孕妇的案例吸引了公众的关注，但这种案例仍较少。母亲的自主意愿及胎儿最大利益之间的权衡受分娩方式及地点的影响，例如孕妇可能会在胎儿发生宫内窘迫时拒绝行剖宫产术，而要求产后采用各种方法来抢救患儿。

在过去的二十年，妇产科医师Chevenak及儿科医师McCullough写了大量关于母胎冲突的文章。他们把胎儿视为患者，并不认为胎儿是具有人权的人，而是指出胎儿作为一个患者，应该给予人道的治疗。在1985年的一篇曾被多次引用的文章中，他们解释了伦理矛盾中包含的不同部分的伦理义务，包括医师对母亲自主权利的义务、医师对母亲利益的义务、母亲对胎儿利益的义务、医师对胎儿利益的义务。当母亲的自主意愿与胎儿的利益发生冲突时，他们推荐说服孕妇采取有利于胎儿的治疗，并指出从道德上来讲有时候强制性的或法律介入的措施是可行的[17]。1993年他们发表的“紧急情况下的强迫行剖宫产的伦理论证”中，在孕妇没有禁忌证及没有时间办理法律程序时，允许在可以减少胎儿发病率及死亡率的情况下强制实行剖宫产[18]。

1990年美国医学会推荐的对孕妇进行法律介入的指南包括：法律介入必须给孕妇的健康带来最低的风险，对机体带来最小的创伤并有较大的把握阻止对胎儿造成实质性及不可逆的伤害[19]。

美国妇产科医师学会已经就妊娠期间的强制性及法律介入性措施发表了多份声明，在2004年发行的伦理学手册中指出：万一母亲拒绝，法院对孕妇意愿的干预措施是可行的，但这些措施仍旧不多。手册推荐通过找出影响促进健康行为的屏障、寻找影响孕妇作出决定的社会及文化的因素、并使其认识到医学仍存在一定的不足来解决问题[20]。

2005年美国妇产科医师学会发表了“母亲的决定、伦理及法律”的意见，在伦理方面，委员会强烈反对对孕妇采用强制性或处罚性法律措施。委员会指出：①强制性及处罚性法律措施违反了成人的知情同意的权利；②法律的介入忽略了医疗知识及对结局预后的局限性；③强制性及处罚性法律措施将不利于产前的治疗及医患关系；④强制性及处罚性法律措施挑选出最脆弱的妇女是不当的；⑤这些政策隐含了孕妇其他合法行为属于非法的可能性。委员会推荐，在没有特殊情况的前提下，司法部门不应该介入治疗，因为这种行为将违背孕妇的自主权利[21]。

Lisa Harris在《妇产科学》的一篇短论中提出了定位及解决母胎冲突的新方法，她将这一伦理学面临的两难问题定位成临床医师的道德及义务之间的矛盾，而不是母胎权利之间的矛盾。这一观点在产科学文献中应用最广。她指出很难应用原则来定义这些讨论个体之间道德上的两难问题。当判断伦理困境时，社会背景、种族、政治立场及宗教信仰等因素同样应该被考虑在内。而那些教条的道德规范忽略了医疗中存在的广泛的社会及政治背景，例如存在于医师及患者之间的权利等级之间的困难，尤其是在性别、种族及阶级之间的不平等。最后她建议，解决围生期伦理学问题的另一种模式应包括置于其社会交际及生活背景中来理解孕妇，了解临床医师的立场及伦理学判断，而且要认识到，不同观点的产生可能有助于解决民族和性别不平等[22]。

可存活胎儿孕母的脑死亡

虽然可存活胎儿孕母的脑死亡曾经并将继续成为媒体(及一些伦理学家)关心的话题，但这对于阐明关于早产儿的决定几乎没有伦理价值。除了对死亡孕妇及死亡本身的尊重之外，死亡的孕妇没有其他的利益，因而死亡的孕妇与仍然存活的胎儿之间没有冲突。这些案例中常常反映出家庭内部的冲突及对脑死亡理解的混淆(正如标题“脑死亡孕妇的死亡”)。

Veatch解释了两种可能的方法来看待这些案例：①孕妇仍然活着但处于疾病的终末期，而应该给予继续治疗；②孕妇刚刚死亡，这种情况下法律及道德给予继续治疗的正当性更加困难，但家庭成员之间将不会存在争议。如果胎儿能够抢救存活，脑死亡孕妇的生命将被继续维持。这种情况下的决定取决于对死亡的定义、孕妇生前的愿望和(或)其法定决策代理人[23]。

回顾10例继续支持治疗的脑死亡孕妇，据报道10个婴儿均成活。他们出生时的胎龄为26～33周，可以获得其中6个婴儿的随访资料，没有一个智力发育迟缓。这样的综述易受出版偏倚的影响，因为文献中没有报道这种情况下负面的新生儿结局。作者简要介绍了为孕妇提供治疗固有的伦理问题，包括如果胎儿生病，谁应代替母亲和胎儿作出决定[24]。

孕母患病时的决策

何时需要实施干预性早产没有通用的产科学指南。但是，对于有特殊病情的母亲，早产可以使母亲恢复健康。美国妇产科医师学会在治疗先兆子痫的指南中指出，对于诊断为重度先兆子痫的孕妇终止妊娠是正确的。立即终止妊娠也是患有HELLP综合征(溶血、肝酶升高和血小板计数低)或者发生子痫的孕妇的治疗标准[25]。

宫内干预和母胎手术

提供干预措施，而孕妇要承担一定程度的风险，这种胎儿治疗的发展，包括外科手术，加剧了孕妇和胎儿最大利益的冲突，有些作者将这些同时存在于孕妇和胎儿的干预措施称为"母胎手术"[26]。在决策过程中，获得知情同意比干预治疗更为重要。在胎儿的干预治疗中，因会对孕妇产生一定的风险，所以，必须有肯定的疗效，而且对孕妇造成的危险必须是可忽略的，以保证对胎儿进行治疗时孕妇不反对。迄今为止，尚没有验证胎儿手术伦理学问题的经验研究。

胎儿干预的专业指南和伦理评论

美国生物伦理学委员会在1999年出版了"胎儿治疗的伦理学思考"一文。该文认为伦理问题是胎儿治疗所固有的问题，因为它们同时涉及胎儿和孕妇的最大利益。这个委员会建议采用一个多学科协作的方法来直接与孕妇及其丈夫交流，告知胎儿治疗的所有风险和益处。该声明还强调，未经证实功效的方法只能作为研究采用，而且要在知情同意的情况下进行。考虑母亲有可能会拒绝干预治疗，因此必须执行以下标准：①如果没有这项治疗，胎儿将面临不可逆的重大伤害；②这项治疗必须有效；③由此造成的孕妇的健康方面的影响可以忽略不计[27]。

在一个涉及母胎手术的伦理分析中，生物伦理学家和产科医师回顾了目前的实际情况，并对母胎手术作出了既科学、符合伦理道德，又切实可行的建议。他们提出了以下几项伦理问题：对孕妇的风险和益处；获得知情同意的问题(例如对治疗的误解)；对非致死情况下所进行的干预；对不在随机实验中的孕妇不进行干预；对创新的关注，及优先资助问题。这个团队的建议包括："①对母胎手术的创新应当从研究开始即提出并要对其进行评估；②孕妇必须是研究对象；③知情同意应确保取得充分的理解以及真正的自愿……⑥应建立优质的中心来开展研究并提供母胎手术；⑦为进行母胎手术的实验研究提供资助时需考虑到社会的需求"[26]。

Chervenak和McCullough对于启动胎儿手术研究方面需要考虑的事项提出了一个伦

理框架。这个框架建立在与孕妇协商的基础上，将有活力儿视为一个患者，无活力儿也视为一个患者。他们最初的研究标准是：①干预治疗必须能够拯救生命、阻止严重的或不可逆转的疾病或残疾的发生；②将胎儿的风险和发病率降到最低；③对孕妇产生的致死风险必须低，疾病、损伤或致残的风险低或可控。他们进一步指出，研究人员有义务保护潜在的对象免受无理由的有风险的研究，或是考虑"以慈悲关怀为本，进行风险-利益分析"。作者同样强调在取得同意的过程中严格的非引导性的咨询及自愿的重要性。

不孕症的治疗与伦理冲突

目前人们逐渐意识到应该在母亲自主权（如植入多个胚胎以使受孕成功）和胎儿利益（如多胎妊娠的风险）之间寻找一个平衡点。选择性减胎并不是解决办法，因为选择辅助生殖技术（assisted reproductive technologies，ARTs）的夫妇常常反对终止妊娠，即使减胎的目的是为了使剩下的胎儿更好的存活。有人担心通过辅助生殖技术受孕的单胎妊娠的孕妇亦有可能会遭受不良围生结局。如果假设成立，那么权衡家长想要孩子的愿望及其孩子的潜在危险，决定使用辅助生殖技术则可能被认为是一种道德上的决定。到目前为止未发现辅助生殖技术的伦理性问题的文献。

最近，美国妇产科医师学会发表了一项委员会意见："辅助生殖技术相关的围生期风险"。报告中通过数据表明，通过使用辅助生殖技术妊娠的胎儿的不良出生结局，包括高围生儿死亡率以及早产率、低出生体重和小于胎龄儿的高发生率。他们指出这些数据可能会受不孕症本身的病因所干扰。尽管多胎妊娠率在1998～2001年间有所下降，但与以往相比，多胎妊娠的发生率仍增加了30倍以上。降低多胎妊娠率的建议包括选择多胎妊娠减胎的孕前咨询和限制胚胎移植的数量[29]。

一些研究表明，较多的早产儿或低出生体重儿的父母是采用辅助生殖技术受孕而非自然受孕，但最近的一个前瞻性研究结果推翻了这一观念。2002年，美国的辅助生殖技术造成了15.5%的双胞胎，43.8%的三胞胎和多胎[30]。

由疾病预防与控制中心提供的1996～2000年通过辅助生殖技术妊娠的婴儿的数据表明，在此期间早产和低出生体重的单胎儿的比例并没有变化。尽管在极低出生体重儿中采用冻胚技术者增加了42%，但整体而言，极低出生体重儿的比例有所下降。通过辅助生殖技术出生的单胎胎儿的五种围生结局的危险性都会增加，如低出生体重、极低出生体重、早产、早产低出生体重、足月低出生体重，并在调整了孕妇年龄、种族和产次后风险仍持续存在（相对危险度为1.39～1.79）。在该研究中，辅助生殖技术婴儿的结局是与其长期趋势作比较，并没有对照组。作者认为，截至2000年，通过辅助生殖技术诞生的单胎低出生体重的绝对风险已经下降，但早产和低出生体重的发生率仍保持不变[31]。

在一项自然妊娠和体外授精的双胞胎的病例对照研究中，结果表明体外授精的婴儿与自然受孕妊娠的婴儿相比，早产的发生率较高，且胎龄较小[32]。

在最近的一项前瞻性多中心大样本同期对照研究中发现，促排卵和体外授精与胎儿生长受限、低出生体重、早产或胎膜早破的发生风险的增加均无显著相关性[33]。

胎儿的活力阈值

由于对胎龄和胎儿体重产前评估的可信区间较大，儿科学家直到胎儿娩出后且可被评估时，才能对刚出生的新生儿作出是否进行产房复苏的判断。在胎儿的最大利益方面，该行为的伦理论证与临床医师的道德责任无关。当权利的确定不明确时,父母的意愿则起决定作用。最近,两例法院判决支持在分娩时决定复苏策略,但容易对过度治疗产生误解。另外,父母参与和同意的重要性遭到了法院的质疑。来自美国和国外的实证数据显示:与妊娠24周(满23周)的复苏不同,对于妊娠不足23周者,临床医师认为复苏的意义最小。因此专业指南强烈建议,父母参与对活力的判断。

产房复苏的相关法律案件

Miller 诉 HCA 案(得克萨斯州,2003)

Sidney Miller 是一个生于1990年,体重615g,胎龄23周的早产儿,医师在违背婴儿父母意愿的情况下对其进行了复苏。2003年德克萨斯州最高法院的裁决认为,在紧急情况下,医师的特权超越了父母的意愿。法院最终判决:是否对超未成熟儿进行急救复苏,只能在产时作出决定,因为此时医师可以对胎儿进行检查[13]。

在对 Miller 裁决的评论中,Annas 同意"只有在产时检查胎儿的情况下,才可以作出有根据的合理的决定。"他所关注的是:临床医师可能在不想对刚出生的早产儿做常规复苏时使用这些规则。"更为麻烦的是,法院认为生命总是倾向于死亡……因此,将来可能被理解为,无论新生儿多么不成熟,实施新生儿复苏的专家都应受支持……这样的新生儿专家没有进行任何医学判断或者只是做了一个瞬时的决定……这样的决定……在法院认为产前不能作出合理判断的时候已经产生。"[34]

Montalvo 诉 Borkovec 案(威斯康星州,2002)

Emanuel(Montalvo)Vila 1996年生于威斯康星州,胎龄为23^{+3}周的早产儿,出生体重是615g或679g。其父母认为,医院在没有对像他这样胎龄的早产儿的预后给予足够信息的情况下对其进行复苏。在该案例中,对知情同意的考虑,是因为假设父母有权利决定不进行新生儿的急救复苏或者终止生命支持治疗。这种假设是不正确的,因为威斯康星州最高法院认定:对于任何并未处于持续植物状态的患者,阻止或撤除生命支持治疗,并非其最大利益所在。在威斯康星州,如果不处于持续植物状态,父母没有权利终止孩子的生命支持治疗[35]。

对于 Montalvo 案列,威斯康星州法院也应用了联邦儿童虐待修正案(如 Baby Doe Regulation),理由是由于威斯康星州履行联邦基金责任,儿童虐待防治法案(Child Abuse Protection and Treatment Act,CAPTA,1984)适用于该案例。该法案禁止"终止有医学指征的治疗",表述为"因没有对危及(残疾)婴儿生命的情况给予处理而导致治疗失败……而该处理在医师……合理的医学判断下能……有效……纠正所有类似情况"。起诉人争论的终止急救复苏的选择恰恰是 CAPTA 所禁止的,而无论胎龄或者出生体重的多少。由于 Emanuel 既没有死亡,也没有昏迷,其父母没有权力阻止或撤除复苏护理。由于没有其他可供选择的治疗,知情同意的过程不是必需的。在威斯康星州,知情同意条例规定:"在未处理比处理对患者更为有害的紧急情况下,知情同意不是必需的。""医师在紧急环境中遭遇抢救,在若未能处理即等同于宣告死亡的紧急情况下,知情同意即不需要。"[35]

人格的最新法律定义

在2002年,第107次美国国会通过了2001年对出生活婴的保护法案(Born-Alive Infants Protection Act)。不管发育程度如何,只要出生后有呼吸、心跳或"肌肉的自主运动”，无论分娩或引产，该法案就赋予了该婴儿人权[36]。在司法委员会的附加报告中，认为婴儿“在法律角度上是一个独立的人，不管孩子能存活多久”。这份报告也承认是否低于某一出生体重的新生儿就应该被治疗的不确定性，并且声明“在涉及未成熟儿的某种特定情况下，使用的医疗护理标准与婴儿是否具有人权无关……HR 2175 也不会影响适用的护理标准”[37]。在法律中有一条简短解释，AAP 的新生儿复苏指导委员会（Neonatal Resuscitation Program Steering Committee）依然认为，这个法案不应该影响目前对超未成熟儿的处理方法，而且，当复苏或生命支持治疗不合适时，舒适护理仍是一种选择[38]。

美国和其他国家关于活力经验的经验数据

在美国和西方国家出现了专业的护理标准，对于胎龄大于 24 周的早产儿有全面的复苏方案，而小于 23 周的早产儿暂没有。对于 23～24 周的胎龄儿，父母的意愿好像有一定作用，但对其他胎龄早产儿的影响有限。

马萨诸塞州的新生儿学家 2002 年的调查研究发现，不同胎龄的活力是有差异的（胎龄大于 24 周的早产儿经过治疗 41%是有效的；胎龄大于 25 周的早产儿 84%是有效的）。而孕 23 周或更早的早产儿，93%的医师认为复苏没有意义。24^{+1}～24^{+6} 周的胎龄儿，医师们的意见不一致：40%认为治疗有益，而 60%认为治疗效果不确定。33%的医师会在父母的要求下进行新生儿复苏，即使他们认为是无意义的。当治疗的益处不确定时，100%的专家认为复苏依赖于父母的要求，98%认为如果父母不能确定，新生儿应该复苏抢救，而 76%认为即使父母要求治疗也应拒绝。当治疗效果不确定时，除了父母的意愿，医师认为很重要的因素是分娩时婴儿的医学状况（68%）和死亡的可能性（63%），91%回答者认为潜在的长期风险重要或者非常重要。作者推断，大多数医师会提供有益的治疗，拒绝无益的治疗，当治疗效果不确定时则要依父母的意愿而定[39]。

1997～1998 年对澳大利亚围生儿中心的新生儿科学家和新生儿护士调查发现，85%的新生儿学家和 88%的护士会“经常”或“很经常”对胎龄 24 周的新生儿进行复苏。超过一半的回答者偶尔会对出生体重在 400～500g 的新生儿进行复苏。最关键的因素取决于父母的意愿和是否存在先天畸形[40]。

EURONIC 项目（在欧洲开展的对新生儿科医师和护士态度和行为的调查）调查了儿科医师对一个超未成熟儿的态度，该新生儿为 24 周胎龄、出生体重 560g，1 分钟 Apgar 评分为 1 分。结果显示，除荷兰外，所有国家 82%～98%的医师会对其进行复苏抢救，而荷兰仅有 39%。作者推论，大多数医师（除荷兰外）认为该超未成熟儿是有活力的。新生儿病情恶化后，不同国家医师的决策态度和行为不同[41]。

在北美由新生儿科医师、儿科医师及重症监护医师组成的专家组，对几例极低出生体重儿是否治疗的问题进行了讨论。通过讨论得出如下治疗原则：①在孩子出生，并且新生儿科专家有机会评估新生儿大小、成熟度及临床状态后，才能作出是否进行新生儿复苏的计划，否则很难作出决定；②基本避免对新生儿有无活力作出绝对判断；③动态的决策并及时与父母沟通，确保作出的决策结合父母的意愿，保证婴儿利益，并且对婴儿的临床状况及固有的不确定性有最好的了解；④最后，“为了孩子的利益，让家长放弃维持生命的治疗，那么，幸存是非常不可能的”[8]。

在阿尔伯达省对 18 位新生儿科专家中的 17 位完成的调查问卷发现，胎龄是决定是否对新生儿复苏的最重要的因素，父母的意愿、新生儿出生体重及多种先天畸形也是重要影响因素。专家们认为，某些影响因素如治疗费用、医疗法规及医师的信仰并不重要[42]。

1994～1995年，北卡罗来纳州大学对孕23～26周活产婴儿的纵向队列研究表明，孕23周、24周、25周及26周出生的新生儿需要复苏的比例分别为29%、67%、93%、100%。新生儿复苏的可能性与胎龄的增加、出生体重的增长、较好的预后、生存质量的判断以及诊断的准确性有关。当孩子分娩时不进行复苏抢救，与父母(不是医师)仅选择舒适护理有关。当医师想实施舒适护理时，会对一半的活产儿进行复苏。由此作者推断：医师在预后不确定或父母的意愿不清楚时更有可能对极早早产儿进行复苏。但如果提前告知父母，父母通常决定在分娩时做新生儿复苏的准备[43]。

判断活力界点的专业指南

在适宜的医疗护理下，对活力阈值的判断，专业指南倡导父母与医师共同决策。然而，活力的边缘孕周也逐渐得以限定(如孕23～24周)，在此期间，父母的判断也是一个影响因素。

美国儿科学会提供对极早早产儿进行咨询和帮助的指南。内容包括：①对胎儿或婴儿进行多次评估以帮助决策和诊断；②与家庭共同决策；③恰当的告知父母关于"母亲分娩的风险、婴儿存活的可能性以及不良远期结局的风险"；④在有限的医疗条件下，尊重父母的选择；⑤对医师进行有关当地和全国极早早产儿相关结局的培训[44]。

除了"可存活边缘"孕周的生存和结局，AAP最近的研讨会得出结论：知识上的欠缺依然存在，而且需要进行研究，包括：①对孕龄和胎儿成熟度的评估；②最佳分娩方式的知识；③最佳分娩室管理的研究；④分娩后合理的营养、药物治疗、感染的控制和其他干预措施[45]。

维持和撤除生命支持治疗

对婴儿维持和撤除生命支持治疗(life-sustaining medical treatment，LSMT)在美国和世界各国普遍存在。在有限的治疗条件下早产儿有很高的死亡率，这些婴儿往往是不管是否继续治疗都有可能死亡。当首要关注长期的生活质量时，也可能放弃维持生命的治疗。一些学者推断，很高比率的放弃生命支持治疗与给大量的超未成熟儿做实验性治疗有关。近10年，出生后首次治疗的时间有明显的延长。伦理学家和儿科专家推断，20世纪80年代的Baby Doe条例已经影响了临床医师维持或撤除生命支持治疗的意愿。尽管有Baby Doe条例，美国儿科学会的指南仍然认可对患有严重疾病并且预后很差的婴儿限制生命支持治疗。北欧部分地区临终实践的数据显示，少数医师愿意主动加速病危新生儿的死亡。最后，镇痛和姑息治疗的使用在不断上升。

维持和撤除LSMT的经验数据

自20世纪70年代以来，医师们已经开始报道他们关于维持或撤除婴儿LSMT的经验。几个单中心的研究已经记载了他们维持或撤除LSMT的经验，当今的临床实践则需要前瞻性研究来详细描述这些决定是如何产生的。

1973年，耶鲁的Duff和Campbell发表一篇对新生儿期治疗局限性的早期记录(主要为有先天畸形的足月儿)。他们回顾了2年半间耶鲁婴儿室的死亡病历，14%的死亡与终止生命支持治疗有关。作者认为在社会学和医学专业人士的指导下，是否放弃生命支持治疗,家庭应该是第一决定者。这一观点引起了维持或撤除生命支持治疗的许多伦理学问题,包括预后不明确、知情同意和决策代理人的相关问题[46]。

对20世纪80年代在伦敦Hammersmith医院放弃治疗的一系列病例进行为期4年的回顾性分析发现:这些病例大多数都是早产或者神经已经受到损害,在讨论的75例撤除治疗的婴儿中,51例建议家属撤除治疗。47例婴儿家属接受了建议,4例婴儿家属选择继续进行治疗。作者认为对于注定会死亡或者没有生命意义的婴儿,放弃治疗是最好的选择,而且医患间的有效沟通与信任,法律或伦理委员会不应该介入[47]。

一篇综述回顾了1989～1992年间在旧金山加利福尼亚大学新生儿重症监护室死亡的165例婴儿的详细情况。108例婴儿在撤除生命支持治疗后死亡,13例在进行进一步治疗时死亡。73％的死亡病例归因于生命支持治疗的局限性。从病案来看,在是否继续治疗抉择的婴儿中,有3/4的婴儿是新生儿专家坚信继续治疗无效或者婴儿已经濒临死亡。其中有一半案例考虑到生活质量问题而不进一步治疗。近1/4的死亡病例,生活质量问题成为医师限制治疗的唯一原因。在产房,对于出生体重为500～799g之间的活产儿,有91％都会遇到是否积极复苏之类的问题。在研究的队列中,因为某些极早早产的个体,增加了将死亡归因于维持或撤除治疗的比例。作者推论,“新生儿特级护理的广泛应用,似乎增加了医师努力尝试治疗的比例,但是治疗注定无效或不恰当”。本研究因属于回顾性研究,无法从医学档案中获得作出治疗决定时的详细情况,具有一定局限性[48]。

宾夕法尼亚州匹兹堡的新生儿重症监护室的死亡病例中,82％为限制治疗后死亡,其中有3/4是新生儿父母的决定,而父母和医护人员之间的决定几乎没有分歧。作者推论,对于一个生命垂危的新生儿,人们倾向于限制生命支持治疗。像美国加利福尼亚大学旧金山分校(University of California,San Francisco,UCSF)专家组所言,“在这种决定作出后,死亡比例的上升可能与……极低出生体重儿的数目增加有关,而他们一般都需要经过积极治疗”[49]。

回顾1988年、1993年、1998年芝加哥大学新生儿重症监护室的死亡病例,发现了进行心肺复苏、撤除LSMT的趋势。1993年和1998年,有近70％的死亡婴儿没有给予心肺复苏,比1988年(16％)明显上升。1993年和1998年,在所有死亡的病例中,近40％在撤离机械通气后死亡,在所有撤离机械通气的婴儿中,近40％的婴儿血液循环稳定。绝大多数撤离机械通气的婴儿是有先天缺陷或窒息的足月儿。3年的死亡病例因有重度神经损伤撤离机械通气的婴儿小于5％。有趣的是,78例没有接受全面积极治疗和100例全面积极治疗的死亡婴儿,存活时间的中位数和平均天数没有明显差别。作者总结发现,在新生儿重症监护室里,撤除气管插管而且不给予心肺复苏后,更多的新生儿死在父母怀抱里。为了更好地作出在特定状况下是否终止治疗的决定,对于生命垂危但生理状况尚稳定的新生儿,维持与撤除治疗需要进一步详细的探讨[50]。

从远期存活角度考虑,给超低出生体重儿更积极的治疗是否有效,还难以准确预测。芝加哥大学的研究者注意到,医护水平及存活情况的改善,使非幸存者的住院时间明显增加。芝加哥大学对超低出生体重儿(出生体重＜1000g)的一项回顾性研究表明,从1991～2001年,非幸存者的住院天数中位数从2天增加到了10天。但研究者考虑,在新生儿重症监护室,对于超低出生体重儿的“试验性治疗”所需要的时间比过去要长,让家长煎熬2～3天等待结果已不再可行[51]。

20 世纪 80 年代 Baby Doe 条例的影响

所谓的 Baby Doe 条例(Baby Doe Regulations),常常被理解成是对医师撤除超低出生体重儿 LSMT 权限的挑战。但事实上,威斯康星州法庭的 Montalvo 案(2002 年)中明确地提出反对家属坚持复苏的权利。然而,这一准则最初不是针对早产儿,而是针对残疾的足月儿[35]。

最初的 Baby Doe 条例(1984 年)是基于 1973 年康复法(Rehabilitation Act)的第 504 节,但是 1986 年被美国最高法院否决。它指出,不给予治疗是对婴儿人权的歧视和侵犯。

1984 年第 2 版 Baby Doe 条例颁布,1985 年生效。它更改为儿童虐待防治法案(Child Abuse Protection and Treatment Act,CAPTA),"除非婴儿处于长期不可逆转的昏睡"、"所能给予的治疗仅仅是拖延死亡时间,并不能改善或纠正婴儿的病危处境"或"这种治疗本身对婴儿的存活无效并且在此情况下治疗本身可能不人道",否则就应该继续给予医学治疗。各州要得到联邦儿童虐待基金,就必须遵守这一准则。现行的准则也仍未经过最高法庭的审查[52]。

Baby Doe 条例的解释漏洞百出。在新生儿期诊断昏迷几乎不可能,而且"无效"的概念在决策时太模糊,且主观性太强。

从新生儿专家的态度可以看出,Baby Doe 条例对婴儿的治疗产生了影响,包括超低出生体重儿。Baby Doe 条例生效后,开展过一次问卷调查,不同的新生儿案例,让医师做处理,看他们对 Baby Doe 条例的态度。结果显示,"对于出生体重为 550g 且有大量脑出血的婴儿,是否应该给予机械通气?"30%的新生儿专科医师认为,Baby Doe 条例要求对其给予机械通气。23%的医师认为他们的做法已经因 Baby Doe 条例而改变。81%的应答者认为 Baby Doe 条例不会促进婴儿医护质量的改善。3/4 的应答者认为不需要这个条例保护残疾婴儿的权利。此项研究的研究者 Kopelman 等人认为,该准则没有必要,且弱化了家属在决策中的作用。由于调查方式所限,只有 49%的应答率,因此结论可信度有限。研究者也讨论了与条例有关的其他争议问题,包括资源匮乏、新生儿是否意识不清不容易判断、医疗标准的改变以及削弱了最大利益化标准[53]。

Kopelman,在 Baby Doe 条例颁布 20 年后的评论中,认为 AAP 错误解释了 Baby Doe 条例。她依然担心,该条例不允许个性化的决策,不利于 AAP 所倡导的利益最大化标准的实施;怀疑 AAP 团队和生物伦理学委员会没有正确理解该条例;怀疑准则被误解,因为不允许从医学角度来判断,不能按照成人所认为能减轻痛苦的方式来对待婴儿。她关注到,Baby Doe 条例近期已经应用到威斯康星州的 Montalvo 案例,法庭宣布父母没有权利拒绝治疗,因为这一个 23 周的新生儿既没昏睡,也没有到濒死的状态[11,54-56]。

美国限制 LSMT 的专业指南

在过去的 15 年里,人们致力于在超低出生体重儿是否撤掉维持生命的治疗方面建立一个专业共识。美国儿科学会的各种专业机构已经发表了限制新生儿生命支持治疗的指南。

一批北美著名的新生儿科专家、儿科专家和危重症抢救的专家共同探讨放弃治疗极低出生体重儿的措施。他们讨论的结果于 1994 年发表。一致的结论包括"为了使父母代表孩子放弃生命支持治疗,不一定非得到救治不活的程度或史无前例——只要存活的可能性非常小就可以(放弃 LSMT)"。他们一致强调患儿家属和医师沟通时要承认预后的不确定性。这个专家小组也讨论了慢性疾病患儿的临终处理，最好要综合考虑到患儿本身所承受的痛苦、给家庭带来的影响和长期的预后[8]。

1994年，美国儿科学会生物伦理学委员会发表了题为《放弃生命支持治疗的指南》。该指南推荐的准则如下：为了救治，患者及其代理人的决策及知情权，患者及其代理人拒绝治疗的权利，放弃的治疗仅限于讨论的特定治疗（不必是全部治疗），对患者的尊重，医师救治患者的职责，除非有不可调和的分歧，不诉诸法律。委员会倡导最大限度的考虑婴儿的利益是我们的决策依据。指南也强调了一旦限制 LSMT，医师的病历记录将会非常重要[57]。

1年以后，美国儿科学会的胎儿和新生儿委员会发表了"开始还是停止对高危新生儿的救治"的文章。提出要具体的分析可能会发生的情况：对患儿进行动态监护并随时更改救治方案，随时告知患儿家属救治方案和可能的预后，并且专门有一个医师和家属沟通。如果患者病情恶化或救治无效的话，治疗就可以终止[9]。

1996年，美国儿科学会的生物伦理学委员会发表了危重婴儿和儿童的伦理学问题及诊治规范。委员会表示 Baby Doe 条例已经导致了医师对 LSMT 的滥用。然而，委员会也提出这个条例的语言有助于医师更加慎重。委员会建议父母和医师决策时，要综合考虑父母的意见，反对基于医疗资源限制而作出的临床决策[58]。

国外的临终医疗

欧洲的临终医疗在各个国家是不一样的，人们更多地关注荷兰、法国和比利时的安乐死。最近的一本出版物建议荷兰起草一份允许和控制新生儿安乐死的草案[59]。另外，在荷兰，处在生存危险边缘的婴儿（出生孕周小于26周）接受新生儿复苏救治的机会要比欧洲其他国家或美国小很多。根据现有文献报道，许多欧洲国家的医师认为维持或撤除生命支持治疗不合适。

EURONIC 项目的资料

EURONIC 研究项目已经首先在八个欧洲国家实施，通过向医师和护士发放匿名自填式问卷，收集了有关临终关怀和新生儿重症监护的资料。

在所有国家，61%～96%的新生儿科专家回答他们曾经限制加强治疗。不同国家间放弃通气治疗的医师所占比例差异很大，从意大利的23%到荷兰的93%。该研究中，86%的法国医师和45%的荷兰医师报告他们曾给予患者以结束生命为目的的药物治疗。他们总结，处理方法的差异因国家和文化的不同而不同[60]。

在一份关于医师对生命质量和生命本身态度的研究报告中，不同国家的医师作出的决定不同。荷兰、英国、瑞典的医师更重视生命质量，而匈牙利、爱沙尼亚、立陶宛和意大利的医师更重视生命本身。调研得出结论，认为生命质量优于生命本身的医师，在产检时更倾向于限制对胎儿的人为干预。在对混杂因素（例如年龄、性别、从业时间、宗教因素）进行控制后，国家之间仍然存在着明显的差异，提示这些差异"都可能源自文化和社会因素"[61]。

其他欧洲国家的临终关怀数据

一份对荷兰新生儿科医师的问卷显示，在1995年的3个月内，有37%的婴儿死亡都是在使用可能缩短生命的药物之后发生的。在新生儿死亡的案例中,22%的猝死有蓄意的成分,26%的猝死则是明显的蓄意行为。在88%的案例当中,医师都和父母讨论过。调查最后作者得出的结论是,很难辨别到底是为了缓解疼痛而给予的姑息治疗,还是有意地加速死亡[62]。

一项比利时调研中,为参与调研的医师发放关于临终治疗决定的匿名问卷。这些医师都是1999~2000年间死亡婴儿的主治医师。在194例非猝死病例当中,有44%的婴儿是因维持或撤除治疗而加速死亡,有21%的婴儿给予了可能导致死亡的剂量的麻醉剂,有9%的婴儿则接受了可致命的剂量或药物。143例死亡之前曾有临终决策,有一半的死亡都存在医师明显的加速死亡的意愿。在早期新生儿死亡中,可能致命药物的使用频率是晚期新生儿死亡的5倍;这些致命药物主要用于颅内出血早产儿、严重先天畸形早产儿。在对医师态度的调研中,79%的医师认为医师有责任通过实施死亡来终止痛苦。研究人员得出结论:婴儿早期的紊乱症状较明显,从而更容易帮助医师在评估生存几率的基础上作出决策。研究员进一步得出结论,医师对生命终止的意愿与医师对利益最大化标准的接受及对生命质量的考虑有关[63]。

在另一项比较荷兰1995年和2001年临终决策的研究中发现,医师的行为几乎没有改变。医师们在患者死亡后填写问卷,1995年62%的病例有临终决策,而在2001年则占28%。1995年,在维持或撤销生命支持治疗后使用可能缩短寿命药物的占23%,在2001年占29%。1995年和2001年在维持或撤销生命支持治疗后均有8%的患者被施予了加速死亡的药物。在2001年超过70%的终止生命支持决策是基于婴儿已没有生存希望,23%是由于预后极差。作者得出结论,尽管荷兰实施了安乐死的相关自由法规,但安乐死的实施并未因此有明显增长[64]。

疼痛管理和临终关怀

尽管阿片类药物会造成呼吸抑制以及死亡,在终止了维持生命的治疗后,这类药物仍被广泛用于镇痛。仍有少量证据表明新生儿科的姑息治疗正在增加。

美国对一家医疗机构NICU的死亡病例进行回顾性调查发现,1989~1992年之间,84%的新生儿在放弃生命支持后接受了阿片类药物的镇痛。64%的新生儿用药剂量在药理学规定的范围内,有36%的患儿接受了较高的剂量(这些婴儿中的94%都是因为之前接受过阿片类药物的镇痛从而获得了一定的耐药性)。婴儿在接受普通剂量的吗啡后死亡的中位时间是18分钟,接受更高剂量的婴儿是20分钟。所有死于坏死性小肠结肠炎的婴儿都接受过阿片类药物。作者推断吗啡广泛用于坏死性小肠结肠炎婴儿的镇痛。由于本次研究使用的方法的原因,很难对医师们缓解疼痛的意图得出任何结论[65]。

一项在NICU的前瞻性研究显示,89%被撤除通气支持的患者接受了镇痛和镇静治疗。在接受了镇痛和镇静治疗的所有患者当中,医师和护士回答实施镇痛的原因有减轻疼痛(83%),缓解焦虑情绪(77%),以及减轻缺氧(74%)。只有2%的医师认为施予镇静和镇痛对于安乐死是非常重要的[66]。

在威斯康星州(Wisconsin)儿童医院,一项对过去4年死于医院内的1岁以内患儿的回顾性分析,总结了姑息疗法的应用。在死亡患儿中有13%接受了姑息疗法,该比例从1994年的5%上升到1997年的38%(该研究受到样本量的限制)。这些接受了姑息疗法的患儿得到的干预更少,包括血液制品的使用、抽血、鼻饲管(包括外科放置的)、气管插管、放射线和麻醉剂。此外辅助性的措施也有所增加，例如社工、牧灵服务(pastoral service)[21]。研究者得出结论：姑息疗法还没有被广泛应用，但接受了治疗的患者确实缓解了治疗带来的痛苦。此项研究受样本量限制，且很大一部分患者是在接受姑息疗法后在家里死亡的[67]。

治疗病危患儿的无效性

尽管无效性的概念已有很多描述，但作为一个概念，其定义和使用仍缺乏一致性。在新生儿治疗的领域，超未成熟儿和不能存活的严重先天畸形促使了这一概念的形成。

医护人员与父母对向病危或神经系统严重受损的婴儿提供生命支持治疗的意见不同时，就产生了对无效性的讨论。无效可以分为几方面，包括生理学的或量的无效，质的无效，以资源为中心的无效，专业完整性为基础的无效，以患者为中心、以治疗目标为导向的无效[68]。除了生理学的无效以外，其他无效都是由决策过程中的个人价值理念决定的。一篇有关超未成熟儿决策的综述中，Campbell 和 Fleischman 断言“尽管生理学无效的概念与个人价值无关，但是它无法帮助对治疗收益和预后都不确定的婴儿制订治疗决策”[69]。

生物伦理学家 Veatch 和 Spice 主张这些治疗措施之所以被认为无效，是因为它们在某一水平上未显示出可被证明的效果，或即使能产生效果，也没有产生净效益[70]。有些学者建议无效性理论仅在需要达到某些特定治疗目标时予以考虑[68]。

对无效性有争议的婴儿案例是 Baby K 案件。Baby K 是一个 1992 年出生于弗吉尼亚的无脑儿。虽然并非早产儿，但是此案中的法庭裁定可能会应用于处于生存边缘状态的婴儿的复苏或对神经系统严重受损婴儿持续生命支持治疗的相关决策。

尽管机械通气不是无脑儿的标准治疗方案，但 Baby K 的母亲坚持认为应在她出生后给予该项治疗。在接下来的 2 年，Baby K 因为随后发生的呼吸窘迫而间断的接受了机械通气。治疗医院到法庭起诉，希望获得法庭宣判允许对婴儿进行姑息性治疗。地方法院裁定根据急诊医疗和劳动法案(Emergency Medical Treatment and Labor Act，EMTALA)，医院还需要继续为呼吸窘迫提供急诊治疗。在上诉中，医院辩护在治疗常规中并不包括为无脑儿提供通气治疗，但是法院裁定在紧急情况下医院需要提供治疗，这种紧急情况不是因为无脑，而是因为呼吸窘迫。不过法庭承认 EMTALA 并非旨在应用于此类案件。法庭文件记载患儿母亲基于宗教信仰而反对停止治疗[71,72]。至少有一位学者认为在决策时应尊重父母的宗教信仰。Post 担忧的是，当决策期间宗教被忽视时，第一修正案的宗教自由和自由行使条款危在旦夕[72]。

Veatch 和 Spicer 认为医师的角色限制了对那些治疗措施是否有效的判断。他们解释有疑问的病例是那些治疗有作用，但临床医师不认为该作用对患者有益处的病例。他们认为，在这样的情况下认为医疗无效是不正确的。作者还认为，如果患者已经清楚地表达希望接受某项治疗，那么他或她就应该接受该治疗，因为患者或其代理人的信仰和价值应优先考虑。如果患者无自主能力并且该治疗对其有害，临床医师应该试图推翻这位代理决策者的意见。如果患者无自主能力且该治疗无损伤，从道德因素出发不能推翻这位代理决策者的意见，除非损害临床医师的职业道德或不公正地利用社会资源。作者相信应优先考虑患者或代理人的价值，因为临床医师的专业技术是医学知识和技能，而不是价值判断[70]。

---

[21]译者注：牧灵(Pastoral)的词根来于“放牧”，“耶稣善牧”就是来自这个基本的“牧养”的意义。牧灵服务也就是关怀人的心灵需要，通过聆听、同理与陪伴并给予沟通，协调周边的资源。

积极治疗 ELBW 婴儿是否有效仍然难以确定，因为其生存期限仍难以精确预测。一些研究者担心加强医疗和改善 ELBW 婴儿存活的影响是非存活者的住院时间显著提高。一项有关 1990 年芝加哥大学 ELBW 婴儿（出生体重<1000g）的回顾性调查中，住院时间的中位数从 1991 年的 2 天上升到 2001 年的 10 天。研究者得出结论，NICU 对 ELBW 婴儿的“治疗性试验”比过去持续的时间更长，让父母“煎熬”2～3 天等待更好的预后不再可行[51]。

早产的社会影响

在美国，卫生保健花费占整个家庭收入的 15%，早产儿的花费成了一些咨询的主题。不断改善的高危儿的存活率，使美国公众越来越易于接受早产儿的花费。因为美国健康体系的不一致，很难准确评估早产儿的花费。缺乏与早产费用相关的伦理学问题的文献。

美国和国外的多个研究验证了对于早产儿在新生儿期及后期不断增长的费用。澳大利亚近期出版的资料评价了近 20 年的 NICU 的作用和效益。关于对昂贵的维持生命治疗的无效性的质疑，结果显示，未生存者的花费仅占早产儿花费的一小部分。一个学者探讨了设立伦理学上合理的出生体重的分界点是否可以有效减少卫生系统负担的问题。

对于早产的伤残个体，社会为其提供的长期花费一直是个争议。总体而言，因为考虑到他们以后的生活质量，美国社会还是愿意为早产儿提供基本生活保障的。这与北欧国家的模式不同，北欧国家出于对生活质量的考虑，对于出生胎龄小于 26 周的婴儿不予以复苏。

随着越来越多的高危妊娠的妇女在产前中心接受保健，对于早产的治疗近年来也逐渐提高。一些数据说明早产儿和低出生体重儿在高级别的产前中心结局更好。对于早产儿的预后，不同的种族、民族、孕妇的孕龄均不同，但与之相关的数据很少。

早产花费的经验数据

大量研究已经显示胎龄或出生体重与新生儿期的医院费用呈负相关。早产或低出生体重婴儿比足月或正常出生体重婴儿需要更多的社区卫生服务和特殊教育服务。家庭需要大量的长期投入。很难测量患儿、他们的家庭以及社会的真正成本（包括直接和间接花费）。成本效益研究也很难作出评估[73]。另外，一项研究用实证数据验证了伦理学合理的出生体重分界点的复苏是否能够节省大量的 NICU 治疗成本[74]。

利用大型全国性有关健康行为和医疗支出的调查数据，发现 1 岁以内低出生体重儿的花费超过 1 岁以内所有婴儿在 1988 年的卫生医疗支出的 1/3（所有婴儿支出 11.4 亿，其中低出生体重儿占 4 亿）。个体成本随胎龄的减少而增加[75]。一项有关早产儿和医院支出的单中心回顾性研究显示，孕龄、住院时间和存活率均是医疗支出的独立相关因素[76]。

来自芬兰医学研究中心的一项单中心回顾性研究和问卷调查发现 ELBW 婴儿在出生后第一年的花费显著增加，包括住院费用、康复费用、看护人收入下降及交通费用。该研究受到父母回忆偏倚和选择性偏倚的限制，但是作者认为，ELBW 婴儿的总体花费，即便是那些发育正常的 ELBW 婴儿的费用都高于正常出生体重儿[77]。

未存活者的医疗支出不足所有未成熟儿住院费用的 10%。相对于治疗早产婴儿所需的全部医疗费用，与 NICU“试验性治疗”相关的费用是很小的。

一项有关1991～2001年出生于芝加哥大学的ELBW婴儿的回顾性研究显示，由于总体存活率的改善，虽然未存活者住院时间的中位数显著升高，但其在NICU的床位使用率仍处于低水平(～7%)[51]。

芬兰的一项回顾性研究提示未存活者的医疗费用占所有ELBW婴儿的9%，作者认为这是由于未存活者生存期短暂所致[77]。

一项基于人群的针对出生于澳大利亚维多利亚的ELBW婴儿的队列研究显示，尽管从1979～1997年新生儿医疗的效果已经增长(生存率和质量调整的生存率增加3倍)，但这20年的效益(通过成本效益和成本效用比分析)仍然相对未变[78,79]。

超低出生体重儿的复苏和费用

Stolz和McCormick评估了根据合理的出生体重界点限制新生儿重症监护的医疗是否能够节省大量的NICU支出。他们发现出生体重<600g的婴儿占NICU费用的3.2%，胎龄小于25周的婴儿占NICU费用的5.4%。根据不同的出生体重界点评估幸存者数量发现，如以700g为界点进行复苏将节省10%的NICU支出，但是在美国每年就会有2700个潜在可存活的婴儿不会被施行复苏。以600g为界点时将节省3.2%的NICU支出，但575个可存活者将不会被施行复苏。在该研究中，非存活者占VLBW婴儿耗费资源的8%。该研究受以下因素限制：仅对费用进行短期评估，仅研究大城市医学中心的高危人群所带来的偏倚，而且该研究周期跨越了表面活性剂的引进。作者认为合理的施行复苏的出生体重界点不会节省大量的NICU治疗成本[74]。

Tyson等采用新生儿的研究网络数据(Neonatal Research Network data)，研究了出生体重在501～800g之间的婴儿存活率和住院时间。他们测算住院时间结果是每个生存者127个住院日，无严重脑损伤的生存者为148个住院日。如果所有婴儿使用机械通气，作者估算在该体重组每100个婴儿就将会另有8个存活，需要的资源将显著增加[80]。

一项基于人群的研究比较了20世纪80年代在新泽西州和尼德兰州23～26孕周出生的婴儿，在这两个地方复苏和治疗的策略是(现在依然是)完全不同的。研究者发现新泽西州的积极治疗策略导致每100个活产儿中增加24个额外的幸存者，1372个额外的呼吸机使用日。在新泽西州的研究队列中，脑瘫的患病率显著增加。作者认为普遍或选择性地启动重症监护是治疗策略上存在的固有的道德困境[81]。

早产儿的教育和社会成本

未成熟儿长期花费的增加，不仅因为医疗费用，教育和社会成本也是原因之一。这些人往往需要再住院治疗、专业的医疗保健和特殊教育或早期干预服务。家庭的额外支出包括交通费用和家长离开工作岗位照顾孩子而损失的工资。

英国的一项人群研究显示小于31胎龄出生的婴儿在生命的第1个5年内，住院时间几乎是足月儿的8倍。成本的最大组成部分是婴儿出生时的住院费用，随后4年的成本也有差异。出生孕周是生后5年总成本的最强预测因子。作者得出结论早产是生后5年医疗成本的最主要预测因子[82]。

Petrou等进行的荟萃分析研究了早产和低出生体重的长期成本。他们总结了20项研究，得出结论：①“早产或低出生体重儿与足月或正常出生体重儿比较，再次住院率显著增加”；②“早产或低出生体重儿卫生保健服务成本增加，并一直持续至童年”，“严重的神经系统畸形延长了患儿家庭对住院和门诊医疗服务的使用时间”；③幸存者中学业失败和学习问题发生率增加，需要特殊的教育服务；④家庭现金支出增加，并且家庭收入减少[83]。

一项有关医疗花费和家庭健康的人群调查发现，低出生体重儿童对特殊教育服务的需要可能比正常出生体重儿童增加50％，留级的可能性轻度增加[75]。

对围生期保健的利用

在20世纪80年代和90年代，对围生期保健实施区域化管理以改善产妇和新生儿结局。高危妊娠的妇女可以转入到有专业护理和新生儿治疗的高级围生中心。现在看来，新生儿重症监护的需要持续增长，非区域化管理正在发生[84]。社区医院已经开始提供强化治疗，比如高频通气和一氧化氮，也因而增加了人们对医疗质量的担忧。非区域化产生的伦理问题如下：①不具备相关知识或未能充分知情的家长可能意识不到他们的未成熟儿不应该在该水平的围生医疗中心；②医师未能接受足够的强化医疗的训练。下列数据所示，在不具备一定治疗水平的医院内出生的新生儿预后更差。一项回顾性研究调查了坏死性小肠结肠炎婴儿的结局和死亡率，结果显示是否进行急诊手术并不影响新生儿结局。但该研究的结论受到了方法学的限制。

围生保健服务利用的经验数据

在南卡罗来纳州的一项队列研究中（1993～1995年），Ⅰ级和Ⅱ级围生中心经出生体重调整后的总死亡率显著高于Ⅲ级中心（Ⅰ级中心高达267‰，Ⅲ级中心下降到146‰，$P<0.05$）。尽管因某些亚组病例数太少未能达到统计学意义，但在Ⅲ级中心VLBW婴儿的死亡率有降低的趋势[85]。

佐治亚州以人群为基础的队列研究（1994～1996年）显示，77％的VLBW婴儿出生在Ⅲ级或Ⅳ级中心，9.8％的婴儿出生在Ⅱ$^+$级医院，13.1％出生在其他水平的医疗中心。在调整出生体重后，新生儿死亡率与围生中心级别相关，Ⅲ级中心的死亡率最低（127.8‰），Ⅱ级中心最高（276.2‰）（Ⅳ级中心的婴儿死亡率为181.8‰，高于Ⅲ级中心，是由其患者的性质决定的）。作者得出结论，即使考虑了不同层次医院的就诊人群的差异，最低级别的产生中心死亡率也是最高的[86]。

瑞典的一项以人群为基础的队列研究显示，与高校医院比较，在综合医院出生的24～27周之间（1992～1998年）的婴儿死亡率（32％）高于高校医院（23％）。28～31周之间的婴儿死亡率没有差别。作者总结，综合医院极早早产儿的死亡率更高。他们对集中化管理是否能够改善生存率提出质疑[87]。

在澳大利亚进行的一项回顾性分析显示，与不具备新生儿外科条件的医院比较，患坏死性小肠结肠炎的婴儿在具备新生儿外科条件的医院治疗，其生存率既没有得到提高，结局也没有得到改善，如住院时间、狭窄的切除、全静脉营养日（total parenteral nutrition，TPN）或死亡率。这项研究的混杂因素包括两组间的产前类固醇摄入有差异。作者总结，对坏死性小肠结肠炎而言，在不具备外科手术能力的中心治疗与婴儿的发病率或死亡率增加无关[88]。

一项在20世纪80年代进行的研究，调查了美国大城市居民与非大城市居民LBW发病率或围生期死亡率之间的差异。通过分析1985～1987年的死亡数据发现，在非大城市居住与LBW高风险或新生儿高死亡率无关，尽管新生儿期后的死亡率和产前保健开始得晚的风险轻微升高。作者总结说,"在美国非大城市居住不是新生儿低出生体重和死亡率增加的较强高危因素。"这项研究由于不能评估其他疾病的发病率,并且数据收集于20世纪80年代中期,而在此后临床实践和死亡率均有了重大变化,因此结果有一定局限性[89]。

种族、民族和围生保健

产科或新生儿科医师潜在的种族或民族偏见可以影响正常的治疗。美国对单胎产妇的一项回顾性队列研究显示,在1989～2000年之间,非裔妇女早产的发生率下降(1989年18.5%,2000年16.2%),但是仍然大大高于白人女性的早产率(2000年9.4%)。非裔妇女和白人妇女的医源性早产数都升高,但在白人女性中上升到一个更高的水平(非裔妇女增加32%,白人女性增加55%)。作者总结说,白人女性中早产率的增加在很大程度上是由于治疗性早产增加,而在非裔女性中早产出生率下降与胎膜早破和自发性早产减少有关。作者提出了产科干预中种族差异的问题[90]。

分配公平和早产儿保健

在早产的流行病学正在发生改变的情况下,根据低社会经济地位的高危人群中早产的发病率,对早产儿保健分配是否公平的伦理关注可能有些夸张。非裔妇女、青少年、低社会经济状况的妇女一致存在较高的早产风险,因此,不同的社会经济地位妇女的围生结局仍存在差异,非裔妇女的围生结局显著恶化。然而,具有高的社会经济地位的妇女由于推迟生育年龄和使用ARTs妊娠,早产的发生率可能会增加。因此,较高社会经济地位的母亲所生的早产儿比例可能上升。一些资料显示,使用ARTs助孕而出生的婴儿更有可能出现早产和低体重,已引起人们的关注。所有妇女能够获得高水平的产前和产科保健,不分种族、社会经济地位或者民族,将有助于实现孕妇和新生儿的真正意义上的公平。

北卡罗来纳州的一项关于出生结局的人群研究(1993～1997年)显示,拉美裔和白人妇女有着相似的婴儿死亡率、低出生体重和早产率,但非裔妇女所生婴儿的不良结局发生率明显升高。在该研究中,拉美裔妇女受教育程度低于非裔妇女,但是产前保健与非裔女性相似。拉美裔女性日常烟草的使用也显著低于白人或非裔女性。作者们无法解释为什么产前保健率相似但拉美裔妇女的出生结局明显好于非裔妇女。他们指出健康行为的差异如吸烟可能是导致出生结局不同的重要因素[91]。

在亚利桑那州一项观察性研究,青少年母亲分娩LBW婴儿的发生率较高,VLBW发生率为2%,而这个数字在19岁以上的妇女中为1.1%($P=0.002$)[92]。

新西兰的一个大型研究显示,从1980～1999年总体的早产率从4.3%上升到5.9%;并且生活条件最差的地区早产率增加最快(从3.2%上升到5.5%,增加71.9%)。作者得出结论,早产率还在上升,可能是因为超声检测技术的变化、活力定义的变化、死产的减少和辅助生殖率的增加。他们还认为早产的社会梯度已经消失,可能的原因包括母亲生育年龄和孕次的改变以及妇女参加社会劳动[93]。

围生儿和新生儿研究的伦理学问题

2004年,美国医学会发表了一份报告,涉及儿童临床研究的伦理学问题[94]。这些规章

(见附录 D)和相关的伦理框架也适用于早产儿的研究。

尽管这个话题不是单独针对新生儿的，但一些研究和讨论的主题仍适用于新生儿研究。这些包括：①除了研究干预带来的任何直接益处，婴儿参与研究本身是否能够获得直接的益处[95,96]；②记录非药物适应证的药物治疗的情况，和循证医学的需求[97,98]；③新生儿试验的知情选择问题[16,99-101]。在本附录里这些话题没有涉及。然而，在两个主要方面出现了问题：①附录 B 中活力阈值的应用；②青少年孕妇同意参与研究的能力。这两方面将在下面详细阐述。

附录 B 的适用性：对涉及研究的孕妇、人类胎儿和新生儿的额外保护

附录 B 应用于包括孕妇、人类胎儿、不确定是否有活力的新生儿以及无活力儿的所有研究[102]。

定 义

"无活力儿是指出生后虽然活着，但无生存能力的新生儿。"

"有活力儿，是指新生儿能够独立维持心跳、呼吸，有能力存活(在有效的药物治疗下)"[102]。

涉及孕妇和新生儿的研究

如果 § 46.204 所列条件都符合的话，那么就可以对孕妇和胎儿进行研究。研究必须具有充足的临床前和临床数据来评估"对孕妇和胎儿的潜在风险"，这一点与在附录 A 中提到的研究保护相一致，并且适用于所有的人类研究。如果研究对孕妇或胎儿没有直接的益处，那么对胎儿的风险要尽可能小，想要获取的研究结果必须非常重要，并且难以通过其他途径获得才能够进行研究。

附录 A 中对"最小风险"的定义："最小风险是指研究中可能出现的伤害或不适的可能性和程度，不能超过日常生活中，或生理或心理检查，或测试中可能遇到的。"

"假如研究仅对胎儿有益，并且根据附录 A 里的知情同意原则取得了孕妇和胎儿父亲的同意；但是当父亲联系不到，无行为能力，或暂时没有行为能力或妊娠是由于强奸或乱伦时，不需要获得父亲的同意"，只需获得孕妇的同意即可。"如 § 46.402(a)所述，没有达到能够知情同意的法定年龄的妊娠儿童，应依据附录 D 的规定取得其知情同意"。

儿童的定义为：没有达到对研究中的治疗和程序知情同意的法定年龄的人，在适当的法律权限下，该研究可以进行。对新生儿的存活能力必须要有独立的评估。此外，参与研究人员不能决定终止妊娠的时间、方法和程序。

如果满足以下条件，也可以对活力不确定的新生儿和无活力儿进行研究：当研究能够提高新生儿的生存概率，并且任何风险都是最小；或研究的目的是为了重要生物医学知识的发展，而该知识不能通过其他方式获得，并且对新生儿没有额外的风险。如果父母双方因为联系不到，没有行为能力，或暂时性无行为能力而都不能同意，那么任意一双亲的授权代理人的知情同意也可以。

分娩后无活力的新生儿除非满足下列所有的附加条件才能对其进行研究：①新生儿的重要脏器功能无须人工维持；②研究不会使新生儿心跳和呼吸停止；③研究不会增加新生儿的额外危险；④研究的目的是为了生物医学的重大发展，而此发展无法通过其他方法获得；⑤法律上获得新生儿父母双方的同意(除非父母一方因为联系不到、无行为能力或暂时

无行为能力而无法同意，或因为强奸和乱伦导致的妊娠而不需要父亲同意)。仅取得新生儿的双亲之一或双亲的法律授权代表的同意是不够的。

如果研究要包括出生后被评定为有活力的新生儿，那么必须符合附录A和附录D的要求。

青少年妊娠的研究

尽管国会一直希望未成年人知情同意的法律能够用于研究中，但这一直是个争论焦点。例如，在附录D中，美国食品与药品监督管理局不能接受在45 CFR 46.408(c)中放弃父母知情同意的问题[103]。美国卫生和人类服务部(U.S. Department of Health and Human Services，DHHS)D部分的46.408(c)允许伦理委员会起草参与研究的协议书，不需要父母或监护人的许可。在法律允许未成年人加入研究的州中，伦理委员会经常利用这部分来允许未成年人参加研究而无须父母的同意。

大多数州都认为婚姻是未成年人脱离父母监护的标志，但在新泽西州和威斯康星州认为妊娠与分娩才是未成年人脱离父母监护的标志。目前认为未成年人独自作出决定参加研究是合法的，但是在州的法律里还没有明确提出这些[104]。

州法律通常包括未成年人对卫生保健知情同意的规定(所谓的未成年人的成年规定)，该规定将妊娠的未成年人包括在内。此外，州法律允许未成年人同意治疗一些特定的疾病，例如性病、计划生育以及酒精和毒品的滥用。然而，这些条例在研究中的应用还不明确[104]。

参考文献

1. McHaffie HE, Lyon AJ, Hume R. Deciding on treatment limitation for neonates: the parents' perspective. European Journal of Pediatrics 2001;160:339–344.
2. Partridge JC, Martinez AM, Nishida H, et al. International comparison of care for very low birth weight infants: parents' perceptions of counseling and decision-making. Pediatrics 2005;116(2):e263–e271.
3. Brinchmann B. What matters to the parents? A qualitative study of parents' experiences with life-and-death decisions concerning their premature infants. Nursing Ethics 2002;9(4):388–404.
4. McHaffie HE, Laing IA, Parker M, McMillan J. Deciding for imperilled newborns: medical authority or parental autonomy? Journal of Medical Ethics 2001;27:104–109.
5. Bastek TK, Richardson DK, Zupancic JAF, Burns JP. Prenatal consultation practices at the border of viability: a regional survey. Pediatrics 2005;116(2):407–413.
6. Streiner DL, Saigal S, Burrows E, Stoskopf B, Rosenbaum P. Attitudes of parents and health care professionals toward active treatment of extremely premature infants. Pediatrics 2001;108(1):152–157.
7. Orfali K. Parental role in medical decision-making: fact or fiction? A comparative study of ethical dilemmas in French and American neonatal intensive care units. Social Science & Medicine 2004;58(10):2009–2022.
8. Lantos JD, Tyson JE, Allen A, et al. Withholding and withdrawing life sustaining treatment in neonatal intensive care: issues for the 1990s. Archives of Disease in Childhood: Fetal and Neonatal Edition 1994;71(3):F218–F223.

9. American Academy of Pediatrics. The initiation or withdrawal of treatment for high-risk newborns. Pediatrics 1995;96(2):362–363.
10. Leuthner S. Decisions regarding resuscitation of the extremely premature infant and models of best interest. Journal of Perinatology 2001;21(3):193–198.
11. Kopelman LM. Rejecting the Baby Doe rules and defending a "negative" analysis of the best interests standard. Journal of Medicine and Philosophy 2005;30(4):331–352.
12. *State v. Messenger.* In: Clerk of the Circuit Court: Circuit Court, County of Ingham, Michigan; 1994.
13. *Miller v. HCA, Inc.* SW 3rd 2003;118(75).
14. Blanco F, Suresh G, Howard D, Soll RF. Ensuring accurate knowledge of prematurity outcomes for prenatal counseling. Pediatrics 2005;115(4):e478–e487.
15. Haywood JL, Goldenberg RL, Bronstein J, Nelson KG, Carlo WA. Comparison of perceived and actual rates of survival and freedom from handicap in premature infants. American Journal of Obstetrics & Gynecology 1994;171(2):432–439.
16. Ballard HO, Shook LA, Desai NS, Anand KJ. Neonatal research and the validity of informed consent obtained in the perinatal period. Journal of Perinatology 2004;24(7):409–415.
17. Chervenak FA, McCullough LB. Perinatal ethics: a practical method of analysis of obligations to mother and fetus. Obstetrics & Gynecology 1985;66:442–446.
18. Chervenak FA, McCullough LB, Skupski DW. An ethical justification for emergency, coerced cesarean delivery. Obstetrics & Gynecology 1993;82:1029–1035.
19. Board of Trustees, American Medical Association. Legal interventions during pregnancy: court-ordered medical treatments for pregnant women. JAMA 1990;264:371–373.
20. American College of Obstetricians and Gynecologists (ACOG). Patient choice in the maternal-fetal relationship. In: Ethics in Obstetrics and Gynecology, 2nd ed. Washington, DC: ACOG; 2004:34–36.
21. American College of Obstetricians and Gynecologists. Committee Opinion No. 321: maternal decision making, ethics, and the law. Obstetrics & Gynecology 2005;106:1127–1137.
22. Harris LH. Rethinking maternal-fetal conflict: gender and equality in perinatal ethics. Obstetrics & Gynecology 2000;96(5):786–791.
23. Veatch RM. Maternal brain death: an ethicist's thoughts. JAMA 1982;248:1102–1103.
24. Powner DJ, Bernstein IM. Extended somatic support for pregnant women after brain death. Critical Care Medicine 2003;31(4):1241–1249.
25. American Academy of Pediatrics/American College of Obstetricians and Gynecologists. Guidelines for perinatal care. AAP and ACOG; 2002 October.
26. Lyerly AD, Gates EA, Cefalo RC, Sugarman J. Toward the ethical evaluation and use of maternal-fetal surgery. Obstetrics & Gynecology 2001;98(4):689–697.
27. American Academy of Pediatrics, Committee on Bioethics. Fetal therapy—ethical considerations. Pediatrics 1999;103(5 Pt 1):1061–1063.
28. Chervenak FA, McCullough LB. A comprehensive ethical framework for fetal research and its application to fetal surgery for spina bifida. American Journal of Obstetrics & Gynecology 2002;187(1):10–14.
29. American College of Obstetricians and Gynecologists. Committee Opinion No. 324: perinatal risks associated with assisted reproductive technology. Obstetrics & Gynecology 2005:1143–1146.
30. Wright VC, Schieve LA, Reynolds MA, Jeng G. Assisted reproductive technology surveillance—United States, 2002. Morbidity and Mortality Weekly Report 2005;54(SS-2): 1–24.

31. Schieve LA, Ferre C, Peterson HB, Macaluso M, Reynolds MA, Wright VC. Perinatal outcome among singleton infants conceived through assisted reproductive technology in the United States. Obstetrics & Gynecology 2004;103(6):1144–1153.
32. Nassar AH, Usta IM, Rechdan JB, Harb TS, Adra AM, Abu-Musa AA. Pregnancy outcome in spontaneous twins versus twins who were conceived through in vitro fertilization. American Journal of Obstetrics & Gynecology 2003;189(2):513–518.
33. Shevell T, Malone FD, Vidaver J, et al. Assisted reproductive technology and pregnancy outcome. Obstetrics & Gynecology 2005;106(5):1039–1045.
34. Annas GJ. Extremely preterm birth and parental authority to refuse treatment—the case of Sidney Miller. New England Journal of Medicine 2004;351(20):2118–2123.
35. *Montalvo v. Borkovec*. In: WI App 147: 256 Wis. 2d 472; 2002.
36. U.S. Congress. An act to protect infants who are born alive. HR 2175, 107 ed. 107th Congress. Washington, DC: U.S. Congress; 2001.
37. Sensenbrenner FJ, Judiciary Committee. Report from the Committee on the Judiciary: Born-Alive Infants Protection Act of 2001. Washington, DC: U.S. Congress; July 26, 2001.
38. Boyle D, Carlo WA, Goldsmith J, et al. Born-Alive Infants Protection Act of 2001, Public Law No. 107-207. Pediatrics 2003;111(3):680–681.
39. Peerzada JM, Richardson DK, Burns JP. Delivery room decision-making at the threshold of viability. Journal of Pediatrics 2004;145:492–498.
40. Oei J, Askie LM, Tobiansky R, Lui K. Attitudes of neonatal clinicians towards resuscitation of the extremely premature infant: an exploratory survey. Journal of Paediatric and Child Health 2000;36:357–362.
41. De Leeuw R, Cuttini M, Nadai M, et al. Treatment choices for extremely preterm infants: an international perspective. Journal of Pediatrics 2000;137(5):608–616.
42. Byrne PJ, Tyebkhan JM, Laing LM. Ethical decision-making and neonatal resuscitation. Seminars in Perinatology 1994;18(1):36–41.
43. Doron MW, Veness-Meehan KA, Margolis LH, Holoman EM, Stiles AD. Delivery room resuscitation decisions for extremely premature infants. Pediatrics 1998;102(3):574–582.
44. MacDonald H, American Academy of Pediatrics, Committee on Fetus and Newborn. Perinatal care at the threshold of viability. Pediatrics 2002;110(5):1024–1027.
45. Higgins RD, Delivoria-Papadopoulos M, Raju TNK. Executive summary of the Workshop on the Border of Viability. Pediatrics 2005;115(5):1392–1396.
46. Duff RS, Campbell AGM. Moral and ethical dilemmas in the special-care nursery. New England Journal of Medicine 1973;289(17):890–894.
47. Whitelaw A. Death as an option in neonatal intensive care. Lancet 1986;8502(2):328–331.
48. Wall SN, Partridge JC. Death in the ICN: physician practice of withdrawing and withholding life support. Pediatrics 1997;99(1):64–70.
49. Cook LA, Watchko JF. Decision making for the critically ill neonate near the end of life. Journal of Perinatology 1996;16(2):133–136.
50. Singh J, Lantos J, Meadow W. End-of-life after birth: death and dying in a neonatal intensive care unit. Pediatrics 2004;114(6):1620–1626.
51. Meadow W, Lee G, Lin K, Lantos J. Changes in mortality for extremely low birth weight infants in the 1990s: implications for treatment decisions and resource use. Pediatrics 2004;113(5):1223–1229.
52. U.S. Department of Health and Human Services. US Child Abuse Prevention and Treatment Act; 1985;Public Law No. 42.
53. Kopelman LM, Irons TG, Kopelman AE. Neonatologists judge the "Baby Doe" regulations. New England Journal of Medicine 1988;318(11):677–683.

54. Kopelman LM. Are the 21-year-old Baby Doe rules misunderstood or mistaken? Pediatrics 2005;115(3):797–802.
55. Clark FI. Baby Doe rules have been interpreted and applied by an appellate court (letter). Pediatrics 2005;115(2):513–514.
56. Kopelman LM. Baby Doe rules have been interpreted and applied by an appellate court: in reply (letter). Pediatrics 2005;116(2):514–515.
57. American Academy of Pediatrics (AAP). Guidelines on forgoing life-sustaining medical treatment. Washington, DC: AAP; 1994:532–536.
58. American Academy of Pediatrics (AAP), Committee on Bioethics. Ethics and the care of critically ill infants and children. Washington, DC: AAP; 1996:149–152.
59. Verhagen AAE, Sauer PJJ. End-of-life decisions in newborns: an approach from the Netherlands. Pediatrics 2005;116(3):736–739.
60. Cuttini M, Nadai M, Kaminski M, et al. End-of-life decisions in neonatal intensive care: physicians' self-reported practices in seven European countries. EURONIC Study Group. Lancet 2000;355(9221):2112–2118.
61. Rebagliato M, Cuttini M, Broggin L, et al. Neonatal end-of-life decision making: physicians' attitudes and relationship with self-reported practices in 10 European countries. JAMA 2000;284(19):2451–2459.
62. van der Heide A, van der Maas PJ, van der Wal G, Kollee LA, de Leeuw R. Using potentially life-shortening drugs in neonates and infants. Critical Care Medicine 2000; 28(7):2595–2599.
63. Provoost V, Cools F, Mortier F, et al. Medical end-of-life decisions in neonates and infants in Flanders. Lancet 2005;365(9467):1315–1320.
64. Vrakking AM, van der Heide A, Onwuteaka-Philipsen BD, Keij-Deerenberg IM, van der Maas PJ, van der Wal G. Medical end-of-life decisions made for neonates and infants in the Netherlands, 1995–2001. Lancet 2005;365(9467):1329–1331.
65. Partridge JC, Wall SN. Analgesia for dying infants whose life support is withdrawn or withheld. Pediatrics 1997;99(1):76–79.
66. Burns JP, Mitchell C, Outwater KM, et al. End-of-life care in the pediatric intensive care unit after the forgoing of life-sustaining treatment. Critical Care Medicine 2000;28(8): 3060–3066.
67. Pierucci RL, Kirby RS, Leuthner SR. End-of-life care for neonates and infants: the experience and effects of a palliative care consultation service. Pediatrics 2001;108:653–660.
68. Moseley KL, Silveira MJ, Goold SD. Futility in evolution. Clinics in Geriatric Medicine 2005;21:211–222.
69. Campbell DE, Fleischman AR. Limits of viability: dilemmas, decisions, and decision makers. American Journal of Perinatology 2001;18(3):117–128.
70. Veatch RM, Spicer CM. Medically futile care: the role of the physician in setting limits. American Journal of Law and Medicine 1992;18(1–2):15–36.
71. Romesberg TL. Futile care and the neonate. Advances in Neonatal Care 2003;3(5): 213–219.
72. Post SG. Baby K: medical futility and the free exercise of religion. Journal of Law, Medicine, and Ethics 1995;23:20–26.
73. Petrou S. Economic consequences of preterm birth and low birthweight. British Journal of Obstetrics and Gynecology 2003;110(Suppl. 20):17–23.
74. Stolz JW, McCormick MC. Restricting access to neonatal intensive care: effect on mortality and economic savings. Pediatrics 1998;101(3):344–348.
75. Lewit EM, Baker LS, Corman H, Shiono PH. The direct cost of low birth weight. The Future of Children 1995;5(1):35–56.

76. St John EB, Nelson KG, Cliver SP, Bishnoi RR, Goldenberg RL. Cost of neonatal care according to gestational age at birth and survival status. American Journal of Obstetrics & Gynecology 2000;182(1):170–175.
77. Tommiska V, Tuominen R, Fellman V. Economic costs of care in extremely low birthweight infants during the first 2 years of life. Pediatric Critical Care Medicine 2003;4(2):256–257.
78. Doyle LW, Victorian Infant Collaborative Study Group. Evaluation of neonatal intensive care for extremely low birth weight infants in Victoria over two decades. II. Efficiency. Pediatrics 2004;113(3):510–514.
79. Doyle LW, Victorian Infant Collaborative Study Group. Evaluation of neonatal intensive care for extremely low birth weight infants in Victoria over two decades. I. Effectiveness. Pediatrics 2004;113(3):505–509.
80. Tyson JE, Younes N, Verter J, Wright LL. Viability, morbidity, and resource use among newborns of 501- to 800-g birth weight. National Institute of Child Health and Human Development Neonatal Research Network. JAMA 1996;276(20):1645–1651.
81. Lorenz JM, Paneth N, Jetton JR, den Ouden L, Tyson JE. Comparison of management strategies for extreme prematurity in New Jersey and the Netherlands: outcomes and resource expenditure. Pediatrics 2001;108(6):1269–1274.
82. Petrou S, Mehta Z, Hockley C, Cook-Mozaffari P, Henderson J, Goldacre M. The impact of preterm birth on hospital inpatient admissions and costs during the first 5 years of life. Pediatrics 2003;112(6):1290–1297.
83. Petrou S, Sach T, Davidson L. The long-term costs of preterm birth and low birth weight: results of a systematic review. Child: Care, Health, and Development 2001;27(2): 97–115.
84. McCormick MC, Richardson DK. Access to neonatal intensive care. The Future of Children 1995;5(1):162–175.
85. Menard MK, Liu Q, Holgren EA, Sappenfield WM. Neonatal mortality for very low birth weight deliveries in South Carolina by level of hospital perinatal service. American Journal of Obstetrics & Gynecology 1998;179(2):374–381.
86. Samuelson JL, Buehler JW, Norris D, Sadek R. Maternal characteristics associated with place of delivery and neonatal mortality rates among very-low-birthweight infants, Georgia. Paediatric and Perinatal Epidemiology 2002;16:305–313.
87. Johansson S, Montgomery SM, Ekbom A, et al. Preterm delivery, level of care, and infant death in Sweden: a population-based study. Pediatrics 2004;113(5):1230–1235.
88. Loh M, Osborn DA, Lui K, group NSW Neonatal Intensive Care Unit Study Group. Outcome of very premature infants with necrotising enterocolitis cared for in centres with or without on site surgical facilities. Archives of Disease in Childhood: Fetal and Neonatal Edition 2001;85:F114–F118.
89. Larson EH, Hart LG, Rosenblatt RA. Is non-metropolitan residence a risk factor for poor birth outcome in the U.S.? Social Science and Medicine 1997;45(2):171–188.
90. Ananth CV, Joseph KS, Oyelese Y, Demissie K, Vintzileos AM. Trends in preterm birth and perinatal mortality among singletons: United States, 1989 through 2000. Obstetrics & Gynecology 2005;105(5 Pt 1):1084–1091.
91. Leslie JC, Galvin SL, Diehl SJ, Bennett TA, Buescher PA. Infant mortality, low birth weight, and prematurity among Hispanic, white, and African American women in North Carolina. American Journal of Obstetrics & Gynecology 2003;188(5):1238–1240.
92. Miller H, Lesser K, Reed K. Adolescence and very low birth weight infants: a disproportionate association. Obstetrics & Gynecology 1996;87(1):83–88.
93. Craig ED, Thompson JM, Mitchell EA. Socioeconomic status and preterm birth: New Zealand trends, 1980 to 1999. Archives of Disease in Childhood: Fetal and Neonatal Edition 2002;86(3):F142–F146.

94. Field MJ, Behrman RE, eds. Ethical Conduct of Clinical Research Involving Children. Washington, DC: The National Academies Press; 2004.
95. Lantos JD. The "inclusion benefit" in clinical trials. Journal of Pediatrics 1999; 134(2):130–131.
96. Silverman WA. Disclosing the "inclusion benefit." Journal of Perinatology 2002; 22(4):261–262.
97. Choonara I, Conroy S. Unlicensed and off-label drug use in children: implications for safety. Drug Safety 2002;25(1):1–5.
98. Turner S, Nunn AJ, Fielding K, Choonara I. Adverse drug reactions to unlicensed and off-label drugs on paediatric wards: a prospective study. Acta Paediatrica 1999; 88(9):965–968.
99. Tyson JE, Knudson PL. Views of neonatologists and parents on consent for clinical trials. Lancet 2000;356(9247):2026–2067.
100. Manning DJ. Presumed consent in emergency neonatal research. Journal of Medical Ethics 2000;26(4):249–253.
101. Rogers CG, Tyson JE, Kennedy KA, Broyles RS, Hickman JF. Conventional consent with opting in versus simplified consent with opting out: an exploratory trial for studies that do not increase patient risk. Journal of Pediatrics 1998;132(4):606–611.
102. U.S. Department of Health and Human Services. 45 CFR Part 46: Protection of Human Subjects. Federal Register 2001;66(219):56775–56780.
103. Food and Drug Administration. Additional safeguards for children in clinical investigations of FDA-regulated products. Federal Register 2001;66(79):20589–20600.
104. Campbell AT. State regulation of medical research with children and adolescents: an overview and analysis. In: Field MJ, Behrman RE, eds. Ethical Conduct of Clinical Research Involving Children. Washington, DC: National Academies Press; 2004:320–387.

D

关于早产相关医疗费用的系统综述

JohnA. Zupancic[22]

人们对早产相关医疗费用的详细研究，已达 20 余年。期间，早产治疗水平有了很大进展，死亡率降低，但治疗费用也逐步提高。尽管在我们所提及的费用中，新生儿重症监护阶段所占费用比最高，但早产后遗症可形成慢性病带来长期花费。附录中包括两部分内容：第一部分回顾关于早产首次住院费用的相关文献，第二部分是关于远期费用问题。

为评估疾病-成本研究的质量和适用性，对某些专业术语的定义达成共识十分重要。例如，对于利益关系人很重要的费用分类。直接医疗成本源于患者直接消耗的资源。本文对首次住院费用的回顾性分析中，直接医疗成本包括床位和服务设施费（“住宿费”）、附属服务费（如药事、放射、实验室及呼吸医护服务）和专家费。与这些直接医疗费用相比，营业间接成本来自于机构的经营，并非由患者直接产生。营业间接成本包括用于保洁、行政及设备的间接开支。患者的开销还包括非医疗直接成本，如去往医院的交通费、餐费及其他孩子的看护费等。最后，生产率损失有关的费用，也是间接成本范畴。短期来说，损失的是劳动薪酬，长期来看，对工作的选择余地减少。

对医疗成本涵盖内容的选择取决于利益关系人的视角。例如，医院管理者可能最感兴趣的是影响医院经济运行的直接医疗成本，而并不关心患者的工资损失。然而，为了评估早产对社会造成的经济负担，关键所在是了解整个成本，而无论由谁承担。若了解资料不全面，决策者制定出的政策可能看似在财政上很合理，而实际只是简单的费用成本的转换。

疾病成本研究仅研究相关成本，而不涉及治疗效果。评估花费成本与治疗有效性之间的关系，如“生命年增加”，这样的研究称为成本效果分析。当把患者对结局的选择意愿应用于治疗效果研究时，如“生命质量调整年”，这项研究则为成本效用分析。两者皆用比率来表示成本与效果。相比之下，成本效益分析是用以货币形式来评估效果，并且从干预措施花费中扣除这部分价值来衡量性价比。

方　法

人 群 描 述

尽管大家更关心处于有活力边缘的婴儿，但大量胎龄较大的孩子更能体现出早产的经济影响。因此，这篇综述继续沿用广泛的纳入标准，研究儿童包括以下两类：①早产儿：出生孕周不足 37 周；②低体重儿：出生体重小于 2500g。

---

[22] John A. F. Zupancic 医学博士，科学博士，马萨诸塞州波士顿哈佛医学院儿科。

虽然效益评估是技术评估的关键组成部分，但本章内容关注的是早产儿和低体重儿的经济负担，而非治疗方案的性价比。因此，本文仅包括成本研究，而不包括成本效果、成本效用和成本效益的研究，除非相关费用的人群评估占主导地位。在某些情况下，关于治疗效果的队列研究成本描述也涵盖在内，但仅限于对照组以优化外在效度。

两个因素显著影响经济研究结果的普及推广。首先，在过去 20 年中，新生儿重症监护提供的治疗和治疗结果已发生了重大改变。在 20 世纪 80 年代后期，新生儿的死亡率急剧下降是得益于新生儿肺泡表面活性物质替代治疗，这一治疗随后显示出重要的成本影响。因为护理的根本模式已经改变，克服这类问题比较困难。为了回顾短期成本，仅纳入 1990 年之后的队列研究以优化研究结果的外在效度，并避免对低体重儿增量成本对照偏倚。出院后婴儿的后续护理变化很小，如果研究队列是出生在 1980 年以后，亦包括对其长期医疗成本的报道。在一些研究中，队列中的患者来自 1980 年前后；如果 50％的研究队列达到了纳入日期的标准，那么这些研究就被采用了。

同样的，其他国家也一直在努力评估新生儿重症监护的成本问题。在一些研究中，如在英国、欧洲、加拿大，分娩保健和筹措资金有某些相似点，可以将结论推论至美国的人群中。然而，来自中等收入和发展中国家的研究是排除在外的，因为结局和分娩保健成本构成差异太大，则不适用于美国。

数据库和检索策略

引用文章来自以下数据库：Medline（1990～2005 年），儿科研究学会电子版摘要（1998～2005 年），Econlit（1990～2005 年），Proquest 学位论文和全文索引（1990～2005 年），研究的第一作者均在科学引文索引（Science citation index，SCI）检索其文章。也浏览了其他系统的或非正式综述的数目[1-7]。还包括一些参与相似研究的知名机构网站，如出生缺陷基金会（March of Dimes），艾伦古特马赫研究所（the Alan Guttmacher Institute）、疾病预防与控制中心。有意的拓展这些检索策略是为了确保最佳敏感性。在 Medline 索引中，"婴儿，新生儿"和"成本和成本分析"这些扩展医学主题词进行交叉检索。而对其他的数据库，用关键词"econom*"或"成本"和"婴儿"进行检索。按照这些检索词获取的相关文章，需要经过人为筛选，确定是否符合检索标准。

成本推算

用消费者物价指数和医院生产者价格指数分析，成本估算上升至 2005 定值美元。依据购买力平价，货币换算成相应数目美元[10]。根据 2002 年国家人口统计局的出生档案进行分析，美国出生队列中每个患者医疗成本预算，是通过与特定胎龄或特定出生体重分类的新生儿数量相乘计算得出[11]。州水平人口费用评估，是通过参照 2002 年州出生数占国家总出生数比率分析得出的（此统计数据为可获得的最新资料）。

检索产出量

从初始文献题目和摘要人工筛选出 170 篇文章。淘汰的文献大多是：回顾性文章或干预的经济评价，数据来自中等收入人群或发展中国家的文章；新生儿重症监护病房的相关研究，若没有通过新生儿出生体重或胎龄来分类统计，或队列时间是在 1990 年前的短期成本报道或是在 1980 年前的长期成本报告也要淘汰掉。对于检索到的短期[12-27]及长期[15,27-41]成本研究的描述和方法评估分别见表 D-1 和表 D-2。

表 D-1A 首次住院花费的研究

文献(期)	日期	区域	类型	样本量	货币	货币日
Adams[13]	1996	美国	方便抽样	合计:12 125 正常早产:456 极早早产:513 正常足月产:9179	美元	未指明
Brazier[14]	未指明	英国	住院患者	38	英镑	未指明
Chollet[15]	1989～1991	美国	方便抽样	合计:58 904 正常早产:946 极早早产:986 正常足月产:44 041	美元	未指明
Doyle[16]	1997	澳大利亚	地理(州)	233	澳元	1997
Giacoia[17]	1983～1984	美国	住院患者	167	美元	未指明
Gilbert[18]	1996	加利福尼亚	地理(区域)	25～38周:147 224 500～3000g:458 366	美元	未指明
Kilpatrick[19]	1990～1994	加利福尼亚	住院患者	138	美元	未指明

续表

文献(期)	日期	区域	类型	样本量	货币	货币日
Luke[20]	1991～1992	伊利诺伊州	住院患者	双胎:111 单胎:106	美元	未指明
Marbella[21]	1989～1994	威斯康星	地理(区域)	早产:26 668 足月产:368 955	美元	未指明
McLoughlin[22]	未指明	英国	住院患者	109	英镑	未指明
Rogowski[23]	1993～1994	美国	25 所自选医院	3288	美元	1994
Rogowski[24]	1997～1998	美国	29 所合作医院	6797	美元	1998
Schmitt[25]	2000	加利福尼亚	地理(区域)	518 697	美元	2003
St John[26]	1989～1992	亚拉巴马	住院患者	958	美元	未指明
Tommiska[27]	1996～1997	芬兰	地理(区医院)	<1000g:105	欧元	1997
Victorian Infant Collaborative Study Group[12]	1991～1992	澳大利亚	地理(州)	429	澳元	1992

表 D-1B 首次住院花费的研究

文献	妊娠周数	出生体重(g)	花费项目	花费 vs 收费	数据源	不确定因素
Adams[13]	未指明(根据 ICD 9 界定早产和极早产)	未指明	医院;专业服务费	保险支付	Claims 数据库	未指明
Brazier[14]	未指明	未指明	交通	花费	父母访谈	未指明
Chollet[15]	全部	全部	医院;专业服务费	标价	Claims 数据库	未指明
Doyle[16]	未指明	500～999	医院	花费(呼吸机与非呼吸机 1987 年标准)	前瞻性研究数据库	灵敏度分析
Giacoia[17]	未指明	所有	出差	花费	父母访谈	统计
Gilbert[18]	28～38 周	500～3000	医院	中央控制室(医院特有)	区级相关统计和花费记录	未指明
Kilpatrick[19]	24～26 周	未指明	医院	中央控制室(医院特有)	医院图表回顾和结账数据	未指明
Luke[20]	所有	所有	医院	未指明	医院账单;医院表格	统计
Marbella[21]	未指明(早产定义为所有与 DRG 相关的早产)	所有	医院	标价	区级相关重要统计和花费记录	未指明
McLoughlin[22]	22～37	<2500	出差	花费	父母访谈	未指明
Rogowski[23]	未指明	501～1500	医院	中央控制室(医院特有)	医院财政数据	未指明
Rogowski[24]	未指明	501～1500	医院	中央控制室(医院特有)	医院财政数据	未指明
Schmitt[25]	所有	所有	医院	中央控制室(医院特有)	区级相关重要统计和花费记录	统计
St John[26]	24～32 周和 33～42 周	未指明	医院;专业服务费	中央控制室(医院特有)	医院图表回顾和结账数据	未指明
Tommiska[27]	≥22 周	<1000	医院;非医疗指导;生产率损失	花费(来源不确定)	医院花费数据;州极低出生体重儿;2 年家庭调查	统计和灵敏度分析
Victorian Infant Collaborative Study Group[12]	未指明	500～999	医院	花费(呼吸机与非呼吸机 1987 年标准)	前瞻性研究数据库	灵敏度分析

表 D-2A 首次住院后续花费的研究

文献(期)	日期	区域	类型	样本量	货币	货币日
Broyles[28]	1988～1996	得克萨斯	住院患者	388(随机对照组)	美元	1997
Chaikand[29]	1987～1988	美国	国立医院	6788	美元	1989～1990
Chollet[15]	1989～1991	美国	方便抽样	合计:58 904 一般早产:946 极早产:986 正常足月产:44 041	美元	未指明
Gennaro[30]	1990～1994	美国	住院患者	224	美元	未指明
Lewit[31]	1988	美国	国立医院	35 000	美元	1988
McCormick[32]	1983～1984	宾夕法尼亚	住院患者	极低出生体重儿:32 控制机构:34	美元	未指明
Medstar[41]	2001	美国	方便抽样	合计:28 958 所有早产:3214 正常足月产:15 795	美元	2004
Petrou[33]	1970～1993	英国	地理(区域)	>37 周:226 120 32～36 周:11 728 28～31 周:1346 <28 周:500	英镑	1998～1999
Petrou[34]	1978～1988	英国	地理(区域)	>37 周:90 236 32～36 周:4485 28～31 周:596 <28 周:241	英镑	1998～1999

续表

文献(期)	日期	区域	类型	样本量	货币	货币日
Pharaoh[35]	1979～1981	英国	地理(区域)	109	英镑	1984
Rogowski[36]	1986～1987	加利福尼亚	地理(区域)	起始:887 存活:591	美元	1987
Rolnick[37]	1993,1995	明尼苏达州	住院患者(个人健康计划)	2500～4499:1203 1500～2499:38	美元	未指明
Roth[38]	1990～1991	佛罗里达州	地理(区域)	120 533	美元	2001
Stevenson[39]	1980～1981	英国	地理(区域)	总计:641 <1000:20 1000～1500:153 1501～2000:468	英镑	1979
Stevenson[40]	1980～1981	英国	地理(区域)	总计:52 <1000:9 1000～1500:25 1501～2000:18	英镑	1979
Tommiska[27]	1996～1997	芬兰	地理(区医院)	<1000:105 >36 周:75	欧元	1997

表 D-2B 首次住院花费的研究

文献	妊娠周数	出生体重(g)	花费项目	花费 vs 收费	数据源	不确定因素	折扣
Broyles[28]	未指明	<1000 或 1500 未用药	住院;门诊	中央控制室(医院特有)	前瞻性研究数据库	统计	3%
Chaikand[29]	未指明	<2500	培训	收费	国家卫生统计中心统计报告	统计	2%
Chollet[15]	全部	全部	医院;科研	标价	Claims 数据库	未指明	未指明
Gennaro[30]	未指明	<2500	工资;运费;未偿付费用;医疗	收费	前瞻性	统计	未指明
Lewit[31]	所有	所有	医院;教育	标价	国家医疗花费调查	未指明	未指明
McCormick[32]	未指明	<1500	医院;门诊;患者信息;运费;儿童护理	标价	日志;前瞻性	统计	未指明
Medstar[41]	未指明	所有	医院;门诊患者;医疗;药物	索赔	对 100 位付费者的市场调查	未指明	未指明
Petrou[33]	所有	未指明	医院	收费	相关重要统计;国家健康服务记录;国家医疗保健财政回报	统计	未指明
Petrou[34]	所有	未指明	医院	收费	相关重要统计;国家健康服务记录;国家医疗保健财政回报	统计	未指明
Pharaoh[35]	未指明	<1500	医院;门诊患者治疗	收费	前瞻性研究数据库	未指明	5%

续表

文献	妊娠周数	出生体重(g)	花费项目	花费 vs 收费	数据源	不确定因素	折扣
Rogowski[36]	未指明	<1500	医院;门诊患者非药物治疗	住院患者;门诊患者	理赔数据库	未指明	未指明
Rolnick[37]	未指明	>1500	医院;门诊患者非药物治疗	标价	理赔数据库	统计	未指明
Roth[38]	未指明	所有	培训	收费	出生与学校相关记录	统计	未指明
Stevenson[39]	未指明	<2000	医院;门诊患者非药物治疗	收费	医疗记录;医师访谈	未指明	6%
Stevenson[40]	未指明	<2000	医院;门诊患者非药物治疗	收费	医疗记录;医师访谈;培训部门	未指明	6%
Tommiska[27]	≥22 周	<1000	医院;非医疗指导;产时耗材	收费(来源不详)	医院花费数据州极低出生体重登记 2 年家庭调查	统计和灵敏度分析	未指明

检索研究的方法学缺陷

首次住院的研究

自1990年起,短期成本研究的方法学质量就不太稳定。其中仅有5份报告为前瞻性研究[12,16,23,24,27],而其余文章是为其他研究目的而搜集的关于行政管理和临床数据的回顾性分析。在某些情况下,尤其是加利福尼亚州官方的数据分析,是通过预处理来核对资料的完整性。然而,未见关于小样本资料的准确性报道。

新生儿护理分娩的区域化水平不一致,使早产医疗成本队列研究变得至关重要。6例队列研究中,地理区域基于州或地区水平[12,16,18,21,25,27]。另外有些数据是来自全国有代表性的保险机构[13,15]或是来自新生儿质量促进网络中的大量自选医院[23,24]。尽管后者数据不能保证没有选择偏倚,但大量患者和医院的加入,使可能存在的偏倚小于两个小的单中心研究之间可能出现的偏倚[20,26]。在大多数病例中,病例选择标准已详细描述。但是三组研究中经过医疗保险中按疾病诊断分类的支付系统(diagnosis-related group,DRG)代码定义胎龄[13,15,21],而不是直接来自患者提供的信息。由于某些DRG代码(特别是"一般早产"及"问题早产")使用过程中很慎重,在大样本人群中进行研究总结比较困难。

由于极早早产儿的发生率很低,所研究的成本资料具有显著的可变性,因此足够的研究样本量很重要。这些研究是对医疗成本的预算而非推论,因此确定一个合适的样本量很困难。美国州水平的区域研究[18,21,25],保险索赔研究[13,15]及早产儿互联网研究,研究成本估计的样本量至少1000个早产儿[23,24]。相比之下,特定医院研究[19,20,26]和其他国家的研究[12,16,27]中仅包括105个早产儿,这样的样本量不可能具备有效的可信区间,特别当这些数据用来反映国家的水平时。

新生儿早期疾病成本研究依据可在管理数据库中获得。然而,将住院费用用以评估经济成本费用,可能会歪曲成本的估计,因为医院费用受关于成本加成和内部成本转移的决策影响。实际费用信息来自于所有者成本会计系统或者来自于转换系数,通常称为成本收费比率,这些成本信息需向联邦政治机构报告。目前回顾性研究中,有两项依据住院费用清单[15,21],一项依据保险支付[13],两项依据既往经通货膨胀校正后的成本研究[12,16],还有两项研究涉及成本,但没有注明衍生工具[20,27]。其余的六项研究应用医疗成本收费比率,所以它们之间更具有可比性。

考虑到在新生儿成本研究中,成本数据变异和新生儿组间对照数量,令人奇怪的是,这些研究仅是依靠点估计,而未对统计或参数不确定性进行量化。仅有3个研究中提及统计不确定性[20,25,27],3个研究中进行了灵敏度分析[12,16,27]。

儿乎所有的医疗保健都涉及净支出,早产医疗成本可看作新生儿护理成本增加,应包括较晚出生的早产儿,这点至关重要。有五项研究未包括足月分娩的新生儿群体[12,16,19,23,24]。

在新生儿医疗保健区域系统中,新生儿常常被转诊至更高级别的医院,或渡过急性心肺功能不稳定时期后转至中等重症监护病房,以争取时间获得进一步成熟。如未包含转院后的费用成本,则会低估医疗成本,而不包括转院的新生儿将影响估算的外在效度,并会过高估计治疗费用,因为向后转院的新生儿相对稳定[15,25]。有三项研究明确提到已经排除转院的新生儿[19,21],有两项研究明确包括转院的新生儿[15,25],而其余研究均未注明是否包含转院新生儿。

许多作者在成本估算上也排除了未能幸存的新生儿[18,21]。有一篇文章中计算了未存活新生儿的费用,他们占全部医疗费用的 9%[27]。即便未存活新生儿患的是急重症,每日医疗资源利用增加,但其住院时间短,花费可能会少些[24,26]。仅包括幸存者的费用可能会低估费用成本,因为医疗资源必定会投入到经过挽救不能存活的婴儿。

有 7 篇文章没有提供货币日期,由于这个信息对计算结果是必不可少的,所以研究队列的最近年份是推测的。

首次住院的出院后成本研究

同样,长期成本研究的方法学多样。许多局限性与短期研究的缺陷是重叠的。

大部分研究都是针对其他研究资料进行二次分析。其中,有一项研究是以前瞻性资料为基础的随机试验[28],有六项研究利用政府人口统计数据和行政调查数据库[27,29,31,33,34,38],有四项研究使用了商业或政府保险理赔数据库[15,36,37,41],有三项使用临床数据[35,39,40],两项是通过采访患者获得原始数据[27,30,32]。对于既存资料集,都没有描述其有效性。

大部分长期研究来自具有代表性的群体。这些群体以地理学为基础代表不同地区[27,33-35,39,40]、不同州[36,38]及不同国家[29,31]的水平。只有 6 项小规模研究使用便利抽样或特定医院的样本[15,28,30,32,37,41]。

然而,外推性方面存在一些问题。16 项中的 6 份长期研究来自美国之外的其他国家[27,33-35,39,40]。值得注意的是,这些研究是针对不同地区人群,对超过 2 岁儿童直接医疗成本进行评估。研究的时间跨度大也影响外推性。正如以上所说,只要出院后医疗照顾技术并不复杂且变化不多,文献的检索就仅限于 1980 年后的研究。该决策同样允许长期随访。不过这些研究队列数据的时间范围是 1980～2001 年;早期研究的可比性和适用性对于当前来说是不清楚的。大多数的研究明确了出生体重和胎龄的队列纳入标准,制定卫生政策就可以参考这些研究结果设计。依据使用 DRG 指示的理赔数据库进行研究时,其应用 DRG 有一定自主性,因此限制了外在效度[15,41]。

相比之下,大部分新生儿首次住院研究,由于依赖于管理数据,其样本量是足够大的。16 项研究中有 4 项研究样本量超过 20 000 个新生儿[15,31,33,34]。尽管被足月对照组充分加权,早产新生儿的子样本量仍可达到成百甚至几千。仅有 5 项研究的样本量小于 150 个新生儿[27,30,32,35,40]。尽管成本估计的可信区间是很宽泛的,但是大部分研究涉及直接对患者访谈和调查问卷,获得了由其他方法无法获得的独特信息。

有 10 项研究说明他们使用的成本数据来自成本收费比率或其他的成本会计系统。没有人进行初级成本研究,也未对既存成本会计系统进行直接验证。然而,至少在某些研究中,研究体系完善且被广泛认可[33,34]。无法确定患者报告费用的可靠性。而采用来自患者采访记录、日记或问卷答案的数据的研究均未验证其来源[27,30,32]。

重新评估不确定性方面并不一致。有 7 项研究,在描述统计上或灵敏度分析上都没有呈现抽样或参数的不确定性信息[15,31,35,36,39-41]。

早产儿长期费用的评估更为复杂,需要汇集多方面数据资料。在某些研究中,这形成大量关于数据适用性、单位成本选择以及自然病史上的假设[29,30]。尽管这些假设阐述的很清楚,但很难确定其有效程度。

与首次住院成本估算不同,理论上,出院后资源应用研究应追踪数年。大部分人具有正的时间偏好,也就是说,人们更愿意接受当前的利益而非未来利益,并推延成本等消极因素。考虑到这种选择的倾向,经济学家采用折现率来降低成本流的未来投资权重。这种可变区间在0～5%之间,3%的比率通常被认为是合理的。目前综述中的16个研究中只有5个使用了折现率[28,29,35,39,40]。

回顾性研究的内容局限性

首次住院研究

成本分类

早产儿首次住院治疗费用研究的分类是多样的。仅有一项研究包括了直接的非医疗成本和生产率损失[27]。有三项研究将专业服务费纳入直接医疗成本[13,15,16]。多数情况下,没有注明营业间接成本,但能推断出来。

仅有一位作者在两项研究中对成本进行细分类。Rogowski提出对出生体重小于1500g的婴儿来讲,住宿成本占总的医疗成本很大比例(72%),在其余的附加成本中,22%为呼吸治疗服务费,24%是实验室服务费,7%为放射线服务费,16%为药事服务费[24]。

母亲的费用

本文并未专门针对母亲成本,但是有几个综述估算了母亲成本[13,15,18,20,21]。这是一个重要的混杂因素,因为母亲医疗成本的边际效益可能在比较不同胎龄的医疗成本时引起偏倚。例如,对于孕25～29周出生的婴儿,母亲的成本约占新生儿成本的8%,对于孕30～34周出生的婴儿则占32%,对孕37～38周出生的婴儿占192%[18]。相应的美国人口预算如下:对于孕25～29周出生的新生儿,10亿美元;孕30～34周出生的新生儿,42.95亿美元;孕37～38周出生的新生儿,19.4亿美元。Adams等的研究指出,分娩足月新生儿,母亲的成本是2451美元;健康早产儿是10 626美元;极早早产儿是11 508美元[13]。Chollet等发现对DRG足月分娩来讲,母亲的成本是7850美元;对DRG健康早产儿是13 017美元[15],对DRG极早早产儿,母亲的成本是14 815美元[15]。因此,母亲的成本与出生体重呈反向相关,与新生儿成本呈正向相关,但是程度较小。

那些包括了母亲成本的文章,仅仅列出了入院分娩的成本。其他成本与早产分娩相关(如密切监护、多次入院等),可能未被收集,但却使分娩本身的成本上涨。除了这个模式以外,Schmitt等提出:在加利福尼亚,对于新生儿出生体重小于1500g的妊娠而言,产前的住院治疗费用占总的母亲医院开支4960万美元中的640万美元[25]。在各综述文献中,也未提及不孕症的治疗成本。

出生体重和胎龄研究队列

大部分报道仅仅针对极低出生体重儿(以足月儿作为对照组)。虽然中度早产儿的人均费用较低,但其发病率高,从而导致总体费用偏高。Schmitt等指出:出生体重在1500～2500g的婴儿全国预计成本为24.6亿美元[25]。St John等预算30～34周出生的婴儿的成本是22.9亿美元[26]。

没有研究能确定在校正胎龄后低出生体重对成本增量的作用。

少数民族的经济负担

虽然某些种族和民族的早产负担增加,但是这里的回顾性研究并没有确切的考查哪些人群与首次住院费用相关。

付款人的经济负担

本研究并未提供明确的早产治疗护理费用的细分类。其中两项研究资料来自由第三者支付的医疗保险索赔数据库。Chollet 等计算得出，早产花费了雇主资助健康保险计划中的 47 亿美元，超过了正常足月产的花费[15]。更早以前的研究提出新生儿期是免费医疗(无偿付医疗)的主要来源[42]，占分配到产妇和新生儿直接支付和免费医疗总额的 19%[43]。出生缺陷基金会的估算为：雇主健康保险负担的新生儿中 11%为早产儿，74 亿美元(在 2002 年)的住院费用由私人医疗保险支付[44]。

住院分娩的出院后成本研究

成本分类

16 项研究中有 13 项研究纳入直接医疗成本[15,27,28,31-37,39-41]。然而，其中仅有三项是包括了再次住院费用，未包含门诊就医成本或药费[31,33,34]。有几项研究未能从门诊费用中分离出再次住院费用[35,37]或从出院后的就医成本中分离出首次住院成本[31]。

仅四项研究评估了教育成本[27,29,31,38]。其中两项研究是关于学龄前的花费[27,31]，其中一项是幼儿园费用[38]，另外两项是幼儿园以外的教育费用[29,31]。没有关于随访早产儿就学的纵向研究，也没有通过系统的方法评估学生整个学校生活费用。

有五项研究评估实付开支[14,17,22,27,30]。所有研究都包括了交通费用。美国之外国家的研究中，仅有一项研究了父母收入损失的问题[27]。尚无关于儿童生产率损失的研究。

仅有一项研究尝试探讨直接医疗成本、教育成本和父母实付开支[27]。

研究时限

目前仅有四项成本研究追踪 5 岁以上的儿童。尽管对青年时期临床随访具有实用性[45,46]，但几乎没有早产儿在早期儿童后的成本影响。

出生体重和胎龄队列

与首次住院治疗研究不同，大多数长期成本研究都包括了不同胎龄和不同出生体重的婴儿情况。

合并症及其影响

现有研究并未试图把出院后成本归因于特定的新生儿或出生后情况，而是归因于新生儿体重或胎龄。因此，与慢性肺部疾病或早产视网膜病变、脑瘫相关的再次住院或门诊成本的信息很难确切获知。有关这些疾病单独的成本估算[47-52]，但不一定是早产儿患者。举例来说，合并慢性肺部疾病的早产儿研究显示，因呼吸系统合胞病毒感染住院的费用显著升高，然而并不能直接推论出整个出生队列中医疗费用情况[51,52]。同样，尽管能够明确脑瘫儿的医疗费用，但大多数有这种疾病的孩子并不是早产儿；脑瘫的花费对早产儿长期费用的影响程度尚不清楚。

初次住院成本的特点和估计

直接医疗成本

尽管研究方法、设计和资料来源不一致，但人均医疗成本的估计基本一致。表 D-3 第二列指的是 2005 年人均医疗成本(用美元标注)。体重在 500～999g 的新生儿，人均医疗成本估计在 67 027～221 450 美元，6 个预算中有 4 个在 84 847～126 380 美元之间。

在医疗成本估计中有几项潜在的差异性来源。首先，研究是横跨 15 年的研究队列。因此随时间推移，差额调节非常重要。报道的结果包括消费物价指数（consumer price index，CPI）的医疗构成和医院的生产者物价指数（producer price index，PPI），前者依靠费用，且可能高估医疗花费；后者利用实际情况下，公众和私人购买的资源净成本。如表 D-3所示，使用这些指标对研究结果影响较小，表明差异的根源并不在于此。第二个差异性来源在于所处地理环境的差异。经济合作及发展组织（Organisation for Economic Cooperation and Development）购买力平价法使得国际间比较更为便利，而国际间比较只能造成价格差别，不会产生行为风格的差别。在美国，新生儿监护是统一的，因此很可能价格差别要超过地域性行为风格差别。由于对大部分的研究队列而言，很难在州水平，或者在几个州的体系内定义护理的区域，因此没有对地域性差异进行调整。最后，差异的出现是与作者所选择的不同成本类型有关。令人遗憾的是，大多数作者没有阐述所有成本中各个部分所占比例，因此对总成本的评估而言，这些组成成本的估算很难量化。图表 D-3 表明新生儿费用从母亲费用中分割出来的具体情况，这对于前者来说显示了更大程度的差异性。

由于很难充分明确价格上的差异性，人们还描述了不依赖于价格的资源利用。表 D-3显示住院时间（lenghth of stay，LOS）和辅助通气天数。尽管不是所有的研究都报告这些数据，但资源利用的直接标志比成本的差异性小。有六项研究中显示出生体重在 500～999g 之间的新生儿住院天数平均是 64～106 天，其中四项研究表明住院天数在 73～82 天。

那些同时报道胎龄别和出生体重别成本的研究显示两者是一致的。Gilbert 等研究指出，在 25 周分娩的早产儿的人均医疗成本是 202 700 美元，出生体重在 500～750g 的早产儿人均医疗成本是 224 400 美元[18]。孕 30 周出生的是 46 400 美元，体重在 1250～1499g 的新生儿所需的医疗费用是 51 900 美元。这些研究中的作者已除外出生体重与胎龄不相匹配的患者；不同出生体重的医疗费用评估减少了偏移，但人口统计动态记录中的胎龄情况可能不准确。所有研究表明，假定 DRG 代码为 387 的极早早产儿相当于胎龄小于 28 周的早产儿，那么其医疗成本在 70 451～100 389 美元之间，对于出生体重在 500～999g 之间的患儿也是如此。

根据美国成本预算，小于 37 周出生的新生儿所需要的医疗成本在 46.2 亿～133.8 亿美元之间，后者是从基于费用的研究中推导出来的[15]。出生体重在 500～900g 的新生儿治疗成本在 15.3 亿～50.6 亿美元之间，而美国相应人群的预算成本大约在 27.2 亿～50.6 亿美元之间。

足月妊娠分娩对照组人均成本在 734～4303 美元之间。在美国，如排除基于费用或没有注明是否基于费用的研究后，人均成本范围在 1545～1900 美元之间。相应的人群预算成本约为 23.7 亿～65.8 亿美元。

所有研究中均提到出生体重或胎龄与医疗成本成反比。包含均数和中位数的研究显示，成本资料分布曲线明显右偏[23-25,27]。

直接非医疗成本和生产率损失

表 D-4 所示的是评估父母现金支付和生产率损失情况的研究。在同时调查非医疗成本和生产率损失的研究中，在出院前极低出生体重儿的父母的平均成本是 2755 美元，占全部

表 D-3 首次住院的直接花费

文献	每人的花费	根据医疗 CPI 每人的花费——2005 美元	根据医院 PPI 每人的花费——2005 美元
Adams[13]	一般早产:10 416	一般早产:14 634	一般早产:13 506
	极早早产:49 933	极早早产:70 151	极早早产:64 744
	正常足月产:1139	正常足月产:1600	正常足月产:1477
Chollet[15]	一般早产:15 363	一般早产:27 827	一般早产:22 430
	极早早产:55 424	极早早产:100 389	极早早产:80 919
	正常足月产:2376	正常足月产:4303	正常足月产:3469
Doyle[16]	500～999:每个活产需 81 956Aust 美元	500～999:73 920	500～999:68 801
Gilbert[18]	25 周存活:202 700	25 周存活:284 775	25 周存活:262 825
	30 周存活:46 400	30 周存活:65 188	30 周存活:60 163
	38 周存活:1100	38 周存活:1545	38 周存活:1426
Kilpatrick[19]	24 周存活:294 749	24 周存活:447 851	24 周存活:405 210
	25 周存活:181 062	25 周存活:275 111	25 周存活:248 918
	26 周存活:166 215	26 周存活:252 552	26 周存活:228 506
Luke[20]	25～27 周:195 254	25～27 周:329 292	25～27 周:285 070
	28～30 周:91 343	28～30 周:154 048	28～30 周:133 361
	31～34 周:18 367	31～34 周:30 976	31～34 周:26 816
	39～42 周:2236	39～42 周:3761	39～42 周:3256
Marbella[21]	“未成熟的存活者”:16 973	“未成熟的存活者”:25 789	“未成熟的存活者”:23 334
	3000～4500g:1300	3000～4500g:1975	3000～4500g:1787
Rogowski[23]	501～1500g:49 457	501～1500g:75 147	501～1500g:67 992
	501～1000g:83 176	501～1000g:126 380	501～1000g:114 347
	24～26 周:95 560		
	27～29 周:61 724		
	30～32 周:35 106		
Rogowski[24]	501～1500g:53 316	501～1500g:70 633	501～1500g:68 043
	501～1000g:90 015	501～1000g:119 251	501～1000g:114 879
	24～26 周:101 638		
	27～29 周:62 960		
	30～32 周:34 258		
Schmitt[25]	500～999g:205 218	500～999g:221 450	500～999g:222 104
	500～1499g:136 456	500～1499g:147 249	500～1499g:147 684
	>2500g:1647	>2500g:1777	>2500g:1783

根据医疗 CPI 美国人的花费——2005 美元	根据医院 PPI 美国人的花费——2005 美元	每个患者的住院时间	每个患者用呼吸机的天数	每个产妇的花费
<37 周:70.4 亿 <28 周:20.6 亿 37~41 周:51.7 亿	<37 周:65.0 亿 <28 周:19.0 亿 37~41 周:47.7 亿	一般早产:6.1 极早早产:19.9 正常足月产:1.9	N/A	一般早产:10.626 极早早产:11.508 正常足月产:7.452
<37 周:133.8 亿 <28 周:29.5 亿 37~41 周:139 亿	<37 周:107.8 亿 <28 周:23.8 亿 37~41 周:112.0 亿	N/A	N/A	一般早产:13.017 极早早产:14.815 正常足月产:7.850
500~999g:19.4 亿	500~999g:18.1 亿	500~999g:每一个活产 82.1	500~999g:每一个活产 34.4	N/A
<37 周:46.2 亿 30~34 周:18.7 亿 500~1499g:28.2 亿 500~2499g:35.0 亿	<37 周:42.6 亿 30~34 周:17.3 亿 500~1499g:26.0 亿 500~2499g:32.3 亿	25 周存活者:92 30 周存活者:30.4 38 周存活者:1.8	N/A	25 周存活者:7500 30 周存活者:7200 38 周存活者:2500
24 周存活者:17.9 亿 25 周存活者:12.8 亿 26 周存活者:13.6 亿	24 周存活者:16.2 亿 25 周存活者:11.6 亿 26 周存活者:12.3 亿	24 周存活者:120 25 周存活者:86 26 周存活者:80	24 周存活者:76 25 周存活者:58 26 周存活者:45	N/A
25~27 周:52.55 亿 28~30 周:47.6 亿 31~34 周:43.5 亿 39~42 周:87 亿	25~27 周:45.55 亿 28~30 周:41.2 亿 31~34 周:37.7 亿 39~42 周:75.4 亿	25~27 周:71.2 28~30 周:39.0 31~34 周:11.8 39~42 周:3.1	N/A	25~27 周:84 892 28~30 周:81 971 31~34 周:23 759 39~42 周:7573
<37 周:81.6 亿 3000~4500g:58.5 亿	<37 周:73.8 亿 3000~4500g:52.9 亿	"未成熟存活者":14.1 3000~4500g:1.7	N/A	N/A
501~1500g:39.3 亿 501~1500g:28.9 亿	501~1500g:35.6 亿 501~1500g:26.1 亿	501~1500g:49 501~1500g:75 24~26 周:82 27~29 周:58 30~32 周:39	N/A	N/A
501~1500g:36.9 亿 501~1500g:27.2 亿	501~1500g:35.5 亿 501~1500g:26.2 亿	501~1500g:47 501~1500g:73 24~26 周:79 27~29 周:55 30~32 周:36	N/A	N/A
500~999g:77.0 亿 500~1499g:50.6 亿 >2500g:65.8 亿	500~999g:77.0 亿 500~1499g:50.6 亿 >2500g:65.8 亿	500~999g:64.4 500~1499g:47.9 >2500g:2.3	N/A	500~999g:11 609 500~1499g:12 183 >2500g:3378

文献	每人的花费	根据医疗 CPI 每人的花费——2005 美元	根据医院 PPI 每人的花费——2005 美元
St John[26]	24 周存活者:145 892 30 周存活者:37 569 40 周存活者:1127	24 周存活者:246 044 30 周存活者:63 359 40 周存活者:1900	24 周存活者:213 002 30 周存活者:54 851 40 周存活者:1645
Tommiska[27]	＜1000g 存活者:70 290 欧元 足月产:515 欧元	＜1000g 存活者:105 662 欧元 足月产:774 欧元	＜1000g 存活者:90 338 欧元 足月产:662 欧元
Victorian Infant Collaborative Study Group[12]	500～999g:每一个活产花费 53 655 澳元	500～999g:67 865	500～999g:58 752

成本的 4%[27]。其中 64%是交通费,30%是工资损失,6%是住宿费。英国一项关于 109 个低出生体重儿的母亲交通费的研究显示,36%的家庭旅程超过 21 英里,88%的家庭每天去看孩子,平均所需的费用是 101～200 英镑(1990 年英国英镑),最高支出为 1000 英镑[22]。最近,Gennaro 观察了在 1990～1994 年间出生、均在同一医疗中心治疗过、孕龄小于 37 周的 224 个孩子的家庭[30],这项研究没有详细描述首次住院期间生产率损失情况。平均每个母亲在首次住院后所休产假是 4 周,平均现金支出为 433 美元,其中主要是交通费。

生产出院后成本的描述和评估

直接医疗成本

直接医疗资源利用和生产出院后成本的评估如表 D-5 所示。与首次住院相比,它们有很大程度的差异性,其中主要包括时限和成本组成不同。由于这个原因,对这些成本进行单独估算或提供估算的范围还存在很大问题。对于短期成本而言,成本和资源利用与胎龄成反比。另外,长期随访调查发现,应计成本主要发生在出生后第一年。关于门诊和再次住院的成本研究显示,出生后的第一年的成本主要为再住院成本,美国占 70%～86%,其他国家占 54%～60%。

Petrou 探讨了再住院成本较高的相关原因[33]。包括母亲的自身情况,如住院治疗、年龄＞35 岁或＜20 岁、吸烟;围生期各种因素,如器械助产或分娩并发症;人口统计学因素,如低社会经济状况和早产。

教 育 成 本

教育成本核算研究的数据如表 D-6 所示。如上所述,教育成本的核算在年龄和研究方法上并不一致。对医疗、经济和社会因素调整后,Chaikind 和 Corman 发现低出生体重儿需要接受特殊教育的相对危险度是 49%[29],转化为净现值,每个低出生体重新生儿为 1240

续表

根据医疗 CPI 美国人的花费——2005 美元	根据医院 PPI 美国人的花费——2005 美元	每个患者的住院时间	每个患者用呼吸机的天数	每个产妇的花费
<37 周:99.2 亿 30～34 周:38.6 亿 37～42 周:73.4 亿	<37 周:85.9 亿 30～34 周:33.4 亿 37～42 周:63.5 亿	N/A	N/A	N/A
500～999g:24.1 亿 37～41 周:25.0 亿	500～999g:20.6 亿 37～41 周:21.4 亿	<1000g 存活者:106 足月产:N/A	N/A	N/A
500～999g:15.5 亿	500～999g:13.4 亿	500～999g:活产儿人均 77	500～999g:活产儿人均 23	N/A

表 D-4 首次住院期间父母现金支付和生产率损失

文献	父母的工资	生产力损失	儿童的护理	其他	交通费
Brazier[14]	N/A	N/A	N/A	N/A	每次就诊:3～17 每周:27.98
Gennaro[30]	N/A	N/A	N/A	首次住院总费用: <2500:433	<2500:271
Giacoia[17]	N/A	N/A	N/A	N/A	总的:250 每次就诊:25
Mcloughlin[22]	N/A	N/A	N/A	N/A	中位数:大约 100(源于图表)
Tomniska[27]	<1000g:827[a]	N/A	N/A	住宿<1000:165[a] 首次住院总费用 <1000:2755	<1000g:1763[a]

注:a,从文章中的数据计算而来

美元(1988 年),或每年特殊教育成本是 37 亿美元。Roth 等发现出生体重小于 1000g 的孩子在幼儿园的费用比正常出生体重孩子高 60%[38]。但是作者也指出母亲的贫穷和受教育水平低占幼儿护理总费用超额的 3/4 以上,而低出生体重仅占总费用超额的百分之一,可能是由于这类儿童所占比例相对较小。

早期干预治疗成本也非常显著。一项关于马萨诸塞州官方数据的研究评估了从出生到 3 岁的不同胎龄出生的儿童的早期干预成本。小于 28 周出生的早产儿早期干预成本为 7182 美元(2003 年),而孕 40 周或以后出生的新生儿所需早期干预成本仅为 613 美元。

表 D-5 首次住院后的直接医疗成本

文献	研究时限	再次住院(成本)	门诊医师,药物和其他(成本)	出院后总花费	再次住院(均数或中位数)	再次住院(平均住院天数)	再次住院(住院时间)	门诊就医(门诊,医师,急诊)
Broyles[28]	1 岁 矫正年龄	<1500:6982	<1500:2931	<1500:9913	<1500:0.7	<1500:7.6	N/A	<1500: 门诊:6.4 急诊:1.9 合计:8.2
Chollet[15]a	2 岁(1 岁详细)	没有从第一次住院费用中分割开	早产:4463 极早产:6329 正常足月:2243 其他早产:4195	没有从第一次住院费用中分割开	N/A	N/A	N/A	N/A
Lewit[31]	15 岁	<1500: <1 岁(没有从第一次住院费用中分割开) 3~5 岁:290 6~10 岁:470	N/A	<1500: <1 岁(没有从第一次住院费用中分割开) 3~5 岁:290 6~10 岁:470	N/A	N/A	N/A	N/A
McCormick[32]	1 岁	<1500:8250 足月:900	找医师就诊 <1500:564 足月:232 其他门诊患者 <1500:1311 足月:63	<1500:10 139 足月:1179	N/A	N/A	N/A	<1500:18.5 足月:9.3
Medstat[41]	1 岁	早产:35 034 正常足月:1210	早产:6 576 正常足月:1620	早产:41 611 正常足月:2831	早产:1.3 正常足月:1.1	N/A	早产:16.8 正常足月:2.3	早产:8.9 正常足月:5.9

续表

文献	研究时限	再次住院(成本)	门诊医师,药物和其他(成本)	出院后总花费	再次住院(均数或中位数)	再次住院(平均住院天数)	再次住院(住院时间)	门诊就医(门诊,医师,急诊)
Petrou[33]	5 岁	1 岁: ＞37 周:297 32～36 周:2016 28～31 周:7272 ＜28 周:10 630 总计(包括出生时的住院费) ＞37 周:1333 32～36 周:4378 28～31 周:14 059 ＜28 周:13 639	N/A	1 岁: ＞37 周:297 32～36 周:2016 28～31 周:7272 ＜28 周:10 630 总计(包括出生时的住院费) ＞37 周:1333 32～36 周:4378 28～31 周:14 059 ＜28 周:13 639	＞37 周:2 32～36 周:2 28～31 周:1 ＜28 周:1	＞37 周:6.3 32～36 周:16.2 28～31 周:48.7 ＜28 周:49	N/A	N/A
Petrou[34]	10 岁	包括出生医院: ＞37 周:1659 32～36 周:7394 28～31 周:17 751 ＜28 周:17 820	N/A	包括出生医院: ＞37 周:1659 32～36 周:7394 28～31 周:17 751 ＜28 周:17 820	＞37 周:0.75 32～36 周:1.48 28～31 周:2.54 ＜28 周:1.9	包括出生医院: ＞37 周:6.2 32～36 周:18 28～31 周:58.2 ＜28 周:59.2	N/A	N/A
Pharaoh[35]	4 岁	N/A	N/A	＜1500:2620[b]	N/A	N/A	N/A	N/A
Rogowski(36)	1 岁	＜1000:12 800 ＜1500:5290	＜1500:870	＜1500:6160	＜1000:1.8 1001～1249:1.9 1250～1499:2.1	＜1500:5.5	＜1000:13.6 1001～1249:9.6 1250～1499:9.8	N/A
Rolnick[37]	出院后 1 年	N/A	N/A	2500～4499:2919 1500～2500:5938	N/A	N/A	N/A	N/A

续表

文献	研究时限	再次住院(成本)	门诊医师,药物和其他(成本)	出院后总花费	再次住院(均数或中位数)	再次住院(平均住院天数)	再次住院(住院时间)	门诊就医(门诊,医师,急诊)
Stevenson[39]c	8-9 岁	<1000:421 1001～1500:433 1501～2000:270	<1000:876 1001～1500:793 1501～2000:430	<1000:1297 1001～1500:1226 1501～2000:699	N/A	N/A	N/A	N/A
Stevenson[40]d	8～9 岁	<1000:1861 1001～1500:1439 1501～2000:570	<1000:1617 1001～1500:1447 1501～2000:1149	<1000:3475 1001～1500:2886 1501～2000:1719	N/A	N/A	N/A	N/A
Tommiska[27]e	2 岁	第一年: <1000:12185 对照组:225 第二年: <1000:2575 对照组:195	第一年: <1000:1995 对照组:295 第二年: <1000:1420 对照组:315	第一年: <1000:20390 对照组:1415 第二年: <1000:13 955 对照组:1205	第一年: <1000:1.8 对照组:0.1 第二年: <1000:1.0 对照组:0.1	第一年: <1000:8.4 对照组:0.3 第二年: <1000:4.2 对照组:0.4	N/A	第一年: <1000:7.1 对照组:2.9 第二年: <1000:6.5 对照组:3.8

a 同时包括母亲和婴儿

b 根据文章中数据的计算

c 每一个无缺陷的婴儿

d 每一个残疾婴儿

e 总费用(包括非医疗)(见表 D-5 和表 D-6)

表 D-6 首次住院出院后的教育支出

文献	学龄前	学龄
Chaikand[29]	N/A	<2500 6～15 岁:1240(37.08 亿/每年)
Lewit[31]	<1500 学龄前:290	<1500 6～10 岁:特殊教育 150 6～15 岁:阶段教育 45
Pharaoh[35]	N/A	<1500:4211
Roth[38]	N/A	幼儿园 <1000:6979 1000～1499:5740 1500～2499:4870 >2500:4375
Tommiska[27]	特殊时期的护理 第一年: <1000:0 对照组:0 第二年: <1000:1285 对照组:0	N/A
Clements	早期干预 (0～3 岁) <28 周:7182 28～30 周:5254 31～33 周:2654 34～36 周:1321 37～39 周:770 >40 周:613	N/A

直接非医疗成本和生产率损失

表 D-7 所示为出院后父母现金支付和生产率损失相关的成本。Tommiska 等发现每个出生体重小于 1000g 的孩子第一年父母的工资损失为 5990 欧元,而对照组仅为 880 欧元。低出生体重儿出生后的第二年增加到 8175 欧元[27]。在美国未得出类似数据。

表 D-7 首次住院出院后的现金支付和生产率损失

文献	父母的工资	生产率损失	对孩子的护理	其他	差旅
Tommiska[27]	第一年： <1000：5999 对照:880 第一年： <1000：8175 对照:595	N/A	N/A	“家庭援助” 第一年： <1000：0 对照:0 第一年： <1000：255 对照:85	第一年： <1000：75 对照：15 第一年： <1000：85 对照：15
McCormick[32]	N/A	N/A	<1500：563 足月:1082	N/A	<1500：180 足月:23
Cennaro[30]	N/A	N/A	N/A	不报销的费用 <2500:69 总费用 <2500：445	N/A

早产儿医疗成本的研究小结

在疾病成本研究的系统回顾中，有几个问题：

1. 多数研究有明显的方法学局限性。其中包括对管理数据库的依赖而没有充分检查数据有效性，样本量小和选择性偏倚，没有通过描述统计或灵敏度分析来量化不确定性，基于费用或描述不清楚的成本，未设对照组以及长期研究没有进行贴现。

2. 文献中所有的成本估计均忽略了某些重要的成本组成部分，从而可能会低估真正资源的使用情况。这些被忽略的成本包括专业服务费用、转院费用、未存活儿成本和父母现金支付成本。多数研究未提及新生儿父母的收入损失和新生儿本身生产率损失的信息。大多数研究都不包含母亲住院分娩的成本和产前住院费用。对母亲和新生儿的分析中，都可能低估了早产成本，或可能遗漏两者间成本转移情况。关于教育成本的研究也很少，也没有关于学龄期和残疾方面的充足信息。

3. 大部分作者没有对成本进行细分类研究，从而很难明确高成本的来源和预测因子。

4. 研究证实母亲、早产儿及出院后的成本与出生体重及胎龄是成反比的。

5. 尽管就人均成本而言，中度早产儿成本低于极早早产儿，但中度早产儿数目较多，因此两者的总体医疗成本是相近的。由于改善中度早产儿的干预与难度更大的消除极早早产的干预相比，两者具备同样的成本有效性，故该认识对于制定相关政策很有意义。

6. 跟踪随访的研究时限不足。随访时间超过 5 年的研究很少，并且即使有合适的研究队列，但也没有记录青少年时期早产的影响。

7. 多数研究时限较长和利用成本核实的综合方法的研究来自于其他国家而不是美国。尚不能明确这些成本估计对于美国是否适用。

关于政策和未来研究的建议

以上研究结果的总结，对政策和研究具有直接影响：

1. 因为决策者很可能会接受疾病成本的估算，但并不会充分评估基础研究的质量如何。因此，同行评审过程应指出研究方法学的局限性，例如未调整费用的使用和缺乏对不确定性的评估，这点很重要。

2. 决策者制定的健康政策具有深远的经济学意义，尤其在美国，应开展社会学研究，包括对人口生产率损失和父母现金开支情况的评估。

3. 应该进行时限更长的研究，应从发病率角度，而不是从患病率角度进行成本研究。最低限度应该延续到学龄阶段。对早产儿的研究还应包括早产对于工作后的青年人的影响，甚至对一生的劳动能力的影响。

4. 由于社会经济地位和结局之间存在相互作用，成本研究还应该对特定种族和民族增加的负担进行分析。

5. 短期的成本研究的重点应该转向围生期研究，以母亲-婴儿配对为分析单位。随着数据关联的改进，这种做法是可行的。

6. 除了极早早产以外，我们应该关注中度早产的经济影响。

7. 应开展早产对教育系统经济影响的纵向研究。

8. 应开展早产儿长期经济影响的综合纵向研究。

参考文献

1. Mugford M. The cost of neonatal care: reviewing the evidence. Soz Praventivmed. 1995;40(6):361–368.
2. Petrou S. Economic consequences of preterm birth and low birthweight. Br J Obstet Gynaecol. 2003 Apr;110(Suppl 20):17–23.
3. Petrou S, Davidson LL. Economic issues in the follow-up of neonates. Semin Neonatol. 2000 May;5(2):159–169.
4. Petrou S, Sach T, Davidson L. The long-term costs of preterm birth and low birth weight: results of a systematic review. Child Care Health Dev. 2001 Mar;27(2):97–115.
5. Richardson DK, Zupancic JA, Escobar GJ, Ogino M, Pursley DM, Mugford M. A critical review of cost reduction in neonatal intensive care. I. The structure of costs. J Perinatol. 2001 Mar;21(2):107–115.
6. Richardson DK, Zupancic JA, Escobar GJ, Ogino M, Pursley DM, Mugford M. A critical review of cost reduction in neonatal intensive care. II. Strategies for reduction. J Perinatol. 2001 Mar;21(2):121–127.
7. Zupancic JA, Richardson DK, Lee K, McCormick MC. Economics of prematurity in the era of managed care. Clin Perinatol. 2000 Jun;27(2):483–497.
8. U.S. Bureau of Labor Statistics. Consumer Price Index—All Urban Consumers—Medical Care (Series ID CUUR0000SAM). [Online]. Available: www.bls.gov/data [accessed August 1, 2005].
9. United States Bureau of Labor Statistics. Producer Price Index Industry Data—Hospitals (ID PCU622). 2005 [Online]. Available: www.bls.gov/data [accessed September 20, 2005].
10. Organization for Economic Cooperation and Development. Purchasing Power Parities for OECD Countries since 1980. 2005 [Online]. Available: www.oecd.org [accessed August 1, 2005].
11. Martin JA, Hamilton BE, Sutton PD, Ventura SJ, Menacker F, ML M. Births: Final Data for 2002. National Vital Stat Rep. 2003;52(10): 1-113.
12. The Victorian Infant Collaborative Study Group. Economic outcome for intensive care of infants of birthweight 500-999 g born in Victoria in the post surfactant era. J Paediatr Child Health. 1997 Jun;33(3):202–208.

13. Adams EK, Nishimura B, Merritt RK, Melvin C. Costs of poor birth outcomes among privately insured. J Health Care Finance. 2003 Spring;29(3):11–27.
14. Brazier L, Harper K, Marrington S. Hospital visiting costs. An exploratory study into travelling expenses incurred by parents with babies in a regional neonatal unit. J Neonat Nurs. 1995;1(2):29–31.
15. Chollet DJ, Newman JF Jr, Sumner AT. The cost of poor birth outcomes in employer-sponsored health plans. Med Care. 1996 Dec;34(12):1219–1234.
16. Doyle LW. Evaluation of neonatal intensive care for extremely low birth weight infants in Victoria over two decades. II. Efficiency. Pediatrics. 2004 Mar;113(3 Pt 1):510–514.
17. Giacoia GP, Rutledge D, West K. Factors affecting visitation of sick newborns. Clin Pediatr (Phila). 1985 May;24(5):259–262.
18. Gilbert WM, Nesbitt TS, Danielsen B. The cost of prematurity: quantification by gestational age and birth weight. Obstet Gynecol. 2003 Sep;102(3):488–492.
19. Kilpatrick SJ, Schlueter MA, Piecuch R, Leonard CH, Rogido M, Sola A. Outcome of infants born at 24-26 weeks' gestation. I. Survival and cost. Obstet Gynecol. 1997 Nov;90(5):803–808.
20. Luke B, Bigger HR, Leurgans S, Sietsema D. The cost of prematurity: a case-control study of twins vs singletons. Am J Public Health. 1996 Jun;86(6):809–814.
21. Marbella AM, Chetty VK, Layde PM. Neonatal hospital lengths of stay, readmissions, and charges. Pediatrics. 1998 Jan;101(1 Pt 1):32–36.
22. McLoughlin A, Hillier VF, Robinson MJ. Parental costs of neonatal visiting. Arch Dis Child. 1993 May;68(5 Spec No):597–599.
23. Rogowski J. Measuring the cost of neonatal and perinatal care. Pediatrics. 1999 Jan;103(1 Suppl E):329–335.
24. Rogowski J. Using economic information in a quality improvement collaborative. Pediatrics 2003 Apr;111(4 Pt 2):e411–e418.
25. Schmitt SK, Sneed L, Phibbs CS. The costs of newborn care in California: a population-based study. Pediatrics. 2006;117:154–160.
26. St John EB, Nelson KG, Cliver SP, Bishnoi RR, Goldenberg RL. Cost of neonatal care according to gestational age at birth and survival status. Am J Obstet Gynecol. 2000 Jan;182(1 Pt 1):170–175.
27. Tommiska V, Tuominen R, Fellman V. Economic costs of care in extremely low birthweight infants during the first 2 years of life. Pediatr Crit Care Med. 2003 Apr;4(2):157–163.
28. Broyles RS, Tyson JE, Heyne ET, Heyne RJ, Hickman JF, Swint M, et al. Comprehensive follow-up care and life-threatening illnesses among high-risk infants: a randomized controlled trial. JAMA 2000 Oct 25;284(16):2070–2076.
29. Chaikand S, Corman H. The impact of low birthweight on special education costs. J Health Econ. 1991 Oct;10(3):291–311.
30. Gennaro S. Leave and employment in families of preterm low birthweight infants. Image J Nurs Sch. 1996 Fall;28(3):193–198.
31. Lewit EM, Baker LS, Corman H, Shiono PH. The direct cost of low birth weight. Future Child. 1995 Spring;5(1):35–56.
32. McCormick MC, Bernbaum JC, Eisenberg JM, Kustra SL, Finnegan E. Costs incurred by parents of very low birth weight infants after the initial neonatal hospitalization. Pediatrics. 1991 Sep;88(3):533–541.
33. Petrou S. The economic consequences of preterm birth during the first 10 years of life. Br J Obstet Gynaecol. 2005 Mar;112 Suppl 1:10–15.
34. Petrou S, Mehta Z, Hockley C, Cook-Mozaffari P, Henderson J, Goldacre M. The impact of preterm birth on hospital inpatient admissions and costs during the first 5 years of

life. Pediatrics. 2003 Dec;112(6 Pt 1):1290–1297.
35. Pharoah PO, Stevenson RC, Cooke RW, Sandu B. Costs and benefits of neonatal intensive care. Arch Dis Child. 1988 Jul;63(7 Spec No):715–718.
36. Rogowski J. Cost-effectiveness of care for very low birth weight infants. Pediatrics. 1998 Jul;102(1 Pt 1):35–43.
37. Rolnick SJ, Jackson JM, O'Connor P, DeFor T. Impact of birthweight on healthcare charges within a managed care organization. Am J Manag Care. 2000 Dec;6(12):1289–1296.
38. Roth J, Figlio DN, Chen Y, Ariet M, Carter RL, Resnick MB, et al. Maternal and infant factors associated with excess kindergarten costs. Pediatrics. 2004 Sep;114(3):720–728.
39. Stevenson RC, McCabe CJ, Pharoah PO, Cooke RW. Cost of care for a geographically determined population of low birthweight infants to age 8-9 years. I. Children without disability. Arch Dis Child Fetal Neonat Ed. 1996 Mar;74(2):F114–F117.
40. Stevenson RC, Pharoah PO, Stevenson CJ, McCabe CJ, Cooke RW. Cost of care for a geographically determined population of low birthweight infants to age 8-9 years. II. Children with disability. Arch Dis Child Fetal Neonat Ed. 1996 Mar;74(2):F118–F121.
41. Thomson Medstat. The Cost of Prematurity to U.S. Employers. http://www.marchofdimes.com/prematurity/15341_15349.asp : March of Dimes; 2004.
42. Imershein AW, Turner C, Wells JG, Pearman A. Covering the costs of care in neonatal intensive care units. Pediatrics. 1992 Jan;89(1):56–61.
43. Long SH, Marquis MS, Harrison ER. The costs and financing of perinatal care in the United States. Am J Public Health. 1994 Sep;84(9):1473–1478.
44. March of Dimes. Impact on Business. http://www.marchofdimes.com/prematurity/15341_15349.asp : March of Dimes; 2005.
45. Hack M, Youngstrom EA, Cartar L, Schluchter M, Taylor HG, Flannery D, et al. Behavioral outcomes and evidence of psychopathology among very low birth weight infants at age 20 years. Pediatrics. 2004 Oct;114(4):932–940.
46. Saigal S, Pinelli J, Hoult L, Kim MM, Boyle M. Psychopathology and social competencies of adolescents who were extremely low birth weight. Pediatrics. 2003 May;111(5 Pt 1):969–975.
47. Darmstadt GL, Bhutta ZA, Cousens S, Adam T, Walker N, de Bernis L. Evidence-based, cost-effective interventions: how many newborn babies can we save? Lancet. 2005 Mar 12-18;365(9463):977–988.
48. Leader S, Yang H, DeVincenzo J, Jacobson P, Marcin JP, Murray DL. Time and out-of-pocket costs associated with respiratory syncytial virus hospitalization of infants. Value Health. 2003 Mar-Apr;6(2):100–106.
49. Stang P, Brandenburg N, Carter B. The economic burden of respiratory syncytial virus-associated bronchiolitis hospitalizations. Arch Pediatr Adolesc Med. 2001 Jan;155(1):95–96.
50. Waitzman NJ, Romano PS, Scheffler RM. Estimates of the economic costs of birth defects. Inquiry. 1994 Summer;31(2):188–205.
51. Greenough A, Alexander J, Burgess S, Bytham J, Chetcuti PA, Hagan J, et al. Health care utilisation of prematurely born, preschool children related to hospitalisation for RSV infection. Arch Dis Child. 2004 Jul;89(7):673–678.
52. Greenough A, Cox S, Alexander J, Lenney W, Turnbull F, Burgess S, et al. Health care utilisation of infants with chronic lung disease, related to hospitalisation for RSV infection. Arch Dis Child. 2001 Dec;85(6):463–468.
53. Clemens K, Avadi F, Wilber N, Barfield WD. The cost of prematurity: birth to age three early intervention costs [abstract]. Pediatr Res., in press.

E

资助早产研究的基金项目

2005 年 8 月 10 日，为确保健康，更好的研究早产，医学委员会组织了有关早产研究所面临难题的研讨会(见第 13 章)。研讨会上，代表们对研究早产和早产儿的经费提供了信息，经费最初来源于国立卫生院(National institutes of Health，NIH)、疾病预防和控制中心(Centers for Disease Control and Prevention，CDC)，和一些非营利性的卫生和慈善组织，包括 March of Dimes(MOD)和宝威基金(Burroughs Wellcome Fund，BWF)。在研讨会中，这些机构和组织提供的信息如下：

国立卫生院

NIH 提供了关于资金的综述。美国国立儿童健康与人类发育研究所(National Institute of Child Health and Development，NICHD)的孕期和围生期学研究分支(Pregnancy and Perinatology Branch，PPB)提供了关于其在 2004 会计年度对非网络性和网络性基金，以及有关 2004 年会计年度 R01(与健康相关的研究和发展基金)受基金资助的对象和受训人员的一些背景。精确的指出 NIH 在早产研究方面的具体花费难度较大，因为它包含着一个被称为早产低出生体重儿的产前研究这一宽广的范畴，包括与正常分娩和早产、胎儿宫内发育迟缓、胎儿和婴儿的生理学和营养学有关的研究。从当前 NIH 得来的有效信息中，欲统计早产和早产的结局各自成本不具可行性。

在 2000～2004 会计年度，用于早产低出生体重儿的产前研究资金从 3.065 亿美元升至 3.93 亿美元，主要用在基金、合约、院内研究方面。大约 80％的资金(3.117 亿美元)是由国立过敏反应与感染性疾病研究院、NICHD 和国立药物滥用研究所三个机构提供的。PPB 从 NICHD 得到的捐赠为 7000 万美元。NICHD 的剩余资金最初是用于支持各个内部研究项目(流行病学、统计学、预防医学)。

与早产相关的 PPB 基金包括两个部分：一方面用于分娩，这个领域主要是关于分娩发动的基础研究，也就是对理解早产最基础的研究；另一方面用于早产，主要是与早产直接相关的研究。PPB 的两个网络系统从本质上是对早产及其后遗症的研究。这两个网络系统分别是：母胎医学组网络(Materal-Fetal Medicine Unit，MFMU)和新生儿研究网络(Neonatal Research Network，NRN)。两个网络系统进行临床试验、观察及机制研究。在 2004 会计年度，MFMU 的预算为每年 1000 万美元，大约占早产研究费用的 75％。NRN 在 2004 会计年度的预算大约为 850 万美元，其中 75％(640 万美元)用于早产儿的研究。

在 2004 会计年度，PPB 提供了 264 项补助金，包括新的和持续性基金，41 项(占 PPB 总资金的 15.6％)与分娩和自发性早产的研究相关，其中 20 项基金(7.6％)用于分娩的研究,21 项基金(8%)用于早产的研究。并且,PPB 还将其全部资金的 11.4%用于提供 30 个网络性基金,这 30 个网络基金主要用于对早产和早产儿的研究。这些都是 U10 基金项目,也就是说:它们是主办机构与主要参与的研究者之间的合作性项目。与早产相关的基金也可被分为两类:非网络性的早产资金(总计 840 万美元)和 MFMU 中的早产研究资金(总计 750 万美元)。大约消耗 1100 万美元,也就是占全部研究的 10.3%。对早产儿研究的基金总计 460 万美元,用于早产儿研究的 NRN 经费为 640 万美元。

对分娩研究的投资从总体上用于 3 个方面:①子宫:子宫收缩和松弛的研究;②胎膜:胎膜破裂和羊水调控的研究;③宫颈:宫颈成熟的研究。关于子宫的研究,PPB 由 15 个基金提供经费:包括用于博士后研究培训的 1 F32 基金;2 K08 事业发展基金;小额研究基金 3 R03;8 R01 和 1 R01 增补补助金。关于胎膜的研究方面,PPB 由 3 个 R01 基金提供经费;在宫颈的研究方面,PPB 由 2 个基金提供资助:F32 基金和 R01 基金。自发性早产的研究经费可分为 7 个部分:①干预;②胎膜早破;③感染、炎症/细胞因子;④流行病学;⑤转基因小鼠模型;⑥蛋白质组学;⑦生物信息学。每个领域所授予基金的数目和种类如下:①干预,2 个 U01 基金;②胎膜早破,2 个 R01 基金;③感染、炎症和细胞因子,8 个 R01 基金;④流行病学,6 个 R01 基金和 1 个 R01 增补补助金;⑤转基因小鼠模型,1 个 R03 基金;⑥蛋白质组学,1 个 R01 基金;⑦生物信息学,1 个 K08 基金。其中 R01 和 R03 基金的支付线或筹资水平分别为:第 14 和第 20 个百分位数。

在院内研究项目中,NICHD 着手于与美国过高婴儿死亡率相关的母胎疾病,研究范围包括母胎疾病的流行病学、临床及实验室。院内研究项目中的围生期学研究分支着力于引起早产和分娩疾病机制的研究,尤其着重于对亚临床宫内感染的研究。先天性异常和畸形是围生期学研究分支的另一个重要方面。NICHD 最近资助了一个重要的合约和租约,用于继续支持坐落于密歇根州的围生期学研究分支。新的大学为妊娠并发症高发人群提供便利,且能分享三个主要大学的学术研究资源,这 3 个大学是:韦恩州立大学、密歇根州大学和密歇根州立大学。这些临床和实验机构成立于 2005 年春天。

MFMU 网络系统

MFMU 网状系统中关于早产的著名研究,包括以下试验:①早产胎膜早破(pPROM)试验。此试验表明:对 pPROM 应用广谱抗生素治疗,延长了潜伏期,改善了新生儿的预后。②细菌性阴道病(BV)试验。此试验表明:对无症状性的细菌性阴道病(BV)患者应用抗生素治疗并不能降低早产的发病率。③孕激素试验。此试验表明:每周注射 17-己酸羟孕酮可降低复发性早产的发生,改善既往有早产妊娠史的围生儿结局。

新生儿研究网络

在早产儿的研究领域中,著名的研究包括 2 项:①肺表面活性物质试验,该试验表明:肺表面活性物质阻止呼吸窘迫综合征的发生。②一个持续对极低出生体重儿的随访研究。后者涉及对早产儿的发展和认知能力的长期评估。新生儿研究网络(NRN)所进行的试验证明:氧化亚氮吸入法对极低出生体重儿是无益的。

2004 年会计年度的 R01 授予者

在分娩和早产研究领域,总共 28 个 R01 的授予者和 2 个 U01(与 R01 相当)的授予者得到了资助。其中12人在分娩领域,18人在早产领域。在分娩领域中,具有代表性的授予者是基础医学部的一位哲学博士、正教授,他受到了国内卫生院(NIH)资助的培训,从事博士后研究及动物研究。在早产领域中,具有代表性的授予者是位医学博士、哲学博士、妇产科的正教授,从事博士后研究及人类研究。

2004年会计年度的培训基金

2004年,提供了24个新的和持续性个体训练和事业指导基金。包括3个F31基金(博士前团体),2个F32基金(博士后团体),10个K08基金(指导用于非临床基金),9个K23基金(临床研究基金)。在分娩领域,PPB为4个基金提供经费:1个K31基金,1个F32基金,和2个K08基金。在早产领域,PPB仅为1个K08基金提供经费。

2004年会计年度,NICHD还颁发了一个新的公共团体培训(T32)的基金,这些基金为基础或临床博士前或博士后培训提供支持。PPB当前资助了T32基金中的5项,其中3项在围生医学和生物学方面,1项在围生期的流行病学领域,1项在新生儿生物学进化领域。从总体上看,每年要为19个博士后训练者(包括医学博士或博士们)提供资金。NICHD为临床医师赞助了一个启蒙临床研究发展项目。

2005年PPB资助了2个与早产研究相关的P01基金。其中一个被命名为“人类分娩的发动——早产的预防”。这个基金着眼于研究人类分娩发动的生理学和分子学基础以及早产的原因。它涉及研究胎儿肾上腺功能情况,胎儿对子宫肌层的信号传递,胎儿肺表面活性物质,宫颈重塑及功能。另外一个P01基金被命名为“基因-环境对人类分娩的总体相互作用”。它的总体目标是:鉴别导致早产的多因子模式中基因和环境的高危因素,然后塑造出导致早产的基因、环境、母胎相互作用的模型。这项研究包括对与早产有关的16个候补基因多个多态性的等位基因出现频率的分析。

2006年已经发起一项关于早产研究分析中基因水平和蛋白质水平网络研究工作新的行动。目的是着眼于人类基因及蛋白质的研究策略,为科学团体提供一个网状的数据库,用于数据挖掘,及基因和蛋白质数据的储存,从而加快早产研究的步伐。

疾病预防控制中心

疾病预防控制中心(CDC)分管生殖健康的部门在院外为与早产研究相关的课题提供基金。在市区女性中进行的早产研究项目包括:细菌性阴道病、应激源、种族情况。该项目由多个基金提供经费,这些基金是由CDC的院外项目部达成一致合作协议后提供的。该项目调查发现:在所选人群中,细菌性阴道病和早产存在一个失衡的危险假说,所选人群大部分为非裔美国人。这可以解释因免疫抑制所致的易感性,并且慢性应激性事件侵蚀健康的效应可使免疫抑制恶化。

一长达5年的协作性研究项目是关于早产的功能性基因组学和蛋白质组标记物,及它们种族的差异。该项目通过4个途径研究早产:感染、蜕膜出血、母亲和胎儿因素所致正常分娩的早产激活、子宫肌层的伸展。

在部分社区保健妊娠结局(Pregnancy Outcomes in Community Health,POUCH)的研究中,CDC正资助一项病例队列调查研究,该调查旨在研究早产和选择性的免疫系统的关系,后者与多民族群落中基因多态性有关。该项目的第二个目标是建立早产的预测模型。

另一个项目正在研究,对有自发性早产史的妇女,在常规的产前保健中是否该应用

17-乙酸羟黄体酮,是否能显著降低早产的发生率。

出生缺陷基金会

MOD收到了800～900封申请科研经费的来信,大约550位申请者被邀请来申请经费,其中15%～20%得到了经费(依靠每年的预算),这些信件是由一个委员会审查并选定。

在常规的同行审核系统中,审核方会再次检查所递交的申请。所有的申请者都是为了得到调查者所发起的基金。申请者中大约40%为医学博士,60%为哲学博士。提议涉及多个学科,但必须与出生缺陷和生殖健康相关。这转变对遗传学、发育生物学、神经生物学研究的支持。但是临床研究,特别是新生儿及与妊娠有关问题的研究也是被资助的。在对早产的研究中,包括其潜在性的原因及其结果。这些基金支持持续3年,申请者最多可申请3次,是在与其他申请者之间竞争的基础上产生。

与MOD相关的社会和行为科学的研究也受到了资助。这些基金包括语言发育、听力、视力、智力和社会因素对健康的影响问题。这些基金支持持续3年。

The Basil O'Connor基金是直接用于资助新近独立的研究者,他们将从培训中产生,但这些研究者有学院在相应任期内的任命。当前,这些基金的金额是固定不变的,为每年75 000美元,共2年。

2005年除The Basil O'Connor基金外,平均每年总共的基金金额为83 000美元,包括410个项目。1999年设立了一组早产原因的特殊基金。那些研究需要论述外界条件,但还需要生物学似真性,那些研究已经完成,其中两项已经很成功完成。一项新行动始于2004年,为早产病因的研究提供了六项基金。

宝威基金

BWF的任务是每年通过提供总计250万～350万美元的基金来支持研究和教育,从而推动医学科学的发展。它主要的战略是对人才的投资,尤其是对从事低估和低投资领域研究的科学家的资助。目前,BWF为四项竞争性的项目提供经费,经费的提供有赖于机构对最年轻科学家的任命。这些项目中,有两项过渡性的授予,博士后水平提供两年的资助,教授助理水平提供持续三年的资助。这种授予被称为风险投资,年轻的科学家可创新及收集原始数据,这有助于他们成功的获得接下来的NIH基金。另外的四个项目对临床研究者提供支持,这些临床研究者处在晚期助教或早期副教授水平,从事实验室工作与临床实践间差异的解释性研究。第四个项目支持教授助理研究感染性疾病。

除了国立项目,BWF还在美国北卡罗来纳州为科学教育提供支持,其核心是竞争性的项目,目的是为中学学生提供科学强化。大约85%用于竞争性的项目,15%用于其他起催化作用的尝试,目的在于改善BWF研究者的环境。在国立项目内,BWF作为一个广阔的类别积极促进其对生殖医学的支持,但这些基金并没有指定的子类,如早产的研究。

索　引

32-33 裂解胰岛素原　231
β-肾上腺素能受体　120
β肾上腺素受体激动剂　170
Braxton-Hicks 收缩　97
NO 供体　172
PMA　36

B

白介素-1β　120
白介素-6　120
败血症　199
暴露　134
暴露评价　141,146
被动暴露　142
表达谱　127
表观基因型　127
表观遗传　126
表观遗传修饰　126
表观遗传学　118
表面活性物质　188
补充保障收入　273
不成熟　5,32
不孕　86

C

产前检查　14
超低出生体重　34
超低出生体重儿　436
巢式数据模型　78
成本效果分析　446
成本效益分析　446
成本效用分析　446
成熟　5,32
臭氧　136
出生后婴儿成熟度　39
出生缺陷　247
传递不平衡检验　131
促排卵　90
催产素受体拮抗剂　172

D

大于胎龄儿　34
代谢性疾病　232
袋鼠护理　203
单倍体型　119
单次双胚胎植入　94
单核苷酸多态性　119
单基因序列　119
单胚胎植入　94
蛋白质组学　127
等位基因　128
低出生体重　392
低出生体重儿　33
低血糖　199
低血压　194
定位候选基因　119
定位克隆　119
动脉导管未闭　193
多氯联苯　140
多胎妊娠　25,400

E

二氧化氮　136
二氧化硫　135,136
二噁英　140

F

发育护理计划　202

发展商数　210
反应性气道疾病　251
非医疗干预　165
非意愿　67
非意愿妊娠　67
肺表面活性物质　115,473
肺发育不良　188
分子遗传-流行病学　132
辅助生殖技术　9,19,87,426
父母实付开支　458

G

钙通道阻滞剂　171
干预性早产　393
感觉运动统合失调　209
高龄妇女　25
高危妊娠　60
镉　143
个人资源　66
工具援助　64
公共政策　270
功能蛋白质组学　127
功能性残疾　223
功能性候选基因　119
功能障碍　206
宫颈长度　157,167
宫颈功能不全　165
宫颈环扎术　165
宫颈机能不全　11
宫缩抑制剂　170,263
购买力平价法　459
姑息疗法　433
孤独症　221
过期产　43

H

呼吸窘迫综合征　38,114,189
呼吸暂停　190
坏死性小肠结肠炎　191
环氧合酶　171
黄疸　199
活产　42

J

基因-环境相互作用　12
基因多态性　131
基因突变　119
极低出生体重　34
极低出生体重儿　240,473
极早早产　11,43,393,429
极早早产儿　239
疾病-成本研究　446
间接费用　239
健康保险　271
健康相关生活质量　228
教育成本　458
近视　218
精神发育迟滞　238,247
颈动脉内膜中层厚度　231
痉挛性双侧瘫痪　209

K

抗生素　173
空气污染　133,134
空气污染物　135

L

累计暴露　134
临界智力　211
流产　46
氯化消毒　141
卵巢过度刺激综合征　92
卵磷脂和鞘磷脂比值　38
卵母细胞浆单精子注射术　87
落叶剂　141

M

慢性肺部疾病　114
慢性肺部疾患　189
免疫系统　193
民族　128
末次月经　34
母乳喂养　200

N

脑白质损伤　198
脑梗死　197
脑室内出血　197
脑室周围白质病变　111

脑死亡 424
脑瘫 206,207,238,247
农业化学品 137

P

配子输卵管内移植 87
皮肤 192

Q

铅 143
前列腺素抑制剂 170
青少年犯罪 235
情感关怀 64
区域化治疗 187
全基因组 119

R

染色质 126
人类基因组序列 118
人群归因危险度 131
认知障碍 206
妊娠间隔 85
妊娠期高血压疾病 84
妊娠期糖尿病 84
妊娠意愿 67
绒毛膜羊膜炎 105
弱视 219

S

散光 218
杀虫剂 137
少突胶质前体细胞 112,113
社会经济负担 238
社会支持 64
砷 143
神经发育支持 200
生产率损失 457
生产者物价指数 459
生长迟缓 227
生长受限 25
生活事件 58
生命支持治疗 429
生态学暴露评价 146
生物物理评分 38
生殖科学家发展计划 259
实足年龄 35
视力障碍 238,247
适于胎龄儿 34,231
室周白质损伤 198
首次住院 455
受精卵输卵管内移植 87
瘦体重 231
舒适护理 428
双眼失明 219
死产 42
死胎 26,42
死亡率 187

T

胎动 38
胎儿宫内发育迟缓 35
胎儿宫内生长受限 40
胎儿神经成熟度 39
胎儿生长曲线 34
胎儿生长受限 40
胎儿纤维连接蛋白 157,158,167
胎儿血红蛋白 194
胎肺成熟度 38
胎龄 5,393
胎膜 108
胎膜早破 104
胎膜早破早产 51,393
胎盘早剥 25,84
胎盘钟 98
胎心 38
胎源学 230
糖耐量受损 231
糖皮质激素 116,173
体外授精 9,87
体重指数 34,75
听力丧失 238
听力损失 247
听力障碍 220

W

晚期早产儿 199,223
围生儿死亡率 47
围生期保健 277

围生期死亡率　42
未成熟儿　392
未足月胎膜早破　103
胃食管反流　192
喂养不耐受　191
无活力儿　439

X

吸烟　126
细菌性阴道病　14,157,473
下丘脑-垂体-肾上腺素系统　96
先兆子痫　25
消费物价指数　459
小于胎龄儿　34,40,231,392
斜视　219
心血管疾病　230
新生儿存活　16
新生儿重症监护室　276
性传播感染　14
选择性偏倚　468
学习障碍　217

Y

压力　56
烟雾　142
羊膜腔穿刺　38
药物　262
一氧化碳　136
医疗成本　446
医疗费用　391
医源性早产　19,51,83,152,393
胰岛素抵抗　231
遗传效应　129
遗传易感性　125
遗传因素　119
抑郁症　232
意愿　67
应激反应　233
婴儿健康和发育项目　234
婴儿死亡率　16,405
营业间接成本　446
有活力儿　266,439
有机磷杀虫剂　138
有机氯杀虫剂　139
预产期　35
远视　218
月经周期　34
孕周　39

Z

早产　1,12,32,33,43
早产儿　16,32
早产儿存活率　16
早产儿视网膜病变　195,218
早产胎膜早破　473
早期干预　251
早期干预教育纵向研究　235
早期早产　43,393
早期早产儿　239
支气管肺发育不良　114,189,232
知情同意　422,439
脂肪　231
直接费用　239
直接医疗成本　446
智力低下　206
智力发育障碍　211
智商　206
中度早产　43,393
中度早产儿　8,239
中枢神经系统　196
肿瘤坏死因子-α　120
种族　128
重大生活事件　13
住院时间　459
注意缺陷多动障碍　206
着床　106
子宫收缩相关蛋白　97
自发性早产　19,28,152,83,393
自然流产　46
自由基　116
足月妊娠　16
最小风险　439